Knaur

Von Jo Beverley ist außerdem erschienen:

Maskenspiel der Leidenschaft (Band 69000)

Über die Autorin:

Jo Beverley lebt in Ottawa (Kanada). Sie gehört zu den wichtigsten amerikanischen *Ramance writers* und hat sämtliche Preise gewonnen; einige ihrer Romane standen auf der Bestsellerliste der *New York Times*.

Jo Beverley

... doch die Liebe war stärker

Roman

Aus dem Amerikanischen von
Claudia Jordan

Knaur

Die amerikanische Originlausgabe erschien 1996 unter dem Titel *The Shattered Rose* bei Zebra Books/Kensington Publishing Corp., New York

Redaktion Katharina Meschkowski

Deutsche Erstausgabe November 1998

Umschlaggestaltung Agentur Zero, München
Umschlagillustration Thomas Schlück, Garbsen
Satz MPM, Wasserburg
Druck und Bindung Brodard & Taupin, La Flèche
Printed in France
ISBN 3-426-69020-9

2 4 5 3 1

Erstes Kapitel

NORTHUMBRIA, ENGLAND, JULI 1100

Der Trupp bewaffneter Männer ritt gemächlich über die lange, bewaldete Straße. Jeder schwere Huftritt spritzte Dreck über die bereits schmutzigen Tiere. Ermüdet von der Reise setzten sie einen Huf vor den anderen, unaufhaltsam wie ein Fluß, der dem Ozean zustrebt.

Flecken bedeckten die wehenden Umhänge, und der Wind blies durch fransige Löcher, die nicht gestopft worden waren. Unter dem Dreck und Matsch konnte man kaum Diener von Herren unterscheiden, aber durch drei Dinge hoben sich zwei Männer von der Gruppe ab.

Sie ritten bessere Pferde.

Sie trugen Kettenpanzer unter den Lumpen.

Und während ihre Männer Speer und Bogen trugen, hatte jeder dieser beiden ein vielbenutztes Schwert an seiner Seite und einen Schild an seinem Sattel.

Der schmalere der beiden Männer hob eine Hand und zügelte sein Pferd. Ohne ein weiteres Wort schwenkten die übrigen acht hinunter zum nahegelegenen Fluß, um zu rasten und die Pferde zu tränken.

Als sie abstiegen, konnte man sehen, daß einige von ihnen hinkten, und ein Mann hatte nur noch einen Stumpf, wo einst seine rechte Hand gewesen war. Das ausgezehrte Gesicht des Anführers trug ein Brandmal auf der Stirn und eine Narbe am Kinn, die von einer Klinge herrührte.

Es waren Männer, die gerade aus dem Krieg zurückgekommen

waren, und die dunkle Farbe ihrer Haut ließ vermuten, daß sie in Ländern gekämpft hatten, die weitaus heißer waren als diese nördliche Ecke Englands. Tatsächlich prangte auf einem der Lumpen ein rotes Kreuz, aber es war verblaßt und durch den Schmutz kaum noch zu sehen.

Diese Männer waren im Namen Gottes unterwegs gewesen. Sie waren Kreuzritter.

Vielleicht hatten sie den Jordan gesehen, wo Christus getauft worden war, und Jerusalem, wo er gelitten hatte und gestorben war. Wahrscheinlich waren sie durch den Blutstrom gewatet, der durch die heilige Stadt geflossen war, als die christlichen Streitkräfte sie schließlich erobert hatten.

Der Anführer stieg vom Pferd, reckte sich und schob sein Kettenhemd mit der Kopfbedeckung zurück, um seine feuchten, struppigen braunen Haare zu schütteln. Es war offensichtlich, daß Mutter Natur niemals vorgehabt hatte, aus ihm einen stattlichen Mann zu machen, aber jetzt war er so abgemagert, daß er nur noch aus Haut und Knochen bestand. Seine dunklen Augen waren tief unter die dunklen Brauen gesunken.

Galeran von Heywood fröstelte in der frischen Brise, die von der Nordsee herüberwehte und seinen verschwitzten Nacken streifte, aber es war ein angenehmes Frösteln – ein englisches Frösteln. Er war in England, und noch vor Sonnenuntergang würde er zu Hause sein.

Nach mehr als zwei langen Jahren würde er endlich zu Hause sein.

Am vorangegangenen Tag waren sie bei Nieselregen in Stockton gelandet. Galerans Gefährte, Raoul de Jouray, fragte sich, wie jemand dieses Wetter Sommer nennen konnte. Galeran dagegen hatte sich gefreut. Es hatte viele Momente in den letzten zwei Jahren gegeben, in denen er befürchtet hatte, er würde nie wieder diese Feuchtigkeit fühlen, nie wieder durch morgendlichen Dunst in England reiten, nie wieder Eis berühren oder das satte Grün sehen, das das englische Klima hervorbrachte.

Er hatte befürchtet, er würde in der glühenden Hitze auf der anderen Seite des Ozeans sterben.
Sie wollten nur eine Nacht in Stockton verbringen. Tatsächlich hätten sie dort sogar zwölf Monate verweilen können, denn sie mußten niemals für Übernachtung und Verpflegung bezahlen. Sie bezahlten mit Geschichten von ihrem heiligen Abenteuer. Galeran aber machte in der Hafenstadt nur so lange halt, bis sie Pferde gekauft hatten, dann trieb er seine Männer voran, strebte nach Hause.
Zu Jehanne, seiner geliebten Frau.
Und zu seinem Sohn – einem Sohn, den er noch nie gesehen hatte. Er war neun Monate nach seinem Aufbruch nach Jerusalem geboren worden. Ein Sohn, der gleichzeitig Grund dafür war, am Kreuzzug teilzunehmen. Denn Galeran war auf den Kreuzzug gegangen, um Gott um ein Kind zu bitten – und Gott in seiner Liebe war ihnen gnädig gewesen.
Jehanne hatte das Kind Galeran genannt, aber sie schrieb in ihrem ersten Brief nach der Geburt, daß er Gallot genannt würde, wenigstens solange er klein war. Gallot war mit Sicherheit in ihrer letzten gemeinsamen Nacht empfangen worden, nachdem Galeran das Kreuz genommen und den Schwur abgelegt hatte, Jerusalem entweder von den Heiden zu befreien oder aber zu sterben.
Gallot, sein Erstgeborener, war jetzt achtzehn Monate alt und konnte zweifellos schon laufen, aber er kannte seinen Vater noch nicht. Das war ein großes Opfer für Galeran, aber es war nötig. Christus hatte niemals gesagt, daß sein Joch leicht zu tragen wäre …
Erst als John Redbeard, sein Sergeant, Galerans unruhigen Ritt zum Anlaß nahm, die Führung zu übernehmen, bemerkte Galeran, daß er mit offenen Augen geträumt hatte, statt auf sein Tier achtzugeben. Zum Teil lag es an seiner Müdigkeit, da sie den größten Teil der vergangenen Nacht durchgeritten waren, aber es war auch der Druck, so schnell wie

möglich nach Hause zu seiner Frau und seinem Kind zu kommen.
Er hatte sich nur aus einem Grund dem Kreuzzug angeschlossen: um den Fluch ihrer Kinderlosigkeit zu brechen. Aber er hätte sich niemals träumen lassen, daß Christi Belohnung so prompt erfolgen würde. Diese Großzügigkeit hatte Galeran wie mit Eisenketten an den Schwur gefesselt. Wie hätte er vor der Aufgabe, die heilige Stadt zu befreien, zurückschrecken können, wenn Gott seinen Segen so schnell und so perfekt gespendet hatte?
Durch all die Entbehrungen und krank von dem, was er um sich herum gesehen hatte und dem Wunsch, zu Hause zu sein, hatte Galeran seinen Schwur gehalten. Weil dieses Wunder geschehen war – ein Kind für Jehanne – hatte er weiter gekämpft bis zum bitteren, aber siegreichen Ende, bis die Streitkräfte der Christenheit endlich Jerusalem erobert hatten. Wie immer quälte ihn diese Erinnerung, ließ ihn erstarren in der Vision von Blut, Strömen von Blut – und den schreienden Mündern von Männern, Frauen und Kindern ...
Er schüttelte seinen Kopf. Nein, das war lange vergangen und vorbei, und schon bald würde er seine Belohnung erhalten – den Sohn in seinen Armen und seine endlich zufriedene Frau.
Er wünschte sich, daß er mehr Nachrichten erhalten hätte. Er wußte wenig von seinem Sohn. Der letzte Brief, der ihn erreicht hatte, war geschrieben worden, als das Baby drei Monate alt war. Jehanne hatte einen ganzen Roman über das Kind und seine Fortschritte geschrieben, aber das pummelige Baby war jetzt sicher nicht mehr pummelig und wahrscheinlich hatte sich auch das Lächeln verändert. Der kahle Kopf würde mit Haar bedeckt sein. Dunkel wie sein eigenes? Oder hell, seidig – blond wie das seiner Mutter?
Was denn nun?
Ein Vater sollte das wissen!
Der Brief war angekommen, als Galeran sich gerade anschickte,

aufzubrechen, um bei der Befreiung Bethlehems zu helfen. Und als er auf dem Boden von Christi Geburtsstätte gekniet hatte, war ihm schuldvoll bewußt, daß seine Freude, dort zu sein, nur so groß war, weil sie ganz nahe bei Jerusalem waren. In wenigen Tagen würde er die Mauern der heiligen Stadt sehen. Mit Gottes Hilfe würden sie sie schnell einnehmen, und Galerans Gelübde würde erfüllt sein.

Er würde nach Hause zurückkehren können.

Von dem Moment an, in dem sie in See stachen, war das einzige, woran er dachte: Ich kehre nach Hause zurück.

Gallot hatte Galerans braune Augen. Das stellte sich nach drei Monaten heraus. Wenn er Glück hatte, hatte er auch die dunklere Haut des Vaters geerbt, sonst würde er niemals Kreuzritter werden können. Jehannes zarte Blässe wäre da drüben, jenseits des Ozeans, verbrannt und hätte Blasen geworfen, so wie es vielen mit blassem Teint ergangen war.

Gallot würde nicht groß werden, es sei denn, er würde nach den Großeltern kommen. Jehannes Vater war ein großer Mann, und Galerans Vater war ein Bär von einem Mann, ein furchteinflößender Krieger zu seiner Zeit. Alle seine Söhne kamen nach ihm, nur Galeran nicht.

Ein leichter Körperbau war ein Nachteil für einen kämpfenden Mann, aber durch Leibesübungen konnte man das ausgleichen, wie Galeran bewiesen hatte. Außerdem waren kleinere Männer häufig beweglicher, wogegen große, schwere Männer eher durch die Hitze und die Entbehrungen des Kreuzzuges starben als die kleinen, drahtigen ...

»Von Träumen kann man nicht leben ...«

Galeran drehte sich um und sah Raoul, der ihm ein Stück Hammelpastete anbot. »Iß. Deine bezaubernde Frau wird kaum eine Vogelscheuche willkommen heißen wollen.« Raoul war einer der großen Männer, bepackt mit Muskeln und anscheinend fähig, alles zu überleben. Er verlor nie seinen Appetit und seinen Humor.

»Sie wird mich willkommen heißen, egal wie ich aussehe«, sagte Galeran, aber als er in die kalte Pastete biß, stellte er doch fest, daß er hungrig war. Und es könnte immerhin sein, daß er seine Kräfte noch brauchen würde.
Er hoffte, er würde seine Kräfte benötigen.
Heute nacht.
Bei dem Gedanken an die Nacht und ein Bett und Jehanne erfaßte ihn eine Welle schmerzhaften Verlangens, die wie immer in seinem Glied mündete und es hart machte.
»Wie nah sind wir schon?« Raoul ließ einen langen Strahl Wein aus einem Schlauch in seinen Mund rinnen, dann gab er ihn weiter.
Galeran nahm den Schlauch und trank, seine Lust zähmend, so wie er es tausende Male zuvor getan hatte. »Weniger als zehn Meilen. Mit Gottes Segen müßten wir noch vor der Dunkelheit ankommen.«
Raoul grinste. »Bei deiner Ungeduld würden wir auch nach Einbruch der Dunkelheit weiterreiten. Nicht, daß ich dich verurteile. Wenn ich ein Treuegelübde abgelegt hätte und nur ein paar lächerliche Meilen von meiner Frau entfernt wäre, könnte mich auch nichts aufhalten.«
»Laß uns weiterreiten. Wir wollen ja nicht, daß du explodierst.« Er brüllte den Männern zu, daß sie die Pferde fertigmachen sollten.
Immer noch lächelnd nahm sich Galeran Zeit, um seine Pastete aufzuessen. Er war dankbar, Raoul an seiner Seite zu haben. Sein Freund war nicht dumm, aber er hatte eine unkomplizierte Art, das Leben zu sehen. Er kämpfte verbissen, wenn es sein mußte, aber danach vergaß er den Kampf sofort wieder. Galeran kämpfte verbissen, wenn er mußte, aber jeder Tod quälte ihn, besonders der Tod Unschuldiger. In Jerusalem hatten sogar die Kinder gekämpft. Und waren gestorben …
Wieder verscheuchte er diese Gedanken aus seinem Kopf. Sie hatten nichts Gutes getan, überhaupt nichts Gutes.

Raoul aß, wenn er hungrig war, trank, wenn er durstig war, und nahm sich Frauen, wenn er das Bedürfnis danach hatte. Er erinnerte Galeran daran, zu essen und zu trinken, und neckte ihn wegen seiner Enthaltsamkeit. »Jeder weiß, daß es ungesund für einen Mann ist, seinen Samen zu stauen«, äußerte er.

»Mönche überleben.«

»Gott gibt ihnen einen besonderen Segen.«

»Dann denke ich, daß Gott denselben Segen auch Kreuzrittern gibt.«

»Aber wir haben keine Enthaltsamkeit geschworen. Gott weiß, daß uns das schwächen würde.«

»Würdest du sagen, ich sei schwach?«

Raoul hatte gelacht, denn obwohl Galeran kleiner und leichter war als er, konnte dieser ihn häufig im bewaffneten Kampf schlagen. Beim Ringen war Raoul überlegen, aber Galeran konnte sich immerhin behaupten.

Die Begegnung mit Raoul war von Gott gesegnet. Sie hatten sich im Dienste von Duke Robert getroffen und fühlten sich trotz ihrer unterschiedlichen Naturen zueinander hingezogen. Diese ungewöhnliche Freundschaft hatte Galeran gutgetan, wahrscheinlich sogar sein Leben gerettet.

Raoul war in der duftenden Landschaft Südfrankreichs geboren worden und auch dort aufgewachsen. Er hatte das Kreuz genommen, um Abenteuer zu erleben und nicht, um gesegnet zu werden. Soweit Galeran sagen konnte, konnte Raoul keine spirituelle Bedeutung darin sehen, ein Land zu besuchen, in dem Christus einst gewandelt war. Als sie Bethlehem befreiten, war Raoul nicht auf dem Boden niedergekniet, sondern besah sich die kleinen Häuser, die mit Geflügel, Ziegen und schmuddeligen Kindern vollgestopft waren. Er hatte sich den Geburtsort des Herrn doch irgendwie prachtvoller vorgestellt.

Nachdem er gesehen hatte, daß Jerusalem eine Stadt wie jede andere war, wollte Raoul so schnell wie möglich nach Europa

zurück. Auch um seinen Freund zu schützen – vor weiteren gefährlichen Eskapaden.
Am Ende der Eroberung von Jerusalem, als Galeran durch das Morden angeekelt war, hatte er versucht, ein Rudel von Jungen gegen eine Gruppe Deutscher Ritter zu verteidigen. Die Kinder waren nur mit Stöcken und Steinschleudern bewaffnet, aber sie waren dennoch gefährlich; sie kämpften mit der gleichen Verbissenheit wie ihre Väter. Es war vernünftig, sie zu töten, und ungesund, sie retten zu wollen, aber Galeran war bereit gewesen, an ihrer Seite zu sterben.
Raoul hatte ihn aufgehalten, indem er ihn besinnungslos schlug, und mit sich fort zog. Es hatte Tage gedauert, bis er seine Sinne wieder beisammen hatte, also war es nicht verwunderlich, daß Raoul besorgt war. Manchmal dachte Galeran, daß er seine Sinne gar nicht wiederbekommen wollte, denn dann würde er sich an diese Kinder erinnern müssen ...
So traten sie den Rückzug an, und die Sehnsucht nach Jehanne beherrschte wieder sein ganzes Wesen. Er schüttelte seinen Kopf und ermahnte sich selbst, vernünftig zu sein. Wenn er sich in hitzigen Tagträumen verlöre, wäre es wahrscheinlicher, daß sie sich verspäteten als daß sie ihre Ankunft beschleunigten.
Er zog die Zügel seines Pferdes fester und warf einen prüfenden Blick auf seinen graubraunen Wallach. Er hatte sich nicht die Zeit genommen, um die idealen Pferde zu suchen, aber dieses hier schien ganz in Ordnung zu sein.
Zufrieden bestieg er das Pferd und setzte seine Kopfbedeckung auf.
Raoul schloß zu seiner Seite auf, sein goldbraunes Haar war immer noch unbedeckt. »Erwartest du hier Ärger? Es gibt keine Anzeichen von Unruhen.«
Galeran zuckte mit den Schultern und schob die Kettenmütze wieder zurück. »Ich denke nicht, obwohl König William kein geordnetes Reich führt und wir nah an der schottischen Grenze sind.«

Raoul ließ seinen Blick über die Landschaft gleiten. Hier am Fluß machten Bäume die Landschaft weicher, aber im Westen und Norden lag mächtiges Moorland, das durch den wolkigen Tag in Finsternis lag. »Es ist schwer, sich vorzustellen, daß jemand diesen Ort lieben könnte. Du hast mich gewarnt, mein Freund, aber ich hatte nicht erwartet, etwas so ... Trostloses zu sehen.«

»Es war früher weniger trostlos, bis man neunundsechzig darum gekämpft hat.«

Raoul schnitt eine Grimasse. »Ich glaube nicht, daß ein Kampf das Klima verursacht hat.«

Galeran lachte. »Das nicht. Aber die Sonne scheint manchmal, das verspreche ich dir.« Er trieb sein Pferd den Pfad zur Straße hoch. »Und du hast recht. Wir sind sicher genug. Falls die Schotten so unverfroren wären, Einheimische zu überfallen, würden mein Vater und meine Brüder sie zurückschlagen. Sie würden ihre Schwänze einziehen.«

Raoul kam zu ihm, und sie gingen ein Stück zu Fuß, um die Pferde zu entlasten. »Das Schloß deines Vaters liegt auf unserem Weg?«

»Ja.«

»Das ist gut. Dann können wir endlich mal ein richtiges Essen bekommen.«

»Denkst du denn an nichts anderes als ans Essen?«

»Einer muß doch daran denken.«

»Also, hungrig oder nicht, wir reiten weiter.«

Raoul starrte ihn an.

»Ich kann wohl kaum anhalten, nur um ein Stück Rind zu verschlingen und dann die Familie gleich wieder zu verlassen. Und außerdem habe ich vor, noch heute bei meiner Frau anzukommen. Ich verschiebe die glückliche Familienwiedervereinigung auf ein anderes Mal.«

Nach einiger Zeit sagte Raoul: »Hast du daran gedacht, daß es einen Schock verursachen könnte, wenn du plötzlich in deiner Haustür stehst?«

Galeran sah zur Seite. »Oh, ist es das? Du willst, daß ich auf Brome anhalte und eine höfliche Botschaft an Jehanne schicke, damit sie die Matratze lüftet?«
»Es könnte aber ...«
»Nein.«
Raoul zuckte mit den Schultern und rasselte dabei mit seinem Kettenpanzer. »So sei es denn, aber sollte deine Frau tot umfallen, gib nicht mir die Schuld.«
»Jehanne fällt niemals in Ohnmacht.«
»Lady Jehanne hatte aber wahrscheinlich auch noch nie einen Ehemann, der plötzlich wieder aus dem Nichts auftaucht, oder? Du hättest von Brügge aus schreiben sollen.«
»Was soll das für einen Sinn haben, wenn der Brief nicht schneller vorankommt als ich?«
»Wann *hast* du denn zuletzt geschrieben? Wird sie auch nur die geringste Ahnung haben, wann sie dich erwarten könnte?«
»Vor Jerusalem.« Und Galeran trieb den Graubraunen an, bevor sein verblüffter Freund noch mehr Fragen stellen konnte.
Er hatte regelmäßig auf dem Hinweg geschrieben, hatte Briefe aus Rom, Zypern und Antiochia geschickt. Nach den Grauen von Jerusalem war er jedoch nicht fähig gewesen, irgend etwas an irgend jemanden zu schreiben. Er hatte sich nur darauf konzentriert, nach Hause zu kommen. Ohne Raouls Hilfe hätte er das niemals geschafft, und um weitermachen zu können, hatte er alle Gedanken aus seinem Hirn verbannt.
Heywood, Jehanne und sein Sohn.
Es war ihm bis eben nicht in den Sinn gekommen, daß Jehanne nun schon über ein Jahr nichts von ihm gehört hatte. Irgendwie erwartete er von ihr, daß sie wußte, wo er war und was er tat, ohne daß man es ihr berichtete.
Aber Jehanne würde nicht in Ohnmacht fallen. Sie war nicht in Ohnmacht gefallen, als ihr gesagt wurde, daß sie ihn heiraten müßte. Sie war nicht in Ohnmacht gefallen, als sie von Straßenräubern überfallen wurden und einer ihrer Be-

diensteten vor ihren Augen gestorben war. Das waren wahrscheinlich die schockierendsten Momente in ihrem Leben gewesen.

Dann erinnerte er sich an den Keiler. Aber sie war auch damals nicht in Ohnmacht gefallen.

Sie waren im Wald gewesen, um sich zu lieben. Ja, um sich zu lieben – denn damals kam es ihm vor, als wurde jeder glückliche Sex der Welt ein wenig Liebe hinzufügen.

Jehanne mochte es, wenn sie sich im Freien liebten. Sie fand den Gedanken daran, daß jemand sie entdecken könnte, eher aufregend als peinlich. Mit einem Keiler aber hatten sie nun wirklich nicht gerechnet. Und er erschien im ungünstigsten Moment.

Jehanne lag oben, und Galeran war kurz vor dem Höhepunkt. Dann war sie plötzlich fort, und als Galeran das letzte Bißchen Verstand zusammennahm, das in seinem erhitzten Kopf noch übrig war, sah er, wie sie breitbeinig über ihm stand, das schwere Schwert in ihren kleinen Händen. »Zur Hölle, Galeran! Hol dein Hirn aus deinem Schwanz und töte das Vieh! Oder muß ich das selbst tun?«

Jehanne bat nie um etwas.

Sie hätte es selbst versucht. Sie hätte es sogar schaffen können. Jehanne war groß für eine Frau, was ihm als junger Mann nicht gefallen hatte. Obwohl sie schlank war, war sie stark. Natürlich wäre sie nicht fähig gewesen, einen Keiler mit einem Schwert zu töten, das war schon ein schwerer Kampf für einen geschickten Mann – aber sie hätte es versucht.

Vielleicht hatte der Keiler das gewußt. Ungewöhnlich für dieses Tier, aber es drehte sich um und floh, vielleicht eingeschüchtert von der großen, weißhäutigen, hellhaarigen Frau, die es mit dem Schwert in der Hand anschrie.

Galeran war in Gelächter ausgebrochen, und das nächste, was er bemerkte, war, daß Jehanne zurück war, und ihn mit neuer Lust beglückte.

Er trieb sein Pferd an, fragte sich, ob ihre Ehe so sein würde, als wäre er niemals fort gewesen.
Oder besser?
Er wußte, daß er sich während seiner Abwesenheit verändert hatte. Er war 22 gewesen, als er das Kreuz genommen hatte, hatte vorher ein angenehmes Leben geführt. Jetzt, mit 25, war er schlanker, härter und hatte Narben auf Körper und Seele. Er hatte Wunder gesehen, die seinen Glauben gestärkt hatten und Grauen, die ihn in Frage stellten.
Jehanne mußte sich auch verändert haben.
Vielleicht war sie dicker geworden nach der Geburt. Er hatte immer ihre schlanke Eleganz bewundert, aber gegen größere Brüste hätte er nichts einzuwenden.
Jehanne in jeder Form wäre gut.
Raoul hatte recht; er hätte von Brügge aus eine Warnung schikken sollen. Er sollte anhalten und die Warnung heute schicken.
Nein, das würde er trotzdem nicht tun!
Mit einem ahnungsvollen Grinsen bemerkte Galeran, daß er sie überraschen *wollte*. Er wollte seine kühle Frau in ihrer Arbeitskleidung überraschen, den Rock geschürzt, ihr feines Haar aus dem Zopf fallend, wie es das immer tat. Er wollte, daß sie aufsah und ihn mit offenem Mund anstarrte, dann vor Freude errötete.
Jehanne haßte es, wenn man sie aus heiterem Himmel erwischte, deswegen tat er es ab und zu ganz gern. Genau wie damals, als er ihr die Rose gab ...
Er war kein Mann, der edle Geschenke machte, und oben im Norden gab es auch nicht viele, aber bei einem Ausflug nach York hatte er die Rose an einem Händlerstand entdeckt, wundervoll aus Elfenbein geformt, jedes Blütenblatt so fein, als wenn es echt wäre. Es war ein unpraktisches Ding, zu klein, um einen Raum zu schmücken, zu groß für Schmuck, aber er hatte es trotzdem gekauft, weil diese scharfgeränderte Schönheit ihn an Jehanne erinnerte.

Als er ihr die Rose gab, röteten sich ihre Wangen und ihre Augen glänzten, vielleicht sogar mit einer Spur von Tränen. Jehanne weinte selten.

Sie hatte aber geweint, als sie sie zerbrochen hatte. Bei der Erinnerung an ihre Trauer über den Unfall lächelte er reuevoll. Andere Verluste hatte sie mit entschlossener Fassung getragen, aber die Rose – sie fiel in einem unachtsamen Moment aus ihrem Regal – hatte sie zum Weinen gebracht. Sie hatten die zerbrochenen Blüten mit Wachs geklebt, aber eine war zersplittert und eine andere hatte einen Riß, und die Rose war nie wieder so vollkommen, wie sie es einst gewesen war.

Nun gut. Er hatte ihr Geschenke aus dem heiligen Land mitgebracht. Vielleicht konnte eins davon für sie so wertvoll sein, wie die Rose es gewesen war.

Er dachte daran, daß er auch einige Liebeskunststücke hätte erlernen können, mit denen er sie hätte überraschen können. Er hatte sein Gelübde zwar gehalten, aber andere Männer hatten die östlichen Frauen erkundet und hatten Geschichten davon erzählt. Jehanne würde interessiert sein. Sie experimentierte gern und jetzt, da sie sich keine Sorgen über ihre Unfruchtbarkeit mehr machen mußte, würde sie große Lust haben, wieder zu spielen.

Heute nacht.

Jehanne.

Jehanne im Bett.

Oder auf dem Bett, damit er sich an ihrem Anblick weiden konnte – hellblondes Haar, das sich über die Matratze ergoß, den geschmeidigen Körper, der wieder sein war, zu fühlen, zu schmecken und endlich in ihn einzudringen ...

Solche Gedanken waren nicht weise.

Sein Glied war hart wie ein Stein, anschwellend, hämmernd, als wenn er Raouls Worte wahr machen und explodieren würde.

Er hatte seine Lust und seine Entsagung nun mehr als zwei Jahre unter Kontrolle gehabt, also sollte er doch in der Lage sein, sich auch noch für ein paar Stunden länger zu kontrollieren, aber er mußte vorsichtig auf dem Sattel eine Position suchen, in der es sich aushalten ließ.
Er bemerkte bald, daß er sich endlich auf vertrauten Ländereien befand – sein eigenes Talland, die schmalen Felder, voll mit Sommer, das Moorland, übersät mit gutgenährten Schafen. Die Sonne ging unter, und der Graubraune begann zu ermüden. Aber jetzt war keine Zeit mehr, um eine Rast einzulegen. Er trieb ihn weiter, galoppierte durch die vertrauten Dörfer, versprengte Gänse, Hühner und Menschen. Die Rufe »Es ist Lord Galeran! Lord Galeran!« gingen unter in dem Geschnatter der verdutzten Vögel.
Dann sah er den großen Burgfried von Schloß Heywood hinter einigen Bäumen und riß die Zügel an. Er hatte so oft davon geträumt, daß es ihm fast vorkam wie ein weiterer Traum. Er brauchte einen Moment, um sich zu vergewissern, daß es endlich, gesegnet, wahrhaftig war.
Es sah wie immer aus. Es war, als wäre er erst gestern fortgeritten.
Raoul zügelte sein Pferd. Es hatte vor Anstrengung Schaum vor dem Mund. »So, haben wir es also geschafft, obwohl deine Leute über eine Meile weit verstreut sind. Warten wir auf sie, bis wir alle wieder zusammen sind, und reiten wir ganz ruhig weiter, als wenn wir überhaupt keine Eile hätten?«
Dieser Gedanke war Galeran auch schon gekommen. Typisch für Raoul, daß er seine Gedanken so gut lesen konnte. »Nein«, sagte er und ließ sein Pferd in einen langsamen Galopp fallen. Er wollte um die Straßenbiegung reiten, um so einen unverstellten Blick auf sein Haus zu haben …
Er riß den Graubraunen herum, so daß er sich aufbäumte.
Ein Heer wimmelte um Heywood herum.
Sein Schloß stand unter Belagerung!

»Zum Teufel, wer?«
Raoul beschattete seine Augen gegen das blendende Licht der untergehenden Sonne. »Das Banner ist rot und grün.«
Raouls Sehschärfe war schon immer bemerkenswert gewesen, aber Galeran konnte es kaum glauben. »Das ist das Banner meines Vaters.«
»Dann belagert dein Vater dein Schloß.«

Zweites Kapitel

Galeran konnte den Worten Raouls nicht widersprechen. Jetzt konnte auch er das Familienbanner von William von Brome ausmachen, das am prächtigen Hauptzelt befestigt war. Er konnte sogar das Zelt wiedererkennen. Es war der Stolz und das Glück seines Vaters.

All seine Freude kehrte sich in Schrecken. Er starrte auf Heywood, auf den einfachen Burgfried und die solide Mauer, die gerade fertiggestellt worden war, bevor er fortgezogen war. An beiden fand sich kein Zeichen eines Überfalls.

Heywood war eines der am besten befriedeten Schlösser im Norden. Wer könnte es ohne Kampf einnehmen? Und was war mit seiner Frau und seinem Kind geschehen?

Mit gefrorenem Herzen pirschte er den Weg hinab zum Zeltlager, ignorierte Schreie und die Versuche, ihm den Weg zu verstellen. Er war sich erst des Schwertes bewußt, das in seiner Hand lag, als er es fast gegen einen Mann erhob.

Er hielt inne, als die Wache seinen Angriff abwehrte, dem Mann war der Schock ins Gesicht geschrieben: »Mein Lord Galeran!«

»Es ist Lord Galeran.«

»Es ist der Herr von Heywood.«

Wie von weit her hörte er die geflüsterten Worte. Sie waren erschüttert.

Sie konnten es nicht glauben.

Sie waren entsetzt.

Dann drängte sich sein Vater durch die Menge, er war immer noch riesig und hatte ein gerötetes Gesicht, aber er war grauer als Galeran ihn in Erinnerung hatte. »Galeran! Bist du das? Christus sei gepriesen! Wir dachten, du wärest tot.«

Ein Stallbursche war angerannt gekommen, um Galerans Zaumzeug zu halten. Sein Vater zog ihn fast vom Pferd, um ihn rippenbrechend und rückenklopfend zu umarmen. »Willkommen zu Hause! Willkommen zu Hause. Wir dachten, du wärst tot! Ehre sei Gott. Ehre sei Gott!«

Galeran riß sich aus der Umarmung los. »Wer hat mein Schloß in Besitz genommen?«

Schweigen legte sich über den Platz.

Das Glück verschwand von Lord Williams herben Gesichtszügen. »Du solltest besser mit mir ins Zelt kommen, mein Junge.«

Galeran bemerkte, daß er von Brüdern und Onkeln umringt war und daß niemand ihm wirklich in die Augen sah.

Jehanne.

Sie war tot.

Die Gewißheit wuchs in ihm wie eine Krankheit, sie machte ihn schwindelig, er hätte sich am liebsten übergeben. Er ließ sich in das Zelt führen, war sich dessen bewußt, daß seine Familie sich hinter ihm hineindrängte, aber er hatte nur Augen für seinen Vater. »Jehanne?«

Lord William goß Wein in einen Pokal und hielt ihn Galeran hin. »Trink.«

Galeran schlug ihn fast aus seiner Hand. »*Wo ist sie?*«

Sein Vater stellte den Pokal auf einen schmalen Tisch, der zwischen ihnen stand: »Im Schloß.«

Galeran brach fast zusammen vor Erleichterung. Nur eine Gefangene. Gott sei Dank, Gott sei Dank. »Wer hält sie gefangen?«

»Das ist eine gute Frage.«

Galeran starrte in die Runde, mehr durch den Tonfall alarmiert als durch die Worte. Erst als sein jüngerer Bruder Gilbert zurücktrat und die Hände hob, bemerkte er, daß er noch immer sein Schwert in der Hand hielt. Er senkte es langsam hinab und genauso langsam steckte er es wieder in die Scheide. »Was geht hier vor?«

»Es tut mir leid«, sagte sein Vater. »Es ist nichts Gutes. Deine Frau hat Raymond von Lowick als Verwalter von Heywood bestellt. Da sie sich weigerte, ihn fortzuschicken, sind wir gekommen, um darauf zu bestehen, daß sie es tut!«

Gerade in diesem Moment wurde die Zeltplane zurückgeschlagen, und ein weiterer großer Mann trat herein – Galerans ältester Bruder Will. Seine ganze verdammte Familie war hier.

»Kleiner Bruder! Du bist mir eine Augenweide! Aber das hier ist die Hölle, in die du nach Hause kommst.«

Da er die brutale Umarmung nicht vermeiden konnte, ertrug Galeran sie. Das gab ihm auf jeden Fall Zeit, um nachzudenken, um das Gehörte zu verdauen.

Jehanne und Raymond von Lowick.

Nein. Er konnte es nicht glauben. Sicherlich, Lowick war der Junker ihres Vaters gewesen, und sie hatte sich in den gutaussehenden jungen Ritter, der er geworden war, verliebt, aber das war Jahre her ...

Als er sich aus Wills Umarmung befreit hatte, wendete er sich zu seinem Vater um. »Ich dachte, Lowick hat in Nottinghamshire geheiratet.«

»Seine Frau starb kinderlos und hinterließ ihm etwas von ihrem Besitz. Um diese Zeit muß es gewesen sein, daß dein Gutsverwalter Fieber bekam und starb. Das nächste, was ich weiß, ist, daß deine Frau ihn hierhergeholt hat.«

Die Luft war gallebitter, aber Galeran mußte weiteratmen.

»Es war ihr gutes Recht. Ich habe ihr die Herrschaft über Heywood überlassen, als ich ging. Lowick war immer ein verläßlicher Ritter.«

Lord Williams Kiefer wanderte von rechts nach links, wie er es immer tat, wenn er etwas nicht sagen wollte. Die Stille zog sich in die Länge, bis William die Wahrheit enthüllte. »Es ist gerade einen Monat her, daß deine Frau ihm ein Kind geboren hat.«

Lord William nahm den Pokal und drückte ihn Galeran in die Hand. »Trink.«

Galeran leerte den Kelch wie in Trance und Unglauben. War er vom Pferd gefallen und hatte seinen Grips dabei verloren? Lag er, Gott möge ihm verzeihen, immer noch phantasierend vor der Jerusalemer Mauer?

»Wir haben gehört, du seist tot.« Lord Williams Stimme kam von weit her. »Fast ein Jahr ist es her, daß Kunde kam, daß du im Kampf um Jerusalem gefallen bist. Es war keine verläßliche Nachricht, und keiner von uns hat sie für bare Münze genommen, aber sie setzte eine Debatte um Jehannes Zukunft in Gang. Wer hätte Heywood halten können? Wer würde das Baby beschützen?«

Wieder senkte sich Stille über den Raum, und Galeran starrte an das feste Zeltdach. Eins nach dem anderen. Denk nicht an Jehanne mit einem anderen Mann. Denk nicht daran, wie sie ihre mühsam gewonnene Fruchtbarkeit verschwendet hatte, um einen Bastard zur Welt zu bringen.

»Mit welchem Recht verwehrt sie euch den Eintritt?«

»Mit keinem Recht«, grummelte sein Vater. »Sie weiß es einfach – sie beide wissen es –, daß es für sie ungemütlich wird, wenn ich dort drinnen bin.«

Eins nach dem anderen.

Galeran stellte den Pokal zurück auf den Tisch. »Es wird mit ihnen geschehen, was ich sage.«

Er drehte sich um und ging aus dem Zelt, wohl wissend, daß sein Vater und seine Brüder ihm folgten, daß alle Augen des Lagers auf ihm ruhten. Er versuchte nicht einmal, Raoul anzusehen.

All seine begeisterten Lobeshymnen auf Jehanne waren zu Asche verbrannt, und doch ...

Und doch.
Sie hatte gedacht, er sei tot. Es lag ein Körnchen Trost in diesem Gedanken.
Er nahm seine Zügel vom Stallburschen und bestieg sein müdes Pferd. Sein Vater faßte den Zaum kurz vor dem Mundstück. »Was hast du vor? Falls du einen Angriff führen willst, dann werden wir das morgen tun.«
Galeran versuchte nicht, das Pferd vorwärts zu treiben. »Laß uns sehen, ob sie nicht ihrem rechtmäßigen Herrn öffnen.«
»Zum Teufel, Junge, sie werden dich erschießen, wenn sie dich nur sehen.«
»Wenn meine Frau mich tot sehen will, dann werde ich so auch besser dran sein.« Sein Blick traf die wütenden Augen seines Vaters, und nach einem kurzen Moment ließ Lord William das Pferd los.
Galeran ritt ohne Kopfbedeckung auf sein Schloß zu. Er hatte keinen Wimpel, aber genug Menschen würden in der Lage sein, ihn zu erkennen, wenn er nahe genug war. Es waren Wachen auf den Mauern.
Heywood war auf einer natürlichen Erhebung von heidebewachsenem Stein gebaut. Die Anhöhe wurde von allen höherwachsenden Pflanzen freigehalten, damit der Späher hoch oben auf dem Burgfried immer einen freien Blick auf Jedermann hatte, der sich näherte. Als Galeran die lange, gewundene Straße im Schritt hinaufritt, hörte er den Mann sein Horn blasen. In kürzester Zeit eilten Menschen auf den Schutzwall über dem Tor.
Eine von ihnen war Jehanne, begleitet von einem großen Mann in Rüstung. Vermutlich war es Raymond von Lowick, obwohl man es unmöglich so genau sehen konnte.
Lowick war immer schon ein gutaussehender Mann gewesen, und Galeran konnte keinen Grund finden, warum sich das hätte ändern sollen, nun, da er fast dreißig war. Er war immer schon ein begabter Krieger gewesen, sowohl in der Schlacht als auch im Duell.

Würde ein Pfeil fliegen? Galeran trug ein Kettenhemd, also war die Gefahr, daß ein Pfeil ihn töten würde, sehr gering, aber er könnte ihn ins Auge treffen. Falls sie diese gefährlichen Armbrüste hätten, könnte ein Bolzen sein Kettenhemd durchschlagen. Aber das war ihm egal. In diesem Moment schien leben oder tot sein unwirklich.

Ungehindert ritt er zu den geschlossenen Toren. Dort konnte er zweifelsfrei erkennen, daß die Frau oben seine eigene war. Sie hatte sich nicht verändert. Sie war immer noch schlank, und ihr blondes Haar hatte sich aus dem Zopf entwunden und fiel ihr in unordentlichen Strähnen ins Gesicht. Sie sah blaß aus, aber das war zu erwarten. Sie hatte seine Augen fest im Blick, aber auch das war zu erwarten.

Jehanne hätte den Teufel an der Tür zu seiner Hölle niederstarren können.

Ein Anflug von Wut machte fast seine Beherrschung zunichte.

»*Warum?*« ...

Er wollte ihr es hier und jetzt entgegenschreien, weil er wußte, daß es Gründe geben mußte. Er kannte seine Frau. Er liebte sie immer noch, aber sein Bild von ihr war wie die zerschmetterte Rose. Existierte das Wachs, das sein Leben wieder kitten konnte?

Er wandte den Blick ab, um die bewaffneten Männer auf den Mauern in Augenschein zu nehmen. Auch sie sahen blaß aus, aber die Blässe konnte auch vom schnell verschwindenden Tageslicht herrühren. »Ich bin Lord Galeran von Heywood«, verkündete er mit einer Stimme, die laut genug war, daß alle sie hören konnten, »rechtmäßiger Herr dieses Schlosses. Im ersten Morgengrauen werde ich mit meinen Männern und den Männern meiner Familie kommen und erwarte Einlaß. Verweigert ihr mir den Einlaß, habt ihr die Konsequenzen zu tragen.«

Er wartete einen Moment, für den Fall, daß eine Antwort käme, aber es kam keine, nicht einmal Widerstand. Die einzige

Bewegung, die zu sehen war, war Jehannes blauer Schal, der im kalten Wind flatterte.
Galeran drehte um und ritt zurück nach unten ins Lager. Dort stieg er ab und übergab John sein müdes Pferd.
»Warum morgen?« fragte sein Vater. »Wenn sie dich morgen hineinlassen, dann lassen sie dich auch jetzt hinein!«
»Vielleicht brauche ich Zeit zum Nachdenken, bevor ich meine Frau treffe.«
Damit ging Galeran fort, fort aus dem Lager, fort von allen. Und, Gott sei Dank, ließen sie ihn gehen.

Er hielt nach einer Weile an, weil es keinen Grund gab, schnell vorwärts zu kommen, es sei denn, er wollte den ganzen Weg zurück nach Jerusalem laufen – was seltsam verlockend war. Er lehnte sich an einen Baum, rutschte müde am Stamm herunter, um zu sitzen, dann legte er seinen Kopf auf seine Knie.
Lieber Gott im Himmel, was sollte er jetzt nur tun?
Er wußte, was man von ihm *erwartete*. Er sollte Lowick töten, Jehanne in ein Kloster verbannen, wahrscheinlich, nachdem er sie grün und blau geschlagen hatte. Er sollte sich trennen und eine fruchtbarere Frau finden.
Oder vielleicht sollte er sie vor Gericht bringen, damit sie zum Tode verurteilt würde.
Was ist mit den Kindern? Gallot und der Bastard. Vielleicht waren sie noch jung genug, um eine andere Frau wie die eigene Mutter zu lieben, aber Jehanne würde sich niemals davon erholen, sie verloren zu haben.
Er war überrascht gewesen, als seine Frau, die stets einen kühlen Kopf bewahrte und eine schnelle Auffassungsgabe hatte, plötzlich leidenschaftliche Muttergefühle entwickelt hatte. Aber als sie einmal da waren, wurden sie zur bestimmenden Kraft in ihrer beider Leben.
Ihr Wunsch nach einem Kind hatte ihr sexuelles Verlangen

mehr und mehr abgetötet und machte sie unglücklich. Diese Traurigkeit hatte ihn schließlich dazu getrieben, das zu tun, was er am allerwenigsten wollte: sie zu verlassen und sich dem Kreuzzug anzuschließen.

Ihre Kinderlosigkeit hatte am Anfang keine Rolle gespielt. Sie verlobten sich mit sechzehn, heirateten mit siebzehn. Das Leben schien noch wie eine lange Straße vor ihnen zu liegen, und die verwirrenden Liebes- und Bettspiele erforderten all ihre Aufmerksamkeit. Nach etwa einem Jahr drängten sich die Fragen aber doch auf – gutgemeinte Fragen danach, wann Jehanne denn nun endlich schwanger würde, tauchten auf. Galeran wurde sogar von seinem peinlich berührten Vater zur Seite genommen. Er wollte wissen, ob das junge Paar auch alles täte, was notwendig wäre.

Das hatten sie mit Sicherheit getan, aber sie genossen die Liebesspiele so sehr, daß sie sich nicht beeilten, denn dann würde der Spaß durch Schwangerschaft und Geburt unterbrochen werden. Die Besorgnis von allen um sie herum begann sie aber nachdenklich zu machen, also trafen sie ihre Maßnahmen. Kräuter wurden empfohlen und pflichtbewußt benutzt. Gebete wurden angeboten. Jehanne stimmte sogar zu, ein Amulett zu tragen, das angeblich die bösen Geister fernhalten sollte, die die Kinder einer Frau essen könnten, bevor sie begännen zu wachsen.

Dennoch war all das für sie eher amüsant als ein Grund zur Beunruhigung. Mit achtzehn lebten sie in dem jugendlichem Optimismus, daß alles schon zu seiner Zeit kommen würde, und in der Zwischenzeit hatten sie viel zu tun, das sie in Anspruch nahm.

Jehanne hatte ihre Talente als Schloßherrin vervollkommnet und war eine geschäftige und effiziente Herrin geworden. Galeran arbeitete daran, seine kämpferischen Fähigkeiten auszubauen, ebenso wie sein administratives Können, das er benötigen würde, um sein Herrschaftsgebiet zu verwalten, als Jehannes Vater starb. Er war entzückt von der Macht und dem Prestige Heywoods. Denn immerhin hatte er als ein jüngerer Sohn nicht damit gerechnet, so schnell ein grundbesitzender Lord zu werden.

Die Hochzeit war überraschend schnell vollzogen worden, weil Jehannes Brüder gestorben waren und sie mit dem Erbe ihres Vaters allein ließen. Fulk von Heywood hatte entschieden, sie möglichst schnell an einen passenden jungen Mann zu verheiraten, an einen Mann, der alt genug für Verantwortung wäre, aber auch noch jung genug war, um von ihm geschult zu werden.

Er warf natürlich ein Auge auf die große Familie seines Nachbarn, William von Brome. Will, der älteste Sohn, war bereits verheiratet. Eustace, der zweite Sohn, war neunzehn und hatte alles, was ein Mann von seinem Schwiegersohn erwartete.

Die Verlobungsvorbereitungen waren schon weit fortgeschritten, als Eustace alles durcheinander brachte, indem er verkündete, er fühlte sich berufen, Priester zu werden – ein kämpfender Priester, der sich den Mohren in Iberien entgegenstellen würde. Fulk heulte vor Entsetzen, Lord William war zornig, aber Eustace hielt allem so unerschütterlich stand, wie man es von einem heiligen Krieger erwarten würde.

Daher war Galeran selbst plötzlich im Blickpunkt herrschaftlicher Pläne. Erst sechzehn und mehr an Pferden und Hunden interessiert als an Frauen, wurde er gar nicht gefragt. Er wurde aus Lancashire vorgeladen, wo er als Junker von Lord Andrew von Forth gedient hatte, wurde in ungewöhnlich vornehme Kleidung gesteckt und nach Heywood gebracht, um mit einem eisigen Mädchen verlobt zu werden, das einige Monate älter und einige Zentimeter größer war als er. Kaum hatte er sich von dem Schock erholt, wurde ihm gesagt, daß er auf Heywood leben sollte und sein Training an der Waffe unter Lord Fulk beenden sollte. Auch würde er lernen, einen Besitz zu verwalten.

Trotz des Schreckens erkannte Galeran sein Glück. Ihm wurden ein Schloß und Ländereien übergeben, und es war wahrscheinlich, daß ihm beides bald gehören würde, denn Lord Fulk siechte dahin. Das einzige Ärgernis in seinem faulen Leben war seine Verlobte.

Lady Jehanne machte keinen Hehl daraus, daß sie lieber einen anderen heiraten würde, nämlich Raymond von Lowick. Der große, gutaussehende Raymond war Knappe ihres Vaters und war jetzt schon im ganzen Norden bekannt dafür, wie gut er mit Waffen umgehen konnte. Als ihr Vater es verlangt hatte, war sie bereit gewesen, Eustace von Brome zu heiraten, der ebenfalls groß und gutaussehend war und der sich ebenfalls bereits im Kampf bewährt hatte.

Sie hatte nicht erwartet, einen so schmächtigen Jungen wie Galeran heiraten zu müssen.

»Ich bin volle zwei Monate älter als du«, waren die ersten Worte, die sie zu ihm sagte.

Er hatte Schwestern und wußte, was er ihr zu entgegnen hatte.

»Dann wirst du zweifellos eher sterben.«

Sie war eine furchterregende Kreatur, die Frau, die eines Tages seine Gemahlin sein würde.

Sie hatten bereits alle Verträge und Dokumente unterzeichnet, bezeugt von ungefähr 30 Männern von Rang aus dem Norden, und saßen nun zusammen am anderen Ende der Halle, während die Männer auf ihre Gesundheit tranken. Beide waren sie in feine mit Gold durchwirkte Seide gekleidet, doch Jehanne trug diese Kleidung, als wäre sie daran gewöhnt, während Galeran noch nie zuvor in seinem Leben eine so vornehme Garderobe getragen hatte.

Sein Haar war dunkel und ordentlich geschnitten. Das ihre war offensichtlich noch niemals gestutzt worden. Es fiel in blaßgolden schimmernden Seidenwellen hinunter bis zu ihren schlanken Hüften. Da er aus einer dunkelhaarigen Familie stammte, erschien ihm dies wie ein Wunder. Ein gefährliches Wunder, wie Blitze, Elmsfeuer oder die Flut.

Eher gefährlich als wünschenswert.
Seine Haut war dunkel, denn seine Familie war vor nicht allzu langer Zeit aus Südfrankreich gekommen, wo die Sonne heiß vom Himmel schien. In Jehannes Adern floß mehr nordisches Blut. Ihre durchsichtige Haut, so weich wie feines, poliertes Horn, lag säuberlich über ihren zarten Knochen. Ihre roten Lippen versprachen Wärme, aber ihre klaren blauen Augen waren winterkalt.
Sie schüttelte ihren Kopf, so daß die goldene Seide sich wellenförmig bewegte, als wäre sie lebendig. »Ich wollte einen *Mann* heiraten. Sogar dein Bruder wäre besser gewesen als du.«
»Mein Bruder hat die Kirche vorgezogen.« Er hoffte, daß sie die Worte zwischen den Zeilen hörte, die erklärten, warum sein Bruder das getan hatte.
Sie schürzte ihre Lippen und sah zu ihm hinüber. »Ich hatte gedacht, du würdest dich auch von der Kirche angezogen fühlen. Du hast nicht die Figur eines Kämpfers.«
Diese Bemerkung reichte aus, um Galerans Hingabe an das kriegerische Training zu verdoppeln. Er wußte, daß er klein war, aber er war zuversichtlich, daß er noch wachsen würde. Vielleicht würde er niemals so groß werden wie sein Vater oder seine älteren Brüder, aber er würde wachsen. Sicherlich würde er bald größer sein als seine Frau. Trotz seiner Größe hatte er bereits ein beachtliches Geschick im Schwertkampf und beim Reiten entwickelt, und obwohl er es sich kaum eingestand, hatte er sich fest vorgenommen, Jehanne zu zeigen, daß sie keinen Priester heiraten würde.
Außerdem genoß er die körperliche Ertüchtigung, außer wenn seine zukünftige Braut ihn dabei beobachtete.
Eines Tages sah sie bei Schwertübungen zu, dann kommentierte sie: »Dein linker Arm ist schwächer als dein rechter.«
Er drehte sich um, schüttelte den Schweiß aus seinem Haar. »Jedermanns linker Arm ist schwächer, auch deiner.«

Sie grinste hämisch. »Nein, ist er nicht. Ich bin Linkshänderin.«
»Du bist verflucht, meinst du«, entgegnete er, indem er sich auf ein häufiges Vorurteil bezog.
Sie schüttelte ihren Kopf. »Nur durch dich, Kerl.«
Aber als sie fortging, widmete er sich wieder seiner Arbeit und war befriedigt, daß diese Runde an ihn gegangen war.
Vielleicht hatte sie deshalb ihre Taktik geändert und lauerte ihm in der Stille der Ställe auf. »Da wir bald heiraten werden, Galeran, solltest du mich lieber küssen.«
Er wich unbehaglich zurück. »Ich will dich nicht küssen.«
»Natürlich willst du.« Sie reckte ihren Kopf in die Höhe und betrachtete ihn mit einem leichten Grinsen. »Oder willst du nicht, weil du nicht weißt, wie man küßt?«
Er fühlte, wie Röte sein Gesicht überzog. »*Ich* weiß, wie es geht, aber du dürftest es nicht wissen.«
Sie lachte. »Das hättest du gern, nicht wahr? Denn dann würde ich niemals wissen, ob du es richtig machst.« Wie ein Chamäleon drehte sie sich, kam auf ihn zu und legte eine Hand auf seine Brust. »Wenn du es lernst, wie man richtig küßt, Galeran, dann könnte es sein, daß ich dich mehr tun lasse ... Oder ist es das, wovor du Angst hast?«
Sie hatte Parfüm aufgelegt – etwas Blumiges, aber auch Würziges – und es entströmte ihr wie eine Warnung.
Diese neue Taktik machte ihm solche Angst, daß er ihr auswich. »Du sprichst verdorben. Eines Tages, Jehanne, werde ich dich schlagen.«
Sie lachte. »Dann mußt du zuerst ein bißchen wachsen.«
Als er auf sie losstürzte, wich sie ihm tänzelnd aus und lachte ihn noch immer aus. Er hätte sie fangen können, aber die Vernunft holte ihn wieder ein. Er mochte wohl der Mann sein, dem sie versprochen war. Aber das bedeutete nicht, daß er schon die Rechte eines Ehegatten hatte.
Noch nicht.

Der Gedanke an die Rechte eines Ehemannes führte ihn zu dem Gedanken an dessen Pflichten. Die Hochzeit war nur noch fünf Monate hin, und Jehanne hatte recht – er wußte nicht, was er tun sollte. Wenigstens kannte er die Fakten, und er hatte seine Brüder ab und zu mit einem Mädchen gesehen, aber er hatte keine praktische Erfahrung. Vor seiner Verlobung hatte er sich nicht sehr für Frauen interessiert und seitdem war er auf Heywood. Es schien ihm irgendwie nicht richtig zu sein, im Zuhause seiner zukünftigen Frau mit den Mägden zu schäkern.
Aber er brauchte Übung, und daher überwand er seine Skrupel und begann, die Mägde zu küssen, die sich zu ihm hingezogen fühlten. Er fand das eigentlich sehr angenehm. Sie führten ihn auch noch zu anderen Vergnügungen. Wie weich sich ein Frauenkörper anfühlte, besonders die Brüste; das erregte Glitzern in ihren Augen, wenn es ihnen gefiel, was er tat; der intensive Geruch einer Frau – so anders als der eines schwitzenden Mannes; die Gefühle in seinem eigenen Körper, die nach mehr verlangten ...
Er gab diesem Verlangen nicht nach – das schien ihm doch nicht recht –, aber er dachte oft daran, nach Brome zu fahren, denn dort kannte er Frauen, die nach mehr verlangten ...
Dann, eines Tages, überraschte Jehanne ihn, als er gerade seine Lieblingsmagd auf dem Schoß hatte. Obwohl er sehr schuldbewußt war, ermutigte ihn der Anblick der nackten Wut in den Augen der ihm versprochenen Frau: In dem Moment wußte er, daß er von Jehanne überrascht werden wollte, er wollte ihre Wut sehen. Er schob die Magd von seinen Knien und gab ihr einen spielerischen Klaps auf ihr Hinterteil, um sie auf den Weg zu schicken.
Jehanne hatte sich natürlich sofort wieder unter Kontrolle. »Ich nehme an, du übst noch«, sagte sie mit höhnischem Gesichtsausdruck. »Hoffst du, es noch hinzubekommen, bevor wir verheiratet sind?«

»Das ist mir völlig gleich. Dich krieg ich schon und mach dir ein Kind.«
Sie zischte ihn an: »Dann werde ich dich nicht auslachen.«
»Wenn du mich nicht auslachst, dann werde ich dich auch nicht auslachen.«
Auch diese Runde war an ihn gegangen, da sie mit wutroten Wangen weggelaufen war.
Aber vielleicht hatte sie doch diese Runde gewonnen, da er feststellte, daß er sie nicht gern verärgerte. Daher gab er seine Spielchen mit den Mägden auf. Jetzt wollte er mehr als je zuvor nach Brome fahren, damit er wirkliche Übung für die Hochzeitsnacht bekäme.
Liebe machen war ja in der Theorie ganz schön, da er wußte, welches Körperteil wohin mußte, aber viele Dinge, die in der Theorie einfach zu sein schienen, entpuppten sich dann bei der Umsetzung doch als schwierig.
Wußte sie nun wirklich mehr als er? Sicherlich nicht. Sie war ein ungestümes Mädchen, denn ihre Mutter war früh gestorben, und ihr Vater war ziemlich nachlässig in der Erziehung gewesen. Andererseits war Fulk nicht der Mann, der eine liederliche Tochter toleriert hätte. Sie hätte nicht mit anderen Männern liebäugeln dürfen. Oder doch?
Er dachte mit Unbehagen an Raymond von Lowick, der für Galerans Geschmack Heywood zu oft besucht hatte. Vordergründig kam er her, um seinem ehemaligen Herren die Ehre zu erweisen, aber er flirtete mit Jehanne. Sie schien ihn nicht zu ermutigen, aber sie wies ihn auch nicht ab.
Jehanne war für Galeran ein Buch mit sieben Siegeln.
Sie ging nicht damenhaft, sondern lief umher mit wehenden Röcken. Und doch sah sie graziöser aus als andere Frauen. Sie neigte ihren Nacken nicht und senkte auch nicht den Blick, sondern sah Männern direkt ins Gesicht, ob es nun ihr Vater, Galeran oder Lowick waren. Und doch war es bei ihr nicht ungehörig. Sie ging auf die Jagd und ritt so wild und schnell wie

jeder Mann, und es gefiel ihr, beim Töten dabeizusein. Galeran hatte schnell begriffen, daß weibliche Zartheit bei ihr nicht ausgeprägt war. Sie benutzte ihren Bogen mit tödlicher Sicherheit, konnte ein leichtes Schwert geschickt handhaben und einen Sack voll mit Saat problemlos heben.

Es fiel ihm auf, daß ihn das alles nicht störte, weil sie genauso geschickt in Frauendingen war. Sie konnte einen feinen Faden spinnen und strapazierfähigen Stoff weben, und ihre Stickereien fand er wunderbar. Was noch wichtiger war, sie konnte andere anleiten, zu spinnen, zu weben und zu sticken, daher gedieh Heywood unter ihrer Leitung. Sie wußte ganz genau, wie alles getan werden mußte und schien ihre Augen überall zu haben. Bei all denen, die ihre Pflichten vernachlässigt hatten, war sie schnell mit Strafe bei der Hand, sie war niemals grausam, aber sie brachte jeden dazu, so gut zu arbeiten, wie er konnte.

Die Menschen auf Heywood waren stolz auf ihre Herrin, und das war Galeran auch. Er bewunderte sie trotz ihrer spitzen Zunge und der Widerborstigkeit, und obwohl sie ihn immer noch nervös machte, lernte er, wie er mit ihr umzugehen hatte. Militärische Dinge lernte er vom Waffenmeister, persönliche Kriegführung von Jehanne.

Er genoß beides.

Und endlich fing er an zu wachsen. Eines Tages bemerkte er, daß er größer war als sie, und in der folgenden Zeit legte er noch mehr an Größe und Gewicht zu, so daß er zwei Monate vor der Hochzeit Jehanne um wenigstens einen halben Kopf überragte. Vielleicht trug sie dem Rechnung und verspottete ihn weniger. Jetzt sah sie ihn mit einem anderen Ausdruck in ihren Augen an und sprach ihn niemals an, wenn er allein war. Aber dann, als ihr Hochzeitstag nur noch einen Monat hin war, erwischte sie ihn in einem verlassenen Korridor. »Bist du jetzt bereit, mich zu küssen, Bald-Ehemann?« Sie mußte zu ihm aufblicken.

Ja, er war bereit, mehr als bereit. Blitzschnell ergriff er ihr Handgelenk, dann umfaßte er ihre Taille mit dem anderen Arm. Sie versteifte sich, ihre blauen Augen waren weit aufgerissen. Vor Schreck? Vor Wut? Vor Aufregung? Er verstand sie noch immer nicht, und in diesem Moment war ihm das auch egal.

Er drückte seine Lippen auf ihre, hielt dann inne, fragte sich, was sie tun würde. Sie tat nichts, aber verdutzt starrte sie ihn immer noch an, ohne mit der Wimper zu zucken.

»Weißt du nicht, was du machen sollst?« höhnte er gegen ihre Lippen.

»Ich warte darauf, ob du es weißt.« Aber diese Worte brachten ihre Lippen gegen seine und ließen ihn ihren warmen Atem spüren. Sein Körper reagierte sofort, und er erstarrte in Angst vor sich selbst.

Er sah das Funkeln in ihren Augen, und im nächsten Moment fühlte er, wie ihre Zunge seine Lippen berührte.

Er stieß sie fort, aber nicht weit. »Wer hat dich Spielereien wie diese gelehrt?«

Sie lächelte auf diese Weise, die ihn immer wütend machte.

»Wer hat dich gelehrt, sie wiederzuerkennen?«

»Es ist für Männer etwas anderes.«

»Ist es das?«

Wütend zog er sie wieder an sich und küßte sie, hart und rauh, es war ihm egal, ob sie beeindruckt war oder nicht, er wollte ihr nur zeigen, wer hier der Herr war. Für einen Moment wurde sie in seinen Armen steif, aber dann entspannte sie sich plötzlich und küßte ihn zurück, spielte mit der Zunge, preßte ihren Körper näher an den seinen.

Er genoß es in vollen Zügen, bis er bemerkte, was passierte. Dann stieß er sie geschockt von sich und ließ sie los. »Du *hast* schon vorher geküßt!«

Sie schob die Unterlippe vor. »Habe ich das?«

»Wen?«

»Das möchtest du wohl gern wissen, was?«
»Ja, damit ich ihn töten kann.«
Sie lachte. *»Du?«*
Er schlug sie.
Sie schrie auf, hielt sich mit der Hand die rote Wange. Dann zischte sie vor Wut und griff ihn mit ihren Fäusten, ihren Nägeln, mit jedem Teil ihres schlanken, starken Körpers an. Er versuchte, sie zu beherrschen, mußte aber feststellen, daß das unmöglich war. Also kämpften sie einen verbissenen Kampf, einen unübersichtlichen Ringkampf, sie rieben sich, verkratzen sich, fügten sich Verletzungen zu und rissen all die feinen Kleider in Fetzen. Man mußte sie trennen, wütend knurrend wie wilde Hunde, und er wurde nach Hause geschickt, um sich dem Zorn seines Vaters zu stellen.

Drittes Kapitel

Heywood spricht davon, die Verlobung zu lösen, du Schwachkopf!«

»Sie hat mich zum Wahnsinn gebracht!«

»Du hast sie also geschlagen?« Lord Williams Hand donnerte mit der vollen Wucht seines starken Armes gegen Galerans Gesicht. »Hast du keine andere Idee, wie du eine zarte Jungfrau behandeln kannst?«

»*Zart*? Diese Wölfin?«

Das beförderte ihn schlagartig wieder auf die Füße, weil er eine weitere Ohrfeige auf die andere Seite seines Gesichts bekam. Trotz seines mürrischen Wesens haßte Lord William die Vorstellung, daß eine Frau angegriffen wird. Er schlug ihn noch einmal, und als er damit fertig war, sagte er: »Geh mir aus den Augen, und wenn du geheilt bist, gehe zurück nach Heywood, und bring die Sache wieder ins Lot.«

Es dauerte drei Wochen bis die Wunden geheilt waren und die Blutergüsse abzogen, drei Wochen, in denen er Jehanne von Heywood alle Höllenqualen herbeiwünschte, aber seltsamerweise vermißte er sie auch.

Als Galeran nach Heywood zurückkehrte, war er sich nicht sicher, wie Fulk oder seine Tochter ihn aufnehmen würden, aber er war sich sicher, daß er Vergebung wollte. Der Gedanke daran, daß er Jehanne verlieren könnte, war ätzende Säure in seinem Herzen.

Dennoch, überlegte er, hatte sein Vater recht. Ein Mann sollte es nicht nötig haben, eine Frau zu schlagen, um sie unter Kontrolle zu halten, auch wenn diese Frau war wie Jehanne. Er war darauf vorbereitet, sich bei ihr zu entschuldigen, und er hoffte, daß sie sich nicht hämisch zeigen würde, denn dann würde seine Geduld nicht mitspielen. Zu seiner Überraschung machte Fulk überhaupt keine Schwierigkeiten. Er bemerkte lediglich, daß er hoffte, Galeran würde sie das nächste Mal ordentlich verprügeln, wenn Jehanne ihm Ärger machte, statt eine Rauferei daraus werden zu lassen.

Das würde nur funktionieren, wenn sechs starke Männer sie zuerst festbanden. Aber Galeran sagte das nicht, sondern machte sich auf die Suche nach seiner zukünftigen Ehefrau.

Er fand sie im Garten, sie strahlte eher Unterwürfigkeit und Trauer aus als Befriedigung. Sie hörte sich seine sorgfältig formulierte Entschuldigung an und sagte dann: »Deinetwegen bin ich ausgepeitscht worden.«

»Was glaubst du, was mit mir geschehen ist?«

Ihre Augen blitzten. »Wenn *du* bestraft worden bist, hast du das auch verdient.«

»Wenn *du* bestraft worden bist, hast du es ebenfalls verdient.«

»Ich habe nichts getan!«

»Du hast dich der Zerstörung meines Lebens verschrieben!«

»Ich, mein lieber Lord Galeran, habe Besseres zu tun, als Unglück für dich zu planen.«

»Hat er dich wirklich ausgepeitscht?« fragte Galeran.

Sie senkte die Augenlider. »Er hat mich ausgepeitscht.«

»Ah, ist *das* das Geheimnis?«

Sie schlug ihre Lider wieder auf, und ein Feuer loderte in ihren Augen. »Wenn du mich jemals auspeitschst oder auspeitschen läßt, wirst du das bereuen.«

Später war ihm klar, daß es stimmte, was sie gesagt hatte. Er konnte ihr zwar seinen Willen aufzwingen, ja. Er war ein Mann mit Kraft, Stärke und dem Gewicht des Gesetzes auf

seiner Seite. Aber trotzdem: Wenn es jemals soweit kommen sollte, würde Jehanne eher sterben als sich unterwerfen.
Auf der anderen Seite war sie immer noch ein Stachel in seinem Fleisch, und irgendwie mußte man schließlich mit ihr zurechtkommen. Die Art, wie er am liebsten mit ihr umgehen würde, war noch nicht gesegnet, und so tat er alles, um sie für die verbleibenden Wochen zu meiden.
Es war nicht leicht, weil ihr bloßer Anblick ihn erregte, und es machte ihn wahnsinnig, wenn sie beim Essen seinen Arm streifte oder er ihr Parfum roch.
Vielleicht hatte sie keine Ahnung, welche Wirkung sie auf ihn ausübte, oder von der Macht der Lust in einem jungen, gesunden Mann. Wenn sie davon eine Ahnung hätte, würde sie ihn sicherlich nicht mehr provozieren.
Er versuchte, ihr aus dem Weg zu gehen, aber sie war teuflisch gut darin, immer dort aufzutauchen, wo er gerade war. Er wurde geschickter darin, ihren Berührungen auszuweichen, aber sie schien immerfort die Berührung mit ihm zu suchen. Dann fing sie an, sich auf eine Art zu kleiden, die ihn fast wahnsinnig machte.
Aber mit Gebeten und starkem Willen hielt er durch.
Bis er eines Morgens, zwei Tage vor der Hochzeit, aufwachte und sie auf seinem Bett saß, die Beine verschränkt.
»Zum Teufel, Jehanne. Was machst du hier?«
»Du bist mir immer aus dem Weg gegangen, Galeran.« Ihr Haar fiel lose über ihre Schultern, und sie trug nur den Hauch eines zartrosa Hemdchens.
Galeran bekämpfte den Drang, sie zu sich hinunter auf die Laken zu ziehen.
»Das bedeutet, daß ich dich nicht sehen will. Geh fort.«
»Nein.«
»Dann werde ich gehen.«
Als er die Decken zurückschlug, sagte sie: »Ich habe all deine Kleidung aus dem Fenster geworfen.«

»*Was?*« Er sah, daß sein Schrank offenstand und leer war, und er lachte sie aus. »Denkst du etwa, ich wäre schüchtern, du dummes Mädchen?« Er sprang aus dem Bett und stand ihr nackt gegenüber.

Dann erstarrte er.

Was, im Namen des Erlösers, tat er da bloß? Gleich würde sie laut schreien, und das ganze Schloß würde zusammengelaufen kommen!

Aber er hätte es wissen müssen: Sie zeigte keine Panik, sondern betrachtete ihn von oben bis unten. »Nicht schlecht. Du wächst.«

Jetzt saß er in der Falle. Er durfte nicht das Gesicht verlieren, indem er sich schnell wieder unter die Decke warf, doch er hatte nichts zum Anziehen. Also tat er das einzige, was er konnte, und musterte sie im Gegenzug. »Ich nehme an, daß auch du wächst, aber es ist schwer zu sagen, solange du bekleidet bist.«

Ihre Augen weiteten sich ein wenig, dann begann sie, ihren Rock hochzuziehen.

Er stürzte auf sie zu und ergriff ihre Hand. »Nein!«

»Nein? Du hast mich dazu aufgefordert.«

»Das habe ich nicht.«

»Es klang für mich wie eine Aufforderung. Ich würde mich keiner Aufforderung widersetzen.«

»Dann, beim Kreuz, fordere ich dich auf, hinter meinen Kleidern her aus dem Fenster zu springen!«

Sie sah ihm in die Augen. »Nur wenn du es auch tust. Hand in Hand in die Ewigkeit, Galeran ...«

Und entsetzt wußte er plötzlich, daß sie es tatsächlich tun würde.

Er hielt noch immer ihre Hand fest, und sie drehte seine Hand in ihrer, schob seine Hand so, daß sie ihre Brust berührte, ihre kleine, hohe Brust. Er konnte ganz deutlich ihre Brustwarzen sich unter dem feinen Stoff abzeichnen sehen. »Siehst du. Ich wachse.« Dann sah sie nach unten und lächelte. »Genau wie du.«

Er wußte, daß es so war. Zum ersten Mal in seinem Leben überfiel ihn eine Lust, die sofort befriedigt werden wollte. Er hatte vorher schon Lust verspürt, aber niemals auf diese Weise. Er begann zu zittern. »Wir können nicht ...«

»Natürlich können wir nicht. Aber wir können uns küssen. Du schuldest mir einen Kuß.«

»Jehanne, nein. Ich kann nicht ...« Er fand keine Worte, um die Gefahr zu beschreiben, die Gefahr, daß er die Kontrolle über das gierige Tier in sich verlieren könnte.

Sie verstand, holte tief Luft und glitt sanft von ihm fort. »Wenn du nicht kannst, kannst du nicht«, sagte sie, als wenn nichts geschehen wäre. »Ich werde deine Kleidung heraufschicken lassen.« Sie schlüpfte aus dem Raum und hinterließ nur eine Spur von Parfum.

Obwohl sie ihn nicht wieder provozierte, war ihre pure Anwesenheit jetzt genug, um ihn bis zum Äußersten zu quälen. An ihrem Hochzeitstag war er soweit, daß er wie ein ausgedörrter Baum beim ersten Funken in Flammen hätte aufgehen können. Die langen Stunden der Zeremonie und des Festessens waren eine endlose Tortur für ihn.

Als sie endlich allein in ihrem Hochzeitsbett lagen, war Galeran dennoch wie erstarrt – erstarrt durch die Angst, daß sie mehr wußte als er und ihn auslachen könnte. Aber hauptsächlich deshalb, weil er panische Angst davor hatte, die Kraft freizusetzen, die ihn durchzuckte – eine Kraft, die er weder verstand noch kontrollieren konnte. Er hatte Angst, ihr weh zu tun.

Nach einer Weile berührte sie seine Brust. »Galeran ...?«

Er schauderte, ohne es zu wollen, er kämpfte darum, alles unter Kontrolle zu behalten.

»Du hattest recht«, flüsterte er. »Du hättest jemanden heiraten sollen, der älter ist.«

»Warum?« Sie klang amüsiert. »Er würde doch nur früher sterben.«
Galeran starrte an die Decke, seine Hände zu Fäusten geballt. »Er hätte gewußt, was zu tun ist. Ich weiß es nicht, Jehanne. Ich habe das noch nie zuvor gemacht.«
Ihre Finger machten eine kleine, nervös versichernde Bewegung gegen seine harte Brust. »Ich ebensowenig, aber ich weiß, was wohin muß.«
»Das weiß ich auch.« Aber dennoch wußte er nicht wann, oder wie …
Ihre Hand bewegte sich wie ein züngelndes Feuer nach unten und fand die Quelle seiner Pein und seiner Hoffnungen.
Er rang nach Luft.
Sie rang ebenfalls nach Luft.
»Ich dachte nicht, daß es so hart wäre«, sagte sie. Aber statt sich in jungfräulicher Bescheidenheit zurückzuziehen, schlug sie die Decken zurück, um ihn anzusehen und um ihn mit ihren Fingern zu befühlen. Er mußte ihre Hand fortstoßen, bevor er explodierte. Sie kämpften ein wenig und endeten schließlich Gesicht an Gesicht, sich ansehend. Es schien, als sähen sie sich zum ersten Mal.
»Tu es nicht, Jehanne.«
»Tut es weh?«
»Ja. Aber das ist es nicht …«
»Dann benutze ihn.«
Wie sie so nackt neben ihm lag und er ihre Adern unter ihrer zarten Haut sehen konnte, schien sie ihm unendlich zerbrechlich. »Ich fürchte, daß ich dir weh tun werde.«
»Das mußt du wohl.«
»Ich will dir nicht weh tun.« Er versuchte, sich von ihr zu lösen, aber sie hielt ihn mit ihren Händen und Beinen fest, erinnerte ihn daran, daß sie ganz und gar nicht zerbrechlich war.
»Habe keine Angst. Meine Magd erklärte mir« – sie begann in einer Weise zu erröten, die er schrecklich verführerisch fand –,

»sie sagte, es würde leichter gehen, wenn ich bereit wäre, und wenn ich bereit wäre, dann wäre ich feucht und weich ...« Ihre Stimme wurde zu einem Flüstern und ihre Wangen wurden knallrot. »Ich bin seit Wochen bereit, Galeran, und ich ... ich bin es auch jetzt.«

Sie nahm seine Hand und führte sie zwischen ihre Beine zu der feuchten, heißen Spalte, bewies ihm die Wahrheit ihrer Worte, öffnete sich, gab sich ihm hin ...

Sein plötzlich hirnloser Körper folgte seiner Hand, er fand sie, liebte sie, füllte sie, benutzte sie.

Er hatte niemals erwartet, daß es so stark sein würde. Wenn man seine Versuche mit den Mägden, seine Selbstbefriedigung und das hier verglich, war es, als vergliche man eine Kerzenflamme mit einem wild flackernden Höllenfeuer.

Er brach über ihr zusammen, als er fertig war, und sie drückte gegen ihn, nach Luft ringend. »Galeran, ich bekomme keine Luft!«

Er erhob sich schnell. »Es tut mir leid. Habe ich dir weh getan?« Dann, als er die Antwort in ihrem Gesicht ablesen konnte, fügte er hinzu: »Wenn ich *das* getan habe, war es *deine* Schuld.«

»*Meine* Schuld?«

»Ich hätte noch warten können, wenn du nicht so herausfordernd gewesen wärst.«

»Es wäre egal gewesen, wie lange du gewartet hättest«, sagte sie bissig. »Es ist die Natur der Männer, auf der Pirsch zu sein, und das Schicksal der Frauen, zu bluten.«

Er versuchte ungelenk, sie zu trösten. »Jetzt, da du keine Jungfrau mehr bist, wird es nicht wieder schmerzen.«

»Woher willst du das wissen?« Damit drehte sie ihm den Rücken zu.

Obwohl er diese wundervolle Übung gern wiederholt hätte, drehte auch er ihr den Rücken zu und fiel endlich in Schlaf.

Am nächsten Tag wurde das Laken als Beweis für den Vollzug

der Ehe herumgezeigt. Galeran wurde beglückwünscht als hätte er einen Drachen besiegt, und um Jehanne wurde viel Aufhebens gemacht, als wäre sie verletzt worden.
Obwohl ihm der Beifall der anderen Männer zukam, fühlte er sich miserabel. Wahrscheinlich ahnte keiner der Männer, wie brutal er Jehanne genommen hatte, und daß sie darüber unglücklich war.
Das einzige, was zu tun war, war, den Akt nicht zu wiederholen, bis die Wunde geheilt war. Aber wann würde das sein?
Als sie in der nächsten Nacht zu Bett gingen, fragte er sie, ob sie immer noch Schmerzen hätte. »Nur ein bißchen«, sagte sie in resigniertem Tonfall, der jedes Verlangen, das er gefühlt hatte, abtötete.
In der nächsten Nacht fragte er sie wieder, ob sie noch Schmerzen hätte, und sie sagte: »Nein.« Mit einem Seufzer der Erleichterung drang er in sie ein und fand das Vergnügen, nach dem er sich gesehnt hatte. Dieses Mal dachte er daran, sein Gewicht abzustützen. Als er auf seinem Höhepunkt war, nahm er Jehanne bewußter wahr und sah, daß Jehanne unbefriedigt war.
Danach nahm er sie in seine Arme. »Was ist los, Liebste? Was möchtest du?«
Er dachte schon, sie würde ihm nicht antworten, aber dann sagte sie: »Ich will das, was du hast.«
»Einen Schwanz?« fragte er in ehrlichem Erstaunen.
Sie boxte ihn gegen die Schulter. »Nein, du Trottel. Das Vergnügen! Auch Frauen haben es, ich weiß, daß sie es haben. Ich kann es fühlen, aber es kommt nicht ...« Und jetzt waren Tränen in ihren Augen, die ersten, die er dort jemals gesehen hatte.
Er wiegte sie hilflos. »Es tut mir leid, Liebes. Wir werden es finden ...«
Vielleicht war es Instinkt, vielleicht waren es Bruchstücke halbverstandenen Klatsches, vielleicht erinnerte er sich an die

Zeit mit den Mägden ... Er legte seine Hand auf ihre linke Brust und fühlte sofort ihre Antwort. »Das könnte vielleicht helfen?«

»Es könnte ...«

Er streichelte und spielte mit ihrer Brust, empfand sein Tun selbst als angenehm, vor allem, als ihre kleine rosa Brustwarze hart wurde. Dann senkte er seinen Kopf und küßte sie.

»Ja«, flüsterte Jehanne, also fuhr er fort, sie zu küssen und zu lecken.

Nach einer kleinen Weile sagte sie: »Vielleicht ... wenn du daran saugst ...«

Das tat er mit großer Bereitwilligkeit, er bemerkte, daß ihr Vergnügen mit seinem eigenen verschmolz. Er spürte, daß er das Richtige tat.

Da es das zweite Mal in dieser Nacht war, hatte er keine Eile und konnte versuchen, sich so zu bewegen, wie sie es wollte, während er zwischen innigen Küssen weiter ihre Brüste liebkoste.

Nachher schien sie glücklich zu sein, aber er glaubte nicht, daß sie gefunden hatte, wonach sie gesucht hatte.

Da keiner von ihnen genau wußte, wonach sie suchte, brauchten sie einige Wochen und eine Menge lustvoller Versuche, es zu finden. Aber als sie es gefunden hatten, gab es keinen Zweifel mehr.

Jehanne hinterließ Bißspuren und Kratzer von ihren Nägeln auf seiner Haut, und als sie schrie, dachte er, sie würde sterben.

Nachher lag sie genauso betäubt da, wie er bei seinem ersten Mal dagelegen hatte. »Galeran ...«

»Hmmm?« Er streichelte selbstzufrieden ihren nun sehr vertrauten Körper.

»Das hat mir gefallen.«

»Seltsam. Darauf wäre ich nie gekommen.«

Trotz ihrer Harmonie im Bett war ihr Leben nicht vollständig friedlich. Jehanne hatte ihre festen Ansichten zu jedem Thema und äußerte sie auch, während Galeran in seiner jugendlichen Arroganz glaubte, daß sein Wort das letzte gleich nach Fulks wäre. Sie beendeten ihre Streitereien aber immer mit Gelächter und Liebemachen und erforschten glücklich die Tiefe und die Ausmaße ihrer körperlichen Freuden.

Bis dann der Schatten der Unfruchtbarkeit über sie fiel.

Fulk war damals bereits tot, und sie waren der Lord und die Lady ihres Schlosses. Kluge Planung, Effektivität und harte Arbeit hatten Heywood zu einem florierenden Anwesen gemacht. Galeran hatte Fulks Projekt vollendet: eine Steinmauer, die die hölzerne Palisade ersetzen sollte, war um die Zugbrücke gebaut worden. Die Mauer wurde außen weiß angestrichen und innen mit dickem wollenem Stoff ausgekleidet. Das alles wurde von Jehanne und ihren Frauen gewoben und gefärbt.

Die Tage waren angenehm erfüllt von produktiver Arbeit, und die Abende vertrieben sich die Schloßbewohner mit Konzerten, Geschichtenerzählen oder Darbietungen von Gauklern.

Alles war perfekt, nur daß es noch keinen Erben für all das gab. Die Leute begannen zu flüstern, daß es auch niemals einen geben werde.

Schlimmer noch, die Leute begannen zu erzählen, daß es keinen Erben gab, weil Lady Jehanne sich nicht so verhielt, wie es eine echte Herrin tun sollte. Sie wäre zu vorlaut, zu aktiv. Deshalb könnte kein Kind in ihrem Leib wachsen.

Galeran sagte ihr, daß das Unsinn sei, daß die Dienerinnen von morgens bis abends arbeiteten und trotzdem ein Kind nach dem anderen austrugen – aber Jehanne begann sich zu verändern. Sie ruhte jeden Tag, sie hob niemals etwas Schweres vom Boden hoch, und sie weigerte sich, mehr als nötig zu reiten.

Das nächste Ammenmärchen war, daß unerfreuliche Stimmungen und Ärger ein Kind töten könnten, also tat sie ihr Bestes, um ihr Temperament zu zügeln. Galeran sah ihren

quälenden Kampf gegen ihre Natur und manchmal provozierte er sie, um das Temperament, das er so an ihr liebte, wieder zum Leben zu erwecken.
Nach dem Streit gab es jetzt kein Gelächter und keinen Sex mehr.
Dann weigerte sie sich plötzlich, Liebe zu machen, wenn sie nicht unter ihm liegen durfte.
Als das Gerücht die Runde machte, daß Jehanne teuflische Tricks benutzte, um die Empfängnis zu verhindern, brach Galerans ganze Wut hervor, und er peitschte eine Frau aus, die er darüber hatte erzählen hören. Das war nicht sehr klug, denn dies lenkte jedermanns Aufmerksamkeit auf ihr Problem.
Nacht für Nacht erzählte er Jehanne, daß es ihm nichts ausmachte, wenn sie unfruchtbar sei, und das war die Wahrheit. Er wünschte sich Kinder, ja, besonders einen Sohn, aber nicht um jeden Preis. Mehr als ein Kind haben, wollte er seine freche, starke, kluge Frau zurück.
Und jeden Monat weinte sie.
Eines Tages hielt er sie fest an sich gepreßt und wiegte sie sanft, als ihre Blutung begann. »Es macht nichts, Liebling. Es macht gar nichts. Will hat doch bereits zwei Söhne. Der kleine Gill kann doch Heywood haben.«
»*Ich* will ein Kind.« Sie sagte es wütend, nicht bedauernd.
»Dann werden wir ein Kind finden, daß du großziehen kannst. Eine Tochter.«
Sie befreite sich aus seiner Umarmung. »Ich will ein Kind in *mir*, du dummer Mann! Es ist wie ein Hunger. Ich kann es nicht ertragen!«
»Es ist Gottes Wille, Jehanne.«
»Dann müssen wir Gott umstimmen.«
Und da sie Jehanne war, beleidigte sie den Himmel, als wäre er eine Festung, verbrannte Aussteuer und Kruzifixe, schickte Bataillone von Klageliedern und Beschimpfungen nach oben.

Und jeden Monat, in dem die Blutungen ein weiteres Scheitern bewiesen, zog sie sich allein in ihr Unglück zurück.
Oder sie schlug um sich. Die Bewohner des Schlosses lernten, sich vorsichtig zu bewegen, wenn sie da war. Sie war in einer solchen Stimmung, als sie die Rose zerbrach. Er hatte sie nicht danach gefragt, ob es ein dummer Unfall oder blinde Wut gewesen war. Er tröstete sie einfach nur und tat sein Bestes, die Teile wieder zusammenzukleben.
Aber die zerbrochenen Teile ihres Lebens konnten nicht wieder zusammengeklebt werden. Tatsächlich wurde alles nur noch schlimmer.
Ein Priester sagte ihr, daß die sexuelle Erregung einer Frau den Samen tötete, und daher akzeptierte sie nur noch ganz kurze Akte, ohne auf ihre eigenen Wünsche zu achten. Bei seiner ersten zärtlichen Berührung stieß sie seine Hand fort: »Nein. Nicht ehe wir ein Kind haben.«
Da er nicht glaubte, daß sie jemals ein Kind haben würden, schien es ihm, als wären sie wie Fliegen in einem Spinnennetz der Frustration gefangen.
Der erste Aufruf, die Schreine des heiligen Landes zu befreien, war vorübergezogen. Galeran hatte ihn kaum wahrgenommen, denn das Unternehmen hatte in König William Rufus' England nicht viel Beifall gefunden. Rufus lehnte die meisten kirchlichen Dinge barsch ab und hatte auch nicht vor, seine besten Kämpfer nach Übersee zu schicken.
Spät im nächsten Jahr begann sich aber die Nachricht von Erfolgen im Land zu verbreiten. Es schien, als würden die christlichen Armeen tatsächlich die Heilige Stadt erreichen und sie befreien, und einige Männer planten, sich ein Schiff direkt nach Palästina zu nehmen. Sie würden in wenigen Monaten dort sein und – wenn sie Glück hätten – an der großen Schlacht teilnehmen.
Galeran war mit persönlichen Dingen zu sehr beschäftigt, um von derartigen Abenteuern zu träumen, bis Jehanne begann, ihn dazu zu drängen. Und wieder war es ein hilfsbereiter

Priester – dieses Mal war es ein Wanderpriester –, der versuchte, Interesse für den Kreuzzug zu wecken. Er hatte gesagt, daß so ein nobler Dienst am Herrn möglicherweise das richtige Mittel wäre, um ihr Problem anzugehen.

»Es klingt kaum nach dem richtigen Weg, um ein Kind zu bekommen«, setzte Galeran dagegen, »wenn wir uns zwei Jahre trennen.«

Statt zu streiten, drehte Jehanne sich um. »Ich dachte, du wärest vielleicht erleichtert, wenn du gehen könntest.«

»Warum denkst du so etwas?«

»Ich weiß, daß ich eine Last geworden bin, seitdem ich so viel fordere ...«

Er seufzte. »Es ist nicht die Häufigkeit, die mich stört, Jehanne, sondern diese verzweifelte Art. Wann haben wir das letzte Mal gelacht, als wir uns geliebt haben?«

»Ich glaube, ich habe vergessen, wie das ist.«

Er wollte gerade vorschlagen, daß sie es wieder lernen sollte, daß sie den Gedanken an Kinder einfach aufgeben sollten, aber er spürte, er könnte genausogut vorschlagen, daß sie zu atmen aufhören sollte. »Du denkst also, daß Gott mein Schwert in Jerusalem sehen will«, sagte er statt dessen.

Er schaffte es nicht, begeistert zu klingen. Obwohl er Kriegsübungen genoß, hatte er niemals Gefallen daran gefunden, zu töten. Er hatte oft dafür gedankt, in relativ friedlichen Zeiten leben zu dürfen.

Sie berührte leicht seinen Arm. »Mir gefällt der Gedanke auch nicht. Dich zu bitten, mich zu verlassen, Galeran, ist, als würde ich mir die Hand abschneiden.«

Und doch zeigte diese Äußerung auch die Tiefe ihres Verlangens. Er nahm sie in seine Arme. »Es ist sicherlich ein nobler Dienst, die heiligen Orte für die Pilger sicherer zu machen. Alle Christen sollten ihre Kraft daransetzen. Aber wir können nicht davon ausgehen, daß Gott es uns so zurückzahlt, wie wir es uns wünschen.«

»Er sollte es tun, denn es wird ein fürchterliches Opfer sein.« Sie sah zu ihm auf, und sie war fast die alte Jehanne, die sein Schwert genommen hatte, um sich dem Eber zu stellen. »Wenn das nicht funktioniert, Galeran, dann werde ich zu Mohammeds Religion übertreten!«
Er lachte, aber er hatte den Verdacht, daß das nicht weit von der Wahrheit entfernt war. Wenn der Gott der ungläubigen Jehanne ein Kind versprach, würde sie vor ihm knien.

Sie reisten nach London, um die anderen Kreuzritter zu treffen, Lord William und Jehannes Onkel, Hubert von Burstock, begleiteten sie. Huberts zweiter Sohn, Hugh, wollte sich ebenfalls dem Kreuzzug anschließen, aber eher aus dem Grunde, Ruhm und Land zu gewinnen.
Der Schwur war trotzdem derselbe, unabhängig von den Gründen: die heilige Stadt Jerusalem einzunehmen oder zu sterben und nicht eher zurückzukehren, als bis das Ziel erreicht war. Galeran fügte einen stillen Schwur hinzu – daß er seiner Frau treu sein würde. Er hatte nicht gedacht, daß es ihm schwerfallen würde, da er niemals mit einer anderen Frau als mit Jehanne geschlafen hatte und auch niemals den Wunsch danach verspürt hatte. In Anbetracht ihrer Lage würde es überdies verwerflich sein, seinen Samen an Huren zu verschwenden.
Wie es vom Papst verlangt wurde, trat Jehanne vor und gab ihre Zustimmung dazu, daß ihr Ehemann so lange und so weit fort sein würde. Galeran überließ alle Geschäfte den fähigen Händen seiner Frau.
Dann verbrachten sie eine letzte Nacht miteinander, eine Nacht, die sie beide an die frühen lustvollen Nächte erinnerte. Eine Nacht, in der ein Sohn gezeugt wurde.
Gott war wirklich gut.
Trotz der bestehenden Umstände, glaubte Galeran das immer noch, und während er in den dunklen Wäldern saß, senkte er seinen Kopf, um zu beten.

Es war Raoul, der ihn weckte.
Im stillen, grauen Morgendämmern reckte sich Galeran unter Schmerzen. Er war durchgefroren und fand sich fast in derselben unglücklichen Haltung, in der er eingeschlafen war, wieder.
»Na, versuchst du dich selbst umzubringen?« fragte Raoul und bot ihm einen Krug mit heißem, gewürztem Apfelwein an.
Galeran legte dankbar seine kalten Hände um den Krug und nippte an dem Getränk. »Ich will nicht sterben.«
»Gut.« Raoul hatte frisch gekochtes Schweinefleisch und warmes Brot mitgebracht und gab Galeran etwas davon. »Ich muß sagen, deine Familie ißt gut auf Kriegszügen.«
»Mein Vater liebte immer schon seinen Komfort.«
Sie aßen eine Weile in aller Stille, dann warf Raoul einen Knochen in die mit Tau benetzten Büsche. »Das Schloß ist noch immer verriegelt, bald wird das erste Tageslicht hereinbrechen. Was wirst du tun, wenn sie sich dir widersetzt?«
»Jehanne wird im letzten Moment doch öffnen.«
»Warum sollte sie dich hineinlassen? Sie wird doch wissen, daß es ihr nicht gut ergehen wird, und dein Schloß kann eine lange Zeit halten. Da ist eine schöne Mauer drumherum. Was noch wichtiger ist, sie könnten Hilfe von Außen erwarten und auch bekommen. Ich denke, daß dieser Raymond von Lowick die Fürsprache des örtlichen Bischofs hat, und dieser ist ein Mann, der dem König nahesteht.«
Galeran sah bei diesen Worten auf. »Das macht die Situation natürlich interessant.«
Raoul schnaufte. »Interessant? Um Himmels willen, Galeran, siehst du nicht die Gefahr, die hier lauert? Deine persönlichen Konflikte könnten mit königlichen Interessen kollidieren. Dein Vater ist besorgt.«
Galeran sprang auf die Füße und wischte die Brotkrümel von seiner Rüstung. Es war entspannend für ihn, sich über einfache politische Verstrickungen zu streiten. »Ich bezweifle, daß der

König sich einmischen wird. Wir sind zu weit nördlich. Es ist immer schon für den König gefährlich gewesen, den Süden ungeschützt allein zu lassen. Denk daran, was Harold passiert ist ...«

»Der Bischof kann auf eigene Faust etwas unternehmen«, unterbrach Raoul ihn. »Offensichtlich ist dieser Flambard ...«

»Flambard!« Jetzt war Galerans Aufmerksamkeit geweckt. »Was macht der als Bischof von Durham? Als ich England verlassen habe, war er nicht einmal Priester!«

»Er ist offenbar sehr schnell aufgestiegen. Vielleicht als Belohnung dafür, daß er das Land die letzten zehn Jahre so gut geführt hat – rücksichtslos, aber profitbringend. Also, was, wenn dieser mächtige und rücksichtslose Kirchenmann, der den König in seiner Tasche zu haben scheint, beschließt, daß der Liebhaber deiner Frau im Recht ist?«

Galeran unterdrückte den Drang, Raoul bei dem Wort Liebhaber zu schütteln. »Mein Vater ist im Norden seit dreißig Jahren eine Autorität, und er hat seinem König treu gedient, und sein Vater hat es schon vor ihm getan. Warum sollten Flambard oder Rufus sich mit Brome wegen dieser Art Schwierigkeiten anlegen?«

»Wenn du das Schloß mit Gewalt nehmen mußt ...«

»Das werde ich nicht müssen.«

Trotz des dunstigen, grauen Lichtes konnte Galeran sehen, wie sein Freund die Stirn runzelte. »Denkst du wirklich, daß sie die Tore öffnet?«

»Ja.«

»Warum, im Namen des Kreuzes, sollte sie das tun?«

»Weil es richtig ist.«

Raoul atmete ungläubig aus. »Frauen denken nicht nach, ob richtig oder falsch.«

»Jehanne tut es.« Galeran hoffte inbrünstig, daß das immer noch so war. »Aber wenn du *dieses* Argument nicht gelten läßt, wie ist es mit *diesem:* Wenn Jehanne es nicht so sehen sollte, dann wird es die Besatzung so sehen. Es sind Männer aus dem Ort, die mich kennen. Die meisten haben mir den Treueid geschworen.«

Raoul dachte darüber nach, dann nickte er. »Nun, das macht wenigstens Sinn. Ich nehme an, daß deine Männer kaum eine Wahl gehabt haben. Sie mußten deiner Lady gehorchen, als die Nachricht von deinem Tod gekommen war, da du ihr die Macht übergeben hast. Auch als sie sich einen anderen Mann genommen hatte, und ...« Raoul sah Galeran an und füllte dann seinen Mund mit dem letzten Rest des Apfelweins anstatt fortzufahren.

»Sehr weise.«

»Christi Krone«, rief Raoul aus, »du kannst nicht glauben, daß sie unschuldig ist! Nicht mit einem Baby an ihrer Brust.«

»Nein, ich glaube nicht, daß ich das kann.«

Raoul öffnete seinen Mund, dann schloß er ihn wieder. »Was wirst du nun tun?«

»Willst du noch mehr von dem Fleisch?«

Raoul schüttelte seinen Kopf. Plötzlich begann in das Schweigen hinein ein Vogel zu singen – der Vorbote des Sonnenaufgangs. Würde Jehanne es hören und es als Zeichen des ersten Lichtes erkennen?

Galeran warf den Rest des Fleisches in den Korb und ging den Weg zurück zum Lager.

Viertes Kapitel

Die Männer seines Vaters waren satt und bewaffnet, und die Pferde waren gesattelt. Ein Rammbock stand neben einer Steinschleuder. Alles war gerüstet, sein Heim zu Schutt zu zertrümmern. Galeran betrat das Zelt, in dem seine Verwandten warteten, geharnischt und bereit. Bei seiner Ankunft entstand eine plötzliche Stille.

»Ich nehme an, daß Lowick wenig eigene Männer hat«, sagte Galeran.

»Ja.« Sein Vater sah ihm in die Augen, als wäre er ein unberechenbares neues Kriegspferd. »Nur fünf, denke ich. Aber wir wissen nicht, wie es mit der Treue der anderen steht. Es sind hauptsächlich Männer aus Heywood, und für die könnte die Treue zum alten Fulk und seiner Tochter mehr zählen als die Treue zu dir.«

»Ich werde in jedem Fall nur mit meinen Männern gehen.«

»Um Gottes willen, Galeran ...«

Galeran brachte seinen Vater mit einem Blick zum Schweigen. »Ich will, daß dies meine rechtmäßige Heimkehr wird, nicht eine bewaffnete Besetzung.«

Sein jüngerer Bruder Gilbert wurde rot im Gesicht. »Wenn sie dir auch nur ein Haar krümmen, Galeran, dann werde ich Lowick langsam über dem Feuer rösten. Das schwöre ich! Und was diese Dirne angeht ...«

Galeran hielt auch ihn mit seinem Blick auf. »Niemand außer mir wird Jehanne anfassen. Niemand.«

»Fein«, sagte Gilbert mit einem wütenden Knurren, »aber ich möchte dabei zusehen!«

Bevor Galeran darauf antworten konnte, platzte ein Mann herein. »Mylords, die Tore öffnen sich!«

Gott sei Dank.

Galeran bekämpfte sein Verlangen, sich erleichtert fallenzulassen. Er drehte sich auf dem Absatz um, um sich dann als ein rachsüchtiger Herr und Meister zu zeigen, wie man es von ihm erwartete.

Aus dem Wald schallte jetzt Vogelgesang, und die Sonne rötete den Himmelsrand, sandte ihre ersten hellen Strahlen in den Morgen.

Er blickte nach Heywood, und obwohl der morgendliche Dunst die weißen Mauern in goldenes Licht tauchte, konnte man ganz deutlich die offenen Schloßtore und das ungewisse Dunkel dahinter sehen.

Heute waren keine Leute auf den Mauern – weder Soldaten noch Frauen.

Er verlangte mit einer Geste nach seinem Pferd, dem einfachen Graubraunen, den er in Stockton gekauft hatte. Raoul brachte ihm das Pferd und führte seines an der anderen Seite.

»Das geht dich nichts an«, sagte Galeran. »Meine Familie bleibt hier, um zu beobachten, ob man mich anspuckt, wenn man mich sieht. Du kannst bei ihnen bleiben.«

»Oh, ich möchte das um nichts in der Welt verpassen.«

»Ich bin froh, daß wir dir Unterhaltung bieten.«

Galeran saß auf und wandte sich an seine Männer, die kleine Gruppe, die gemeinsam mit ihm aus dem heiligen Land zurückgekehrt war. »Denkt daran, das ist mein Schloß, das von meiner Frau besetzt gehalten wird. Ich erwarte, daß wir willkommen geheißen werden. Aber wir können nicht sicher sein, wer das Sagen auf Heywood hat. Wenn es Ärger geben sollte, will ich keine Heldentaten sehen. Flieht und kehrt ins Lager zurück, um meinem Vater zu dienen. Er wird mich rächen.«

Es kam ein unzufriedenes Gemurmel auf, aber Galeran sagte: »Bei euren Schwüren, gehorcht mir!«
Dann wendete er sein Pferd in die Richtung seines Zuhauses.
Nichts bewegte sich. Das Schloß schien wie verlassen – es sah verzaubert im Morgendunst aus –, aber es konnte nicht sein, daß alle Bewohner geflohen waren. Da die umzingelnde Armee sich zurückgezogen hatte, wäre es möglich, daß einige wenige Leute sich davongeschlichen hatten, aber nicht die ganze Garnison und alle Bewohner. Auf Heywood wohnten normalerweise an die fünfzig Menschen.
Er hoffte, daß Lowick gegangen war. Das wäre ein guter Grund für die Verzögerung der Kapitulation gewesen. Wenn er diesen Mann noch töten mußte, würde es nur die ganze verworrene Situation komplizieren.
Galerans größte Furcht war, daß Jehanne und sein Sohn mit ihm gegangen sein könnten.
Er ritt wieder, ohne seinen Kopf zu bedecken, vorwärts, so daß niemand auch nur den geringsten Zweifel daran haben konnte, daß er tatsächlich Galeran von Heywood, der Herr dieser Ländereien, war. So könnte auch niemand behaupten, er hätte aus Versehen auf ihn geschossen.
Es kam kein Pfeil geflogen. Kein Armbrustbolzen flog heran, um ihn zu durchbohren. Dann war er vor den Mauern.
Er schauderte, als die Hufe des Pferdes durch das offene Tor klapperten und sie in den Schatten der dicken Steinmauern eintraten. Es gab immerhin ein Mörderloch im Torbogen, durch das man Pech oder heißen Sand schütten konnte ...
Aber nichts fiel herunter, und hinten in der Zugbrücke stand die Besatzung in zwei unbeugsamen Reihen und wartete auf ihn.
Sie sahen zu Tode erschrocken aus, und das waren sie vielleicht auch.
Das nahm eine große Last von Galerans Schultern. Dieser Teil wenigstens würde gutgehen.

Er ritt in ihre Mitte, hielt an und stieg ab, das Klirren der Rüstung und das Rasseln seines Kettenhemdes waren die einzigen Laute, die zu hören waren. Er signalisierte seinen Männern, daß sie vorsichtshalber im Sattel bleiben sollten und sah sich vorsichtig um.

Hinter den unbeweglichen Soldaten liefen die Schloßbewohner nervös hin und her. Frauen preßten großäugige Kinder an ihre Leiber, alte Menschen sahen mit müden Augen zu ihm hinüber.

Wo war Jehanne?

Sie würde sicher nicht bei den Bauern stehen. Wenn dies eine normale Heimkehr wäre, dann würde sie auf den Treppenstufen warten, um ihn in aller Form willkommen zu heißen.

Aber sie war nirgendwo zu sehen.

Wenn sie mit ihrem Liebhaber geflohen wäre, sollte er sie dann laufen lassen?

Nicht, wenn sie seinen Sohn mitgenommen hatte.

Die spürbare Stille erdrückte ihn schier, verschlug ihm fast die Sprache, aber er schluckte und erhob seine Stimme. »Gibt es hier jemanden, der mich *nicht* als seinen Herren, als Lord dieses Anwesens anerkennt?«

Stille antwortete ihm, aber es war eine Stille, die Hoffnung bedeuten konnte.

Galeran wollte am liebsten nur nach Jehanne fragen, in das Schloß rennen und nach ihr suchen, aber er hatte seinen Teil des Spiels zu Ende zu spielen. Er bewegte sich würdevoll zu den Stufen und stieg hoch.

Bevor er wieder sprechen konnte, trat ein Mann vor und kniete zu seinen Füßen nieder, sein unbedecktes Haupt gebeugt. Es war Walter von Matlock, Anführer der Garnison. »Lord Galeran, seid gnädig. Wir sind unter das Kommando der Lady gestellt worden und hatten die Nachricht, daß Ihr tot seid. Wir haben gedient, wie wir es für richtig hielten.«

»Steh auf, Walter. Niemand wird leiden, weil er meiner Lady gedient hat.«

Der Anführer erhob sich, und Galeran sah Tränen der Erleichterung in seinen Augen.
Er trat schnell die Stufen hinab und küßte Walter leicht auf die Wange, gab ihm den Friedenskuß. »Alles ist wie es war, Walter. Es gibt keinen Grund, die Schwüre zu erneuern.« Er sprach laut genug, um gehört zu werden, und eine Welle der Erleichterung lief über die Zugbrücke. Die Menschen begannen zu murmeln, und als wäre nun ein Bann gebrochen, weinte ein Kind.
»Ich nehme an, daß keiner von Lowicks Leuten hier ist«, sagte Galeran leise.
»Sie gingen in der Nacht, Mylord.« Walter warf ihm einen Blick zu. »Wir haben nicht versucht, sie aufzuhalten.«
Galeran hatte sogar ein Lächeln für diese Äußerung übrig. »Du bist ein weiser Mann«, sagte er.
Er hatte Angst, aber schließlich überwand er sich: »Und Lady Jehanne?«
Der Gesichtsausdruck des Mannes wurde leer. »Erwartet Euch in der Halle, denke ich, mein Lord.«
Noch eine Last fiel von Galerans Schultern, machte, daß er sich leicht fühlte, fast zu leicht. Es war kaum zu glauben, er hatte Mühe, den Boden unter den Füßen wiederzufinden.
Aber Lowick war fort, und Jehanne war hier. Vielleicht konnte etwas getan werden, um die Scherben wieder zusammenzufügen.
Er wandte sich an Raoul und seine Männer. »Bleibt dort, kümmert euch um die Pferde, zieht ein. Oh, und schickt Nachricht an meinen Vater, daß alles in Ordnung ist und er herkommen kann.«
Dann, als die Sonnenstrahlen hereinbrachen, um den neuen Tag zu verkünden, erklomm Galeran die hölzernen Stufen zum Eingang seines Hauses.
In die Halle zu gehen, hieß in Kälte und Dunkelheit zurückzukehren, obwohl die ersten Strahlen des goldenen Lichtes sich in

den kleinen Fenstern brachen. Einen Moment lang war er wie blind, und als seine Hunde um ihn herumschwänzelten, war er überrascht, weil er sie nicht hatte kommen sehen.
Er begrüßte sie, wenigstens das war eine einfache Angelegenheit, und er nahm sich ein wenig Zeit für sie.
Dann blickte er auf und sah eine Gruppe zusammengekauerter Frauen in einer Ecke – Jehannes Frauen. Seine Frau stand ein wenig entfernt in der Mitte des großen Zimmers, ihre beiden schwarzen Jagdhunde an ihrer Seite. Sie trug ihre bevorzugten Farben – blau und beige –, und ihr langes Haar war in dicken, strammen Zöpfen gebändigt, mit blauen Bändern, die zu ihren Augen paßten. Sie stand dort ganz ruhig, als ob sie darauf wartete, einen Fremden zu begrüßen.
Ein Kloß saß in Galerans Hals, und er hätte sie gern in seiner Verzweiflung an sich gepreßt.
Aber dort, in ihren Armen, lag dieses winzige Baby.
Ihr Bastard.
Jehanne wagte es, ihm in ihrer Sünde gegenüberzutreten.
Wo war Gallot? Galeran schaute suchend umher. Weise, dachte er, ein älteres Kind, das schon mehr mitbekommt, herauszuhalten.
Er ging vorwärts, es fiel ihm auf, wie seine Rüstung rasselte und klapperte. Er hatte sie tagelang nicht ausgezogen. Er mußte stinken. Wie mußte Jehanne ihn sehen? Vielleicht kam er ihr wie ein Fremder vor. Seine Stoppeln hatten fast schon Bartcharakter, und da waren auch Narben, die ihn entstellten.
Seine Hunde hatten ihn sofort wiedererkannt. Ihre Hunde auch, sie waren nur zu gut erzogen, um ihre Herrin ohne Erlaubnis zu verlassen, aber sie wedelten mit ihren Schwänzen den Willkommensgruß.
Nur sie schien unbeteiligt.
Aber sie war nicht unbeteiligt. Als er näher kam, geriet ihre Kontrolle ein wenig ins Wanken, ihre Augen weiteten sich und

blickten angespannt. Er hätte nicht sagen können, ob sie Angst hatte oder nur überrascht war.
Er hielt vor ihr an, war erstaunt, wie wenig sie sich verändert hatte. Sie paßte fast vollkommen zu dem Bild, das er in seinen Träumen gesehen hatte.
Zwei Schwangerschaften hatten sie nicht rundlich werden lassen, obwohl ihre Brüste im Moment größer waren, zweifellos voll von der Milch für den Bastard. Abgesehen davon war sie vielleicht eher ein wenig dünner und blasser geworden, als er sie in Erinnerung hatte, aber sie war genauso schön wie früher. Ihre Haut hatte noch immer die perlenhafte Durchsichtigkeit, die ihn damals schon fasziniert hatte, ihre Augen strahlten noch immer in klarem Blau. Ihr Haar erinnerte ihn immer noch an wie von Feenhand gesponnene goldene und silberne Fäden, und einige Strähnen hatten sich wie immer losgemacht, um ihr Gesicht einzurahmen.
Warum, Jehanne? Warum?
Auch wenn sie die stille Frage gehört hatte, sie antwortete nicht. Sie sah ihm nur still in die Augen. Er nahm an, daß es nicht viel zu sagen gab, und sicher würde sie nicht wie Walter auf ihre Knie fallen, um ihn um Gnade anzuflehen.
Er wußte, daß sie eher sterben würde.
»Lowick?« fragte er.
»Ist fort.« Gar nicht wie ihre vertraute Stimme kam es rauh aus ihrem Mund.
»Wollte er, daß du mit ihm gehst?«
»Ja. Aber ich bringe ihm ohne Heywood keinen Nutzen.«
Aber dann warum? Warum sollte sie sich einem Mann hingeben, der sie so wenig schätzte? Hat er dich belogen? Ich dachte, es wäre unmöglich, dich zu belügen.
»Wolltest du mit ihm gehen?«
Sie hielt das Kind ein wenig dichter an sich. »Ich hatte Angst, zu bleiben«, flüsterte sie.
»Aber du bist geblieben.«

Mit all ihrer Fassung fügte sie hinzu: »Ich bin deine Frau, und dies ist mein Zuhause.« Galeran sah an ihr vorbei auf die ängstlichen Frauen, nahm sich einen Moment Zeit, um nachzudenken. Ein Gesicht sah eher finster als gebeutelt drein. Es war Jehannes derbe junge Cousine Aline. Er hatte vergessen, daß sie St. Radegunds Kloster verlassen hatte, um Jehanne während seiner Abwesenheit Gesellschaft zu leisten. Was hatte diese Beinahe-Nonne mit all dem zu tun und warum starrte sie *ihn* so finster an?

Sein liebster und intelligentester Hund, Grua, spürte die Stimmung, die in dem Raum lag, und winselte, drückte sich näher an Galeran heran.

Wie hatte er annehmen können, daß diese ersten Momente mit Jehanne ihm Antworten geben würden? Oder ihm irgend etwas Angenehmes enthüllen würden? Sie hatte nicht abgestritten, daß sie mit Lowick gehen wollte, und sie hatte ebenso gesagt, daß es nur ihre Pflicht war, die sie im Haus gehalten hatte.

Jehanne war immer sehr pflichtbewußt gewesen.

Also warum hatte sie getan, was sie getan hatte?

Wenn sie wirklich gedacht hatte, daß er tot sei, warum hatte sie ihren Liebhaber nicht geheiratet?

Entfernte Geräusche verrieten ihm, daß sein Vater an der Zugbrücke angekommen war. Er machte den Schloßbewohnern bereits die Hölle heiß. Die bellende Stimme wurde deutlicher, als Lord William begann, die Stufen zur Halle hinaufzusteigen, noch immer alle und jeden ausscheltend für diesen Affront gegen die Ehre seiner Familie.

Galeran ging zurück zu Jehanne. »Gib das Baby an seine Amme.«

Jehannes Augen weiteten sich ein wenig, aber nach kurzem Zögern gehorchte sie und reichte das schlafende Kind weiter.

»Knie nieder«, sagte er leise, und paßte den Moment ab, in dem sein Vater eintrat. Dann schlug er seine Frau.

Einen Moment lang hielt sie ihr Instinkt noch auf den Füßen, ein Anflug von Wut war in ihren Augen, aber dann brach sie zusammen, die Hand an ihre gerötete Wange haltend.
Ihre Hunde sprangen herbei, um sie zu verteidigen, aber Galeran ergriff dennoch ihren Arm. Er war in Rüstung. Die Hunde hatten keine Chance.
Vielleicht zischte sie deshalb: »Sitz!«
Galeran wollte sie zu sich heraufziehen, aber der brutalere Eisengriff von Lord William hielt ihn davon ab. »He, Junge, wir wollen nicht, daß du sie tötest.«
Er löste Galerans Hände von Jehanne und stieß ihn in die Arme von Will und Gilbert. Dann ging er vorwärts und half seiner sündigen Schwiegertochter auf. Er schalt sie aus, aber versicherte ihr gleichzeitig, daß sie in seinem Schutz sicher wäre.
Gilbert grummelte: »Du hättest sie schlagen sollen, bevor Vater hereinkam. Du weißt doch, wie weichherzig er mit Frauen ist!«
Will sagte: »Einerseits stimme ich Gil zu. Jetzt, da er ihr seinen Schutz versprochen hat, wird er es nicht zulassen, daß du sie berührst.«
»Du kannst ein Kirchentribunal einberufen, um ihr eine Buße auferlegen zu lassen«, grübelte Gilbert. »Vater darf sich da nicht einmischen. Oder wenn du sie in ein Kloster schickst, dann verordne ihr tägliches Auspeitschen, ein Jahr lang ...«
Galeran ließ das alles an sich vorbeirauschen. Er hatte es geplant, daß sein Vater ihn stoppen sollte, er wußte, daß das der beste Weg war, die Wut seines Vaters zum Schmelzen zu bringen. Und die einzige Möglichkeit, Lord William auf Jehannes Seite zu bringen, war, daß er, Galeran, sie schlug.
Er schickte ein inbrünstiges Gebet gen Himmel, er brauchte Kraft und Klarheit.
Er befreite sich aus dem Griff seiner Brüder und ging auf Jehanne und seinen Vater zu. Er beruhigte ihre Hunde und sagte dann: »Vater, ich möchte mit meiner Frau unter vier

Augen sprechen. Ich verspreche, daß ich sie nicht noch einmal schlagen werde. Wenigstens heute nicht.«

Als sie seinen Tonfall hörten, sprangen die Hunde zwischen Jehanne und ihn, als ob sie sie trennen wollten. Jehanne beruhigte sie und schickte sie dann auf die andere Seite der Halle.

Lord William schien genauso besorgt wie die Hunde, aber er trat zurück. »Also dann fort mit euch.«

Galeran ergriff Jehannes Arm und zerrte sie in das Schlafgemach. Er wußte, daß sein Griff zu fest war, aber seine Wut schien in seine Hand gewandert zu sein, und er konnte sie nicht kontrollieren. Das letzte Mal als er so unfähig gewesen war, sich unter Kontrolle zu halten, war in seiner Hochzeitsnacht.

Angestautes Verlangen brodelte in ihm hoch, es drohte, ihn jeden Moment zu überwältigen. Wieder war er wie ein toter Baum, der durch einen Funken lichterloh brennen würde.

Er hatte außerdem jedes Recht dazu. Jedes Recht, Jehanne zu Boden zu werfen und ihren Körper zu genießen. Jedes Recht. Auch wenn er drauf und dran war, sie fortzujagen.

Er drängte sie in den Raum hinein, schlug die Tür zu und stieß sie mit einer Brutalität von sich, die sie taumeln ließ. Er sah, daß ihr Gesicht rot war und anschwellen würde. Trotz seines Versprechens seinem Vater gegenüber sah sie so aus, als erwartete sie noch mehr Schläge.

Er drehte sich abrupt um, um die Breite des Raumes zwischen sie zu bringen. »Es tut mir leid. Ich scheine heute brutal zu sein.«

»Ich denke nicht, daß du dich dafür rechtfertigen mußt.« Sie sprach sanft, aber jedes Wort war deutlich.

»Diese Brutalität hilft uns nicht weiter, Jehanne ...«

»Dieser Schlag schon.«

Er drehte sich um, lehnte sich gegen die Wand, die Arme verschränkt. »Ich wollte dich wieder schlagen, Jehanne.«

»Wenn die Dinge andersherum lägen, dann hätte ich dich *töten* wollen.«
Er sah sie an, versuchte zwischen den Zeilen zu lesen. »Hättest du das wirklich getan?«
Jetzt war sie es, die sich fortdrehte. Sie machte sich an den Bettvorhängen zu schaffen. Ihr Bett. Wo sie und Lowick ...?
»Nein«, sagte sie. »Ich würde dich nicht tot sehen wollen. Aber ich hätte gewollt, daß du bestraft wirst. Ich hätte einen Weg gefunden, um dich leiden zu lassen.« Sie wurde plötzlich steif. »Welche Strafe, Galeran? Spiel nicht mit mir.«
»Was würde dir am meisten weh tun? Schläge? Nein.« Er *spielte* tatsächlich mit ihr und war nicht stolz darauf, aber er konnte nicht anders. »Dir das Baby wegnehmen, denke ich ...«
Sie erstarrte und wurde leichenblaß. »Galeran!«
Beschämt stieß er sich von der Mauer ab, um zu ihr zu gehen. »Nicht doch, Jehanne. Ich meinte es nicht ...«
»Haben sie es dir nicht gesagt?«
»Mir was gesagt?«
Sie machte kehrt und rannte in die Halle. Ohne anzuhalten, nahm sie sich einen vollen Krug mit Bier, schüttete ihn in Lord Williams Gesicht und warf den Steinkrug gleich hinterher. Glücklicherweise war er schnell genug, sich zu ducken, und der Krug zerschellte an der Mauer.
Er hörte Jehanne schreien: »*Warum habt Ihr es ihm nicht gesagt? Wie konntet Ihr es ihm nicht sagen?*«
Er griff nach ihr, bevor seinem Vater vielleicht einmal in seinem Leben Zweifel kamen und er doch eine Frau schlug. »Mir *was* nicht gesagt?«
Sie lag steif in seinen Armen, steif wie eine Leiche.
Die Hunde waren wieder um sie herum und winselten.
Lord William wischte sein rotes Gesicht ab. »Ich dachte, du hättest genug Schläge erhalten, mein Junge ...«
»*Mir was nicht gesagt?*«

»Gallot ist tot, Galeran«, sagte Jehanne eisig. »Es war alles umsonst. Er ist tot.«
In die Stille hinein sagte Galeran: »Vergiß nicht den Rest, du eiskalte Hure. Du hast ihn getötet, damit der Weg frei ist für den Bastard deines Liebhabers.«

Galeran befahl, seine Frau in ein bewachtes Zimmer zu bringen, in den kleinen Stillraum neben dem Schlafzimmer – mehr, um sie vor anderen zu schützen als sie zu bestrafen. Er konnte nicht einmal mehr daran denken, verstehen zu wollen, was in seiner Abwesenheit passiert war, und er war auch nicht bereit, es zu versuchen.
Er zog sich allein ins Schlafzimmer zurück, sah, ohne etwas zu sehen, aus dem kleinen Fenster.
Sein erstgeborener Sohn war tot, bevor er ihn je halten konnte, und einige Menschen hatten Jehanne in Verdacht, daß sie in irgendeiner Weise für den Tod verantwortlich war. Soviel hatte er aus den Gerüchten herausgehört, bevor er sich zurückgezogen hatte.
Später.
Er würde es später überdenken.
Er brauchte Schlaf, aber er wußte, daß sein gequälter Geist den Schlaf nicht zulassen würde. Es war erst morgens, ein ganzer Tag, den er noch überstehen mußte.
Sein erster Tag zu Hause.
Er lachte bitter und wandte sich vom Fenster ab.
Tränen brannten in seinen Augen, sie schmerzten mehr als eine Wunde.
Nein. Noch nicht.
Er würde noch nicht weinen, denn wenn er damit beginnen würde, war er sich nicht sicher, ob er je wieder aufhören könnte damit.
Sein Blick blieb an einer elfenbeinernen Rose hängen, die auf ihrem angestammten Platz auf dem kleinen Tisch neben der

Wand stand. Er mußte doch glauben, daß sie ihr etwas bedeutete. Hatte die Rose die ganze Zeit während seiner Abwesenheit dort gestanden, auch wenn sie ...?
Er nahm sie hoch, das abgebrochene Blatt fiel hinunter. Während er einen Fluch murmelte, versuchte er linkisch, es in das weiche Wachs zurückzudrücken, damit es wieder hielt. Dann erstarrte er, mußte den Drang bekämpfen, alles zu zerbrechen, obwohl die scharfen Kanten seine Hand zerschneiden würden. Er atmete tief ein und legte die Rose zurück, obwohl die Blüte zerstört war.
Er ging zu seinem großen Stuhl in der Halle und wies seine Wachen an, ihm Bericht darüber zu erstatten, was sie während seiner Abwesenheit getan hatten, um seinen Besitz zu verwalten. Eigentlich war es ihm egal, aber er konnte doch sehen, daß Heywood gut betreut worden war.
Es entging ihm dennoch nicht, wie sie ihn alle ansahen. Auf den Gesichtern einiger Männer entdeckte er versteckten Spott, der besagte, daß sie nicht annahmen, er hätte genug in der Hose, um mit seiner sündigen Frau umzugehen, daß er ihr vergeben würde, ohne mit der Wimper zu zucken. Einige sahen ihn vorsichtig an, als erwarteten sie, er würde jeden Moment einen Wutanfall bekommen.
Es war möglicherweise richtig gewesen, daß er sie geschlagen hatte, damit jemand ihre Partei ergriff. Galerans Vater hatte Will zurück zum Lager und Gilbert zurück nach Brome geschickt, aber er blieb in der Nähe, um das Schloß zu beobachten, falls Galeran wieder gewalttätig werden sollte.
Und Galeran war froh darüber, daß jemand da war, der sicherstellte, daß er es nicht wurde.

Fünftes Kapitel

Wenn man sich sehr bemüht, kann man eine lange Zeit damit verbringen, einen Überblick über zwei Jahre Abwesenheit zu erhalten. Man kann sich dabei mit so vielen Nebensächlichkeiten befassen, daß kein Raum mehr bleibt für anderes.

Für ein totes Kind ...

Für eine untreue Frau ...

Galeran versuchte es verzweifelt.

Als man ihm Bericht erstattet hatte, begab er sich, begleitet von seinen Hunden, auf einen Rundgang durch sein Schloß.

Er wußte, daß Jehanne, egal was passiert war, das Anwesen vorbildlich geleitet hatte, aber er ging alle Berichte durch und besprach die Dinge mit jeder Person im Schloß, die einige Wichtigkeit besaß.

Als er sich dabei selbst über die Schulter sah, wie er sich mit der Leiterin der Wäscherei über das Färben von Stoffen unterhielt, wußte er, daß er verrückt geworden war. Als er die Babywäsche sah, die draußen zum Trocknen hing, ging er mitten in der Unterhaltung fort.

Er konnte dem dennoch nicht entfliehen. Es schienen überall Dinge zu sein, die an Babys erinnerten.

Ihm fiel die Rechnung für die Wiege in die Hände, die der Tischler für Gallot gefertigt hatte. Er konnte nicht umhin, sich zu fragen, ob dieser Kuckuck im selben liebevoll gebauten Nest saß.

Ein kleines Pony kaute Heu im Stall. Jehanne hatte es Wochen vor Gallots Geburt gekauft, damit es bereits für ihn zugeritten werden konnte. Wenn er noch leben würde, könnte er vielleicht schon auf seinem Rücken sitzen.
In einem der Bücher sah er den Preis für ein kleines Paar Schuhe aus weichem Leder – genau richtig für ein Kind, das gerade seine ersten unsicheren Schritte machte.
Diese Dinge brachten ihn fast zum Wahnsinn, aber er schob sie von sich fort und konzentrierte sich auf praktische Dinge – neue Gehege für die Tiere, den Pfeilevorrat, die Kornernte des letzten Jahres.
Nicht lange nach Mittag fand Raoul ihn außerhalb der Mauern, wie er nahe der Weide die trächtigen Stuten beobachtete. Raoul brachte ihm Brot, Huhn und Wein. »Deine Dienerschaft ißt in der Halle.«
»Ich bin nicht hungrig.«
»Iß!« Raoul drückte ihm ein Hühnerbein in die Hand. »Wenn Du umfällst, kannst Du erst recht keine Probleme lösen.«
Ohne Appetit riß Galeran mit seinen Zähnen ein Stück Fleisch vom Knochen ab. »Bist Du meine offizielle Krankenschwester?«
»Nur dein Freund.«
Galeran drehte sich um und lehnte sich an den Zaun, betrachtete die gesunden Pferde. »Als einen Freund frage ich dich, was würdest du in meiner Lage tun?«
Raoul grinste müde. »Es *sehr* langsam angehen lassen und meiner Frau aus dem Weg gehen. Ich denke, daß auch Eierlegen faszinierend sein kann.«
Galeran überraschte sich dabei, wie er lachte. Er ging mit Raoul zum Schloß zurück und begann, die Versorgung des Hühnerstalls zu begutachten.
Gegen Abend hatte er eine gewisse innere Balance zurückgefunden. Der scharfe Stachel des Schmerzes in seiner Brust war zwar nicht verschwunden, aber die Wunde war wenigstens ein wenig verkrustet.

Wie er angenommen hatte, war auf Heywood alles in Ordnung. Sogar Lowicks Arbeiten waren effizient gewesen, wahrscheinlich weil er gedacht hatte, dies würde einst sein eigener Besitz werden. Er wurde aber von den Angestellten nicht sehr gemocht, und die Freude über Galerans Rückkehr schien echt zu sein. Das half.

Galeran hatte niemanden über Jehanne befragt. Bemerkungen der Dienerschaft zeigten ihm jedoch, daß die Menschen hier immer noch etwas für sie empfanden, und er fand das richtig. Er wollte, daß sie geliebt und verehrt wurde, so wie es immer gewesen war.

Er wollte, daß sie vor ihm geschützt wurde.

Er gewann den Eindruck, daß sie in diesem letzten Jahr seiner Abwesenheit nicht glücklich gewesen war, und auch das begrüßte er. Er hätte die Vorstellung von einer glücklich strahlenden Jehanne nicht ertragen können.

Als die Sonne sich zum Horizont senkte, entschied Galeran, daß er sich endlich ein wenig Ruhe gönnen sollte und ging in Richtung Schlafgemach. Er war auf der Zugbrücke, als er wie erstarrt stehenblieb. Es fiel ihm ein, daß ein gründliches Bad notwendig wäre, wenn er nicht das Bett beschmutzen wollte, in dem er schlief.

Das erinnerte ihn daran, daß Jehanne ihn immer gebadet und rasiert hatte.

Ohne über seine Beweggründe nachzudenken, ließ er ihr die Anweisung zukommen, daß sie sich für diese Aufgabe vorbereiten sollte.

Dann fiel ihm ein, daß er immer noch in der Rüstung steckte. Er mußte lächerlich gewirkt haben, als er in voller Rüstung die Verwaltung und das Anwesen inspizierte, aber er nahm an, daß er ohnehin lächerlich wirken müßte, egal was er täte. Er ging in den Waffenraum und ließ sich vom Schmied helfen, sich aus dem Metall und dem gesteppten Leder zu schälen.

Es fühlte sich gut an, endlich von dem Gewicht befreit zu sein.

Als das Kettenhemd ausgezogen war und er nur noch in seinem verschmutzten Leinenhemd und den wollenen Hosen dastand, reckte er sich zum ersten Mal seit Tagen wie befreit. »Meine Haut ist wahrscheinlich fürs Leben gezeichnet.«

»Haut erholt sich, Mylord«, sagte der Schmied, »das ist jedenfalls eher wahrscheinlich als bei einer Rüstung.« Er begutachtete die Rüstung und zog eine Grimasse. »Ich fürchte, Ihr werdet eine neue benötigen.«

»Wahrscheinlich. Aber halte diese in Ehren. Sie war in Jerusalem.«

Der kritische Ausdruck des Mannes wich einem ehrfürchtigen, und er faßte die rostige Rüstung vorsichtig an. »Jawohl, Mylord, das werde ich.« Er sah fast schüchtern auf. »Strahlt sie, Mylord? Die Heilige Stadt?«

Galeran seufzte. »Es ist nur eine Stadt, Cuthbert, mit Häusern, Lokalen, Märkten und Huren. Sie erinnert uns alle daran, daß Gott auf die Erde gekommen war und wie ein Mensch lebte, genau wie alle anderen Menschen. Ich war auch in Bethlehem, das ist nur ein Dorf, es unterscheidet sich nicht wesentlich von Hey Hamlet.«

Es war klar, daß Cuthbert ihm nicht glaubte und sogar Zweifel daran hatte, ob Galeran überhaupt im Heiligen Land gewesen war.

Überzeugungen der Menschen sind Zufallsprodukte und schwer zu verändern.

Manche Leute haben geglaubt, daß Jehanne ihr Kind getötet hatte ...

Galeran atmete tief ein und ging zurück zum Schlafgemach. Er traf Raoul am Fuß der Stufen und stellte fest, daß sein Freund sich offensichtlich auch zu einem Bad entschlossen hatte.

»Hast also deine Rüstung doch noch ausgezogen, wie ich sehe«, bemerkte Raoul.

»Glaube es oder nicht, Kindermädchen, ich hätte sie schon

Stunden vorher ausgezogen, wenn es mir jemand vorgeschlagen hätte. Sie ist schon zu einer zweiten Haut geworden.«
»Ich nehme an, du hast Buße getan.«
»Warum hätte ich Buße tun sollen?«
»Ich habe nie gesagt, du *solltest* es tun. Dein Vater wies mich an, sicherzustellen, daß du deine Frau nicht umgebracht hast, und dann ging er zurück, um die Nacht in seinem Zelt zu verbringen. Hast du Lust auf eine Partie Schach?«
»Nein. Ich werde jetzt ein Bad nehmen.«
Raoul rümpfte seine Nase. »Das ist bestimmt auch nötig.«
»Und meine Frau wird mich waschen.«
»O nein!«
Galeran sah ihn scharf an, und Raoul nahm einen unschuldigen Gesichtsausdruck an. »Habe ich in diesem Fall dein Wort, daß du sie nicht ertränken wirst?«
»Ja. Und nun geh, erkunde die Mägde hier. Ich bin sicher, daß du eine finden wirst, die nach deinem Geschmack ist. Aber fang nichts mit Jehannes Frauen an.«
Raoul schnitt eine Grimasse. »Galeran, auch wenn ich damit meinen Kopf riskiere, muß ich dir sagen, daß du das Geschehene nicht einfach ignorieren kannst. Sogar die Leute hier, die sie alles in allem zu bewundern scheinen, erwarten, daß sie eine Strafe erhält.«
»Was, zum Kreuz, erwarten sie? Daß ich sie auf der Zugbrücke pfähle?«
Raoul zuckte mit den Schultern. »Eine ordentliche Tracht Prügel könnte die Luft reinigen. Und dann mußt du den Bastard loswerden ...«
Galeran ging einfach an ihm vorbei die Stufen hinauf.
Gott weiß warum, aber es gab einen Teil in ihm, der so sehr danach dürstete, sie zu verprügeln, wie seine Leute und seine Brüder. Wahrscheinlich wartete der größte Teil von Northumbria darauf, Jehanne endlich schreien zu hören.
Aber er konnte es nicht tun.

Er könnte es niemals tun.
Und er konnte sich auch nicht vorstellen, Jehanne das Baby aus den Armen zu reißen.
Als er die Tür zur Halle erreichte, fiel ihm plötzlich ein, daß er gar nicht wußte, ob es ein Junge oder ein Mädchen war.
Er betrat den großen Raum und fand ihn so vor, wie er früher an den meisten Abenden gewesen war. Zwei von Jehannes Frauen saßen im Fensterlicht und spannen und tratschten. Sie warfen ihm einen kurzen Blick zu und sprachen leiser. Diener waren damit beschäftigt, Tische für das Abendessen aufzustellen, und einige bewaffnete Männer saßen an einem Tisch und spielten Würfelspiele. Jeder im Raum sah ihn an und wandte sich dann wieder seinen eigenen Dingen zu.
Jeder hier erwartete Gewalt.
Sie würden enttäuscht werden.
Er hoffte es.
Würde Jehanne ihm gehorchen und sich bereitmachen, ihn zu baden? Er nahm es an. Es war ihre *Pflicht*.
Raouls Pläne für den Abend erzeugten in ihm andere Gedanken, er dachte an Sex mit Jehanne.
Trotz seiner Erschöpfung dachte er daran, mit jemandem Sex zu haben. Als er sich am vorangegangenen Tag Heywood genähert hatte, hatte er damit begonnen, die strikte Kontrolle zu lockern, der er sein Verlangen unterworfen hatte. Und wie bei einem Strom, dessen Dämme geöffnet worden waren, war es nicht möglich, dies rückgängig zu machen.
Er stellte fest, daß sein Körper den ganzen Tag vor Verlangen geglüht hatte, und jetzt schlugen die Flammen höher und wurden heißer. Eine plumpe, naseweise Magd blickte ihn schüchtern an, und als sie bemerkte, daß sie seine Aufmerksamkeit hatte, schwenkte sie ihre Hüften einladend und benetzte ihre Lippen mit ihrer Zunge.
Sicher, er war an seinen Schwur nicht länger gebunden. Wenn eine Partei einen Vertrag brach, wurde der Vertrag ungültig.

Aber er verzehrte sich nicht nach *irgendeiner* Frau.
Er verzehrte sich nach Jehanne.
Er wandte sich von dem Landmädchen ab und durchquerte die Halle in Richtung Schlafgemach. Jehanne war seine Frau und war noch immer verpflichtet, seinen Wünschen und Bedürfnissen nachzukommen. Um ehrlich zu sein, hatte er nie wirklich eine andere Frau begehrt und tat es auch jetzt nicht.
Er erstarrte, als er die Wache an der Tür zum Bad sah. Das konnte nur bedeuten, daß Jehanne dort war und daß seine Anweisungen, sie zu bewachen, wörtlich genommen worden waren. Plötzlich wurde ihm klar, daß er ihr in einem Zustand zügelloser Erregung gegenüberstehen würde.
Nach einem Moment der Anstrengung war er überzeugt, daß der pure Wille nichts ändern würde, also ging er in den nahegelegenen Ankleideraum und änderte den Zustand mit anderen Methoden. Mit dem Bild Jehannes, das in seinem Kopf brannte, und sie selbst nur ein paar Schritte entfernt, war das sowohl befriedigend als auch bitter frustrierend.
Er war jedenfalls jetzt in der Lage, einigermaßen ruhig zu scheinen, als er den Baderaum betrat.
Der Raum war ihm schmerzlich vertraut.
Der große Eichenzuber war mit dickem Leinen ausgelegt und war halbvoll mit dampfendem, nach Kräutern duftendem Wasser. Zusätzliche Eimer, sowohl mit heißem als auch kaltem Wasser, standen bereit. Tücher zum Trocknen hingen daneben auf einem Ständer, nahe genug am Ofen, damit sie warm wären, wenn sie benutzt wurden.
Sie erwartete ihn, locker gekleidet, die Ärmel aufgerollt und ihr Haar zusammengebunden, damit es nicht im Weg war. Schade! Er hätte es so schön gefunden, wenn es im Weg wäre ... Er spürte erneut unbefriedigte Lust.
Wie würde sie reagieren, wenn er sagte: »Leg dich aufs Bett. Ich will dich vögeln.« Er hätte niemals in seinem Leben so etwas Ungehobeltes zu ihr gesagt.

Aber wie konnte er zu ihr sagen: »Komm ins Bett. Ich möchte mit dir schlafen?«
Wie konnte er mit einer Frau schlafen, die einen anderen liebte?
Wie ein Faustschlag übermannte ihn die Frage, die er den ganzen Tag weit weggeschoben hatte. Liebte Jehanne Lowick? Hatte sie dem Ehemann, der ihr aufgezwungen worden war, immer etwas vorgespielt?
Wünschte sie sich, daß Galeran tot war, damit sie für immer mit Lowick zusammensein könnte? Lowick war immerhin größer, breiter, besser aussehend ...
Aber wie konnte eine starke, intelligente Frau einen Mann lieben, der nur ihren Besitz wollte?
Er stellte fest, daß er eine peinlich lange Zeit still dagestanden hatte, und begann dann, seine stinkende Kleidung abzustreifen. Er war dennoch nicht so weit heruntergekommen, daß er versuchen würde, in seinem Zustand körperliche Intimität herzustellen. Jehanne war immer schon sehr anspruchsvoll gewesen.
Aus diesem Grund bat er sie nicht darum, ihm beim Entkleiden zu helfen, und nachdem er sich ausgezogen hatte, öffnete er die Tür und warf die Kleider hinaus in die Halle. »Hol jemanden, der das Zeug verbrennt«, befahl er der Wache.
Dann wendete er sich um und ertappte Jehanne dabei, wie sie ihn eingehend betrachtete. Es erinnerte ihn nur zu deutlich an die Zeit in seinem Gemach, einen Tag bevor sie heirateten – an den Moment, in dem sie seine Kleider aus dem Fenster geworfen hatte. Doch heute spiegelte sich in ihrem Gesicht keinerlei Beschämung, nur ein eher objektives Interesse.
»Ein paar zusätzliche Narben«, sagte er.
Wünschte sie sich, daß er tot wäre?
Wenn sie *das* wünschte, dann würde er es auch lieber sein.
Als er in den Bottich stieg und das Gefühl von heißem, kräuterparfümiertem Wasser auf seiner Haut spürte, entwich ihm ein

unfreiwilliger Seufzer des Entzückens. In diesem Moment waren andere Wünsche und andere Schmerzen vergessen.

Sie begann an seinen Füßen. »Wie lange ist es her, daß du ein Bad gehabt hast?«

Er lehnte seinen Kopf zurück und schloß seine Augen. »Monate. Aber bis zur letzten Woche habe ich meine Unterwäsche noch regelmäßig gewechselt.« Er sagte nicht, daß er sich geweigert hatte, in Brügge für derlei Komfort haltzumachen, weil er so begierig darauf war, sie endlich wiederzusehen. Vielleicht erriet sie es, denn sie fragte nicht weiter nach.

Sie schrubbte seine Füße und schnitt seine Fußnägel, dann bearbeitete sie seine Beine. Manchmal schmerzte das kräftige Schrubben, aber er beschwerte sich nicht. Er wußte, daß sie nur sichergehen wollte, daß keine unerwünschten Bewohner auf seiner Haut zurückblieben.

Sie hielt an seinen Hüften inne und trat hinter ihn, um mit seinen Armen zu beginnen.

Galeran wäre fast eingeschlafen. Fast, aber nicht ganz. Dieses Zwischenspiel war zu kostbar, um es zu verpassen. Wenn er sich gehenließe, hätte er sich vorstellen können, er wäre in der Vergangenheit und Jehanne wasche ihn nach einem harten Tag auf der Jagd.

Sie war immer sauber, wenn sie zu ihm kam, um ihn zu waschen, denn das Baden war immer gefolgt von Liebemachen und sie wollte, daß sie dann beide sauber wären. Ob sie wohl jetzt auch sauber war? Wenn er daran gedacht hätte, hätte er die Wache fragen können, ob Lady Jehanne heute ein Bad genommen hätte.

Jetzt seine Brust. »Gott sei Dank hast du hier nicht so viele Haare«, murmelte sie. »Ich habe schon ein Dutzend Läuse abgesammelt.«

Fast hätte er gelächelt. Es tat gut, sie schimpfen zu hören. Aber seine Erbauung verging. Diese angenehmen Momente würden gar nichts lösen.

Wollte er Jehanne als seine Frau behalten?

O ja.
Auch wenn sie Lowick liebte?
Ja.
War es *klug,* Jehanne als seine Frau zu behalten?
Er wußte es nicht.
War es überhaupt *möglich,* Jehanne als seine Frau zu behalten, nach ihrem offenen Ehebruch und nachdem man sie des Mordes verdächtig hatte? Letzteres war mit Sicherheit nicht wahr, aber ihre Untreue konnte nicht ignoriert werden.
Würde er sie schlagen müssen, um sie beide zu erlösen?
Sie wusch seinen Leib ab, aber wieder hielt sie kurz vor seinen Geschlecht inne.
»Beug dich nach vorn.«
Als er ihr Folge leistete, damit sie an seinen Rücken herankommen konnte, sah er den schmutzigen Schaum auf dem Wasser.
»Es tut mir leid. Ich hätte nie gedacht, daß du dich jemals mit mir in so einem Zustand abgeben mußt.«
»Wenn es mich stören sollte, kann ich mir einige Gründe vorstellen, warum du mir das auferlegen könntest.«
Typisch Jehanne. Manchmal würde das Leben viel einfacher sein, wenn sie einer Konfrontation aus dem Weg ginge oder sich erlauben würde, eine höfliche Lüge anzubringen.
Nach einem Moment fügte sie hinzu: »Wenn etwas von diesem Schmutz aus dem heiligen Land ist, dann sollten wir einen Schrein bauen und ihn darin aufbewahren.«
Er konnte nicht sagen, ob sie es ernst meinte oder nicht. »Nein. Ich hatte ein gründliches Bad in Konstantinopel. Sie nehmen dort das Baden sehr ernst. Es würde dir gefallen.« Er fuhr fort, diese wunderschöne Stadt zu beschreiben, die verschnörkelten Bäder und die sinnlichen Baderituale. Erst als es zu spät war, fiel ihm ein, daß das ein Gespräch mit der Jehanne aus seinen Träumen war, nicht ein Gespräch mit seiner untreuen Frau.
Sie hörte mit dem Waschen auf und holte einen kleineren Krug, um sein Haar zu waschen. »Soll ich es schneiden?«

»Ich bin sicher, das wird es leichter machen.«
Sie führte geschickt das scharfe Messer, und schnitt sein Haar ziemlich kurz, kürzer als es modern war. Das Gefühl, wie ihre Finger sich auf seinem Haar anfühlten, war fast unerträglich erregend. Dann seifte sie das Haar dreimal ein, bevor sie es sorgfältig kämmte und es von Nissen befreite. »Es ist nicht allzu schlimm«, sagte sie. »Eine gründliche Reinigung sollte die Läuse fernhalten. Soll ich dich rasieren, oder hättest du es lieber, wenn es einer der Männer täte?«
Er sah zu ihr hoch. »Solltest du vorhaben, mir die Kehle durchzuschneiden, dann hättest du es bereits getan.«
»Man verbrennt Frauen, die ihre Ehemänner töten.«
Er sah sie an, versuchte in den Worten eine tiefere Bedeutung zu finden, aber dann seufzte er und schloß seine Augen. »Ja. Rasiere mich.«
Als sie die scharfe Kante der Klinge ansetzte, um seinen stoppeligen Bart abzuschaben, fragte er sich, wie lange er in diesem Ödland überleben konnte, ohne daß er sich selbst die Kehle durchschneiden würde.
Einmal dachte er, sie würde mit ihren Fingern die Narbe über seinem Kinn nachfahren, aber sie sagte nichts. Dann wischte sie die Seife fort. »Steh auf, und ich werde das Wasser zum Abspülen holen.«
Er stand auf, ein wenig irritiert durch ihre Sanftheit. »Du hast einige Teile von mir vergessen.«
Sie drehte sich um, fast wie in höchster Not, und da wußte er, daß sie überhaupt nicht ruhig war. Aber da sie Jehanne war, gab sie nicht nach. »Das Wasser ist jetzt zu schmutzig. Ich werde dich erst abwaschen.«
Sie wusch ihn mit sauberem Wasser. Dann, ohne spürbares Zögern, seifte sie ihren Lappen ein und begann, seine Genitalien zu waschen. Im ersten Moment hielt er den Atem an, und in Sekunden war er hart.
Ihre Hände zitterten. »Galeran?«

Der zitternde Tonfall enthüllte den wahren Zustand ihrer Nerven. Es schwang ein Ton der Unterwerfung mit, Zustimmung zu allem, was er verlangen würde. Wenn er sagen würde: »Nimm mich in den Mund. Säubere mich mit deiner Zunge«, dann würde sie es tun.

War das alles, was zwischen ihnen übrig geblieben war – Angst und Buße?

»Ich werde es tun.« Er nahm den Lappen und beendete die Reinigung, dann ging er aus dem Bad und spülte die Füße ab.

Sie hatte sich wieder gesammelt und hielt die Tücher bereit, aber er sah, daß sie ihre Augen gesenkt hielt. Jehanne, die nur in der Kirche ihren Blick senkte. Er rubbelte sich trocken, dann wickelte er ein sauberes Tuch locker um seine Hüften und setzte sich auf eine Bank.

Endlich sprach er die Worte aus, die er den ganzen Tag vermieden hatte: »Erzähl mir von Gallot.«

Sie faltete gerade ein Handtuch zusammen und erstarrte. »Er ist tot.«

»Ich weiß das. Wann ist er gestorben?«

»Vor zehneinhalb Monaten.«

Er hatte das Gefühl, sie könnte es genau in Tagen, Stunden sogar in Herzschlägen ausrücken.

»Wie ist er gestorben?«

Sie beendete das Zusammenfalten mit unbeholfenen Bewegungen, die gar nicht typisch für sie waren. »Er starb einfach.«

»Kinder sterben nicht einfach so, Jehanne. War es ein Fieber? Grippe?« Sie drehte sich zu ihm um. »Er ist einfach gestorben. Er war glücklich und gesund. Er schlief bei mir. Wir haben miteinander gespielt, bevor er eingeschlafen ist ...«

Er dachte, sie würde nicht weitererzählen, und als er ihren Schmerz sah, war er sich nicht mehr sicher, ob er es überhaupt wollte.

»Vielleicht war er ein wenig widerspenstiger als sonst. Ich weiß es nicht ... Ich habe mich um die Bücher gekümmert und bin

zu ihm ins Bett gegangen und bin dann auch eingeschlafen. Als ich aufwachte«, flüsterte sie, »war er tot.«
Galeran starrte sie an, als ob ihr erstarrtes Gesicht ihm Antwort geben könnte. »Warum?«
»Ich weiß es nicht.«
»Sei nicht albern! Du mußt es wissen. Hast du ihn erdrückt?«
»Nein.« Aber sie konnte ihn dabei nicht ansehen.
»Jehanne. Das kann passieren ...«
Sie ging auf ihn los. »Ich habe ihn *nicht* erdrückt! Nur betrunkene Frauen tun das. Ich war nicht betrunken. Ich habe sogar einen leichten Schlaf, und er war acht Monate alt. Wenn ich ihn erstickt hätte, hätte er doch gestrampelt ...« Ihre Lippen zitterten, und sie preßte sie zusammen.
»War er krank?«
»Nein. Nein ... Er hatte einige Flecken, aber nichts, was ihn hätte töten können ... Denkst du nicht, daß das hier jetzt zu weit geht?«
»Aber woran, zum Himmel, ist mein Sohn dann gestorben?«
Sie sah ihn mit eiskalten Augen an. »Vielleicht habe ich ihn getötet. Ist es das, was du denkst? Du seist tot, hat der wandernde Mönch erzählt. Lowick war hier, wollte dich ersetzen, aber er wollte nicht, daß dein Sohn den Platz seines Sohnes einnimmt. Es ist leicht, sich eines kleinen Kindes zu entledigen. Mit einer Hand kann man Mund und Nase zuhalten ...«
»Leicht genug für ihn.«
Ihr Gesichtsausdruck änderte sich. »Ich habe mit Gallot zusammen geschlafen«, sagte sie zitternd. »Es ist nicht möglich.«
»Vielleicht hast du mit beiden geschlafen. Mit Lowick neben dem Körper meines Sohnes gevögelt.«
»Nein!«
Er sprang auf die Füße. »Bei allem, was mir heilig ist, Jehanne, ich werde die Wahrheit herausfinden!«
Sie schlug die Hand vor den Mund. »Oh, Galeran, keine Schwüre mehr ...«

Das Kreischen eines Babys durchschnitt die Stille, ein fordernder Schrei eines hungrigen, jungen Babys. Jehanne legte ihren Arm über ihre Brüste, und Galeran sah, wie ein feuchter Fleck sich dort ausbreitete. Diese Brüste hatten einst auch für seinen Sohn auf Kommando Milch gegeben, und jetzt verströmten sie Milch für das Kind von Raymond von Lowick.
»Geh, füttere es«, sagte er, und sie ging, sie rannte fast davon.
Galeran schlug mit der Faust gegen die Mauer. Der Schlag war hart genug, um ihn zu verletzen. An körperliche Freuden war nicht mehr zu denken. Er konnte sie später zurückholen, aber er wußte, daß er das nicht tun würde. Egal, was passiert war, er konnte Jehanne nicht wie einen Fußabtreter benutzen, um sich zu erleichtern. Da mußte etwas zwischen ihnen sein, etwas mehr als dies hier.
Er sank auf die Bank zurück und legte den Kopf in seine Hände.
War es möglich, daß sie das Kind getötet hatte?
Nein. Niemals. Er würde das niemals glauben wollen.
War es möglich, daß sie ein Auge zugedrückt hatte, als Lowick sein Kind umgebracht hatte?
Er glaubte auch das nicht, aber Liebe konnte merkwürdige Dinge anrichten. Er sah doch, was sie mit *ihm* machte.
Er konnte es nicht abstreiten, daß etwas sehr Seltsames mit Jehanne geschehen war, und die Ereignisse, so wie er sie kannte, ergaben keinen Sinn. Sie hatte das Kind offensichtlich um die Zeit herum empfangen, als Gallot starb, und kurze Zeit nachdem sie Nachricht von seinem vermeintlichen Tod erhalten hatte.
War es möglich, daß Lowick sie vergewaltigt hatte?
Er schüttelte seinen Kopf. Jehanne hätte ihm die Hoden abgeschnitten, sie ihm zum Essen vorgesetzt und ihn daran ersticken lassen.
Statt dessen hatte sie Lowick dortbehalten, und als Galeran sich genähert hatte, hatte sie ihn gehen lassen. Darin konnte er kein Zeichen von Feindschaft sehen.

Er würde herausfinden müssen, was wirklich passiert war, bevor er in Frieden leben konnte. Was würde er tun, wenn Jehanne und Lowick den Tod seines Sohnes in irgendeiner Weise zu verantworten *hätten?*
Sie beide töten.
Er hätte keine Wahl.
Er stand auf und wanderte durch den Raum, verzweifelt nach einer Erklärung suchend, die ihm gefiel, aber er fand keine.
Er hatte eigentlich vorgehabt, nach dem Bad zu schlafen, aber jetzt hatte ihn eine große Unruhe erfaßt, so daß er weder vernünftig nachdenken noch stillsitzen konnte. Er konnte sich also genausogut ankleiden.
Wenn er etwas zum Ankleiden gehabt hätte.
So wurde er wieder schmerzlich an den Tag erinnert, als Jehanne seine Sachen aus dem Fenster geworfen hatte. Wenn sie gedacht hatte, daß er tot wäre, hätte sie sicherlich seine Kleidung weggegeben. Wenn Lowick etwas dortgelassen hatte, dann würde es zu groß sein.
Er öffnete eine hölzerne Kommode und war erstaunt, seine Sachen säuberlich zusammengelegt vorzufinden.
Alles war in hervorragender Verfassung, alles war mit Kräutern bestreut worden, um Motten und anderes Ungeziefer fernzuhalten. Er fand saubere Unterwäsche – ein neues Hemd, das Jehanne eigenhändig genäht hatte – und seine rote, wollene Lieblingstunika, die mit Marderpelz verbrämt war. Auch seine Schuhe waren in einem guten Zustand, geölt und weich.
Er drehte einen Schuh gedankenverloren in seiner Hand. Wenn Jehanne dem Gerücht von seinem Tod vor fast einem Jahr Glauben geschenkt hatte, warum hatte sie dann seine Kleidung so sorgfältig gepflegt?
Diener kamen, wahrscheinlich hatte Jehanne sie geschickt, um das Bad zu säubern. Galeran kleidete sich an und ging hinaus in die Halle. Ihm schwirrte der Kopf vor Müdigkeit und verworrenen Gedanken. Er ließ sich Bier bringen. Es war

dumm gewesen, das Mittagessen zu umgehen, denn das war die Zeit, in der die Gemeinschaft des Schlosses beisammen saß. Also ging er jetzt herum und sprach mit einigen seiner Leute.

Von Raoul war nichts zu sehen. Er war ohne Zweifel gerade mit einer freundlichen, unkomplizierten Magd im Bett, mit einer, die begeistert wäre, ihm ein Kind zu gebären, wenn Gott ihnen eins gäbe. Dann würde das Schloß sie entweder dafür bezahlen, daß sie das Kind aufzöge, oder man würde eine gute Hochzeit arrangieren, oder beides.

Die Dinge waren in der Dienerschaft um einiges einfacher. Aber Untreue wurde auch unter ihnen nicht verziehen. Ein Mann könnte zwar das Kind eines Lords als seines anerkennen, – in der Hoffnung, daraus Vorteile zu ziehen, aber er würde niemals das Balg eines Gleichgestellten annehmen.

Galeran fing einige seltsame Blicke auf. Zweifellos wünschte sich jeder hier, bei den Ereignissen im Bad Zeuge gewesen zu sein. Zweifellos hatten sie alle ihre Ohren an die Tür gelegt, um Geräusche von einer verdienten Züchtigung zu hören.

Begleitet von seinen Hunden, begab sich Galeran auf die Suche nach seinem Verwalter, Matthew, der ihm höchstwahrscheinlich Antworten auf einige Fragen geben konnte.

Der Mann war zu Hause in dem kleinen Häuschen, das auf dem Anwesen gelegen war. Er begleitete Galeran bereitwillig zu den Mauern, dort konnten sie sich ungestört unterhalten.

»Ja, Mylord?«

»Wie wurde Lowick hier zum Haushofmeister?«

Der stämmige, mittelalte Mann zupfte unbehaglich an seinem Hosenträger. »Er kam zu Besuch, mein Lord. Er war hier natürlich gut bekannt, und deshalb haben wir nicht gezögert, ihm Einlaß zu gewähren. Sir Gregory war an diesem Husten, den er schon immer hatte, gestorben – um die Wahrheit zu sagen, es ging ihm nicht sehr gut, nachdem ihr abgereist wart –, und Lady Jehanne und Euer Vater haben überlegt, wer seinen Platz einnehmen könnte. Als sie hörte, daß Sir Raymond verfügbar war, gab sie ihm den Posten.«

Galeran versuchte sich daran zu erinnern, ob sein Haushofmeister, Sir Gregory, einen kranken Eindruck gemacht hatte, als er ihn das letzte Mal gesehen hatte. Er war ein Mann, der immer zu husten und zu spucken schien. Sicherlich war es nicht glaubhaft, daß man ihn aus dem Weg geräumt hatte, um Platz für Raymond zu machen.

Das wäre eine zu gemeine Verschwörung gewesen.

Aber es traf ihn wie ein Schlag, als er sich erinnerte, daß es Jehanne gewesen war, die ihn damals genötigt hatte, sich dem Kreuzzug anzuschließen. Die Verschwörung, wenn es denn eine gegeben hatte, könnte Jahre zurückreichen, sogar bis zu der Zeit ihrer Verlobung.

Nein, nicht so weit zurück, denn Lowick hatte ja ebenfalls geheiratet. Aber seine Frau war gestorben.

Noch so ein bequemer Tod.

»Weißt du, wann Raymonds Frau gestorben ist, Matthew?«

Der Mann warf ihm einen scharfsinnigen Blick zu. Hatte denn jeder hier dieselben Vermutungen? Und was wichtiger war, war etwa irgend etwas an ihnen dran?

»So um die Zeit, als Ihr in das Heilige Land aufgebrochen seid, Mylord.«

»Und woran starb sie?«

»Irgendein Fieber, Mylord. Soweit Sir Raymonds Männer berichtet haben, war sie nie eine gesunde Natur. Sie hatte in ihrer Ehe vier Fehlgeburten. Aber sie war reich. Sie brachte gutes Land mit in die Ehe. Durch einen Vertrag wurde festgelegt, daß, wenn sie kinderlos bliebe, das Land an ihre Familie zurückfiele. Sir Raymond hat jedenfalls sein Bestes getan, um von ihr ein Kind zu bekommen.«

»Er war schon immer ehrgeizig ...« Galeran hatte niemals viel mit Lowick zu tun gehabt, aber er kannte sein Wesen. Er war mutig und ehrenhaft, aber auch ehrgeizig. Lowick war sich

sicher, daß ihm sein Aussehen und seine kriegerischen Fähigkeiten das Recht auf einen höheren Platz im Leben gaben, zum Beispiel als Gatte von Jehanne von Heywood.
Wenn Lowick während seiner Besuche mit Jehanne geflirtet hatte, hatte Galeran angenommen, daß er das eher tat, um ihn zu verärgern als um Jehanne zu verführen. Er sprach es niemals an. Denn das hätte Jehannes Namen in den Schmutz gezogen, seinen Schwiegervater verärgert, und es wäre vermutlich sogar zu einer bewaffneten Auseinandersetzung gekommen, die er wahrscheinlich verloren hätte, denn in jenen Tagen war er kein Gegner für einen größeren Mann.
Er fragte sich manchmal, ob das Lowicks Plan gewesen war – einen Kampf herauszufordern und ihn zu töten. Brutal, aber möglicherweise effektiv.
Jehanne hatte sich niemals über Lowicks Benehmen beschwert, aber Galeran hatte immer angenommen, daß ihre Gründe seinen eigenen ähnelten – der Wunsch, keine Mißstimmung im Haus zu erzeugen. Da er der Knappe ihres Vaters war, war Lowick in vielerlei Hinsicht wie ein Bruder für sie.
Galeran hatte Fulk einmal gefragt, warum er nicht Lowick die Chance angeboten hatte, Jehanne zu heiraten. Der alte Mann hatte es zwar nicht nötig, seine Gründe darzulegen, aber er hatte doch gesagt, daß er sich jemanden mit besseren Kontakten für seine Erbin wünschte.
Raymonds Vater war ein Freund von Fulk gewesen, sie waren beide mit William dem Eroberer hierhergekommen, aber Raymonds Vater hatte keinen Erfolg gehabt. Fulk hatte Raymond aus Gefälligkeit in seinen Hausstand aufgenommen, aber die Gefälligkeit hatte ihr Ende, als es darum ging, ihn zu seinem Sohn zu machen. Darin läge kein Vorteil, hatte er gesagt.
War das alles nur Fassade gewesen? Hatte Jehanne Lowick vielleicht die ganze Zeit über geliebt?

Sechstes Kapitel

Galeran bemerkte, daß der Gutsverwalter geduldig neben ihm stand. Aber das alles war sowieso nichts, worüber er mit Matthew sprechen wollte.

Es war dennoch schwer für ihn, die Worte zu formulieren: »Und was war mit meinem Sohn, Matthew? Was weißt du darüber, wie er gestorben ist?«

Der Mann räusperte sich und sah weg. »Was das angeht, Mylord, das war ein großes Rätsel. Ein feiner Kerl, der seine ersten Schritte machte ...« Der Verwalter hustete, als wenn ihm etwas die Kehle zuschnürte. »Man hat nicht einmal Schreie gehört, wenn Ihr wißt, was ich meine. Lady Jehanne kam mit dem Kind auf dem Arm in die Halle und sagte nur: ›Er will nicht aufwachen.‹ Ein paar von uns waren in der Halle, und wir wußten nicht, was wir davon halten sollten, daß sie so ruhig war. Dann sah sie wieder auf den Kleinen hinunter und sagte: ›Ich denke, er ist tot‹ in demselben normalen Tonfall. Aber dann sagte sie es lauter. Und dann begann sie zu zittern ...«

Der Mann räusperte sich erneut. »Ihre Frauen kamen und nahmen das Baby, aber er war bereits kalt. Es war nichts mehr zu machen.«

Galeran hatte seine Augen geschlossen, und ein Schmerz wallte in seiner Brust auf, der ihn fast erwürgte. Die Art, wie Matthew das Geschehene erzählte, offenbarte ihm die Tiefe von Jehannes Qual.

Und er war so weit fort gewesen.
Er hatte es noch nicht einmal gewußt ...
Wenn es irgendeinen Sinn in diesem Universum gäbe, dann hätte er es wissen *müssen*. Gallot war gestorben, während Galeran sich auf dem Weg nach Hause befunden hatte, vielleicht, während er den Bademeistern in Konstantinopel erlaubt hatte, seinen müden Körper zu verwöhnen. Er erinnerte sich daran, daß er danach ruhelos gewesen war. Er hatte die Heimkehr in der Abteilung der Hezogs der Normandie arrangiert, aber der Herzog reiste ihm zu langsam. Viel zu langsam.
Er erinnerte sich daran, daß er immer noch Alpträume von Jerusalem hatte, aber wie er sich auch bemühte, er konnte sich an keinen weiteren Schatten erinnern. Er hatte keine Vision, die ihm die Wahrheit enthüllt hätte, daß er Tausende von Meilen entfernt einen fürchterlichen Verlust erlitten hatte.
Seine Stimme war rauh, als er sagte: »Hat jemand die Todesursache festgestellt?«
»Das konnte niemand, Mylord.« Zögernd fügte Matthew hinzu: »Natürlich gab es Gerüchte von bösen Flüchen und so etwas. Ihr wißt, wie die Leute sind. Und nach diesem *einen* Gefühlsausbruch wurde sie ... Lady Jehanne ... sie wurde so ruhig. Sie machte einfach so weiter als sei nichts geschehen.«
»Es war schon immer ihre Art, und du weißt das, Matthew.«
»Ja, Mylord, aber wenn eine Frau ihr einziges Kind verloren hat, sieht das schon komisch aus. Und wenn sie außerdem die Nachricht erhalten hat, daß sie auch noch ihren Ehemann verloren hat, sieht das Ganze noch schlimmer aus ...«
Galeran blickte auf sein Land, das in der hereinbrechenden Dunkelheit langsam verschwand. Verzweifelt wünschte er sich, daß er seinen Sohn gekannt hätte, daß er dort gewesen wäre, als all das geschah.
Aber wenn er dort gewesen wäre, wäre das alles vielleicht nie passiert.

Konnte die Liebe einer Frau zu einem Mann sie dazu bringen, den Mord ihres Kindes zu decken?

Er wandte seine Aufmerksamkeit von den Qualen ab und den Rätseln zu. »Also, Gregory war gestorben, und Lowick kam hierher. Das wäre dann etwa zwei Monate, nachdem ich abgereist war.«

»Ja, Mylord.«

»So um diese Zeit war es, als Jehanne schwanger wurde ...«

Er hielt den Atem an.

Wessen Kind?

All diese Jahre des vergeblichen Versuchens und kein Kind, dann wundersamerweise ein Kind. Und später ein weiteres Baby ohne große Schwierigkeiten. War Jehanne etwa gleich nachdem sie Galeran in London zurückgelassen hatte, zu Lowick gegangen? Oder war sie bereits schwanger, als sie ihn drängte, sich dem Kreuzzug anzuschließen?

Nein. Er nahm seine sich überschlagenden Gedanken zusammen. Gallot war fast genau neun Monate nach ihrer letzten Nacht geboren worden.

Oder etwa nicht?

»Gallots Geburtstag war doch am Tag des heiligen Stephan, oder?« Das war das, was Jehanne ihm in einem Brief mitgeteilt hatte.

»Ja, Mylord, und es war ein Tag, an den wir uns alle gut erinnern können. Ein richtig glücklicher Tag.«

Dem Himmel sei Dank! Er konnte später überprüfen, ob Jehanne direkt nach Heywood zurückgekommen war. Sie war auf jeden Fall zusammengewesen mit Lord William, ihrem Onkel Hubert und zehn bewaffneten Männern. Außerdem begleiteten sie drei Frauen. Es wäre schon ein bemerkenswertes Kunststück gewesen, in Gegenwart dieser Gesellschaft eine Verabredung zu treffen.

»Sir Raymond ist immer ein fachkundiger Ritter gewesen«, sagte Galeran. »Ich nehme an, daß er die Angelegenheiten des Schlosses gut verwaltet hat.«

»Ja, Mylord.« Aber er sagte es widerwillig.
»Weshalb der finstere Blick?«
»Er war ein stolzer Mann und benahm sich, als wäre all das hier sein Eigentum.«
»Hatte er Grund dazu?«
Matthew wußte, worauf Galeran hinauswollte, und schüttelte seinen Kopf. »Ich denke nicht, Mylord.«
Wenigstens der Anflug einer guten Nachricht. »Und das nächste, was geschah, war die Nachricht von meinem angeblichen Tod.«
»Ja, Lord. Ein Mönch war es, der die Nachricht von Eurem Tod überbrachte. Es war eine tränenreiche Nacht, Mylord.« Der Mann räusperte sich und sah fort.
»Und in wenigen Tagen war Gallot dann tot.«
»Ja, Mylord.«
Galeran begann, sich wegen der Fragen, die er stellte, und der Interpretation, die sich aus ihnen ergab, unwohl zu fühlen. Aber er glaubte Matthew. Er war ein ehrlicher, scharfsinniger Mann, der seine Zunge im Zaum hatte.
»Wie hat meine Frau auf die Nachricht von meinem Tod reagiert?«
Der alte Mann nahm sich Zeit, bevor er antwortete. »Ihr kennt die Lady Jehanne, Mylord. Sie hat niemals das getan, was andere von ihr erwartet haben. Die Nachricht traf sie, das ist sicher. Sie stellte dem Mönch viele, viele Fragen und war offensichtlich entsetzt. Aber dann gewann sie ihre Fassung wieder und sagte, daß sie es nicht glauben werde, bis sie Beweise erhielte. Danach schien es, als hätte sie diese Angelegenheit aus ihren Gedanken verbannt, aber sie betete mehr als zuvor. Ich erinnere mich daran, wie Sir Raymond mit ihr sprach. Er versuchte sie davon überzeugen, daß die Nachricht der Wahrheit entsprach, aber sie glaubte es nicht. Sie reagierte sogar ziemlich scharf. Er überredete sie dazu, mit der Nachricht zu Eurem Vater zu gehen, aber ich weiß nicht, was dort

geschah. Sie kam zurück, als wäre alles in bester Ordnung, und so folgten wir alle ihrem Beispiel. Niemand von uns wollte daran denken, daß Ihr tot sein könntet, mein Lord.«

»Danke.«

»Aber danach«, fügte Matthew hinzu, »wurde Sir Raymond dreister. Ich denke, er dachte wirklich, daß dieser Ort hier ihm gehörte.«

»Und dann starb Gallot.«

»Ja, Mylord. Und die Lady veränderte sich.«

»Das will ich hoffen.«

Galeran wollte fragen, ob Jehanne Lowick wirklich zu ihrem Liebhaber gemacht hatte, aber natürlich hatte sie das.

Er wollte fragen, ob sie ihn wirklich mit in ihr Bett genommen hatte, nach der Nachricht über den möglichen Tod ihres Mannes und dem sicheren Tod ihres Sohnes. Aber auch das hatte sie getan, oder wie hätte sie sonst neun Monate später ein Baby zur Welt bringen können?

Warum?

Warum?

Warum?

Er entdeckte, daß es etwas war, worüber er noch nicht sprechen konnte, nicht einmal mit Matthew. Also stellte er eine andere Frage.

»Matthew, sag mir ehrlich, was denkst du, hat den Tod meines Sohnes verursacht?«

»Die ehrliche Wahrheit, Mylord, ist, daß ich es nicht weiß. Ich gebe nichts auf Flüche und Zauberei, aber so etwas in der Art ist die einzige Erklärung.«

»Solche Dinge existieren nicht.«

»Aber Wunder schon, Mylord.«

»Vielleicht.«

»Und dann warum nicht auch Teufelswerk?«

Galeran seufzte. »Eine gute Frage.«

»Eines weiß ich aber, Mylord.«

»Was?«
»Es wäre besser gewesen, wenn Lady Jehanne allein mit ihrer Trauer zu Bett gegangen wäre, statt mit Lord Raymond.«
Galeran wollte nicht mehr darüber hören, aber der Mann fuhr hartnäckig fort. »An dem Tag, an dem das Baby beerdigt wurde, verbrachte sie die Nacht mit Lord Raymond, und alle haben es gewußt.«
Galeran wandte sich ab, dieses Gerede konnte er noch nicht ertragen.
»Wo ist Gallot begraben?«
»Auf dem Kirchhof, in der Nähe der Mauer, Lord. Es ist ein Grabstein dort.«
Galeran schickte den Mann fort und blieb noch eine Weile auf den Zinnen stehen, ließ seine Gedanken ziellos umherwandern und dachte über sein zerstörtes Leben nach. Das tat ihm nicht gut, und daher ging er zu dem Grabstein, der für das kurze Leben seines Kindes stand und betete.
Jemand hatte einen Rosenstrauch daneben gepflanzt, aber der war noch jung und kraftlos. Auf jeden Fall würde er, im Gegensatz zu seinem Jungen, noch wachsen.
Galeran verbrachte eine Stunde im immer dunkler werdenden Kirchhof, auf der Suche nach dem Geist, der sein Fleisch und Blut war, doch er fand ihn nicht. Er zwang sich, das kleine Grab zu verlassen, und kehrte in das letzte Sonnenlicht zurück. Er hatte die meiste Zeit der vergangenen Nacht gebetet und nachgedacht, und als er dann schließlich geschlafen hatte, hatte er sich in der kühlen Luft völlig verkrampft. Es wäre eine Dummheit, noch einmal draußen zu schlafen, jetzt, da er Stärke und Geist so sehr benötigte, um mit all diesen Problemen fertig zu werden.
Gleichwohl war er abgeneigt, das Zimmer, das er mit Jehanne geteilt hatte, zu betreten. Er war nicht sicher, ob er dort schlafen könnte, mit all den Erinnerungen an die vergangenen gemeinsamen Freuden, aber er könnte auch nicht das Gerede

ertragen, das er heraufbeschwören würde, wenn er woanders schliefe.
Jehanne und ihre vertrautesten Frauen würden in dem kleineren Raum mit dem Baby schlafen. Er könnte sie einladen …
Nein. Die Erschöpfung hatte inzwischen seine Lust zum Schweigen gebracht.
Er streifte seine Kleider ab und begab sich ins Bett.
Fast wäre er wieder hinausgesprungen. Das Gefühl der Matratze und der Laken, der Duft von frischer Luft und Kräutern, all das zog ihn zum Bett zurück, bevor er es verlassen hatte.
Mit einem tiefen Seufzer drehte er sich um und legte seinen Kopf in seine Arme. Er versuchte sich selbst davon zu überzeugen, daß es Gottes Wille gewesen war, daß er sich dem Kreuzzug anschließen sollte, daß es Gottes Wille gewesen war, daß er England, sein Heim und seine Frau verlassen mußte. Aber wenn diese Situation wirklich Gottes Wille war, dann hatte die Gottheit einen sehr gehässigen Sinn für Humor.

Galeran erwachte ausgeruht, aber er fühlte sich schwer von dem vielen Schlaf. Ein Lichtstrahl, der auf seine geschlossenen Augen fiel, und der Lärm vom Schloßhof sagten ihm, daß es bereits später Vormittag war und er schon längst hätte aufstehen müssen. Er beeilte sich aber nicht damit, seine Augen zu öffnen und sich zu rühren. Aufzustehen bedeutete auch, wieder mit Myriaden von Problemen konfrontiert zu werden.
Er wollte aber auch nicht wieder einschlafen, denn seine Träume – obwohl er sich kaum daran erinnerte – waren nicht angenehmer Art gewesen. Er war wieder in Jerusalem, und Jehanne war an seiner Seite. Ein Kind weinte, aber es war immer zu weit weg, um es zu erreichen, zu weit entfernt, um vor germanischen Rittern und einem Fluß von Blut gerettet zu werden.
Der bloße Gedanke an diese Träume war unerträglich, also öffnete er doch seine Augen …

… und sah Jehanne, die mit gekreuzten Beinen auf seinem Bett saß und ihn beobachtete.
Sie trug nur ein zartes, seidenes Unterkleid und ihr Haar hing lang und lose über ihren Rücken, einige Strähnen bewegten sich leicht in der Sommerbrise.
Sein Herz begann zu pochen, als sein Körper sich straffte. »Hast du deine Wachen verhext?«
»Ich habe sie davon überzeugt, daß ich hier genauso sicher bin wie im Raum nebenan.«
»Sie hätten auch an *meinen* Hals denken sollen.«
Ihr Gesicht nahm Farbe an, keine schöne. Es kam selten vor, daß Jehanne verlegen aussah, aber jetzt war das der Fall. »Seit du dich von mir hast rasieren lassen, wissen sie wohl, daß du dich davor nicht fürchtest.«
»Aber da war ich wach.«
»Ich habe niemals gewollt, daß dir etwas passiert, Galeran.«
»Dann bist du aber bemerkenswert ungeschickt, nicht wahr?«
Als hätte er sie geschlagen, sah sie zu Boden, und er stellte fest, daß er es haßte, zu sehen, wie sie sich unbehaglich fühlte. Er hätte es lieber gehabt, wenn sie mit ihm gekämpft hätte.
»Was willst du?« seufzte er.
Sie sah nicht auf, und zwei Finger und der Daumen ihrer rechten Hand rieben mechanisch die cremefarbene Seide. »Raoul de Jouray … Er erzählte mir von deinem Schwur.«
Galeran verwünschte innerlich seinen hilfreichen Freund.
Als er nichts dazu sagte, sah sie auf, hob ihr Kinn, sie war fast die Alte. »Vielleicht hättest du es lieber gehabt, wenn ich eine Magd geschickt hätte.«
Stolz, Würde und Vorsicht geboten ihm, sie wegzuschicken, aber alles in ihm lehnte sich dagegen auf: Er schlug die Decke zurück und hieß sie willkommen.
Sie hielt den Atem an, und für einen kurzen Moment konnte er ein Licht in ihren Augen sehen. Ein kühler, logischer Teil seines Verstandes warnte ihn davor, daß eine kluge Frau in

Jehannes Situation vorsichtige Schritte machen würde, um wieder von ihrem Ehemann angenommen zu werden. Das schloß das Kind mit ein, wenn es möglich wäre.

Jehanne war sehr klug.

Er schien sich in drei unterschiedliche Teile zu spalten, und der kühle, logische Teil war nur einer davon.

Der zweite Teil war der Mann, der Jehanne von Heywood zu sehr liebte, um vorsichtig zu sein.

Der dritte Teil war ein Tier, beherrscht von grenzenloser Lust auf diese Frau.

Sie schlüpfte zu ihm ins Bett, zog im letzten Moment ihr Unterkleid aus. Sie wollte sich bedecken, aber er zog die Decke fort.

Also ergab sie sich seinen Augen.

Er fuhr mit der Hand zärtlich über ihren Bauch, der sich ein wenig gerundet hatte.

»Das kommt von der Schwangerschaft.«

»Es macht mir nichts aus.« Aber die Erinnerung daran machte ihm etwas aus.

Dann ließ er seine Hand höher wandern, zu ihren volleren Brüsten und den dunkleren, größeren Brustwarzen. Als er zärtlich eine Brustwarze zwischen seinen Fingern rieb, erschien darauf ein Tropfen Milch. Milch für das Kind, dessen Hirn er an der nächsten Wand zerschmettern sollte.

Und ein kleiner, primitiver, wütender Teil von ihm wollte das auch.

»Töte den Bastard, den Kuckuck, der in deinem Nest sitzt.

Schaffe ihn dir vom Hals.

Schaffe dir Jehannes einziges lebendiges Kind vom Hals.«

Er schob diese Gedanken beiseite und konzentrierte sich auf das Jetzt. Ihre Haut war so blaß und durchsichtig wie der Tropfen Milch, und neben dieser Haut war seine Hand dunkler als sie es jemals zuvor gewesen war, weil er ständig der heißen Sonne ausgesetzt gewesen war. Die einzige dunkle Stelle an

Jehanne war der Bluterguß auf ihrem Gesicht, wo er sie geschlagen hatte. Er berührte sie sanft. Sie sah ihn nur an, kam nicht näher. Sie hatte ja auch kein Recht darauf, sich ihm zu nähern.
Aber er wünschte sich, sie würde es tun.
Er berührte wieder ihre Brüste. Sie mußte vor kurzem das Baby gefüttert haben, da sie nicht voller Milch waren, aber sie waren anders als früher.
Zu seiner Erleichterung hatte er seine Lust irgendwie unter Kontrolle, vielleicht, weil er wußte, daß sie bald befriedigt werden würde. Er war hart, und jeder einzelne Nerv vibrierte, aber er konnte warten.
Ein wenig.
Aus irgendwelchen Gründen fühlte er, jetzt, da der Moment gekommen war, daß er sie nicht besteigen konnte wie ein unbändiger Hengst.
Er legte sein Bein über ihre schlanken Beine, während er mit Hand und Lippen die wundervolle Weichheit ihrer Haut erkundete, die Rundungen und Ecken ihrer Knochen, die seidige Fülle ihres Haares ...
Er barg sein Gesicht in ihrem Haar, kämpfte gegen die Tränen an, weil sich alles so vertraut anfühlte und roch, der Stoff seiner Träume während des Exils, jetzt war es der Stoff seiner Qualen. Dann schauderte er und ließ sich fallen.
Sie war passiv gewesen, aber plötzlich schlangen sich ihre Arme um ihn, zogen ihn eng an sie, streichelten seinen Rücken hinab, über sein Gesäß, zogen ihn auf sie, zwangen ihn in sie, so daß er – bebend vor schmerzhafter Lust – zu Hause war, ohne Absicht und ohne das Bewußtsein, daß es so war.
Er weinte, als der Höhepunkt kam, und er weinte nachher in ihren Armen, fühlte ihre Tränen auf seine Haut fallen.
Sie lagen in aller Stille beisammen, sprachen nur durch ihre Haut miteinander, erneuerten ihre Sinne in dem Geschmack und dem Geruch des anderen.

Dann legte Galeran seinen Kopf gegen ihren. »Warum?« flüsterte er.
Sie schüttelte den Kopf. »Nicht jetzt, nicht hier.« Sie glitt hinunter und nahm ihn in ihren Mund, leckte, schmeckte, quälte ...
Nach einer Weile fand er die Kraft, sie zu sich nach oben zu ziehen, damit sie ihm ins Gesicht sah. »Versuchst du, deine Schuld mit Hurendiensten zu begleichen?«
Ihre Augen funkelten vor Ärger wie sie es früher getan hatten. »Hast du Angst, daß ich ihn abbeiße?«
Er hätte andere Antworten einfordern können, aber er sah in ihrem Gesicht, daß er sie nicht bekommen würde, nicht einmal mit Gewalt. Deshalb begnügte er sich mit dem, was er bekommen konnte. Er ließ zu, daß sie ihn mit ihren Lippen, ihrer Zunge und ihren geschickten Fingern fast wahnsinnig machte, dann drang er wieder mit einer wilden, brutalen Leidenschaft in sie ein, so daß das Bett wankte und ihre Brüste begannen, Milch abzugeben.
Ihre Körper glitten aneinander, glitschig gemacht durch die Milch, und er begann zu lachen. Sie gab den Versuch auf, den Strahl zu stoppen und lachte auch, als sie sich aufsetzte, um ihm entgegenzukommen.
Er leckte die süße Milch von ihr ab und sie von ihm. Sie stachelten ihre wilde Leidenschaft an, indem sie sich gegenseitig tränkten.
Bei seinem letzten mächtigen Stoß krachte und ruckte es, dann brach das eine Ende des Bettes zusammen, so daß sie, immer noch ineinander verkeilt, zu Boden stürzten.
Jehanne kreischte, Galeran fluchte, und die Wache stürzte herein.
Er starrte sie an. Dann zog er sich grinsend zurück.
Nach der Schrecksekunde brachen Galeran und Jehanne wieder in Lachen aus, sie kugelten sich vor Lachen wie Kinder, naß und klebrig, zwischen den Überresten des großen Bettes.

Als sie sich endlich aufsetzten, wurde Galerans Verstand wieder klar. »Das war schlau von dir, das Gelenk anzusägen.«
Jehannes Lächeln verschwand. »Zum Kuckuck, Galeran, wirst du jeden Schritt, den ich mache, beargwöhnen?«
»Warum nicht?«
Sie sprang auf die Füße. »Weil ich *ich* bin! Und außerdem hatte ich fast erwartet, daß du mich auspeitschen und in ein Kloster schicken würdest, warum hätte ich also so etwas tun sollen?«
»Weil du immer fähig warst, viele Dinge gleichzeitig zu planen. Deshalb. Und ich könnte dich immer noch schlagen und ins Kloster schicken.«
»Das gefiele mir besser als dein dauerndes Mißtrauen.« Sie drehte sich zum Bett und zog die Matratze fort, um das Holz zu überprüfen. Dann drehte sie sich zu ihm um. »Sieh doch! Holzwürmer!«
Er beugte sich näher heran. Es war ganz offensichtlich der Holzwurm, aber eine bittere Wut war über ihn gekommen und hatte die Herrschaft übernommen. »Das spricht nicht für eine gute Haushaltsführung«, merkte er an. »Ich denke, daß es eher Glück war, daß das Bett nicht unter dir und Lowick zusammengebrochen ist.«
Das war es, was wirklich an ihm nagte – der Gedanke daran, daß sie, als sie das letzte Mal leidenschaftlich geliebt hatte, hier mit einem anderen Mann war ...
Sie erstarrte, halb von ihm abgewandt. »Wir haben niemals dieses Bett benutzt.«
Seine Erleichterung konnte er nicht in Worte fassen. »Warum nicht?«
Sie entzog sich ihm und zog sich etwas über. »Wahrscheinlich weil es wurmstichig war.«
Galeran seufzte und stand auf. Er sah, wie sie ihre Kleidung anzog, genoß den Anblick, wie die Kleider über ihre feuchten Kurven glitten genauso, wie er ihre Nacktheit genossen hatte. »Du wirst bald mit mir sprechen müssen, Jehanne.«

Sie schwenkte herum, und die große Qual, die in ihrem Gesicht stand, ließ ihn schweigen. »Es tut mir leid«, flüsterte sie und ging. Aber wo eine andere Frau gelaufen wäre, verließ sie den Raum mit Würde.

Aber was tut dir leid? Galeran fragte sich das, als er das wüste Durcheinander betrachtete. Das Bett war eine exakte Wiedergabe seines Lebens – durcheinander, rätselhaft und doch voll vom Geist seiner Liebe, seines Lebens, seiner Frau.

Jehanne.

Er begutachtete das Bett und fand Wurmlöcher auch an anderen Stellen. Ein neues wurde benötigt. Er konnte es nicht bedauern. Auch wenn Jehanne und Lowick niemals dieses Bett benutzt hatten, war es ein Teil von etwas Vergangenem, nicht vom Jetzt.

Er erstarrte, klammerte die Hand fest um ein Stück Holz.

Jehanne und Lowick.

Es war vorher so fern. Aber jetzt, jetzt konnte er sie sehen, sie hören, sie *riechen*. Alles, was Jehanne heute mit ihm getan hatte, hatte sie auch mit Lowick getan. Sie hatte ihn gehalten, ihn liebkost, ihn geküßt, ihn geleckt, ihn gebissen ...

Galeran bemerkte, daß er versuchte, das Bett mit bloßen Händen zu zertrümmern. Da es aus gut zehn Zentimeter dickem Eichenholz bestand, war es eher wahrscheinlich, daß es ihn zuerst zerriß. Er lockerte seinen Griff, entspannte seine Hände und untersuchte dann die Kerben, die er am Bett hinterlassen hatte.

Was ihm am meisten Angst machte, war, daß er eines Tages seine Wut gegen Jehanne wenden könnte. Sie mußte dazu gebracht werden, mit ihm zu reden, damit er verstehen und verzeihen könnte, sonst würde er sie eines Tages mit seinen bloßen Händen zerreißen.

Er stand auf, rief nach Wasser und nach John, der ihn rasieren sollte. Er könnte im Moment keine weiteren Dienste seiner Frau ertragen. Er kramte noch mehr Kleider hervor und war dann bereit, dem Tag ins Auge zu blicken.

Er war nicht vorbereitet auf ein Zusammentreffen mit Jehannes Cousine Aline, aber genau das war es, was ihn vor der Tür erwartete. Aline von Burstock war achtzehn ungestüme Jahre alt, klein und kräftig, aber sie hatte Jehannes Gesichtsfarbe. Sie teilte auch Jehannes Temperament in vielerlei Weise, aber dort, wo Jehanne wie ein Schwert war, war Aline wie eine Keule.

»Ich bin sicher, daß du dich besser fühlst, da du sie geschlagen hast«, kommentierte sie.

»Normalerweise bist du scharfsinniger.« Er mochte Aline und war plötzlich dankbar, daß er sie hier hatte – mit ihrem Menschenverstand und ihrer Art, zu sagen, was sie dachte. Dennoch bedeutete das nicht, daß er seine Angelegenheiten mit ihr besprechen wollte.

»Ich nehme an, du wirst gut in Übung kommen, denn du wirst sie wahrscheinlich noch öfter schlagen müssen, um die Luft zu reinigen.« Ihr besorgtes Stirnrunzeln zeigte, daß ihre Worte wohlüberlegt waren.

»Du solltest Raoul de Jouray kennenlernen. Ihr zwei scheint auf gleiche Weise zu denken.«

Farbe schoß in ihr Gesicht. »Die gleiche Art! Er ist ein Heide. Er hat sich kaum den Dreck von seiner Reise abgewaschen, bevor er Ella aufsuchte.«

»Oder Ella ihn aufsuchte.« Galeran konnte sich ein Grinsen nicht verkneifen. »Aber es ist so, Raoul kann wahrscheinlich innerhalb von fünf Atemzügen die gefügigste Frau in jedem Schloß finden.«

»Dann sollte er *sie* dazu bringen, ihn zu baden«, sagte Aline mit finsterem Blick.

»Hatte er erwarte, daß *du* das tust?« Galeran versuchte, nicht herauszuplatzen. Er fragte sich, ob Raoul erraten hatte, daß Aline eine strenge Vorstellung von Zurückhaltung hatte und er sie absichtlich geärgert hatte. »Ich bin sicher, daß er nicht darauf bestanden hat, als du dich geweigert hast.«

»Nein. Jehanne hat ihm geholfen.«
All sein Drang zu lachen verschwand. Es war formal richtig, daß Jehanne einen wohlgeborenen Gast badete, und früher hatte ihm das nichts ausgemacht. Aber jetzt hätte er zu gern seinem Freund die Kehle mit seinen Händen zugedrückt.
»Ich werde ihn das nächste Mal baden, wenn er danach fragt«, sagte Aline. Ihre blauen Augen waren scharf wie die eines Adlers.
Er haßte es, so durchschaubar zu sein. »Es gibt keinen Grund ...«
»*Ich* werde mit meinen dummen Zweifeln nicht der Grund für noch mehr Ärger sein.«
»Ich weiß, daß Zurückhaltung für dich wichtig ist, Aline. Eine der anderen Frauen ...«
»Das wäre nicht richtig. Es wäre eine Beleidigung für den Freund des Schloßherren.« Aber dann runzelte sie ihre Stirn. »Wenn du ihm nicht traust, ist er aber kein Freund.«
»Und wenn ich ihr nicht traue, ist sie nicht meine Frau.«
»Freunde kann man ablehnen. Ehefrauen nicht. Jedenfalls nicht so leicht.«
Galeran lehnte einen Arm gegen die Steinmauer und gab auf. »So, Cousine, was denkst du, soll ich tun?«
Sie sah ihn fest an. »Sie hat niemals aufgehört, dich zu lieben, Galeran.« Dann runzelte sie wieder die Stirn. »Aber wenn du jemals diesen Bruder Dennis finden solltest, der die Nachricht von deinem Tod gebracht hat, könntest du ihm vielleicht seine Lügenzunge herausschneiden!«
»Ich dachte nicht, daß du so blutrünstig bist.«
»Es gibt Zeiten, in denen Gewalt gefragt ist, genau wie Christus im Tempel.« Damit ging sie davon, mit ihrem typischen energischen Gang.
»Aline.«
Sie hielt an und drehte sich um.
»Ist das Kind ein Mädchen oder ein Junge?«

»Ein Mädchen. Sie heißt Donata.« Plötzlich zuckten ihre Lippen. »Hasse sie nicht, Galeran.«
Dann machte sie auf dem Absatz kehrt und ging ihres Weges.
War es Haß, wenn man sich wünschte, daß eine Kreatur nicht existierte?
Galeran ging seinen Weg quer zum Hauptteil der Halle weiter. Er traf seinen Vater in einem Stuhl sitzend an, die Füße auf einem Hocker und einen Krug Bier trinkend. Galeran nahm den anderen Stuhl und winkte nach einem Diener, damit man ihm Essen und Trinken brächte.
»Eher spät, um zu frühstücken«, sagte sein Vater.
»Ich war drei Tage ohne richtigen Schlaf.«
»Aha.« Lord William rieb sich sein strubbeliges Kinn, und seine dunklen Augen musterten Galeran. »Du bist dünner geworden.«
»Hat jemand erwartet, daß es einfach sein würde, Jerusalem einzunehmen?«
»Du warst monatelang unterwegs nach Hause, ohne daß du etwas anderes zu tun gehabt hättest, als zu essen.«
»Bootsrationen.«
»Ich hörte, du hast eine Weile in Konstantinopel und Sizilien verbracht.«
»Ausländisches Essen«, konterte Galeran und genoß es, sich endlich wieder mit seinem Vater ein Wortduell zu liefern.
»Brügge ist eine feine Stadt, und man ißt gut dort.«
»Ich wollte nach Hause.« Galeran nahm Bier, Brot und Käse und lächelte der Magd zu. Es war die hübsche Kräftige. Sie lächelte zurück, aber ein Hauch von Mitleid in ihrem Lächeln vergällte es ihm.
Er wandte sich wieder seinem Vater zu. »Also, erzähl mir, wie es England dieser Tage geht.«
Sein Vater öffnete den Mund, um gegen den Themenwechsel zu protestieren, aber dann besann er sich eines Besseren.

»Schlecht. Rufus will Geld, Geld und noch mehr Geld, alles, um es an seine Freunde zu verschwenden. Und jetzt hat er Ranulph Flambard hierhergeschickt, um uns auszuquetschen.«

»Raoul sagte, er wäre Bischof von Durham. Führt er England noch immer im Sinne des Königs?«

»Ach, das Wiesel.« Lord William spuckte verächtlich aus. »Ich sage dir, es sitzt sich nicht bequem, wenn man ihn hinter sich im Rücken weiß. Er und ich sind schon ein, zwei Mal aneinander geraten. Es war Flambards kluger Einfall, jedenfalls sagt man so, daß der König die Bistümer unbehelligt ließe und dafür den Mietzins und den Zehnten in die Tasche streicht. Ich wünschte, er hätte sich daran gehalten. Jetzt melkt er Northumbria mit doppelten und dreifachen Steuern für Laien und Kirchenmänner gleichermaßen.«

»Wenigstens kannst du ihn nicht der Bevorzugung anklagen.« Galeran biß in das warme, knusprige Brot, erfüllt mit einer plötzlichen Dankbarkeit für die einfachen Freuden des Lebens. Umgeben von den Annehmlichkeiten des Heims – gutes Brot, starkes Bier und gute Hunde –, Rufus und Flambard konnten warten.

Sein Vater beugte sich vor, um ihn zu rütteln. »Es ist eine unglückliche Situation, und sie wird noch schlechter, mein Junge. Niemand ist vor den Günstlingen des Königs sicher. Wir haben uns hier oben gut behauptet, weil wir weit weg von ihren Aktivitäten waren, aber jetzt ...«

Galeran zwang sich, an das Nützliche zu denken. »Wird jemand sich gegen Rufus und Flambard stellen?«

»Es gibt allerhand Gerede.«

Galeran seufzte. Das letzte, was er jetzt brauchte, war eine Verwicklung in eine Rebellion. »Gerede wird nichts ändern.«

»Wahrscheinlich hast du recht«, sagte Lord William und ließ sich in seinen Sessel zurückfallen. »Wenn Rufus irgend etwas zustößt, dann wird das Land wieder den Wölfen vorgeworfen,

seine beiden Brüder werden sich um die Krone streiten. Lieber Himmel, warum konnte er keine Söhne bekommen?«
Galeran hob eine Augenbraue. Jeder wußte, warum Rufus keine Söhne hatte, nicht einmal verheiratet war.
»Es ist einfach genug«, brummte sein Vater in seinen Krug, »ein paar Bengel zu zeugen ...«
Lord William sah auf und stöhnte. »Es tut mir leid, Junge. Aber wenigstens ...« Dann besann er sich. »Was wirst du tun?«
Galeran lehnte sich im Stuhl zurück, und Grua legte ihre Nase auf sein Knie. Er streichelte ihren warmen Kopf. »Was denkst du, sollte ich tun?«
»Zum Teufel! Willst du sie behalten?«
»Ja, wenn sie behalten werden will.«
»Wenn sie will ...?« stieß sein Vater hervor. »Wenn du sie behältst, sollte sie dir dafür jeden Tag auf Knien danken!«
Galeran sah ihn an. »Kannst du dir ein Jahrzehnt oder zwei voll von einer solch bitteren Dankbarkeit vorstellen?«
Sein Vater verstummte. Es war noch nicht so lange her, daß Galerans Mutter gestorben war, und die ganze Welt wußte, daß sie und Lord William sich hingebungsvoll geliebt hatten. Mabelle von Brome war so beständig wie ein Stein und so warmherzig wie eine Kaminkachel, sie war das liebende Herz dieser Familie gewesen. Galeran wünschte, sie wäre noch immer am Leben. Mabelle wäre vielleicht in der Lage gewesen, seine Verstrickungen zu entwirren.
Lord William betrachtete seinen Sohn. »Vielleicht wäre es dann besser für dich, Jehanne abzuhaken. Wir werden für dich eine beständigere Frau finden. Wenn Jehanne in ein Kloster geht, könnten wir Heywood behalten ...«
»Wenn ich die Ehe auflöse, nehme ich an, daß Jehanne Lowick heiraten wird.«
»Lowick heiraten!« explodierte sein Vater, dann senkte er hastig seine Stimme. »Wenn du sie zum Tode verurteilst, wird sie niemanden heiraten.«

»Das könnte ich nicht. Und du ebensowenig.«
»Ich könnte sie so tief in ein Kloster stecken, daß sie niemals wieder einen Mann ansehen würde.«
»Das ist wahr, aber Lowick könnte dann immer noch ein Gesuch einreichen, damit er sie auf der Basis ihrer tiefen Zuneigung, aus der ein Kind hervorgegangen ist, heiraten kann. Er könnte sogar in der Lage sein, den Fall einer angeblichen früheren Verlobung zu fabrizieren, der vor einem Kirchengericht bestehen könnte. Und in diesem Fall würde Lowick Heywood bekommen, wenigstens als Beschützer seiner Tochter.«
»Die Sonne hat dein Gehirn ausgetrocknet, wenn du denkst, daß ich will, daß dieser Schurke sich auf der Grenze zu meinem Land niederläßt!« Rote Wut stieg in Lord Williams Gesicht auf. »Sogar in diesem letzten Jahr hat er den Mietzins angefochten, sich mit meinen Pächtern angelegt ...«
»Hat er das? – Dann solltest du mir lieber dabei helfen, meine Ehe zu retten.«
Lord William starrte ihn mit offenem Mund an. »Du listiger Fuchs!« Dann kam ein Glanz in seine Augen. »Also gut. Aber sie darf nicht ungeschoren davonkommen. Du solltest endlich damit anfangen, sie zu disziplinieren. Wenn du sie einen Monat lang täglich auspeitschst, sollte das reichen, um sie zu zähmen.«
»Auf jeden Fall. Warum ordnest du das nicht an?«
Sein Vater grunzte dazu. »Glaube nicht, daß ich nicht weiß, warum du sie geschlagen hast, Junge.« Er schob sein Kinn sorgenvoll hin und her. »Nun gut, aber was in St. Johns Namen wirst du jetzt tun?«
»Versuchen zu verstehen.«
Sein Vater schüttelte den Kopf. »Da gibt es nichts zu verstehen. Sie hat schon immer nach Lowick verlangt. Der Hälfte aller Mädchen in der Grafschaft erging es so, deine beiden Schwestern eingeschlossen. Weil du fort warst und ihre Bedürfnisse

unbefriedigt blieben, ist sie schwach geworden, so wie es alle Frauen geworden wären. Du weißt, daß ich es schon immer unnatürlich gefunden habe, daß Männer für Jahre fortgehen. Es überrascht mich, daß ganz Europa nicht von Bastarden wimmelt! Wenn ich das früher erkannte hätte ...«

»Egal wie sehr sie nach Sex hungerte«, unterbrach ihn Galeran, »glaubst du wirklich, daß Jehanne am Tag der Beerdigung ihres Kindes in Lowicks Bett steigen würde?«

William sah ihn fest an. »Sie *tat* es, oder etwa nicht?«

Es war wie eine kalte Dusche. Denn sie hatte es getan – oder etwa nicht?

»Also«, wiederholte sein Vater, »was wirst du jetzt tun?«

Galeran hatte nicht die leiseste Idee. »Im Moment werde ich ihre Haft aufheben, damit sie ihre Arbeit wieder aufnehmen kann. Es sei denn, du hättest Einwände. Denn schließlich ist sie unter Arrest gestellt worden, weil sie *dich* angegriffen hat.«

William wiegte den Kopf hin und her. »Das hieße aus einer Mücke einen Elefanten machen. Und sie hatte einen Grund. Ich hätte es dir sagen sollen.«

»Ja, das hättest du.«

»Bei der Mutter Gottes, aber sie ist manchmal eine schwierige Frau! Sie kam zu mir, als sie Nachricht von deinem Tod hatte, wie du weißt. Kühl wie Wasser aus der Tiefe war sie, aber dennoch schwöre ich, daß der Gedanke an deinen Tod sie rasend machte.«

»Ich bin sicher, daß es so war. Hast du sie nach dem Tod des Kindes gesehen?«

William schüttelte seinen Kopf. »Nicht gleich danach. Es hat eine ganze Woche gedauert, bis wir miteinander geredet haben. Und als ich herkam, war es, als wenn nichts – nein«, sagte er abrupt, »es war nicht, als wenn nichts passiert wäre. Sie war wie eine wandelnde Statue. Aber sie kümmerte sich um die Geschäfte, als wenn nichts passiert wäre, und offensichtlich hat sie das seit dem Tag nach dem Kindstod getan. Das sieht seltsam aus.«

»Und das Gerede hatte bereits begonnen.«

»Ja, obwohl zu dieser Zeit niemand mit mir über ihre Verbindung zu Lowick gesprochen hat.«

Galeran kämpfte gegen den Zwang an, aufzustehen und wegzugehen. Er mußte sich daran gewöhnen, über diese Dinge zu sprechen. »Wann hast du es herausgefunden?«

»Das ist eine gute Frage.« Sein Vater bewegte schon wieder seinen Kiefer. »Es war ein geschäftiges Jahr, Sohn, mit diesem und jenem. Die Schotten waren lästig. Das Wetter war unbeständig. Und dann dieser Flambard ... Als wir die Nachricht von deinem Tod erhalten hatten, habe ich Nachrichten ins Ausland geschickt, an den Papst und nach Konstantinopel, in der Hoffnung, eine andere, bessere Nachricht zu erhalten. Weil ich aber keine guten Neuigkeiten zu berichten hatte, habe ich Jehanne nicht aufgesucht.«

Er griff nach seinem Bier und nahm einen tiefen Zug. »Scheint so, daß Wills Frau Gerüchte gehört hat, aber sie wollte keinen Ärger heraufbeschwören, diese dumme Kuh – da war es sowieso schon zu spät. Das erste Mal, daß ich es aus sicherer Quelle hörte, war, als Lowick ein Gesuch an den König schickte, damit der dich für tot erklärte und er deine Witwe heiraten könnte, die ein Kind erwartete. Ich kam nur hierher, um jede Bestätigung oder Erklärung verweigert zu bekommen! Ich hatte damals große Lust, diesen Ort zu besetzen, aber es macht keinen Sinn, ein Schloß durch Besetzung einzunehmen. Besonders eines, das sowieso in die Familie gehört. Also ging ich in den Süden, um das Gesuch anzufechten.«

»Was passierte?«

»Das Gesuch lag in Kanzleigerichten herum. Nach einer Weile beließ ich es dabei, da ich sehen konnte, daß so bald nichts entschieden werden würde. Was noch schwerer wog, ich hatte einen Seemann gesprochen, der geschworen hat, daß er dich in

Konstantinopel lebendig gesehen hatte. Also schickte ich nach weiteren Nachrichten, um die Wahrheit herauszufinden.«

»Hat Lowick irgendeine Unterstützung von Rufus bekommen?«

Lord Williams Lächeln war grimmig. »Dieser Fall war es nicht wert, mich zu beleidigen, obwohl Flambard versuchte, den König zu beeinflussen. Der Bischof hatte einen langnasigen Kirchenmann hier in der Gegend, der ihn drängte, aber da ich die Geschichte vom Seemann erzählen konnte, wollte niemand etwas überstürzen. Ich fürchte, der Mann des Bischofs wird jetzt zurück sein, um wenigstens irgend jemanden für irgend etwas Bußgeld zahlen zu lassen.«

»Geld ist das geringste meiner Probleme.«

»Ha! Wenn Rufus und Flambard über England herfallen wie die Krähen über ein Maisfeld, dann wird Geld bald ein Problem sein, weil niemand es hat.« William erhob sich aus dem Stuhl. »Das erinnert mich an etwas. Ich sollte am besten zurück nach Brome gehen und mich um meine eigenen Angelegenheiten kümmern. Es sei denn, du brauchst mich hier.«

Galeran stand auf. »Nein, natürlich nicht.«

»Du hättest einen Schutz ...«

Galeran sah seinem besorgten Vater in die Augen und schickte ihm einen beruhigenden Blick. »Ich fühle mich eigentlich nicht besonders brutal, und wenn sich das ändern sollte, Raoul ist größer als ich. Es scheint, daß er sich selbst zu meinem Wachhund ernannt hat, und er ist genauso sanft zu Frauen wie du es bist.«

Lord William zuckte mit den Schultern und ging seines Weges. Das Heer hatte bereits das Lager aufgelöst, und es dauerte nicht lange, bis eine ordentliche Schlange von Männern und Wagen hinter dem Hügel verschwand.

Er gab Anweisung, die Wachen, die er Jehanne zugeteilt hatte, abzuziehen und ihr zu sagen, daß sie frei wäre, damit sie ihre Pflichten aufnehmen könnte, es wäre ihr aber nicht erlaubt, das

Schloß zu verlassen. Obwohl er es haßte, das zu tun, sprach er auch mit Walter von Matlock und machte ihm klar, daß Jehanne daran gehindert werden müßte, das Schloß zu verlassen, wenn nötig, mit Gewalt.
Als nächstes bestellte er den Zimmermann zu sich und orderte ein neues Bett, ebenso eine neue Matratze. Er hoffte, daß das einen neuen Anfang darstellen könnte.
Dann verlangte er nach seinen besten Pferden, nahm seine Hunde, zwei vielversprechende Falken und vier bewaffnete Männer mit und ritt aus, um Raoul sein Anwesen zu zeigen und ein wenig zu jagen. Der Ausflug könnte Tage dauern, wenn er bei all seinen größeren Pächtern und den Dorfältesten haltmachte, um mit ihnen zu sprechen. Wenn er auch noch die kleineren Anwesen, die zu Heywood gehörten, besuchen würde, könnte der Ausflug Wochen dauern, aber das würde bedeuten, daß er seine Feigheit zu weit trieb.

Siebtes Kapitel

Als Aline gehört hatte, daß Galeran abgereist war, machte sie sich eilig auf die Suche nach ihrer Cousine und schalt innerlich alle Menschen, die vor Situationen davonliefen, denen man sich stellen sollte. Sie war sicher, daß Raoul de Jouray etwas damit zu tun hatte. Er war genau die Sorte leichtfertiger, immer lächelnder Männer, die lieber jagen gingen, als ein unbequemes Problem zu lösen.

Endlich fand sie Jehanne auf den Mauern, sie sah den Reitern nach. Aline hielt ein wenig entfernt an, sie wollte sie in diesem Moment nicht stören.

Sie kannte ihre Cousine gut und liebte sie von Herzen. Leute mochten denken, daß das versteinerte Gesicht Teilnahmslosigkeit ausdrückte, aber Aline wußte, daß es eine Maske war, um Jehannes tiefste Qual zu verstecken. Sie war darüber unglücklich. Die Maske konnte nur allzu leicht falsch gedeutet werden. So wie es geschehen war, als Gallot starb.

Aline fühlte sich dafür schuldig. Sie hatte das Kind angebetet und war selbst so aufgewühlt, daß sie kaum einen Gedanken an den Schmerz der Mutter verschwendet hatte. Statt dessen hatte sie sich in die Kapelle geflüchtet, um Trost im Gebet zu suchen. Vielleicht wäre ihre Cousine nicht in Lowicks Armen gelandet und säße jetzt nicht mit Donata fest, wenn sie, Aline, geblieben wäre, um Jehanne Trost zu spenden.

Wenn diese Nacht anders verlaufen wäre, dann hätte die Rückkehr von Galeran eine Zeit wunderbaren Glücks werden

können. Statt dessen erinnerte sie sich mit Schaudern an die Zeit zwischen Galerans Auftauchen an den Toren und dem Morgen danach, als er das Schloß betreten hatte.
Als eine Wache in die Halle gestürzt kam und die Nachricht von Lord Galerans Ankunft überbrachte, hatte Aline gedacht, Jehanne würde in Ohnmacht fallen, obwohl sie nicht wußte, ob diese Blässe der Angst oder vielleicht dem Schock zuzuschreiben war.
Lowick war nur wütend. Es dauerte nicht lange, bis er sich darüber klarwurde, daß es zur sicheren Katastrophe führen würde, wenn er bliebe. Es wäre sein sicherer Tod.
Genau hier in der Halle war es, als Jehanne ihn ruhig dazu aufforderte, das Schloß zu verlassen. Aline wollte ihre Cousine schütteln, ihr sagen, sie sollte etwas Nettes zur Rückkehr ihres Ehegatten sagen. Statt dessen klang sie wie eine Frau, die ihren Liebsten in Sicherheit schickte.
Immerhin weigerte sich Jehanne öffentlich, mit ihm zu gehen, sie sagte vor allen, daß sie nicht vor ihrem rechtmäßigen Ehemann fliehen würde. Es klang aber nicht liebevoll.
»Jehanne. Meine Lady!« protestierte Lowick, und wenigstens er klang ehrlich bewegt. »Wie kann ich Euch hierlassen, um ihm gegenüberzutreten? Ihr müßt mit mir kommen, denn ich fürchte um Eure Sicherheit und um die Eures Kindes.«
»Donata ist zu jung für eine solche Reise, Raymond.«
»Dann laßt sie hier. Aline kann sie verstecken.«
»Sie muß gestillt werden.«
»Eine Amme ...«
»Ich werde nicht zulassen, daß mein Kind die Milch einer Fremden trinken muß, besonders nicht, um meine Haut zu retten.«
»Es wird keine Milch geben, wenn er dich erwürgt!«
Er versuchte, sie an sich zu reißen, aber Jehanne zückte ihr Messer, und ihre Männer zogen die Schwerter. Lowicks Männer zogen ebenfalls die Waffen, aber sie waren in der Minder-

heit, und so machten sie und ihr Herr sich in finsterster Nacht auf zum hinteren Tor.
Mit eigenen Männern zu ihrem Schutz an ihrer Seite, begleitete Jehanne sie zu der kleinen Tür in der Mauer. Aline ging auch mit, sie wollte sichergehen, daß der Hauptgrund ihrer Sorgen verschwand.
An der Tür versuchte Lowick noch einmal, Jehanne davon zu überzeugen, mit ihm zu fliehen. Als das nicht fruchtete, fiel er auf die Knie und küßte ihre Hand. »Gott schütze Euch. Ich werde zum Bischof gehen und um seine Hilfe bitten. Er wird für uns mit dem König sprechen. Ich werde einen Weg finden, um dich zu beschützen, einen Weg, damit wir zusammen sein können.«
Jehanne sagte gar nichts.
Aline murmelte: »Den wären wir los«, und betete, daß Lowick schnell eine andere begüterte Lady finden würde, die er ausnutzen konnte.
Obwohl das nicht fair war, dachte sie, als sie alle zurück in die Festung eilten. Raymond war Jehanne ehrlich zugetan. Vielleicht war das die Erklärung dafür, daß Jehanne ihm gegenüber so schwach geworden war.
Und es gab gute Gründe für Lowicks Angst um die Sicherheit von Jehanne und Donata. Männer waren nicht besonders nett zu untreuen Frauen und unehelichen Kindern, und dieses Wissen bereitete den Leuten von Heywood eine lange, schlaflose Nacht. Aline, die dabei half, das Schloß für seinen zurückkehrenden Herren zu öffnen, betete angelegentlich zu Maria Magdalena, der Schutzheiligen sündiger Frauen.
Die Morgenröte wurde als Ende des Wartens willkommen geheißen, obwohl sich niemand sicher war, was der Tag bringen würde. Jehanne, äußerlich noch immer ruhig, sprach ein letztes Mal zu ihren Offizieren, um sicherzugehen, daß sie ihre Anweisungen verstanden hatten, dann wusch sie sich und ging in die Halle, um zu warten.

Als Aline feststellte, daß Jehanne ihren Mann mit dem Bastard in den Armen begrüßen wollte, protestierte sie. »Donata ist die einzige Unschuldige hier, Jehanne. Du kannst nicht ihr Leben riskieren! Gib sie mir.«

»Nein.« Sie sagte es atemlos, und Aline sah, daß ihre Cousine fast ohnmächtig vor Angst wurde. Das bedeutete, sie war nicht imstande, klar zu denken.

»Sei vorsichtig, Jehanne. Du kannst von einem Mann nicht erwarten, daß er in einem solchen Moment vernünftig ist.«

Sie versuchte, das Kind an sich zu nehmen, aber Jehanne hielt es fest. »Ich werde sie nicht verstecken ...«

»Es ist keine Frage von Verstecken. Gib sie mir!«

Aber dann war Galeran da, tauchte im Torweg auf, er war ein unheimlicher dunkler Schatten, der sich gegen den dämmrigen Himmel abzeichnete. Besorgt trat Aline ein paar Schritte zurück, und beruhigte sich dann damit, daß Galeran immer ein gutherziges, vernünftiges Wesen gehabt hatte.

Für einen Mann ...

Aline hatte fünf Brüder und wenig Illusionen über die männliche Art.

Außerdem, war das der Galeran, den sie kannte? Er sah fürchterlich aus – zerlumpt, hager, bärtig und schmutzig, hatte neue Narben in seinem Gesicht.

Sie hatte sich fast gefragt, ob *er* es war, bis die Hunde auf ihn zurannten, um ihn willkommen zu heißen. Er belohnte sie, und dann sah er auf. Als er auf Jehanne und das Baby zugegangen war, hatte Aline ängstlich die Luft eingesogen.

Dieser Mann war nicht der Galeran, den sie kannte ...

Aber alles in allem war es nicht allzu schlecht abgelaufen, überlegte Aline.

Und gestern hatten er und Jehanne miteinander eine ganze Zeit im Bad verbracht. Und dann war Jehanne eine ganze Weile mit ihm im Schlafzimmer gewesen, obwohl sie es mit versteinertem Gesicht wieder verlassen hatte ...

Kaum verwunderlich. Aline konnte die Dunkelheit in Galerans Augen nicht übersehen und die Ausstrahlung von unterdrückter Wut, die von ihm ausging. Sie konnte auch den Schlag nicht vergessen.

Vielleicht war Jehanne erleichtert gewesen zu sehen, daß er für einige Tage fortritt.

Sie ging auf sie zu, um sie auf andere Gedanken zu bringen und sah, daß ihre Cousine weinte. »Tränen?« Sofort bereute sie es, das gesagt zu haben. Jehanne haßte es, gesehen zu werden, wenn sie weinte. »Donata ist hungrig«, entgegnete sie schnell. Sie wischte sich die Augen, dann drehte sie sich um. »Es tut mir leid. Ich hatte die Zeit vergessen.« Wieder ruhig geworden, ging sie den Weg hinunter zur Brücke.

Aline lief ihr hinterher, wünschte sich, daß Jehanne in der Öffentlichkeit weinen würde, so oft wie möglich. Das würde die Männer sofort weich werden lassen. »Was wird jetzt geschehen?« fragte sie.

»Ich weiß es nicht.«

»Hast du Galeran nicht gefragt?«

»Nein.«

»Warum nicht?«

Jehanne hielt an und sah sich zu ihr um. »Weil er es wahrscheinlich auch nicht weiß.«

Aline verdrehte die Augen. »Du hättest ihn *fragen* können. Ihr wart heute morgen zusammen.«

»Wir haben kaum gesprochen.«

»Aber du warst ewig dort drinnen! ... Oh!«

»Genau.«

Aline konnte die Erleichterung wie einen warmen Strom in ihrem Herzen fühlen. »Dann ist ja wohl alles wieder im Lot, Jehanne?«

Jehanne seufzte. »Nein, Aline. Sex kann solche Probleme nicht heilen.«

»Was tut Sex denn?«

»Ich weiß es nicht.« Und damit drehte sich Jehanne wieder um, um über die Schloßbrücke zu gehen.
»Du kannst das Vergangene nicht einfach aus dem Gedächtnis streichen. Es ist noch nicht vorbei. Was wird Raymond jetzt tun?«
Jehanne stand erstarrt da. »Raymond?«
»Du erinnerst dich an Raymond«, sagte Aline bissig. »Der große Blonde? Er wird nicht aufgeben. Er wird wahrscheinlich genau das tun, was er angekündigt hat und wird versuchen, den König für seinen Fall zu interessieren.«
»Ich denke, das wird er tun«, sagte Jehanne, und ihre Stimme war nachdenklich. »Was hat denn der König davon, Lowick gegen Galerans Familie zu unterstützen? Und außerdem ist Galeran ein heimgekehrter Kreuzritter. Die kommen gleich nach den lebenden Heiligen.«
»Also wird er aufgeben müssen?«
Jehanne wurde blaß. »Er könnte darüber nachdenken, wie er auf andere Weise zu seinem Glück kommt.« Sie hob ihre Röcke und rannte die Stufen zur Halle hinauf, Aline trappelte hinter ihr her.
»Was meinst du damit?« fragte sie atemlos, als Jehanne nach ihrem Schreiber rief. Aber dann hörte sie, wie ihre Cousine eine hastige Mitteilung diktierte – eine Warnung an Galeran, sich vor hinterhältigen Mördern in den Wäldern in acht zu nehmen.
»Meinst du, er würde versuchen, ihn zu *töten*?« fragte Aline, als der Schreiber fortgeeilt war, um den Brief einem Kurier zu übergeben.
»Warum nicht? Warum nicht?« rief Jehanne aus und durchschritt mit wehenden Kleidern die Halle. »Wenn Galeran tot ist, hätte Raymond wieder eine ideale Ausgangsbasis, um Anspruch auf mich zu erheben.« Sie hielt plötzlich an und verschränkte die Hände wie zum Gebet. »Oh, wenn ich doch nur selbst reiten könnte, um ihm die Nachricht zu überbringen!«

»Um ihn zu schützen? Jehanne, er kann gut auf sich selbst aufpassen, besonders da du ihn jetzt gewarnt hast. Und er hat außerdem diesen Raoul de Jouray an seiner Seite. All diese Muskeln müssen doch zu etwas nütze sein.«
Jehanne beruhigte sich und lachte sogar. »Das ist wahr. Und ich habe mich entschlossen, nicht mehr so wild zu sein. Du siehst ja, wohin uns das geführt hat. Ich werde mein Vertrauen auf Gott setzen.«
Aline umarmte sie. »Dann gibt es Hoffnung. Und Donata wartet, wie du hören kannst.«
Aline begleitete ihre Cousine zu dem weinenden Baby und schickte selbst ihre innigsten Gebete für Galerans Sicherheit gen Himmel.

Galeran war von der Nachricht überrascht. Er konnte aus den knappen Worten keine besondere Anteilnahme entdecken, aber mit Sicherheit mußte das bedeuten, daß Jehanne ihn Raymond vorzog.
Es sei denn, sie fürchtete einfach, für Beihilfe zum Mord verurteilt zu werden.
Ob seiner Gedanken zog er eine Grimasse, zog seine Kettenmütze hoch und ritt weiter, nicht ohne wachsam die Umgebung zu beobachten.
Sie schliefen in dieser Nacht in einem Mönchskloster, das unter dem Schutz und mit der Unterstützung von Heywood florierte.
Der Herr gibt den Seinen, aber er verlangt auch von Zeit zu Zeit Opfer ...
War das ein Teil der Antwort? Hatten sein Ekel und sein mangelnder Glaube daran, Jerusalem einzunehmen, den großzügigen Gott verärgert und ihn veranlaßt, sein Geschenk zurückzunehmen? Galeran war nicht daran gewöhnt, sich Gott launisch vorzustellen, aber er war auch nicht daran gewöhnt, ihn sich grausam und ungerecht vorzustellen.

Als er mit Raoul auf der Gästeveranda saß und sie gerade ein feines Mahl beendet hatten, sagte Galeran: »Du warst bemerkenswert taktvoll. Keine Fragen? Kein Rat?«

»Möchtest du Rat?«

»Ja.«

»Aber wirst du ihn auch annehmen?«

Galeran grinste. »Wahrscheinlich nicht.«

»Dann macht es ja nichts, wenn ich ihn dir gebe. Schieb sie ab. Sie ist eine Hexe.«

Galeran starrte ihn an. »Eine *Hexe*?«

»Spotte, wenn du willst. Niemand, der unter einem Bann steht, weiß das. Es ist jedenfalls klar, daß die Menschen im Schloß denken, daß sie sich der Magie bedient.«

»Die Menschen im Schloß finden sie seltsam, weil sie sich nicht immer verhält wie andere Frauen. Sie benutzt keine Magie.«

»Aber wie ist sie dann heute in dein Bett gekommen?«

Galeran brach in Lachen aus. »Wie kannst du das fragen? Ich war wie ein Hengst mit einer rossigen Stute. Sie mußte mich nur berühren.«

Raoul lehnte sich nach vorn, fuchtelte mit einem Finger in der Luft herum, um seine Begründung zu betonen. »Das war, weil sie dich davon überzeugt hat, diesen Treueschwur zu schwören. Ich habe immer gesagt, daß es unnatürlich ist.«

»Ich habe mich selbst davon überzeugt, Raoul. Es schien richtig zu sein, wenn man bedenkt, *was* wir von Gott erbaten. Außerdem«, gab Galeran zu, »ich habe niemals andere Frauen gewollt oder mir genommen.«

Raouls Mund klappte vor Schreck zu. »Da. Siehst du! Verzaubert.«

»Raoul, *du* magst das als ein Zeichen von Verzauberung sehen, aber für mich ist es nur ein Zeichen von Hingabe. Wenn jemals eine Frau deine Unstetigkeit besiegt, dann wirst du wahrscheinlich genauso fühlen. Ich habe Jehanne getroffen und mich in sie verliebt, bevor ich mich für andere Liebschaften interessieren konnte. Und sie ist eine ganz besondere Frau.« Er sah, wie Raoul zu sprechen anhob. »Aber keine Hexe. Sie ist die bodenständigste Frau, die ich kenne. Das erinnert mich an etwas. Stell Aline nicht bloß.«

Raouls Braue hob sich. »Die zwergenhafte Cousine deiner Frau? Was habe ich ihr getan?«

»Sie gebeten, dich zu baden.«

»Warum nicht?« Dann warf Raoul Galeran einen vorsichtigen Blick zu. »Ich habe jedenfalls deine Frau *nicht* gebeten, mir zur Seite zu stehen. Ich habe ihr vorgeschlagen, eine der anderen Frauen zu schicken.«

»Das würde mangelnden Respekt einem Gast gegenüber bedeuten.«

»Es wäre niemals so gekommen, wenn die kleine Cousine meiner Bitte gefolgt wäre. Warum wollte sie eigentlich nicht?«

Galeran goß den letzten Rest des Weines in ihre Kelche. »Aline war schon immer sehr zurückhaltend, wenn Männer anwesend waren, obwohl sie das einzige Mädchen unter männlichen Geschwistern war. Vor einigen Jahren ging sie in das St.-Radegund-Kloster, um dort Gelöbnisse abzulegen. Sie hat das Kloster nur verlassen, weil Jehanne Gesellschaft benötigte, während ich fort war.«

»Aber wenn Männer sie nervös machen, dann ist es jetzt Zeit, ins Kloster zurückzugehen.«

Galeran verzog sein Gesicht zu einem Lächeln. »Sie bleibt mit Sicherheit noch, weil sie Jehanne beschützen will. Dafür, daß sie so klein ist, ist sie eine sehr leidenschaftliche Person. Aber in dem Moment, in dem sie sich sicher ist, daß ich weder Jehanne noch dem Baby weh tun werde, wird sie zweifellos Nonne werden.«

Raoul trank den letzten Schluck Wein. »Das scheint mir doch eine Verschwendung zu sein.«

»Warum? Sie ist eine ideale Nonne – klug, pragmatisch, und sie hat kein Interesse an Männern.«

»Das kann ich mir kaum vorstellen. Aber ich denke, da Nonnen die Bräute Christi genannt werden, sollte er sich ein paar der hübschen, lebendigen nehmen.«
Galeran verschluckte sich fast an seinem Wein. »Eines Tages wird ein Blitz vom Himmel schießen, der dich in Asche verwandeln wird.« Aber dann betrachtete er seinen Freund aufmerksam. »Also«, fügte er nachdenklich hinzu, »findest du sie hübsch und lebendig, nicht wahr?«
»O nein!« Raoul hob seine Hände. »Denke lieber über deine eigenen Angelegenheiten nach. Daß sie hübsch und lebendig ist, bedeutet nicht, daß ich mich mit ihr einlassen will.«
»Aber ...«
»Aber was wirst du mit deiner Frau tun? Denkst du, du kannst einfach sagen: ›In Ordnung, vergessen wir alles Gewesene‹?«
»Du wechselst krampfhaft das Thema ...« Galeran nahm sich Zeit, um sein Messer sauber zu wischen, erst an Brotresten, schließlich an einem leinenen Tuch. »Nein, ich denke nicht, daß ich es einfach so wegwischen kann, wenn sie ihr Balg an der Brust hat.«
Er bedauerte, das Wort Balg gesagt zu haben, sobald er es ausgesprochen hatte. Nichts von allem war die Schuld des Kindes – Donatas Schuld. Er mußte an sie als Donata denken. *Donata* sollte nicht unter der Sünde ihrer Mutter leiden müssen.
»Ah, gut.« Raoul sah ihn aufmerksam an. »Vielleicht wirst du in einiger Zeit klarer sehen.«
In stiller Übereinkunft standen beide auf, um sich in ihre Betten zu begeben.
Als er dort lag, konnte Galeran nicht umhin und mußte an Jehanne denken. Daß sie sich an diesem Morgen geliebt hatten, hatte ihn erleichtert, dennoch konnte das nicht einen tieferen Hunger stillen – den Hunger, mit ihr wie in der Vergangenheit in Harmonie zu leben, sich gegenseitig zu kennen, wie Musiker, die ihre Instrumente spielen, neue un-

gekannte und doch vertraute Töne hervorbringen, einfach nur zum Spaß.

Nach einer schlaflosen Stunde verließ er das Bett und ging in die Kapelle, um sich vor den Altar hinzuknien und zu beten.

Zunächst wischte er den leisen Zweifel, der sich in seine Gedanken geschlichen hatte, fort. Gott nahm nicht einfach Geschenke wieder fort, nur weil die Menschen sündigen. Galeran wußte, daß er sein Bestes im Heiligen Land getan hatte, daß er seine Rolle in allen Schlachten gut gespielt hatte. Und was seine Abneigung gegenüber dem Ausmaß des Massakers in den Straßen von Jerusalem anging, war er plötzlich davon überzeugt, daß Gott ihn dafür nicht zur Rechenschaft ziehen würde ... Nun gut, es hätte sowohl eine wertvolle Einsicht als auch eine Schwäche im Glauben sein können, und Gott würde das akzeptieren und ihm vergeben.

Er würde niemals ein Kind aus Rache töten.

Galeran fuhr fort zu beten, und jetzt legte sich Frieden auf seine Seele.

Jerusalem und Jehanne, beide hatten seinen Glauben in die Religion erschüttert, aber beide hatten seinen Glauben an göttliche Güte nicht anrühren können. Im Gegenteil, das Heilige Land hatte ihm eine tiefere, reichere Vision von Gott vermittelt.

Dort hatte er zum ersten Mal wirklich geglaubt, daß Jesus von Nazareth existiert hatte – nicht der ruhmreiche Herr aus den handgezeichneten Bildern, sondern ein Mann, der war, wie andere Männer. Als Kind hatte er mit seinen Freunden im Staub von Bethlehem gespielt, so wie Galeran auf Brome gespielt hatte. Als Jugendlicher war er ausgezogen, um seinen Platz in der Welt einzunehmen. Als Mann war er in Jerusalem gestorben, so wie Galeran dort fast gestorben wäre.

Wer, wenn nicht er konnte Galerans Schmerz verstehen und einen Weg in das Dunkel hineinzeichnen?

Am nächsten Tag ritten sie ihres Weges, noch immer wachsam. Die Expedition stellte sich dennoch als friedlich heraus. Tag für Tag strahlte die Sonne von einem klaren, blauen Himmel, aber Gott sandte seinen Kindern die Wohltat leichter, weißer Wolken und einer frischen Brise, um die Hitze ein wenig erträglicher zu machen. Sogar Raoul begann, ein wenig freundlicher über das englische Klima zu denken.
Überall waren Insekten, Tiere und Menschen zu sehen, die für härtere Zeiten arbeiteten, die Arbeiter in den Feldern priesen die lebenspendende Sonne und verfluchten die Hitze.
Auf den Mooren waren die Schafe froh, von ihrer schweren Wolle befreit zu werden. In den Tälern frohlockten die Bauern, als das erste Heu in Garben zusammengestellt wurde. Kühe grasten unerschütterlich, während hinten in den Katen und Herrenhäusern ihre nahrhafte Milch zu Butter und Käse verarbeitet wurde. Kleine Armeen von Gänsen, Hühnern und Enten flatterten unter der Aufsicht von Kindern von hier nach da, setzten Fett an, um im Herbst geschlachtet zu werden.
Die Landschaft strotzte vor lukullischen Genüssen, und Galerans Falke brachte ihm regelmäßig schmackhafte Vögel. Jeden Abend jagten Männer und Hunde Hasen und Kaninchen für den Kochtopf, und weil es ihnen Spaß machte.
Das war sein Land, das war sein Leben, und Galeran fühlte, wie seine Gesundheit und sein Wohlbefinden langsam zurückkehrten.
Er vergaß dennoch nicht Jehannes Warnung. In jedem Dörfchen erkundigte er sich nach Fremden, aber stets erhielt er zur Antwort, daß niemand gesehen worden war. Langsam entspannte er sich. In diesen geschäftigen Zeiten würde es für bewaffnete Männer schwierig sein, unbeobachtet über Land zu reisen, und es tat ihm weh, durch sein eigenes Land reisen zu müssen, als befände er sich unter Feinden.
In jedem Dorf und Dörfchen gab er bekannt, daß er wieder zu Hause war, und seinen Leuten zur Verfügung stand. Er wurde

mit herzerwärmender Freude begrüßt, und man bot ihm jungen Käse, reife Früchte und frisch gefangenen Fisch an.
Ja, es war schön, wieder zu Hause zu sein, auch wenn er das Gefühl hatte, daß eine Frage immer wieder still gestellt wurde. *Und was bedeutet das alles für Lady Jehanne?*
Niemand erwähnte Gallot. Vielleicht war es ein zu schwerwiegendes Problem, oder aber die Trauer war schon zu lange her. Kinder starben. Das war keine große Sache. Außer für die Eltern. Und für das Elternteil, das sein Kind niemals kennengelernt hatte.
Er hörte keine direkten Beschwerden über Raymond von Lowick, und es war offensichtlich, daß Lowick im großen und ganzen die Dinge gut im Griff gehabt hatte. Außerdem war deutlich, daß er mit strenger Hand regiert hatte und mehr genommen hatte als das, was Heywood zugestanden hätte.
Das war gar nicht so ungewöhnlich in Rufus' England, aber das war nicht Galerans Stil.
Nachdem einige Zeit verstrichen war und die Reise sie immer weiter von Heywood fortführte, fand Galeran heraus, daß die einfachen Leute wenig von den Ereignissen im Schloß gehört hatten. Obwohl sie wußten, daß es dort Ärger gegeben hatte, wußten sie nichts von Jehannes Untreue. Wenn sie überhaupt von ihrem zweiten Kind gehört hatten, dann gratulierten sie ihm dazu. Vermutlich konnten sie nicht die Monate zählen oder hatten keine Ahnung, wie weit fort er gewesen war.
Zweifellos dachten sie, das Heilige Land war irgendwo nicht weit hinter Wales.
So wie diese Menschen zum Beispiel auf dem Boden unter einem Baum saßen und ernsthaft darüber stritten, wo wessen Dorfboden aufhörte und des anderen begann, hätte Galeran sie fast um ihr einfaches Leben beneidet. Aber dann wurde ihm ein Fall zur Schlichtung vorgetragen, bei dem ihm klarwurde, daß die Probleme im Dorf genauso komplex waren wie seine eigenen.

Biddy aus Merton war eine Diebin, die nun, seit ihr Mann gestorben war, aller Rechte beraubt war, sagten die Einwohner von Threpton. Das schien wahr zu sein, aber als Galeran die trotzige junge Frau mit ihrem spöttischen Mund und knochigen Hüften sah, sah er auch jemanden, der allein und verängstigt war. Wie konnte sie überleben, wenn nicht durch Stehlen?

Biddy konnte mit Sicherheit nicht dort bleiben, wo sie so unbeliebt geworden war, also schickte er sie nach Heywood, um sie dort anzustellen. Er versprach ihr, daß sie eine Wohnung haben könnte, oder er für sie einen neuen Ehemann suchen würde, wenn sie sich anständig benahm. Sollte sie wieder stehlen, würde sie ausgepeitscht und fortgejagt werden, dann müßte sie zusehen, wie sie für sich selbst sorgte.

So wie Gil und die anderen sich wünschten, daß Jehanne ausgepeitscht würde.

So wie die Kirchenmänner es zweifellos wünschen würden, wenn sie sich einmischen könnten.

Aber die Kirche würde gnädiger sein als ein ziviles Gericht, das sie wahrscheinlich zu Tod durch Verbrennen verurteilen würde.

Es war am Ende des dritten Tages, als die Frau zu ihm gebracht wurde, ein Baby im Arm haltend. Er dachte, sein Herz bliebe stehen.

Sie hatte überhaupt keine Ähnlichkeit mit Jehanne, sie war stämmig und dunkelhaarig, aber etwas in ihrer ängstlichen Demut ihm gegenüber erinnerte ihn an seine Frau, die in der Halle auf ihn gewartet hatte, und er war nicht überrascht, als man ihm berichtete, daß sie eine Ehebrecherin war.

Hier lag der Fall allerdings anders, denn die Frau wollte nicht sagen, von wem das Kind war. Sie hatte versucht zu behaupten, es wäre das ihres Mannes, aber er – ein ziemlich alter Mann – schwor, er hätte nichts mehr mit seiner Frau gehabt.

Der Priester am Ort wurde in den Fall eingeweiht und hatte lange und streng auf die Frau eingeredet, sie bittend, den Namen des Vaters zu nennen. Jetzt wiederholte Vater Swithin seine Ermahnungen, erklärte der Frau, daß die Ehe annulliert werden könnte, wenn der Gatte seinen ehelichen Pflichten nicht nachkommen könnte, und daß sie dann den wirklichen Vater ihres Kindes heiraten könne.

Sie blieb stur und sagte kein Wort, und jeder sah zu Galeran hin, ein Urteil erwartend.

Früher wäre er bei solch lächerlichen Angelegenheiten sehr ungeduldig gewesen, aber jetzt fragte er sich, ob es in diesem Fall nicht genauso viele komplizierende Faktoren gab wie in seinem eigenen.

Es saß auf einer Bank in der Nähe des Wirtshauses im Schatten einer ausladenden Buche. Raoul und seine Männer waren im Gasthaus und genossen ein herzhaftes Mahl aus Bier, Brot und Käse.

Galeran nahm einen tiefen Zug von seinem eigenen Bier und forderte die Frau auf, sich neben ihn auf die Bank zu setzen. Sie kam zögernd, trug immer noch ihr in ein Tuch gewickeltes Baby.

»Wie ist dein Name?« fragte er und bot ihr einige Himbeeren von der Platte, die neben sein Brot gestellt worden war, an.

»Agnes, Lord.« Sie nahm vorsichtig einige Beeren, aber dann stopfte sie sie schnell in ihren Mund.

»Weißt du, wer der Vater ist, Agnes?«

Sie schluckte die Beeren hinunter, und er dachte schon, sie würde nicht antworten, aber unter seinem fordernden Blick nickte sie.

»Ist er verheiratet?«

Sie sah stirnrunzelnd zu Boden. »Ich sollte das besser nicht sagen, Mylord.«

»Warum sollte er aus seiner Verantwortung entlassen werden? Zumindest muß er eine Geldstrafe zahlen, und er sollte sein Kind unterstützen.«

»Edric hat immer gesagt, daß er ein Kind von mir will. Warum kann *er* es nicht unterstützen?«

»Edric ist dein Ehemann?«

»Ja, Lord.« Sie schickte ein Runzeln in die Richtung des kräftigen weißhaarigen Mannes, der sie anblickte.

Galeran winkte den Mann zu sich heran. »Edric, hast du überhaupt Kinder?«

»Nein, Herr. Meine erste Frau bekam nie welche.«

»Das ist nicht verwunderlich«, murmelte Agnes.

»Sei still, Frau«, sagte Galeran scharf.

Galeran sah den Ehemann an, den er dabei ertappte, wie er das Kind eher sehnsuchtsvoll betrachtete. »Er scheint ein gesunder Junge zu sein. Er könnte für dich eine Unterstützung im Alter sein ...«

Der finstere Blick kehrte zurück. »Ich werde nicht das Balg eines anderen Mannes großziehen, Lord, das ganze Dorf wird über mich lachen.«

»Wenn du keinen Lärm darum gemacht hättest«, warf Galeran ein, »dann hätte es niemand erfahren.«

Das war eine Möglichkeit, die er selbst gern gehabt hätte.

»Sie hat es mir in der Öffentlichkeit gesagt, Lord Galeran! Daß sie schwanger ist. Das war ein Schock.«

Galeran wendete sich der Frau zu. »Agnes, warum hast du das getan?« Als sie stumm blieb, sagte er: »Sprich, oder ich werde dich auspeitschen lassen.«

Sie warf ihm einen ärgerlichen Blick zu, aber murmelte: »Ich habe nie gedacht, daß er seine Unfähigkeit zugeben würde, Mylord.«

»Aha. Also dachtest du, die Schande würde ihn dazu bringen, zu schweigen, damit du sowohl Ehemann als auch den Liebhaber behalten kannst.«

Verräterische Farbe überzog ihre runden Wangen.

Tatsächlich ein munteres Wirrwarr, aber Galeran empfand einiges Mitleid mit der jungen Frau, die an einen alten und impotenten Mann gefesselt war. »Edric, warum hast du eine junge, gesunde Frau geheiratet, wenn du gar kein Interesse daran hast, mit ihr zu schlafen?«

»Oh, ich habe Interesse daran, Lord«, sagte der alte Mann und erzeugte mit dieser Äußerung Lachen von den Nebenstehenden. »Ich dacht', 'ne Junge würd' mich wieder aufleben lassen.«

Galeran wendete sich wieder Agnes zu. »Und warum hast du Edric geheiratet? Wurdest du gezwungen?«

Als sie zögerte, trat ein vierschrötiger Mann nach vorn. »Sie wurde nicht gezwungen, Lord Galeran. Ich bin ihr Vater, und es war ihr alleiniger Wunsch, Edric zu heiraten.«

Galeran winkte ihn zurück. »Nun, Agnes?«

Sie starrte noch immer finster vor sich hin, aber er meinte, ihre Lippen zittern zu sehen. »Er ist ein wohlhabender Mann, Herr. Ich wußte nichts von seinen Problemen. Er hätte etwas sagen müssen.«

»Das ist wahr. Und wenn du dich über die Unfähigkeit deines Mannes beklagen willst, könnte das ein Grund sein, die Ehe aufzulösen, damit du den Vater des Kindes heiraten kannst. Es ist, wie der Priester dir gesagt hat.«

Sie sah ihm gerade in die Augen. »Nein, Lord. Das will ich nicht!«

»Warum nicht?«

Ihre Augen wanderten im Kreis, möglicherweise lagen sie einen Moment zu lange auf einem frischen, schwarzhaarigen jungen Mann, den diese Befragung zu amüsieren schien. »Ich mag ihn nicht«, murmelte sie endlich.

»Aber warum lügst du seinetwegen?«

»Er hatte Lust, und ich hatte Sehnsucht nach einem Mann.«

Galeran verwirrte dieser Einwand, konnte so ein simples Verlangen Jehannes Verhalten erklären? Aber nein. Sie hatte mindestens so viel Willensstärke wie er. Vielleicht mehr.

»Also«, fragte er denn die Frau, »was wird das nächste Mal passieren, wenn du wieder Lust hast?«

Sie schniefte. »Ich weiß es nicht, Lord. Ich habe vor, eine bessere Ehefrau zu werden, aber ich brauche das Liebemachen.«
»Vielleicht kann ich deinem Mann ein paar Vorschläge machen, die die Dinge ein wenig vereinfachen könnten«, sagte er. Sowohl der Ehemann als auch die Frau sahen ihn mit vorsichtiger Hoffnung an, aber dann sandten sie sich gegenseitig böse, verdrießliche Blicke zu.
»Nun, Edric?« sagte Galeran zu dem alten Mann, der ein säuerliches Gesicht machte. »Du verdienst eine Strafe dafür, daß du eine so törichte Ehe eingegangen bist. Wirst du sie zurücknehmen und das Baby auch?«
»Wenn ich sie zurücknehme, dann muß sie zuerst die Rute kriegen. Ein Mann hat seinen Stolz!«
Galeran sah, wie Agnes ihrem Mann die Zunge herausstreckte, und er war versucht, sie unter dem Tisch zu treten, damit sie sich benähme. Er fühlte sich weniger wie ein Lord, der zu Gericht saß, als wie ein Kindermädchen, das versucht, zwei unartige Kinder zu erziehen.
»Das ist etwas zwischen dir und ihr«, sagte er.
»Nein, Lord, das ist es nicht«, protestierte Edric, »weil sie stärker ist als ich und auch schneller. Ich kann sie nicht fangen!«
Galeran hatte Mühe, nicht in das Gelächter der Menge einzustimmen. »Nun, Agnes? Wirst du lange genug stillstehen, damit er dich schlagen kann?«
Er dachte, sie würde sich weigern, aber ihr rundes Gesicht sah nachdenklich aus. »Er soll mich nur das eine Mal schlagen?«
»Er wird meine Hilfe bekommen, damit das eine Mal ausreicht.«
Sie sah ihren Mann an. »Wirst du mich weiter deswegen beschimpfen? Wirst du böse zum Kind sein?«
»Nein«, sagte Edric widerwillig. »Ich werde es vergessen. Und ich werd' es nicht am Kind auslassen. Es ist schon wahr, daß es

eine gute Sache ist, einen gesunden Sohn zu haben. Du hättest es nicht vor dem ganzen Dorf erzählen sollen, Agnes. Du hättest mir Zeit geben sollen, darüber nachzudenken.«

Sie seufzte. »Ja, ich denke, das ist wahr. Dafür verdiene ich Schläge.« Sie stand auf, legte das schmuddelige Baby in Galerans Arme und kniete im Schmutz der Straße nieder. »Also, fang an, Edric. Bring es hinter dich. Du wirst keine zweite Chance dazu haben.«

»Also gut!« sagte Edric mit leuchtenden Augen. »Jemand soll mir einen Stock geben!«

Als der alte Mann seine Ärmel aufkrempelte, kam eine Frau nach vorn, um Galeran von seiner Last zu befreien, aber er schüttelte seinen Kopf. Er hatte niemals sein eigenes Kind halten können, oder das neue – Donata. Es schien richtig zu sein, daß er dieses schwarzgelockte kleine Kind hielt.

Ihm behagte diese Angelegenheit überhaupt nicht, gerade weil sie seinem eigenen Fall so nahekam. Jeder freute sich wie an einem Festtag, glücklich, daß der Gerechtigkeit Genüge getan wurde; erleichtert, vielleicht, daß ein Problem weggepeitscht wurde.

In Sekundenschnelle wurde ein biegsamer, grüner Zweig in Edrics Hände gelegt. Begleitet von Lachen und Anfeuerungsrufen, machte er sich mit großer Grimmigkeit über das sündige Hinterteil seiner Frau her. Galeran bemerkte, daß der schwarzhaarige Liebhaber mit allen anderen zusammen anfeuerte, und nahm sich vor, ihn in Erinnerung zu behalten. Wenn der Tölpel jemals mit dem Gesetz in Konflikt kommen würde, dann würde er eine Extraportion Strafe erhalten.

Es war nicht so, daß Agnes sehr leiden mußte. Sie schrie zwar fürchterlich, aber Galeran ging davon aus, daß sie mindestens drei Schichten Kleider anhatte. Und da der Stock so biegsam war und der alte Mann kaum noch Kraft in seinem Arm hatte, würde ihr nicht viel Leid geschehen. Es würde pieksen, aber nicht mehr.

Es war alles nur Theater, um Edrics Stolz wieder herzustellen und die Dinge aus der Sicht der Dorfbewohner wieder in die richtige Bahn zu lenken. Ein Unrecht mußte geahndet werden.
Edric, ganz rot im Gesicht vor Anstrengung, kam mit leichten Hüpfern zu Galeran. »Ihr hattet ein paar Ideen, Lord?« fragte er hoffnungsvoll.
Galeran gab ihm einige Ratschläge darüber, wie er seiner Frau trotz seiner Impotenz Freude bereiten könnte, auch die neuen Ideen, die er aus dem Heiligen Land mitgebracht und selbst noch nicht hatte testen können, ließ er nicht aus. Als Agnes herüberkam, um ihr Kind abzuholen, schlug er einige wenige Dinge vor, die sie tun könnte, um ihrem Mann zu helfen.
Oder vielleicht würde Edric so tun, als wenn sie nützten, wenn Agnes das nächste Mal ihre Lust woanders stillte und dabei schwanger wurde. Das war sogar gut möglich, denn der alte Mann hatte das Baby seiner Mutter abgenommen und hielt den Jungen stolz hoch, als wenn es tatsächlich sein eigener Sohn wäre.
Und vielleicht war das Kind nach dieser Szene soweit legitimiert, damit es den Nachbarn genügte. Auf jeden Fall hatten sich die Dorfbewohner um die kleine Familie gedrängt und schoben sie in Richtung des Wirtshauses, um die Heilung der Wunden zu feiern. Galeran schlug eine Einladung zum Mitfeiern aus. Nach einer kurzen Unterredung mit dem Dorfältesten stieg er auf sein Pferd und führte seine Gefolgschaft vorwärts.
Raouls Augen funkelten vor Neugier, aber er war weise genug, um nichts zu sagen.

Achtes Kapitel

Obwohl die Gedanken an seine häusliche Situation ihn quälten, empfand Galeran die Reise als Chance, sich an die neue Realität zu gewöhnen. Der Verlust seines Sohnes hatte eine Wunde hinterlassen, aber eine, die zu heilen begonnen hatte. Die Probleme mit Jehanne nagten aber noch immer an ihm, und das würde auch so bleiben, bis sie ihr Problem gelöst hatten. Es fraß ihn von innen auf, und er wußte, daß es auch ein wunder Punkt für die Gemeinschaft war.

Niemand mag den Gedanken an Ehebruch. Noch weniger würden die meisten Männer das Kind eines anderen Mannes in den Armen der eigenen Frau tolerieren, denn das Kind stahl einen Teil seines Besitzes.

Also erwartete jedermann, daß eine Ehebrecherin streng behandelt würde. Galeran hatte keine Angst vor der Ansicht von anderen Männern. Wenn sie dieses Thema zu Sprache brächten, würde er sie einfach töten, aber er fürchtete die Reaktion der Öffentlichkeit gegen Jehanne. Er konnte nicht die Kirche oder die Krone töten.

Er wußte, daß der Weg, um eine offizielle Einmischung zu vermeiden, eigenes Handeln war. Aber dennoch konnte er es nicht tun. Er konnte Jehanne nicht in ein Kloster schicken, damit sie ein bußfertiges Leben hinter Mauern führte. Er konnte auch nicht das Kind fortschicken. Er konnte sie nicht einmal verprügeln, um so die Luft zu reinigen. Der eine Schlag hatte ihm das bewiesen.

Während sie den Weg zurück nach Heywood einschlugen, wälzte er immer wieder und wieder das Problem vor sich her. Er sah es genau wie Lowick: Kirche und Krone würden sich kaum in private Dinge einmischen, es sei denn, sie sahen darin einen Vorteil. Unglücklicherweise gab es in diesem Fall eine Reihe von Gründen, weshalb die Kirche und der König einen Vorteil darin sehen könnten, sich in Galerans Angelegenheiten einzumischen.

Vielmehr – in die Angelegenheiten seiner Familie.

Angetrieben von diesem Gedanken, machte Galeran beim Heimweg auf Brome halt.

Brome und Heywood waren die beiden einzigen Schlösser in dieser Gegend, die steinerne Mauern hatten. Der Unterschied zwischen ihnen war, daß Heywood eine natürliche Anhöhe beherrschte, während Brome auf einer hohen Erdscholle in der Nähe eines Flusses saß, und der Fluß sich wie ein Burggraben um die Mauern wand. Dieser Ort war ausgesucht worden, weil man von dort aus eine wichtige Furt überblicken konnte.

Das gab dem Lord von Brome Macht im Norden, machte ihn und seine Familie aber auch für die politischen Interessen des Landes bedeutsam.

Galerans Vater kam mit dem Falken auf seiner Hand aus den Stallungen, um ihn zu begrüßen. »Ein feiner Wanderfalke. Hast du ihn schon fliegen lassen?«

»Jeden Tag.« Lord William führte sie in die Eingangshalle. »Gibt es irgendwelche Probleme auf deinen Ländereien?«

»Nein. Sie sind in gutem Zustand. Zweifellos hast du ein Auge darauf gehabt.«

»Hier und da, Junge, hier und da.« Lord William setzte seinen Vogel auf eine Falkenstange, fütterte ihn ein wenig und rief dann nach Bier. »Ich war nicht sicher, ob ich einer Frau in derartigen Angelegenheiten vertrauen kann, und ich habe es nicht gern gesehen, daß Lowick die Dinge in die Hand nahm. Niemals haben ich diesem Kerl getraut. Zu aalglatt und zu gutaussehend. Es gab eine Zeit, da hat er deinen beiden Schwestern gleichzeitig nachgestellt, du weißt das.«

»Ja, ich erinnere mich daran.« Galeran setzte seinen eigenen Falken auf eine andere Stange. »Aber er wäre wahrscheinlich auch nicht schlimmer gewesen als der nächste Mann, wenn er erst einmal das Land erhalten hätte, nach dem er sich so sehnt.«

»Jetzt kann er es woanders suchen.«

Es war Raoul, der das sagte, während er das Bier nahm, das von einem Diener gereicht wurde. »Wir fragen uns, ob Lowick woanders hingehen *wird.*«

Galeran sah ihn irritiert an. Er wollte nicht, daß diese Dinge besprochen wurden, wenigstens nicht jetzt.

»Was für eine Wahl hat er?«

»Er hat ein Kind hier«, sagte Raoul.

»Was kann er daraus machen?«

»Sehr wenig. Solange Galeran lebt.«

»Raoul«, sagte Galeran. »Jetzt reicht's.«

Lord William nahm einen tiefen Zug Bier. »Was für eine Begründung hätte Lowick für ein Duell?«

»Ein Duell?« Galeran lachte trocken. »Ich müßte verrückt genug sein, ihn herauszufordern. Raoul denkt wohl mehr an hinterhältige Anschläge.«

»Kein Mann würde ... Ich würde ihm die Eingeweide herausreißen«, knurrte sein Vater, »und ihn mit seinen eigenen Gedärmen erwürgen!«

»Das müßtest du erst mal wahr machen. Wenn ein Mann bereits im Grab liegt, ist es manchmal einfacher, nicht daran zu kratzen.«

»Ich würde daran kratzen, keine Bange!«

»Ich freue mich, das zu hören. Alles was ich im Moment will, sind ein paar Männer von Brome, um die Garnison auf Heywood zu verstärken.«

Lord William plumpste in seinen großen Stuhl und runzelte die Stirn. »Warum?«

»Der größte Teil der Garnison ist dort schon seit Jahren«, sagte Galeran und beruhigte dabei seinen unruhigen Falken. »Viele von ihnen sind auf Heywood geboren und aufgewachsen. Ihre Treue sollte mir gelten, aber sie könnte auch Jehanne oder sogar Lowick gelten, den sie kennen, seit er ein Junge war. Er hat seinen Charme. Wenn mir irgend etwas zustößt, möchte ich sicher sein, daß er nicht das Schloß für sich beansprucht. Ich möchte einige wenige Männer dort haben, deren Aufgabe es wäre, Jehanne und das Baby zu dir zu bringen.«

»Damit ich sie erwürgen kann?«

Galeran hob nur eine Braue, und sein Vater schüttelte den Kopf. »Ich weiß, ich weiß. Ich habe diese Schwäche in mir, diese Sanftheit gegenüber Frauen. Ich war ein stärkerer Mann, bevor ich deine Mutter geheiratet habe. Auch jetzt noch sehe ich den Ausdruck in Mabelles Augen, wenn ich daran denke ...« Er sah die beiden jüngeren Männer durchdringend an. »Seid wachsam bei den Frauen. Sie werden euch um den kleinen Finger wickeln.«

»Nicht Raoul«, sagte Galeran. »Er wickelt sie seinerseits in hübsche Liebesknoten und läßt sie schmachten.«

Lord Williams Blick war spöttisch. »Hier werdet Ihr kein Glück mit diesem Spiel haben, Sir. Unsere nordischen Frauen sind zu vernünftig für Eure französischen Spielchen.«

Raoul stellte seinen Krug ab. »Wenn Ihr mich entschuldigen wollt, ich denke, ich werde Eure Theorie überprüfen.« Mit diesen Worten schlenderte er gemächlich hinüber zu einer der Mägde.

»Was?« rief Lord William und sah ihm nach. »Was um Himmels willen ...?«

Galeran lachte, als er sich seinem Vater gegenüber in den großen Sessel setzte. »Er läßt uns nur taktvoll allein, damit wir Familienangelegenheiten besprechen können, Vater. Ich glaube, daß nicht einmal Raoul in der Zeit, die wir hier bleiben, ein vernünftiges nordenglisches Mädchen verführen könnte.«

Lord William war zwar ungehalten, aber durchaus bereit, zu seinem Hauptanliegen zurückzukommen. »Warum hast du Jehanne geschlagen? Hattest du gedacht, ich würde es sonst tun, und zwar härter?«
Galeran starrte in sein Bier. »Ich vermute, ich habe sie geschlagen, weil ich es wollte. Meine Entschuldigung war, dich dadurch ihr gegenüber sanfter zu stimmen. Ich dachte nicht, daß du sie schlagen würdest, nein, aber ... Sie brauchte jemanden, und ich war nicht sicher, ob *ich* das sein würde.«
»Und jetzt? Hat sie dich?«
»Ja«, sagte Galeran nur. »Bis zum Tod und darüber hinaus.«
Lord William lehnte sich entspannt zurück. »Sie hat es also alles erklärt: Vergewaltigung. War es ...«
»Sie hat gar nichts erklärt, aber ich bezweifle doch sehr, daß es Vergewaltigung war.«
»Nichts erklärt!« rief Lord William aus und sprang auf seine Füße. »Zum Teufel, Galeran, *bring* sie dazu, es zu erklären!«
»Wie?«
»Aber ...«
Galeran stand langsam auf. »Ich denke, wir sollten lieber weiterreiten, wenn wir Heywood noch vor Einbruch der Dunkelheit erreichen wollen. Versprich mir nur, Vater, daß du dich um sie kümmern wirst, wenn es nötig wird.« Galeran sprach mit ruhiger Stimme, als er den Falken auf seine Hand setzte. »Sie ist eine große Schönheit, nicht wahr? Und sie hat scharfe Augen. Es wäre eine Schande, sie an die Hunde zu verfüttern.«
William murmelte noch etwas vor sich hin und sagte dann: »Natürlich werde ich mich um sie kümmern. Und ich werde sicherstellen, daß Lowick niemals von seinen Taten profitieren kann.«
»Und versprich mir, daß sie ihr Kind behalten wird.«
»Wer sonst würde es wollen?« grummelte William. »Ein uneheliches Mädchen ...«
Galeran sah vom Falken auf. »Lowick würde ein verkrüppeltes

Monster nehmen, wenn er annähme, damit hätte er einen Fuß in der Tür von Heywood.«

»In diesem Fall habe ich einige Neuigkeiten, die du dir besser genau anhörst.«

Kurze Zeit später, als Galeran sein Pferd bestieg, fragte er sich, ob es einen richtigen Grund gegeben hatte, Brome zu besuchen, oder ob er nur die Rückkehr in sein von Sorgen zerrissenes Heim verzögern wollte. Sicher, denn er setzte die Reise nur widerwillig fort. Er nahm sich zusammen und gab das Kommando loszureiten. Zwei seiner Männer waren auf Brome zurückgeblieben, und vier Männer, denen sein Vater am meisten vertraute, ritten nun hinter ihm her.

»Warum das mürrische Gesicht?« fragte Raoul. »Hatte dein Vater schlechte Neuigkeiten?«

»Nicht wirklich. Aber es ist jetzt sicher, daß Lowick sich in Durham bei Bischof Flambard aufhält und dort herzlich empfangen wurde. Ich kann mir nicht vorstellen, daß Flambard versuchen könnte, einen plumpen Anschlag auf ein Schloß zu verüben, das mit Brome verbunden ist. Aber es ist immer gefährlich, mit der Kirche in Konflikt zu kommen.«

»Wenn er Heywood nicht angreift, was kann der Bischof sonst tun?«

»Er könnte das Recht für sich beanspruchen, über den Fall von Lowick und Jehanne zu urteilen. Das ist schließlich ein Sündenfall, und er steht außerdem in Zusammenhang mit dem Kreuzzug – also ist es eine Angelegenheit der Kirche.«

Raoul pfiff durch die Zähne. »Gefährlich.«

»In der Tat. Die Zeit, sich treiben zu lassen, ist vorbei. Ich werde die Sache in die Hand nehmen müssen.«

»Ich weiß nicht. Dieser Bischof wird sich doch nicht so einfach mit deiner Familie anlegen. Vielleicht wird die Zeit helfen.«

»Meinst du? Denk an die Frau in dem Dorf.«

»Bauern«, sagte Raoul verächtlich.

»Wir sind gar nicht so anders. Wenn man eine Wunde hat, muß sie behandelt werden. Wenn man sie unbehandelt läßt, ist es wahrscheinlich, daß sie eher schlimmer als besser wird. Und eine so große Wunde wird mit Sicherheit die Aufmerksamkeit des örtlichen Moralwächters erregen.«

Sie ritten mit gleichmäßiger Geschwindigkeit auf Heywood zu, hielten an drei weiteren Orten an. Ab und zu hielten sie, um mit den Arbeitern auf den Feldern zu sprechen oder mit denen, die ihnen auf der Straße entgegenkamen. Galeran dachte amüsiert daran, daß er sich wie ein Hund benahm, der sein Revier markierte, um sicherzugehen, daß jeder wußte, daß er zurück war, lebendig, wohlauf und auf der Hut. Er hoffte außerdem, durch seine entspannte Haltung die Leute davon zu überzeugen, daß alles in Ordnung war und daß sie keine Unruhen zu befürchten hatten.

Seine Leute waren jedoch auf ihre Weise scharfsinnig genug, und er konnte ihre Zweifel erkennen. Im letzten Dorf, Hey Hamlet, das an einer Kreuzung und gerade eben außer Sicht von Heywood lag, spürte er ganz deutlich eine unbehagliche Atmosphäre. Galeran unterhielt sich über das Wetter und die Ernte und wartete darauf, daß die Leute aus ihrer Reserve herauskämen.

Endlich sagte der Dorfälteste: »Dachtet Ihr, Lady Jehanne im Schloß zu finden, Herr?«

Galerans Herz setzte einen Moment lang aus. Es verschlug ihm die Sprache, aber er wußte, daß er der Wahrheit nicht entgehen konnte. »Ja. Warum? Ist sie gegangen?«

»Ja, Lord«, sagte der Mann in der ausdruckslosen Art der einfachen Leute, wenn sie Unbehagen kaschieren wollten. »Ritt hier vorbei, noch gar nicht lange her, mit einer kleinen Gruppe, darunter einige Frauen und ein Baby. Ich würde sagen, in Richtung Burstock.«

Eine Straße durch Hey Hamlet führte nach Brome und eine andere in Richtung Burstock, eine halbe Tagesreise entfernt. Schloß Burstock gehörte Jehannes Onkel, Alines Vater.

»Ich verstehe«, sagte er so gleichgültig wie es ihm möglich war. »Ich denke, dann sollte ich ihr folgen.«

Es kostete ihn fast mehr Willenskraft als er besaß, aber er rannte nicht zu seinem Pferd. Er nahm sich sogar die Zeit, eine Handvoll Blaubeeren von einer schüchternen Frau anzunehmen und ihr zu danken. Dann führte er seinen Trupp in leichtem Trab die von Bäumen gesäumte Straße entlang nach Burstock und übergab den Falken einem seiner Männer.

Als sie erst einmal außer Sichtweite waren, drängte er sein Pferd in den Galopp. Jehanne lief fort zu ihrem Liebhaber ...

Er würde sie töten.

Nein!

Aber dieses Mal *würde* er sie schlagen und sie unter strenge Bewachung stellen.

Er würde Lowick töten. Und vorher würde er ihm in die Augen spucken. Nicht einmal das könnte wahrscheinlich die Wut in ihm stillen.

Er führte die Truppe um eine Biegung und konnte die Gruppe weit vor ihnen sehen, sie hatten bereits die Allee hinter sich gelassen und befanden sich nun auf dem weiten Heideland. Auch sie ritten schnell voran, zweifellos hatten sie den Hufschlag von folgenden Pferden gehört.

Galeran zog sein Schwert.

Raoul ritt neben ihn. »Denk nach, mein Freund!«

Aber Galeran trieb sein Pferd nur zu noch höherer Geschwindigkeit an.

Der Armbrustbolzen traf seinen Helm, schlug seinen Kopf zurück, so daß die er Hand hochriß, die die Zügel hielt. Sein Pferd bäumte sich auf und hätte ihn fast abgeworfen. Der nächste Bolzen prallte gegen seinen Schild und stieß eine Fingerlänge tief durch das eisenverstärkte Holz.

Seine Männer umringten ihn sofort, hielten die Schilde hoch, aber der Angriff hörte so abrupt auf, wie er begonnen hatte. Eine unheimliche Stille trat ein. Keine weiteren Bolzen kamen

angeflogen. Keine bewaffneten Männer stürzten aus dem plötzlich so stillen Unterholz.
Galeran sah kurz seiner fernen, zügig verschwindenden Jagdbeute nach, dann durchbrach er die Schildmauer und raste durch das Unterholz in den Wald hinein.
Krachendes Holz verriet den Angreifer, er war direkt vor ihm. Er rannte um sein Leben. Galeran jagte hinterher, war aber vorsichtig genug, daß er sein Pferd nicht in ein Schlammloch oder eine Felsspalte ritt. Seine Hunde gaben Laut und flogen neben ihm her. Er brüllte seiner Truppe zu, sie solle ausschwärmen, um den Mann davon abzuhalten, seitlich im Gestrüpp zu verschwinden.
Der nächste Bolzen hätte sein Ziel treffen können, wenn nicht sein Pferd den Kopf hochgerissen hätte. Der Bolzen durchstach ein Auge und tötete es auf der Stelle.
Galeran wurde abgeworfen, aber er landete ausgestreckt im Laub, er hätte sich fast selbst mit seinem Schwert aufgeschlitzt. Er krabbelte auf seine Füße, ließ seinen Schild fallen und rannte direkt auf den Bogenschützen zu, der mit seinen beiden Bogen versuchte, die wütenden Hund fernzuhalten.
Ein Schlag mit Galerans Schwert schlug dem Mann die Hände ab. Bevor der Bogenschütze Zeit hatte zu schreien, tauchte Galerans Schwert in seinen Körper ein. Dann zog er die Leiche an den Haaren zu sich hoch und hackte ihr den Kopf ab.
Blut spritzte aus ihr heraus auf den blutgetränkten Boden …
… so wie es in Jerusalem war, wo die Straßen vor Blut nur so schwammen und derselbe metallische Geruch, der ihn krank machte, in der Luft lag. Dort hatte sein Schwert getötet, weil es hieß: Töte oder du wirst getötet. Dort hatte er Frauen und Kinder getötet, weil auch sie gekämpft hatten. Dort hatte er eine Gruppe von deutschen Rittern angegriffen.
Raoul hatte ihn zurückgehalten …
Raoul zog ihn zurück von der blutigen Bescherung, ergriff seine Schwerthand und schüttelte sie böse.

Galeran ließ das Schwert fallen und fragte sich, warum Raoul so etwas tat. Er blinzelte, um das verschwommene Bild zu klären. Sein Freund sah wütend aus, so wie er in Jerusalem ausgesehen hatte ...
Waren sie wieder in Jerusalem?
Er hatte gedacht, sie wären zurück in England, was schön war, aber aus irgendeinem Grunde freute er sich darüber, daß er vielleicht doch noch immer in Übersee war ...
Raoul hatte ihn in Jerusalem bewußtlos geschlagen, hatte ihm seine Sinne herausgeprügelt. War er noch immer bewußtlos ...?
»Galeran, gib es auf. Du willst es nicht.«
Raoul schien zu versuchen, etwas aus seiner linken Hand zu ziehen. Aber er hatte seinen Schild doch fallen gelassen ...
Galeran konzentrierte sich auf die Hand und sah, daß er einen Kopf an den Haaren hielt, das Blut tropfte noch immer aus der durchschnittenen Kehle.
Mit einem Schaudern ließ er ihn fallen.
Raoul stieß ihn in die Richtung der Leiche, um die sich die Hunde unsicher herumtrieben, angelockt vom Blut.
Als er den Haufen sah, der noch kurze Zeit zuvor ein Mann gewesen war, mußte Galeran sich übergeben. Es war, als würde er den Wahnsinn ausspucken, denn als er sich wieder aufrichtete, war er wieder bei Sinnen. Er wußte, daß er in England war, er wußte, was mit Jehanne war, und er wußte, was er gerade getan hatte.
Er begann zu zittern und fragte sich, was passiert wäre, wenn er Jehanne in dieser wahnsinnigen Wut begegnet wäre. Hätte er sie mit derselben besinnungslosen Brutalität angegriffen? Hätte ihr er das Baby aus den Armen gerissen, um es mit seinem Schwert aufzuspießen?
Jetzt schien es ihm unfaßbar, daß er jemanden getötet hatte, den er genausogut hätte gefangennehmen können. Es war noch unfaßbarer, daß er eine Leiche enthauptet und den Kopf wie eine Trophäe gehalten hatte.

Raoul reichte Galeran einen Weinschlauch. »Ich nehme an, daß das nicht Raymond von Lowick war.«
»Gott, nein.« Galeran wischte sich den Mund, dann nahm er einen tiefen Zug. »Du wirst Raymond erkennen, wenn du ihn siehst. Er ist so groß wie du, hat goldenes Haar und eine edle Haltung. Er gehört zu der Sorte Mann, um dessentwillen die Frauen verrückt werden.« Er lehnte sich gegen einen Baum, immer noch zitternd wie wenn es tiefer Winter wäre.
»Dann wäre es bequem gewesen, den Schuft zu befragen.«
»Wozu? Es war doch offensichtlich Lowicks Plan.«
Und Jehannes? fragte Galerans fröstelndes Inneres. Hatte sie ihn in diese Falle geführt? Er fühlte den Angstschweiß kalt seinen Rücken hinunterlaufen.
»Wenigstens wäre er ein Zeuge gewesen, wenn der Fall zu Gericht gehen sollte.«
Galeran sah sich zu seinen Männern um, die die Hunde zurückhielten und so taten, als wäre nichts Aufregendes geschehen. »Wir haben Zeugen, wenn wir sie brauchen. Der Mann war mit zwei Bogen draußen. Was für einen anderen Grund als zu töten hätte er haben können?«
Raoul sah einen Moment zu Boden. »Vielleicht hat er nur die Rückseite deiner Lady bewachen sollen?«
»Mit zwei Armbrüsten? Er hätte niemals eine Truppe damit aufhalten können. Zumindest wäre ein ganz normaler Bogen besser gewesen, weil er damit mehr Pfeile hätte abfeuern können. Die Armbrust ist eine Tötungswaffe, wie alle wissen, und die einzig effektive gegen einen Mann in Rüstung.« Galeran stieß sich vom Baum ab und gab den Weinschlauch an einen Mann weiter. »Bogo, Godfrey, hebt ein Grab aus und legt das da hinein.«
Dann ging er zurück in Richtung Straße.
Raoul ging mit ihm. »Was wirst du jetzt tun?« fragte er in einem vorsichtigen, neutralen Tonfall.
Galeran warf ihm einen Blick zu. »Keine Sorge. Der Blutrausch

ist vorüber. Ich bin nur neugierig darauf, ob jemand kommt, um die Leichen zu zählen.«
»Dann kannst du dein Schwert zurück haben.«
Galeran nahm es an sich und säuberte es mit Laub, bevor er es in die Scheide zurücksteckte.
»Denkst du, daß es eine Falle war?« fragte Raoul.
»Der Köder war reizvoll, und er hat gewartet.«
»Ich denke nicht, daß deine Lady ...«
»Sprich nicht davon.«
Galeran konnte es nicht ertragen, daß seine eigenen Gedanken einem anderen über die Lippen kamen, auch wenn der sie als abwegig abtat. Wenn sie nicht ausgesprochen würden, hätten sie weniger Macht über ihn.
Als sie am Rand des Waldes anhielten, um die verlassene Straße zu beobachten, begannen Vögel zu singen. Nach einer Weile hoppelte ein Hase vorsichtig über die Straße. Einer der Hunde winselte hoffnungsvoll, aber Galeran brachte ihn mit einer Handbewegung zum Schweigen.
»Nun?« fragte Raoul etwas später. »Die Sonne beginnt zu sinken. Werden wir die ganze Nacht hierbleiben?«
Galeran seufzte und akzeptierte, daß weiteres Verweilen sinnlos wäre. Er hatte nur einen Widerwillen dagegen entwickelt, den nächsten klar vorgezeichneten Schritt zu tun. »Natürlich nicht. Wir reiten weiter nach Burstock und besuchen den Onkel meiner Frau.«
Galeran nahm Bogos Pferd und schickte den Mann zurück nach Heywood, aber mit der Anweisung, nicht über diesen Zwischenfall zu sprechen. Dann führte er seine Truppe im schwindenden Licht die Straße entlang. Es hatte kürzlich geregnet, und so war die Erde weich genug, um Hufabdrücke aufzunehmen. Es war daher deutlich zu sehen, daß Jehannes Gruppe weder gehalten hatte noch umgedreht war.
Könnte es sich nicht einfach um einen harmlosen Ausflug zu Verwandten handeln? Galeran wollte das gern glauben, aber

Jehannes Gruppe war in Eile gereist, und als sie bemerkt hatten, daß sie verfolgt wurden, hatten sie sich noch mehr beeilt. Außerdem hatte er klare Anweisungen gegeben, daß seine Frau im Schloß zu bleiben hatte.

Und natürlich war da noch der Bogenschütze ...

Er wollte nicht über den Bogenschützen nachdenken.

Die Nacht brach herein, und der Mond war von Wolken verdeckt, so daß sie in Schrittempo fielen, als sie die Moore durchquerten. Galeran hörte vom nahegelegenen Kloster eine Glocke läuten, als sie in die Sichtweite von Burstock kamen.

Schloß Burstock war einfacher gebaut als Brome oder Heywood. Es war zwanzig Jahre vorher um ein altes Herrenhaus gebaut worden, das nah an einem Fluß lag. Ein Schutzwall war hinter dem Haus aufgeworfen worden, aber es war immer noch nur von einem einfachen, hölzernen Wachtturm überragt. Die Familie lebte in dem komfortablen, hölzernen Herrenhaus innerhalb der Palisaden.

Zu dieser nachtschlafenden Zeit waren die Tore natürlich fest geschlossen.

»Werden sie uns einlassen?« fragte Raoul, als sie ein Stück davon entfernt anhielten.

Die Geduld seines Freundes begann, Galeran auf die Nerven zu gehen. »Wahrscheinlich, aber ich denke, wir werden die Nacht hier im Freien verbringen.«

»Warum?«

»Ich möchte sehen, was am Morgen geschehen wird.«

»Wir haben nichts zu essen und nur noch sehr wenig Wein.«

»Stell dir vor, es sei Fastenzeit. Und macht kein Feuer.«

Die Männer waren nicht gerade glücklich mit dieser Situation, aber es gab kein Murren, was nach Galerans blinder Wut nicht verwunderlich war. Sie mußten sich fragen, wann er das nächste Mal mit solcher Macht explodieren würde und wen es dann erwischen würde.

Das fragte sich Galeran auch.

Er machte ein paar Brombeerbüsche aus und bot die Früchte seinen Männern an, damit sie davon essen konnten, wenn ihnen danach war. Dann teilte er jeden Mann zu Wachstunden ein und gab besondere Anweisungen, ihn zu wecken, falls irgend jemand Burstock betrat oder verließ.
Als nichts mehr zu tun war, rollte er sich in seinen Mantel.
Er konnte normalerweise so schlafen, wenn es sein mußte, aber er bezweifelte, daß er diese Nacht überhaupt Schlaf finden würde. Er hätte problemlos die ganze Nacht Wache halten können, aber er hatte Angst davor, daß seine Gedanken wieder kreisen würden. Und außerdem wollte er nicht mit Raoul sprechen müssen.
Eine Frage quälte ihn: War Lowick auf Burstock und erwartete seine Geliebte? Lagen sie vielleicht sogar gerade jetzt in einem Bett und rieben sich heiß und schwitzend aneinander und beklagten sich, daß Jehanne mit ihrem Ehemann huren mußte, um sein Mißtrauen zu zerstreuen?
Sein ganzer Körper brannte wieder in diesem Wunsch zu töten. Verzweifelt zwang er sich, wieder ruhig zu werden und nach angenehmeren Erklärungen zu suchen.
Es fielen ihm keine ein.
Jehanne konnte keinen stichhaltigen Grund dafür haben, die Sicherheit ihres Heims zu verlassen, zumal ihr befohlen worden war, dort zu bleiben.
Vielleicht hatte sie von dem Bogenschützen gewußt, hatte gewußt, daß er Galeran tagelang gefolgt war und auf eine Gelegenheit gewartet hatte, ihn zu töten, um dann Anspruch auf eine Belohnung zu erheben. Wenn Jehanne auf die Nachricht vom Tod ihres Mannes gewartet hatte, dann hätte sie die Neuigkeit von seiner sicheren Heimkehr in Panik gebracht haben können, die sie den nächsten Zufluchtsort hätte aufsuchen lassen.
Obwohl diese Erklärung einer gewissen Plausibilität nicht entbehrte, paßte sie nicht in seine Gedanken. Es paßte nicht zu dem, was er von seiner Frau wußte, und es erklärte nicht ihren

Brief mit der Warnung. Natürlich könnte das ein geschickter Versuch gewesen sein, den Verdacht von sich abzulenken.
Zum Teufel, nichts ergab einen Sinn!
Galeran war sich nicht sicher, ob er den wahren Sinn erkennen würde, wenn man ihn ihm ins Gesicht brüllte.
Wenige Tage zuvor hätte er noch geschworen, daß Jehanne die gleiche tugendhafte Frau war, die er immer gekannt hatte, und daß ihre Sünde eine Verirrung gewesen war. Jetzt konnte er nicht umhin, sich zu fragen, ob er von Hoffnungen und Lust übertölpelt worden war.
Er ging ihr Verhalten wieder und wieder durch, von dem Moment an, als sie auf ihn in der Halle gewartet hatte, bis zu dem Moment, in dem sie ihn mit dem zusammengebrochenen Bett allein ließ. Er suchte die Wahrheit, er wollte verstehen. Er fand nur Verwirrung.
Endlich schlief er ein. Er hatte sich kaum etwas ausgeruht, als er wieder erwachte – vom Tau ausgekühlt. Rostflecken hatten sich bereits mit dem getrockneten Blut auf seiner zweitbesten Rüstung vermischt. Cuthbert hätte jetzt noch mehr Grund, sich zu beschweren.
Er stand auf und reckte sich, dann beobachtete er Burstock, entschlossen, der Dummheit ein Ende zu setzen.
Sobald er entschieden hatte, was diese Dummheit war.
Lars, der Wachposten, schüttelte seinen Kopf, um zu bedeuten, daß bisher nichts passiert war. Aber die Hähne krähten und irgendwo innerhalb der Mauern bellte ein Hund. Als die Sonne den Himmel lila und golden färbte, schlenderten Leute aus dem nahegelegenen Dorf die Straße zum Schloß hinauf, und die großen Tore schwangen auf, um Leute herauszulassen. Zwei kamen zu Pferde heraus.
Galeran betrachtete sie angespannt, aber es waren nicht seine Leute.
Es waren mit Sicherheit nicht Jehanne und Lowick, die gen Süden ritten.

Die Sonne stieg höher, und auf den Feldern unten beim Fluß begann die Arbeit. Raoul war gekommen und stand neben Galeran. Sein Magen knurrte. Zweifellos beschwerten sich alle Mägen. Es gab keinen Grund, noch weiter dort zu bleiben, bis sie alle verhungert waren.

»Sehr gut«, sagte Galeran, »laßt uns nach unten gehen, um zu sehen, was wirklich los ist.«

Sie sattelten die Pferde und ritten ein Stück zurück, um auf die Straße außerhalb der Sichtweite des Schlosses zu stoßen. Dann ritten sie hinauf zu den Toren, das Banner entfaltet.

Da er glaubte, Jehanne hätte dort Unterschlupf gefunden, erwartete Galeran, daß sie angehalten würden, aber die Wachen am Tor hoben nur ihre Speere in Anerkennung und winkten sie hindurch. Zu spät fragte sich Galeran, ob das eine weitere Falle sein könnte, aber in einer Welt, die verrückt geworden ist, war er trotzdem immer noch bereit zu schwören, daß Jehannes Onkel Hubert unfähig war, eine Hinterlist zu begehen.

Er sah jedenfalls vorsichtig umher und versuchte, einen Verrat aufzuspüren. Alles, was er sah, war das normale Treiben eines Schlosses in Friedenszeiten.

Die Mauern hier umschlossen das alte Herrenhaus nebst den Ställen und den Werkstätten der Handwerker. Tatsächlich war das Ganze eher ein kleines Dorf als ein Schloßverband. Menschen unterhielten sich im Vorbeigehen, Kinder spielten zwischen umherstolzierendem Federvieh, Frauen schlugen die Wäsche in großen Zubern.

Stallknechte liefen herbei, um die Pferde abzunehmen, als Hubert von Burstock ihnen entgegenkam, um sie zu begrüßen. Alines Vater war ein kleiner, kompakter Mann mit großer Kraft und Klugheit, der weit und breit für seine verblüffende Ehrlichkeit bekannt war.

Plötzlich entspannte sich Galeran. Wie hatte er nur jemals denken können, Hubert würde dabei helfen, ein Treffen zwi-

schen heimlichen Geliebten zu arrangieren? Wenn die Frauen ihn davon überzeugt hatten, daß Jehanne in Lebensgefahr schwebte, dann hätte er sie hineingelassen. Hubert wirkte eher besorgt.
»Eine böse Sache, Galeran«, sagte er mit einem Stirnrunzeln.
Das war mit Sicherheit richtig. Aber welche Sache meinte Hubert?
»Ist Jehanne wohlauf?« fragte Galeran, und dachte, das wäre die unverfänglichste Frage, die Sinn machte.
»Ja, ja. Aufgeregt, natürlich, aber unverletzt. Kommt mit hinein. Habt Ihr bereits Euer Frühstück eingenommen?«
»Nein.«
»Dann müßt Ihr essen! Kommt mit.« Und Hubert führte sie alle auf die geöffneten Türen des strohgedeckten Herrenhauses zu. Es gab keinen Hinweis dafür, daß er schlecht von Galeran dachte. Das war alles sehr seltsam.
Als Galeran in die lange, sonnenbeleuchtete Halle trat, die an allen Seiten von großen, hölzernen Pfeilern gestützt wurde, spähte er sofort nach seiner Frau aus, aber sie war nirgendwo zu sehen.
Hatte Hubert ihn belogen?
Aber Hubert von Burstock hatte noch nie gelogen. Dann kam ihm in den Sinn, daß Hubert eigentlich auch nicht gesagt hatte, daß Jehanne überhaupt dort war.
Da er nicht bereit war, diesen Ort mit Gewalt zu durchsuchen, und außerdem vor Hunger fast ohnmächtig wurde, ließ Galeran sich zu einem Sitz an der langen Tafel führen, die überhäuft war mit Brot, Fleisch und Bier.
Hubert setzte sich neben ihn. »Welche Maßnahmen plant Ihr?« fragte er leise und liebäugelte selbst mit einem Krug Bier.
»Es ist eine heikle Situation.«
Galeran konzentrierte sich auf ein Würstchen. »Das ist wahr. Was würdet Ihr mir raten?«
»Es wäre nicht schlecht, das Baby loszuwerden.«

»Das sagt Ihr?« Galeran warf dem Mann einen verdutzten Blick zu. Empfahl er einen Mord?
»Für das Balg würde zweifellos gut gesorgt, und wenn Ihr Jehanne bald wieder schwängert, dann wird sie es bald vergessen.«
»Da bin ich nicht so sicher.«
Eine Grimasse sagte ihm, daß Hubert ihm zustimmte. »Wenn es sie schmerzt, dann verdient sie es! Welches Recht hat sie noch nach ihrer Sünde, ihre eigenen Sorgen vor die von uns allen zu stellen?«
Uns? fragte Galeran zweifelnd bei sich. Diese Unterhaltung ergab keinen Sinn, aber er wollte das noch nicht zugeben. Aber was sollte Hubert riskieren – außer er dachte, er müßte mit Galeran wegen Jehanne in den Krieg ziehen?
»Und«, sagte Hubert, »Wenn Jehanne erst einmal ein anderes Kind gebiert, vorzugsweise einen Sohn, dann wäre jeder Anspruch, den dieser Kerl auf Heywood erheben könnte, geschwächt.«
»Das ist wahr. Aber ich habe eine Menge Beweise dafür, daß es nicht immer leicht ist, Söhne zu bekommen und sie am Leben zu erhalten.«
Hubert machte eine abwehrende Geste. »Das war in der Vergangenheit! Manchmal braucht eine Frau ein wenig gelockerte Zügel, damit sie richtig funktioniert. Und vielleicht hat Jehanne ihre Lektion gelernt und wird sanfter werden. Das könnte helfen, daß die Babys bleiben.«
Galeran konnte nicht widerstehen und sagte: »Sanft, wie hierherzugaloppieren, als wären alle Höllenhunde hinter ihr her?«
Hubert brach in lautes Lachen aus. »Das ist wahr. Aber das war das einzige, was sie tun konnte, wenn Ihr mich fragt, trotz des Affronts gegen die Kirche.«
»Es ist kaum eine Sünde für eine Frau, wenn sie galoppiert.«
Galeran fragte sich, ob sein Rausch vom Vortag noch nicht

ganz abgeklungen war. Diese Unterhaltung ergab einfach keinen Sinn für ihn.
»Einige mögen mit Euch darin uneinig sein, Galeran. Aber«, fügte Hubert ungeduldig hinzu, »Ihr wißt, was ich meine. Flambard wird es nicht gutheißen, daß Jehanne Donata fortgebracht hat. Und er wird zweifellos nicht erbaut darüber sein, daß ich den beiden hier Schutz gewähre. Es gefällt mir nicht, mit der Kirche entzweit zu sein.«
Es war, als wenn sich der Schlüssel im Schloß drehte. Galeran ließ die Reste der Wurst sinken. »Der Bischof von Durham will Donata?«
»Ja, das wißt ihr doch sicherlich? Obwohl die Dummköpfe angenommen hatten, sie könnten für sie ohne Frauen und ohne Amme sorgen ...«
»Galeran?« Jehanne eilte aus einem der Privaträume im hinteren Teil der Halle. »Oh, dem Himmel sei Dank! Was hast du dagegen unternommen?«
Galeran stand auf und nahm ihre Hände, dankbar, daß er ihr nicht mehr mit bösen Verdächtigungen gegenüberstand. »Nichts«, sagte er. »Ich kam direkt hierher.«
»Warum?«
Das war eine gute Frage. Mit dem Wissen, daß seine Frau und ihr Kind sicher woanders waren, hätte er zurückbleiben sollen, um mit dem aufdringlichen Kirchenmann zu verhandeln. Wenn er eine Ahnung davon gehabt hätte, was hier vor sich ging ...
»Wir sollten unter vier Augen reden.«
Hubert gab seine Erlaubnis, und Jehanne führte Galeran in den Nachbarraum. Er war klein, aber er hatte ein großes Fenster zum Kräutergarten des Schlosses, das mit der Morgensonne liebliche Düfte einließ.
Aline war dort und hielt Donata. Sie stand sofort auf, um zu gehen, aber Galeran hielt sie auf. »Gib mir das Baby.«
Sie starrte ihn unter ihren dichten Brauen an, machte keine Anstalten, ihm zu gehorchen.

Jehanne sagte: »Tu es, Aline.«
Aline übergab ihm mit einem warnenden Stirnrunzeln das Kind und verließ den Raum.
Galeran sah auf die großen dunkelblauen Augen, die langen, aber blassen Wimpern. »Aline traut mir wohl nicht.«
»Nein. Aber wir fragen uns, wann deine Wut wieder ausbricht.«

Neuntes Kapitel

Galeran sah auf. »Dich eingeschlossen?«
Jehanne saß auf einer Bank neben dem Fenster, als wäre sie dort zusammengesackt. »Ich wünschte fast, es wäre so. Daß deine Wut ausbrechen würde. Ich kann nicht glauben, daß es *nicht* passiert ... Das Warten ist das Schlimmste.«
Er sagte ihr nicht, daß seine Wut am Vortag ausgebrochen war. »Dann laß das deine Strafe sein.«
Das Kind machte ein quengelndes Geräusch, und ihr kleiner Mund kaute unruhig, während sie zu ihm aufstarrte. Egal, welches seine Ursprünge waren, er konnte so einen Unschuldsengel nicht hassen.
Dann zogen sich alle Muskeln des Babygesichts zusammen, und Donata ließ einen durchdringenderen Schrei hören. Galeran schaukelte sie ein wenig, aber sie schrie noch lauter. Frustriert runzelte er die Stirn und sah Jehanne an. Das mochte zwar nicht sein Kind sein, aber mußte das Baby ihn so offen ablehnen?
»Sie ist immer noch hungrig«, sagte Jehanne. »Ich war gerade dabei, sie zu füttern, als ich hörte, daß du eingetroffen warst.«
»Warum hast du das denn nicht gesagt?«
Sie antwortete nicht, aber das *Weil ich Angst hatte* lag im Raum, schmerzte ihn tief. Wenn sie von seiner besinnungslosen Wut hörte, dann würde sie ihn noch mehr fürchten.
Zu Recht. Als er ihr das Baby übergab, erinnerte er sich an den dummen Wunsch aus seiner Jugend, daß Jehanne ihn fürchten möge.

Er hätte weinen können.
Sie hob ihre Tunika, und er sah, daß ihre Unterkleider vorn geöffnet waren, um ihre Brüste freizulegen. Sie setzte Donata an, und das Baby suchte mit dem Mund nach der Brustwarze und saugte lustvoll. »Kannst du reden, während du sie fütterst?«
»Natürlich.«
Er setzte einen Fuß auf eine Kiste und stützte sich auf sein Knie. »Wann kamen die Männer des Bischofs?«
»Gestern, ziemlich früh am Tag.« Die Blässe auf ihrem Gesicht war eine Erinnerung an die Angst. »Ich ahnte etwas, also bestand ich darauf, daß die bewaffneten Männer außerhalb der Mauern blieben, und gestattete nur den drei Mönchen einzutreten. Bruder Forthred schien entsetzt, als er herausfand, daß du nicht hier warst.« Sie warf ihm einen vorsichtigen Blick zu. »Ich denke, er hatte angenommen, daß du seinen Fall unterstützen würdest.«
»Und zulassen würde, daß er das Kind mitnimmt?«
Sie nickte, während sie das Haar des Säuglings mit einer schützenden Geste streichelte.
»Jehanne, ich habe auf das Kreuz geschworen und bin in einen Krieg gezogen, der am anderen Ende der Welt stattfand, damit du ein Kind empfangen kannst. Hast du wirklich Angst davor, daß ich zulassen könnte, daß jemand dir ein Kind aus den Armen reißt?«
Sie sah auf, die Augen weit aufgerissen und glänzend von ungeweinten Tränen. »Ist das wahr? Es würde ...«
»Es ist wahr.« Nach einer Weile straffte er sich. »Du könntest erfreuter dreinblicken.«
»Ich bin erfreut. Aber ich sehe Blutvergießen, Galeran.«
Er begann, den Raum auf- und abzuwandern. »Wegen der Leute des Bischofs? Erzähle mir, was geschehen ist.«
Sie nahm alle ihre Kräfte zusammen: »Raymond hat dem Bischof gebeichtet. Der hat erlassen, daß er Buße für seine

Sünde tun muß. Und die Buße soll sein, daß er das Kind, welches er gezeugt hat, aufziehen soll. Sie kamen, um sie zu ihm zu bringen!«

Galeran blieb still und nickte. »Gerissen.«

»Ich konnte es nicht zulassen, daß sie sie mitnahmen! Ich protestierte und begründete meinen Protest, aber Bruder Forthred fuhr fort, von Sünden und Verdammnis zu reden. Dann drohte er mit Verdammung für alle, die mich unterstützen. Ich hatte panische Angst, daß die Leute von Heywood ihm Donata geben könnten, nur damit sein Geschrei aufhört!«

»Aber wie bist du entkommen?«

»Ich habe so getan, wie wenn ich aufgäbe und ging, um sie zu holen. Aber ich schickte eine Nachricht an Walter von Matlock. Ich ... ich war nicht einmal sicher, daß er mich gegen die Kirche unterstützen würde, insbesondere, da du den Befehl erlassen hattest, daß ich das Schloß nicht verlassen darf. Aber er unterstützte mich, der heiligen Maria sei Dank. Er schickte eine kleine Gruppe von Männern hinaus, die dich suchen und informieren sollten. Dann begleitete er mich, Aline und das Baby durch das hintere Tor und die Straße hinab. Aline und ich nahmen zwei von ihren Pferden, und wir alle ritten hierher. Forthred wird uns dennoch folgen. Ich habe mir bereits mein Hirn zermartert, um herauszufinden, wohin wir als nächstes gehen könnten.« Sie sah ihn an. »Galeran, niemand kann sich gegen die Kirche stellen! Was sollen wir nur tun?«

»Hier oben im Norden ist es erstaunlich, wieviele Möglichkeiten zu handeln es gibt.«

»Nicht für lange. Und Flambard hat die Macht der Krone auch noch in seiner Faust! Oh, ich bin so schwach in diesen Dingen! Zu schwach, um zu tun, was ich tun sollte.«

Tausend fürchterliche Vermutungen durchschnitten sein Herz. »Was meinst du damit?«

Er dachte, sie würde nicht antworten, aber dann glitt ihr Blick hinter ihn und verweilte an der Mauer. »Als ich herausfand, daß ich schwanger war«, flüsterte sie, »beschloß ich, es wegzumachen. Ich sah voraus, welche Verstrickungen es um uns herum weben könnte. Ich ... hatte die Kräuter schon vorbereitet.« Ihr Blick flatterte zu ihm hinüber und hinunter zu ihrem Kind. Eine Träne fiel in das Haar des Babys. »Ich konnte die Kräuter nicht einnehmen.«

»Es wäre eine Sünde gewesen«, sagte er schroff, »eine Sünde der anderen hinzuzufügen, kann nichts Gutes hervorbringen.«

»Aber denk doch, was hätte sein können ...«

»Du meinst, du hättest deinen Ehebruch vertuschen können?«

»Nein!« protestierte sie und sah auf. »Ich meine, wir hätten diesen bitteren Beigeschmack bei deiner Rückkehr vermeiden können. Nicht durch Vertuschen meiner Dummheit, aber dadurch, daß wir keine *öffentliche* Schande gehabt hätten, und auch kein Kind, das die Dinge noch verwirrt. Ich hätte es dir gesagt. Ich habe dich niemals belogen, Galeran, nicht einmal durch Weglassen.«

Er war bestürzt. »Vielleicht hätte ich es lieber gehabt, wenn du mich in dieser Sache belogen hättest.«

Sie runzelte die Stirn, es war offensichtlich, daß sie einen derartigen schwachen Gedanken verurteilte, und er war versucht, über diese seltsamen Verrenkungen ihrer Beziehung zu lachen. Aber dann schlief das Kind ein und rutschte von der Brustwarze ab. Jehanne ordnete ihre Kleidung und klopfte dem Baby auf den Rücken. Donata machte einem kleinen Rülpser und lächelte, als wenn sie süße Träume hätte.

Ach, noch einmal so unschuldig sein!

Er streckte seine Arme aus. »Ich möchte sie wieder halten.«

Sie sah ihn mit einem leichten Stirnrunzeln an, das ihn an Aline erinnerte. »Jehanne, wenn du glaubst, ich könnte ihr weh tun, dann wäre ich schwer verletzt.«

Sie legte das Kind hastig in seine Hände. »Ich habe an nichts gedacht! Es ist nur, daß sie naß ist.«

Galeran bemerkte, daß das wahr war. Naß und stinkend wie ein

Hühnerhof. Mit einem reumütigen Lächeln gab er das Baby zurück. »Du siehst, ich bin ein sehr unerfahrener Elternteil. Wir müssen damit aufhören, immer nur das Schlimmste in den Handlungen des anderen zu sehen.«

Sie warf ihm einen überraschten Blick zu und sagte: »Das wird mir nicht schwerfallen.«

Sie legte das Kind auf ein Tuch auf dem Boden, um es umzuziehen. Er beobachtete fasziniert, wie sie die nassen Sachen von dem kleinen Körper entfernte, bewunderte die zerbrechlichen, aber doch schon perfekten Glieder. Donata wachte nicht auf und war schnell wieder trocken und in eine Windel gewickelt. Dann legte Jehanne sie in die Wiege.

»Ich frage mich oft«, sagte sie sanft, »warum das *uns* passieren mußte. Und insbesondere dir ...«

»Wenn Gott uns in den ersten Jahren unserer Ehe ein Kind geschenkt hätte, dann würde unser Leben anders aussehen. Vielleicht ist es Gottes Wille.«

»Nein, keineswegs«, sagte Jehanne scharf. »Es ist alles das Ergebnis meiner Dickköpfigkeit und meines Stolzes. Ich bin es allein, die darunter leiden sollte.«

»Aber nicht darunter, das Kind aufzugeben?« fragte er trocken und setzte sich auf einen Stuhl neben der Wiege. Das winzige Kind faszinierte ihn.

Jehannes Hände flogen nach oben in einer plötzlichen, verzweifelten Bewegung. »Wenn Bruder Forthred eine Amme gebracht hätte, auch ... Babys gedeihen nicht von Brei, Galeran!«

»Das heißt also, wenn Bruder Forthred eine Amme mitgebracht hätte, dann hättest du ihm Donata ohne zu protestieren gegeben?«

Sie drehte sich um, und nach einem Augenblick schlug sie ihre Hände vors Gesicht. »Nein. Nein, das hätte ich *nicht* getan. Ich versuche, Galeran, aber ich schaffe es nicht, bescheiden und sanft zu sein!«

Galeran lachte. »Das will ich auch nicht, daß du so bist. Aber fang nicht an, dich selbst zu belügen, Jehanne. Da wir nicht bereit sind, Donata den Wölfen vorzuwerfen, sollten wir uns zusammenreißen, damit wir das auch in den Griff bekommen, nicht wahr?«

Das Baby wurde unruhig, vielleicht, weil seine Mutter die Stimme erhob. Galeran bewegte die Wiege mit seinem Fuß, und sofort fiel Donata zurück in den Schlaf.

Jehanne hatte sich umgedreht und starrte ihn an, als wäre er ein Wunder. »Wie kannst du sie nur so einfach annehmen? Wie kannst du alles so hinnehmen?«

Er sah ihr in die Augen. »Warum sollte ich es nicht tun? Möchtest du ausgepeitscht werden? Weggesperrt? Auf dem Scheiterhaufen verbrannt werden? Möchtest du, daß ich dieses Kind erwürge ...?« Er unterbrach die immer brutaleren Worte. »Tu das nicht, Jehanne. Setz mich nicht unter Druck. Laß uns die einfachen Probleme zuerst lösen. War Lowick bei den Mönchen dabei?«

»Nein«, sagte sie und war sehr blaß. »Hast du überhaupt nicht mit Forthred gesprochen?«

»Nein.«

»Ist er weggegangen?«

»Ich weiß es nicht. Ich bin nicht nach Heywood zurückgekehrt. Ich habe gehört, daß du diesen Weg genommen hast und bin dir gefolgt.«

Sie sah ihn an, als wäre es das erste Mal. »Warum bist du so blutverschmiert?«

Dies war kein Moment für Lügen. »Jemand hat versucht, mich zu töten.«

Sie setzte sich abrupt auf. »*Was?*«

»Gestern. Auf der Straße zwischen Heywood und Burstock, als ich gerade dachte, du würdest vor *mir* fliehen.«

»Was?«

Galerans Herz entspannte sich. Jehanne war zwar schlau, aber

sie war nicht in der Lage, eine so große Verwirrung vorzutäuschen.
»Du meinst, du warst der Reiter, der uns verfolgte?« fragte sie. »Ich dachte, es wären die Männer des Bischofs!«
»Schade, daß du nicht jemanden mit Raouls scharfen Augen dabei hattest.«
»Es hätte nichts geändert. Wir wollten nicht anhalten. Wir ritten einfach hierher, so schnell die Pferde konnten. Aber«, fragte sie schmerzerfüllt, »was war mit dem Mann, der versucht hat, dich zu töten?«
Das Schaukeln der Wiege war seltsam beruhigend. »Da war ein Mann auf der Straße mit zwei Armbrüsten. Sein einziges Ziel war es, mich zu töten.«
Sie wurde blaß. Ja, wirklich, sie wurde blaß. »Lieber Gott! Wo ist er jetzt?«
»Unter der Erde.«
»Gott sei es gedankt!« Dann runzelte sie wieder die Stirn. »Es wäre vielleicht besser gewesen, ihn am Leben zu lassen, um ihn zu befragen.«
»Ich konnte nicht sehr klar denken. Aber wenn wir wüßten, wer dahinter steckte, könnte uns das in tiefe Wasser führen.«
»Raymond«, flüsterte sie.
»Ich kann mir niemand anderen vorstellen, der mich tot wünschte.«
»Liebe Jungfrau Maria, hilf uns. Ich kann es kaum glauben! Er ist kein schlechter Mann.« Etwas von Galerans Gefühlen mußte auf seinem Gesicht zu lesen sein, denn sie fügte hinzu: »Er *ist* es nicht, Galeran. Du *mußt* das wissen.«
»Er hat versucht, mich töten zu lassen, Jehanne.«
Sie schloß ihre Augen. »Er ist verzweifelt«, seufzte sie, »und ein Heiliger ist er auch nicht.« Dann sah sie ihn genau an. »War dort nur ein Mann? Es scheint, du hast eine Menge Blut an dir.«
»Es ist eine Menge Blut in einem Mann.« Wie ein Blitz

durchfuhr Galeran wieder die Erinnerung an das Blut, das durch die Straßen von Jerusalem floß. Er schauderte, und plötzlich sah er Blut auf dem weißen Bettuch des Babys.
Nachdem sein Herz einen Schlag ausgesetzt hatte, bemerkte er, daß das Blut nur von seiner blutbefleckten Rüstung abgefärbt hatte, während er sie gehalten hatte. Er stand auf und bemerkte plötzlich seinen eigenen Gestank. »Meine Wut war ausgebrochen, Jehanne. Ich habe den Mann nicht einfach getötet, ich habe ihn abgeschlachtet. Geh vorsichtig mit mir um. Bitte.«

Draußen in der Halle sah Raoul, wie Aline den Raum verließ und sich dann umdrehte, um die verschlossene Tür zu beobachten. Er konnte ihr Gesicht nicht sehen, aber ihr ganzer Körper drückte Besorgnis aus. Ihr kurzer, kompakter, wohlgerundeter Körper war sehr ausdrucksvoll.
Er vermutete, daß er auch im Bett ausdrucksvoll wäre …
Wie seltsam, so über diese kleine Nonne zu denken.
Er schlenderte zu ihr hinüber. »Lady Aline. Seid Ihr besorgt?«
Sie drehte sich abrupt herum. »Es gibt genug Gründe, besorgt zu sein – für jemanden, der andere Dinge im Kopf hat als simple Vergnügungen.« Ihre Augen wanderten zu seinem Schritt, dann wurde sie rot.
Raoul begann zu denken, daß Lady Aline vielleicht fehlgeleitet war in ihrer Berufung, ein Leben in Keuschheit zu führen.
»Tatsächlich? Vielleicht könntet Ihr Euch auf diese Bank setzen und mir diese Gründe erklären.«
Sie wich zurück. »Wollt Ihr mich zum Narren halten, Sir? Ihr wißt ganz genau, was hier vor sich geht.«
Sie wollte an ihm vorbeigehen, aber er packte ihr Handgelenk. Die Art, wie sie erstarrte, die Art, wie ihre Gesichtsfarbe intensiver wurde, sagte ihm, daß sie bisher kaum von Männern berührt worden war. Das verwirrte ihn. Sie versuchte, seine Hand fortzuschlagen, aber er hatte sie gerade fest genug im Griff, um es zu verhindern.

»Mylord!«
»Ich weiß nicht, was hier vor sich geht, Lady Aline, und ich denke, ich *sollte* das wissen.«
Sie sah ihm suchend in die Augen, sie hatte trotz ihrer Aufregung einen klaren Kopf. »Wie ist das möglich?«
»Weil wir drei Tage durch die Ländereien geritten sind und niemals Nachrichten erhalten haben. Bevor wir nach Heywood zurückkehren konnten, wurde uns gesagt, daß Lady Jehanne nach Burstock reitet, also folgten wir. Euer Vater scheint Galeran einige interessante Dinge erzählt zu haben, aber da sie sich sehr leise unterhalten haben, bin ich ahnungslos. Ihr könnt mich bemitleiden.«
Er ließ sie los.
»Nun gut.« Sie ging brüsk hinüber zu einer Bank. Ihr sicherer, energischer Schritt rief bei Raoul den überkräftigen Wunsch hervor, sie bis zur Besinnungslosigkeit zu küssen.
Er schüttelte seinen Kopf und setzte sich neben sie, aber nicht zu nah. Er hatte das reife Alter von achtundzwanzig nicht erreicht, damit er nun Jungfrauen in ihrem Elternhaus mißbrauchte.
»Also«, sagte er, »was brachte Lady Jehanne dazu, hierherzufliehen?«
Alines hübsches Gesicht wurde sachlich und ihr Blick direkt. »Raymond von Lowick, möge Gott ihn irgendwo verrotten lassen, hat sich zu einer neuen Serie von Angriffen entschlossen. Er beichtete unterwürfig dem Bischof und nahm die Buße an. Da er erkannt hat, welchen Aufruhr seine ungezügelte Lust angerichtet hatte – ich zitiere fast wörtlich den salbungsvollen Bruder Forthred, Ihr versteht –, wurde Raymond dazu verurteilt, in der Weise Buße zu tun, daß er sich das Aufziehen des unglücklichen Produktes seiner Liaison aufbürden muß.«
Raoul lehnte sich zurück an die Wand und pfiff. »Sehr schlau. Sein eigener Plan, was meint Ihr?«
»Ich weiß es nicht. Es ist nicht komplett dumm, aber ich bin

nicht sicher, ob er in der Lage wäre, sich einen so gewundenen Weg zu seinem Ziel auszudenken. Vielleicht hat der Bischof ... Obwohl, wie das Bischof Flambard nützen könnte, kann ich nicht sagen.«

»Ah, ja, Galeran erwähnte diesen Bischof Flambard. Die Kirche liebt es, Leute in ihrer Tasche zu haben, und ich denke, daß Galerans Vater dem aufgebrachten Bischof ein Dorn im Auge ist. Was ist er für ein Mann?«

Obwohl Alines Haar fast genauso blond war wie das ihrer Cousine, waren ihre Augenbrauen dunkler und schlossen sich zu einer strengen Linie. Wenn sie die Stirn runzelte, wie jetzt, dann waren sie wundervoll. »Niemand weiß, woher er gekommen ist, aber er diente William dem Eroberer und hat jetzt die höchste Position unter William Rufus inne. Sein größtes Talent ist es, Geld für den König und sich selbst aufzutreiben. Sein Name ist eine Geißel für Laien und Kirchenmänner gleichermaßen, denn er schont keinen.«

Raoul hätte gern die zusammengekniffenen Brauen mit seinen Daumen entspannt, aber er blieb bei der Sache. »Also kann er überleben, weil er unter dem Schutz des Königs steht?«

»Ja, obwohl es Gerüchte gibt, daß im vergangenen Jahr einige Männer es geschafft haben, ihn zu ergreifen, um ihn zu töten. Er entkam unglücklicherweise, und jetzt geht er nirgendwo hin ohne schwerbewaffnete Wachen.« Sie runzelte die Stirn, als wenn alles Raouls Schuld gewesen wäre. »Es ist wirklich schade, daß diese Männer das vermasselt haben.«

»Allerdings.« Er kam zur Sache. »Wenn dieser Bruder Forthred es geschafft hätte, das Kind zu nehmen, wäre dann Lady Jehanne ebenfalls gegangen?«

»Was hätte sie sonst tun sollen, da keine Amme gestellt wurde?«

Raoul nickte. »*Sehr* schlau.«

Ihre Augen weiteten sich. »Ihr meint, das Ziel war es, Jehanne festzunehmen, nicht Donata?«

»Ich bezweifle sehr, daß ein alternder Prälat und ein junger Lord großes Interesse an einem sechs Wochen alten Säugling haben.«

Ihr Gesicht entspannte sich endlich, aber es zeigte tiefe Besorgnis. »Mein Gott, das macht mir angst.« Bevor er überhaupt daran denken konnte, ihr Trost anzubieten, runzelte sie wieder die Stirn – dieses Mal, indem sie ihn ansah. »Ihr seid sehr blutverschmiert, Mylord. Um deutlich zu sein, Ihr stinkt. Gab es bereits Kämpfe?«

Er sah an sich hinunter und bemerkte, daß er ziemlich mit geronnenem Blut verschmiert war. Das kam davon, wenn man sich mit abgeschlagenen Köpfen herumschlug. »Es gab noch keine Kämpfe, aber Ihr habt recht, was meinen jämmerlichen Zustand angeht. Vielleicht sollte ich meine Rüstung ausziehen, damit sie gesäubert wird. Ich möchte nicht Eure Nase beleidigen, Lady Aline.«

»Das würde einiges verbessern. Das meiste ist auf Euren Hosen.«

»Dann würde ich sagen, müssen diese auch gesäubert werden. Zweifellos ist das Blut bis zu meiner Haut durchgedrungen, da meine Kleidung an mir klebt. Ich fürchte, ich benötige Eure Begleitung, liebste Lady, ich benötige ein Bad.«

Da sie die Falle zu spät sah, starrte sie ihn an wie ein aufgescheuchter Vogel. »O nein!« Aber dann wurde sie blutrot. »Natürlich. Kommt. Wir haben hier nebenan einen Raum zum Baden.«

Irritiert, amüsiert und nicht wirklich erregt, folgte Raoul ihr in eine andere Ecke der Halle und durch eine Tür, um einen kleinen Raum vorzufinden, der mit Kohlepfannen und einem hölzernen Zuber ausgerüstet war. Da es Sommer war, waren die Kohlepfannen nicht entfacht, aber ein steinerner Herd in einer Ecke des Raumes verstrahlte Wärme. Zwei große Kessel hingen darüber, sie waren mit heißem Wasser gefüllt und warteten darauf, daß jemand ein Bad nehmen wollte.

»Eine wunderbare Einrichtung«, sagte er.

Aline hatte ihren Kopf über eine Truhe gebeugt, aus der sie die nötigen Tücher nahm. Ihre reizend ausladende Rückseite reizte sein Auge, besonders, weil sie mit fließendem roten Stoff verhüllt war.

Es wäre leichter gewesen, wenn sie als Braut Christi deutlicher zu erkennen gewesen wäre.

»Diese alten Herrenhäuser haben schon ihre Vorteile«, sagte sie. »Es ist einfach, kleine private Räume zu schaffen, wenn man mit Holz baut.« Als sie aufstand und sich umdrehte, sah er, daß sie den größten Teil ihrer Fassung wiedergewonnen hatte. »Natürlich ist es nicht besonders dazu geeignet, verteidigt zu werden, noch dazu mit dieser Palisade.«

»Und daher wurde es von Euren normannischen Vorfahren eingenommen, nehme ich an.«

»Ganz und gar nicht.« Sie strich widerspenstige Locken aus ihren runden, erhitzten Wangen. »Meine Großmutter wurde in der Schlacht um Hastings als Witwe zurückgelassen, und man verheiratete sie mit meinem Großvater. Sie waren glücklich, bei Gott, und um Burstock wurde niemals gekämpft.«

»Ein gesegneter Ort.« Nach einer Weile sagte er: »Vielleicht, Lady Aline, könntet Ihr Leute kommen lassen, die mir bei meiner Rüstung behilflich sind.«

Sie wurde wieder rot, dieses Mal, weil ihr ihre eigene Nachlässigkeit peinlich war. Er fand, daß dieses Erröten Aline gut stand. Es war so leicht, Farbe in ihre Wangen zu zaubern.

Jetzt legte sie jedenfalls plötzlich große Betriebsamkeit an den Tag, öffnete die Tür, und gab tatkräftig ihre Anweisungen.

Innerhalb von Sekunden erschienen zwei Männer und trugen die Rüstung zum Reinigen fort, dann gossen zwei andere Wasser aus den großen Kesseln in den Zuber und nahmen die leeren Gefäße zum Nachfüllen mit.

Frauen liefen mit Kannen kalten Wassers herbei, mit Kräuterkörben und sogar mit einem Gefäß voll Öl.

Raoul betrachtete das Öl interessiert, aber er ließ seine bessere Hälfte das Kommando übernehmen.
»Ihr werdet eine Nonne sein, Lady Aline?«
»Das ist meine Absicht.«
»Dann ist es vielleicht gegen die Regeln, wenn Ihr einem Mann bei seinem Bad zur Hand geht.«
Sie sah ihn einen Moment an, die Versuchung war ganz deutlich in ihren Augen zu sehen, aber dann schüttelte sie ihren Kopf. »Nein. In dieser Ehrerbietung liegt nichts Sündiges.«
»Aber es gibt Eure Schwägerin hier, die für diesen Haushalt verantwortlich ist, nicht wahr?«
Sie nickte. »Catherine. Aber sie ist geschäftlich im Kloster St. Radegund.«
Raoul entschied, daß er alles getan hatte, um tugendhaft zu sein. Er würde mit Sicherheit nicht vorschlagen, daß Jehanne ihm assistieren sollte, und Hilfe von Mägden zu verlangen, würde Aline verletzen, die jetzt gerade geschäftig ihre Ärmel hochkrempelte.
In einer Hinsicht wünschte er sich, daß er in der ersten Nacht auf Heywood Ellas bereitwillige Einladung nicht angenommen hätte. Er hatte sich damals nicht vorgestellt, daß dort auf Heywood eine Lady war, deren Meinung über ihn ihm wichtig sein könnte – besonders hatte er nicht an diese bescheidene, ausgesprochen tugendhafte, üppig gerundete Beinahe-Nonne gedacht.
Er unterdrückte ein Lächeln und fragte sich, warum Aline ihn so verwirrte. Vielleicht einfach nur, weil sie ein solcher Widerspruch in sich selbst war.
Sie war so flink und praktisch, daß sie ihn an seine Mutter erinnerte, die einen großen Haushalt perfekt leiten konnte und dabei hundert andere Dinge gleichzeitig tun konnte. Aber Aline war außerdem noch sehr jung und leicht in Gegenwart von Männern zu verwirren. Sie hatte tatsächlich gegen die

Regeln der Gastfreundschaft verstoßen, indem sie sich auf Heywood geweigert hatte, ihm beim Baden zu assistieren.
Er hätte sich bei dem Gedanken geschmeichelt gefühlt, daß er allein diese besondere Wirkung auf sie hatte, aber er hatte gehört, daß dem nicht so war. Sie war, hieß es, zu allen Männern kokett, besonders gegenüber den jungen. Es war seltsam, da sie doch fünf Brüder hatte. Die Menschen schienen es trotzdem zu akzeptieren, daß es ihre Berufung war, ein heiliges Leben zu führen, das sie prüde gemacht hatte. Aber Raoul war sich da nicht so sicher.
Er hatte Schwierigkeiten, sich Aline von Burstock als Nonne vorzustellen. Eine diktatorische Äbtissin, die eine Gemeinschaft von Männern und Frauen leitete, ja. Auch große Ländereien. Aber es war notwendig, durch die Lehre zu gehen, die eine Nonne absolvieren mußte, damit sie am Ende Äbtissin werden konnte.
Er zog seine leinenen Beinkleider aus und mußte an den Stellen Gewalt anwenden, wo das Blut bis auf die Haut durchgesickert war.
Sie prüfte gerade die Temperatur des Badewassers und sah auf. »Seid Ihr verletzt, Sir? Es tut mir leid. Ich hätte das vorher fragen sollen.«
Er sah zu ihr hinüber und entdeckte ehrliche Besorgnis in ihrem Gesicht, die die Peinlichkeit für den Moment überlagerte. »Es ist das Blut eines anderen.«
»Galerans?« fragte sie alarmiert.
»Nein. Jemandes Blut, den wir auf dem Weg getroffen haben.« Er zog sich sein Hemd aus, so daß er jetzt nur noch mit leinerner Unterwäsche bekleidet war, und sah sie an.
Sie hatte sittsam ihren Kopf abgewandt und ging so zum Badezuber. Natürlich wäre es nicht geziemend für eine Lady, in dieser Situation die Männlichkeit zu beäugen, aber bei ihr war auffällig, wie sie vermied, seinen Körper anzusehen. Sie mußte doch bereits einige männliche Körper gesehen haben?

Es war gut, daß Diener stets hereinkamen und wieder hinausliefen, die großen Kessel nachfüllten, das Feuer im Herd schürten und die Gefäße mit dem Spülwasser auffüllten. So wäre er nicht versucht, Dummheiten zu machen.
Er entkleidete sich und setzte sich in den Zuber. Er war ein wenig zu kurz für seine Größe, aber ansonsten war alles ideal. Das Wasser war genau richtig temperiert, gewürzt mit einem Kräutersäckchen und hatte einen Ölfilm, der auf seiner Haut zurückblieb.
Obwohl sie diese Aufgabe im allgemeinen zu meiden schien, war Lady Aline eindeutig dafür begabt.
Sie drehte sich langsam um, nahm den Topf mit der Seife und ein Tuch und machte Anstalten, seinen Rücken zu waschen. Er nahm ein weiteres Tuch, ließ sie es einseifen, und wusch sich selbst, Beine, Brust und Arme. Er wusch, wie es zwischen Fremden üblich war, die Teile, die er erreichen konnte.
Es war angenehm zu fühlen, wie sie seinen Rücken bearbeitete, aber er hätte es lieber gehabt, wenn er sie hätte sehen können.
»Ihr wollt also noch immer Nonne werden, Lady Aline.«
»Natürlich.«
»Welchen Regeln müßt Ihr folgen, solange ihr vom Kloster entfernt seid?«
»Überhaupt keinen. Ich habe den Novizinneneid noch nicht abgelegt.«
»Interessant ... Warum nicht?«
»Ich war dabei, es zu tun, als Galeran fortging und ich nach Heywood kam, um bei Jehanne zu sein.«
»Vermißt Ihr das Kloster?«
»Natürlich.« Aber in ihrer Stimme schwang keine Überzeugung mit.
Er schürzte seine Lippen. »Ich bin sicher, daß es schwer sein muß, sanft und gehorsam zu sein.« Da sie nicht antwortete, fügte er hinzu: »Besonders wenn die Befehle dumm sind. Wir merken das manchmal in einer Schlacht.«

Ihre Hand hielt inne. »Und dennoch habt Ihr gehorcht?«
»Im allgemeinen. So funktioniert eine Armee. Und religiöse Gemeinschaften auch, nehme ich an. Ich frage mich, warum Ihr den Wunsch habt, Nonne zu werden.«
»Warum nicht?« Ihre Hand begann wieder, ihn zu waschen. »Es ist ein produktives Leben.«
»Manche würden sagen, daß es ein unfruchtbares Leben ist.«
»Nur solche, die an nichts anderes als ans Vögeln denken.« Sie richtete sich auf und warf das Tuch auf den Boden. »Seid Ihr bereit fürs Abspülen?«
»Einen Moment noch.« Er hielt sich länger damit auf, seine Füße zu waschen, erfreut, daß er sie aus dieser Position sehen konnte. Sie war wirklich köstlich mit ihren geröteten Wangen, mit den vom Dampf angefeuchteten Haarsträhnen und mit ihrer Kleidung, die ihre großzügigen Rundungen betonte. Er fühlte, wie sein Körper auf den Anblick reagierte und beschloß, daß es besser wäre, wenn er noch ein wenig im Wasser bliebe, um sich unter Kontrolle zu bekommen.
Eine Dienerin brachte zusätzliche Tücher zum Abtrocknen. Sie sah ihn mit einem flüchtigen Blick an und blinzelte ihm zu. Noch so eine Ella. Sie war verführerisch, aber er antwortete nicht auf die stumme Einladung und lehnte sich zurück an den Wannenrand. »Welche produktive Arbeit hofft Ihr denn als Nonne zu tun, Lady Aline?«
»Beten, natürlich«, sagte sie vorsichtig, »und mich um die Unglücklichen kümmern.« Dann fügte sie hinzu: »Auch mit Zahlen arbeiten. Konten führen.«
Ein Funkeln in ihren Augen sagte ihm, daß er ihre wahre Berufung herausgefunden hatte. »Das wäre auch ein nützliches Betätigungsfeld für eine Ehefrau, nicht wahr?«
Ihre Lippen verzogen sich zu einem spöttischen Lächeln. »Welcher Mann würde seine Frau alles über seine Geschäfte wissen lassen? Mit Sicherheit kein Mann aus unserem Stand. Ich kenne nur Frauen von Händlern, die im Handel gleichberechtigt sind.«

»Vielleicht solltet Ihr dann einen Händler ehelichen.« Er redete nur, um sie so festzuhalten, daß er ihren Anblick genießen konnte und außerdem vielleicht, um ihre letzte Scheu zu besiegen.
»Ich würde einen Händler heiraten, gern sogar, aber Vater würde das niemals erlauben.«
»Also hättet Ihr grundsätzlich nichts gegen eine Heirat?«
Das ließ sie wieder erröten. »Seid Ihr noch immer nicht bereit zum Abspülen, Sir Raoul? Das Wasser muß bereits kalt sein.«
»Noch einen Moment, wenn Ihr erlaubt. Es ist so angenehm, wie man sich hier entspannen kann. Also werdet Ihr bald in Euer Kloster zurückkehren, jetzt, da Galeran zurück ist?«
Ihre Augen mieden seine. »Sobald die Dinge geregelt sind.«
»Aber könnt Ihr denn dabei helfen, die Dinge zu regeln? Ich denke nicht.«
Sie sah zurück zu ihm, die Augen waren klar und ruhig. »Warum seid Ihr dann hier, Raoul de Jouray?«
»Nur, um bei einem Freund zu sein.«
»Und deshalb bleibe ich auch.«
»Aha.« Er stand plötzlich auf, in der Absicht, ihre Unbedachtsamkeit auszunutzen. »Ich bin jetzt bereit, abgewaschen zu werden.«
Ihre Augen wußten nicht, wohin sie schauen sollten, aber sie brachte ihm schließlich das saubere Wasser – die Augen abgewandt –, damit er es über sich gießen konnte. Dann hielt sie ihm die angewärmten Trockentücher hin, und er stieg aus der Wanne.
Für einen Moment waren sie allein, und er konnte nicht widerstehen. Als er die Tücher um sich geschlungen hatte, fuhr er mit einem Finger zärtlich über ihre rosige Wange. »Dank sei Euch.«
Sie wandte sich ihm zu und sah ihn mit großen Augen an. »Ich habe nur meine Pflicht getan ...«
»Aber Ihr habt sie gut getan. Und ich weiß, daß es gegen Eure Neigung war. Ich hoffe, ich habe Euch nicht verstimmt.«

»Nein, natürlich nicht ...«
»Dann bin ich froh.« Er fragte sich, wie lange er sie noch festhalten könnte. »Ich muß Euch groß vorkommen. Euer Vater ist kein großer Mann.«
Ihr Blick senkte sich auf seine breite Brust. Dann riß sie sich los und begann, flink die Tücher aufzuheben. »Ein Mann ist ein Mann. Größe bedeutet nicht viel.«
»Leider. Und ich bin so stolz auf mein großzügiges Beiwerk ...«
Sie dreht sich auf dem Absatz um und starrte ihn an. Also war die kleine Aline doch nicht so naiv.
»Es ist normalerweise ein Vorteil«, fuhr er sanft fort, während er seine Beine abtrocknete, »für einen kämpfenden Mann, groß und stark zu sein.«
Er sah auf und bemerkte, daß sie seinen Körper anstarrte wie ein Kaninchen den Hund, der es töten wird. Plötzlich schämte er sich für seine Neckereien.
»Wenn Ihr mir einen kleinen Gefallen tun könntet, Lady Aline, ich habe auf dem Packpferd Kleidung, die etwas sauberer ist, als die, die ich ausgezogen habe ...«
»O natürlich.« Und sie war mit einem Satz aus dem Raum, so wie ein Kaninchen, das unerwartet den Fängen des Hundes entkommt.
Raoul ließ das Tuch fallen und, da er Geräusche im Hof hörte, ging er zum Fenster hinüber, während er über ihre Begegnung nachdachte. Er war ein boshafter Schuft, eine Lady so zu ärgern, besonders eine, die den Wunsch hatte, eine Braut Christi zu werden. Aber, eigentlich hatte er immer noch seine Zweifel daran ...
Es klang so, als würde jemand ankommen, aber er konnte den Hof von hier aus nicht sehen.
Er fragte sich, wie Aline reagieren würde, wenn er ihr erzählte, daß seine Familie sich viel mit kaufmännischen Dingen beschäftigte.

Sie platzte herein. »Forthred ist hier!«
Dann starrte sie seinen nackten Körper an.
Er war weit davon entfernt, auch nur ein Fitzelchen Kleidung zu tragen, und er würde eher sterben, als sich mit seiner Hand zu bedecken wie ein schüchterner Knabe.
Sie stand einfach nur da mit offenem Mund, begutachtete ihn Zentimeter für Zentimeter, als wenn er ein faszinierendes Buch wäre. Er merkte, wie er begann, darauf zu reagieren.
Deshalb drehte er sie herum und schob sie zur Tür. »Ich benötige Kleidung. Weiß Galeran Bescheid?«
»Vater ist zu ihm gegangen. Was werden wir tun?«
»Wenn Ihr mir keine Kleider besorgt, werde ich nackt in die Halle gehen, was zumindest ein wenig Verwirrung stiften dürfte.«
Er schob sie durch die Tür, und mit einem unbändigen Gelächter rannte sie fort, um sein Bündel zu holen.

Galeran hörte sich die ganze Geschichte von Jehannes Zusammentreffen mit Bruder Forthred an, dann überlegten er und Jehanne sich verschiedene Möglichkeiten, wie sie mit der Situation umgehen könnten. *Nicht* die Initiative zu ergreifen, wäre am geeignetsten, die Kirche nicht tödlich zu beleidigen.
Er hatte sich noch nicht die Zeit genommen, um seine Rüstung abzulegen oder sich selbst zu säubern, und als Hubert hereinkam, um ihnen mitzuteilen, daß der Kirchenmann angekommen war, war es zu spät dafür. Also ging er in dem Bewußtsein in die Halle, daß er verwahrlost aussah und nach Blut stank.
Alles in allem könnte das schließlich egal sein.
Hubert betrachtete ihn mit Besorgnis. »Es würde mich mächtig stören, wenn Ihr den Abgesandten Christi hier beleidigt, Galeran.«
Galeran dachte zwar nicht, daß Bischof Flambard diese Ehre verdient hätte, aber er wußte, daß Hubert sehr fromm war. »Mit Gottes Hilfe wird das nicht nötig sein.« Er ging zu den

dicken Hallentüren und sah drei Geistliche mit Tonsuren, die auf Maultieren in den Hof ritten, gefolgt von fünf kräftigen, bewaffneten Männern.

Er wünschte, Hubert wäre so vorsichtig wie Jehanne gewesen, und hätte darauf bestanden, daß die bewaffneten Männer außerhalb des Schlosses blieben, aber Hubert hatte einen zu großen Respekt vor den Gottesmännern.

Trotz ihrer einfachen Roben hatte Galeran keinen Zweifel, daß wenigstens *ein* Mönch ein Mann von einiger Wichtigkeit war. Er hatte ein intelligentes Gesicht und benahm sich wie jemand, der wußte, was er wert war.

Bruder Forthred, kein Zweifel.

Hubert ging vorwärts. »Seid gegrüßt, Bruder. Willkommen auf Burstock.«

»Gesegnet sei dieser Ort, Lord Hubert«, sagte der Mönch sanft, als er abstieg. »Wir kommen von Heywood, da Lady Jehanne fortgerufen wurde, offensichtlich, um ihre Familie hier zu besuchen. Wir haben etwas Geschäftliches mit ihr zu besprechen. Es geht um geschäftliche Angelegenheiten mit dem Bischof.«

Galeran trat vor. »Geschäftliches habt ihr mit *mir* zu bereden, Bruder. Ich bin Galeran von Heywood.«

Es war nur ein kurzer Moment, aber Galeran sah die Überraschung des Mönches – und das war gut so.

»Seid gegrüßt, mein Lord. Ich bin Bruder Forthred, Dekan des Bischofs. Meine Begleiter sind Bruder Aiden und Bruder Nils. Im Interesse von Bischof Flambard soll ich Euch zu der gesegneten Reise in das Heilige Land und zu Eurer sicheren Rückkehr Glückwünsche übersenden.«

»Vielen Dank für diese Ehre. Ich habe einige Dinge aus Jerusalem auf Heywood. Wenn es die Umstände erlauben, müßt Ihr etwas davon mit Euch nehmen und dem Bischof überbringen.«

Der Mönch verstand die Andeutung von Bestechung. »Er wird

sehr dankbar sein, das versichere ich Euch, mein Lord – wenn es die Umstände erlauben.«

Trotz dieses Vorbehaltes erriet Galeran, daß nicht einmal der hochmütige Bruder Forthred sich über den Schwur eines Kreuzritters erhob. Tatsächlich sah er aus, als fühle er sich im Moment sehr unbehaglich.

»Ihr sagtet, Ihr hättet mit meiner Frau Geschäftliches zu besprechen? Wenn Lord Hubert es erlaubt, könnten wir vielleicht in die Halle gehen und dort alles in Ruhe besprechen.«

»Auf jeden Fall, Galeran«, verkündete Hubert und führte sie in die Halle, wo Galeran Aline sah, die damit beschäftigt war, Wein und Gebäck zu verteilen. Raoul – kaum zu glauben – ging ihr dabei zur Hand.

Jehanne war nicht zu sehen, wie er angewiesen hatte.

Als er sich neben Raoul stellte – ein lieblich duftender Raoul in relativ sauberer Kleidung –, murmelte Galeran: »Wie ist es möglich, daß du *immer* vor mir ein Bad nimmst?«

»Charme. Purer Charme! Was wirst du aus dieser Situation machen? Sollte ich meine Rüstung wieder anziehen?«

»Wir können gegen den Bischof keine Waffen richten. Laß uns sehen, was *mein* Charme vollbringen kann.«

Galeran ging dorthin, wo Bruder Forthred auf einer Bank Platz genommen hatte und am Wein nippte. Seine beiden Helfer standen verlegen daneben, einer hielt eine Wachstafel bereit, um den Gesprächsverlauf zu notieren.

»Also«, sagte Galeran und setzte sich auf einen Stuhl in der Nähe. »Welche Geschäfte führen Euch in diese Gegend, Bruder? Wie Ihr wißt, bin ich gerade nach England zurückgekehrt, aber wenn in meiner Abwesenheit der Zehnte vernachlässigt worden ist, so seid versichert, daß ich das in Ordnung bringen werde.«

Eine Spur Farbe war auf den mageren Wangen des Mönchs zu sehen, und er sah so aus, als hätte es ihm die Sprache verschlagen. Aber bald hatte er seine Fassung wiedererlangt.

»Mylord, es gab tatsächlich eine Straftat. Der Bischof hat die Nachricht von einer schwerwiegenden Unregelmäßigkeit in Eurem Hausstand erhalten, eine, die möglicherweise Zwietracht zwischen einigen unserer wichtigsten Männer hervorrufen könnte. Er hat mich geschickt, um das zu untersuchen.«

»Ich verstehe. Und welche Nachforschungen habt Ihr angestellt?«

Der Mönch warf einen Blick in die geschäftige Halle. »Vielleicht könnten wir das unter vier Augen fortführen, mein Lord ...«

»Nein, gewiß nicht«, sagte Galeran und lächelte liebenswürdig. »Es ist für einfache Menschen immer sehr lehrreich zu sehen, wie man Dinge in Ordnung bringen kann.«

Bruder Aiden, der aussah, als hätte er Angst um seinen Kopf, kritzelte eifrig Zeichen in das Wachs.

Forthred setzte seinen Weinkelch ab und setzte sich gerade auf. »Wurde der Bischof fehlinformiert, mein Lord? Um es ungeschminkt zu sagen, ihm wurde mitgeteilt, daß Eure Frau Dirne gespielt und einen Bastard zur Welt gebracht hat.«

»Das *ist* ungeschminkt«, sagte Galeran kühl. »Es ist wahr, daß meine Frau ein Kind geboren hat, das nicht meines ist. Ich werde es jedenfalls nicht dulden, bei niemandem – ob er nun unter heiligen Anweisungen steht oder nicht –, daß sie als Dirne bezeichnet wird.«

Forthred erblaßte, und Aiden ließ seinen Stift fallen.

»Gewiß, mein Herr ...« stammelte Forthred. »Vielleicht sind wir darin ... aber dennoch«, es gelang ihm, seine Würde wiederzuerlangen, »Lady Jehanne hat offensichtlich gesündigt!«

»Haben wir das nicht alle? Es wurde ihr vergeben.«

Er war sich dessen bewußt, daß unter denjenigen, die nahe genug standen, eine gewisse Unruhe entstand.

»Von Gott?« fragte Forthred.

»Das müßt Ihr Gott fragen. Ihr wurde von *mir* vergeben.«
»Das ist wirklich nobel von Euch, mein Herr.«
Galeran sah in mißtrauische Augen. »Ich bin kürzlich auf den Spuren unseres Heilands gewandelt, Bruder Forthred. Hat er nicht gesagt, daß nur die, die ohne Sünde sind, Steine auf andere werfen sollten? Und ich glaube, in jenem Fall war es eine Frau, die beim Ehebruch ertappt worden ist.«
»Sehr wahr, mein Herr. Aber in diesen bewegten Zeiten müssen wir pragmatischer sein ...«
Galeran ließ seinen Blick zu den verrußten Dachbalken wandern. »Warum fühle ich nur, daß Christus selbst mit solchen Worten unter Druck gesetzt wurde?«
»Mylord, dies ist nicht der Moment für Frivolitäten! Bischof Flambard ist besorgt, daß Ihr diesen Mißbrauch Eurer Ehe und Eures Heims als Vorwand nehmen könntet, Gewaltakte auszuüben.«
Galeran sah ihn scharf an. »Ihr mögt Eurer Lordschaft versichern, daß ich das nicht tun werde – solange das Geschehene sich nicht wiederholt.«
»Ferner«, sagte Forthred, der offensichtlich bei seinem vorbereiteten Text angelangt war, »hat er das Gefühl, daß die Gegenwart des Beweises der Sünde möglicherweise die Kräfte selbst des tolerantesten Mannes zu sehr beanspruchen könnte ...«
»Aber, Gott sei Dank, wird es sie nicht übersteigen.«
Forthred stand auf. »Mein Lord, ich bin angewiesen, den Bastard an mich zu nehmen und ihn mit mir nach York zu nehmen, wo man sich um ihn kümmern wird, bis diese Angelegenheit geregelt ist.«
»Welche Angelegenheit muß denn geregelt werden, Bruder Forthred?«
»Der Besitzanspruch auf das Baby.«
Bei diesen Worten stand Galeran ebenfalls auf. Jetzt war er erfreut, daß er noch in der Rüstung war, und darüber hinaus in

einer blutbefleckten. »Wer außer der Mutter erhebt Anspruch auf das Kind?«
Forthred trat zurück. »Der Vater, natürlich.«
»Wer ist der Vater?«
»Ihr ... Ihr wißt es nicht?« Forthred war plötzlich wie ein Mann, der stolz eine Straße entlangging, um dann plötzlich im Morast zu versinken.
»Warum sagt Ihr es mir nicht?«
Der Mönch sah verlegen umher, suchte die Hilfe der Umstehenden. Er fand nichts, außer daß hier und dort jemand grinste.
Er wandte sich wieder an Galeran und sah ihn mit kleinen Augen an. »Sir Raymond von Lowick beichtete, daß er der Vater des Babys wäre, mein Herr. Er gibt seine Sünde zu, aber erklärte, daß sowohl er als auch die Lady Jehanne geglaubt hatten, daß Ihr tot wäret, als das Kind empfangen wurde. Er freut sich über Eure sichere Rückkehr und bereut zutiefst die Sünde, die er begangen hat. Als Buße wird er sich selbst die Bürde auferlegen, das Kind großzuziehen.«
Galeran ließ eine nachdenkliche Stille eintreten, bevor er sagte: »Ich denke, die Buße sollte doch irgendwie schwerer wiegen als das.«
»Mein Herr, der Bischof hat ihm außerdem zwanzig Schillinge Strafe auferlegt und viele Gebete verlangt.«
Galeran nickte. »Meine Frau betet bereits ernsthaft um Gottes Gnade, aber sie könnte sicherlich dieselbe Strafe bezahlen. Lord Hubert, könnten wir Geld von Euch leihen?«
»Warum? ... ja«, sagte Hubert und hatte einen alarmierten Ausdruck im Gesicht. Er schickte einen Diener mit einer Nachricht fort.
Galeran wandte sich wieder an Forthred. »Was das Baby angeht, wir bestehen darauf, daß wir die Buße tun, es aufzuziehen.«
Der Mönch erblaßte, sah die Falle vor sich. »Das würde bedeu-

ten, die Buße *Euch* aufzuerlegen, Mylord, da Euch doch überhaupt keine Schuld trifft.«

»Aha, aber ist das wahr? Habe ich nicht meine Frau unbewacht manchen langen Monat allein gelassen? Sogar der heilige Papst Urban, der zum Kreuzzug aufgerufen hat, hatte Zweifel, ob ein verheirateter Mann sich anschließen sollte. Wie immer ist unser Heiliger Vater weise in diesen Dingen, in geistlichen wie in weltlichen.«

»Aber jede Sünde auf Eurer Seele wurde durch den Kreuzzug ausgelöscht, Lord Galeran.«

»Dann bin ich sicher, daß unser Heiland mir die Stärke geben wird, ein kleines Ärgernis in meinem Haushalt zu ertragen.«

Forthreds Wangen waren jetzt tiefrot. »Mein Herr, der Bischof besteht darauf, daß das Kind unter seine Obhut gestellt wird, bis diese Dinge geregelt sind!«

Galeran legte seine Hand auf das Heft seines Schwertes. »Bruder Forthred, das Kind kann nicht seine Mutter verlassen, denn es muß gestillt werden.«

»Man könnte eine Amme finden ...«

»Ich glaube nicht, daß es gut wäre, ein hochgeborenes Kind mit der Milch einer niedergestellten Frau zu stillen.«

»Gut, dann ...«

»Noch werde ich es gutheißen, daß meine Frau mit dem Baby nach Durham gehen könnte. Ich bin gerade von dem Kreuzzug zurückgekehrt und verlange meinen häuslichen Frieden.«

Forthred schürzte seine dünnen Lippen, aber seine Argumente schienen erschöpft zu sein.

Galeran nahm die Gelegenheit wahr, Jehanne aus ihrem Versteck zu rufen. In Sekunden war sie an seiner Seite, den Kopf ein wenig geneigt, das perfektes Bild einer unterwürfigen Frau.

»Ihr habt nach mir geschickt, Mylord?«

»Ja, Frau. Es scheint, daß Raymond von Lowick die Sünde dem Bischof von Durham gebeichtet hat, und sie würde ihm durch Zahlung von zwanzig Schillingen und dem Versprechen, die kleine Donata aufzuziehen, vergeben werden. Es scheint mir nur fair zu sein, daß du die gleiche Strafe zahltest.«

Als er erwähnte, daß Raymond das Kind aufziehen sollte, wurde sie abwechselnd rot und blaß. Aber dann begriff sie, worauf er hinauswollte, und ihre Augen weiteten sich. Er sah, daß sie Mühe hatte, das Lachen zu unterdrücken.

Er mußte auch seine eigenen Lippen unter Kontrolle bringen.

Huberts Diener kam mit einer Geldbörse. Galeran nahm die Börse, dann ließ er sie in Jehannes Hände fallen.

Mit einem tiefen Atemzug wandte sie sich an den Mönch und kniete nieder. »Der Bischof ist weise und gnädig, Bruder Forthred. Ich gebe bereitwillig dieses Geld für seine heilige Arbeit und erbitte seine Gebete und Eure, damit ich bei meinem Gesuch um Vergebung von unserem allmächtigen und gnädigen Vater im Himmel Hilfe habe.«

Als der verwirrte Mönch die Börse genommen hatte, sagte Galeran: »Auch ich danke dem Bischof dafür, daß er als Friedensstifter zwischen mir und Raymond von Lowick fungiert hat, der in so abscheulicher Weise Vorteil aus meiner Abwesenheit gezogen hatte. Im Gegenzug dazu verspreche ich, daß ich meine Hand nicht gegen Lowick erheben werde, es sei denn, er beleidigt mich erneut. Können wir nun diese Sache als beendet betrachten, Bruder?«

»Das bezweifle ich«, greinte der Mönch, der sodann aus der Halle ging, gefolgt von seinen beiden Begleitern. Bruder Aiden hielt einen Moment inne, um seine Tafeln zur Seite zu legen, und warf ihnen ein ehrfürchtiges Lächeln zu. Galeran und Jehanne folgten ihnen, um zu sehen, wie die Mönche wieder auf ihre Maultiere stiegen und durch das Tor ritten, gefolgt von ihren bewaffneten Wachen.

»Galeran«, flüsterte Jehanne, »wie hast du das *gemacht*?« Und sie sah ihn an mit der größten Bewunderung, die er von ihr jemals erhalten hatte.

Er lächelte und fühlte sich, als hätte er einen mächtigen Drachen besiegt. »Oh, das war nur Charme. Ich bin versucht, meinen Charme spielen zu lassen, um ein Bad zu bekommen und andere unblutige Sachen, aber ich denke wirklich, wir sollten zurück auf Heywood sein, bevor der nächste Donnerkeil landet.«

Zehntes Kapitel

Galeran war zufrieden, daß er eine große Gruppe bewaffneter Männer dabei hatte, die sie zurück nach Heywood begleiteten, denn er erinnerte sich an den Armbrustschützen. Wenn der erste Bolzen eine Fingerlänge tiefer getroffen hätte, dann würde er jetzt über den weltlichen Dingen stehen.
Im geistigen Sinne sollte er den Tod willkommen heißen, aber er schauderte, als er daran dachte, was mit Jehanne passieren würde, wenn er sie ungeschützt zurückließe. Daher trug er Kettenhemd, Helm und Schild und achtete darauf, daß er ein gutes Stück von Jehanne und dem Kind entfernt ritt, für den Fall, daß noch weitere Anschläge folgen sollten.
Aber wer war denn nun verantwortlich für den Bogenschützen? Wenn er Galerans Gruppe tagelang verfolgt hätte, dann hätte er unzählige Gelegenheiten gehabt, ihn zu töten. Was wahrscheinlicher war: Er war mit Forthred gekommen, ein Teil desselben Planes.
Flambards Plan.
Ohne Jehannes schnelles Handeln hätte Forthred durchaus Erfolg haben, und das Kind bereits auf Heywood in seine Gewalt bringen können. Ohne Galerans Anwesenheit hätte er ebenso wahrscheinlich auf Burstock Erfolg gehabt. In diesem Fall hätte Jehanne sich gezwungen gefühlt, Donata zu begleiten.
Auf einen Schlag hätte Flambard dann die beiden Pfänder

gehabt, auf die er es abgesehen hatte. Wenn gleichzeitig Galeran bei dem Angriff ums Leben gekommen wäre, dann wäre die ganze Angelegenheit vorüber gewesen, bevor jemand hätte protestieren können. Mit der Autorität der Kirche hinter sich, hätte Lowick Jehanne geheiratet und sich innerhalb weniger Tage auf Heywood niedergelassen, und es wäre für seinen Vater oder sogar für den König nichts dagegen auszurichten gewesen, außer durch einen Krieg.

Wahrscheinlich würde der König eher Flambard unterstützen. Wenn also Galerans Vater gegen die Inbesitznahme von Heywood durch Lowick protestieren würde, hätte Rufus einen Grund, nach Norden zu kommen und die mächtige Familie von William von Brome zu zerbrechen.

Raoul ritt an seine Seite. »Warum das finstere Gesicht? Du glaubst doch nicht wirklich, daß es einen weiteren Anschlag auf dein Leben geben wird, oder?«

»Es ist unwahrscheinlich, aber ich würde es nicht ausschließen. Nach allem, was ich weiß, ist eine schöne Prämie auf meinen Kopf ausgesetzt worden, und es ist einfach, einen Mann zu töten. Dieser Armbrustschütze hatte einfach kein Glück. Aber ich zittere nicht wirklich in meinem Sattel.«

»Warum dann das finstere Gesicht? Du hast diesen Geistlichen sehr schlau in die Flucht geschlagen.«

»Es wird damit nicht zu Ende sein.« Galeran sah seinen Freund an. »Ich denke, du hast noch niemals etwas von Bischof Flambard gehört.«

»Aline berichtete etwas über diesen Fall. Ein unangenehmes Subjekt, aber unter dem Schutz des Königs.«

»Mehr als das. Er ist die rechte Hand des Königs. Jahrelang hat in Wirklichkeit *er* das Land regiert, und jetzt, da der König ihn zum Bischof von Durham gemacht hat, sind er und mein Vater Rivalen um die Macht hier im Norden.«

»Mir ist aber immer noch nicht klar, warum der Bischof meint, daß Lowick es wert ist, unterstützt zu werden. Ein so mächtiger

Mann kann doch nicht einen so schwachen Verbündeten brauchen.«
Galeran schüttelte seinen Kopf. »Sieh dir die Situation hier an. Das Bistum von Durham kontrolliert einen Bereich im Norden, von Carlisle bis Durham selbst. Auf der anderen Seite besitzt mein Vater viele Ländereien, Brome eingeschlossen, das größte Besitztum in der Gegend und mit einem Schloß, das eine wichtige Furt bewacht. Nahegelegen sind die Besitztümer von Heywood und Burstock, beide eng verbunden mit Brome, seit ich mit Hubert von Burstocks Nichte verheiratet bin, und eine weitere Nichte ist die Frau meines Bruders Will. Habe ich erwähnt, daß der Bruder meiner Mutter die Küstenregion kontrolliert, zwei wichtige Häfen eingeschlossen?«
Raoul pfiff durch die Zähne. »Also hat eure Familie diesen Teil des Landes fest in ihrer Hand und hat die Möglichkeit, sich mit dem Bischof anzulegen.«
»Genau. Und mein Vater ist nicht der Typ Mann, der Kränkungen einfach so hinnimmt.«
»Aber wenn der Bischof Heywood kontrollieren könnte, dann würde er die Macht von Lord William von Brome empfindlich schwächen können.«
»Und wenn mein Vater protestiert, dann hätte der König einen Vorwand, um ihn auszuschalten.«
Raoul betrachtete die Landschaft mit seinen scharfen Augen. »Der Bischof und seine Marionetten werden also zurückkommen, auf die eine oder andere Weise.«
Wenn es im Gehölz lauernde Mörder gegeben hatte, dann waren sie jedenfalls zu vorsichtig, um eine so große und bewegliche Truppe anzugreifen. Am frühen Nachmittag kamen sie sicher auf Heywood an.
Demonstrativ ging Galeran zu Jehanne und nahm ihr das Baby ab, damit sie absteigen konnte. Dann trug er Donata in die Festung.
»Galeran«, sagte Jehanne, als sie die Halle betraten. »Ich würde

sie für dich aufgeben. Wirklich. Du mußt dich ihr nicht verpflichtet fühlen.«
Er gab ihr den Säugling zurück. »Das tue ich bereits. Sie ist eine Unschuldige, Jehanne. Ich würde nicht das Baby eines Sklaven den Wölfen vorwerfen, und ich werde Donata nicht Flambard und Lowick übergeben. Außerdem ist sie in meinem Schloß geboren worden und steht somit unter meinem Schutz. Geh und kümmere dich um sie. Und dann«, sagte er mit einem Lächeln, »hätte ich gern ein Bad.«

Jehanne verließ Galeran, und sie fühlte eine schmerzende Liebe in ihrem Herzen. Manchmal schien es ihr, als wäre er kurz davor, verrückt zu werden, und dann wollte sie ihn ausschelten wie sie es getan hatte, als sie noch jung waren. Aber sie wußte, daß sein starker Gerechtigkeitssinn ihn nicht blind für die Realität machte und daß sein Verstand scharf war.
Wie er es heute bewiesen hatte.
Aber er war idealistisch, und das war gefährlich für ihn.
Während sie nach ihren Frauen rief, erinnerte sie sich nur zu gut an die Zeiten, als ihr Vater noch am Leben war, und Raymond Heywood besucht und mit ihr geflirtet hatte. Sie hatte immer Angst davor gehabt, daß Galeran sich verletzt fühlen könnte und die Sache im Kampf hätte austragen wollen. Was wäre, wenn es jetzt zu einem Kampf käme? Galeran war ein guter Kämpfer, aber kein Gegner für einen wie Lowick, der größer war und im ganzen Norden bekannt für sein kämpferisches Geschick war.
Sie hatte zuvor die Wahrheit gesprochen. Obwohl es ihr das Herz in tausend Stücke zerreißen würde, sie würde Donata eher den Wölfen überlassen, als Galeran deshalb sterben zu sehen, weil er ihr uneheliches Kind beschützte.
Ihre Frauen brachten warmes Wasser und saubere Tücher, und sie ließ sie Donata baden und umkleiden, während sie sich

wusch und ein wenig Bier trank, um sich von der Reise zu erfrischen. Sie wußte, daß sie zu eng mit Donata verbunden war. Sie hatte es sich zur Gewohnheit gemacht, fast alles selbst für sie zu tun, aber jetzt hielt sie sich zurück. Es könnte sein, daß sie bald in der Lage sein müßte, nur noch die kühle Vernunft sprechen zu lassen.

Abstand könnte helfen.

Dann weinte Donata, und ihr Milchfluß setzte wie zur Antwort ein. Sie griff nach dem Kind, erfüllt von tiefem Glück und Verzweiflung gleichermaßen.

Galeran gab John seine Rüstung zum Säubern, dann ging er zu Walter von Matlock, um ihn dafür zu loben, daß er Jehanne behilflich gewesen war.

»Ich wußte sehr gut, Lord, daß Ihr nicht wolltet, daß auch nur eine von beiden nach Durham entführt würde.«

»Würdet Ihr dasselbe tun, auch wenn der Bischof mich exkommuniziert?«

»Würde er so dumm sein, Lord? Versuchen, einen Kreuzritter zu verdammen?«

»Ach ja. Ich vergesse immer wieder, daß man von mir erwartet, vor Ruhm zu strahlen.«

In Erinnerung an das Heilige Land ging Galeran, um seine Pakete zu suchen und wickelte vorsichtig einige Dinge aus. Das Auswickeln könnte Jehanne sicher Freude bereiten, denn in den äußeren Lederschichten hatte er einen feinen Stoff aus dem Osten versteckt, der *qu'tun* genannt wurde und Farbe gut annahm.

Darin waren die wertvolleren Dinge eingewickelt.

Ehrfürchtig nahm er gerollte Palmblätter heraus, ein silbernes Kreuz, das Wasser vom Jordan enthielt, einen verdorrten Zweig aus dem Olivengarten, ein Säckchen mit Staub aus Golgatha und ein Steinplättchen von dem Ort, von dem angenommen wurde, er sei die heilige Grabstätte.

Er meditierte zögernd über einem weiteren Paket, einem kugelförmigen, aber dann wickelte er es doch aus, und ein kleiner Schädel kam zum Vorschein. »Der Schädel von Johannes dem Täufer als Kind, Lord!« hatte der beflissene Verkäufer geflüstert. »Nur für Euch ...«

Das hatte ihn zum Lachen gebracht, wie wenige Dinge in dieser Zeit. Also kaufte er ihn, um über den Witz mit Jehanne zu lachen. Er hätte den Schädel natürlich nicht mitbringen müssen, um die Geschichte zu erzählen – besonders, da andere die gleiche Reliquie gekauft hatten, ohne das Absurde darin zu erkennen – aber er wollte herausfinden, wie lange sie wohl brauchen würde, um herauszufinden, daß die Sache ganz und gar unmöglich war.

Wunder könnten vielleicht Fläschchen mit der Milch der heiligen Jungfrau bewahren oder Wein aus Kanaan, aber man würde mehr als ein Wunder brauchen, um den Kopf eines Mannes in Kindergröße zu bewahren, der erst in seinen Dreißigern gestorben war.

Aber jetzt lag überhaupt nichts Witziges mehr daran, einen Säuglingsschädel zu besitzen. Er fuhr mit der Hand über den glatten, weißen Knochen, folgte dem Rand der Augenhöhlen und dachte, daß zweifellos eine Mutter über den Tod dieses Kindes getrauert hatte, so wie Jehanne um Gallot getrauert hatte.

So wie er selbst getrauert hatte, oder hätte ...

Er wickelte den Kopf wieder ein. Es war das ideale Geschenk für Ranulph Flambard, denn er wollte es loswerden. Wenn er Glück hatte, würde der Bischof das Absurde darin nicht erkennen. Es würde Galeran mit Zufriedenheit erfüllen, zu sehen, wie der Mann ein Reliquienkästchen dafür anfertigen ließ. Wenn Flambard das aber als Betrug ansehen würde, sollte er denken, was er wollte.

Galeran hatte dem Bischof ja nur etwas aus dem Heiligen Land versprochen, und das war es schließlich.

Er ließ den Schreiber einen höflichen Brief schreiben. In diesem dankte er dem Bischof für die Hilfe, die Probleme zwischen ihm selbst und Raymond von Lowick gelöst zu haben, und bat ihn darum, das Geschenk anzunehmen sowie alle Bewohner Heywoods in seine Gebete einzuschließen.
Jehanne kam gerade in dem Moment hinzu, als er den Boten aussandte. Er sagte ihr, was er getan hatte, aber er sagte ihr nicht, was das für eine Reliquie war. Wann, fragte er sich traurig, würde die Freiheit, um solche Witze miteinander teilen zu können, endlich wiederkehren?
»Ich glaube, es war weise, ihm zu danken«, sagte sie und betrachtete ehrfürchtig die mitgebrachten Gegenstände.
Sie befühlte die ledrigen Palmwedel. »Was für eine Art Baum ist eine Palme? Diese hier sind eher wie die Blätter einer großen Binse.«
Er beschrieb ihr die Palmen, während das Bad vorbereitet wurde, und er beschrieb auch Olivenbäume. Er erzählte ihr von der Hitze und der Wüste und wie gewöhnlich Bethlehem war.
»Warst du enttäuscht?« fragte sie, während sie das Zufügen von kaltem Wasser in das heiße überwachte.
»Nur für einen Moment. Dann gefiel mir der Gedanke, daß Christus wie ein gewöhnlicher Mann gelebt hatte. Nicht der strahlende Prinz aus unseren Handschriften, sondern ein Mann mit Staub auf seiner Haut und Schwielen an seinen Händen.«
Gedankenverloren streckte er seine eigenen Hände aus, und Jehanne nahm sie, drehte sie, um die tiefen Furchen nachzufahren, die das Leben in der Übung für den Krieg gezeichnet hatte.
»Wie sonst könnten die Hände eines Mannes aussehen?«
»Dieser Gedanke«, sagte er, »gibt mir Kraft. Daß Christus wirklich eine Zeitlang ein Mensch war und vielleicht Menschen verstehen kann.«
»Ich denke dasselbe über Christi Mutter.« Sie half ihm aus seinem Hemd, schüttelte den Kopf ob des Blutes. »Obwohl mir

diese neue Idee, daß sie eine Jungfrau gewesen sein soll, nicht gefällt.«
»Das scheint seltsam zu sein ...« Galeran sank mit einem wohligen Seufzer in das Wasser. »Zwei Bäder innerhalb einer Woche. Luxus!«
Als sie damit begann, ihn zu waschen, sagte Jehanne: »Erzähle mir mehr über diese Bäder in Konstantinopel.«
Er tat wie geheißen, und erzählte weiter von anderen Dingen, wie Speisen und Kleidung der verschiedenen Länder, die er gesehen hatte. Er vermied aber jeden Bericht vom Kämpfen.
Als er sich abtrocknete und die Diener den Zuber entleerten, sagte Jehanne: »Ich wünschte, wir hätten einen Baderaum wie auf Burstock.«
»Er müßte also bei den Küchen an der Außenmauer sein, denke ich. – Was stimmt nicht mit unserem Bad hier?«
»Nichts«, sagte sie lächelnd. »Aber ich hätte schrecklich gern ein eingelassenes Marmorbad, so groß, daß man darin schwimmen kann.«
Er lächelte. »Ich holte dir den Mond und die Sterne vom Himmel, wenn ich es könnte, Jehanne, aber ein Marmorbad übersteigt meine Möglichkeiten.«
Sie errötete und lachte, es war das erste Mal, daß er sie seit seiner Rückkehr laut lachen hörte.
Plötzlich sah sie zum Bett. Sein Körper reagierte, aber er blieb, wo er war. Obwohl es sündhaft einfach gewesen wäre, in ihre alten Gewohnheiten zurückzufallen, durfte es nicht sein, bevor alles geklärt war.
»Jehanne. Ich muß genau wissen, was zwischen dir und Raymond passiert ist.«
Sie wurde blaß. Einen Moment lang dachte er, sie würde nicht sprechen, aber dann, während sie die feuchten Tücher aufsuchte, sagte sie: »Ich habe dich in meinem Herzen niemals betrogen, Galeran. Ich habe ihn niemals begehrt. Können wir es nicht dabei belassen?«

»Nein. Hat er dich vergewaltigt?«
Sie starrte ihn an. »Nein!«
»Wenn du ihn nicht begehrt hast und er dich nicht gezwungen hat, was ist dann passiert?« Als sie still blieb, sagte er: »Jehanne, wie ich in Zukunft mit dieser Angelegenheit umgehen werde, was ich als nächstes von Lowick zu erwarten habe, all das hängt davon ab, was in der Nacht von Gallots Tod hier geschehen ist.«
Es war, als verwandelte sie sich in eine Statue, sie stand da und umklammerte ein feuchtes Handtuch. Aber dann ließ sie es fallen und sank vor ihm auf ihre Knie. »Ich habe Angst, daß du mich hassen wirst.«
Er hätte sie am liebsten in seine Arme genommen und sie beruhigt, aber ihre Angst entfachte auch die Angst in ihm. Jehanne war nicht dumm. Er hatte ihr ihre Untreue vergeben, also warum fürchtete sie, daß die Details nicht zu vergeben waren? »Ich hasse nicht so schnell. Du solltest das wissen. Und ich liebe dich.«
Sie lehnte ihren Kopf gegen sein Bein. »Aber ich verdiene es nicht, geliebt zu werden ...«
»Jehanne. Erzähl mir davon. Erklär es mir.«
»Ich weiß nicht, ob ich das kann. Vielleicht ist es das Einfachste zu sagen, daß ich verrückt war.«
»Das ist nicht so verwunderlich.« Er hielt in der Bewegung inne, hätte fast ihr Haar gestreichelt. »Du hattest gerade dein Baby verloren.«
»Und es war möglich, daß ich dich auch noch verloren hätte. Als ich die Nachricht hörte, begann ich darüber nachzudenken, daß Gott dich vielleicht als Tausch für ein Kind genommen hat.« Sie sah auf. »Ich habe das niemals gewollt, Galeran!«
»Außerdem hätte Gott nie an solch einem bösen Handel mitgewirkt.«
Sie schnitt eine Grimasse. »Ich wußte, daß du es nicht verstehen würdest.« Sie lehnte ihren Kopf wieder gegen seinen Ober-

schenkel, so daß er ihr Gesicht nicht sehen konnte. »Ich bin nicht so gut wie du, Galeran, und ich habe im Kopf einen Gott, so wie ich ihn mir vorstelle. Ich habe mit Gott einen Vertrag geschlossen, daß ich dich auf den Kreuzzug schicken würde, wenn er mir im Gegenzug ein Kind schenkt. Ich wußte, daß du nicht gehen wolltest, aber ich drängte dich dennoch dazu. Als ich gehörte hatte, du seist tot, habe ich es nicht wirklich geglaubt, aber ich fragte mich ... ich fragte mich, ob Gott mehr genommen hatte, als ich ihm angeboten habe. Oder, ob ich mehr angeboten hatte, als ich gedacht hatte. Ich habe um dein Leben gebetet. Jeden Tag habe ich gebetet. Aber dann starb Gallot ... Es war so plötzlich, so unerklärbar ... ich habe entschieden, daß Gott meine Gebete auf diesem Weg beantwortet hatte, er greift willkürlich ein, Hausierer auf dem Jahrmarkt ...«

»Jehanne!«

»Ich habe Gott gehaßt.« Sie sah mit wildem Blick zu ihm auf. »Das habe ich. Ich habe Ihn *gehaßt*. Ich wollte Trost, ja. Und kurzes Vergessen. Aber am meisten wollte ich das Böseste tun, was ich mir vorstellen konnte. Also habe ich Raymond verführt.«

Galeran wußte nicht, ob er wütend werden oder weinen sollte. »Das war das Schlimmste, was du dir vorstellen konntest?«

»Außer mein eigenes Kind umzubringen, und vielleicht hatte ich das bereits getan.«

Ein kalter Schauer durchfuhr ihn. »Was meinst du damit?«

Ihre Augen wurden weit. »Ich habe es nicht getan! Aber es schien eine Tat von mir gewesen zu sein, die Gedanken, die ich hatte ... diese Gebete ...« Sie sprang auf ihre Füße und durchschritt den Raum. »Säuglinge sterben nicht einfach ohne Grund. Vielleicht wurden so meine Gebete für dich beantwortet. Vielleicht konnte ich nur Gallot *oder* dich haben, und ich habe dich gewählt ...«

»Das ist Unsinn. Wie kannst du sicher sein, daß Raymond ihn nicht getötet hat?«

Sie hielt inne und sah ihm ins Gesicht. »Wie ich zuvor schon gesagt habe, habe ich keinen tiefen Schlaf. Wann hast du jemals dein Bett verlassen, und ich bin nicht dabei aufgewacht?«

»Das ist wahr. Und man könnte dir nicht eine Droge gegeben haben?«

»Das hätte ich gemerkt. Und überhaupt, er hätte so etwas nicht getan. Er mochte Gallot sehr. Er hat mit ihm gespielt ...«

Jetzt sprang Galeran auf die Füße. »Um Himmels willen, Jehanne! Ist es nicht genug, daß er meinen Platz in deinem Bett eingenommen hat, mußte er auch noch meinen Sohn wiegen, den ich nie gesehen habe?«

Es war, als hätte er sie wieder geschlagen. »Ich kann dir nur die Wahrheit erzählen.«

»Dann laß uns nicht mehr davon sprechen.«

»Galeran ...«

»Geh fort.«

»Galeran!«

»Geh!«

Sie rannte fort, was ihre Klugheit bewies, denn er konnte die Wut wieder spüren, die sich wie ein Feuer in ihm hochwand, ein Feuer, daß in der Lage war, alles zu verbrennen, was in seinem Weg war.

Galeran sank auf die Bank zurück. Jehanne hatte recht. Sie brauchten die Wahrheit, um diese Wunden zu säubern, aber noch nicht jetzt. Nicht jetzt. Wahrheiten wie diese heutigen Enthüllungen waren mehr als er ertragen konnte.

Er hatte wenig direkten Kontakt mit kleinen Kindern gehabt, aber er konnte sich Raymond von Lowick gut vorstellen – der gutaussehende, charmante Raymond –, der ein Kind auf seinen Knien schaukelte.

Er stand mühsam auf und zog sich langsam die Kleidung an, die Jehanne ihm bereitgelegt hatte. Es war ohnehin Zeit für ihn, einem Essen in seiner Halle vorzusitzen, auch die Zweifler

davon zu überzeugen, daß auf Heywood wieder Friede und Harmonie herrschten.
Seine Hände hielten dabei inne, seine Hosen zu schnüren. Friede und Harmonie, tatsächlich?
Sie hatte Lowick verführt, weil sie Gott haßte? Es war verrückt, aber es war genau die Art, die Jehanne schon in ihrer wilden Jugend hatte. Er hatte angenommen, sie wäre über diese Dinge hinausgewachsen.
Als er den Knoten beendete hatte, sah er die Elfenbeinrose auf seinem Tischchen stehen. Die zerbrochene Blüte war wieder gerichtet, aber er traute sich nicht, sie zu berühren.
Noch vor kurzem war ihre Trauer in Wut umgeschwenkt. Eine zerschmetternde Wut, die sich gegen Gott richtete. Er konnte es glauben, und er schickte ein Gebet für ihre Vergebung hinauf und ein weiteres dafür, daß sie diese Sünde niemals in der Öffentlichkeit bekennen würde.
Als er die fußbodenlange Tunika aus blauer, seidendurchwirkter Wolle anzog, die Jehanne für ihn zusammen mit einem vergoldeten Gürtel ausgesucht hatte, begann er ein wenig Trost aus ihrem Gespräch zu schöpfen, so bitter es auch gewesen war. Er begriff jetzt vieles. Sein Problem, dachte er, während er eine silberne und goldene Kette um seinen Hals legte, war, wie er die anderen davon überzeugen konnte, daß es hier keinen Bedarf an Strafe gab.
Ein guter Anfang könnte ein eindrucksvolles Auftreten als Lord und Lady sein. Er rief Jehanne zurück und trug ihr auf, sich fürstlicher zu kleiden.
Sie tauschte ihre alltägliche Leinentunika gegen eine aus Seide und ihren Gürtel gegen einen mit goldenen Fäden und Perlen. Sie kleidete sich in aller Stille an und würdigte ihn dabei keines Blickes.
»Hab keine Angst vor mir«, sagte er. »Ich habe mich wieder unter Kontrolle«
Sie hielt einen Moment inne, als sie ihren Gürtel band und sah

ihn an. Es war keine Angst, die er in ihren Augen sah, sondern finstere Besorgnis. »Ich *muß* dich fürchten, denn dann werde ich vorsichtig sein. Wenn du mir weh tätest, Galeran, dann würdest du dir niemals vergeben.«

Sie kannte ihn zu gut.

So wie er sie kannte.

»Ich habe dich geschlagen.« Auf ihrem Gesicht lag noch immer ein verblassender gelber Schimmer, der von dem Schlag herrührte.

»Und es belastet dich noch immer, stimmt es?«

»Sehr.«

»Also muß ich mich vor dir in acht nehmen. Aber wenn es einen Grund gibt, mich zu schlagen, dann hoffe ich, daß du es tun wirst.«

»Das ist das letzte, was ich tun will, Jehanne.« Aber dann erzählte er ihr von Agnes und Edric, während sie sich frische Strümpfe anzog. Sie lächelte bei einigen Stellen der Geschichte, sie verstand.

»Weißt du«, sagte sie, während sie den Saum ihres Gewandes richtete, »auf eine merkwürdige Weise würde ich es sogar willkommen heißen, geschlagen zu werden.«

Sie trat zu ihm, um sein Gewand zurechtzuzupfen. »Glaubst du, daß so etwas die Seele heilen kann, wie eine Strafe nach der Beichte?«

»Nein«, sagte er und beruhigte ihre flinken Hände. »Hast du deine Sünde gebeichtet?«

Sie wurde sehr still. »Nein.«

»Warum nicht?«

»Wie kann Gott vergeben …?«

»Gott kann alles vergeben. Und vielleicht, wenn der Priester dir eine annehmbare Strafe gegeben hätte, würdest du aufhören, dir zu wünschen, *ich* würde das tun.«

Er meinte das als einen Witz, aber sie seufzte. »Bin ich für dich nichts weiter als eine Last?«

»Mein Gott!« Er zog sie grob in seine Arme. »Du bist *alles* für mich, Jehanne. Alles. Aber es wird eine Weile dauern, bis wir das alles überstanden haben.« Er hielt sie fest. »Wir wollen uns die Zeit nehmen«, flüsterte er in ihr Haar.

Sie rückte von ihm ab, um ihn anzusehen. »Soviel, wie uns das Schicksal gibt.«

Sie meinte, so lange, wie die Welt – die Gemeinschaft, der Bischof, der König – ihnen geben würde. Wie wenn diese Welt sich bemerkbar machen müßte, erscholl das Horn, um das Essen anzukündigen. Er nahm ihre Hand und führte sie hinaus, um dem Schloßmahl vorzusitzen.

Alle außer den Wachen und einigen Dienern, die anderswo benötigt wurden, waren zugegen. Am erhöhten Tischende saßen Raoul, Aline, Matthew, der Haushofverwalter und Bruder Cyril, der Schreiber. Galeran und Jehanne nahmen ihre Plätze in der Mitte der Tafel ein.

Der Rest des Hausstandes saß an Tischen, die an den Seiten der Halle entlang aufgestellt waren, Galerans Knechte saßen am nächsten, gemischt mit Jehannes Frauen. Dahinter saßen die höhergestellten Diener des Schlosses – der Falkner, der Leiter der Stallknechte, die Weblehrerin und der Schmied.

Weiter hinten saßen die anderen Diener und die bewaffneten Männer.

Die Küchenhilfen kamen herein mit Krügen, Schüsseln und Platten. Sie präsentierten die Speisen zunächst dem Haupttisch.

Galeran suchte gute Stücke aus und legte sie auf Jehannes Schneidbrett. Sie lächelte ihm ihren Dank zu und tat dasselbe für ihn. Er konnte dennoch nicht umhin, darüber nachzudenken, daß alles viel besser gehen würde, wenn sie nicht seine Eifersucht auf Lowick geweckt hätte. Lowick und Jehanne, das fraß an ihm wie ein Geschwür. Er würde niemals wirklichen Frieden oder Glück finden, wenn er nicht damit fertig würde.

Nun hatte er also erfahren, daß Jehanne Lowick verführt hatte,

weil sie Gott haßte. Jehanne hatte ein sehr menschliches Bild von Gott. Für sie war er eine Person, die man in guten Zeiten bewundern, in schlechten Zeiten beschuldigen mußte – aber immer mußte man vor ihm auf der Hut sein.
So ähnlich wie ein König, dachte Galeran und sah sie von der Seite an. Er trank aus dem Kelch, den sie sich teilten.
Weil er sich in diese Richtung gedreht hatte, bemerkte er, daß Raoul und Aline mehr Erfolg damit hatten, wie ein glückliches Paar auszusehen.
Raoul und Aline?
Galeran liebte seinen Freund fast wie einen Bruder, aber er hatte wenig Illusionen über seinen Umgang mit Frauen. Sicherlich würde Raoul niemals so dumm sein und versuchen, eine Jungfrau zu verführen. Besonders keine wie Aline, die so gut wie mit der Kirche verheiratet war.
Wenn er es tat, dann könnte es damit enden, daß er und Galeran es mit dem Schwert ausfechten müßten. Das könnte er mit Sicherheit nicht gebrauchen.
Aline war errötet. Hatte Raoul sie verwirrt?

Aline wußte nicht, ob sie im Himmel oder in der Hölle war. Raoul de Jouray war genau der Typ Mann, den sie verabscheute, und die Tatsache, daß er gutaussehend und charmant war, machte es noch schlimmer! Wahrscheinlich erwartete er, daß alle Frauen – von hoher oder niederer Geburt – bei der bloßen Ansicht seines leichten, neckischen Lächelns dahinschmolzen. Aber seit dem Bad an jenem Morgen war es, als hätte sie ein Jucken auf ihrer Haut, was schlimmer wurde, wenn er sich ihr näherte oder wenn er ihren Blick quer durch den Raum erwiderte. Ihre normalerweise klaren Gedanken waren verwirrt, wahrscheinlich, weil sie an nichts anderes denken konnte, als wann er auftauchen würde und was er sagen würde, wenn er auftauchte.
Nachdem sie seinen nackten Körper einmal gesehen hatte,

waren seine Kleider, ja sogar seine Rüstung durchsichtig geworden, und sie konnte diesen Körper immer wieder sehen.
Der Ritt von Burstock war sehr anstrengend gewesen, da er den ganzen Weg über an ihrer Seite geritten war. Sie hatte versucht, ihn zu ignorieren, aber er hatte ihr Fragen über die Ländereien gestellt und zwang sie so, zu antworten. Wenn sie ins Stocken gekommen war, hatte er ihr von seinem eigenen Hausstand in Frankreich berichtet und von seinen Reisen nach Spanien und in das Heilige Land.
Unbeschwert versuchte sie, von sich zu erzählen. Eigentlich war sie ein umherirrendes, freies Wesen, ohne Besitz oder Perspektive. Aber warum sie das kümmern sollte, wußte sie nicht, da sie ja Nonne werden würde und kein Interesse an Raoul de Jouray hatte.
Zumindestens kein Interesse, dessen sie sich nicht entledigen könnte mit ein wenig Willensstärke.
Jetzt, während des Mahls, flirtete Raoul nicht mit ihr. Er warf ihr weder besondere Blicke zu, noch berührte er sie neckisch. Er rühmte nicht ihre Haut, ihre Augen, ihre Lippen, ihr Haar ... sie unterhielten sich einfach und aßen.
Aber warum fühlte sie sich dann so heiß und unruhig?
Er sprach von den Flamen. »Ich denke, Ihr würdet es mögen, Lady Aline. Sie sind ein sehr praktisches Volk, die Flamen.«
»Denkt Ihr, ich sei praktisch?«
Seine Augen blitzten. »Ja. Seid Ihr es nicht?«
»Nicht im Moment«, platzte sie heraus und fühlte, wie sich eine neue Hitzewelle in ihren Wangen sammelte. Oh, warum sagte sie nur so etwas Dummes?
Er lehnte sich zurück und lächelte sie an. »Aber es ist sehr praktisch in Eurem Alter, sich für einen Mann zu interessieren.«
Bei diesem direkten Angriff reckte Aline ihren Rücken und blitzte ihn an. »Ich habe kein solches Interesse!«
»Dann seid Ihr bemerkenswert anders als der Rest der mensch-

lichen Rasse, Lady Aline. Junge Frauen interessieren sich für junge Männer und junge Männer für junge Frauen.«
»Was ist mit alten Männern?« fragte sie bissig. »So wie Ihr?«
Etwas blitzte in seinen Augen, und dann lachte er. »Wir interessieren uns für Frauen vielerlei Alters. Aber wir alten Exemplare haben eine Menge Dinge, die uns empfehlenswert machen, wie Ihr wißt. Wir sind geduldig, und wir haben mehr Selbstkontrolle als Frischlinge.«
»Wirklich?« fragte sie zurück und ließ ihren Blick betont zu Ella fliegen.
Er wurde rot! Sie hätte schwören können, daß er rot wurde. Das war so süß wie ein Sieg in einer Schlacht.
»Wenn es sein muß, Lady Aline.«
»Ach. Ihr meint also, daß Ihr beim Verführen geduldig seid, Sir, aber ungeduldig, wenn das Spiel gewonnen ist.«
»Niemals.« Er lächelte sie müde an. »Ich verspreche Euch, Lady Aline, ich bin *niemals* ungeduldig mit einer Frau.«
Verdammt! Da kam ihre Farbe wieder, sie flog in ihre Wangen wie ein Banner. »Einige Frauen werden nicht verführbar sein, Sir Raoul, egal wie geduldig der Jäger ist.«
»Daher lernt ein guter Jäger, seine Beute mit Bedacht auszuwählen. Mehr Wein, meine Dame?«
Sie sah zu, wie er Wein aus einem irdenen Gefäß in ihren silbernen Kelch goß. Bei seinen Worten durchfuhr sie ein erregender Schauer. »Ihr denkt, ich könnte verführt werden?«
»Denkt Ihr, es wäre nicht so?« Er goß Wein in seinen eigenen Kelch und sah sie dabei nicht an.
»Ja!«
»Vielleicht habt Ihr recht.« Dann sah er sie an, und etwas in seinen haselnußfarbenen Augen war wie das Blasen zum Angriff. »Wünscht Ihr es herauszufinden?«
»Nein!«
Ruhig wandte er sich der Platte mit den Stachelbeertörtchen zu

und wählte eines, um es ihr anzubieten. »Dann werden wir das Spiel nicht spielen.«

Sie nahm das Törtchen und musterte ihn eingehend. »Welches Spiel?«

»Verführung.« Noch bevor sie etwas sagen konnte, fügte er hinzu: »Natürlich können wir das sowieso nicht bis zum Ende durchspielen, schöne Dame, denn das würde Eure Chance ruinieren, eine Braut Christi zu werden. Und es würde mich in weit mehr Unannehmlichkeiten bringen, als mir recht wäre.«

Und das war wahr. Ihr Vater und ihre Brüder würden ihn in kleine Stücke reißen, wenn er sie entehrte. Und dann würde er froh sein, sterben zu dürfen.

Aline beobachtete ihn, während sie an ihrem Törtchen knabberte. Ihr Herz schlug schneller. Sie war sich wohl bewußt, daß Raoul sich wie ein Jäger benahm, der Köder und Fallen auslegte. Aber es war so ein aufregendes Spiel, und sie war letztlich ganz sicher dabei.

»Also wäre es einfach nur ein Spiel ...«

»Ganz genau. Wie die Scheingefechte, die die Männer führen, wenn sie sich für den Krieg vorbereiten. Ich mag diese Gefechte sehr gern, und es könnte eine nützliche Übung für Euch sein. Ich vermute, Ihr benötigt Übung in der Verteidigung.«

»Was meint Ihr damit?«

»Warum lehnt Ihr es ab, Männern bei ihrem Bad behilflich zu sein, Aline?«

Es war das erste Mal, daß er ihren Namen ohne »Lady« davor benutzte, und sie wußte, daß das Spiel begonnen hatte. »Ich bin sittsam ...«

»Die Ansicht eines Männerkörpers kann Euch doch nicht erschüttern.«

»Nein ...«

»Also, was ist es dann?«

Sie konnte das Törtchen nicht aufessen, also legte sie es hin.

»Ich mußte diese Pflicht bisher so selten erfüllen, daß sie mich verwirrt.«
»Ich denke nicht, daß es die Pflicht ist, die Euch verwirrt, Aline.«
Sie blitzte ihn an. »Nun gut. Ich finde Männer aufregend – junge, gesunde Männer. Ich habe versucht, das Gefühl zu bekämpfen, aber ich schien niemals in der Lage dazu zu sein, also bevorzuge ich es, diese Gelegenheiten zur Sünde zu vermeiden.«
Sein Lächeln sagte, daß er diese Runde gewonnen hatte. »Es ist nicht immer weise, die Gelegenheiten zur Schwäche zu vermeiden. Wie Ihr heute morgen entdeckt habt, kann uns das verletzlich machen. Es ist, als wenn ein bewaffneter Mann es vermeidet, Mauern zu erklimmen, weil er die Höhe fürchtet. Eines Tages wird er in einer Schlacht eine Mauer bezwingen müssen und zweifellos wegen seiner Torheit sterben. Kämpfende Männer müssen in jeder Hinsicht stark sein. Sie müssen jede Schwäche ablegen, damit sie ihre Fähigkeiten jederzeit im Griff haben.«
»Ich bin sicher, Ihr seid sehr stark und habt Eure Talente im Griff.«
»O ja. Seht her.« Ohne Vorwarnung nahm er ihre Hand, legte sie auf seinen bloßen Oberarm und drückte ihre Finger gegen seine eisenharten Muskeln.
Sie zog schnell ihre Hand zurück. »Also«, sie wünschte, ihre Stimme wäre nicht so gepreßt, »laßt mich Euch verstehen. Ihr bietet mir an, mich in den Fähigkeiten zu trainieren, die ich benötige, um fleischlicher Versuchung zu widerstehen?«
Fleischliche Versuchung. Sehnsüchtig wünschte sie, seinen Arm wieder unter ihrer Hand zu spüren.
»Nicht ganz.« Er rückte das schwere goldene Armband, das er an seinem Handgelenk trug, zurecht. Sie war sich sicher, daß er es nur tat, um ihre Aufmerksamkeit wieder auf seine Muskeln zu lenken. »Ich denke, Ihr benötigt eine Frau, die Eure Fähig-

keiten hervorlockt. Ich biete Euch an, einige Scheinangriffe zu liefern, um Eure Verteidigung zu prüfen, damit Ihr wißt, welche Talente noch der Verbesserung bedürfen. Tatsächlich, Lady Aline, gehe ich noch über das pure Anbieten hinaus und gebe Euch eine Zusage. Ihr solltet besser damit anfangen, Eure Mauern zu verstärken und einen Vorrat an Pfeilen anzulegen.«

Sie zwang ihre Augen zurück zu dem neckenden Gesicht. »Ob ich zustimme oder nicht?«

»Ob Ihr zustimmt oder nicht.«

Sie warf dem Unhold ihren finstersten Blick zu. »Ich sollte mich bei Galeran über Euer Benehmen beschweren.«

»Das würde ihn in eine unangenehme Situation bringen, und es ist gar nicht nötig. Erinnert Euch daran, Aline, daß Ihr mein Wort habt, daß ich nicht in Eure Zitadelle eindringen werde, auch wenn sie weit geöffnet vor mir liegt.«

Aline schnappte nach Luft ob dieses unerhörten Bildes, aber dann riß sie sich zusammen. »Nun gut. Aber ich warne Euch, Sir, meine Verteidigung ist tatsächlich ziemlich stark. Und manchmal leiden die Angreifer mehr als die Zitadelle, die sie angreifen.«

Dann wendete sie sich ab, um vier von Jehannes Frauen zu beobachten, wie sie einen Tanz vorführten, dessen einzige Absicht es war, ihre Grazie und ihren Charme den zuschauenden Männern zu präsentieren. Warum konnte Raoul sein Spiel nicht mit einer von ihnen spielen?

Sie würde ihn mit einem Messer verfolgen, wenn er es täte.

O je. Ihre Verteidigung war aus Stroh und Stöckchen, und sie fürchtete, daß er das wußte.

Eine der Damen lächelte Raoul zu, und er winkte zurück. Aline wußte nicht, welche der Frauen sie am liebsten mit einen Krug eiskalten Wassers übergießen wollte.

Plötzlich wünschte sie sich ein wenig Spaß.

Bald, wahrscheinlich schon vor Weihnachten, würde sie nach

St. Radegund zurückkehren. Da sie achtzehn geworden war, erwartete man von ihr, daß sie ihren Novizinnenschwur ablegen würde. Das könnte ihre letzte Gelegenheit sein, die seltsame, beängstigende Welt der Männer und Frauen zu erforschen. Als eine Christus versprochene Braut sollte sie nicht einmal den *Wunsch* haben, diese beängstigende Welt der Männer und Frauen zu erforschen …

Aber auf der anderen Seite würden die Versuchungen des Fleisches niemals vorübergehen. Er hatte recht. Sie sollte ihre Verteidigung schulen.

Die Damen setzten sich wieder, und Galerans Ritter begannen nun mit ihrem Tanz, sie tanzten so für die Frauen, wie die Frauen für die Männer getanzt hatten. Es war ein wilderer Tanz, der es ihnen erlaubte, ihre Gewandtheit und Stärke zu zeigen, da sie mit dem Tanz eine Jagd darstellten.

Einer der jüngeren Ritter – dunkelhaarig und mit einem sündhaften Blick – lächelte Aline direkt an und vollführte eine waghalsige Schrittkombination. Normalerweise hätte sie das ignoriert, aber jetzt lächelte sie zurück.

Eine Hand ergriff ihre unter dem Tisch. »Aline«, sagte Raoul. »Ihr seid noch nicht bereit, es mit einem wie diesem aufzunehmen.«

»Ach wirklich?« Sie warf einen Blick auf ihren Partner. »Aber Ihr denkt, ich sei bereit, es mit Euch aufzunehmen?«

»Nicht in diesem Jahrtausend, meine Süße. Es ist nur, daß ich stumpfe Waffen benutzen werde, aber dieser freche Abenteurer wetzt seinem Schwert eine scharfe Klinge.«

Galeran stieß Jehanne mit dem Ellbogen an. »Ich fürchte, Raoul flirtet mit Aline.«

Jehanne warf einen Blick zur Seite. »Eine ziemlich wenig Erfolg versprechende Übung.«

»Vielleicht ist es nur das – eine Übung. Denkst du, sie ist verletzlich?«

»Aline war immer wachsam mit Männern.«
»Aline war vierzehn, als sie entschied, Nonne zu werden. Sie hat nur ein Jahr in dem Kloster verbracht, bevor sie hierhergekommen ist, um bei dir zu sein. Vielleicht hatte sie noch keine Gelegenheit, Interesse zu entwickeln.«
Jehanne sah wieder zur Seite und schürzte ihre Lippen. »Wenn ihre Interessen in dieser Richtung liegen, dann ist es sicherlich nur gut, wenn sie das jetzt herausfindet.«
»Sie ist noch nicht der Kirche versprochen worden?«
»Nein. Es war ihre eigene Idee. Onkel Hubert war natürlich erfreut. Da er gläubig ist, gefiel ihm der Gedanke, daß eine Tochter für seine Seele betet. Aber wenn sie ihre Meinung ändern sollte, wird sie niemand daran hindern.«
»Ich fürchte, Raoul amüsiert sich einfach nur. Ich kann dem Ganzen ein Ende setzen, wenn du es möchtest.«
Jehanne dachte darüber nach. »Nein. Wie ich gesagt habe, es wäre ebensogut für Aline, wenn sie ihre wahre Natur entdeckte. Sie könnte noch immer Nonne werden, aber immerhin würde sie das im Wissen um ihre Schwäche tun. Ich nehme an, daß wir deinem Freund trauen können, daß er sie nicht verdirbt.«
»Ich nehme das an. Aber ich werde sichergehen, daß es so ist. Er könnte immerhin ihre Gefühle verletzen.«
»Ihr Herz brechen? Das ist ein ausgezeichnetes Lebenstraining.«
Galeran konzentriert sich darauf, seinen Wein auszutrinken. Was bedeutete das? Obwohl er diesen Gedanken jedes Mal niederkämpfte, wenn er nur auftauchte, fragte er sich wieder tief im Innersten, ob Jehanne Lowick liebte und sich wünschte, ihr Ehemann wäre tot.

Elftes Kapitel

Als die Tische abgebaut worden waren, entspannte sich die Gesellschaft, man unterhielt sich und flirtete. Jehanne beobachtete Galeran, wie er zwischen seinen Leuten umherging, sich Zeit nahm, um mit jedem zu sprechen und sich Neuigkeiten anzuhören. Sie hatte Galeran während seiner Abwesenheit sehr vermißt. Sie war sehr traurig darüber gewesen, daß Galeran Gallots Geburt und sein kurzes Leben nicht miterlebt hatte.

Es schnürte ihr die Kehle zu, und sie drehte sich um und sah, daß Alines Augen nicht aufhörten, Raoul anzusehen. O je! Sie schlenderte zu ihrer Cousine hinüber. »Raoul de Jouray ist mit Sicherheit ein gutaussehender Mann«, sagte sie beiläufig.

»Unglücklicherweise weiß er das.«

»Es wäre dumm, das nicht zu wissen. So wie du weißt, daß du schön bist.«

»Da du mir sehr ähnlich siehst, mußt du ebenfalls um deinen Charme wissen.«

Jehanne lachte und umarmte ihre Cousine. »Ich nehme an, du könntest Schlimmeres tun, als deine Berufung an Raoul de Jouray zu testen, denn er ist verführerisch wie ein Apfel im Paradies. Paß nur auf, daß du nicht zu weit gehst. Und denke niemals, daß er dich heiraten würde. Besitzlose Männer wie er können nicht heiraten.«

»Er würde als Ehemann ohnehin eine traurige Figur abgeben.« Und Aline warf einen verstohlenen Blick auf den gutaussehenden Tunichtgut, der gerade eine kichernde Dame neckte.

Es schien, als hätte Aline ihren vernünftigen Kopf bewahrt. Nachdem Jehanne die Mittagsruhe für beendet erklärt und jedermann zurück an die Arbeit geschickt hatte, lief sie zu Raoul, bevor er die Halle verlassen konnte. »Wenn Ihr meiner Cousine weh tut, Mylord, dann werde ich Euch die Eingeweide herausschneiden.«

Er sah mit hochgezogener Braue auf sie hinab. »Galeran hat mir diese Nachricht bereits mitgeteilt, meine Lady, obwohl er es weniger direkt tat.«

Jehanne fühlte, wie Farbe ihr Gesicht überzog. »Ich kann sehr scharfzüngig sein.«

»Lady Jehanne, Tugend kommt nicht davon, daß man seine Fehler beichtet, sondern davon, daß man versucht, sie wieder gutzumachen.« Er ging fort, und sie blieb mit offenem Mund stehen.

Galeran kam an ihre Seite. »Hat Raoul etwas gesagt, was dich verletzt hat?«

»Nein.« Sie sah ihn an. »Wie kannst du mich nur lieben? Ich bin nicht liebenswert.«

Seine Hand wanderte zu dem Messer, das an seinem Gürtel befestigt war. »Was hat er gesagt?«

»Nichts Verletzendes, aber ...«

»Aber?«

»Aber ich bin *stolz* auf meine Laster. Ich versuche nicht, sie zu ändern. Ich sage gern, was ich denke. Ich habe Angst davor, schwach zu sein, Angst davor, von dir abhängig zu sein ...«

»Warum solltest du auch schwach sein wollen? Und ich könnte morgen sterben.«

»Ich habe bereits bewiesen, wie unfähig ich bin, in diesem Fall zurechtzukommen.«

Er seufzte. »Jehanne. Wir sollten damit aufhören, all das aufzukratzen wie den Schorf von einer heilenden Wunde.«

»Wenn sie heilt, wird dort kein Schorf sein. *Wenn* sie heilt.« Sie sah ihn genau an und versuchte, hinter sein ruhiges Äußeres zu blicken. »Man erwartet noch immer von dir, daß du etwas tust.«
»Vielleicht werden sie eines Tages damit aufhören. Der Wall muß befestigt werden, wurde mir berichtet. Ich sollte lieber einige Männer dorthin schicken.«
Jehanne seufzte. Sie teilte Galerans Wunsch, die Zeit alles heilen zu lassen, aber sie bezweifelte, daß die Zeit allein ihre Sünde fortwischen würde.

Die Tage waren noch immer lang, daher nahmen sie ihr Abendessen spät ein, aber nicht so spät, daß die Leute zu müde wären, um sich noch ein wenig zu amüsieren. Als die Tische fortgeräumt worden waren, begann Musik zu spielen, und dann wurden Geschichten im warmen Licht der untergehenden Sonne erzählt.
Da Galeran und Raoul in fremden Ländern gewesen waren, waren ihre Geschichten heiß begehrt. Zusätzlich zu den Geschichten aus dem Heiligen Land konnte Raoul noch von Spanien berichten, sowohl vom christlichen Norden als auch vom mohrenbesetzten Süden. Er erzählte von einem Zusammentreffen mit dem berühmten *Cid Campeador*, Rodrigo Díaz de Vivar, dem mächtigsten Krieger Spaniens, der seine letzten Jahre damit verbracht hatte, die Mohren in seinem eigenen Kreuzzug zu bekämpfen.
»Vielleicht könnte ich Euch ein Lied von Spanien singen«, sagte Raoul endlich und sah sich in der Runde der entzückten Zuhörerschaft um.
Großes Zurufen antwortete ihm. Er verlangte nach einer Gitarre und entlockte den Saiten eine feine, fließende Melodie.
»Die Leute sagen, daß das das Lied ist, mit welchem *El Cid* Lady Jimena umworben hat. Darin erzählt er ihr, daß sie so schön ist wie eine Mandelblüte, so rein wie Wasser von der Schnee-

schmelze der Sierra und so süße Lippen hat wie eine volle, reife Frucht.«

Er begann, mit einer ausdrucksvollen Stimme zu singen, und obwohl er Aline nicht ansah und sie nichts von den spanischen Wörtern verstand, fühlte sie sich, als würde er nur für sie allein singen. Als wenn sie so schön wäre wie eine Mandelblüte, so süß wie eine saftige Traube und so rein wie das Wasser von der Schneeschmelze in der Sierra.

Als er das Lied beendet hatte, kam er zu ihr und setzte sich auf den Boden, ihr zu Füßen. Warum ihr das so viel intimer vorkam, als wenn er an ihrer Seite saß, wußte sie nicht.

»Habt Ihr wirklich die Wörter gesungen, von denen Ihr erzählt habt?« fragte sie.

Er sah zu ihr auf. »Natürlich, obwohl das nur der Refrain ist. In den Strophen berichtet der Krieger von der Jagd nach seiner schönen Lady. Wie er sie aus der Ferne angebetet hat. Wie er gefährliche Heldentaten unternahm, um ihrer würdig zu sein. Wie er jeden erschlug, der sie bedrohte. Und all das, weil sie so schön war wie eine Blüte, so rein wie Bergwasser und so süße Lippen hatte wie eine volle, saftige Traube.«

»Warum habe ich nur den Verdacht, daß Trauben in Wirklichkeit so sauer wie unreife Stachelbeeren sind?«

Er drehte sich um, um sie betrachten zu können, stützte seine Arme auf ihre Schenkel. »Seid Ihr so mißtrauisch? Die Trauben in Guyenne sind so süß wie Honig. Vielleicht kann man in London oder anderen südenglischen Häfen solche finden. Eines Tages, das verspreche ich, werde ich Euch mit vollen, saftigen Trauben füttern.«

Mit trockenem Mund wandte Aline ihre Aufmerksamkeit zurück auf die Mitte der Halle, wo ein Ritter eine Geschichte von Monstern und Magie erzählte. Raouls Arm blieb, wo er war, angriffslustig, kraftvoll, aber seltsam beruhigend.

Sie ertappte sich dabei, wie sie den Wunsch verspürte, ihre Hand auf seine breite Schulter zu legen. Sie konnte sich

vorstellen, wie hart sie sich unter dem Stoff anfühlen würde, wie beruhigend ...
Sie war erleichtert, als sie sich endlich in das Gemach der Frauen zurückziehen konnte, wo sie sicher schlief, bewacht von Jehannes fünf Frauen.

Nachdem er eine angemessene Zeit mit seinen Leuten verbracht hatte, führte Galeran Jehanne in ihr gemeinsames Zimmer. Es war alles wie an so vielen anderen Abenden und doch so anders. Zu viele Probleme standen zwischen ihnen, um Leichtigkeit aufkommen zu lassen. Sogleich brachte die Kinderschwester Donata, und Jehanne setzte sich hin, um sie zu stillen. Sobald der Säugling sein Mahl beendet hatte, rief sie nach der Frau, damit sie ihn wieder fortbrachte.
Galeran entschied sich, nichts dazu zu sagen. Er legte seinen Gürtel und sein Gewand ab, so daß er nur noch in Hemd und Hose dastand. »Hättest du Lust auf ein Schachspiel?«
Sie sah ihn direkt an. »Ich würde gern mit dir schlafen.«
Hitze durchfuhr ihn. »Das würde ich auch gern.« Er streckte seine Hände aus, und sie stand auf und legte ihre Hände in seine. Er zog sie in seine Arme und küßte sie, schmeckte sie – wie ihm plötzlich klarwurde – zum ersten Mal nach so langer Zeit.
Danach, als er sie fest in seinen Armen hielt, sagte er: »Mein Gott, wir haben uns nicht geküßt, das letzte Mal haben wir uns nicht geküßt!«
Sie klammerte sich so fest an ihn wie er sich an sie klammerte. »Ich weiß.«
Er hob ihr Gesicht und fuhr mit seinem Daumen über die abklingende Schwellung.
Aber jetzt brauchte er mehr als Küsse. Er lockerte ihren Gürtel und warf ihn zur Seite. Dann glitten seine Hände hinunter zu ihrer Tunika, um die Öffnungen zu finden, die zum Stillen des Babys gedacht waren.
Sie schnappte nach Luft, lehnt sich zurück in seine Arme, als er

ihre Brüste liebkoste, zuerst mit der Hand, dann mit dem Mund, bis sie ihn packte. Dann warf er sie auf ihr neues Bett. Er zog ihre Röcke hoch, öffnete seine Hosen und stieß in ihre feuchte Hitze, nicht fähig, sich dieses Mal zurückzuhalten, oder zärtlich und einfühlsam zu sein. Dieses Mal wollte er nur die wilden Flammen sie beide verschlingen lassen und sich jeder heißen Sekunde hingeben.

Als seine Kräfte zurückkehrten, zog er die Vorhänge um das Bett zu, so daß sie in einer ganz privaten Welt eingeschlossen waren, in die das Böse nicht eindringen konnte. In dieser Dunkelheit streifte er die Kleider von ihrem müden, verschwitzten Körper, er bewegte ihre Glieder als wäre sie ein Kind, küßte und saugte überall, an jedem Stück Haut.

Als sie nackt war, war ihre Energie zurückgekehrt, und sie zog ihn auf dieselbe Weise aus, neckte jeden Teil von ihm, bis er wieder bereit war. Bevor sie ihn besteigen konnte, versuchte er einen der Tricks aus dem Morgenland. Er zog sie zu sich hoch, so daß sie über seinem Gesicht kniete und er sie mit seiner Zunge verwöhnen konnte.

»Galeran!« stieß sie bei der ersten Berührung hervor und dann klammerte sie ihre Hände am Bett fest, blieb still, als die Spannung ihren Körper gefangennahm. Er würde sie nicht still sein lassen und hielt sie gefangen, bis sie aufschrie.

Erst dann zog er sie hinunter, um sie mit seinem eigenen Fleisch zu füllen, und sie die Macht hatte, sie beide zu gesegnetem Vergessen zu treiben.

»Oh, das ist himmlisch«, murmelte sie endlich schwach, fest eingeschlossen in seinen Armen. »Oder Hölle, wenn man die Verderbtheit betrachtet, die du gerade an mir ausgeübt hast! Himmlische Verderbtheit also. Wenn wir nur für immer in diesem Nest bleiben könnten.«

Das war unmöglich, und beide wußten das. Sie rechneten allerdings nicht mit den Nachrichten, die der kommende Tag bringen sollte.

William von Brome ritt in Heywood ein, als sie gerade eben ihr Frühstück beendet hatten. »Der König ist tot«, verkündete er, als er mit wallendem Mantel in die Halle rauschte, so daß die Hunde zu bellen begannen.
Galeran beendete abrupt seine Unterhaltung über den Wall und schickte die entsetzten Männer mit einem Wink an die Arbeit.
»Rufus ist tot? Wie?«
»Ein Pfeil während des Jagens. Kannst du das glauben?« Er senkte seine Stimme. »Kannst du an einen Unfall glauben?«
Ohne ein weiteres Wort ging Galeran voraus.
Jehanne und Aline waren mit dem Baby und dem Kindermädchen in einem Raum. Sie machten sofort Anstalten aufzubrechen, aber Galeran sagte: »Jehanne, du solltest bleiben.«
Als die drei allein waren, sagte Galeran: »Nun, Vater, berichte uns, was passiert ist.«
Lord William ließ sich auf eine Bank fallen. »Man hat mir nur die offizielle Nachricht und ein wenig Tratsch zugetragen. Vor zwei Tagen brach Rufus zur Jagd in der Gegend von Winchester auf. In der Gruppe befanden sich sein Bruder Prinz Henry, Wat Tyrel – der mit den Clares verbandelt ist – und die Beaumont-Brüder. Wat Tyrel hat es irgendwie geschafft, einen Pfeil durch den König zu jagen.«
Jehanne schnappte nach Luft. Galeran sagte nur: »Wie bequem!«
»Hah!« sagte sein Vater. »Du siehst das richtig! Rufus war noch nicht ganz kalt, da eilte Henry schon mit den Beaumonts nach Winchester, um die Schätze zu beschlagnahmen. Ich wurde nach London bestellt, um dabei zu helfen, den nächsten König auszuwählen, aber das scheint kaum die Reise wert zu sein.«
»Er wird jetzt bereits gekrönt sein, es sei denn, es gäbe einen gewichtigen Grund, ihn abzulehnen. Sehr unwahrscheinlich, da Rufus so unbeliebt war, und der andere Bruder, Robert, ist auch nicht gut angesehen.«

»Aber Robert ist der Älteste«, sagte Jehanne. »Wird er sich auch bewerben?«
Lord William nickte. »Das möchte ich gern wissen. Du mußt ihn auf dem Kreuzzug getroffen haben, Galeran.«
»Ich war die meiste Zeit unter seinen Streitkräften. Ich kam auch mit ihm zurück, wir haben uns erst getrennt, als er entschied, in Sizilien seine Zeit mit Tändeleien zu vertrödeln.«
»Eine Trödelei, die er wohl ewig bedauern wird.«
»Glaubst du wirklich? Ich vermute, daß, wenn Robert eher nach Hause gekommen wäre, Rufus früher gestorben wäre.«
Stille legte sich über den Raum, dann sagte Jehanne: »Henry ließ seinen Bruder töten?«
Lord William nickte. »Es ist andererseits kaum zu glauben. Henry Beauclerk wollte immer schon England haben. Da er der einzige Sohn William des Eroberers ist, der hier geboren wurde, dachte er immer, es sei sein Geburtsrecht, aber er war erst neunzehn, als sein Vater starb, und er war nicht in der Position, sich darum zu bewerben. Jetzt ist er zweiunddreißig und ein schlauer, geschickter Mann. Er hat zweifelsohne nur auf seine Chance gewartet.«
»Chance? Das sieht nach Mord aus.«
»Unfälle passieren beim Jagen, Jehanne«, sagte Galeran. »Das muß man auch berücksichtigen.« Er saß auf der Bettkante. »Ich landete in Brügge mit einer kleinen Gruppe von Kreuzrittern. Es muß so in der letzten Woche gewesen sein, da erreichte Henry die Nachricht, daß sein Bruder gesund vom Kreuzzug zurückkehrt war, und er bedachte ihn mit all dem Ruhm von einem, der Jerusalem vor den Ungläubigen gerettet hat. Mehr noch, Robert hätte seine Pflicht dort drüben sehr gut erfüllt – besser als er es zu Hause hätte tun können. Für Henry muß es so ausgesehen haben, daß, falls er es schaffen sollte, Rufus beiseite zu schaffen, Robert zum König von England gekürt werden würde. Inakzeptabel. Also mußte er vielleicht brutal werden.«

»Die Frage ist«, unterbrach Lord William, »was werden wir jetzt tun?«
Galeran wandte sich ihm zu. »Welche Wahl haben wir?«
»Wir könnten Roberts Anspruch unterstützen.«
Galeran warf Jehanne einen kurzen Blick zu und sah, daß sie seine Befürchtungen darüber teilte. »Warum sollten wir?«
»Für das Recht! Zum Teufel, Galeran, weißt du gar nicht mehr, was Recht und was Unrecht ist, daß du einen brudermordenden Schurken für den Thron unterstützt?«
»Ich werde den besseren König unterstützen.«
»Und du denkst, das ist Henry?«
»Ja. Wir wollen nicht, daß England wieder eine Provinz der Normandie wird.«
Lord William ließ sich fallen. »Das ist sicher wahr. Aber es behagt mir nicht, sage ich dir.«
»Rufus hat mir auch nicht behagt, mit seinen unberechenbaren Gefolgsleuten und seinen gierigen Raubzügen durch Männer wie Flambard.«
Lord William sah ihn unter seinen buschigen, grauen Augenbrauen finster an. »Bist du sicher, daß du nicht nur denkst, daß das ein guter Weg ist, um Ranulph Flambard davon abzuhalten, sich in deine Angelegenheiten zu mischen?«
»Ich gebe zu, daß das ein reizvoller Gedanke ist. Ohne Rufus' Unterstützung, denke ich, daß Flambards Feuer gelöscht werden wird. Aber was den König betrifft, welche Wahl haben wir?«
Lord William schob seine Lippe unbehaglich hin und her. »Wie ich gesagt habe, ich habe sowohl den Tratsch als auch die offizielle Nachricht gehört. Einige Männer machen sich schon bereit, Robert zu unterstützen.«
»Dann helfe uns Gott. Werden wir darüber einen Krieg ausfechten?«
»Wir dürfen nicht vor dem Recht aus Angst vor dem Kämpfen zurückschrecken.«

»Ich habe mein Kampfpensum erfüllt.«
»Niemand kann sich dem entziehen«, stellte sein Vater fest. »Wir müssen das tun, was richtig ist. Aber das kann warten. Es kann warten.« Er streifte seinen Mantel ab und sah sie an. »Nun, wo wir schon von Flambard sprechen, ich hörte davon, daß er versucht, das Kind an sich zu nehmen? Und etwas über einen Armbrustschützen?«
Galeran schnitt eine Grimasse, obwohl er nie wirklich eine Chance hatte, die Nachrichten von seinem Vater fernzuhalten. »Es führte zu nichts. Wie hast du davon erfahren?«
»Hubert hat mir eine Nachricht geschickt, ein Glück, da mein eigener Sohn versucht, mich in Unwissenheit zu lassen.«
»Ich wollte dich nicht beunruhigen.«
»Mich beunruhigen?« Lord William sprang auf seine Füße. »Mich *beunruhigen*! Was habe ich denn im Leben außer Beunruhigung? Und warum sollte Flambard das Balg wollen?«
»Es ist mehr der Fall, daß Lowick Donata will.«
»Warum?«
»Weil Jehanne ihr Baby begleiten müßte.«
Lord William warf einen furchtsamen Blick auf seine Schwiegertochter. »Er ist noch immer hinter dir her, nicht wahr?«
Sie wurde rot, aber antwortete ruhig: »Er ist hinter Heywood her.«
»Du liebe Güte«, murmelte Lord William, als er begriff. »Und Henry Beauclerk wird kein Freund von Flambard sein, also würde dieser Anlaß Flambards Ruin bedeuten und auch der von Lowick ...«
»Ganz genau«, sagte Galeran »Daher werden wir Henry unsere Unterstützung zusichern. Ich kann zu ihm gehen und ihn darum bitten, die Lage Donata betreffend zu klären, und ich kann zu Recht seine Unterstützung erwarten.«
Lord William setzte sich wieder. »Er muß den Gesetzen folgen, und jeder Mann hat ein Recht auf seine Kinder.«
»Ein Mann, dem in seinem eigenen Haus Unrecht geschehen

ist, hat ebenfalls Rechte. Aber genau das ist der Punkt, Vater. Wenn du Henrys zuverlässiger Stützpunkt hier im Norden wirst, dann wird er dich nicht verärgern wollen.«

Lord William sah ihn böse an. »Es wäre leichter, das Balg einfach zu ertränken.« Aber dann warf er Jehanne einen schuldbewußten Blick zu.

»Vielleicht«, sagte Galeran, »solltest du deine neue Enkeltochter kennenlernen. Jehanne?«

Sie ging, auch als sein Vater hinausplatzte: »Sie ist nicht meine Enkeltochter!«

»Du solltest dich daran gewöhnen, sie als solche zu behandeln.« Als Jehanne mit dem Säugling zurückkam, nahm Galeran ihn und legte ihn in die Arme seines Vaters. Sicherlich hatte Gott seine Hand im Spiel, denn Donata zeigte sich von ihrer besten Seite – trocken, wach und nicht hungrig.

Er gab Jehanne einen Wink, und sie schlüpfte wieder hinaus.

Das Baby starrte auf das stoppelige Gesicht von William von Brome und verzog seinen Mund zum Schreien, fast so, als wollte es sprechen.

»Na, na. Da ist ein kleines Vögelchen, was?« sagte Lord William und gab ihr einen knubbeligen, schwieligen Finger zum Berühren. »Sie sieht fast aus wie ihr Bruder in dem gleichen Alter, das muß ich schon sagen.«

Diese Erinnerung an den Sohn, den er niemals kennengelernt hatte, war wie ein Schlag ins Gesicht, aber Galeran schaffte es, sich ruhig zu verhalten, als ihm sein Vater einen beschämten Blick zuwarf.

»Und sie hat auch einen festen Griff«, sagte Lord William hastig. »Schade, daß sie niemals ein Schwert führen wird.«

»Da sie Jehannes Tochter ist, würde ich nicht darauf wetten.«

»Das ist wahr!« sagte sein Vater mit einem Anflug von Lachen. Dann sah er Galeran forschend an. »Alles in Ordnung zwischen euch beiden?«

»Es ist wie es ist. Ich werde Jehanne nicht abschwören und auch

nicht zulassen, daß jemand sie verletzt. Ich werde es verhindern, daß uns das Kind genommen wird.«
Lord William sah auf das Baby hinab und hob die Brauen angesichts dieses Aufregung stiftenden Kindes. »Du hast dir für so ein kleines Kind eine Menge Ärger aufgeladen. Also gut«, sagte er und sah auf. »Was wird Lowick jetzt wohl am wahrscheinlichsten tun?«
»Irgend etwas, um Jehanne und Donata mit Gewalt an sich zu nehmen, ich weiß es nicht. Wenn er mich nicht töten kann, sind seine Chancen, Heywood zu bekommen, ziemlich gering, auch wenn er sie in seiner Gewalt haben sollte.«
»Wenn Lowick Jehannes und des Babys habhaft werden sollte, dann wirst du mit ihm kämpfen, nicht wahr?«
»Ich würde es tun müssen.«
»Und wenn er dich tötete, würde dieser Weg geebnet sein.«
»Abgesehen von der Feindschaft meiner Familie.«
»Was, wenn er sich mit Duke Robert verbündet? Wenn Robert hier einfällt und gewinnt, dann wird deine Familie ein dürftiger Schutz sein.«
»Vater, ich kenne sowohl Henry als auch Robert. Wenn Robert die Herrschaft übernimmt, dann ist das ein schwerer Schicksalsschlag.«
Lord William sah ihm in die Augen. »Wie der Eroberer, der gegen jede Wahrscheinlichkeit gewonnen hat, und wie ein Jagdpfeil, der Rufus tötete? Das Schicksal spielt ein seltsames Spiel mit den Königen von England, Galeran. Erwarte niemals, daß diese Dinge den Gesetzen der Logik folgen.«
Er stand auf und gab den Säugling zurück. »Ich muß jetzt nach London, meinen Eid schwören. Vielleicht solltest du mit mir kommen, um deinen Fall Henry persönlich vorzutragen, bevor etwas geschieht, das den Karren in den Dreck fährt. Wir werden eine starke Lobby haben.«
Donata zappelte, und so versuchte Galeran, sie gegen seine Schulter zu legen, so wie Jehanne es getan hatte. Sie beruhigte

sich wieder, und ihr Köpfchen lag vertrauensvoll an seiner Schulter. »Wann gedenkst du abzureisen?«

»In wenigen Tagen.«

»Frauen und ein Baby würden dich verlangsamen.«

»Es macht mir nichts aus, langsam zu reisen. Ich möchte nur nicht, daß es so *aussieht*, als würde ich herumtrödeln.«

»Ich verstehe.« Galeran kraulte sanft Donatas kleinen Rücken, und es schien, als würde das Baby sich noch weiter entspannen. Es war verlockend, sicher im Schloß zu bleiben und zu hoffen, daß die Welt dieses zerbrechliche, hilflose Kind nicht beachten würde.

»Wir werden mit dir reisen«, sagte er.

Sobald Lord William gegangen war, erschien Jehanne an Galerans Seite.

Als das Baby die Stimme seiner Mutter hörte, drehte es sich leicht um und gab ein miauendes Weinen von sich. »Schon wieder Hunger?« fragte Galeran und sah ihr in die Augen. »Du bist ein gieriges Fräulein.«

»In diesem Alter werden sie hungrig«, sagte Jehanne, und Galeran hörte Angst in ihrer Stimme. Würde sie ihm jemals völlig vertrauen, was das Kind anging?

»Wirst du in der Lage sein, zu reisen?«

»Natürlich. Warum?«

»Mein Vater wird Henry den Eid schwören. Er reist in wenigen Tagen nach Süden. Ich habe gesagt, daß wir mit ihm kommen.«

»Warum?« drängte sie, aber sie hielt ihre Stimme im Zaum.

»Um unsere Angelegenheit dem König vorzutragen. Sie muß erledigt werden.«

Er konnte sehen, daß sie das so sehr fürchtete wie er es tat. Aber nichts zu tun, war genauso gefährlich.

»Aber warum so schnell? Daß Henry den Thron besteigt, ist noch nicht so sicher.«

»Jehanne, wir können es nicht hinauszögern. Da die Dinge

durch den Tod des Königs durcheinander geraten sind, könnte Flambard sich dazu entschließen, Gewalt anzuwenden, um sein Urteil zu vollstrecken. Ich möchte nicht die Waffen gegen die Kirche erheben müssen.«

»Aber wird der König nicht die Sache vor ein Kirchengericht bringen?«

»Wenn er es tut, dann wird es unter dem Vorsitz des Bischofs von London sein.«

»Aber was, wenn *er* gegen uns entscheidet?«

»Wir können uns nicht in einem Loch verstecken und sagen ›was wäre wenn ...?‹« Er legte einen Arm um sie, um sie beide. »Vertraust du mir?«

Sie starrte zu ihm hinauf. »Natürlich vertraue ich dir. Ich kam nicht herein, um Donata an mich zu reißen, oder?«

Aber es war ein besorgtes Vertrauen, mit Anstrengung erzwungen. Er wollte mehr als das. Er wollte das, was sie einst hatten ...

Als würde sie sein Schweigen beantworten, fügte sie hinzu: »Ich versuche es. Ich bin fest entschlossen, mich zu ändern und nicht mehr so schwierig zu sein.«

Er küßte ihre Wange. »Ändere dich nicht allzusehr, Jehanne. Ich liebe meine scharfzüngige, kämpferische Frau. Mir steht nicht der Sinn danach, mit einer honigsüßen, unterwürfigen Kreatur verheiratet zu sein, die beim Anblick eines wilden Keilers in Ohnmacht fällt.«

Sie wurde rot, was ihn erfreute, und versuchte krampfhaft, ihre Röte zu verstecken, indem sie auf das Baby hinuntersah. »Dein Vater ist verrückt«, vertraute sie ihm an.

Dann starrte sie Galeran erschrocken an.

Er zwang sich zu einem Lächeln. »In allem, bis auf das Blut, bin ich ihr Vater. Aber nicht verrückt.«

Aline ging in den Schlafraum, aber als sie Galeran und Jehanne so vertraut miteinander reden sah, machte sie auf dem Absatz kehrt und ging zurück in die Halle und auf den Schloßhof. Ohne Grund schlug ihr Herz wild, einfach nur, weil sie eine so zärtliche Situation beobachtet hatte.

Warum hatte sie nur gedacht, sie würde sich nicht für so irdische Dinge interessieren? Nach der Messe an diesem Morgen hatte sie mit Vater Robert gesprochen.

Der Priester sagte zu ihr: »Lady Aline, Ihr habt keine Schwüre abgelegt. Ihr solltet Euch Zeit nehmen, herauszufinden, ob Gott es möchte, daß Ihr ihm dient. Fleischliche Versuchung zu erfahren, macht es nicht unmöglich, Nonne zu werden.«

Also fragte sich Aline, ob ihre alarmierenden Gefühle für Raoul de Jouray eine Botschaft von Gott waren, die ihr sagen wollte, daß sie heiraten sollte, oder ob sie eine Versuchung des Teufels waren, um sie zu stärken.

Zur selben Zeit zermarterte sie sich das Gehirn, ob Raoul überhaupt Gefühle für sie hatte. War sie nur ein Zeitvertreib für einen aktiven Mann, der hier im Norden festsaß?

Sie ging bis zur äußersten Ecke des Schloßhofes, zum Übungsplatz, wissend, daß sie Raoul dort wahrscheinlich finden würde. Dort sah sie, daß sie den Mann-gegen-Mann-Kampf übten. Halbnackt.

Es war ein warmer Tag, und die Anstrengung hatte die Männer offensichtlich erhitzt, da die meisten von ihnen ihre Hemden ausgezogen hatten. Allein der Anblick von Raouls Oberkörper ließ Alines Herz rasen. Sie hatte ihn nackt gesehen, als er gebadet hatte, aber sie war mehr damit beschäftigt gewesen, ihn *nicht* anzusehen, als seine körperlichen Vorzüge zu bewundern.

Heute, angesichts ihrer Herausforderung, fühlte sie sich verpflichtet, seine Waffen zu taxieren.

Mein Gott!

Aline drehte sich um und floh zurück in die Halle.

Jehanne saß neben der Wiege und sah von ihrer Stickerei auf. »Was ist geschehen?«

»Nichts!« Aline versuchte, ihren Schleier zurechtzurücken und ihre Atmung zu verlangsamen.
»Etwas muß doch passiert sein.« Ein plötzliches Lächeln huschte über Jehannes Lippen. »Laß mich raten: Raoul de Jouray.«
Aline verfluchte im stillen ihre Neigung, rot zu werden. »Es hat mir nur angst gemacht. Zehn Männer griffen ihn an ...«
»Du liebe Güte. Warum?«
»Weil er es ihnen befohlen hat, der Verrückte.« Aline setzte sich und zwang sich dazu, so ruhig zu werden, daß sie ihren Spinnrocken und die Wolle aufnehmen konnte, während sie erzählte.
Am Ende sagte Jehanne: »Er ist der Typ Mann, der nichts mehr liebt als zu kämpfen und zu jagen.«
Aline konzentrierte sich darauf, einen gleichmäßigen Faden zu spinnen. »Ist das eine Warnung?«
»Vielleicht. Aber ich hätte nicht sagen sollen, daß ihn *nichts* anderes interessiert. Ich bin sicher, daß ihm das Liebesspiel auch gefällt.«
Aline sah ihrer Cousine in die Augen. »Zwischen uns gibt es nichts dergleichen.«
»Gut.« Aber Jehanne klang nicht überzeugt. »Wie auch immer, wenn er so dreckig war, wie du sagst, dann wird er zweifellos ein Bad wollen.«
Aline wußte, daß sie wieder errötete, aber sie sagte: »Ich nehme das auch an« und ging, um sich zu vergewissern, daß heißes Wasser bereitgestellt war. Ein verwerfliches Kribbeln der Erregung stellte sich ein. Ihre Worte an Jehanne über das Liebesspiel waren gelogen. Es gab bereits ein Liebesspiel zwischen ihnen. Hoffte sie. Und sie hoffte, daß es noch mehr würde.
Nach einer Weile, als Raoul nicht erschien, machte sie sich auf die Suche nach ihm. Sie fand ihn, zwischen den Männern sitzend, das Hemd wieder angezogen, er unterhielt sich und lachte, während sie alle ihre Waffen pflegten. Raoul sah verhältnismäßig sauber aus und wetzte mit der Zärtlichkeit eines

Liebhabers die Schneide seines Schwertes an einem Schleifstein.

Als er sie sah, steckte er sein Schwert in die Scheide und kam zu ihr hinüber. Plötzlich sah er ein wenig besorgt aus. »Lady Aline. Es tut mir leid, wenn unser rauhes Spiel Euch verletzt haben sollte.«

»Das hat es natürlich nicht.« Sie betrachtete ihn von oben bis unten, versuchte, nicht zu sehen, wie seine einfachen Hosen und das Hemd seinen wundervollen Körper unterstrichen. »Wie kommt es, daß Ihr so sauber seid?«

Er sah mit einem Grinsen an seinen noch immer schmuddeligen Kleidern herunter. »Die sauberen Flecken sind wenigen Krügen sauberen Quellwassers zu verdanken. Bin ich sauber genug zum Küssen?«

Aline trat zurück. »Natürlich nicht!«

»Das habe ich befürchtet. Wenn Ihr mich nicht küßt, Süße, dann sollte ich besser zurückgehen und mich um mein mehr entgegenkommendes Schwert kümmern.« Und er tat genau das, ließ eine Aline zurück, die sich verlassen und unzufrieden fühlte. Schon bald würde ihr die Zeit fehlen, sich über solche Sachen zu ärgern, denn Jehanne brauchte sie, um die Reise vorzubereiten.

»Aline«, sagte Jehanne am nächsten Tag, als sie die Schubladen nach brauchbarer Kleidung durchsuchten. »Es gibt wirklich keinen Grund, weshalb du mit uns kommen solltest. Du könntest nach Burstock zurückkehren oder auch nach St. Radegund.«

Alarmiert sah Aline auf. »Aber ich war noch nie im Süden, und ich wollte schon immer dorthin.« Es war eine Ausrede, ebensogut wie jede andere.

»Es wird eine lange Reise werden, wahrscheinlich auch gefährlich.«

»Mich stört die Reise nicht, und sicherlich werden Lord William und Galeran uns beschützen, dann werden wir nicht in

Gefahr sein. Und Raoul de Jouray ist ja auch dabei«, fügte sie hinzu, betend, daß sie ihr Interesse verbergen konnte.

»Das denke ich auch. Galeran sagte etwas darüber, daß er Trauben finden wolle. Er muß seine Heimat im Süden Frankreichs vermissen.«

Aline verbarg ihr rotes Gesicht in der Tiefe einer Schublade.

In einem kleinen, gemütlichen Salon in dem Schloß des Bischofs in Durham wickelte Ranulph Flambard ein Paket aus, er schälte Lagen von Leder und Stoff ab, bis er einen kleinen, weißen Schädel freilegte.

Er war ein stämmiger Mann mittleren Alters mit aufgedunsenen Wangen und bleicher Haut. Er war intelligent und scharfsinnig, und beide Eigenschaften zeigten sich in seinen Zügen. Außerdem war er bedenkenlos habgierig, was sich in seinen Unternehmungen zeigte.

Der Brief, der der Gabe beilag, hatte ihm gesagt, was er zu erwarten hatte, aber er überlegte noch, was zwischen den Zeilen wohl stand. Gerade eben hatte er vom Tod des Königs gehört, was schlimm genug war, und daher war dieses seltsame Geschenk doppelt ärgerlich.

Rufus' Tod war ein schwerer Schlag, aber Flambard war niemand, der sich Gedanken über etwas machte, das nicht mehr zu ändern war. Seine einzige Sorge war, wie er seinen Wohlstand, seine Macht und seinen Einfluß erhalten könnte.

Er würde es vorziehen, unbehelligt unter Henry Beauclerk weiterzumachen wie bisher, aber der neue König war ihm bisher noch nie besonders wohlgesonnen gewesen. Sicher war, daß Henry – genau wie Rufus – Geld benötigen würde, und Ranulph Flambard war sehr gut darin, aus Menschen Geld herauszuquetschen. Er konnte sich aber nicht allein darauf verlassen, deshalb seinen Platz behaupten zu können.

Da blieb nur Henrys Bruder, Robert von Normandie, übrig, der ein weniger kluger Mann und daher ein angemesseneres

Werkzeug sein könnte. Wenn Robert England gewinnen sollte, dann nur durch einen Krieg, was bedeutete, daß er Männer mit militärischer Macht denen mit administrativen Geschicken vorziehen würde. Flambard konnte nicht eher die Macht im Norden haben, bis er William von Brome zerstört hätte.

Er betrachtete den Schädel nachdenklich und ließ dann nach Raymond von Lowick rufen.

Der Mann, der kurze Zeit darauf erschien, mußte sich fast unter der Steindecke ducken, und seine Muskeln sprengten fast diesen Raum. Flambard betrachtete Lowick als eine ärgerliche Mischung aus Ehrgeiz und Skrupel, aber mit seinem blonden Haar, seiner breiten Brust und seinem stolzen Gehabe wurde er im allgemeinen als anziehend empfunden, besonders bei den Frauen. Und es war eine Frau, um die es hier im wesentlichen ging.

»Lord Bischof, Ihr habt Nachrichten für mich?«

Er hielt seine Hand so auf den Schwertschaft gelegt, daß es aussah, als wäre er jederzeit für einen Kampf bereit. Bischof Flambard seufzte, fragte sich, warum seine Handlanger sich immer so dumm verhielten. Er berichtete von Bruder Forthreds Erlebnissen auf Heywood und Brome.

Raymonds Miene verfinsterte sich. »Wie konnte eine so einfache Aufgabe so unzulänglich ausgeführt werden?«

»Lord Galeran ist sehr viel schlauer als Ihr mir anzunehmen Grund gegeben habt, Sir Raymond.«

»Was hat Klugheit damit zu tun? Ihr habt gesagt, ich hätte ein Recht auf meine Tochter.«

»Aber Mutter und Kind dürfen nicht getrennt werden – eine Tatsache, auf die wir gezählt haben – und Lord Galeran erhebt Anspruch auf die Dienste seiner Frau.«

Raymonds gutgeschnittener Mund wurde schmal. »Das kann nur wenig besser als eine Vergewaltigung sein, mein Lord Bischof. Jehanne hat mich immer geliebt. Sie hat ihre Ehe nie gewollt. Ihr Vater mußte sie zum Altar peitschen, damit sie ihr Ehegelübde gegenüber diesem Zwerg ablegte.«

Flambard hatte diese Geschichte bereits aus anderen Quellen gehört, also konnte sie durchaus der Wahrheit entsprechen. Sie wurde allerdings nicht durch die neuesten Berichte gestützt.
»Dennoch hat sie das Schloß nicht mit Euch verlassen, als sie die Gelegenheit dazu hatte.«
»Sie nahm ihr Ehegelübde zu ernst.« Lowick richtete sich noch mehr auf. »Ich ehre sie dafür.«
»Es ist tatsächlich sehr ehrenhaft«, sagte Flambard und fügte trocken hinzu: »Wenn es um eine Kleinigkeit ginge. Meinen Informationen zufolge war sie mit Euch während der Schwangerschaft und auch danach nicht intim.«
Lowick wurde rot. »Ich verehre sie auch dafür. Sie ist keine sündige Frau, mein Lord Bischof. Wir waren schwach, aber nur ein Mal.«
»Dennoch bin ich sicher, daß Ihr versucht habt, sie davon zu überzeugen, wieder zu sündigen.«
»Das habe ich Euch gebeichtet.«
Flambard sah unbehaglich auf seinen Handlanger. Sicherlich hatte Lowick recht, und Jehanne von Heywood bevorzugte ihn als ihren Ehemann. Aber seiner Erfahrung nach hatten Frauen keine so noblen Bedenken, besonders nicht, wenn sie denken, ihr Mann sei tot. Wenn Lady Jehanne Grund hätte, aus Angst vor ihrem Mann zu fliehen, dann könnte das Problem mit seinem Tod gelöst werden. Wenn sie ihre Sünde aber ehrlich bereute, dann könnte sie – mit ihrem Besitz – in ein Kloster gehen, das würde überhaupt nicht passen.
Jehanne von Heywood könnte das Werkzeug dazu sein, die Macht von William von Brome zu brechen und Flambards Macht im Norden sichern. Sie könnte sich aber auch als eine Katastrophe herausstellen, und was er von ihr gehört hatte, beunruhigte ihn. Er bevorzugte vielmehr dumme, folgsame Frauen.
»Bruder Forthred brachte eine Geschichte mit, daß Lord Galeran unweit seines Hauses angegriffen worden ist.«

»Räuber?« fragte Lowick ohne großes Interesse.
»Zweifelhaft. Der Angreifer war ein einzelner Bogenschütze.«
Das riß den Mann aus seinen Gedanken. »Eine Armbrust! Das ist das Werkzeug des Teufels. Was würde ein solcher Schuft wohl hoffen zu erreichen?«
»Lord Galerans Tod, nehme ich an.«
»Wurde Galeran verletzt?« Flambard konnte keine Spur von Hoffnung auf dem Gesicht des Mannes entdecken.
»Nein.«
»Ich danke dafür. Niemand sollte auf eine solch unehrenhafte Weise sterben. Beim heiligen Kreuz, wenn ich einen solch niederen Schurken in die Hände bekäme ...«
»Das ist bereits geschehen, Sir Raymond. Lord Galeran tötete ihn, mit einigem Nachdruck, wie ich gehört habe.«
Lowick nickte anerkennend. »Er ist auf seine Weise sehr tüchtig.«
Flambard blickte auf den noblen Dummkopf. »Es wäre nicht ganz unbequem gewesen, wenn Lord Galeran dort gestorben wäre, das wißt Ihr.«
Lowick verzog erneut sein Gesicht, aber dieses Mal stand Erstaunen darin geschrieben. »Was hat das damit zu tun?«
Flambard gab auf. »Ihr habt mir zu verstehen gegeben, daß Lord Galeran kein besonders guter Krieger sei.«
»Wie könnte er auch, so klein wie er ist? Aber man braucht nur wenig Kraft und Geschick, um einen Schuft zu erledigen.«
»Es scheint, als habe Lord Galeran im Heiligen Land sehr gut gekämpft.«
Der Mann erstarrte in echter Überraschung. »Habe ich jemals anderes gesagt?«
»Ihr habt nie eine hohe Meinung von seinen kämpferischen Fähigkeiten gehabt.«
Das Stirnrunzeln brachte die goldenen Brauen noch dichter zusammen. »Ich meinte lediglich, daß er keinen großen Geschmack daran gefunden hat und es ihm an körperlicher Größe

mangelt. Ich bin sicher, er würde seinen Teil in einer Schlacht schon leisten.«

»Aber Ihr denkt dennoch, Ihr könntet ihn in einem Duell besiegen?«

Das Gesicht glättete sich. »Ohne Zweifel, Mylord. Ich würde die Notwendigkeit bedauern, aber für das Wohl von Jehanne und unserem Kind würde ich es tun.«

Flambard war sich nicht länger sicher, daß er sich auf diesen Erfolg verlassen könnte, obwohl Lowick als hervorragender Kämpfer bekannt war. Er fühlte sich unsicher, was diese Angelegenheit anging. Der Herr von Heywood hatte sich bei seiner Rückkehr nicht normal verhalten. Egal, Duelle waren immer unsichere Dinge, am besten vermied man sie, wenn es sicherere Wege gab.

Ohne Vorwarnung warf er das nächste Häppchen an Information in den Raum: »Der König ist tot.«

Es dauerte offensichtlich ein paar Sekunden, bis die Nachricht ihre Wirkung tat. »Rufus? Wie?«

»Im Gegensatz zu Lord Galeran entkam er nicht dem willkommenen Pfeil.«

»*Der König* war bei Galeran?«

»Nein«, sagte Flambard, der nur mit Mühe die Geduld nicht verlor. »Er war bei seinem Bruder Henry im Neuen Wald. Henry, nehme ich an, hat bereits den Thron übernommen. Unglücklicherweise ist er kein Freund von mir. Wir müssen hoffen, daß Herzog Robert bald in die Normandie zurückkehrt.«

»Ihr denkt, der Herzog würde meinen Fall eher unterstützen?«

»Für das Versprechen Eurer Unterstützung, ja.« Flambard erklärte die Situation. »Wenn William von Brome seine Leute mit Henry zusammentut, wird Herzog Robert sich nach einer starken Unterstützung hier im Norden umsehen. Das könnte ich sein, und Ihr, wenn Galeran von Heywood erst einmal tot und seine Witwe Eure Frau ist.«

Während er sah, wie Lowick bei diesem Gedanken größer

wurde, fuhr Flambard mit der Hand über den Schädel, der auf dem Tisch lag.
»Was ist das?« fragte Lowick angeekelt. »Der Schädel eines Kindes?«
»Der Schädel von Johannes des Täufers als Kind.«
Lowick sank sofort auf ein Knie nieder. »Mein Lord! Darf ich ihn berühren?«
Flambard seufzte erneut. »Natürlich.«
Raymond berührte ehrfürchtig den weißen Knochen, dann küßte er ihn und sein Gesichtsausdruck wurde sanft wie in kindlicher Verwunderung. »Woher habt Ihr ein solches Wunder, Mylord?«
»Ein Wunder, in der Tat. Es ist ein Geschenk von Galeran von Heywood, um mir dafür zu danken, daß ich Friede zwischen ihm und Euch gestiftet habe.«
Bei diesen Worten sprang Lowick auf. »Eine Bestechung, meint Ihr? Jetzt verstehe ich. Ihr unterstützt seinen Fall gegen meinen.«
Flambard nahm den Schädel und betrachtete ihn nachdenklich. »Das hätte seinen Reiz, das muß ich zugeben. Aber nein. Ich sehe keine Zukunft darin, denn seine Familie würde sich keinesfalls mit mir verbünden.« Er legte den Schädel wieder auf den Stoff und wandte sich mit einfachen Worten an seinen Handlanger. »Wir müssen Rufus' Tod für unseren Vorteil nutzen, aber egal, wie wir es tun, der Schlüssel dazu ist immer der Tod des Lords von Heywood.«
»Ich würde mich freuen, ihn in einem ehrenhaften Kampf zu töten.«
»Es ist unwahrscheinlich, daß Ihr die Chance dazu bekommt, es sei denn, er fordert Euch heraus.«
Lowick lachte. »Er hat nicht den Mut dazu!«
»Hütet Eure Zunge, Sir Raymond. Vergeßt niemals, daß Lord Galeran ein Kreuzritter ist. Er wird sehr respektiert.«
Lowick durchschritt den Raum, Mantel und Schwert rissen

dabei kleine Dinge herunter. »Nur dafür, daß er dort war? Ich wünschte, ich wäre ebenfalls gegangen. Ich hätte ihnen wahres Heldentum gezeigt!«

»Ich bin sicher, daß viele Euren Wunsch teilen.« Als er fast einen Leuchter umstieß, zischte Flambard: »Steht still, bitte!« Lowick gehorchte, und Flambard fuhr fort: »Hört mir genau zu. Ich habe gehört, daß William von Brome und Galeran von Heywood eine Reise südwärts planen, um Henry ihrer Unterstützung zu versichern. Natürlich hoffen sie auf seine Unterstützung in ihrer Angelegenheit. Auch Ihr müßt gen Süden reiten, und zwar so schnell wie Ihr könnt, um zu versuchen, Euch bei Henry anzudienen, *bevor* sie ankommen. Ich werde Bruder Forthred mitschicken. Er möge Euch beraten, da er das Gefühl hat, er hätte mit Heywood noch eine Rechnung zu begleichen.«

»Aber ich dachte, ich sollte auf Robert von Normandie schwören.«

Flambard winkte ab. »Es wird in London viele geben, die ihre Verbundenheit mit Henry schwören, aber dennoch ein Auge auf Robert haben. Immerhin hat Robert auf Sizilien getrödelt, und es könnte noch einige Wochen bis zu seiner Rückkehr dauern. Auch ich werde morgen nach London aufbrechen, aber ich werde nicht in der Lage sein, so schnell dort zu sein wie Ihr.«

Lowick nickte. »Also, was muß ich tun, mein Herr?«

»Erscheint, um Henry zu unterstützen, und gewinnt soviel Gunst in dieser Gesellschaft, wie Ihr nur könnt. Sobald der Lord von Heywood erscheint, versucht, ihn in dieser Angelegenheit zu einer Herausforderung zu bewegen, und tötet ihn. Da Gott durch Euer Schwert sprechen wird, wird Henry keine andere Wahl haben, als Euch die Lady Jehanne und ihr Schloß zu geben. Dann, wenn Robert einen Krieg um die Krone anzettelt, werdet Ihr eine ausgezeichnete Basis haben, um ihn zu unterstützen, und Ihr könntet unter seiner Herrschaft hoch aufsteigen.«

Raymonds ehrgeizige Augen glühten bei dem puren Gedanken daran. »Galeran zu töten, wird leicht sein, wenn ich ihn nur dazu bewegen kann, eine Herausforderung auszusprechen.«
»Tut Euer Bestes. Wenn ich in London ankomme, und Ihr bis dahin nichts erreicht habt, dann habe ich noch einige andere Ideen. Alles, was von Euch verlangt wird, ist, daß Ihr letztlich Euren Teil erfüllt und ihn tötet. Gott sei mit Euch, Sir Raymond.«
Raymond fiel auf die Knie, küßte ehrerbietig Flambards Ring und danach die Reliquie, bevor er hinausging, seine heilige Mission anzutreten.
Der Bischof nahm den Schädel hoch. »Du eignest dich wirklich gut dazu, Menschen zu testen. Aber ich hätte in diesem Kampf Galeran von Heywood lieber auf meiner Seite als Raymond von Lowick.«

Zwölftes Kapitel

Zwei Tage danach verließ Galerans Gesellschaft Heywood.

Obwohl er sich eher dumm dabei vorkam, hatte er extremen Sicherheitsvorkehrungen für den kurzen Weg nach Brome zugestimmt. Die Gegend drum herum war durchsucht worden, und jedermann war angehalten, auf Fremde zu achten. An diesem Tag waren sechs von Williams Wachleuten nach Heywood herübergekommen, um die acht Wachen zu unterstützen, die Galeran auf die Reise mitnahm.

Da diese Gruppe außerdem Jehanne, Aline und ein Mädchen für Donata einschloß, die alle ihre eigenen Pferde ritten, dazu zehn Lastpferde für das Gepäck, war das eine eindrucksvolle Gesellschaft.

Raoul stach der Hafer. Er ritt zurück, wo Galeran sicher in der Mitte ritt. »Wir könnten dich in einer Metallsänfte transportieren, sicher vor jedem Angriff.«

Galeran brummelte ihn an: »Ich kann immer noch veranlassen, daß du auf Heywood bleibst.«

»Du hast keine Macht über mich«, erklärte sein Freund fröhlich. »Ich würde diesen Ausflug um nichts in der Welt verpassen wollen.«

»Ausflug? Ich hoffe, daß es nicht mehr wird als eine belanglose Reise, gefolgt von ermüdender Schreibarbeit.«

»Du hast einfach keine Abenteurerseele!«

»Das ist wahr. Alles, was ich will, ist ein ruhiges, sorgloses

Leben auf meinen eigenen Ländereien mit meiner Familie um mich herum.« Er sah Raoul nachdenklich an. »Bist du wieder von Ruhelosigkeit getrieben? Wenn diese Reise vorüber ist, wirst du dann wieder auf Abenteuerjagd gehen?«

»Vielleicht.« Aber Raoul starrte nach vorn, als wäre dort vorn eine Herde fliegender Pferde zu sehen.

»Was sonst?« fragte Galeran neugierig. »Obwohl ich den Norden so liebe, glaube ich kaum, daß *dich* hier etwas hält.«

»Da hast du recht«, sagte Raoul. »Bevor der Winter einbricht, werde ich mich zu sonnigeren Gefilden aufmachen. Aber ich habe den Geschmack an heiligen Kriegen und sinnlosen Schlachten verloren. Vielleicht könnte mich dein Vorbild dazu bewegen, mich niederzulassen.«

»Mein Vorbild!« Galeran lachte laut. »Ich hätte gedacht, meine Erfahrungen würden eher eine lange Reise weit fort von Frauen nahelegen.«

Raoul sah zur Seite. »Und doch machst du nicht den Eindruck eines vollkommen unglücklichen Mannes.«

»Auch wieder wahr«, sagte Galeran, und sein Lachen schwächte sich zu einem Lächeln ab. »Wenn wir nur die Angelegenheit mit Donata ins Lot bringen und mit Lowick verhandeln könnten, damit ich durch mein eigenes Land reiten kann, ohne Angst vor einem Angriff haben zu müssen, dann wäre ich so glücklich wie jeder Mann das Recht hat, es zu sein.«

»Warum mißgönnst du mir dasselbe dann?«

Galeran konzentrierte sich. Ein ernsthafter Unterton in der Stimme seines Freundes hatte ihn hellhörig gemacht. »Das tue ich nicht. Aber ich frage mich, ob du das Temperament für Häuslichkeit hast. Für Treue.« Nachdem er einen kurzen Moment nachgedacht hatte, beschloß er, die Gelegenheit beim Schopf zu packen. »Sicherlich denkst du nicht darüber nach, dich mit Aline niederzulassen? Ganz abgesehen von ihrer Absicht, Nonne zu werden, ist sie ein Mädchen aus dem Norden, hier geboren und hier aufgewachsen. Was wäre dann mit deiner heißgeliebten Sonne?«

»Ich werde versuchen, sie mit Trauben aus dem Süden zu verführen ...« Raoul sah zur Seite, eine reuevolles Lächeln umspielte seine Lippen. »Ich habe wirklich Angst, daß Lady Aline so schnell von meinen verwerflichen Pfaden wegläuft, daß es sein könnte, daß sie mich auf diese Weise einfängt.«
Galeran hob seine Brauen. »Jetzt glaube ich doch, daß es ein interessanter Ausflug werden könnte.«
Sie blieben über Nacht auf Brome, und dann brachen sie in einem noch eindrucksvolleren Reiterzug in Richtung Richmond auf. Dort würden sie auf die Reste der alten Straße treffen, die pfeilgerade nach Süden führte.
In dieser Nacht nahmen sie die Gastlichkeit eines kleinen Klosters in Anspruch, aber es gab dort nur getrennte Schlafräume für Männer und Frauen, daher mußten Jehanne und Galeran sich trennen. »Es ist möglicherweise passend«, sagte er, »daß wir auf dieser Reise keusch bleiben.«

Am Morgen kam Raoul, um Aline beim Inspizieren ihres Pferdes zu helfen. »Ich hoffe, Ihr habt gut geschlafen, Lady Aline.«
»Sehr gut, danke. Und Ihr?«
»Unruhig, bei dem Gedanken daran, daß Ihr so nah wart.« Sie stand nah an ihrem Pferd, und als sie den Gurt überprüfte, schaffte er es, eine Hand hinabgleiten zu lassen und ihre Hüfte zu berühren.
Aline trat zurück. »Auf Heywood waren wir irgendwie näher, denke ich.«
»Ihr habt Euch vergangene Nacht näher gefühlt, vielleicht, weil wir in einer fremden Welt sind.«
Sie ging um das Pferd herum. Da sie klein war, konnte sie nun nichts mehr von ihm sehen, außer seinen Füßen. »Es ist für mich keine fremde Welt, Sir Raoul. Ich bin an religiöse Häuser gewöhnt.«
»Aber es ist ein Ort, der für uns fremd ist. So anders als Euer Heim und Euer Kloster.«

Aline beschloß, daß sie einen taktischen Fehler begangen hatte. Allein seine Stimme zu hören, schien viel intimer, als dicht an seinem großen Körper zu stehen.
»Wenn dieser Tag vergangen ist«, fuhr er fort, »dann wird alles noch fremder werden. Folglich wird das Vertraute – die Menschen, die um Euch sind – intimer, notwendiger werden.«
Aline fuhr mit ihrer Hand unruhig den seidigen Pferdehals hinab. »Ihr braucht diese Fremdheit also, damit Ihr mich dazu bringt, Euch aufzusuchen?«
»Ich hänge von ihr ab, weil sie Veränderungen mit sich bringt. Ich bin oft gereist, Lady Aline, und das passiert immer wieder. Die Reisegruppe, egal wie unterschiedlich sie zu Beginn zu sein scheint, wächst zusammen. Eine Gemeinschaft. Fast eine Familie.«
Sie schlüpfte unter dem Pferdehals hindurch, um ihm ins Gesicht zu sehen. »Es ist sehr gut möglich, daß man ein Mitglied seiner Familie verabscheut.«
Er begegnete ihr mit einem Lächeln. »Wie wahr. Ich muß Euch eines Tages unbedingt meinem Großvater vorstellen. Wenn wir London erreichen, werden wir uns alle näher sein als jemals zuvor, entweder verbunden durch Liebe oder durch Haß.«
Er führte das Pferd hinüber zu dem Holzblock, damit sie aufsteigen konnte.
In Baldersby gab er ihr Blumen.
In Wetherscot bot er ihr wilde Erdbeeren an.
In Knottingly, wo sie zwei Tage blieben, um den Pferden eine zusätzliche Rast zu geben, stahl er sich einen Kuß.

Raoul hatte sie dazu überredet, mit ihm zu einem Fluß zu gehen, wo sie beobachteten, wie Fische aus dem Wasser sprangen, umgeben von unzähligen Vögeln, Insekten und Blumen. Sie genossen die Schönheit eines englischen Sommerabends. Dort erzählte er ihr von seiner Heimat, wo Blumen, wie er ihr versicherte, noch üppiger blühten, die Vögel noch schöner und die Fische noch fetter waren. Und die Felder dort waren voller saftiger Früchte.

Sie war so verzaubert von seinen Geschichten, daß er es schaffte, sie inmitten eines zerklüfteten alten Bergahorns zu überrumpeln. Die Arme auf die drei großen Stümpfe gestützt, und ihr so eine Flucht vollkommen unmöglich machend, sagte er: »Glaubt Ihr nicht, daß Ihr es mögen würdet zu reisen, Aline, und diese Plätze mit eigenen Augen zu sehen?«

Wenn sie es nicht zugab, daß sie in einer Falle saß, dann würde er vielleicht keinen Vorteil daraus ziehen. Sie lehnt sich gegen den dritten Stumpf zurück, als wäre es ihr angenehm. »Nonnen reisen manchmal ...«

»Aber nicht oft.«

»Mir würde ein unstetes Leben nicht gefallen.«

»Es gibt einen Unterschied zwischen Reisen und einem unsteten Leben ...«

»Tatsächlich?«

»Natürlich. Reisen bedeutet einen Ort, von dem man abreist und zu dem man auch zurückkehrt. Wandern ist ein wurzelloses Leben.«

»Und habt Ihr Wurzeln?«

»Ja. Habt Ihr welche?«

Aline dachte darüber nach. Burstock war nicht mehr wirklich ihr Zuhause, nun, da ihre Schwägerin dort regierte. Sie wußte auch, daß Catherine beglückt gewesen war zu hören, daß Aline in das Kloster ziehen würde. Es war nicht so, daß sie sich nicht mochten, aber Aline konnte es nicht lassen, die Dinge selbst zu organisieren, und damit untergrub sie Catherines Autorität. Sobald Aline und Jehanne damals an den Toren von Burstock aufgetaucht waren, hatte sich Catherine an einen eiligen Botengang nach St. Radegund erinnert und war gegangen, um jeden Konflikt zu meiden. Catherine haßte Konflikte, aber in der ihr eigenen stillen Art war sie entschlossen, ihren Haushalt selbst zu führen.

Also. Wo war ihr Zuhause?
St. Radegund, nahm sie an, aber sie hatte niemals *fühlen* können, daß das ihr Zuhause war. Oder nur bis jetzt nicht.
»Wo sind Eure Wurzeln?« fragte sie Raoul.
»In meinem Haus. Im Guyenne und im Haus meines Vater, das dort liegt.«
»Und doch reist Ihr.«
»Ich bin neugierig.«
»Und Ihr habt ältere Brüder.«
»Nur einen. Ich habe Besitz in der Nähe von Jouray und werde mich dort eines Tages niederlassen.«
Das war interessant. Sie dachte, er hätte kein Land. »Aber Ihr wollt Euch noch nicht jetzt dort niederlassen?«
»Vielleicht brauche ich einen Grund dafür.«
Sie sah ihn an. »Soll mich das verführen?«
Er griff einen Zweig mit Blättern und kitzelte damit ihr Kinn. »Ich würde Euch gern mein Heim zeigen. Ich denke, Ihr könntet dort gute Erde finden, um Eure Wurzeln dort zu schlagen.«
Sie schob die Blätter beiseite. »Aber wenn dort kein guter Boden wäre, müßte ich dort trotzdem Wurzeln schlagen, nicht wahr? Das ist oft das Schicksal von Frauen, die in der Fremde leben müssen.«
Er ließ die Blätter fallen. »Bin ich ein Fremder?« Langsam streichelte seine Hand unter ihrem Zopf ihren Nacken hinunter.
Sie schauderte. »Ich kenne Euch nicht ...« Aber dann lehnte sie sich zurück in die Größe und Stärke dieser warmen Hand, die ihren Kopf zu seinem hinaufzog.
»Ich denke schon.« Seine Lippen waren so warm wie seine Hand – und vielleicht so stark, denn sie öffneten die ihren, so daß sich ihrer beider Atem mischte. Seine andere Hand hatte er um ihre Taille gelegt, so daß ihr war, als wäre er um sie herum.
Wie eine Armee, die ein Schloß belagerte und schließlich die Mauern einriß ...

Sie wandte ihren Kopf ab. »Das ist nicht recht!«
Zu ihrer eigenen Verwunderung, und vielleicht auch zu ihrer Enttäuschung, trat er zurück und entließ sie aus seinem Griff.
»Stimmt. Man erwartet von mir, daß ich Euch dabei helfe, Eure Verteidigung zu stärken, und nicht, daß ich einbreche und das Fort stürme.«
»Stürmen!« zischte Aline. »Wenn Ihr denkt, daß die Eroberung so leicht wäre, mein Herr, dann seid Ihr schief gewickelt!« Glühend vor Scham stemmte sie sich gegen seine starke Brust, und er trat zurück, um sie vorbei zu lassen. Obwohl sie so schnell ging wie sie konnte, konnte sie ihn nicht abhängen.
»Laßt uns diesen Zwischenfall betrachten und herausfinden, wo Eure Strategie noch verbessert werden muß«, sagte er lehrerhaft.
»Ich will nicht einmal mit Euch sprechen!«
Er ignorierte sie. »Erstens hättet Ihr nicht einwilligen dürfen, einen Spaziergang mit mir – fort von den anderen – zu machen. Eure Verteidigung ist viel zu schwach für einen Einzelkampf.«
Aline zischte verärgert, aber sie wußte, alles war besser als anzuhalten und zu diskutieren. Außerdem hatte er völlig recht.
»Da Ihr mit mir gegangen seid, hättet Ihr Euch niemals in die Baumfalle locken lassen dürfen. Das ist eine grundlegende Strategie, Mylady.«
»Ich dachte, ich könnte Euch vertrauen!« rief sie, ohne ihr Tempo zu verlangsamen, zurück.
»Schon wieder ein Irrtum. Traut niemals einem erklärten Gegner.«
»Ich dachte, wir wären Freunde.« Dann verfluchte sie die Tränen, die sie in ihrer Stimme hörte.
Er ergriff ihren Arm und drehte sie zu sich um. »Wir sind Freunde.«
»Wie können wir das sein, wenn ich mich mit Euch allein nicht sicher fühlen darf?« Die Tränen rannen, und sie wischte sie wütend fort.
Sein Gesicht verfinsterte sich nachdenklich. »Wenn ich zum

Beispiel mit Galeran trainiere, testen wir uns gegenseitig, treiben einander zum Äußersten, weil wir Freunde sind. Wie sonst könnten wir besser werden?«

»Ihr könntet Euch dabei gegenseitig töten.«

»Diese Möglichkeit besteht immer.«

Sie sah zu ihm auf, seiner Hände auf ihrer Schulter nur zu bewußt. »Und bei uns?«

Zärtlich wischte er ihr eine Träne fort. »Ja, Aline, wir spielen ein sehr gefährliches Spiel.«

Am nächsten Morgen konnte Aline die Wahrheit von Raouls Erzählung überprüfen, da die Männer beschlossen, den Rest des Tages mit Training zu verbringen. Das kleine Haus, das sie beherbergte, hatte einen Trainingsplatz, und da es am Morgen einen Regenschauer gegeben hatte, war der Platz durch wilde, fröhliche Männer schnell zu einem See von aufgewühltem Matsch geworden. Sogar Lord William nahm teil.

Jehanne kam herüber, um zuzusehen, das Baby im Arm. »Es wäre gut, wenn hier ein Fluß wäre. Ich fürchte, daß in dem Brunnen nicht genügend Wasser ist, um sie alle zu säubern.«

Sie sahen sich an und kicherten.

Dann stellten sich die Männer im Kreis auf, und einer von Galerans Rittern nahm sich eines anderen von Lord Williams Rittern an. Letzterer war ein älterer Mann, der offensichtlich weniger beweglich war, aber der sich sowohl als geschickt als auch als gerissen entpuppte. Die Schwerter wurden abgestumpft, aber dennoch hatten beide Männer bald blutende Wunden und zweifellos zahlreiche Verletzungen.

Aline und Jehanne fanden das nicht mehr amüsant.

Lord William bereitete dem ganzen ein Ende, bevor die Kämpfer sich völlig verausgabt hatten. »Gute Männer! Euer Geschick ist nicht eingerostet. Fort und säubert euch.« Dann wandte er sich an Galeran. »Was ist mit dir? Es muß Monate her sein, daß du ein Schwert ernsthaft geführt hast.«

»Nicht ganz«, sagte Galeran mit einem seltsamen Ausdruck im Gesicht, und Aline erinnerte sich daran, wie er mit verkrustetem Blut bedeckt auf Burstock erschienen war.
»Trotzdem«, sagte Lord William, »ich möchte gern sehen, daß du kräftig genug bist, um zu kämpfen.«
Aline hörte, wie Jehanne Luft einsog, und verstand den Grund dafür. Lord William hatte zu einem Zweikampf aufgefordert, damit er sich davon überzeugen konnte, daß sein Sohn in der Lage war, in einem Duell seinen Gegner zu besiegen, wenn es nötig war.
Einen Gegner wie Raymond von Lowick.
Sicherlich war es unmöglich, daß Galeran Raymond besiegte.
Galeran war bereits in seiner Rüstung. Nun setzte er seinen Helm auf und zog sein Schwert. »Raoul und ich haben uns gegenseitig trainiert, Vater. Aber es stimmt – wir haben noch nicht sehr lange geübt.«
Raoul stand bereits im schlammigen Rund, Schwert und Schild waren bereit. »Du hast mich wohl gemieden, Knirps.«
»Ich wollte einen Gast nicht beschämen, du großer Klops.«
»Männer!« sagte Jehanne leise, aber als Aline zur Seite sah, sah sie, daß ihre Cousine blaß war.
»Sie werden sich nicht verletzen«, beruhigte sie, aber sie war nicht überrascht, daß Jehanne besorgt war. Galeran sollte sich niemals mit einem so großen Gegner anlegen. Auch wenn er eine Verletzung vermeiden konnte, er würde gedemütigt werden.
Bald schwand ihre Besorgnis, aber sie zuckte bei jedem Schlag vom Metall zusammen, bei jedem Kampfgeräusch, das von den Männern kam.
Galeran war stark für seine Größe, und er war auch flinker und schneller in seinen Reaktionen als Raoul. Einige Schläge des größeren Mannes hätten tödlich sein können, wäre Galeran ihnen nicht ausgewichen. Auch Galeran schwang das Schwert mit aller Macht gegen seinen Freund. Raoul wurde vor schweren Verletzungen durch geschicktes Ausweichen bewahrt.

Da! Der gewaltige Überkopfschlag hätte Galerans Kopf zertrümmern können, nur ein Schritt zur Seite und sein erhobenes Schild retteten ihn. Galerans Gegenangriff ließ ein Stück von Raoul Schild durch die Luft fliegen.
Aline wiederholte im stillen Jehannes Kommentar: Männer! Sie schloß Lord William darin ein, denn unter der Führung ihres Vaters hätte es auf Burstock ein so gefährliches Spiel niemals gegeben. Auf der anderen Seite war keiner ihrer Brüder je von einem Duell bedroht gewesen.
Die Zuschauer waren nun still, alle hielten den Atem an, betend, daß es kein Unglück gäbe.
Dann weinte Donata.
Galerans Aufmerksamkeit war für eine Sekunde abgelenkt. Raouls Schwert traf ihn auf dem Helm.
»Gott schicke deine Seele zur Hölle!« brüllte Raoul und warf sich in den Matsch, während er sich drehte, um den eigenen Schlag abzuschwächen.
Galeran wurde seitlich zu Boden geworfen. Raoul richtete sich auf die Knie und schrie seinen gefallenen Freund an: *»Wie konntest du das tun? Um Himmels willen ...!«*
Aber Galeran begann bereits damit, sich mühsam aufzurichten, er befühlte seinen Kopf und erschrak. »Wie sollte ich nicht? Danke, daß du mich nicht geköpft hast.«
»Ich war so nah dran wie ...«
Beide Männer wandten sich um, um Jehanne anzusehen. Da bemerkte auch Aline, daß sie gegangen war. Sie drehte sich um, und sah ihre Cousine in die Richtung des Hauses laufen – ein weinendes Baby in ihren Armen. Sie hob ihre Röcke an und eilte hinterher.
In der Halle holte sie Jehanne ein, als diese gerade das weinende Kind in Winifreds Arme legte.
»Ich hätte ihn fast *getötet*!« weinte Jehanne. »Wird der Schaden, den ich anrichte, denn niemals aufhören?«

Dreizehntes Kapitel

Aline ergriff die Arme ihrer Cousine. »Raoul *hätte* ihn nicht getötet. Und *du* warst es nicht. Das Kind hat geweint.«

»Ich habe sie gedrückt. Ich hatte solche Angst, daß ich sie gedrückt habe. Sie konnte wahrscheinlich meine Angst spüren ...«

Aline ging und füllte Wein in einen Kelch. Sie drückte ihn Jehanne in die zitternden Hände. »Trink! Du nimmst das viel zu ernst. Wenn Männer Krieg spielen, ist es nicht deine Schuld, wenn sie sich verletzen.«

»Nein? All das ist meine Schuld, Aline. *Alles*. Das wurde mir klar, als ich dort stand, daß es eines Tages ein ernster Kampf werden wird und daß ich der Grund für den Tod eines Menschen sein werde.«

»Es muß doch gar nicht soweit kommen ...«

»Ach nein?«

In der Ferne hörten sie Donata noch immer weinen, in der durchdringenden Art und Weise eines Babys, das außer sich ist. »O Gott«, sagte Jehanne. »Ich sollte sie lieber füttern.«

Sie gab Aline eilig den Weinkelch zurück und eilte fort.

Aline trank den Wein, dann ging sie wieder hinaus und dachte, daß es bemerkenswert sei, daß die menschliche Rasse überlebte. Keine vernünftige Frau würde sich mit Männern und auf eine Ehe einlassen, wenn die geordnete Welt eines Klosters verfügbar war. Dort hatte eine Frau Zeit, um sich zu bilden, etwas Schönes zu schaffen, nachzudenken ohne Störung ...

Der matschige Grund vor dem Haus war jetzt wieder das Terrain von Bauern, Hühnern, Schweinen. Aber in der Ferne, hinter der Palisade, konnte sie die Männer hören. Hatten sie ihre dummen Kämpfe auf die Felder verlegt?

Sie erklomm eine Leiter und sah über die Palisade. Dort waren sie.

Sie wuschen sich den Schweiß und Matsch im Fluß ab.

Nackt.

Nackte Männer waren für Aline kein Geheimnis, aber seit sie zu einer Frau wurde, hatte sie das Interesse, das sie in ihr auslösten, immer als eine Schwäche gesehen, die es zu unterdrücken galt. Raoul de Jouray lehrte sie erfolgreich, daß Schwäche gefährlich sein konnte, also sollte sie diese nackten Männer als Repräsentanten des Feindes betrachten, die sie besiegen mußte.

Zu ihrer Erleichterung stellte sie fest, daß diese Anhäufung von Körpern überhaupt keine Emotionen in ihr auslöste. Von dünn bis dick, O-beinig oder X-beinig, mit gewölbter oder eingefallener Brust, behaart oder fast ohne Haare, es waren nur Körper, mehr nicht.

Die meisten planschten am Ufer, um sich den Schlamm abzuwaschen. Einige schwammen.

Alarmiert stellte sie fest, daß sie weder Raoul noch Galeran sehen konnte. War die Verletzung doch ernster?

Dann sah sie zwei Köpfe im Wasser, die den Fluß entlangschwammen.

Sie traten schon wieder gegeneinander an, und dieses Mal war Raoul deutlich am Gewinnen.

Männer!

Raoul erreichte einen Platz, an dem ein umgestürzter Baum über dem Fluß lag und griff nach einem Ast, um anzuhalten. Dann zog er sich mit einer Hand aus dem Wasser.

»Angeber«, murmelte Aline, aber sie war dennoch beeindruckt. Schiere Muskelkraft schien ihr Herz zum Rasen zu bringen, und als Raoul auf die Füße sprang und auf dem Baum in seiner ganzen arroganten Art und der goldfarbenen Nacktheit stand, wußte sie, daß ihre Wangen sich färbten.

Und es war nicht, weil es ihr peinlich war.

Aline bemerkte, daß er über und über golden schimmerte. Die anderen Männer – echte Engländer – waren blasser oder nur teilweise gebräunt. Sie konnte die Kreuzritter an den gebräunten Armen, Unterschenkeln und manchmal an gebräunter Brust erkennen.

Auch Raoul war an einigen Stellen dunkler, aber er war überall goldfarben, außer um seine Männlichkeit herum, dort hatte er braune Locken.

Aline wurde rot bei dem Gedanken, daß sie sie anstarrte, aber sie hörte nicht damit auf.

Dann erreichte Galeran den Baum. Raoul reichte ihm seine Hand.

Aline fühlte, daß es nicht recht war, den Mann ihrer Cousine zu betrachten, und daher wandte sie ihre Aufmerksamkeit zurück auf Raoul. Seine Nacktheit weckte alarmierende Gefühle in ihr, die sie sehr gut begriff. Es war das physische Begehren. Sie hatte es bereits zuvor gespürt und übte sich darin, es zu unterdrücken. Es war jedoch nie zuvor so stark gewesen, bis sie Raoul traf.

Aber, wie Vater Robert sagte, solche Gefühle waren normal. Sie war nicht verdorben, weil sie sie fühlte. Sie würde nur verdorben sein, wenn sie sich überwältigen ließ.

Oder nicht verdorben, sondern schwach.

Sicherlich würde es ihr helfen, den Grund ihrer Schwäche zu betrachten, damit sie ihn bekämpfen konnte. Nach einer Weile würden alle Dinge zur Gewohnheit …

Jetzt aber verzehrte sie das Begehren.

Wirklich, dachte sie irritiert, haben die beiden nicht bemerkt, daß Jehanne außer sich war und dringend Gewißheit brauchte, daß Galeran unverletzt war? Daß Jehanne es *nicht* ertragen könnte, wenn Galeran durch diese Spiele noch mehr geschädigt zum Haus zurückkehrte?

Die Hände glitschten auf der nassen Haut, die Füße standen fest auf der rauhen Rinde. Die beiden Männer wanden sich, stießen sich und hebelten sich aus, angefeuert von den anderen. Einmal rutschte Galeran hinunter auf den Stamm, und Aline dachte befriedigt daran, daß er sich seinen Hintern abgeschürft haben dürfte.

Im Aufrichten schaffte Galeran es, Raoul vom Stamm zu werfen. Raoul ergriff sein Handgelenk, als er fiel, und zog seinen Freund mit hinunter ins Wasser.

Sekunden später kletterten sie ans Ufer, die Arme um die Schulter des anderen gelegt, und lachten.

Männer.

Als sie sich trennten, reckte sich Raoul und schüttelte das Wasser aus seinem Haar wie ein übermütiges Tier

Dann sah er zur Palisade.

Zu spät erinnerte sich Aline an seine scharfen Augen. Sie war ertappt. Er konnte zweifellos all die Farbe auf ihren Wangen sehen, vielleicht sogar die Lust in ihren Augen. Sie würde sich dennoch nicht umdrehen und davonlaufen. Das war ein Teil ihrer Schlacht.

Er lächelte und stand einfach da, nackt, die Hände in die Hüften gestützt.

Obwohl ihre Wangen schmerzten, lächelte Aline. Da er sich nicht abwandte, ließ sie ihren Blick über seinen schamlosen Körper wandern.

Daher sah sie, wie sein Schaft anzuschwellen und sich zu erheben begann.

Hastig sah sie in sein Gesicht.

Er hob seine Augenbrauen.

Aline *konnte* sich nicht abwenden und ihm den Sieg überlassen.

Warum, um Himmels willen, gab er nicht auf und bedeckte sich? Ein rascher Blick sagte ihr, daß Galeran bereits seine Hosen angezogen hatte.

Entschlossen sah sie zurück auf Raouls Männlichkeit, hoffend, daß sie sie mit ihrem frechen Blick zum Schrumpfen bringen konnte.

Es gab überhaupt keine Anzeichen von Schrumpfen. Eher im Gegenteil.

Sie schluckte nervös, aber sie würde nicht aufgeben ...

Dann war er fort.

Sie blinzelte und bemerkte, daß Galeran seinen Freund niedergeschlagen hatte. Raoul lag am modrigen Ufer und lachte.

Galeran sah zu Aline hinauf und bedeutete ihr nur mit einer Bewegung zu gehen.

Aline floh.

Süße Maria, Mutter von uns allen! Was sie gerade getan hatte, mußte eine Art Sünde sein. Es war keine Sünde, nackte Männer zu betrachten, aber es *sollte* als Sünde gelten.

Aline fragte sich nervös, was Galeran wohl tun oder sagen würde, und suchte vorsichtshalber Zuflucht bei Jehanne, die das noch immer schlecht gelaunte Baby wiegte. Es war nicht der sicherste Zufluchtsort, da Galeran bald erschien, naß, aber sauber.

Er hatte eine sich dunkel färbende Beule an seiner Stirn, da, wo sein Helm durch Raouls Schlag gedrückt hatte, aber sonst keine weiteren Anzeichen von Verletzungen. Er schüttelte seinen Kopf in Richtung Aline, aber er schien nicht wirklich wütend zu sein. »Jehanne, würdest du mit mir kommen?«

Jehanne sah ängstlich auf Donata, die wieder zu weinen begann. »Oh, ich scheine nicht in der Lage zu sein, ihr zu helfen, und sie will nichts essen. Vielleicht ist sie besser ohne mich dran.« Sie gab Aline das Baby und ging.

Jehanne ging um den matschigen Hof herum und versuchte die Stimmung ihres Mannes herauszufinden. Sie hatte ihn fast getötet, das mußte ihm doch klar sein.
Er hatte sie zum Rasen in der Nähe des Flusses geführt.
»Ich bin nicht verletzt«, sagte er.
»Ich kann sehen, daß du es bist.«
Er berührte seine Braue. »Das ist nichts. Verletzungen dieser Art habe ich viele.«
Sie war entschlossen, ihn dazu zu bringen, daß er die Wahrheit sah. »Du *hättest* verletzt werden können. Und es wäre meine Schuld gewesen.«
Er lächelte beruhigend. »Natürlich nicht. Ein Baby weinte.«
»Dieses Baby würde es nicht geben, wenn ich nicht so dumm gewesen wäre!«
Sein Lächeln verschwand. »Also willst du eine Strafe für alles? Wenn dem so ist, dann sei dir mein Dank gewiß.«
»Dank?«
Er saß auf dem Rasen und zog sie zu sich auf den Schoß. Sie sträubte sich. »Willst du mich jetzt von meinen Bedenken ablenken, so wie man es mit Kindern macht?«
Mit einem Seufzer verstärkte er seinen Griff. »Ich versuche nur, dein Gewand vor dem feuchten Gras zu bewahren, bescheidener Ehemann, der ich bin.«
Sie hörte auf, sich zu sträuben und wagte sogar den Versuch, ihn zu necken. »Also hast du nicht wirklich den Wunsch, mich in den Armen zu halten?«
»Überhaupt nicht«, neckte er zurück. »Das macht es so schwer, dich nicht zu schänden.«
Sie lehnte sich entspannt gegen seine Brust. »O Galeran, ich könnte es nicht ertragen, wenn ich dir noch mehr Schmerzen zufüge.«
Er streichelte ihr Haar. »Sei nicht albern, Liebling. Du hast meine Wunden genäht, Holz- und Metallteile herausgezogen und meine verrenkten Glieder versorgt. Ich bin ein Krieger, wenn ich es sein muß.«

Sie wandte den Kopf, um ihn anzusehen. »Aber ich konnte immer sicher sein, daß diese Kämpfe einfach dumme Männersache waren. Dieser Kampf ist meiner.«

»Wir wären nicht auf dieser anstrengenden Reise, wenn Männer nichts mit Frauen zu tun hätten. Ich danke dir.« Er schien ernst.

»Wie meinst du das?«

»Ich möchte dir dafür danken, daß du diese Verwirrung gestiftet hast. Der Sinn eines Trainingskampfes ist es, Schwächen herauszufinden, damit man daran arbeiten und sie ausmerzen kann. Das nächste Mal werde ich mich nicht ablenken lassen.«

»Das hoffe ich sehr!«

»Da siehst du also«, er küßte sie beruhigend, »daß es sehr gut war, daß alles so gekommen ist.«

»Es macht mir noch immer angst.«

Er sah ihr ernst in die Augen: »Wenn es das tut, so darfst du es nicht zeigen. Schwäche mich nicht, Jehanne.«

»Ich habe dich niemals geschwächt.«

»Nein, das hast du nicht.«

»Habe ich mich denn verändert?« Sie dachte darüber nach, versuchte, sich mit vor zwei Jahren oder länger zu vergleichen. »Vielleicht es die Mutterschaft, die mich so sanft gemacht hat.«

Er umfaßte mit einer Hand ihre Taille. »Du scheinst mir fest genug zu sein.« Dann berührte er ihre Brüste. »Besonders hier.« Dann hielt seine Hand inne. »Lieber Gott. Bist du in Ordnung?«

Sie schob seine Hand von ihrer steinharten Brust. »Donata war zu mürrisch, als daß ich sie hätte normal füttern können. Ich sollte zu ihr zurückgehen und es noch einmal versuchen.«

Er stand auf und zog sie hoch. »Tut das weh?«

Sie berührte die Ausbeulung in seiner Hose. »Tut das weh?«

Er lachte. »Irgendwie schon.«

»Ich vermute, daß es sich ähnlich anfühlt.«

Lachend liefen sie zurück über das schafbevölkerte Feld zum

Landgut, und Jehanne wußte, daß Galeran so sehr an Liebe machen denken mußte, wie sie es tat. Aber das kleine Haus bot ihnen keine Privatsphäre, und es war ihnen nicht danach, sich in einem überfüllten Raum zu lieben.

Buße und geweihtes Anbieten, erinnerte sie sich selbst. Und überhaupt, jeden Moment konnte ihre Milch das Haus überschwemmen.

Die Hallentüren standen offen. Kurz bevor sie hineingingen, sagte Galeran: »Jehanne, sieh dir Aline an.«

»Aline? Warum?«

»Sie spielt irgendein Spiel mit Raoul, was bedeutet, daß sie die Klingen gewetzt hat.«

»Dann paß auf deinen Freund auf!«

»Ich vertraue ihm, mit Einschränkungen. Du könntest vielleicht Aline erklären, daß es tollkühn ist, Männer so herauszufordern!«

Jehanne starrte ihn an. »Was zum Teufel meinst du damit?«

»Frag sie nur, was am Fluß geschehen ist.«

Während sie noch darüber nachdachte, ging Jehanne zu Donata, aber sie fand sie tief schlafend vor. Das arme Kind war noch immer rot im Gesicht vom Weinen, und es wäre grausam, es jetzt zu wecken.

Da sie einige Schmerzen hatte, preßte Jehanne ein wenig Milch heraus, um den Druck abzumildern. Sie konnte nicht damit aufhören, sich zu fragen, ob Galeran sich vielleicht auf ähnliche Weise erleichterte.

Während sie die Milch herauspreßte, überdachte sie Alines Lage. Konnte es sein, daß sie sich ernsthaft mit Raoul einließ? Wenn es so wäre, dann wäre Jehanne zu abgelenkt gewesen von ihren eigenen Problemen, um es zu bemerken.

»Wo ist Lady Aline?« fragte sie einen Diener.

»Ich weiß es nicht, Mylady.«

Aline war Donata fast genauso ergeben wie Jehanne. Was hatte sie Wichtigeres gefunden? Das schien alles so beunruhigend,

und sie fragte sich, ob sie ihre Leben in vollkommen falsche Bahnen gelenkt hatten.
Als es ihr wieder einigermaßen besser ging, machte sich Jehanne auf die Suche nach ihrer Cousine und fand sie schließlich im Stillraum, wo sie ganz unschuldig Lady Marjorie, der älteren Lady des Hauses, dabei half, das Essen vorzubereiten. Sie konnte nicht umhin zu bemerken, daß ihre Cousine ein finsteres Gesicht machte, während sie Blätter zerstieß.
»Warum dieser düstere Ausdruck?« fragte Jehanne, während sie ein Bündel Borretsch nahm und damit begann, die Blüten abzuzupfen. »Bist du noch über den Kampf beunruhigt?«
»Nein«, sagte Aline und stampfte den Stößel wild in den Mörser.
»Dann hast du vielleicht Kopfschmerzen.«
»Ich habe niemals Kopfschmerzen.«
»Alles kann sich ändern, wenn sich die Umstände ändern. Dann sind es vielleicht die Gefühle für Raoul de Jouray, die dich beunruhigen?«
Die grauhaarige Lady Marjorie sah mit einem Zwinkern herüber.
Aline hielt inne und sah Jehanne an. »Ganz und gar nicht.«
»Es ist nicht sehr christlich, *keine* Gefühle für einen anderen Menschen zu haben.«
Aline wandte sich wieder ihrer Arbeit zu. »Du weißt, was ich meine.«
»Ja. Und ich weiß noch mehr. Ich bin verantwortlich für dich, so wie Galeran auch. Es würde uns beiden Schande bereiten, wenn du dich dumm verhältst.«
Aline wandte ihren Kopf, um Jehanne anzusehen. Offensichtlich dachte sie, daß Jehanne wenig Recht dazu hatte, sie in diesen Dingen zu unterweisen.
Obwohl sie wußte, daß sie rot wurde, ignorierte Jehanne den stillen Vorwurf. »Was hast du unten am Fluß gemacht?«
»Ich war nicht unten am Fluß.« Aline schlug auf die Blätter, die

schon fast Matsch waren. Lady Marjorie entfernte sie und tauschte sie gegen frische aus.
»Du warst nahe genug dran, um zu schauen, da habe ich keinen Zweifel«, sagte Jehanne. »Bist du nicht ein bißchen zu alt dafür, um hinter Büschen sitzend Männer anzustarren?«
Aline drehte sich um und stemmte die Hände in die Seiten. »Wer hat das gesagt? Wenn es dieser ...«
»Nein!« Jehanne hob eine Hand. »Ich vermute nur. Erbarme dich, Aline, und erzähle es mir. Was hast du *getan*?«
Einen Moment lang sah es so aus, als würde ihre Cousine sich weigern, aber dann sagte sie: »Ich habe nur über die Palisade gesehen, das ist alles. Ich habe mir Sorgen um Galeran gemacht. Ich wollte sichergehen, daß er in Ordnung ist.«
»Aber als es klar war, daß er unverletzt war, bist du noch geblieben und hast zugesehen.« Jetzt hielt auch Jehanne mit der Scheinarbeit inne. »Aline, ein Männerkörper ist wie der andere.«
»Ist Galerans Körper für dich wie jeder andere?«
Jehanne hielt den Atem an. »Hast du dich vielleicht in Raoul verliebt?«
»Liebe? Natürlich nicht!« Aline griff nach einem Weidenzweig und entfernte die Rinde. Sie hielt inne, als sie einen langen Streifen zwischen ihren Fingern hielt, und drehte ihn. »Ich würde lügen, wenn ich sagte, ich fände ihn nicht erregend.« Sie warf die Rinde auf einen Haufen und zog mehr ab. »Ich bin entschlossen, derartige Gefühle zu besiegen, und das übe ich an ihm.«
»Üben ...!« Jehanne starrte ihre Cousine an. »Was für eine Art Übung? Beten?«
Aline sah auf, kühn, aber rot im Gesicht. »Er versucht, mich zu verführen, und ich lerne, wie ich widerstehen kann.«
»*Verführen*!« Jehanne ließ ihren Zweigbüschel fallen. »Du bist verrückt! Was, wenn er gewinnt? Du wärest ruiniert.«
»Aber wenn ich verliere, dann habe ich es möglicherweise auch

verdient. So wie Galeran es verdient hätte, getötet zu werden, wenn Raoul ihn besiegte.«

Jehanne riß ihrer Cousine den Weidenzweig aus der Hand. »Ein Ausrutscher, und Raoul hat ihn verwundet. Und hätte ihn leicht töten können. Aline, das ist ein viel zu gefährliches Spiel, wenn dein Leben auf dem Spiel steht.«

Aline sah Jehanne ernsthaft an. »Es ist kein Spiel, Jehanne. Wenn ich Nonne werden will, muß ich wissen, ob ich stark genug bin, der Versuchung des Teufels zu widerstehen.«

»Versuchung des Teufels ...« wiederholte Jehanne mit zunehmender Bestürzung. Galeran hatte recht. Das war eine gefährliche Situation. Und doch hatte auch Aline irgendwie recht. Was, wenn sie *nicht* für ein Leben in Keuschheit gemacht wäre?

Aber Raoul de Jouray? Es war, als ob jemand, der noch nie zuvor geritten war, sich den wildesten Hengst für seinen ersten Versuch aussuchte.

»Also«, fragte sie, »was passierte unten am Fluß als Teil deiner Schlacht?«

Alines Augen funkelten plötzlich boshaft. »Ich habe Raoul lediglich gezeigt, daß er mir mit seinem stolzesten Besitz den ganzen Tag vor den Augen herumfuchteln könnte und mich doch rein gar nicht beeindruckte!«

Nach einer Schrecksekunde mußte Jehanne lachen.

Das erste, was Jehanne tat, war, mit Raoul zu sprechen.

Als die Sonne unterging und die Hausgemeinschaft sich zum Abendessen versammelte, bahnte sie sich ihren Weg durch die Diener, die die Tische mit Speisen beluden. Sie ging zu Raoul, der gerade mit einem der bewaffneten Krieger des Hauses plauderte.

»Sir Raoul.«

Er wandte sich mit einem Lächeln zu ihr um, und der andere Mann verneigte sich und verschwand. Jehanne meinte, einen wachsamen Blick in Raouls trügerischen Augen entdeckt zu haben. Weil sie so in ihre eigenen Sorgen verstrickt war, hatte sie nicht bemerkt, was für ein gefährlich attraktiver Mann er war. Obwohl sie ganz einem Mann leichterer Gestalt verfallen war, konnte sie erkennen, daß ein großer, muskulöser Mann, der seinen Körper mit Geschick und Grazie zu bewegen verstand, eine gewisse elementare Anziehungskraft besaß. Markante Knochen unter goldener Haut, weiße Zähne und lebendige Augen, all das wurde noch verstärkt durch ein bestimmtes Flackern in seinen südländischen Zügen. Dazu kam noch, daß er die Aura hatte, die auch Galeran besaß – eine undefinierbare Kraft, die das Interesse einer jeden Frau erweckte und sie fesselte.

Er war kein Übungspartner für jemanden wie Aline.

»Sir Raoul, ich bin einigermaßen besorgt über Ihren Umgang mit meiner Cousine.«

Er zog sie sanft zur Seite, damit ein Mann mit einer großen Schüssel vorbeigehen konnte. »Hat Lady Aline Grund, sich über mich zu beschweren?«

Jehanne bemerkte, daß er auch mit *ihr* spielte. »Sie hat sich nicht beschwert. Aber Ihr müßt wissen, daß sie plant, sich ganz Gott zu verschreiben.«

»Das ist eine edle Berufung. Für die, die berufen *sind.*«

»Ihr denkt, sie ist es nicht?«

»Ich denke, es ist klug von ihr, genau das herauszufinden.«

Jehanne fand ihn insgesamt zu arrogant. »Die Tatsache, daß Ihr ihr Blut erhitzen könnt, heißt nicht, daß es ihr an Berufung zu einem religiösen Leben mangelt!«

»Sicherlich hängt das vom Grad der Erhitzung ab.« Er sah ihr offen ins Gesicht. »Lady Jehanne, würdet Ihr es wollen, daß Aline in einem Kloster eingeschlossen ist, wenn es nicht ihrer Natur entspricht?«

»Niemand hat sie jemals dazu gedrängt. Es ist ihre eigene Entscheidung …«

»Manchmal ändern Menschen ihre Meinungen. Manchmal haben sie Glück und haben sich noch nicht festgelegt. Glaubt Ihr nicht, wir sollten Aline ihre Gefühle erforschen lassen, bevor sie sich entscheidet?«
Jehanne fixierte ihn mit einem stählernen Blick. »Geht nur sicher, Heißsporn, daß ihre Gefühle alles sind, was Ihr erforscht, oder Eure Forschungen werden bald vorbei sein, Kreuzritter oder nicht!«

Raoul sah, wie Jehanne davonrauschte, um sich Lady Marjorie anzuschließen, dann ging er durch die volle Halle, um hinter Aline aufzutauchen. Sie saß nachdenklich dort und schaukelte mit einem Fuß Donatas Wiege.
»Ihr spielt nicht fair, meine Dame.«
Sie sprang auf, dann drehte sie sich herum, eine charmante, verräterische Röte überzog ihre Wangen. »Was?«
»Eure Cousine auf mich anzusetzen, mir damit zu drohen, meine besten Teile abzuschneiden!«
Ihre Röte vertiefte sich. »Ich habe so etwas nicht getan!«
»Also gesteht Ihr ihre Macht ein?«
Sie drehte sich hocherhobenen Hauptes weg. »Ich glaube, ich habe Euch vor kurzem gezeigt, daß Eure männlichen Attribute keine Macht über mich haben.«
Er beugte sich hinunter, um in ihr Ohr zu flüstern. »Wir wurden unterbrochen. Wünscht Ihr eine Wiederholung?« Sie hatte ein Gespür für Düfte, die hübsche Hexe. Rose, Verbene und andere, die zu subtil waren, um sie zu benennen, strömten von ihrer Haut, um seine Sinne zu reizen, es war wie ein süßes, ewiges Versprechen von Fraulichkeit, um einen Ausgleich zu der harten Welt der Männer zu schaffen.
»Seid nicht albern, wenn Ihr nur einen Funken Anstand hättet, dann hättet Ihr Euch niemals so zur Schau gestellt!«
Er richtete sich auf. »Ich war schwimmen, Lady Aline. Eine unschuldige Handlung. Eine tugendhafte nach dreckiger Ar-

beit. Wenn Ihr nur einen Funken Anstand hättet, dann hättet Ihr nicht zugesehen.«
Sie ignorierte seinen Treffer und beschäftigte sich mit der Decke des Babys.
»Vielleicht sollten wir den Kampf zu gerechten Bedingungen wiederholen«, sagte er. »Nackt gegen nackt. Mal sehen, wer zuerst wegschaut.«
Das Geräusch unterdrückten Lachens brachte ihn zum Lächeln. Er liebte Mädchen, die über so etwas lachen konnten. Sanft berührte er ihren Nacken, dort, wo unter dem kurzen Schleier goldene Locken hervorschauten. Die Vorstellung, wie sie aussehen würde – ihre üppigen Kurven nackt, nur verhüllt von ihrem vollen Haar – brachte ihn dazu, nachts wach zu liegen. Oder seine Schlaflosigkeit rührte daher, daß er seit Ella keine Frau gehabt hatte.
Sie war unter seiner Berührung still geworden.
»Aber«, sagte er, noch immer den empfindsamen Nacken streichelnd, »als Euer Lehrer denke ich, Ihr solltet meinen nackten Körper meiden, bis ihr die grundlegende Strategie verbessert habt.«
Sie zuckte zusammen und sah zu ihm auf, die Augen weit und klar, obwohl sie ihre Färbung nicht unter Kontrolle hatte. »Raoul de Jouray, Ihr könntet nackt vor mir tanzen, ohne daß Ihr meine Willensstärke auch nur ein kleines bißchen in Frage stelltet! Ich bezweifle, daß Ihr das umgekehrt von Euch behaupten könntet.«
Raoul brach in Gelächter aus. »O Aline. Ihr seit der verrückteste, frechste, unerfahrenste grünschnäbelige Kadett, den ich je getroffen habe.«

Obwohl sie sich gerade mit Lady Marjorie über das Zahnen unterhielt, beobachtete Jehanne das Zusammentreffen zwischen Aline und Raoul mit einem Stirnrunzeln. Es war, als beobachtete sie ein Sommergewitter, wohl wissend, daß sie den

Blitz nicht aufhalten konnte. Man konnte nur beten, daß er keinen Schaden anrichtete.
Sie könnte Aline zurück nach Burstock schicken, aber ihr eine angemessene Eskorte zur Verfügung zu stellen, bedeutete ihre eigene Gruppe zu schwächen, und sie würde nichts tun, was Galeran in Gefahr bringen könnte.
Sie könnte Galeran darum bitten, diesen gefährlichen Freund loszuwerden, aber abgesehen von dieser Unhöflichkeit gefiel ihr der Gedanke, daß ihr Mann einen solchen Krieger in seinem Rücken hatte.
Und überhaupt, in Raouls Argumentation lag etwas Wahres. Jeder hatte angenommen, daß Aline das religiöse Leben wollte, daß sie kaum Interesse an Männern und Heirat hatte. Wenn das nicht wahr war, dann sollte sie es besser jetzt herausfinden, als wenn sie ihren Eid geleistet hatte.
Sie wurde durch eine Dienerin, die ihr eine kleine Pergamentrolle brachte, von ihren Sorgen abgelenkt. »Von wem?« fragte sie.
»Weiß nicht, Lady. Der Torposten sagte, es wurde für Euch abgegeben.«
Jehanne entrollte das Papier, froh darüber, daß sie lesen konnte, obwohl ihre Kunst, Wörter zu schreiben, sehr gering war.
Als sie Raymonds Namen las, stockte ihr Atem.
Die Nachricht lautete: *Ich wünsche Dir und den Deinen keinen Schaden, aber ich werde Dich und mein Kind nicht aufgeben. Bring Donata in die Kirche im Dorf, bevor Blut fließt.*
Fast wäre sie gegangen – obwohl sie allein war –, weil sie dachte, sie könnte den Mann, mit dem sie sich eingelassen hatte, beschützen. Aber dann erinnerte sie sich daran, daß Raymond möglicherweise versucht hatte, ihren Ehemann zu töten, und plante, ihr Kind zu stehlen. Er verdiente ihren Schutz nicht.
Statt dessen ging sie zu Galeran. »Ich muß mit dir sprechen.«
Er entschuldigte sich bei seinem Vater. »Was gibt es?«

Sie gab ihm die Nachricht.

Er mußte sie dreimal lesen, bevor er sie ansah.

»Wie hast du das bekommen?«

»Eine Dienerin.«

Er sah sie prüfend an. »Warst du versucht zu gehen?«

Wie sehr sie sich wünschte, daß solche Fragen nicht gestellt würden. »Ja«, sagte sie ehrlich. Dann, als sie seinen Ausdruck sah, fügte sie schnell hinzu: »Aber nur, um dich zu schützen.«

»Mich zu *schützen*?«

Sie wandte sich aufgebracht ab. »Um euch beide zu schützen. Wenn jemand leiden muß für all dies, dann sollte ich es sein.«

Er packte ihren Arm. »Du würdest Lowick schützen?«

Sie erwiderte seinen Blick und sah, wie ihre ehrlichen Worte wie Dolche in sein Fleisch schnitten. Sie würde diesen Mann vor jedem Schmerz schützen, aber sie mußte ihn immer wieder mit ihrer Ehrlichkeit verletzen. Trotz des schmerzenden Griffes erwiderte sie fest: »Ja, aber ich würde seinen Schutz niemals über deinen stellen.«

Er ließ von ihr ab. »Ich werde dich niemals verstehen, Jehanne. Wie kannst du …?« Aber dann schüttelte er seinen Kopf. »Ich werde diese Kirche überprüfen. Du wirst das Haus nicht verlassen.«

Sie erwischte ihn an der Manschette. »Geh nicht allein!«

»Glaubst du, ich bin ein kompletter Idiot?«

Schnell ließ sie ihn gehen. »Ich kann nicht aufhören, mich um dich zu sorgen, Galeran. Verstehe das nicht falsch.«

Er seufzte. »Vergib mir. Mein männlicher Stolz sticht mich manchmal.« Er berührte sanft ihre Wange. »Wenigstens bist du nicht, auch wenn du es erwogen hast, losgesaust, um das eigenhändig zu erledigen. Dafür danke ich dir.«

»Ich versuche verzweifelt, eine gute Frau zu sein.«

»Der Himmel möge uns allen helfen.« Aber er sagte das mit einem Lächeln.

Als er die Halle mit vier Männern verließ, folgte sie nicht, sondern sie ging, wie eine gute Frau es tun sollte, zu der Wiege ihres Kindes und begann zu spinnen.

Dort betete sie, daß ihr Ehemann nicht töten würde oder vom Vater ihres Kindes getötet würde.

Vierzehntes Kapitel

Knottingly erstreckte sich entlang des Flusses neben dem Rittergut. Klein, aus Stein, aber mit einem Strohdach, die einfache Kirche leicht zurückgesetzt vom Wasser, umgeben von ihrem Friedhof. Das Häuschen des Pfarrers mußte im Dorf sein, nahm Galeran an, denn an der Seite war kein weiteres Gebäude.

Wohin er auch sah, die Umgebung schien verlassen, das einzige sichtbare Lebewesen war ein Schaf, das auf dem Gelände graste. Das Licht schwand und konnte daher eine Menge verbergen. Vielleicht hätte er Raoul mit seinem Adlerblick mitnehmen sollen.

Raoul hatte versucht, darauf zu bestehen, mitzukommen. Er wollte diese Unternehmung sogar leiten, während Galeran im Gutshaus bleiben sollte. Doch Galeran war es leid, in Sicherheit zu bleiben, und daher hatte er nicht einmal seinem Vater erzählt, was hier vor sich ging. Er hatte Raoul zurückgelassen und nur vier bewaffnete Männer mitgenommen, die begierig waren, gegen Raymond von Lowick zu kämpfen. Wenn Lowick es schaffen sollte, ihn zu töten, dann sollte es so sein.

Vielleicht würde der beste Mann gewinnen.

Vielleicht wäre es Gottes Wille.

Vielleicht wäre es Jehanne recht ...

Das glaubte er nicht wirklich, aber dieser Verdacht nagte an ihm Tag und Nacht. Als er damals an den Toren aufgetaucht war, hatte Jehanne keine andere Wahl, als zu bleiben und sich ihm zu stellen, denn eine Flucht mit Lowick hätte sie beide zu Geächteten und Flüchtlingen gemacht. Ihr Bleiben bewies keine Hingabe. Und Lowick war wie Raoul, einer dieser großen, göttlichen Männer, die Frauen, auch vernünftige Frauen, kirre machten. Als junger Mann auf Heywood hatte sich Galeran neben Raymond von Lowick immer unbedeutend gefühlt.

Das hatte er jedoch alles hinter sich gelassen. Oder glaubte es jedenfalls. Denn es hatte nicht lange gedauert, bis man sah, daß Lowick nicht klug war und daß seine Eitelkeit ihn bei dem Versuch behinderte, seinen Platz in der Welt einzunehmen. Er war sich niemandes Sorgen bewußt.

Galerans Übungskampf mit Raoul hatte auch geholfen, ihn davon zu überzeugen, daß Muskeln nicht immer gewannen.

Aber vielleicht hatte er tief in seinem Innersten den Wunsch, so groß und stark wie seine Brüder und Lowick zu sein, nie überwunden. Vielleicht konnte er deshalb für einen Moment denken, daß Jehanne – wenn alles andere gleich wäre – Lowick bevorzugen würde.

Und wenn man Aline ansah, die bisher allen Männern in ihrem Leben als unzugänglich erschien. Wenige Zusammentreffen mit Raoul, und sie war eine errötende dumme Gans. Galeran fragte sich, wie sie auf Lowick reagiert hatte. Sie hatte ihn niemals erwähnt.

Ungeduldig konzentrierte er sich auf das Problem vor Ort und schmiedete Pläne.

Er war sehr versucht, einfach zur Kirche zu schlendern und seine Faust in Lowicks ebenmäßige, weiße Zähne zu schlagen. Es wäre jedoch unmöglich, sich der Kirche unbemerkt zu nähern, und er hatte bei diesem Unternehmen zu viel zu verlieren. Galeran und zwei Männer blieben zurück zwischen den Bäumen, während die anderen beiden die Kirche umgingen, um zum Dorf zu gelangen. Dort sollten sie nach Fremden in der Nähe fragen und herausfinden, wer die Nachricht zum Gutshaus gebracht hatte.

Die Sonne sank tiefer hinter entfernte Hügel und tauchte die Welt in tiefes Rotbraun und gefährliche Schatten. Es gab in der Kirche kein Zeichen von Bewegung, aber Galeran zwang sich dazu zu warten, bis die Männer auf der Straße nahe dem Dorf erschienen und signalisierten, daß alles klar war.
Wenn Fremde am Rittergut vorbeigekommen wären, hätte der Wachposten es bemerkt. Falls keine Fremden durch das Dorf gekommen waren, sah es sehr danach aus, als wäre die Botschaft ein Trick oder ein verzwicktes Komplott.
Dennoch näherten sich Galeran und seine Männer der Kirche mit gezogenen Schwertern.
Noch immer keine Bewegung und kein Geräusch.
Sie stürzten die letzten Meter vorwärts und drückten sich an den rauhen Steinmauern entlang, um sicher vor Geschossen zu sein.
Dann sprang Galeran zu der Eichentür, stieß sie auf und rannte in die Kirche.
Sie war leer, bis auf den hölzernen Altar und die beiden Betpulte für den Lord und die Lady des Gutes.
In der steinernen Wand, grob bemalt mit biblischen Bildern, war eine Tür neben dem Altar. Galeran öffnete sie vorsichtig, aber fand nur, wie er erwartet hatte, die Sakristei, leer bis auf wenige verschlossene Kisten für die Priesterkleidung und einige Gefäße. Er steckte sein Schwert in die Scheide zurück und sah sich erneut um, sich fragend, was das alles hier sollte. Mit größter Vorsicht spähte er aus einem der kleinen Fenster und fragte sich, ob der Angriff wohl käme, wenn sie die Kirche verließen. Dort draußen war jedoch zuviel freie Fläche für ein unbemerktes Anschleichen.
Während er über den Fluß zum gegenüberliegenden Ufer sah, sah er nur Felder, die abgeerntet und durch ein Dickicht von Bäumen gekrönt waren. Es könnte sie jemand von dort aus beobachten, und mit guten Augen könnte man alles sehen, was hier vor sich ging.

War das nur ein Witz gewesen?

Nein. Wenn überhaupt, dann war es ein Test.

Vielleicht war Lowick dort drüben, um zu sehen, ob Jehanne seiner Aufforderung nachkäme. Wenn das so war, dachte Galeran befriedigt, dann würde ihm nicht gefallen, was er sah.

Einer seiner Männer stieß einen warnenden Ruf aus, und er lief hinüber. Aber es waren nur seine beiden anderen Männer, die aus dem Dorf zurückgelaufen kamen.

»Es sind keine Edelleute hier entlanggekommen, Lord«, berichtete einer. »Die Nachricht wurde von einem Burschen aus Bartletor, dem Dorf auf der anderen Seite des Flusses, überbracht. Wir könnten über die Furt gehen und ihn holen.«

»Nein«, sagte Galeran und führte sie hinaus in das Abendlicht. Er suchte noch immer nach einem Zeichen seines Feindes. Er dürstete immer noch danach, mit Lowick die Schwerter zu kreuzen.

Er beschattete seine Augen vor dem flammenden Ball der Sonne und spähte einmal mehr auf den baumbekrönten Hügel. In diesem Licht hätte nicht einmal Raoul etwas ausmachen können. »Laßt uns zurückkehren und essen.«

Als sie zurück zum Rittergut gingen, verschwand die Sonne. Krähen ließen sich lärmend auf den Feldern nieder, und Fledermäuse schwärmten aus zur Futtersuche.

Galeran tat sich schwer damit zu glauben, daß Lowick so etwas als Test oder Witz inszenieren würde.

Nein, dies trug die Handschrift von Ranulph Flambard. Aber was hatte der Bischof sich davon versprochen?

Flambard empfing seinen Mann im Salon des Priorats von Hitchinborough. Prior Joseph hatte sich begeistert gezeigt, sein Quartier für einen so wichtigen Gast zu räumen.

»Also?« fragte er, während er mit großer Sorgfalt ein Stück gerösteter Ente auswählte.

Lucas, ein kräftiger, kompetenter Mann in mittleren Jahren,

verharrte kniend. »Keine Frau näherte sich der Kirche, mein Herr Bischof.«

»Ah.« Flambard steckte sich das Fleisch in den Mund und genoß es sichtlich. Er war kein Vielfraß, aber von dem, was er aß, erwartete er, daß es höchste Qualität hatte. Er tupfte seine Lippen mit der Serviette ab. »Kam überhaupt jemand?«

»Ja, mein Lord. Drei Männer näherten sich der Kirche und drangen ein. Zwei gewöhnliche Soldaten und ein hochwohlgeborener Mann.«

»Welcher Gestalt?«

»Mittlerer Gestalt, mein Lord.«

Flambard benutzte seinen silbernen Löffel, um einige Kräuter in die Soße zu streuen. »Drangen ein, sagst du. Wenn dort jemand gewesen wäre, denkst du, sie hätten ihm Leid zugefügt?«

»Ja, mein Lord Bischof.«

»Wie ich es mir dachte.«

Also hatte Jehanne von Heywood die Nachricht schnurstracks zu ihrem Mann gebracht. Das warf weitere Zweifel an dem Märchen, daß diese Frau Raymond von Lowick liebte, auf.

Warum waren die Leute so dumm? Man mußte nur Rufus ansehen. Er hatte ihn vor Henry *gewarnt*, daß Henry nichts davon abhalten könne, England zu regieren, aber Rufus – der arrogante Rufus – hatte nicht zugehört. Flambard hoffte, er würde nun in der Hölle schmoren.

Er wandte seine Gedanken jedoch wieder der Zukunft zu. »Danke, Lucas. Versichere dich, daß man ein wachsames Auge auf die Heywood-Gruppe hat, und berichte mir alle Schritte, die sie unternehmen.«

Der Mann stand auf und dienerte sich rückwärts zur Tür. »Ja, mein Lord.«

»Und, Lucas ...« Die Worte stoppten den Mann und holten ihn zurück. »Ich fürchte, ich habe dir einen falschen Eindruck vermittelt.« Flambard nahm sich ein Honigtörtchen. »Ich wäre

sehr beunruhigt, wenn mir zu Ohren käme, daß Lord Galeran während seiner Reise etwas zustieße.«
Lucas starrte ihn an. »Tatsächlich, mein Herr?«
»Es ist schwierig, den Angriff mit der Armbrust zu erklären. Das, Lucas, war ein Fehler.«
Der Mann erblaßte. »Ich verstehe, mein Herr. Aber ...«
»Aber?«
»Ich dachte, Ihr wolltet den Mann tot sehen, mein Herr.«
Flambard nahm einen Bissen von dem süßen, mandelgefüllten Gebäck und kostete es. »Es ist nicht recht von einem Menschen, Gerechtigkeit ausüben zu wollen, wenn Gottes Hand verfügbar ist.«
»Ich verstehe, mein Herr«, sagte Lucas, der offensichtlich nichts verstand.
»Ich erhielt einen Bericht vom Landgut in Knottingly darüber, daß Lord Galeran und sein großer Freund einen bewaffneten Übungskampf ausgefochten haben. Der Freund hat gewonnen.«
»Vielleicht war das zu erwarten, mein Herr.«
»Ja. Raymond von Lowick hofft darauf, ein Duell mit Lord Galeran, um die Geschicke von Lady Jehanne auszutragen. Es wäre sehr unglücklich, denke ich, wenn etwas das göttliche Urteil verhindern würde.«
Lucas war kein dummer Mann, und ein Grinsen zuckte über sein Gesicht als Zeichen, daß er verstanden hatte. »Ah. Das wäre es in der Tat, mein Herr. Niemand könnte sich mit der Hand Gottes messen, oder?«
»Genau.« Flambard winkte ab, und der Mann dienerte sich hinaus.
Es war viel eleganter, viel weniger gefährlich, jetzt, da sicher war, daß Lowick gewinnen würde. Der einzige Mangel an diesem Plan war, daß Lady Jehanne möglicherweise nicht genug litt, um es zu vereiteln. Flambard beschloß, etwas dagegen zu tun. Es war sein Recht als Repräsentant der Kirche, Strafen aufzuerlegen.

Er war ein wenig zu langsam auf seiner Reise nach London, aber morgen würde er schneller reisen. Er wollte den Moment des Triumphes nicht verpassen.

Am nächsten Tag zog die Brome-Karawane südwärts. Nach der merkwürdigen Angelegenheit mit der Nachricht wollte jeder so schnell wie möglich nach London. Das Wetter war ideal zum Reisen – warm, aber nicht heiß, mit einer leichten Brise –, aber sie waren alle sehr nervös.

Jehanne war ungewöhnlich nervös, und das Baby regte sich noch immer auf, es schien nur kurz aufzuhören, um Luft zu holen, und begann dann wieder zu weinen.

Sie waren kaum eine Meile fort, als Galeran beschloß, daß das Weinen des Babys das anstrengendste Geräusch überhaupt war. Als er zurückritt, um zu fragen, ob Donata in Ordnung war, fuhr Jehanne ihn an: »Sie ist hungrig, aber sie will nicht essen. Vielleicht hat sie eine Grippe. Ich platze vor Milch, und sie will nicht genug trinken. Ich war den größten Teil der Nacht wach, genau wie die anderen Frauen, weil sie nicht schlafen wollte. Lady Marjorie muß begeistert gewesen sein, uns abreisen zu sehen!«

Er hätte fast lachen können, Jehanne in einem derartigen Zustand zu sehen. »Vielleicht wird eine fremde Hand sie beruhigen. Gib sie für eine Weile zu Raoul.«

»Raoul? Was weiß der von Babys?«

»Er scheint eine seltene Gabe zu haben, weibliche Wesen zu verzaubern.« Er rief seinen Freund heran.

Raoul nahm das Baby ohne Zögern in seine großen Hände, schaukelte es geschickt an seiner gepanzerten Brust. Donata bekam einen Schluckauf und wurde still, starrte ihn mit großen Augen an.

»Es wird nicht anhalten«, sagte Jehanne fast gereizt voraus.

Aber es hielt an.

Mit einem Seufzer der Erleichterung wendete Galeran sein Pferd und kehrte zurück an seinen Platz.

Eine halbe Stunde später kehrte er zum Gruppeninneren zurück, wo die Frauen und die Packpferde waren. Dort sah er, daß Donata tiefschlafend in der rechten Armbeuge seines Freundes lag.
»Wie hast du das gemacht?« fragte er.
»Es ist eine magische Gabe«, sagte Raoul grinsend. »Aber ich denke, ich sollte sie weitergeben. Wenn ich sie noch länger so in meinem Arm halte, könnte ich steif sein, wenn ich kämpfen sollte.« Er lenkte sein Pferd hinüber zu den Frauen. Galeran nahm mit einem Seufzer zur Kenntnis, daß er bei Aline anhielt, nicht bei Jehanne.

»Denkt Ihr, Ihr könntet dieses Kind aus meinem Arm nehmen, ohne es zu wecken, Lady Aline?«
Aline sah ihn argwöhnisch an. Sie hatte versucht, nicht auf seine Spöttelei einzugehen, daß sie ein unerfahrenes Ding sei, aber es war wahr, und sie wußte es. Das bedeutete jedoch nicht, daß sie sich hinter ihren Mauern verstecken und ihm überhaupt keine Herausforderung mehr bieten würde.
»Ist ein winziges Baby zu schwer für Euch?« fragte sie, während sie ihr Pferd neben seinem riesigen Tier hielt.
»Eine große Last, in der Tat.« Seine Augen verzogen sich vor Lachen. »Sie hat mit Sicherheit mächtige Lungen. Ich möchte sie lieber nicht wecken.«
Er beugte sich hinunter, und sie reckte sich hinauf. Und sie schafften den Austausch, ohne Donata zu wecken, obwohl das Baby sich rührte und die Lippen sich kräuselten. »Wenn ihr danach ist zu essen, wird Jehanne glücklich sein.« Aline sah Raoul an. »Denkt nur. Ein Leben im Kloster erspart einer Frau die Tyrannei dieser kleinen Monster.«
»Das tut es. Und ich bin sicher, daß Ihr keinerlei Wunsch verspürt, ein eigenes Baby in Euren Armen zu halten.«
Typisch, er hatte schon wieder gewonnen. Als Nesthäkchen war sie nie einem Baby nahe gewesen, dann war sie nach St.

Radegund gegangen. Als sie Jehannes Begleiterin wurde, hatte sie die Geburten von Gallot und Donata miterlebt und hatte beide in guten und schlechten Zeiten gehalten. Den einen im Tod gehalten. Sie hatte keine rosigen Illusionen über die Vorteile von Säuglingen, aber sie wollte einen eigenen. In der Tat, das wollte sie.

»Was ist mit Euch?« fragte sie, als sie vorwärts ritten, um aufzuschließen. »Möchtet Ihr ein eigenes Kind?«

»Der Gedanke, Euch mit einem Baby von mir zu erfüllen, ist sicherlich verführerisch.«

Nur er würde es wagen, so etwas zu sagen! »Meine Familie würde Euch zwingen, mich zu heiraten.«

»Ich würde Euch lieber schon davor heiraten, Aline.«

Damit ritt er spielerisch fort.

Wie wenn es durch seine Abwesenheit ausgelöst worden wäre, verzog sich Donatas Gesicht zum Weinen. »Oh, sei nicht so ein kleines, dummes Weib«, fuhr Aline sie an. »Er liebt es zu necken. Er liebt es zu erobern. Aber er hat kein bleibendes Interesse. Sobald das Schloß seines ist, wird er zum nächsten aufbrechen. Das nächste Mal, wenn er dich in seine Arme nimmt, Donata, mußt du so laut schreien, wie du nie zuvor geschrien hast.«

Donata öffnete ihren Mund, dann schloß sie ihn wieder, komisch, als ob sie diese Andeutungen verstanden hätte.

Aline manövrierte sich hinüber zu Jehanne. »Es könnte sein, daß sie bereit ist zum Essen, wenn du es versuchen willst.«

Jehanne nahm das Baby und steckte es unter ihren Mantel, verschaffte ihm Zugang zur Brust. In wenigen Sekunden war klar, daß Donata zum ersten Mal seit Tagen etwas zu sich nahm. Jehanne empfand einen Schauer der Erleichterung.

Aline sah mürrisch auf Raoul de Jourays Rücken. »Brillanz ist keine attraktive Eigenschaft.«

Jehanne schüttelte ihren Kopf. »Aline, ich kann dich nur noch einmal in aller Deutlichkeit warnen. Du bist auf dem Weg, erobert zu werden. Ich habe keine Ahnung, ob es das ist, was du willst oder nicht, aber du solltest wissen, was passiert. Mir erscheinst du nicht gerade ein Schloßherr zu sein, der eine Festung hält. Du scheinst mir mehr wie eine dumme Lady, die eine Truppe von Männern in ihr Schloß hineinläßt, nur weil sie lächeln und gute Absichten versichern.«

Aline seufzte. »Wenn ich nur wüßte, ob er mich wirklich erobern will.«

»Was denn sonst?«

»Vielleicht, wenn ich die Tore öffne, wird er einfach lachend davonreiten.«

Jehannes Blick war verständnisvoll. »Wenn du das vermutest, dann solltest du doppelt wachsam sein.«

»Aber wäre es nicht tugendhaft von ihm, eine dumme Lady nicht auszunutzen?«

»Es wäre tugendhaft von ihm, die dumme Lady in Ruhe zu lassen.«

Aline stieß den Atem hörbar aus. »Es ist erstaunlich schwierig zu entscheiden, was richtig ist und was falsch!«

»Nein, das ist es nicht«, sagte Jehanne und wechselte das Baby zur anderen Seite. »Das Richtige wäre es, die ganze Sache deinem Vater vorzutragen und seine Entscheidung zu akzeptieren.«

»Aber mein Vater ist nicht hier.«

»Dann reiß dich zusammen, bis du zurück bist.«

Ein Monat oder mehr mit zarten Angriffen. »Sicherlich seid ihr, Galeran und du, seine Stellvertreter hier.«

»O nein«, sagte Jehanne mit einem ironischen Lächeln. »Wir haben genügend Lasten zu tragen. Du könntest Lord William fragen, wenn du erwachsenen Rat brauchst.«

Aline wußte, daß Jehanne dachte, sie würde nicht auf ihren Vorschlag eingehen. Nur, um ihren Vermutungen zu widersprechen, sagte sie: »Warum nicht?« und wandte sich um, um zurück zu Galerans Vater zu reiten.

Stark wie ein Fels in seinem reich verzierten Sattel, mit fein gewobenem Mantel, der über die Hinterhand des Pferdes fiel, sah Lord William genauso aus, wie er war – ein mächtiger Baron und ein kluger Mann. Aline dachte, daß das vielleicht nicht die beste Idee war, aber sie würde keinen Rückzieher machen.

»Guten Tag wünsche ich Euch, Lady Aline«, sagte er. »Wie gefällt Euch unsere Reise bisher?«

Sie brachte ihr Pferd geschickt neben das seine. »Sie hat ihre Vergnügungen und ihre Schmerzen, Mylord.«

»Das ist bei den meisten Reisen der Fall.« Aber er hatte ein Glitzern in seinen Augen, das ihr verriet, daß er einige ihrer Freuden und Schmerzen kannte.

War es für jedermann so offensichtlich?

Sie fuhr fort: »Lord William, Jehanne schlug vor, daß ich mit Euch über eine persönliche Angelegenheit sprechen sollte.«

»In der Tat. Da ich hier der Anführer bin.«

»Und mein Vater ist weit fort.« Aline starrte angestrengt zwischen den Ohren ihres Pferdes hindurch. »Ich frage mich, ob Ihr Raoul de Jouray als einen Ehemann empfehlen könntet.« Dann sah sie ihn an, um seine Reaktion zu sehen.

Kluge braune Augen sahen sie prüfend an. »Für wen, Lady Aline?«

»Für jede Frau.«

»Das ist eine viel zu ungenaue Frage. Mit Sicherheit gibt es in Gottes großer Welt eine Frau für jeden Mann und einen Mann für jede Frau.«

Aline zog ihre Nase kraus. »Dann eben für mich.«

»Ah, nun gut. Es würde von seinem Besitz abhängen – wenn er Besitz außer seinem Pferd und seinem Schwert hat – und von dem, was Ihr in die Ehe einbringen könnt.«

»Besitz? Mitgift? Ist das alles, was zählt?«

»Überhaupt nicht. Aber ehe das nicht geklärt ist, macht es keinen Sinn, sich über anderes Gedanken zu machen.«

»Nun gut.« Aline straffte ihre Nerven und schloß zu Raoul auf.
»Ja, mein Kleines?« sagte er von der luftigen Höhe seines Pferdes.
»Es ist nicht meine Schuld, daß mein Pferd volle zwei Hände kleiner ist als das Eure!«
»Es ist auch nicht Eure Schuld, daß Ihr volle zwei Hände kleiner seid als ich. Es ist nur eine Feststellung. Seid Ihr nur hierhergeritten, um Euch mit mir über Größe zu streiten?«
»Nein. Ihr habt das Heiraten erwähnt. Ich denke, daß es Zeit ist, einige Details zu klären.«
Er sah sie von der Seite an. »Mein Erwähnen einer Hochzeit war eher hypothetisch.«
»So wie meine Frage über Einzelheiten.«
»Nun gut.«
»Habt Ihr irgendwelchen Besitz außer Eurem Pferd und Eurem Schwert?«
»Ja. Habt Ihr irgendwelchen Besitz, den Ihr in eine Ehe einbringen könnt?«
»Ja. Welchen Besitz habt Ihr?«
»Land in der Nähe des Hauses meines Vaters in Guyenne. Und Ihr?«
»Den Pachtzins von einem Anwesen in Yorkshire. Wieviel ist Euer Land wert?«
»Vielleicht fünfzig Goldmark im Jahr. Und Eures?«
»Ungefähr die Hälfte.«
»Das ist angemessen.« Der neckende Humor in seinen Augen hätte sie fast dazu gebracht, ihn anzulächeln, aber sie widerstand und ritt zurück zu Lord William.
Der ältere Mann hob seine Brauen. »Ihr werdet Euer Pferd ermüden, Lady Aline, wenn Ihr es zwingt, den doppelten Weg zu machen.«
Aline ignorierte die Bemerkung. »Es hat ein Anwesen in Frankreich, das das Doppelte meines Anwesens in Dower wert ist.«

»Das müßte überprüft werden, da es für einen Ausländer leicht ist, über solche Dinge Lügen zu verbreiten, aber wenn es wahr ist, dann ist er ein angemessener Gatte für Euch.«
»Aber da muß doch mehr als Geld sein.«
»Natürlich. Da ist das Temperament. Ein Haus voll mit Uneinigkeit und Mißverständnissen wird sehr ermüdend nach einer Dekade oder zweien.«
Aline sah nach vorne auf Raouls breiten Rücken. »Ich glaube nicht, daß das ein Problem sein würde.«
»Auch wenn er ein Auge auf andere wirft?«
Aline sah Lord William finster an. »Es ist nicht das Auge, das mir Sorgen machen würde.«
Seine Augen lachten, aber er sagte ernst: »Es gibt einige Frauen, die es nicht stört, wenn sich ihr Ehemann woanders Erleichterung verschafft, solange ihr eigenes Hausrecht nicht verletzt wird. Es gibt andere, die tief getroffen sind und vielleicht dazu getrieben werden, sich in der einen oder anderen Weise zu rächen. Das ist Temperamentssache.«
Und Aline sah es. Sie hatte immer von sich gedacht, sie sei eine ruhige, unkomplizierte Person, aber sie war sich überhaupt nicht sicher, ob sie ruhig bleiben konnte, wenn ihr Ehemann – wenn es Raoul wäre – sie betrog. »Ich danke Euch, Lord William. Ich werde darüber nachdenken.«
Sie ritt zurück an Jehannes Seite und war sich nur zu sehr bewußt, daß eine weitere Möglichkeit unerwähnt geblieben war – daß Raoul de Jouray ein treuer Ehemann sein könnte.

Galeran bemerkte in den nächsten Tagen seltsame Manöver zwischen Raoul und Aline, aber er schob den Gedanken daran beiseite. Er vertraute seinem Freund, daß er Aline heiraten würde, wenn es nötig wäre, und außerdem gab es wesentlich wichtigere Dinge, die er erledigen mußte.
Als sie sich London näherten, sprach der dicke Verkehr in Richtung der Stadt von der Aufregung um die Anerkennung

des neuen Königs. Je näher sie jedoch kamen, desto schlechter fühlte Lord William sich.
Während sie in Waltham einritten, sprach Galerans Vater leise: »Wenn wir erst einmal Henry unseren Eid geschworen haben, ist nicht mehr daran zu rütteln.«
»Henry wird ein besserer König als Robert.«
»Nicht, wenn er verflucht ist. Ich habe mich durch meine Abneigung gegen Bischof Flambard und die Besorgnis um dich dazu bringen lassen, Henry zu unterstützen, aber ich bin nicht sicher, ob das richtig ist, mein Sohn.«
Galeran sah seinen Vater an. »Du kannst nicht nach Westminster gehen und dann *nicht* für Henry schwören.«
»Ich weiß, ich weiß. Um ehrlich zu sein, fühle ich, daß sich fürchterliche Schmerzen ankündigen ...«
Als sie in einer Abtei zur Übernachtung einkehrten, hielt er sich bereits nur noch stöhnend und schwankend im Sattel.
Nachdem er zur Ruhe gekommen und von den Mönchen behandelt worden war, ging Jehanne hinüber zu Galeran. »Ist er wirklich krank?«
»Mit ein bißchen Glück wird er es sein, nachdem er diese Medizin genommen hat.« Galeran öffnete verwirrt eine Tasche. Er sah Jehanne an und bemerkte, daß sie bereits die Wahrheit erraten hatte.
Nachdem er sich versichert hatte, daß niemand in der Nähe war, sagte er: »Er hat sich mit dem Tod von Rufus nie abfinden können. Es war Flambards Einmischung in unsere Angelegenheit, die ihn dazu brachte, Henry zu unterstützen, dann blieb er dabei, um uns zu helfen. Nun jedoch schreckt er davor zurück. Seine Meinung – und er könnte damit recht haben – ist, daß kein Unternehmen, das auf Mord basiert, erfolgreich sein kann.«
»Kein Unternehmen, das von Bischof Flambard unterstützt wird, kann es wert sein!«
»Ich fühle dasselbe, aber es ist nicht logisch. Gute und böse Männer sind oft auf derselben Seite.«

»Was wird das für *uns* bedeuten, wenn dein Vater hier bleibt?«
»Solange er nicht öffentlich Roberts Anspruch unterstützt, könnte alles in Ordnung gehen. Henry wird versuchen, ihn zu werben. Hoffe ich.«
»Wir werden also ohne Lord William weiterreisen?«
»Natürlich. Wir müssen das klären, besser früher als später. Ich vermute, daß Henry jedem alles verspricht, um Unterstützung zu sammeln.«
Sie stieß einen aufgebrachten Seufzer aus. »Dein Vater hat recht. Bei einer Entscheidung sollte nicht allein die Zweckmäßigkeit den Ausschlag geben. Ohne mich hättet ihr beide eine freiere Wahl.«
Er berührte ihre Wange. »Jehanne, ich habe dir vergeben. Es wäre schön, wenn du dir auch vergeben könntest.«
Sie schloß ihre Augen, offensichtlich war sie einer Erschöpfung nahe, aber mehr seelisch als körperlich. »Das ist nicht so leicht. Denk nur, wie es hätte sein können ...«
Er hatte den schmerzlichen Wunsch, all ihre Wunden zu heilen, aber er konnte nicht mehr tun, als er bereits tat. »Es wäre nicht um vieles anders, Liebes, besonders was die Frage angeht, wer König sein sollte. Ich kenne Robert, und ich will nicht, daß er König von England wird, egal, wer den verfluchten Pfeil abgeschossen hat.« Er legte einen Arm um sie, um sie zu beschützen und zu führen. »Komm. Wir sollten Aline und Raoul finden, bevor sie Dummheiten machen.«
Die Abtei war allerdings mit nach London Reisenden gefüllt, daher war die Gefahr gering, daß Raoul und Aline Privatsphäre finden konnten, auch wenn sie es wollten. Tatsächlich saßen sie auf einer niedrigen Klostermauer und machten Musik mit billigen Schilfpfeifen.
»Raoul hat sie von einem Händler erstanden«, sagte Aline und machte einen kleinen Triller. »Da draußen auf dem Jahrmarkt ist eine Menge los, sagte er. Warum gehen wir nicht dorthin?«
Galeran und Jehanne tauschten Blicke aus, waren sich einig,

daß es besser war, als sich in einem der vollen Gästeräume herumzuärgern.

Die Abendschatten wurden länger, und die einheimischen Leute eilten nach Hause zum Abendessen, aber die Akrobaten und Jongleure waren noch draußen auf dem Platz vor der Abtei, in der Hoffnung, ein paar Pennies zu verdienen, und einige Händler hatten ihre Waren noch nicht wieder verpackt. Galeran kaufte Pasteten von einem Bäcker, und sie aßen, während sie zwischen den improvisierten Ständen herumwanderten und sich an Töpfen und Platten, Perlen und Schnitzereien, Schuhen und Hüten erfreuten.

Ein Händler bot feine Seidenballen feil, aber die Reisenden waren nicht in der Stimmung, sich mit so etwas zu beladen, also versuchte er sie dazu zu verführen, Bänder zu kaufen. Galeran kaufte Jehanne eine Elle von dem blauen und Raoul wählte für Aline weißes Band.

Aline wußte, daß sie vor dem prächtigen Südländer, der niemals der ihrige sein würde, auf der Hut sein sollte, aber sie wollte ein Geschenk von ihm, das sie durch die langen, einsamen Jahre begleiten konnte.

»Für die Reinheit«, sagte er mit einem neckenden Grinsen, während er das lange Band geschickt zu einer kunstvollen Schleife band.

»Ein wenig verworrene Reinheit«, bemerkte sie, als sie es nahm.

»Hübsch, rätselhaft, herausfordernd. Wie Ihr.«

Aline schenkte ihm einen wachsamen Blick. »Ist heute ein Tag für Schmeichelübungen, Sieur Raoul?«

»Erraten! Ich freue mich, einen geistesgegenwärtigen Gegner zu haben.«

Ihr Herz schlug schneller, doch sie feuerte zurück. »Dann muß ich gestehen, daß auch Ihr attraktiv und herausfordernd seid. Allerdings nicht wirklich rätselhaft. Eure Absicht ist eindeutig.«

»Ist sie das? Sie ist nicht einmal mir klar, süße Aline.«
»Dann habe ich wirklich Grund, besorgt zu sein.«
»Ja, das habt Ihr.«
Sie spielte mit den hübschen weißen Bändern. »Mir scheint, ich bekomme so viele von diesen nicht gerade hilfreichen Warnungen. »Also«, sagte sie und sah ihn an, »hier bin ich sicher in den Mauern meiner Keuschheit, in meinem Entschluß. Unwahrscheinlich, daß ich die Tore nur wegen schöner Worte öffne. Was würde also ein böser Angreifer – ein hypothetischer böser Angreifer – tun, um mich zu treffen? In welchen Geschicken brauche ich als nächstes Unterweisung?«
»Ich beginne zu denken, daß ich mir selbst eine unerschütterliche Festung bauen und mich da hineinkuscheln sollte! Wie dem auch sei«, sagte er und schob sie zu einem anderen Stand, »eine Möglichkeit für Euren Feind wäre, eine Belagerung zu beginnen, und das könnte lange dauern.«
Als sie an einem Blechschmied vorbeigingen, fragte sie: »Ist mein Festung die Zeit nicht wert, Sir?«
»Zweifellos, aber Zeit ist nicht immer verfügbar. Was wäre, wenn man sich Eurer Oberlehensherrlichkeit mit Truppenunterstützung annähert?« Er warf einen bedeutungsvollen Blick auf Galeran und Jehanne, die anhielten, um einem Feuerspucker zuzusehen.
»In diesem Fall nehme ich an, daß mein Feind seine Zelte abbrechen müßte. Es sei denn, er könnte eine schnellere Art des Angriffs finden.«
»Ihr habt ein exzellentes Verständnis für Kriegsführung, Lady Aline! Aber eine so gut beschützte Festung ohne Umschweife anzugreifen, wäre selbstmörderisch, denkt Ihr nicht?«
Sie sah ihn an. »Dann bin ich sicher? Ich dachte nicht, daß Krieg so leicht wäre.« Oder so enttäuschend. Aline war sich dessen bewußt, daß sie nicht wollte, daß ihr Belagerer seine Zelte abbrach und fortritt, um ein leichteres Ziel zu suchen. Ganz und gar nicht.

Er lehnte sich gegen den Wagen des Blechschmieds. »Kein Schloß ist sicher vor einem wild entschlossenen Angreifer. Mit der Zeit könnte der Angreifer die Mauern unterminieren, sich hindurchgraben, die Gänge mit Holz abstützen, um dann Feuer zu zünden, um sie abzubrennen.«
Aline war sehr stark versucht, ihre Hand auf seine breite Brust zu legen. Würde ein belagertes Schloß jemals die Tore öffnen und zu einer Eroberung einladen? »Aber unser hypothetischer Angreifer hat ja keine Zeit ...«
Er nahm ihre Hand, strich mit seinem Daumen sanft über ihre Haut. »In welchem Fall er einen Angriff aus der Entfernung beginnen könnte. Er würde Kugeln benutzen und versuchen, die Mauern niederzuschießen.«
»Das hört sich für mich ziemlich gefährlich an. Würde ich nicht auf den Mauern sein und zurückschießen?«
»Und wir alle wissen, wie hervorragend Ihr Euch mit Mauern auskennt ...«
»Oh«, sagte sie und verzog die Lippen, »Ihr würdet Euch selbst auf mich werfen?«
Als er aufgehört hatte, zu lachen, hob er ihre Hand und küßte sie. »Eine andere Art, sich anzunähern, ist natürlich Verrat.«
Er umfaßte ihre Taille und zog sie hinter den Wagen, so daß sie in Sekundenschnelle außer Sichtweite von den anderen war, gefangen durch seinen Körper in einer dunklen Ecke, seine Hand erstickte ihren Schrei.
Aline starrte zu ihm hinauf, sowohl verängstigt als auch erregt. Jehanne hatte sie gewarnt. Würden die Warnungen jetzt wahr werden?
Er nahm seine Hand von ihrem Mund, aber sofort bedeckte er sie mit einem heißen, überwältigenden Kuß, der nichts mehr mit höfischem Werben zu tun hatte, sondern nur noch mit Eroberung.
Er preßte sich mit seinem stählernen Körper gegen sie, erstickte sie mit seiner Kraft und Bedrohlichkeit und einem würzigen

Duft von Pferd und Leder. Dann, plötzlich, mit einer Bewegung zog er ihre Röcke hoch und drängte seinen Oberschenkel zwischen ihre. Trotz ihres erstickten Schreies, hob er einen Fuß auf das Wagenrad, so daß ihre Füße den Boden verließen.
Sie mußte an seinen Schultern Halt suchen, da sie gespreizt und offen gegen ihn hing.
Dann schoß eine heiße Welle durch sie durch.
Von Panik erfaßt, drückte sie verzweifelt gegen seine Brust, aber all ihre Kraft bewegte ihn nicht um einen Zentimeter. Er bewegte nur sein Bein unter ihr und öffnete ihren Mund, überwältigte sie mit Zunge und Schenkeln und Armen, bis ihr Widerstand schwächer wurde und sie kaum noch denken konnte, geschweige denn kämpfen.
Dann küßte sie ihn zurück und fand, daß Aufgabe viel lohnender war als Widerstand ...
Dann, endlich, erlöste er ihre Lippen und küßte ihre Nasenspitze. »Bist du jetzt erobert, kleines Schloß?« Es war weniger eine Frage als eine selbstgefällige Feststellung.
Aline piekte ihm mit dem Messer in den Rücken, das sie aus seiner Scheide gezogen hatte. »Und *du*?«
Ein Schock wischte sein Lächeln fort, aber dann kam es langsam zurück, obwohl seine Augen jetzt viel mehr auf der Hut waren. »Eine Finte, dann der Angriff. Exzellente Taktik. Es birgt Gefahr in sich, Gefangene zu machen.«
Aline betete um eine feste Stimme, trotz ihrer absurden Position, sie hing immer noch auf seinem Bein. »Ich kann mit dir umgehen, Raoul de Jouray. Ich werde dich gegen Lösegeld gehen lassen, solange, bis« – sie schob das Messer ein wenig näher an ihn, so daß er zischte – »ihr zugebt, daß Ihr noch mehr überwältigt von diesem Angriff wart als ich.«
»Bei weitem mehr, mein fairer Gegner. Sonst hättet Ihr nicht mein Messer gehabt.«
Sie hatte keine so vollständige Kapitulation erwartet.
Wachsam bewegte sie das Messer, wartete auf Verhandlungen.

Aber er setzte sie nur einfach wieder auf den Boden, trat dann zurück und reichte ihr seine Hand. Sie legte das Messer hinein und ordnete ihre Kleidung, sich eines heißen Schmerzes beunruhigt bewußt, dort, wo sein Schenkel gewesen war, ein Schmerz, der sie wünschen machte, seinen Gürtel zu ergreifen und ihn zu sich zurückzuziehen. Sie sah zu Boden, konzentrierte sich darauf, ihr Kleid in Ordnung zu bringen.

»Du bist eine bemerkenswerte Frau, Aline von Burstock.«

Sie sah auf. »Weil ich von deinen Küssen völlig verwirrt war?«

»Weil du auch bei Vergnügungen immer deinen Verstand wach sein läßt.« Er ließ das Messer langsam, sehr langsam in seine juwelenbesetzte Scheide gleiten. »Leugnest du das Vergnügen, Aline?«

Sie wollte, aber ihr trockener Mund und ihr schmerzender Schritt sagten anderes. Sie hatten eine weitere Schicht abgestreift, und Lügen war nicht länger möglich. »Nein, ich leugne es nicht. Aber ich bin verärgert darüber, daß du erwartet hast, unberührt zu bleiben.«

»Das habe ich niemals erwartet. Ich habe eher deine Rüstung unterschätzt. Also«, sagte er mit seinem üblichen warmen Lächeln, »ich bin dein Gefangener. Was für ein Lösegeld willst du?«

»Was schlägst du vor?«

»Ts, Aline, das ist dumm.«

»Überhaupt nicht«, sagte sie lächelnd.

Er drückte sie zurück an den Wagen, aber dieses Mal sanft. »Hundert Küsse.«

Sie starrte zu ihm hinauf, schmolz bereits unter seiner Nähe dahin. »Unsere Lippen würden sich abnutzen.«

»Wir könnten dreihundert über viele Jahre verteilen.«

Sie sah auf seine Brust und sah ein feines Stück goldener Stickerei um einen funkelnden gelben Stein. Sein ausgefallenes, farbenfrohes Gewand erinnerte sie daran, daß er ein Ausländer war. »Aber vor Wintereinbruch wirst du im Land der Trauben und Mandelblüten zurück sein.«

»Du könntest mit mir kommen.«
Das waren die Worte, die sie hören wollte, aber nun machte die Wirklichkeit ihr angst. »Nein, das könnte ich nicht.«
»Warum nicht?«
»Ich könnte nie mein Zuhause, meine Freunde, meine Familie verlassen.«
»Aha.« Er klang beunruhigend ruhig. »Nun gut, es ist wahrscheinlich ebensogut, wenn wir unsere Spielchen abhaken und uns auf die Angelegenheit unserer Freunde konzentrieren. Jehanne und Galeran brauchen uns mit klarem Kopf und bereit, zu handeln ...«
Seht an, wie wenig es ihm ausmachte! Sie wand sich aus seinen Armen. »Ganz genau. Also, keine weiteren Angriffe, Sir. Ihr könnt sehen, daß ich eine gutgeschützte Festung bin.«
»Genau. Bis eine starke Macht gegen Euch anrückt.«
Sie ging um den Wagen, zurück ins Licht und kämpfte gegen die Tränen an. Er hätte wenigstens versuchen können, sie umzustimmen.
»Aline ...«
Seine Berührung auf ihrem Arm ließ sie im Schatten erstarren. Sie sprach jedoch nicht, wartete, ihr Herz schlug ihr bis zum Hals. Vielleicht würde er jetzt bitten.
»Werde nicht Nonne.«
Mit zusammengebissenen Zähnen ging Aline weiter ins Licht hinein. Sie schauderte vor der Gefahr und bei der Erinnerung an Raouls sinnlichen Angriff. Sie hatte ihr Leben damit verbracht wasserzutreten, und war jetzt dabei, auf die rauhe See hinauszutreiben, die sie sowohl erregte als auch ängstigte. Schlimmer noch, er schien nicht mit ihr hierbleiben zu wollen. Wenn er sie nicht wollte, welches Recht hatte er zu wollen, daß sie den Schwur nicht ablegen sollte?
Recht oder nicht, er war dabei, zu gewinnen.

Galeran hatte gesehen, wie Raoul Aline hinter den Wagen zog und bemerkte auch, als die beiden wieder hervorkamen, den gekränkten Ausdruck von Alines festem Kinn. Er hätte eher angenommen, daß sie benommen geküßt worden wäre. Was ihn insbesondere interessierte, war jedoch der Ausdruck auf Raouls Gesicht. Er sah benommen für zwei aus.
Jehanne hatte es ebenfalls bemerkt. »Er sollte wirklich nicht ...«
»Sie ebensowenig.«
»Er ist viel erfahrener!«
»Das ist wahr, aber Aline hat ihre Augen nicht verschlossen.«
»Solange das alles ist, was sie offen hat.«
Galeran hob die Brauen gegen seine Frau. »Ich kann mir nicht vorstellen, daß Aline ihre Jungfräulichkeit in einem kurzen Zusammentreffen hinter einem Wagen aufgibt, Jehanne.«
Sie lachte und schüttelte ihren Kopf. »Ich weiß, ich weiß. Und bei all unseren Sorgen weiß ich wirklich nicht, warum ich mich über sie aufrege.«
Er legte seine Hand auf ihren Nacken und streichelte sie. »Vielleicht weil es leichter ist, als sich über ernstere Dinge aufzuregen. Wir sollten morgen in London sein.«
Er fühlte wie sie zitterte. »Ich denke, ich wäre glücklich, wenn wir immer so weiterreisen könnten. Ich habe Angst, Galeran.«
»Zu Recht.« Er hörte nicht auf, ihren verspannten Nacken zu massieren. »Möchtest du, daß wir ein Schiff nehmen? Zweifellos würde Raoul uns in Guyenne Unterschlupf gewähren.«
Sie wandte sich um, um ihn anzusehen, ihre Schönheit wurde noch durch die Flammen des Feuerschluckers gesteigert. »Das würdest du tun? England für mich verlassen?«
Er fuhr mit seinem Daumen über ihre wunderschöne Wange. »Ich würde alles für dich tun.«
»O Galeran! Das ist so verführerisch. Ich habe fürchterliche Angst, dich sterben zu sehen.«
»Du hast Angst um mich? Ich habe Angst, daß dir eine Strafe

auferlegt wird. Es ist, wie du sagst, sehr verführerisch wegzulaufen.«
Ihr Gesichtsausdruck verstärkte sich. »Aber eine Sünde. Wir dürfen es nicht tun.«
»Nein, ich denke auch nicht, daß wir es dürfen. Ich hoffe, wir werden es nicht bereuen.« Er küßte sie leicht auf die Lippen. »Aber ich bedaure unseren Schwur.«
»Das tue ich auch.« Mit einem boshaften Blick drängte sie sich ein wenig enger an ihn und berührte seine Brust. »Soll ich also Eva spielen? Dort hinter dem Wagen ist offensichtlich eine dunkle Ecke.«
Sein Mund wurde trocken. Würde sprach dagegen, aber er zog sie sanft hinüber zu dem Wagen und dahinter, zu dieser dunklen, abgeschiedenen Ecke.
»Nicht Eva«, flüsterte er und lockerte seine Hose. »Nur Jehanne.« Dann war er in ihrer heißen Feuchte, ihre Beine lagen eng um ihn, ihre Hände griffen seine Schultern, als ihr Körper mit seinem verschmolz.
»O Gott«, stöhnte er, er wußte, daß seine Stöße ihren Rücken wahrscheinlich gegen den Wagen drängten. »Wir sind verrückt.«
»Hör nicht auf. Hör bitte nicht auf!«
Er hatte keine Ahnung, wie sie darauf kam, daß er aufhören könnte. Die Welt um ihn herum könnte zusammenbrechen, und er könnte trotzdem nicht aufhören, bevor er seinen Samen in sie verströmt hätte.
Als sein Pulsschlag sich normalisiert hatte und er sie langsam zurück auf den Boden gleiten ließ, bemerkte er, daß sie keine Erleichterung gefunden hatte. Sie beschwerte sich nicht, aber als er seine Hand zwischen ihre Schenkel gleiten ließ, spreizte sie sie und lehnte sich gegen ihn. In Sekunden stockte ihr Atem und ihre Finger krallten sich tief in sein Fleisch. Dann vergrub sie auch noch ihre Zähne in ihn, um ihre Schreie zu unterdrücken.

Er fühlte, wie er wieder hart wurde. In einem ruhigen Bett wäre er wieder in ihr gewesen, ehe sie sich erholt hätte, und es war ein verlockender Gedanke, aber genug war genug. Er trank den Rest ihrer Leidenschaft von ihren Lippen, dann führte er sie in einem großen Bogen herum, in der Hoffnung, daß niemand bemerken würde, wer den Wagen zum Schaukeln gebracht hatte.

Als sie in der Menge untertauchten, sah Jehanne noch immer berauscht aus. Galeran dachte fast freundlich über die Probleme, die sie zum Wagen des Blechschmieds in Waltham geführt hatten, daß sie zum ersten Mal Liebe auf diese Weise gemacht hatten, in wilder, heimlicher Not.

Aber es gab zu viele Risiken für ihn, um dankbar zu sein. Es waren diese Risiken, sein Tod eingeschlossen, die sie in diese kurze Verrücktheit getrieben hatten. Er würde etwas um Sicherheit und tägliche Liebe in einem Bett geben.

Als sie mit Raoul und Aline zusammentrafen, warf ihm sein Freund ein wissendes Grinsen zu, und Galeran konnte fühlen, wie er rot wurde.

Wenigstens hatte Aline nichts bemerkt. Sie schien von einem Schwertschlucker gefesselt. Wie man nur etwas so Unsinniges tun konnte?

»Vielleicht hatte er keine Wahl«, sagte Galeran und warf dem Mann eine Münze hin. »Vielleicht ist es einfach seine Bestimmung.«

»Oh. Wie eine Berufung«, sagte Aline und sah Raoul dabei nicht an.

Und als Galeran Raoul fragend ansah, schien es, daß sein Freund einfach sehr nachdenklich war, sogar unglücklich.

Fünfzehntes Kapitel

Am nächsten Morgen besuchte Galeran seinen Vater, der angestrengt versuchte, krank auszusehen.

»Es ist besser so«, sagte Lord William. »Laß Henry im unklaren, was uns angeht.«

»Nicht schwierig, wenn du nicht weißt, was du tun willst.«

»Schimpf nicht mit mir, Junge! Am Ende wird alles, was von Bedeutung in dieser Welt ist, doch nur unsere Ehre und unsere Seele sein. Ich werde darüber nachdenken müssen.«

»Ich verstehe das, Vater.«

»Paß auf Flambard auf. Er wird tun, was er kann, um uns zu vernichten.« Lord William ergriff seine Hand. »Ich werde für dich beten.«

Galeran ging hinaus und stieg auf sein Pferd, erinnerte sich daran, daß er an Gebete geglaubt hatte und an einen gerechten, aber gnädigen Gott. Er hätte trotzdem seinen Vater lieber an seiner Seite gehabt. Kein Monarch würde William von Bromes Unterstützung zurückweisen, wenn sie ihm angeboten würde. Ein Monarch dagegen, der sich ihrer nicht sicher ist, könnte möglicherweise entscheiden, daß es das beste wäre, die Macht dieser Familie vollkommen zu zerstören.

Er konnte sich vorstellen, wie Bischof Flambard darauf hinarbeitete.

Die Straße nach London wimmelte von Quacksalbern, Händlern, Adelsleuten und Lords, dazwischen zweifellos alle Arten von Dieben. Sie hätten die Pferde benutzen können, um sich einen Weg zu bahnen, aber mit Frauen und einem Baby in ihrer Mitte war das nicht so einfach, also ließen sie sich vom langsamen Strom treiben. Das erinnerte Galeran wieder an seine Gedanken über das Schicksal. Er war dankbar, daß er wenigstens eine Unterkunft hatte. Raoul hatte entfernte Verwandtschaft – Weinhändler –, die in der Stadt lebte, und er hatte einen Boten vorausgeschickt, um ihre Gastfreundschaft zu erbitten. Sie hatten gerade die Nachricht erhalten, daß Hugo und Mary sich freuen würden, ihre Gruppe zu beherbergen, obwohl sie warnten, daß der Platz eng werden könnte.

Schon wieder keine Möglichkeit für eine friedliche, intime Nacht mit seiner Frau, fürchtete er. Galeran stellte fest, daß er sein friedliches Leben auf Heywood mehr denn je wollte. Es war so nah – so zum Greifen nahe – und doch konnte es durch eine Laune des Königs zerstört werden.

Es schien kaum möglich, aber innerhalb der Stadtmauern war das Gedränge noch schlimmer. Auf den Plätzen drückte die Menschenmenge derartig, daß Galeran seinen Männern befehlen mußte, die Pferde und die Peitschen zu benutzen, um die Blockade zu durchbrechen. Es kostete sie Stunden, um die Corser Street zu erreichen. Ihre Gastgeber entschuldigten sich für den begrenzten Platz in ihrem kleinen Haus, aber Galeran wußte, daß sie noch Glück hatten.

Während Jehanne und Galeran ihre Gruppe auf die zwei verfügbaren Räume aufteilten, die Diener und Wachen mußten draußen im Schuppen hinter dem Haus schlafen, übernahm Raoul die Aufgabe, nach neuen Nachrichten Ausschau zu halten.

Er kehrte nach einer Stunde mit einem Korb voller Kuchen und einem Netz voller Kirschen zurück. »Der König hält im Freien Hof«, sagte er und klopfte sich den Staub von der Kleidung. »Natürlich ist der Grund dafür, Huldigung von so vielen Menschen wie möglich zu erhalten.«

»Wie ist die Stimmung dort draußen?« fragte Galeran und schenkte seinem Freund etwas von Hugos Wein ein.

»Vorteilhaft für Henry, würde ich sagen. Euer alter König William war hier nicht beliebter als im Norden, und die Grundstimmung scheint positiv zu sein. Besonders da König Henry an seinem Krönungstag diese besondere Erklärung abgegeben hat, daß er die alten Gesetze wieder in Kraft treten lassen will.«
Jehanne war mit dem Baby fort, aber Aline war anwesend und bemühte sich, das Netz mit den Kirschen zu entwirren. Sie hielt in ihrer Arbeit inne und runzelte die Stirn. »Ich hoffe, er ist kein *zu* großer Freund von Recht und Ordnung.«
»Warum nicht?« fragte Raoul und schlenderte zu ihr hinüber, um das Netz mit seinem Messer aufzuschlitzen. Galeran bemerkte, daß sogar diese einfache Handlung zwischen den beiden eine große Spannung und verfärbte Wangen erzeugte. Wie Aline immer noch denken konnte, daß sie ein Klosterleben wollte, war ihm ein Rätsel. Aber vielleicht, wenn Raoul sich ihr nicht zuwenden würde …
Aline nahm eine Kirsche und entfernte sich von Raoul. »Was, wenn der König Gesetze gegen Ehebruch erlassen möchte?«
Raoul spießte eine Kirsche mit der scharfen Spitze seines Messers auf. »Ist das wahrscheinlich?« fragte er Galeran, dann steckte er sich die Kirsche in den Mund. Er wandte seinen Blick nicht von Aline.
Die Wangen kirschrot, stopfte sie sich ihre Kirsche in den Mund.
»Ich hoffe nicht«, sagte Galeran und hatte das Bedürfnis, die Köpfe der beiden gegeneinander zu schlagen. »Niemand hat Henry Beauclerk jemals beschuldigt, weichherzig in seiner Rechtsprechung zu sein.«
»Hah!« Aline spuckte den Kirschkern in ihre Hand und sah Galeran an. »Eine Untertreibung. Er warf einen Mann eigenhändig von den Zinnen in Rouen, weil er ihm widersprochen hatte!«
»Eine eindeutige Lektion darüber, was passiert, wenn man dem Willen von Prinzen widerspricht.«

Alines dichte Brauen senkten sich. »Ihr könnt das nicht wirklich lustig finden.«
»Nein, natürlich tue ich das nicht. Wir müssen Henrys Vernunft und seinem Wunsch, meinen Vater auf seiner Seite zu haben, vertrauen. Raoul, hast du etwas anderes Interessantes herausgefunden?«
Raoul steckte sein Messer in die Scheide. »Nicht wirklich. Ich fragte nach Raymond von Lowick, aber niemand wußte etwas über ihn. Nicht wirklich erstaunlich. Ich hörte jedoch Nachrichten über den Bischof von Durham. Er ist gestern hier angekommen.«
»Flambard ist schon hier?« sagte Galeran mit einem Schauer des Unbehagens. »Ich habe gehofft, er würde langsamer vorankommen. Ich bin sicher, daß er unserem Feind zur Seite steht. Abgesehen von seinen Ambitionen im Norden wird er uns niemals vergeben, daß wir seine Pläne durchkreuzt haben.«
»Er könnte bereits zahnlos sein. Es war nach zwei Worten klar, daß er ein verhaßter Mann ist.«
»O ja, das ist er. Aber Haß hat ihn bisher nicht gestoppt. Er scheint fast die magische Fähigkeit zu besitzen, Problemen aus dem Weg zu gehen.«
»Du suchst dir interessante Feinde aus«, sagte Raoul und schnitt eine Grimasse. »Und niemand, den ich gesprochen habe, war sicher, daß seine Tage vorbei sind. Seine Anziehungskraft scheint seine seltene Gabe zu sein, Geld einzutreiben. Welcher König kann das außer acht lassen?«
»Henry wird es nicht wagen, jemand so Unbeliebtes zu unterstützen«, sagte Galeran, aber wieder versteckte er lediglich seine Befürchtungen. Ranulph Flambard war ein sehr kluger Mann, und wie Raoul gesagt hatte, Könige hatten eine Vorliebe für Männer, die sie mit Geld versorgen konnten.
Raoul zuckte die Achseln. »Ich nehme an, du wirst morgen zum Hof gehen und um eine Audienz ersuchen. Wir sollten bis dahin bessere Informationen haben.«

Bei diesen Worten kam Jehanne herein, das zufriedene Baby auf dem Arm. Ihr blasses Gesicht wurde noch besorgter. »Morgen? So bald?«

Galeran ging zu ihr und legte einen Arm um sie. »Wir sind nicht hierhergekommen, um Däumchen zu drehen, Liebes.«

»Oh, ich weiß«, sagte sie, das Baby nervös schaukelnd. »Aber ich kann nicht umhin, mir Sorgen zu machen. Ich wünschte, ich könnte mit dir kommen ....«

»Ich glaube nicht, daß das helfen würde.«

Sie schnitt eine Grimasse. »Ich weiß, ich weiß. Ich fühle mich nur so *hilflos*. Kann ich wenigstens mit dir die Strategie besprechen?«

Das würde sie sicherlich beruhigen, also stimmte Galeran zu. Raoul breitete seine Kuchen und Kirschen aus, und die vier setzten sich, um zu essen und Pläne für den Morgen zu besprechen, obwohl es keine wirklichen Alternativen gab. Galeran würde seine beste Kleidung anlegen, Geschenke mitnehmen – Dinge aus dem Heiligen Land eingeschlossen – und hoffen. Wenn der König ihm eine private Audienz gewährte, dann würde er ihm die Situation erläutern.

Es sei denn, er gewönne den Eindruck, daß jemand vor ihm dagewesen wäre und Fallen ausgelegt hätte. Aber er sagte das nicht, da er keine Strategie für diese Situation parat hatte.

Als er und Raoul in das Zimmer gingen, das für sie bereitgestellt worden war, fragte Galeran: »Möchtest du morgen mitkommen?«

»Es könnte besser sein, wenn ich zurückbliebe, um die Frauen zu bewachen.«

»Ich denke, je weiter du dich von den Frauen fernhältst, desto besser.«

Raoul betrachtete sein Bett als sei es ein Wunder. »Ich habe sie gefragt, ob sie mich heiraten würde.«

»Und sie hat nein gesagt?« Galeran wußte nicht, was ihn mehr überraschen würde.

»Sie will ihr Zuhause nicht verlassen.«
»Das ist Dummheit. Ich bin sicher, du kannst sie überzeugen.«
»Ich wünschte, ich wäre ebenso sicher. Also«, fügte er brüsk hinzu, »du möchtest, daß ich dich begleite.«
»Warum nicht? Lowick wird kaum versuchen, das Baby aus diesem überfüllten Haushalt zu stehlen, und Flambard hat hier keine Rechtsprechung. Ich würde es schätzen, deine Meinung über Henry Beauclerk zu kennen.«

In dieser Nacht klopfte Raymond von Lowick an die Tür des luxuriösen Hauses des Bischofs von Durham, in der Nähe von Westminster. Eine bewaffnete Wache öffnete sie, zweifellos war das für eine derart unbeliebte Person notwendig. Seit er in London angekommen war, hatte Raymond bemerkt, wie unbeliebt Flambard war. Er wünschte, er müßte sich nicht mit einem solchen Mann abgeben, aber wer sonst könnte ihn gegen William von Brome unterstützen?
Es war für Jehanne, erinnerte er sich selbst. Die schöne Jehanne, die zu ihrer Ehe gezwungen worden war, obwohl sie mit ihm so gut wie verlobt war. Jedenfalls hatte der alte Fulk das ein- oder zweimal erwähnt.
Und jetzt war sie in Gefahr. Galeran wartete mit Sicherheit nur seine Zeit ab. Er hatte sein wahres Gesicht gezeigt, als er Jehanne niedergeschlagen hatte. Raymond verfluchte sich selbst dafür, daß er sie zurückgelassen und solcher Gewalt ausgesetzt hatte.
Und was war mit dem Kind? Raymond liebte das Baby wirklich, oder so, wie jeder Mann eine so kleine Kreatur lieben konnte. Sie war sein erstes Kind, soweit er das wußte, und es war eine Sache der Ehre, es zu schützen. Galeran war ein guter Mann, aber kein Mann könnte jemals den Ursprung eines solchen Kindes vergessen. Im günstigsten Fall würde er sie einem Bauern zum Aufziehen geben.
Raymond wünschte, daß es keine Toten geben würde, aber er

fürchtete, daß es keinen anderen Weg gab. Er konnte sich keinen anderen Weg vorstellen, Jehanne und Donata zu schützen.

Und Heywood zu bekommen. Daß war ein weniger edles Ziel, das wußte er, aber es brannte ihm ebenso unter den Nägeln.

So wie König Henry England seit seiner Geburt als sein Eigentum betrachtet hatte, so hatte Raymond Heywood von dem Moment an, als der letzte Sohn von Fulk gestorben war, als seines betrachtet. Er war Fulks Favorit. Er war anerkannt als einer der besten jungen Krieger im Norden. Wer sonst hätte es verdient, Jehanne zu heiraten?

Als sich Fulks Interesse Brome zugewandt hatte, hatte Raymond das schwache Interesse seines Freundes Eustache in den Heiligen Krieg gegen die Mohren angestachelt. Das war leicht und hatte die Fronten geklärt.

Hatte er jedenfalls gedacht.

Als er dann sah, wie Heywood und Jehanne diesem dürren Zwerg Galeran übergeben wurden, da kam ihm fast die Galle hoch. Es war nicht richtig. Es konnte nicht richtig sein. Gott hatte das gezeigt, indem er Galeran bis zu dem Kreuzzug einen Sohn verweigerte, und dann wieder, indem er ihm diesen Sohn nahm, um Raymond seine Chance zu geben.

Als Raymond zum Bischof geführt wurde, war er sich wieder einmal in seinem Glauben sicher. Es war Gottes Wille, daß er Heywood, Jehanne und Donata haben sollte. Auch um den Preis von Galeran von Heywoods Leben.

»Mein Lord Bischof, willkommen in London ...«

Es kostete Galeran und Raoul den halben nächsten Morgen, um aus der ummauerten Stadt heraus und entlang der Windung der Themse zur Westminster Hall zu kommen, wo der König seinen Hausstand hatte und Hof hielt. Die aufgewühlte Straße war voll von herrschaftlichen Zügen, hoffnungsvollen Händlern und den vielen Neugierigen. Der Stau wurde noch durch ungenehmigte Stände, die an jeder Straße entlang standen, und durch eine kleine Armee von Bettlern verschlimmert. Der Fluß hätte eine Alternativstrecke sein können, wenn man davon absah, daß auch er mit allen Arten von Schiffen bevölkert war und daher noch gefährlicher war als die Straße.

Truppen von Soldaten bahnten sich regelmäßig ihren Weg durch die Menge, um die Stände abzureißen und die Bettler fortzujagen, aber sobald die Wachen weiterzogen, strömten die Hausierer und Bettler zurück, überschütteten die vorbeigehenden Herrschaften mit ihren Anliegen, so daß der Lärm körperliche Schmerzen verursachte.

Es war wie durch Dreck zu schwimmen, dachte Galeran benommen und warf einem Krüppel, der echt aussah, einige Münzen zu.

Endlich tauchte vor ihnen der große freie Platz um die große Westminster Hall auf, daneben das Schwestergebäude, König Edwards noble Abtei. Auch hier hatten sich Menschen in beträchtlicher Anzahl versammelt, aber die Bedeutsamkeit des Platzes ließ die Menschen den Lärm auf ein Minimum reduzieren.

Woher kamen die vielen Hausierer, fragte sich Galeran, als ihm ein Mann Pferdeklingeln feilbot und deren Qualität rühmte.

Hier gab es dennoch so etwas wie Organisation. Einige sehr disziplinierte, bewaffnete Wachen kontrollierten das Gelände, und an einer Seite waren Stände aufgebaut worden, an denen die herrschaftlichen Besucher ihre Pferde abgeben konnten. Die Neugierigen und die eher ungesitteten Händler wurden regelmäßig zurückgetrieben, aus dieser Enklave hinaus in die überfüllten Straßen.

Als er Raum zum Atmen hatte, begann Galeran, das alles interessant zu finden. Er war erst einmal zuvor in London gewesen – um sich dem Kreuzzug anzuschließen. Dieses Mal schien die Atmosphäre anders zu sein. Die Stimmung war heiterer, und unter dem Chaos waren Grenzen und Gesetzmäßigkeiten zu spüren. Das könnte bereits die Natur des neuen Königs widerspiegeln, und er mußte herausfinden, ob es Gutes oder Schlechtes versprach. Eine heitere Stimmung war sicherlich gut, aber wie sie am vorangegangenen Tag besprochen hatten, wäre eine zu starke Neigung für Recht und Ordnung in ihrem Fall nicht die beste Sache.

Er führte seine Gruppe hinüber zu den Ställen, und sie gaben ihre Pferde in die Pflege der Stallburschen.

Dann kam ein Geistlicher zu ihnen, der Wachstafeln trug. »Eure Namen bitte, wenn Ihr so freundlich wäret?«

Galerans Nerven spielten verrückt, aber er antwortete ruhig. »Galeran von Heywood in Northumbria und Raoul de Jouray aus Guyenne.«

Der Mann notierte ihre Namen, ohne das Gesicht zu verziehen. »Seine Majestät König Henry ist äußerst befriedigt, daß so viele ihm wegen seiner Thronfolge ihre Huldigung überbringen wollen. Die pure Anzahl macht es ihm jedoch zur Zeit unmöglich, Privataudienzen zu geben. Wenn Ihr die Halle betreten wollt, meine Herrschaften, der König wird von Zeit zu Zeit hindurchgehen.«

Er ging weiter, um die nächste Gruppe zu begrüßen.

»Sehr interessant«, sagte Raoul, während sie in die Richtung des großen, hölzernen Gebäudes schritten, das mit filigranen, bemalten Schnitzereien und Bannern verziert war. »Dein Henry scheint Organisation zu mögen.«

»Und er scheint gut darin zu sein, was wichtiger ist. Wenn seine Halle voll von Menschen wäre, die alle danach dürsten, eine Chance zu bekommen, sich einen Moment allein mit dem König zu unterhalten, wären die Gefühle viel griesgrämiger. Auf diese Weise hier werden diejenigen, die keine Audienz erhalten, nicht so sehr verstimmt sein.«

Raoul grinste. »Du denkst wie ich. Die Namen werden dem König gebracht, und er sucht sich aus, wen er sehen will. Nun, laß uns hineingehen und sehen, ob du erwählt wirst.«

»Wahrscheinlich nicht. Mein Vater wäre es, aber ich habe nicht seine Macht.«

»Du bist sein Sohn.«

»Wenn das überhaupt jemand weiß. Ich hätte das erwähnen sollen, aber ich bezweifle, daß es hier heute überhaupt eine Chance gibt, eine Privataudienz zu bekommen. Wir könnten einige Wochen warten, und das wäre keine so schlechte Sache.«

»Oder vielleicht willst du nur diesem Moment aus dem Weg gehen. Wenn es sein muß, könnte ich euch Unterschlupf in Guyenne gewähren.«

Das war das erste Mal, daß der unbeschwerte Raoul so etwas ansprach, und Galerans Kehle schnürte sich zu. Was spürte Raoul hier, das ihn dazu brachte, dieses Angebot zu äußern? Nachdem er sicher zurück in England gelandet war, hatte er keinen Wunsch, diese Felsen wieder zu verlassen, aber wenn Jehanne auf dem Spiel stand, dann würde er natürlich ins Exil fliehen. Wenn er die Gelegenheit dazu hätte.

Sie schlossen sich dem Strom von prunkvoll gekleideten Herren an, die durch die offenen Türen in die Halle gingen, und fanden, daß das Hauptzimmer voll, aber nicht überfüllt war. Es war viel Platz, und der Raum konnte die Menschenmenge und sogar den Lärm vieler Stimmen aufnehmen.

Musikanten spielten in einer Ecke, Tische waren voll mit Speisen, und Diener gingen mit Weingläsern herum. Galeran und Raoul nahmen jeder eines, probierten und hoben erstaunt die Brauen. Der Wein war gut.

Galeran lehnte sich gegen die Mauer und versuchte, sich zu entspannen. Er wußte, er könnte für Stunden hier sein. Er hatte sich während des Kreuzzuges an diese Art von Zeitverschwendung gewöhnt. Es ärgerte ihn, aber es gab Anlässe, bei denen die bloße Anwesenheit entscheidend war für Gunst und Wohl. Er hatte keinen Zweifel, daß festgehalten würde, wer hier war und wie schnell man gekommen war.

Und wer nicht gekommen war.

Die Abwesenheit seines Vater war sicherlich bereits bemerkt worden, und er wußte nicht, welche Konsequenzen daraus für ihn erwachsen könnten.
Er war sich auch sicher, daß einige dieser Leute hier Leute des Königs waren, die Unterhaltungen belauschen sollten. Wahrscheinlich war das für jedermann hier offensichtlich, denn alles, was er hören konnte, waren unverfängliche Gespräche über Ernte und Pferde.
Dann hörte er, wie jemand Herzog Robert erwähnte – eine Spekulation darüber, was Robert wohl tun werde.
»Wenn er Verstand hat«, sagte ein sehniger Mann mit einer Hakennase, »wird er seine Finger von England lassen. Heute ist nicht 1066.«
»Aber was, wenn ihn hier jemand will?« murmelte ein dicker Mann und schaute verstohlen hin und her, als könnte er einen Spion entdecken. »Nicht ich!« fügte er hastig hinzu. »Aber ich habe keine Lust, unsere Leute gegeneinander kämpfen zu sehen.«
»Ich bezweifle, daß das jemand will. Das ist ein ausgezeichneter Grund dafür, daß Henry Beauclerk der rechtmäßige König ist.«
Vielleicht, um weitere gefährliche Gespräche zu vermeiden, wandte sich der sehnige Mann um und stellte sich Galeran und Raoul vor – ein Robert von Keyworth, nahe Nottingham –, dann begann er, über sichere Themen wie das Wetter und die Wollpreise zu sprechen.
Galeran wandte sich an ihn: »Ich frage mich, ob Ihr einen Raymond von Lowick kennt, der eine Frau in der Nähe von Nottingham geheiratet hat.«
»Warum? Ja. Seine Frau war eine entfernte Cousine. Leider starb sie.«
»Davon habe ich gehört.« Galeran versuchte, nicht besonders interessiert zu klingen und fragte: »Kennt Ihr den Grund?«
»Fleckfieber. Sie war nie sehr robust.«
Ein kleiner Verdacht konnte wenigstens zu den Akten gelegt

werden. Lowick hatte seine Frau nicht als Teil eines lang angelegten Planes umgebracht. »Arme Lady.«

»In der Tat. Und Sir Raymond war sehr verzweifelt, wenn ich mich recht erinnere. Kennt Ihr ihn gut? Ein guter Soldat.«

»Ein sehr guter. Er ist nur ein weitläufiger Bekannter.«

»Ah. Jetzt wird es nicht mehr lange dauern, denke ich, bis der König herauskommt«, bemerkte Robert. »Die Menge drängt schon.«

Bevor Galeran das kommentieren konnte, berührte jemand seinen Arm. Er sah zur Seite und sah einen jungen Mann, möglicherweise ein Page. »Mylord von Heywood?«

»Ja?«

»Wenn Ihr mit mir kommen würdet, Mylord, jemand wünscht Euch zu sprechen.«

»Mein Begleiter, Raoul de Jouray?« fragte Galeran mit klopfendem Herzen.

»Wie Ihr es wünscht, Mylords.«

Sie verließen Robert von Keyworth und folgten dem jungen Mann durch die Menge, riskierten nicht mehr, als einen Blick auszutauschen. Es konnte sein, daß ein Freund oder ein Freund seines Vaters sie erblickt und einen Diener zu ihnen geschickt hatte, um sie zu holen. Aber Galeran hoffte halb, halb fürchtete er, daß er zum König geführt würde.

Nun, da der Moment gekommen war, war er sich nicht sicher, ob er bereit war, dem Herrn all diesen Trubels seinen Fall vorzutragen, Jehannes Fall.

Dem Mann, der einen Bösewicht von den Mauern Rouens geworfen hatte.

Dem Mann, der vielleicht den Tod seines Bruders arrangiert hatte.

Der Junge führte sie quer durch die Halle. Er ging weiter durch eine Seitentür und hinaus an die frische Luft. Von dort führte er sie um das Gebäude zu einem gutbewachten Eingang, der in einen kleinen Raum führte.

Westminster Hall war wie Burstock ein hölzernes Gebäude und konnte daher eine Unzahl von kleinen Räumen um das zentrale, große Zimmer haben. Dieses Zimmer enthielt zwei bewaffnete Wachen, einen Mönch an einem Tisch, der ein großes Buch in der Hand hielt und eine Anzahl von jungen Männern, die kamen und gingen. Auch als sie hineingingen, ging ein Junge gerade fort, um Besorgungen zu machen. Kurz danach kam ein anderer hinein. Er trug einige Wachstafeln. Der Mönch nahm sie und überflog sie schnell. Dann flüsterte er eine Nachricht, und der Diener eilte davon.

Dann sah der Mönch sie an. Man erkennt einen Mann an seinen Dienern. Dieser war gesund genug, um ein Soldat zu sein, mit scharfen Augen in einem faltigen und intelligenten Gesicht. Obwohl er sich selbst diese Nachgiebigkeit nicht erlauben wollte, hatte Galeran das Gefühl, daß man ihm vertrauen konnte.

Solange er keinen Unfug machte.

»Mylords«, sagte der Mönch, »der König freut sich, daß Ihr so schnell gekommen seid, um ihm zu huldigen. Bitte geht hindurch.«

Auch im nächsten Raum waren zwei Wachen, die sie schnell musterten. Dann öffnete der eine eine weitere Tür und führte Galeran und Raoul zum König hinein.

Dieses große, reich dekorierte Zimmer war fast so voll wie die Halle, und wo auch immer der König war, er war nicht auf seinem großen Stuhl auf dem Podium. Der Sitz war leer. Galeran suchte den Raum ab und fand Henry zuerst dadurch, daß niemand diesem einen Punkt den Rücken zukehrte. Außerdem trug Henry seine Krone.

Es war nicht wirklich bemerkenswert, daß ein Monarch seine Krone zu einem wichtigen Anlaß trug, und doch fühlte Galeran, daß es bedeutsam war. Tag für Tag unter diesem Metallapparat, das konnte nicht angenehm sein. Aber es war ein klares Zeichen für Herrschaftsverhältnisse.

Er hatte Henry Beauclerk einige Jahre zuvor gesehen, und er hatte sich nicht sehr verändert. Er war vielleicht ein wenig stämmiger, aber er sah mit zweiunddreißig Jahren gesund und athletisch aus, mit einer gesunden Gesichtsfarbe. Sein dunkles, schimmerndes Haar lockte sich nach der neuesten Mode bis zu den Schultern hinab.

Er lächelte jedem zu, und Galeran dachte, das Lächeln ist echt. Es war nicht so sehr ein Lächeln vor Vergnügen, jeden zu treffen, aber es war ein Lächeln von purer Freude, daß er endlich sein Ziel erreicht hatte und endlich König von England geworden war und daß die halbe Welt danach verlangte, sich vor ihm hinzuknien, um diese Tatsache zu würdigen.

Was würde das in Galerans Angelegenheit nun bedeuten?

Galeran fingerte den Beutel hervor, der die Palmblätter und den Stein von der heiligen Grabstätte enthielt, und fuhr fort, den Raum abzuschätzen.

Es war leicht, Henrys engste Gefährten von den anderen, die ihren Respekt zollen wollten, auszumachen. Sie waren entspannter, weniger aufwendig gekleidet und statt den Monarchen anzustarren, bewegten sie sich durch den Raum und unterhielten sich mal mit diesem und mal mit jenem.

Es kam Galeran so vor, als gehörten sie ganz natürlich zum Haushalt, Gefährten, die ihrem Führer per Eid verbunden waren, mit einer Loyalität, die unmöglich zu brechen war. So ein Hausstand arbeitete an einer gemeinsamen Sache, sie lebten und starben, so wie ihr Oberhaupt lebte und starb.

Das war ein traditioneller englischer Stil, der aber unter den Normannen nicht mehr gepflegt wurde.

Robert von Normandie hatte eher Favoriten als einen Haushalt. Während des Kreuzzuges hatte Galeran gelernt, daß diese Favoriten eher dazu geneigt waren, sich auf der Suche nach Vorteilen gegenseitig zu behindern als zusammen zu arbeiten, um ihren Herren vorwärts zu bringen. Er hatte gehört, daß Rufus' Freunde von der gleichen Wesensart gewesen waren.

Mehr als zuvor gab Galeran wenig auf Roberts Chancen, England seinem Bruder aus den Händen zu reißen. Seine Gedanken wurden von einem großen dunkelhaarigen Mann in seinem Alter unterbrochen. »Lord Galeran von Heywood?«
Galeran bestätigte das und stellte Raoul vor.
»Ich bin FitzRoger«, sagte der Mann nur.
Galeran erkannte den Namen und nahm die gebündelte Kraft wahr, die unter dunkler Kleidung versteckt war. Das war einer der besten Turnierkämpfer seiner Zeit und ein enger Begleiter von Henry Beauclerk. Außerdem war er sein Vorkämpfer. Die wurden oft wegen ihrer bloßen Kraft ausgewählt. Dieser Mann aber hatte auch Verstand.
Man erkennt einen Mann an seinen Dienern.
FitzRogers Kleidung war ausgezeichnet, aber es war vor allem seine Haltung, aus der innere und äußere Stärke sprach. »Euer Vater, Lord William, begleitet Euch nicht?«
»Er kam mit nach Süden, Sir, aber wurde in der Waltham Abtei krank. Er wird kommen, sobald er dazu in der Lage ist.«
Schlaue grüne Augen studierten ihn für einen Moment, und Galeran hatte keinen Zweifel daran, daß FitzRoger ein leichtes Unbehagen entdeckte. Was würden er und sein Herr aber daraus entnehmen?
»Der König wird betrübt sein, das zu hören, aber erfreut, daß Ihr hier seid, mein Herr. Unglücklicherweise wird es in absehbarer Zeit für ihn nicht möglich sein, nach Norden zu reisen, bei alledem, was er zu tun hat. Daher ist er gespannt darauf, von den Dingen dort oben berichtet zu bekommen. Bitte, kommt mit mir.«
Er bahnte ihnen den Weg durch den Raum und schien Henry mit seinem bloßen Willen auf ihre Anwesenheit aufmerksam zu machen, denn er berührte weder jemanden noch sprach er, und doch wandte sich Henry um.
Der König lächelte noch immer, aber seine feinen, dunklen Augen waren scharf wie die eines Falken, zog sie beide in

Sekunden bis auf die Knochen aus. Wie anstrengend mußte es sein, dachte Galeran, Männer tagaus, tagein abzuschätzen, da diese Urteile über Erfolg oder Mißerfolg eines Lebenstraumes und vielleicht sogar über das Leben an sich entschieden.

Natürlich hatte Henry auch seinen Hausstand, Männer wie FitzRoger, um Menschen rechtzeitig einzuschätzen. Wahrscheinlich war es ein unsichtbares Zeichen, das ihm übermittelte, daß ein Mann verdächtig war oder den Ärger nicht wert. Er fragte sich, welche Zeichen er selbst ausstrahlte.

Er hat seinen Bruder getötet.

Diese Sicherheit kam plötzlich so scharf in Galerans Bewußtsein, daß er für einen Moment Angst hatte, er hätte diese Worte gesprochen, oder daß sie wenigstens auf seinem Gesicht geschrieben standen. Es war dennoch eine Überzeugung, nun, da er den König traf. Henry Beauclerk würde keine Skrupel haben, das zu bekommen, was er wollte.

Und was bedeutete das für seinen eigenen Fall?

Er und Raoul knieten nieder, aber wurden sofort hochgerufen. Galeran wurde auf die Wange geküßt. »Mein lieber Freund!« rief Henry aus. »Ich nenne Euch so, da Eure Familie mit der meinen befreundet ist, seit wir alle nach England gekommen sind.«

»Wir betrachten das als unser Privileg, Sire.«

»Guter Mann! Und Ihr seid kürzlich aus dem Heiligen Land zurückgekehrt. Ihr müßt mir davon erzählen. Wie wünschte ich, daß es mir möglich gewesen wäre, an Gottes Unternehmen teilzunehmen.«

Es hatte aber in Wirklichkeit nichts gegeben, was ihn daran hinderte, außer der nötigen Geldmittel und seinem leidenschaftlichen Wunsch nach der Krone. Aber das sagte Galeran nicht, er nahm die Gelegenheit wahr, um seine Geschenke zu überreichen.

Als Henry das Säckchen eigenhändig öffnete, zeigte eine zusätzliche Rötung seiner Wangen, daß er gegen das Mysterium des Kreuzzuges nicht immun war. Er berührte die Gegenstände ehrfürchtig und zeigte sie überall herum. »Wir werden Schreine dafür bauen lassen, Lord Galeran«, sagte er, »und wir bedanken uns ganz herzlich bei Euch.«

Als Henry die Dinge in die Obhut eines Mönches gab, dachte Galeran, daß wenigstens etwas richtig lief. Vielleicht war das ein Versprechen für die Zukunft.

»Nun«, sagte Henry und zog Galeran ein wenig beiseite, »erzählt mir von dem, was im Norden vor sich geht. Was ist mit den Schotten?«

Dann hielt er lächelnd einen fundierten Vortrag über die Eigenheiten des Nordens, wobei er großes Verständnis zeigte für das, was dort vor sich ging.

»Ich bin in Yorkshire geboren, wißt Ihr«, sagte er zum Schluß, und Galeran schloß daraus, daß er das oft sagte. Es war eine seiner Hauptbegründungen, weshalb er Anspruch auf den Thron erhob. Daß er ein wirklicher, in England geborener Prinz war. Das war nicht nur ein politischer Schachzug. Dahinter standen auch wirkliche Gefühle.

Galeran hatte noch immer keinen Hinweis darauf erhalten, wie Henry auf die Angelegenheit mit Jehanne und Donata reagieren würde, und der König war bereits dabei, sich abzuwenden, um andere Menschen zu begrüßen.

»Sire«, sagte Galeran.

Henry drehte sich wieder zu ihm um, seine Augen verengt. »Ja?«

»Ich habe eine Sache, die ich vor Euer Urteil bringen möchte, zu einer günstigeren Zeit.«

Im Gesicht des Königs war keine Überraschung zu entdecken. »Das geht in Ordnung. Morgen um drei werden wir Euch anhören. Ich weiß, daß der Bischof von Durham Interesse daran hat, und auch einige andere Männer ...« Er sah sich um.

»Raymond von Lowick«, half FitzRoger aus.

»Ah, ja, also morgen, Lord Galeran.«

Damit wandte er sich einer Gruppe aus Devon zu, das Lächeln wieder am Platz. Galeran atmete tief aus, als er und Raoul sich unter FitzRogers höflicher Begleitung zurück zur Tür begaben. Galeran beschloß, daß er mehr Informationen benötigte. »Bischof Flambard hat bereits mit dem König gesprochen?«
»Gestern, kurz.«
Galeran wollte fragen, ob Henry Flambard mochte oder ihn so haßte wie es sonst jedermann tat. Das würde jedoch zu weit gehen.
»Und Lowick?«
»Der Mann hat seine Ehre in der großen Halle erwiesen.«
Nicht zugelassen zum Heiligtum, mit anderen Worten.
An der Tür, fügte FitzRoger hinzu: »Ihr scheint eine sehr vergebende Natur zu haben, Lord Galeran.«
Aha, also kannten der König und seine Gefolgschaft die Geschichte bereits. Auf FitzRogers Gesichtszügen lag ein ehrlicher Ausdruck von Neugier. Galeran nahm an, daß er sich daran gewöhnen mußte.
»Ist es nicht unsere christliche Pflicht, den reuigen Sündern zu vergeben?«
»Besonders den ehebrecherischen, nehme ich an, mit Christi Beispiel, das uns vorliegt. Es ist ein Aspekt der Christlichkeit, der vielen Männern jedoch schwerfällt.«
Vielleicht ein wenig überstürzt, beschloß Galeran, dem König eine Nachricht zukommen zu lassen. »Es ist nicht schwer, jemandem zu vergeben, der in einer Zeit schwerer Krisen einen Irrtum begangen hat«, sagte er, »insbesondere, wenn man den Sünder liebt. Es ist andernfalls schwer, denjenigen zu vergeben, die diejenigen, die wir lieben, verletzen.«
FitzRoger hob eine Braue, aber er nickte nur. »Gott sei mit Euch, Lord Galeran.«
Sie wurden durch die Vorräume zurückgeführt und dann nach draußen. Galeran holte tief Luft und ließ seine steifen Schultern kreisen. »Nun? Was denkst du?«

»Ich hätte gern einen Kampf mit FitzRoger.«
»Denkst du denn niemals an etwas anderes als ans Kämpfen?«
»Es ist mein Beruf. Aber ich würde den Mann gern nach seinen Dienern beurteilen. Wenn FitzRoger seinem Ruf gerecht wird, und diesen Eindruck hatte ich gerade von ihm, sagte es eine Menge darüber aus, daß er dem König dient.«
Sie eilten zu den Ställen. »Möglicherweise hatte er keine Wahl. Er ist ein Bastard.«
»Er hat eine Wahl«, sagte Raoul bestimmt. »Was deinen König angeht, meine ich, daß er alles tun wird, was er tun muß, um die Krone von England auf seinem Kopf zu behalten. Danach, nehme ich an, wird er alles tun, was das Land sicher und florierend macht.«
»Was du sagst, ist, daß wir hoffen müssen, daß unsere Angelegenheit niemanden von denen da oben ängstigt.«
»Natürlich. Aber das tut sie auch nicht, oder?«
»Nicht, soweit ich das beurteilen kann. Es sei denn, Henry beschließt, daß er Flambard mehr braucht als meinen Vater.«
Raoul schlug ihm auf die Schulter. »Das wäre dumm. Nur Mut. Alles in allem habe ich ein gutes Gefühl in dieser Sache.

Im Haus des Bischofs von London lag Ranulph Flambard in einem großen Zuber und überdachte seine Lage. Er hatte dem König tags zuvor seine Aufwartung gemacht und hatte nur geringe Probleme gehabt, eine Audienz bei König Henry zu bekommen. Immerhin war er ein Bischof.
Jedoch war die Audienz sehr kurz gewesen, und der König hatte keine Freundlichkeit ausgestrahlt.
Flambard hatte nichts anderes erwartet, aber es war trotzdem eine Schmach. Er bewunderte Henry. Es wäre angenehm, seinen Platz unter ihm wieder einzunehmen.
So wie es stand, ohne den absoluten Schutz des Königs, war London ungemütlich. Die ungebändigte Menge hatte ihre

Gefühle laut geäußert, welche dergestalt waren, daß Henry Ranulph Flambard beiseite schaffen sollte und daß das eine gute Befreiung von schlechtem Abschaum wäre.
Er hoffte, daß sie keinen Erfolg hätten.
Er glaubte es auch nicht, obwohl er sich nicht vormachte, daß Henry ihn freundlich angesehen hatte. Der König würde es jedoch nicht wagen, sich ohne Grund gegen einen Mann der Kirche zu erheben, und nach gewisser Zeit würde Henry feststellen, daß er Ranulph Flambards Fähigkeiten brauchte.
Henry war jedoch erst in den ersten Tagen seiner Regentschaft. Er hatte noch nicht die Zeit gefunden, die Erfolge und Mißerfolge seines Bruders zu ermessen oder herauszufinden, wer verantwortlich für sie war. Auch hatte der König keine Zeit gehabt, sich klarzumachen, wie sehr er das Geld benötigte, das Ranulph Flambard für ihn beschaffen könnte.
Auf der anderen Seite waren einige von Ranulphs Mitteln, Geld zu beschaffen ... ungewöhnlich. Und Henry hatte versprochen, die Gesetze zu wahren.
Der Bischof griff nach dem Kelch mit Wein, der nahe an seiner rechten Hand stand. Alles lag in der Waagschale.
Ein Diener schlüpfte in den Raum und verbeugte sich.
»Ja?«
»Raymond von Lowick erbittet eine Audienz, mein Lord Bischof.«
Ein mögliches Gewicht in der Waage.
»Schick ihn herein. Und bring mehr Wein und einen weiteren Kelch.«
Sir Raymond stolzierte mit einem Überfluß von Energie und Würde in das Zimmer. Er war nicht in Rüstung, dem Himmel sei Dank, aber sein Schwert bedrohte wieder einige Dinge, als er sich bewegte. Der Diener brachte den Weinkelch, und dafür wurde ihm höflich gedankt.
Es war erstaunlich, dachte Flambard, wie Männer von solch verschwindender Bedeutung sich selbst als so groß sahen.

»Mein Lord Bischof«, sagte Lowick, »Galeran von Heywood und sein Hausstand sind in London.«
»Ach tatsächlich? Das ist kaum überraschend.«
Lowick hielt inne und warf einen überraschend wissenden Blick auf Ranulph. »Lord William von Brome ist nicht bei ihnen. Er wurde in Waltham krank.«
Ranulph stellte seinen Wein beiseite. »Tatsächlich? Das *ist* interessant. Wissen wir, um welche Art Krankheit es sich handelt?«
»Nein, mein Herr.«
Flambard überlegte einen Moment, dann sagte er: »Du mußt nach Waltham reiten und herausfinden, wie krank Lord William ist.«
»Aber Jehanne und mein Kind sind hier, nur leicht beschützt im Haus von Hugo dem Weinhändler in der Corser Street. Das ist doch eine gute Gelegenheit, sie zu schnappen?«
Ranulph beschloß, daß er sich wohl geirrt haben mußte, wenn er diesem Mann jemals Intelligenz zugesprochen hatte. »Ganz und gar nicht. Ich habe dort keine Rechtsmacht. Daß ich weiß, wo sie sind, ist für den Moment genug. Ich habe deinen Fall bereits dem König vorgetragen und hoffe, daß er veranlassen wird, daß mein Urteil befolgt wird. Er ist im Moment nicht darauf erpicht, die Kirche zu kompromittieren ...«
Mit einem Klopfen störte der Diener erneut.
»Was?«
»Ich bitte um Verzeihung, mein Herr, aber es kam ein Bote vom König.«
»Dann schick ihn herein, Mann! Schick ihn herein!«
Der Bote war ein geschickter junger Sekretär von dem Typus, den Henry zu bevorzugen schien. »Mein Lord Bischof, ich überbringe Grüße vom König, der mich schickt, Euch zu informieren, daß er morgen um Terz einen Fall verhandelt, der für Euch von Interesse sein könnte.«
»Was für einen Fall?« fragte Ranulph scheinbar desinteressiert.

»Eine Angelegenheit, die durch Lord Galeran vorgetragen wurde, es hat mit dessen Frau und dem Kind seiner Frau zu tun. Ihr habt diese Angelegenheit dem König gegenüber erwähnt, mein Herr.«

Wenn dieser Junge sein Diener wäre, hätte er ihn jetzt wegen Unbesonnenheit auspeitschen lassen. Ranulph nippte an seinem Wein. »Ah ja. Ich erinnere mich. Eine weniger wichtige Angelegenheit, aber Lord Galeran war nicht sehr kooperativ.«

»Der König lädt Euch dazu ein, der Anhörung beizuwohnen und jeden Aspekt des Falles vorzutragen, der passend ist.«

»Der König ist sehr freundlich und gerecht. Sir Raymond hier hat ebenfalls ein Interesse daran, da er der Vater dieses Kindes ist. Ich werde ihn mitbringen, es sei denn, ich höre Gegenteiliges.«

»Ich werde es berichten.« Der Diener verbeugte sich.

»Beim heiligen Michael, es ist passiert!« rief Lowick aus, die Hand am Schwertgriff.

»Und könnte gut für uns ausgehen, wenn der König uns gewogen ist«, fuhr Ranulph ihn an. »Er ist ein Mann mit einem Korb voller Bastarde, daher könnte er Hurerei und Ehebruch nicht so ernst nehmen.«

»Ihr denkt, wir könnten verlieren, mein Herr?«

»Nur für diesen Fall habe ich eine andere Waffe vorbereitet.«

»Eine Waffe, Mylord?«

»Du bist Jehanne von Heywoods rechtmäßiger Ehemann.«

»Nein, das bin ich nicht.«

Flambard zeigte auf ein Schriftstück, das auf einem kleinen Tisch lag. Lowick nahm es, sagte aber: »Ich kann nicht lesen.«

»Dann leg es wieder zurück«, sagte Flambard mit einem Seufzer. »Es ist deine Verlobungsbescheinigung, unterschrieben von einer Anzahl Zeugen.«

»Aber ich war niemals formell mit Jehanne verlobt.«

Das tiefe Bedürfnis, Lowick mit irgend etwas auf den Kopf zu schlagen, erstaunte Flambard. »Es war Lord Fulks Interesse, sagst du, und ich habe dieses Interesse verwirklicht. Dieses Dokument, Sir Raymond, ändert alles. Es bedeutet, daß du Lord Galeran herausfordern kannst.«

Lowick betrachtete es. »Aber wenn ich eine unrechte Herausforderung heraufbeschwöre, dann wird Gott nicht auf meiner Seite sein.«

Flambard schloß kurz seine Augen. »Du mußt die Wahrheit betrachten, nicht nur was geschehen ist. In Wahrheit wurde dir Jehanne als deine Braut versprochen, nicht wahr?«

»Ja, aber ...«

»Macht dieses Versprechen nicht die spätere Verlobung mit Galeran ungültig?«

»Tut es das wirklich?«

»Ja«, log Flambard.

»Oh. Aber wenn ihre Ehe ungültig ist ... sie ist mein!«

»Genau. Nun, wir werden dieses Dokument nicht benutzen, es sei denn, wir müssen, aber es bedeutet, daß wir nicht verlieren können. Auf die eine oder andere Weise wirst du gegen ihn kämpfen und ihn töten, ja? Für deine Lady und für dein Kind.«

Lowick machte sich gerade. »Für meine Lady und für mein Kind!«

Die Lautstärke seiner Erklärung machte Flambard fast Kopfschmerzen, aber er lächelte. »Jedoch würde es nützlich sein, genau zu wissen, was William von Brome tun wird, und es ist nicht weit bis Waltham. Beweg dich dorthin, Sir, und finde heraus, was du kannst. Wenn Lord William simuliert, ist das ein weiteres Pfenniggewicht auf unserer Seite.«

Als der Ritter gegangen war, stürzte der Bischof seinen Wein hinunter, dann schickte er Lucas, um das Haus von Hugo dem Weinhändler in der Corser Street zu überprüfen.

Als der Mann zurückkam, hatte er sehr interessante Neuigkeiten.

Sechzehntes Kapitel

Galeran und Raoul nahmen ihre Pferde und bahnten sich den Weg zu Hugos Haus zurück, was etwas länger dauerte, weil sie sich gegen den Verkehrsstrom bewegten. Sie machten auf halbem Wege in einer Taverne halt, um zu essen und den Stadtstaub abzuwaschen.

Es war eine Erleichterung, endlich wieder in der Corser Street zu sein, bis Mary hinausrannte, händeringend, ihren Schleier und Reif schief. »Lord Galeran! Sie sind alle entführt worden!«

»Meine Frau? Das Baby? Von wem? Lowick? Flambard?« Er nahm die Zügel wieder von dem Mann, der dabei war, das Tier fortzuführen.

»Es waren Männer des Königs!« stieß Mary hervor. »Sie kamen mit Vollmachten. Es gab nichts, was wir tun konnten!«

»Der *König*!« In Galerans Kopf drehte sich alles. Henry hatte Flambards Geschichte am Tag zuvor gehört. Bedeutete das, er war auf der Seite des Bischofs? War es Zeit zu fliehen?

»Wohin haben sie sie gebracht?« fragte er und griff nach dem Schwertgriff.

»In St. Hildas Kloster. Es ist hinter der Aldersgate Street, nicht weit von hier.« Mary gab schnell Anweisungen, und Galerans Angst ließ ein wenig nach. Ein Kloster war ein angemessener Ort, solange sie Jehanne nicht für immer dort einsperren wollten.

Er wandte sich zum Gehen, und Raoul stoppte ihn. »Soll ich mitkommen?«

»Nein. Du bleibst besser hier.«
»Nimm wenigstens einige Männer mit. Vergiß nicht den ursprünglichen Plan.«
Galeran kam zurück. »Was?«
»Das letzte Mal, als jemand versuchte, Jehanne und das Baby zu ergreifen, war deine Ermordung ein Teil des Plans.«
»Dieses Mal sind es die Leute des Königs.«
»Aber das Spiel könnte vielschichtig sein. Flambard könnte auch über dieses Kloster Bescheid wissen – der König hat es ihm vielleicht sogar erzählt. Er könnte noch immer einen Angriff planen.«
»Mitten in der Stadt? Das bezweifle ich.« Galerans Gedanken waren auf einer anderen Spur. »Sobald Henry wußte, daß ich in Westminster war, hat er Männer gesandt, um Jehanne in Verwahrung zu nehmen. Das gefällt mir nicht. Er hat möglicherweise bereits entschieden, wie sein Urteil ausfällt, Gott lasse ihn in der Hölle schmoren.«
Raoul ergriff seinen Arm. »Hüte deine Zunge, wenn du in die Öffentlichkeit gehst, Galeran, und paß auf deine eigene Sicherheit auf. Jehanne ist nicht in direkter Gefahr, aber sie braucht dich lebend und gesund, um sie zu verteidigen.«
»Sie ist in Gewahrsam.« Galeran entwand sich dem Griff. »Was passiert, wenn Henry und die Kirche beschließen, daß sie bestraft werden soll?«
»Du könntest sie niemals davon abhalten.«
»Ich habe bereits einen Weg gefunden. Vielleicht kann ich es doch noch.« Damit rauschte Galeran hinaus auf die Straße, da er beschlossen hatte, daß ein Mann zu Fuß schneller wäre als zu Pferde. Jeder, der wollte, könnte ihm folgen oder es bleiben lassen.

St. Hilda war eine solide Einrichtung, zu der viele Morgen Land gehörten. Es war umgeben von hohen, hölzernen Mauern. Ein ausgezeichnetes Gefängnis, dachte Galeran, aber nicht

uneinnehmbar. Er war bereits dabei, zu überlegen, wie er seine Frau befreien konnte.
Hinter den Mauern konnte Galeran die Spitzen einiger strohgedeckter Dächer und einen steinernen Glockenturm sehen, der wahrscheinlich Teil der Klosterkapelle war. An diesem Ort war nichts Militärisches.
Natürlich, ein christliches Haus wurde ja von Gott und den Menschen beschützt.
Er zog an der Glockenschnur, die an der schweren Eichentür hing, und ein Spionfenster ging auf.
»Ich bin Galeran von Heywood, ich bin gekommen, um meine Frau zu sehen.«
Die kleine Tür schloß sich und die große wurde sofort geöffnet. Galerans Befürchtungen klangen ab. Die dünne Türwächterin sagte: »Ihr müßt mit unserer Mutter Oberin sprechen, mein Herr«, und führte ihn durch einen schönen Klostergarten voll von Kräutern und Blumen.
Galerans Herz wurde leichter. St. Hilda war kein Ort des Schreckens. Zweifellos hatte der König das Kloster für sicherer gehalten, um den Grund des Streites außer Sichtweite zu halten. Vielleicht war das sogar ein Versuch, Jehanne und das Baby vor der Kirche zu schützen.
Obwohl man andererseits sagen mußte, daß sie in den Händen der Kirche war ...
Das Büro der Mutter Oberin war schlicht – einfache, weiße Wände, einfache Bänke und Tische, als Verzierung nur ein Kruzifix aus Ebenholz. Der Raum sprach von Tugend der ernsteren Art. Die Mutter Oberin war genauso einfach, mit fahler Haut und einer großen Nase, aber wie dem Raum gab die Einfachheit auch ihr etwas Majestätisches.
»Lord Galeran«, sagte sie und zeigte auf eine Bank.
Er setzte sich nicht. »Ich möchte mit meiner Frau sprechen.«
Sie faltete ihre Hände ordentlich auf ihrem Pult. »Zu welchem Zweck?«

»Um mich zu vergewissern, daß es ihr gutgeht und daß sie hier zufrieden ist.«
»Und wenn sie es nicht ist?«
»Dann, um sie hier fortzuholen.«
Die buschigen Brauen der Frau hoben sich und schoben ihren Schleier nach oben. »Entgegen der Anordnung des Königs, mein Herr? Ich bin angewiesen, die Lady Jehanne solange hierzubehalten, bis alle Fragen, die sie und ihr Kind angehen, geklärt sind.«
»Ist es Eure Anweisung, mich davon abzuhalten, mit ihr zu sprechen?«
Die Frau betrachtete ihn einen Moment. »Nein«, sagte sie endlich. »Wartet hier einen Moment, Mylord, und ich will sehen, ob sie Euch zu empfangen wünscht.«
Wenn sie es wünscht ...
Galeran starrte auf die geschlossene Tür, fragte sich zum ersten Mal, ob Jehanne froh war, hier zu sein, weit fort von all dem Streß ihrer verworrenen Situation. Er legte seine Hand an die Stirn. Der alte Verdacht, ihre Gefühle für Lowick betreffend, geisterte noch immer in seinem Kopf herum, wartete nur darauf, ihn bei dem geringsten Anlaß zu überfallen.
Er konnte nicht mehr klar über all das nachdenken, aber er mußte es tun. Morgen mußte er den König davon überzeugen, daß es richtig war, die Dinge ruhen zu lassen, Jehanne unberührt zu lassen und Donata in ihrer beider Obhut zu lassen.
Die Mutter Oberin kam zurück. »Sie will Euch sehen. Nach unseren Regeln, Lord Galeran, dürft Ihr Euch nicht berühren.«
»Ich verstehe.« Er folgte ihr durch den überdachten Klostergang zu einer Tür, die sie öffnete, um ihn in einen kleinen Raum hineinzulassen. Ein kleines Fenster hoch oben ließ ein wenig Licht hinein, und es dauerte einen Moment, bis er ein schmales Bett, eine Bank und ein Betpult vor einem hölzernen Kreuz sehen konnte.

Das war kein Gästeraum. Das war die Zelle einer Nonne. Jehanne stand dort allein. Wo waren Aline und das Baby?

»Bist du in Ordnung?« fragte er, und verfluchte im stillen die Tatsache, daß die Mutter Oberin mit ihm den Raum betreten hatte. Wenn sie nicht wäre, dann würde er sie im Arm halten, Regeln hin oder her.

»Ja, natürlich. Es war ein kleiner Schreck ...«

»Da bin ich sicher. Der König wird morgen früh unseren Fall anhören, also wird das hier nicht lange dauern.«

»Da ist ein hervorragender Ort, um dafür zu beten.«

»Das glaube ich wohl.« Etwas stimmte nicht. Diese hölzerne Ruhe sah Jehanne nicht ähnlich. »Wo sind Donata und Aline?«

»In einem anderen Raum. Sie bringen das Baby zum Füttern. Das ist kein Problem, Galeran. Die Privatsphäre gibt mir die Gelegenheit zu meditieren und zu beten.«

Er glaubte ihr nicht, und doch konnte er kein Problem sehen, außer, daß sie eine Gefangene war und daß es noch für einen weiteren Tag wäre.

Es sei denn, der König würde verfügen, daß sie hier lebenslänglich bleiben sollte.

Galeran würde diesen Ort niederbrennen, ehe er das zuließe.

Er setzte ein Lächeln auf. »Mach dir keine Sorgen. Wir werden wahrscheinlich morgen auf dem Heimweg sein.«

Und sie lächelte zurück, ein Lächeln, das in ihre Augen wanderte. »Oh, bitte, da wir nun so weit gekommen sind, könnten wir vielleicht einen oder zwei Tage länger bleiben und die Feierlichkeiten genießen.«

»Wenn du das wünschst, dann werden wir es tun.« Galeran hauchte ihr einen Kuß zu und wandte sich zum Gehen, aber sie sprach erneut.

»Wann wird der Fall angehört?«

»Um Terz.«

»Werde ich dabeisein können?«

»Was hast du zu sagen, das ich nicht sagen könnte?«

»Es könnte etwas geben ...«

Galeran kannte seine Jehanne. Sie verheimlichte etwas vor ihm. Aber er wußte auch, daß man sie schwer dazu bringen könnte, es zu erzählen, besonders, da die Nonne Zeugin war. Er fürchtete eher, daß Jehannes neuer Entschluß, eine gute, ruhige Frau zu sein, die die Männer die Dinge erledigen ließ, sich nun als schwer einzuhalten erwies. Das könnte katastrophale Auswirkungen haben. Galeran hoffte, Henry davon überzeugen zu können, daß Jehanne aus einer Schwäche heraus gesündigt hatte, überwältigt durch den Verlust.

»Jehanne«, sagte er nachdrücklich, »überlaß das mir. Ich werde es nicht zulassen, daß dir oder dem Kind etwas geschieht. Ich verspreche es.«

Sie zog die Stirn kraus, fast wie im Schmerz. »Natürlich vertraue ich dir, aber ... Oh, ich weiß, daß du das Richtige tun wirst.«

»Bete einfach, Jehanne«, sagte er, »und warte geduldig, bis morgen.«

Nachdem er gegangen war, drehte die Mutter Oberin einen schweren Schlüssel im Schloß herum.

»Das scheint kaum nötig, Mutter.«

»Ich folge meinen Anweisungen, Lord Galeran. Ihr könnt nicht abstreiten, daß Eure Frau gesündigt hat. Diese kleinen Schmerzen, die sie jetzt ertragen muß, werden helfen, ihre Seele, vielleicht Euch alle zu retten.«

Er wollte widersprechen, aber er schien keinen Grund zu haben. Wenn er seinem Impuls folgte und Jehanne mit Gewalt befreite, dann würde er entweder im Exil enden oder selbst unter Arrest gestellt werden, und das würde niemandem helfen. »Ich würde gern Lady Aline und das Baby sehen, um sicherzugehen, daß es auch ihnen gutgeht.«

Mit hörbarem Seufzer führte ihn die Mutter Oberin durch den Garten auf die andere Seite des Klosters.

»Wäre es nicht passender für sie, wenn sie in der Nähe untergebracht wären?« fragte Galeran.
»Das waren die einzigen freien Räume, Mylord. Während Ihres Besuches beim König haben viele Menschen um Gastfreundschaft gebeten.«
Aber, schließt Ihr alle Eure Gäste ein? hätte Galeran am liebsten gefragt, als die Nonne wieder eine Tür aufschloß. Aber es war nicht wert, darüber zu streiten. Jehanne war in Sicherheit. Solange es Aline, Winifred und Donata auch gutging, würde er es bis morgen gut sein lassen.
Die Mutter Oberin führte ihn in einen weiteren kleinen Raum hinein, dem von Jehanne sehr ähnlich, aber er war mit zwei schmalen Betten und einer Wiege zugestellt. Aline sprang auf ihre Füße. »Galeran! Gott sei Dank.«
Sie hätte sich in seine Arme geworfen, aber die Mutter Oberin trat energisch zwischen sie. »Verhaltet Euch ordnungsgemäß, junge Frau!«
Aline zog ein Gesicht, aber setzte sich wieder. »Eine Gruppe von Männern hat uns hierhergebracht. Sie hatten das Siegel des Königs und ...«
»Ja, ich weiß«, sagte Galeran. »Mach dir keine Sorgen. Morgen wird alles geregelt werden. Wie geht es Donata?«
Aline sah zur Wiege, in der das Baby schlief. »Gut. Aber ich weiß nicht, warum sie uns getrennt haben. Wir müssen rufen, wenn sie gefüttert werden muß, und dann bringt eine der Schwestern sie hinüber zu Jehanne.«
Galeran sah die Mutter Oberin an. »Nun?«
»Ich wurde angewiesen, Lady Jehanne allein unterzubringen, damit sie ihre Sünden in Ruhe überdenken kann, mein Herr. Kinder sind nicht eben ruhig. Sie hat gesagt, daß sie jeden Punkt dieses Arrangements für gut heißt. Das Kind wird zu ihr gebracht, wann immer es nötig ist.«
Das war alles dumm, aber auch nicht dümmer als hundert andere Zwischenfälle, in die die Regierung verwickelt war. Was

Galeran Sorgen machte, war, daß solche Angelegenheiten aus dem Ruder laufen konnten. Er wollte die Frauen jedoch nicht beunruhigen, also lächelte er Aline und Winifred zu. »Wahrscheinlich wird Jehanne ein wenig Ruhe guttun. Sie hatte wenig genug davon im vergangenen Jahr.«
Damit verließ er sie und ließ sich aus dem Kloster hinausführen. Er warf nur einen Blick zurück auf Jehannes verriegelte Tür.

Aline setzte sich nachdenklich zurück auf das harte Bett. Sie wünschte, sie hätte unter vier Augen mit Galeran sprechen können, denn ihr schmeckte diese Situation ganz und gar nicht. Was, wenn ein dummes Urteil gesprochen und Donata Lowick überlassen würde? Sie mußten bereit sein, zu handeln!
Während der kurzen Reise von der Corser Street zum Kloster hatte Jehanne angewiesen, daß Aline Donata um jeden Preis schützen sollte. Aber wie konnte ein so junges Baby sicher sein, wenn es nicht bei der Mutter war?
Nein, wenn das Schlimmste eintrat, mußten sie bereit sein, gemeinsam zu fliehen. Das konnte doch nicht unmöglich sein. Das Kloster war nicht bewacht. Alles, was sie zurückhielt, waren verschlossene Türen.
Sie überprüfte die Tür und entdeckte, daß verschlossene Türen ziemlich unüberwindbar sein konnten. Diese hier war aus dicker, eisenverstärkter Eiche, und das Schloß war auch aus schwerem Eisen. Es schien ihr seltsam, daß ein Kloster derartig gesicherte Räume hatte, aber vielleicht waren sie oft angehalten, Gefangene zu beherbergen.
Winifred saß nur da und sah ziemlich unglücklich aus, aber Aline wanderte hin und her. Möglicherweise wäre es besser, geduldig auf den Morgen zu warten. Jeder Versuch zu fliehen, könnte als ein Aufstand gegen die Anweisungen des Königs betrachtet werden.
Sie wußte nicht genug über diese Dinge.

Sie mußte sich dringend mit Jehanne beraten.
Donata begann, sich zu rühren, und Winifred nahm sie auf den Arm, offensichtlich begeistert, daß sie endlich etwas tun konnte. Das Baby sah umher und lutschte am Daumen.
»Sie wird in Kürze etwas zu essen wollen«, sagte Winifred. »Ich werde sie umziehen.«
Dann hatte Aline eine Idee. Sie nahm ihre Stickutensilien und die Decke des Babys. Mit schnellen Stichen stickte sie entlang des Saumes die Nachricht: *Was willst du tun?* und fügte einige Zierstiche hinzu, um die Wörter zu verstecken. Sicherlich würde Jehanne bemerken, daß diese Arbeit neu war und die Nachricht entziffern.
Als Donata bereit war, wickelte Aline sie in die Decke, versicherte sich, daß die Stickerei sichtbar aber nicht zu deutlich war, dann ging sie zur Tür und rief. In Sekunden nahm eine lächelnde Nonne das Baby und trug es fort.
Aline war durch das freundliche Wesen der Nonne beruhigt, aber das machte diese Trennung im Gefängnis noch seltsamer. Was steckte dahinter, und hatte es etwas mit der entscheidenden Anhörung beim König zu tun?
Es würde eine Weile dauern, bis Donata zurückkam, da Jehanne sie sicherlich so lange wie möglich behalten wollte. Also setzte sich Aline hin und nahm ihre normale Stickerei auf. Sie verstach sich jedoch andauernd, da ihre Gedanken nicht bei der Sache waren. Außerdem war das Licht von dem kleinen Fenster dort oben nicht ausreichend für eine feine Arbeit. Sie wünschte, sie hätte ihren Spinnrocken dabei. Sie hätte im Dunkeln Fäden spinnen können.
Ein Problem fiel ihr plötzlich auf. Sie hatte nicht daran gedacht, daß Jehanne keinerlei Nähmaterial bei sich hatte, um zu antworten.
Winifred lag auf ihrem Bett und schlief ein. Aline beneidete sie um eine solche Gemütsruhe.

Jehanne sah die Stickerei sofort, aber sie setzte sich, um Donata zu füttern, auch, weil die Schwester herumschlich und verzückt das Baby anstarrte. Noch eine Nonne, die vielleicht nicht für dieses Leben geeignet war?
Donata schien die Situation nicht besonders besorgniserregend zu finden. Sie schmiegte sich ungeduldig an Jehannes Brust, dann nahm sie sie und machte es sich bequem – mit einem komischen Seufzer der Erleichterung –, um ihr Bäuchlein zu füllen. Schwester Martha ging, und Jehanne konnte die Decke lockern, um die neue Stickerei zu betrachten.
Sie lachte laut. Schlaue Aline!
Ihre Heiterkeit schwand jedoch. Das war eine sehr gute Frage. Was *wollte* sie tun?
Jehanne hatte den Entschluß gefaßt, nicht mehr so militant zu sein, und sie hatte auch vor, das durchzuhalten. Vor Tagen noch hatte sie versprochen, die Dinge in Galerans fähigen Händen zu lassen.
Aber in dieser Krise war sie nicht sicher, ob er fähig genug war. Er hatte ihr von Agnes erzählt, der Frau, die beim Ehebruch erwischt worden war, und die Lösung des Problems, die in ihrer Bestrafung bestanden hatte. Trotzdem konnte oder wollte er nicht begreifen, daß ihre Situation dieselbe war.
Jehanne wußte, daß sie für ihre Sünde büßen mußte. Es war nicht nur so, daß die Gemeinschaft sehen mußte, daß die Dinge in Ordnung gebracht wurden; sie selbst mußte fühlen, daß die Balance wieder hergestellt wurde. Bis das nicht geschehen war, war sie nicht sicher, ob sie jemals wieder glücklich sein durfte.
Ein Duell würde nichts bewirken, um die Dinge in ihrem Herzen gerade zu rücken. Insbesondere ein Duell zwischen den beiden Männern, die ihr ein Kind geschenkt hatten, ein Kampf, in dem einer von ihnen sterben mußte. Sie wollte sich damit einfach nicht abfinden.
Dank Bischof Flambard hatte Jehanne nun eine Möglichkeit, ihre Seele zu erleichtern und möglicherweise jedes Kämpfen zu

verhindern. Aber sie konnte es nicht tun, indem sie hier geduldig saß, bis alles vorüber war.

Als Donata satt war, wickelte Jehanne das Baby aus und legte es auf das Bett. Während sie mit ihrer Tochter spielte, deren Arme im Rhythmus zu unsinnigen Liedchen bewegte, dachte sie über die unerwartete Einmischung des Bischofs in ihre Angelegenheit nach.

Der König hatte befohlen, daß sie hierhergebracht würden, aber Bischof Flambard hatte die Einzelhaft und die schwere Bewachung angewiesen. Offensichtlich mußte er nur Mutter Eadalyth von Jehannes böser Sünde erzählen, um die Frau auf seine Seite zu ziehen.

Es war auch Flambard, der Jehannes besondere Strafe angeordnet hatte – zehn Schläge mit der Rute alle drei Stunden. Sie dankte ihm dafür nicht, aber das könnte sie vielleicht alle retten.

Mutter Eadalyth dachte auch schlecht von Galeran. »Ein Mann, der solche Sünde ungestraft läßt, ist selbst ein Sünder«, hatte sie erklärt, während sie ihre Ärmel hochkrempelte, um die Strafe zum ersten Mal auszuführen, nicht lange bevor Galeran gekommen war. »Er ist wie Adam, der Eva immer wieder erliegt. Du bist zu bedauern, mein Kind, daß man dich so armselig führt.«

Jehanne fragte sich, ob die Mutter Oberin ihre Ansicht über Galeran geändert hatte, nachdem sie ihn getroffen hatte. Er war nicht das Bildnis eines schwachen, liebevollen Ehemannes. Aber solange er sich weigerte, sie zu bestrafen, war das genau das, was jedermann denken würde.

Und natürlich *war* er liebevoll, dachte sie und lächelte ihre uneheliche Tochter traurig an. Obwohl er dabei nicht schwach war. Er führte sie so, wie sie ihn führte. Sie würden beide füreinander kämpfen und füreinander sterben.

Das war das Problem.

Aber da sie das Unglück angerichtet hatte, war es an ihr, es zu lösen und alle Schmerzen zu ertragen, auch wenn Galeran hinterher wütend wäre.

Sie schnitt eine Grimasse und gab zu, daß sie gerade ihren Entschluß brach, eine ordentliche Frau zu sein, die in der Lage war, geduldig darauf zu warten, bis die Männer die Probleme gelöst hatten. Sie mußte tun, was sie für richtig hielt, und zu Gott beten, daß *er* sie führte.

Im Moment war es richtig, ihre Strafe zu akzeptieren, so bitter es auch war, um sie dann als eine Waffe gegen den Bischof zu verwenden. Aber das bedeutete, daß sie der Anhörung am folgenden Tag beiwohnen mußte, um ihren Rücken zu zeigen, um dem König zu zeigen, wie Flambard sich über seine Befehle hinweggesetzt hatte.

Die Mutter Oberin würde das niemals erlauben.

Galeran würde auch nicht kooperieren. Wenn sie ihn von den Schlägen wissen ließe, würde er das stoppen. Aber Raoul könnte praktischer denken, wenn sie ihm eine Nachricht zukommen lassen könnte. Der einzige Weg, das zu tun, führte über Aline. Sie konnte sich noch nicht vorstellen, wie, aber das war die einzige Möglichkeit.

Sie durchsuchte den Raum nach etwas, daß ein Zeichen hinterlassen könnte. Donata ließ sie derweil mit sich allein beschäftigen. Sie fand nichts, aber da der Boden nur aus festgestampfter Erde bestand, benutzte sie ein wenig Trinkwasser, um ihn aufzuweichen und drückte mit dem Matsch eine Nachricht auf die Decke.

Jehanne konnte lesen, aber nur sehr schlecht schreiben, und mit den unpassenden Mitteln sah die Nachricht eher wie ein Durcheinander aus als nach Worten. Sie konnte nur hoffen, daß Aline sie entziffern konnte. Als sie Fußtritte hörte, wickelte sie Donata hastig wieder ein und übergab sie Schwester Martha.

Dann ging sie zu ihrem Betpult, um zu beten und auf den starken rechten Arm der Mutter Oberin Eadalyth zu warten.

O ja, sie verdiente jeden Schlag, den Bischof Flambard ihr auferlegt hatte. Sie hätte ihn dafür fast segnen können, wenn da nicht ein gewisser Armbrustangriff wäre, von dem sie sicher war, daß er Flambards Werk war. Raymond würde nie so tief sinken.

Einige Zeit später hörte sie, wie der Schlüssel sich drehte und die Tür sich öffnete. Ein leises Rascheln sagte ihr, daß die Mutter Oberin in ihrem weiten Gewand kam.

»Möge der Herr seinen verflixten Sündern vergeben«, intonierte Mutter Eadalyth, und die Rute schlug zu.

»Amen«, erwiderte Jehanne so fest sie konnte.

»Liebe Maria, hilf mir«, dachte sie, aber die Schläge schmerzten mehr auf ihrem bereits wunden Rücken. Sie umklammerte das Holz des Gebetspultes und erstickte bei jedem Schlag jeden Laut in einem Atmen. Sie ertrug sie schweigend.

Noch weitere vier.

Sie konnte noch weitere vier ertragen.

Noch drei.

Zwei.

Nur noch einer.

Die Erleichterung brach aus ihr hervor und ließ sie weinen, als es vorüber war.

Für dieses Mal.

In weiteren drei Stunden oder in sechs würde sie schreien. Jeder Mensch hatte seine Grenzen. Ihr Stolz schüttelte sich bei dem Gedanken daran, unter den Schlägen zu wimmern, aber Stolz war eine dumme Sache.

Als der Schlüssel sich hinter der Mutter Oberin im Schloß drehte, hob Jehanne ihren Kopf und betete, bot ihren Schmerz für die Sicherheit von allen und dem Sieg am Ende an.

Aline hatte beobachtet, wie die Sonnenstrahlen ein Viertel des Raumes durchwandert hatten, bevor Donata friedlich schlafend zurückkam. Aline nahm sie, zufrieden, daß Winifred

schnarchte. Sie legte Donata in die Kiste, die als Wiege diente, und wickelte sanft ihre Decke aus, um sie durch eine neue zu ersetzen.
Zuerst sah es aus, wie wenn jemand die Decke mit schmutzigen Händen angefaßt hätte, aber dann sah sie, daß der Schmutz Schrift war. Sie schüttelte ihren Kopf. Sie hatte im Kloster gelernt, Druckbuchstaben zu schreiben, aber Jehanne hatte immer Schreibschrift benutzt.
Trotz seltsamer Formen und merkwürdiger Rechtschreibung schien die Nachricht *Ich muß zu der Anhörung. Raoul.* zu lauten.
Aline stieß den Atem aus und rubbelte die Decke, so daß nur sie schmutzig aussah. Also wollte Jehanne zu der Anhörung gehen.
Da sie Raoul genannt hatte, ging sie offensichtlich nicht davon aus, daß Galeran ihr helfen würde.
Aline saß auf der Kante ihres engen Bettes und dachte nach.
Sie war sich sicher, daß bei gerichtlichen Anhörungen vor dem König normalerweise keine Frauen zugelassen waren. Vielleicht war das eine von Jehannes weniger genialen Ideen, geboren aus dem Bedürfnis, an allem teilzuhaben, egal, was geschah.
Jedoch waren sie alle Gefangene, und obwohl das Kloster kein Gefängnis war, war es doch sicher genug.
Aline seufzte. In Anbetracht von Jehannes Nachricht nahm sie an, daß sie versuchen mußte, eine Flucht zu organisieren.
Dann kam eine neue Flut von Problemen in ihr Bewußtsein.
Jehanne konnte sich nicht lange von Donata trennen, und mit einem Baby zu fliehen, würde tatsächlich schwierig werden. Mehr noch, wenn Jehanne der Anhörung beiwohnen wollte, wäre es das beste, wenn sie nicht allzulang davor fliehen würden. Sich die ganze Nacht mit einem lauten, schreienden Baby im Arm zu verstecken, war zu gefährlich.
Aline verstand, warum ihre Cousine Raoul erwähnt hatte. Er

war genau die Sorte Mann, die in der Lage sein könnte, all das zu organisieren, und da war auch noch der glückliche Umstand, daß er Ausländer war. Wenn der König über ihr Verhalten in Zorn ausbrechen würde, könnte Raoul in sein Heimatland fliehen.

Allein.

Aline schob diesen Gedanken beiseite und begann, wirkliche Pläne zu schmieden. Zu der Zeit, als die Nonnen vom Gebet zurückkamen, hatte sie eine Strategie entwickelt. Sie würde dennoch bis zur Vesper warten müssen, und daher entfernte sie ihre Nachricht von der einen Decke und stickte eine andere auf eine saubere, in der sie kurz erklärte, was sie vorhatte.

Spät am Nachmittag kam Schwester Martha, um Donata zu holen, und Aline wartete mit großer Ungeduld.

Das eine Problem an ihrem Plan war, daß er von so vielen Unsicherheiten abhing. Das andere war, daß er ihr angst machte.

Als die Nonne mit dem Baby zurückkehrte, hielt Aline ihren Bauch. »Ich fühle mich nicht gut«, stöhnte sie. »Ich glaube, ich bin krank. Ich weiß nicht, was es ist, aber ich mache mir Sorgen um das Baby. Sie könnte sich etwas einfangen ...«

»Oje. O nein!« rief die Nonne aus und sah sich nach Hilfe um. Aber die Glocke läutete zur Vesper und durch die offene Tür konnte Aline sehen, wie die Gemeinschaft in die Kapelle strömte. Wenigstens war die Zeit genau richtig.

»Vielleicht das Krankenhaus ...« stieß Aline hervor und hielt sich den Mund, als müsse sie sich übergeben.

»Ja!« rief die Schwester aus. »Wir können das Baby nicht gefährden.« Sie ergriff Aline und schob sie aus dem kleinen Raum, bevor sie die Tür schloß.

Aline lehnte sich gegen eine Mauer und schickte ein Dankgebet nach oben. Sie sprach ein weiteres Gebet, in dem sie erbat, daß die Krankenhausmitarbeiter ebenfalls bei der Vesper wären.

Nachdem sie das Beste für die Sicherheit des Baby getan hatte, legte Schwester Martha einen Arm um Aline. »Ihr armes Ding.

Kommt mit zum Krankenhaus. Dort ist ein Abort, und sobald die Vesper vorüber ist, wird Schwester Fredeswide etwas finden, um Euch zu helfen.«

Dank sei Dir, o gesegnete Mutter, sagte Aline leise. Es gab eine Chance, daß man sie irgendwann allein ließ.

Der kleine, geweißte Raum enthielt sechs Betten, alle leer. Noch ein Grund für Dank. Vielleicht lächelten Gott und seine Mutter milde auf dieses Unternehmen herab. Aline brach mit einem Stöhnen auf einem Bett zusammen. Schwester Martha saß unglücklicherweise auf einem anderen.

»Habt Ihr Bauchschmerzen, Lady Aline?«

»Ja. Ganz schlimme.«

»Ich werde Euch eine Schüssel bringen.«

Aber das führte die Nonne nur zu einem Bord am Ende des Raumes.

Aline nahm die Schüssel und murmelte ihren Dank, dachte scharf nach. »Vielleicht kann ich schlafen«, sagte sie nach einer Weile. »Bitte fühlt Euch nicht verpflichtet, die Vesper zu verpassen.«

»Ich bin entschuldigt, weil ich mich um unsere Gäste kümmere.«

Auf uns aufpassen, mit anderen Worten, dachte Aline böse. »Glaubt Ihr nicht, Ihr solltet dorthin gehen, wo Ihr Winifred hören könnt, wenn sie ruft? Was, wenn Donata auch krank wird?«

Schwester Martha sprang auf ihre Füße. »Oje! Natürlich! Das arme kleine Ding. Vielleicht sollte ich Schwester Fredeswide holen ...«

Bevor Aline widersprechen konnte, murmelte die Nonne: »Aber sie ist nicht gut zu ihr, und sie haßt es, unnötigerweise gestört zu werden ...«

Aline wartete betend.

»Ich werde in den Andachtsraum gehen«, sagte Schwester Martha mit einem Nicken. »Ich werde Euch oder die Kinderschwester hören können, wenn Ihr ruft.« Sie zögerte einen Moment. »Seid Ihr sicher, daß alles in Ordnung ist?«

»Ja. Es tut mir leid, wenn ich Euch Ärger mache.«

Die Nonne tätschelte ihre Hand. »Macht Euch keine Sorgen, Liebes. Ihr werdet bald wieder gesund sein.«

Als sie sich sicher war, daß Schwester Martha außer Sichtweite war, schlüpfte Aline aus dem Bett, um die Gegend zu erkunden. Dieser Raum hatte drei Türen. Eine führte hinaus in den Andachtsraum. Hinter der anderen Tür hörte sie Gesänge. Sie mußte in die Kapelle führen, was nicht ungewöhnlich war. Das bedeutete, daß die Tür während der Gottesdienste offenstand, damit die Kranken teilnehmen konnten.

Als sie die dritte Tür vorsichtig öffnete, stellte sich heraus, daß diese in den Stillraum des Krankenhauses führte. Es war erfüllt mit den Düften von Kräutern und Tränken, und seine andere Tür – *dank Euch noch einmal, gesegnete Mutter Gottes* – stand offen zum Kräutergarten.

Der Kräutergarten war aber leider kein Fluchtweg. Er hatte nur einen weiteren Ausgang – einen Bogengang zurück in den Andachtsraum, in dem Schwester Martha wahrscheinlich saß. Mit einem Seufzer der Enttäuschung betrachtete Aline die hölzerne Mauer, die zwei Seiten des Gartens abschirmte. Es war die äußere Mauer des Klosters, aber sie war mindestens zweimal so hoch wie sie selbst. Obwohl sie einige Querverstrebungen hatte, glaubte sie nicht, daß sie sie erklimmen könnte. Sie war niemals die Sorte Mädchen gewesen, die gern kletterten oder andere männliche Aktivitäten bevorzugten.

Auf der anderen Seite, sie mußte hier herauskommen.

Sie wandte sich um, um das Krankenhausgebäude zu inspizieren. Die Spitze des Strohdaches war ein wenig höher als die hölzerne Mauer. Vielleicht konnte sie sich von dort aus herunterlassen.

Ihr Herz begann bei dem schieren Gedanken daran vor Nervosität zu schlagen, aber wenn sie es versuchen wollte, dann mußte es sofort sein. Sobald die Vesper vorüber war, würde die Krankenschwester zurückkommen, um sie zu untersuchen, wahrscheinlich begleitet von der mißtrauischen Mutter Oberin.

Sie erinnerte sich daran, daß Raoul sie einen grünschnäbeligen Kadetten genannt hatte. Er hatte zwar nicht diese Art von Herausforderung gemeint, aber die Erinnerung daran stachelte sie an. Sie könnte es tun. Sie könnte alles tun, wenn sie es nur wollte.

Aline rannte zurück zum Krankenhaus und holte einen stabilen Stuhl heraus. Als sie darauf stand, sah sie, daß sie die ersten Büschel des tiefhängenden Schilfs fast erreichen konnte. Mit einem Sprung und einem Zug lag sie ausgestreckt auf dem Dach und betete zu allen Heiligen, die dumme Kletterer beschützten.

Als ihr Herzschlag sich verlangsamte, bemerkte sie, daß das Dach ziemlich flach war, und da die Schilflagen in regelmäßigen Abständen gebunden waren, war es leicht, bis zur Spitze zu klettern – solange sie nicht hinuntersah.

Als sie oben ankam, mußte sie jedoch hinunterblicken, um zu sehen, was Schwester Martha tat. Sie saß im Klostergarten und betete.

Es war ein weiter Weg bis nach unten.

»Gott segne dich und schütze dich, Schwester, und möge dich darüber nicht in zuviel Unbill stürzen.«

Aline begann, sich seitlich am Dachfirst entlangzurobben, auf die hölzerne Mauer zu, sie schimpfte irritiert, als die Lagen ihrer Kleidung immer wieder am Stroh hängenblieben.

An der Mauer stellte Aline fest, daß sie noch immer Gottes Segen hatte, da sich auf der anderen Seite eine enge, ruhige Straße befand. Menschen kamen nur von Zeit zu Zeit vorbei.

Der Abstand war jedoch noch immer doppelt so lang wie sie. Springen war völlig ausgeschlossen.

Sie wünschte, Raoul wäre hier, um ihr zu helfen. Sie war sich

sicher, daß er einige Möglichkeiten kannte, wie man eine Mauer hinunterkam. Tatsächlich würde er diese Sache billig finden und sie für ihre Furcht auslachen.
»Ha!« schimpfte Aline. »Ich werde es dir zeigen, Raoul de Jouray.«
Während ihr Herz vor Angst schlug, löste sie ihren geknüpften Gürtel und band ein Ende an eines der Schilfseile. Der Gürtel war länger als sie groß war. Wenn er hielt, sollte er den Abstand sehr verringern.
Wenn er hielt.
Betend, daß die Glocke zum Ende der Vesper nicht gerade jetzt läuten würde, wartete Aline, bis niemand mehr zu sehen war. Dann, immer noch eine Litanei an ihre Lieblingsheiligen flüsternd, hob sie ihre Beine und Hüften über die Mauer und hielt sich krampfhaft am Gürtel fest.
»Maria, Mutter Gottes, hilf mir.«
»Heilige Anne, bete für mich. Und gib mir kräftigere Arme und Hände!«
Ihre Muskeln schmerzten, ihre Füße schlugen gegen die Mauer. Sie arbeitete sich Hand um Hand das biegsame, sich spannende Stück Stoff hinunter.
»Heiliger Georg, mächtiger Krieger, komm und hilf mir!«
Ihre Hände schmerzten, die Kräfte ließen nach, und sie war sich sicher, daß sie den Halt verlieren würde.
Der Gürtel schnellte zurück.
Aline stieß einen Angstschrei aus, aber in Wirklichkeit war sie so nah am Ziel, daß sie nur mit einem Plumps auf ihr Hinterteil fiel.
Nach einer Schrecksekunde sprang sie auf, putzte sich den Staub ab und nahm das zerrissene Teil vom Boden.
Gerade noch rechtzeitig. Als sie mit weichen Knien die Straße entlangeilte, bog ein Mann, der einen schweren Sack auf seinem Rücken trug, in die Straße. Er ging ohne sie anzusehen vorbei, und ihr Herz begann, sich zu beruhigen.

Sie hielt einen Moment inne, um zu Atem zu kommen, da hörte sie die Klosterglocke das Ende der Vesper einläuten. Hastig wickelte sie den Rest ihres Gürtels um ihre Taille und ging in eine belebtere Straße, um Abstand zwischen sich und die Verfolger zu bringen.

Sie mußte grinsen. Sie hatte es *getan*! Warte, bis Raoul davon hörte! Nach einer kleinen Weile in der Anonymität eines bevölkerten, bunten Marktes mußte Aline allerdings zugeben, daß sie sich verlaufen hatte.

Sie hätte sich nie träumen lassen, daß eine Stadt so voll und groß sein könnte wie London, sie hatte gedacht, wenn sie eine Weile herumging, würde sie bald zu Hugos Haus gelangen. Sie war etliche Straßen hoch und runter gelaufen, aber sie hatte nichts erblickt, was ihr bekannt vorkam. Sie war sich nicht sicher, welche Art der Suche nach ihr gestartet würde, aber sie war in St. Hilda immerhin auf Anweisung des Königs festgehalten worden. Vielleicht war die ganze Stadt schon auf der Suche nach ihr.

Sie sah umher, aber noch starrte sie niemand an. Eigentlich schien jedermann, da es dem Ende des Tages zuging, mit seinen eigenen Erledigungen beschäftigt, und jeder eilte sich, nach Hause zu kommen.

Kunden machten ihre letzten Einkäufe, und Verkäufer begannen damit, ihre Waren einzupacken. Sie bezweifelte, daß sie sie bemerken würden, selbst wenn sie völlig nackt wäre.

Da hatte sie eine Idee. Sie zog sich in eine ruhige Ecke zurück, zog ihre reichverzierte Tunika aus und knüllte sie in ihren schlichten Schal. Dann zog sie ihren Gürtel um ihren schlichten Kittel. Mit unbedecktem Kopf und dem einfachen Kleid würde sie nicht so fehl am Platze wirken. Außerdem würde sie nicht so offensichtlich zu einer Personenbeschreibung passen, die vielleicht schon kursierte.

Aber was jetzt? Es war lächerlich, aber sie konnte sich nicht an den Namen der Straße erinnern, in der Hugo sein Haus und

Geschäft hatte. In kleineren, nördlichen Städten, sogar in York, nach dem Haus von Hugo und Mary, den Weinhändlern, zu fragen, würde sicherlich zum Erfolg führen, aber in London? Sie bezweifelte es.
Mehr noch, es waren so viele verschlagen wirkende Menschen hier, so viele Gauner und Schläger. Sie zögerte, der Welt kundzutun, daß sie eine Fremde war, die sich verlaufen hatte.
Sie ließ sich vom Strom der Menge an den Ständen vorbeitreiben, erinnerte sich an Waltham und den Wagen des Blechschmieds. Wenn nur Raoul aus dem Nichts auftauchen würde, um ihr zu helfen.
Aus dem Nichts auftauchen, um sie zu küssen?
Dieser Kuß, diese Gefühle und ihre Ablehnung seines Angebots, sie zu heiraten, beschäftigten sie sehr, aber jetzt war nicht die Zeit dafür, sich daran zu erinnern. Statt dessen sandte sie ein kurzes, heftiges Gebet an die Mutter Gottes.
Wie eine Antwort fielen ihr die Worte wieder ein. Corser Street.
Ihre Knie gaben fast vor Erleichterung nach. Sie sandte ein glühendes Dankgebet nach oben und bahnte sich ihren Weg hinüber zu einer nett aussehenden Frau, die Gläser mit Honig und Körbe voller Honigkuchen in einen kleinen Wagen lud.
»Wäret Ihr so nett, Fräulein, könntet Ihr mir den Weg zur Corser Street erklären?«
»Verlaufen, Liebes?« fragte die Frau. »Kein Wunder, so verrückt wie alles hier in den letzten Tagen zugeht. Ich wäre glücklich, wenn sich alles bald wieder beruhigt, auch wenn es schlecht für das Geschäft ist. Corser Street?« Sie wandte sich um und rief dem Blutwurstverkäufer neben ihr zu: »Davvy! Corser Street. Wo ist die?«
Der Mann hörte nicht auf, seine restlichen Würste zu verpacken. »Drüben, in der Nähe der Fetters Lane. Unten, nahe am Fluß.«
Die Honigfrau wandte sich um. »Nun, Liebes, folgt dieser

Straße zur Cooper's Lane. Geht dann links, und die Straße wird Euch zum Fluß führen. Corser Street ist in dieser Richtung. Ihr werdet sie finden.« Sie nahm einen kleinen Honigkuchen und drückte ihn in Alines Hand. »Hier, Liebes. Das wird Euch Kraft geben.«

Aline hätte die Frau am liebsten für ihre Hilfe umarmt, aber sie dankte ihr einfach und eilte weiter. Vielmehr, sie wäre geeilt, wenn die Menge es zugelassen hätte. So wie es war, mußte sie sich dem Strom der Menschen anpassen, geschoben und angerempelt von denen, die trotzdem versuchten, schneller voranzukommen.

Es waren zweifellos in der Nähe ruhigere Straßen, aber sie hatte Angst, daß sie die Orientierung verlor, und außerdem war sie in so einer Menge gut getarnt. Um noch weniger verdächtig zu sein, zwang sie sich, zu schlendern und an dem Honigkuchen zu knabbern. Währenddessen versuchte sie zu verstehen, was eigentlich los war.

Sie fragte sich, warum Jehanne das Gefühl hatte, daß sie bei der Anhörung dabeisein mußte, aber sie wußte, wenn ihre Cousine überzeugt war, daß sie dem König etwas Wichtiges mitzuteilen hatte, dann hatte sie wahrscheinlich recht damit. Jehanne war ungeheuer schlau.

Jehanne hatte wahrscheinlich auch recht damit, daß Galeran sie davon abhalten würde, der Anhörung beizuwohnen, wenn er es könnte. Das machte Aline zusätzliche Sorgen. Galeran war auch ungeheuer schlau. Wenn er dachte, es wäre das beste für Jehanne, wenn sie nicht auftauchte, dann könnte er recht haben.

Also, sollte sie zu Galeran gehen, ihm die Situation erklären und alles in seine Hände legen? Oder sollte sie zu Raoul gehen und hoffen, daß er helfen würde, Jehanne morgen früh aus dem Kloster zu befreien?

Und wie sollte das vor sich gehen?

Aline sah die Worte *Cooper's Lane* auf einer Mauer vor sich, illustriert durch einen Stapel Fässer. Sie streifte die Kuchenkrümel von ihren Händen ab und arbeitete sich durch die Menge, damit sie rechtzeitig abbiegen könnte, wenn die Straße auftauchte.

Die Änderung war so abrupt, daß es sich anfühlte, als wäre die Cooper's Lane verlassen, während sie in Wirklichkeit recht geschäftig war. Es war jedenfalls klar, daß wenige sie als Durchgangsstraße nutzten, möglicherweise weil hier überall diese Stapel von Fässern vor jedem Haus standen. Die Menschen hier waren entweder Böttcher und ihre Lehrlinge und Familien oder entschlossene Geschäftsleute, die Produkte prüften und Anweisungen gaben.

Fässer.

Wein.

Die Böttcher kannten bestimmt alle Weinhändler.

Als ein älterer Mann herauskam, um eine Tonne in seine Werkstatt zurückzurollen, sprach Aline ihn an: »Entschuldigt, Sir, aber kennt Ihr den Weinhändler Hugo, der in der Corser Street lebt?«

Der Mann richtete sich auf und musterte sie von oben bis unten. Aber dann winkte er ab und lächelte. »Und wenn ich ihn kenne, schönes Mädchen?«

Alines Instinkt war, zurückzuweichen, aber sie wußte, daß er sie nur neckte, daher erwiderte sie das Lächeln. »Ich bin das neue Mädchen dort, Sir, und ich habe mich verlaufen. Könnt Ihr mir sagen, wie ich dorthin zurückkomme?«

»Vom Land, nehme ich an«, sagte er und seine Augen glänzten neugierig. »Aus dem Norden, würde ich meinen.«

Sie hätte vor Ungeduld am liebsten geschrien, aber er war offensichtlich stolz auf seine Schlußfolgerung. »Wie habt Ihr das erraten?« fragte sie bewundernd. »Ja, Sir, ich komme aus der Nähe von Durham.«

»Ein weiter Weg bis nach Hause, es ist kein Wunder, daß Ihr Euch verlaufen habt. Also gut.« Er berührte ihren Arm, aber nur, um sie zur Straße zu wenden. »Geht hier hinunter, bis Ihr zu dem Haus kommt, das über der Straße liegt. Das mit der roten Verzierung. Seht Ihr es?«

»Ja.«

»Dort ist eine Gasse, die durch die Häuser hindurch führt. Folgt ihr und Ihr werdet in die Ironmonger's Lane kommen. Dort ist ein weiterer Durchgang. Geht diesen Weg, und Ihr werdet in der St. Mark's Road herauskommen. Dann biegt links ab, und Ihr werdet die Corser Street sehen. Alles verstanden?«

»Ja«, sagte Aline. »Aber warum kann ich nicht geradewegs hier entlanggehen und dann rechts abbiegen?«

»Ihr seid ein schlaues Ding, nicht wahr?« sagte er bewundernd. »Dieser Weg führt hinunter zum Hafen, Süßes. Ich werde kein hübsches Mädchen wie Euch dort hinschicken. Ihr geht den Weg, den ich Euch beschrieben habe.«

»Danke«, sagte sie ehrlich. »Vielen Dank.«

Er tätschelte ihren Arm. »Auf geht's.«

Aline winkte und ging um die Fässer herum, hinunter zu dem engen Durchgang zwischen den Häusern. Wie der Böttcher gesagt hatte, führte er zu den Eisenwarenhändlern mit ihren Schmieden und klingenden Hämmern, dann zu einer größeren Straße mit verschiedenen Händlern und Gaststätten.

»Links«, murmelte sie zu sich selbst, als sie sich umwandte. Sie suchte bereits die Nebenstraßen nach der, die sie brauchte, ab. Wenn ihr nur irgend etwas bekannt vorkäme. Aber wie sollte das möglich sein, da sie das Haus nicht verlassen hatte, bis auf den Tag, an dem sie nach St. Hilda gebracht worden war?

Nach einer Weile hielt sie an, sah nach hinten und fragte sich, ob sie sich vielleicht geirrt haben konnte. Sollte sie doch rechts abbiegen ...?

»Aline?«

Siebzehntes Kapitel

Als sie die Berührung auf ihrer Schulter fühlte, schrie Aline auf und sprang vor Schreck in die Luft. Aber in dem Moment, als sie sich umdrehte, erkannte sie die Stimme. Sie warf sich mitten auf der Straße in Raouls Arme.

»Bist du in Ordnung?« fragte er und schob sie von sich fort, um sie zu betrachten.

»Ja, aber Jehanne ...«

Er bedeckte ihre Lippen mit seinem Finger, dann legte er einen Arm um sie und führte sie in eine ihrer Meinung nach falsche Richtung. Sie fühlte sich trotzdem wundervoll sicher und konnte es schätzen, wie es nur eine Person konnte, die gerade einer großen Gefahr entronnen ist.

»Ist Hugos Haus nicht in der anderen Richtung?«

»Die Männer des Königs sind schon dort und suchen dich. Ich nehme an, nachdem du über die Mauer geklettert bist, willst du nicht zurück?«

»Nicht im Moment. Aber ich muß dir etwas sagen ...«

Wieder brachte er sie zum Schweigen. »Noch nicht.« Er suchte die Gegend ab, dann drängte er sie in einen Gasthof.

»He, Paul!« rief er dem Gastwirt fröhlich zu, hielt Aline dabei eng an sich gepreßt. »Hast du freie Zimmer?«

Die kleinen Augen des Mannes betrachteten sie, dann wackelte sein Bauch vor Lachen. »Weißt du, mein Freund, ich habe immer welche für Notfälle frei. Den Gang entlang. Zweite Tür rechts.«

Raoul warf ihm eine Silbermünze zu. »Und einen Krug mit Wein.«

Der Wirt drehte einen Hahn an einem großen Faß, füllte einen irdenen Krug mit Wein und gab ihn mit einem Augenzwinkern weiter.

Aline, noch immer in Raouls eisernem Griff gefangen, versuchte sich daran zu erinnern, daß sie in wichtiger Mission unterwegs war und daß Raoul wahrscheinlich nur versuchte, sie in Sicherheit zu bringen. Aber der Gedanke, daß er diesen Mann kannte und wußte, daß er Räume für Männer und ihre Huren freihielt, weckte in ihr den Wunsch, ihm die Augen auszukratzen.

In Sekunden waren sie in einem kleinen Raum – eigentlich war es ein abgetrennter Alkoven –, der ein Bett, eine Bank und einen Tisch enthielt. Und einen hartnäckigen Gestank.

Raoul ließ Aline frei, sie ging hinüber zu dem Bett und zog die Decke fort, um die dreckigen Laken zu betrachten. »Ich hoffe, du hast nicht vor, dieses Bett zu benutzen.«

»Natürlich nicht. Der Wein ist aber wahrscheinlich sicher.« Er goß etwas in die zwei hölzernen Becher und gab ihr einen. »Trink. Dann kannst du mir erzählen, was los ist. Aber leise. Diese Wände verdienen kaum ihren Namen.«

Aline kämpfte gegen ihre Wut an und versuchte, ihre Gedanken auf die wichtigen Dinge zu lenken.

Und versagte.

»Du findest Ella, sobald du auf Heywood ankommst«, zischte sie, »und diesen Ort, sobald du in London ankommst!«

»Ich würde das Bett auch nicht benutzen, Aline.«

Er sah nicht das kleinste bißchen schuldbewußt aus. Aline wandte sich ab.

»Jehanne«, erinnerte er sie.

Also mußte sie sich umdrehen und zu ihm zurückgehen. Sie tat es, aber mit einem mürrischen Gesicht. »Jehanne ist eine Gefangene im Kloster«, sagte sie in der sanftesten Stimme, die ihr möglich war. »Das sind wir alle, nehme ich an, aber sie ist von uns getrennt, und ich mag das gar nicht.«

Er zog sie an seine Seite, damit er in ihr Ohr flüstern konnte. »Galeran hat das berichtet. Er mag es auch nicht, aber er sprach mit ihr, und es schien nichts ernsthaft in Unordnung zu sein. Er erwartet, daß die ganze Sache morgen vorbei sein wird. Er glaubt, daß der König ihn gegenüber Flambard bevorzugen wird. Der Bischof wird sich nicht einmal trauen, in den Straßen von London zu erscheinen, ohne um sein Leben zu fürchten. Es gibt keinen Grund für den König, ihn zu unterstützen.«

Aline widerstand der Versuchung, sich gegen seine breite Brust zu kuscheln. »Jehanne möchte bei der Anhörung dabeisein.«

»Laß sie es wollen.«

Aline sah ihn so böse an, daß ihr der Nacken schmerzte. »Sie ist keine dumme Gans! Sie konnte nicht sagen, warum sie dort sein muß, aber es ist wichtig. Das ist keine Laune.«

Er hob sie auf und setzte sie auf den wackeligen Tisch, damit sie ihm näher war und er ihr ins Gesicht sehen konnte. »Sie ist im Gewahrsam des Königs, Aline. Es wird ihn kaum auf ihre Seite ziehen, wenn sie flieht und ihm gegenübersteht. Auch deine Eskapade wird nicht dazu beitragen. Ich dachte, die Idee war, die Welt davon zu überzeugen, daß Jehanne eine schwache Frau ist, durch Verzweiflung über den Tod ihres Kindes verwirrt.«

Um ihr nahe zu sein, stand er zwischen ihren Beinen. Da er sich anscheinend nichts dabei dachte, versuchte Aline, es auch nicht zu tun. »Ich weiß«, murmelte sie, dann räusperte sie sich. »Das macht mir auch Sorgen. Aber sie ist entschlossen. Also, sollten wir es Galeran erzählen?« Unfähig, ihre Position zu vergessen, wand sie sich seitlich heraus, brachte damit den ganzen Tisch zum Schwanken.

Er legte seine Hände auf ihre Hüften. »Bleib ruhig. Galeran davon zu erzählen, scheint das Vernünftigste zu sein.«

»Aber sie will das nicht.«

Warum konnte sie seine Hände auf ihren Hüften nicht ignorieren? Das war doch keine unanständige Berührung ...

Aber die Art und Weise, wie ihre Körper aneinander gepreßt waren, war es, trotz der Schichten von Kleidung, die zwischen ihnen waren. Er schien jedenfalls nicht beunruhigt zu sein. Seine Gedanken waren vollständig bei Jehanne und Galerans Problemen. So wie es sein sollte.

So wie es auch bei ihr sein sollte.

»Wenn ich mein Schwert darauf verwetten sollte«, sagte er nachdenklich, und seine Daumen drückten gegen ihre Hüftknochen, so daß sie wieder ausweichen wollte, »würde ich sagen, daß die Lady Jehanne ihren Ehemann so sehr liebt, wie er sie. Habe ich recht?«

Wenn sie ihm sagte, daß er damit aufhören sollte, würde er wissen, was für eine Wirkung sie auf sie hatte. »Natürlich hast du recht.«

Er runzelte die Stirn. »Also, warum will sie, daß er von ihren Absichten nichts weiß?«

»Weil er versuchen würde, sie davon abzuhalten, nehme ich an.«

Wieder so eine Berührung, bemerkte sie. Ob er sich dieser Berührungen bewußt war oder nicht, sie würde jedenfalls nicht zugeben, daß sie irgendeine Wirkung auf sie hatte.

Er nickte. »Also muß ihr Vorhaben sein, ihn vor einem Duell mit Lowick zu bewahren. Genau wie er versucht, sie davor zu bewahren, zum Zentrum dieses Falls und vielleicht für ihre Sünden bestraft zu werden. Ach, Liebes«, bemerkte er mit einem ironischen Lächeln. »Liebe führt sogar kluge Menschen auf seltsame Wege.«

Aline war sehr stolz darauf, daß sie ihn nicht hatte wissen lassen, wie seine Berührung, sein Lächeln, seine Anwesenheit ihr Gehirn in Liebesknoten verwickeln konnten. »Wie gut, daß wir frei davon sind und klar denken können«, sagte sie. Unglücklicherweise laut.

Er legte seine Finger auf ihre Lippen, brachte sie zum Schweigen. Aber er lachte. Lachte er sie aus? Seine Hände ruhten weiter auf ihren Hüften.

Als er sie fortnahm, sagte sie nur: »Also, was sollen wir tun?«

Er wurde ernst. »Zuerst werden wir für dich einen besseren Ort zum Bleiben finden. Nicht leicht, so voll wie London jetzt ist.« Er küßte sie schnell, leicht, brennend.

Als wenn es keine Bedeutung hätte.

»Warte hier einen Moment.«

Er schlüpfte aus der Tür, und Aline sprang vom Tisch, hätte ihn dabei fast umgeworfen. Es war demütigend für sie, sich mehr Gedanken um Raoul, seine Huren und ihre Lust auf ihn zu machen, als um Jehanne und den König. Aber sie schien keine Kontrolle darüber zu haben. Sie konnte ihr logisches Denken dazu zwingen, sich um Jehanne Sorgen zu machen, um Lowicks Anspruch auf Donata, aber tief in ihrem Innern war ein Ort, an dem Raoul die einzig wichtige Person auf der Welt war.

Und er konnte sein Pferd nicht mehr als ein paar Tage in einem Stall lassen!

Sie saß unglücklich auf der Bank.

Jungen Männern war es erlaubt, ihren Samen an Huren oder leichtfertige Dienerinnen zu verschwenden. Da es für viele nicht angebracht war zu heiraten, was sollten sie auch anderes tun? Sie wußte, daß ihre Brüder so etwas taten, und es hatte sie überhaupt nicht gestört. Sie wollte jedoch, daß Raoul wie ein Einsiedler lebte. Oder seinen Samen an sie vergab.

Ein heißer, kräuselnder Schmerz zwischen ihren Schenkeln ließ sie auf die Füße springen, genau in dem Moment, als er zurückkam.

»Was ist?« fragte er und sah sich um, ob es Ärger gab, das Messer schnell bei der Hand.

»Nichts! Du warst nur eine ganze Weile fort.«

Er steckte das Messer zurück in seine Scheide. »Nur lang genug, um in den Gastraum zu gehen und von Paul eine

Adresse zu erhalten.« Plötzlich zog er sie in seine Arme und streichelte zärtlich über ihren Rücken. »Hab keine Angst. Ich werde es nicht zulassen, daß dir jemand weh tut.«
Du könntest mir weh tun, dachte sie. Du könntest mir weh tun, indem du allein in dein sonnenbeschienenes Zuhause zurückkehrst. Du könntest mir weh tun, indem du meine Tugend stiehlst. Du könntest mir weh tun, indem du mich unberührt läßt ...
Er schob sie sanft zurück und sah sie mit seinen nur zu genau sehenden Augen an. »Besser?«
Sie nickte, fragte sich, warum das Leben nicht so einfach war, wie es sein sollte. Wenn sie sich schon verlieben mußte, warum nicht in einen vernünftigen Mann aus dem Norden?
Er hatte ein blaues Stück Stoff in der Hand und zeigte es ihr. »Zieh das über.«
Sie wickelte es um ihren Kopf, so daß ihr Haar vollständig versteckt war.
»Braves Mädchen. Nun komm.«
Er führte sie hinaus in den Gastraum, der wie ein Kaninchenbau aussah, und nahm einen anderen Weg. Sie kamen in einen Hinterhof, der voller Schweine war. Sie suchten sich ihren Weg durch einige aneinandergrenzende Höfe, bis sie durch eine weitere Taverne auf eine breite Straße kamen.
»Cheapside«, sagte er und führte sie hinüber in eine Seitenstraße. Auf halbem Weg hielt er an und klopfte an eine Tür.
Sie wurde geöffnet, und eine hagere Frau sah sie an.
»Wir wollen ein Zimmer für eine Nacht«, sagte Raoul.
»Sechs Pence.«
Raoul gab ihr die Münze, und die Frau führte sie einen Korridor entlang, dann ein paar ausgetretene Treppen hinauf. Der Ort war so schmuddelig und vollgestellt wie der vorige, aber wenigstens roch es sauber. Als die Frau ihr Zimmer erreichte, sahen sie, daß es sogar eine Art Tür hatte, die an der Mauer durch Lederscharniere gehalten wurde.

Sie ging ohne ein weiteres Wort fort, und Aline sah sich um. Tisch, Bank und Bett. Genau wie im anderen Zimmer. Aber sauber. Sie prüfte die Laken und sah, daß sie sauber waren und frisch rochen, wie sie erwartet hatte.
»Auf jeden Fall um Klassen besser«, sagte sie spöttisch.
»So scheint es. Ich werde es mir merken müssen.«
Aline knirschte mit den Zähnen, aber sie widerstand dem Bedürfnis, das zu kommentieren.
»Nun«, sagte Raoul, »werde ich das Kloster besuchen, um zu sehen, ob ich hineinkomme, um mit Jehanne zu sprechen. Ich muß herausfinden ...«
»Du kannst mich nicht hierlassen!« Aline schämte sich für die schwachen Worte, sobald sie ihr entwischt waren, aber sie war in einer fremden Welt und hatte Angst.
Er nahm ihre Hände. »Pscht, Liebes. Du wirst hier sicher sein. Männer kommen in Begleitung hierher, nicht, um eine zu suchen. Und Paul hat gesagt, daß Fräulein Helfswith diese Pension sehr streng führt. Wenn es Ärger gibt, muß sie nur an die Tür ihrer starken Söhne klopfen, die nebenan beim Hufschmied wohnen.«
Seine Worte klangen vernünftig, aber Aline wollte sich am liebsten an ihn klammern und ihn nicht wieder gehen lassen. Sie zwang sich dazu, ihn anzulächeln und sagte leichthin. »Gut. Alles in Ordnung.«
Er berührte ihre Wange. »Das ist mein mutiges Mädchen ...« Seine Hand um ihren Nacken gelegt, küßte er ihre Lippen. Dann – fast mit einem Seufzer – zog er sie in seine Arme und küßte sie leidenschaftlicher.
Alines Bewußtsein sagte ihr, daß sie widerstehen müßte.
Aber es fehlte ihr an Willen.
Sie vermutete, daß ihr wahrscheinlich auch der Wille fehlen würde, wenn er sie jetzt auf das Bett werfen würde.
Als sie den Geschmack seines Mundes spürte und sich enger an die heiße Kraft seines Körpers drängte, begann sie darüber nachzudenken, ob sie nicht *ihn* auf das Bett werfen sollte!

Er löste sich langsam aus der Umarmung, so langsam, als müßte er sich aus einem Honigtopf herauswinden. »Geh nicht.« Die Worte entschlüpften ihrem Herzen, entstanden aus ihrem fordernden Verlangen. »Oh, hör mir nicht zu!« fügte sie schnell hinzu. »Ich weiß, daß ich hier sicher bin.«
»Bist du sicher?« murmelte er, hielt seine Arme noch immer um sie geschlungen. »Ich werde heute nacht zurückkommen müssen, weißt du.«
Sie wußte, warum er daraus eine Warnung machte.
Sie hatte jedoch wirklich keine Wahl, außer zum Kloster zurückzukehren. »Ich würde die Nacht hier nicht allein verbringen wollen.«
»Das ist es, was ich meine.«
»Aber du solltest besser gehen.«
»Ja.«
Sie redeten wie Verrückte oder wie Betrunkene.
Aline verschränkte ihre Hände auf seiner Brust und gab ihm einen kräftigen Schubs, so daß er wankte und einen Schritt zurück machen mußte. »Hier.« Er gab ihr sein Messer, eine lange, glänzende, scharfe Klinge mit einem Griff aus ziseliertem Silber, mit Bernstein besetzt. »Kannst du damit umgehen, wenn es nötig sein sollte?«
»Ja.«
»Das dachte ich mir. Aber erstich keine der Wachen des Königs, falls man dich finden sollte. Es ist nur gegen Vergewaltiger.« Er wandte sich zur Tür. »Mich eingeschlossen.«
»Du könntest mich nicht vergewaltigen ...«
»Ich wünschte, ich hätte ein so absolutes Vertrauen.«
»... weil ich mir nicht vorstellen kann, dir zu widerstehen.«
Er schloß kurz seine Augen. »Dann helfe Gott uns beiden.«

Raoul bahnte sich seinen Weg durch die Straßen von London, versuchte, seine Gedanken auf die ernste Angelegenheit zu konzentrieren, die es zu bewältigen galt. Aber er spürte die

ganze Zeit, daß er ein schmerzendes Verlangen hatte und daß da ein köstliches Mädchen wartete, das ihn heute nacht wahrscheinlich nicht hart genug bekämpfen würde.
Er wollte Aline, aber er wollte sie als seine angetraute Ehefrau. Er wollte sie nicht entehren. Aber er wollte sie, wie er nie zuvor in seinem Leben eine Frau gewollt hatte.
Er stöhnte laut, was ihm einen amüsierten Blick von einem vorbeieilenden Händler eintrug. Galeran und Jehanne, sagte er leise zu sich.
Fast mußte er seine Lippen bewegen, um sich konzentrieren zu können. Er ging die letzten Ereignisse durch. Der König hatte sich einverstanden erklärt, Galerans Fall anzuhören. Galeran hatte vor, darum zu bitten, daß die Gesellschaft Jehanne vergab, so wie er es getan hatte, und daß sie beide Donata behalten konnten. Es gab keinen Grund zu denken, daß der König diese Anfrage ablehnen sollte. Aber warum hatte er dann Jehanne und Donata festsetzen lassen?
Eine Flucht zu organisieren, war auf jeden Fall sehr gefährlich. Galeran war besorgt und ärgerlich aus dem Kloster zurückgekommen, aber er schien noch immer zu denken, daß die Haft dort von geringer Bedeutung war. Er war zuversichtlich, daß der König in seinem Fall für sie entscheiden würde und daß Jehanne freikam.
Aber warum wollte Jehanne befreit werden, um beim König vorzusprechen? Aline hatte recht, Jehanne war kein Dummkopf. Raoul fürchtete mehr, daß sie vorhatte, sich für eine Strafe zu opfern, um Galeran davor zu bewahren, sich Lowick auf Schwertes Länge gegenüberzustellen. Wenn Raoul ihr half und sie darin unterstützte, würde es wahrscheinlich damit enden, daß er mit seinem Freund kämpfen mußte!
Als er am Kloster ankam, läutete er die Glocke, die neben dem Portal hing. Als das Türchen sich öffnete, fragte er: »Ich komme, um Nachricht über Lady Aline einzuholen. Ist sie gefunden worden?«

»Nein, Sir.«
»Könnte ich hineinkommen und mit der Mutter Oberin über diese Angelegenheit sprechen?«
Widerwillig wurde die Klostertür ganz geöffnet, so daß er hindurchtreten konnte. Kurz darauf war er im schlichten Raum der Mutter Oberin.
»Ihr habt Nachrichten von diesem dummen Kind?« fragte die Mutter Oberin, und in ihrer Stimme kämpfte Ärgernis mit Besorgnis.
»Ich kam mit derselben Frage. Sie ist nicht an eine so große Stadt gewöhnt. Ich habe Angst um sie.«
»Das habe ich auch«, fuhr die Frau ihn an. »Ich habe keine Ahnung, was sie geritten hat, so etwas zu tun. Und das, obwohl sie selbst fast eine Nonne ist!«
»Könnte ich mit Lady Jehanne sprechen? Ich frage mich, ob Aline Verwandte oder Freunde in der Nähe hat, bei denen sie vielleicht Unterschlupf gefunden haben könnte.«
Die Mutter Oberin runzelte für einen Moment die Stirn, aber dann nickte sie, entließ ihn aus ihrem Raum und führte ihn um den Andachtsraum herum. Raoul merkte sich so viel wie möglich von der Umgebung.
Sie schloß eine Tür auf und ließ ihn eintreten. Jehanne kniete betend auf der Erde, und als sie angesprochen wurde, zuckte sie zusammen.
»Weiß sie Bescheid?« fragte Raoul. Er wollte versuchen, es ihr möglichst schonend beizubringen, aber Jehanne hatte die Frage gehört.
»Was wissen?« fragte sie, stand abrupt auf und holte tief Luft, fast wie im Schmerz.
»Daß Aline verschwunden ist«, sagte Raoul und beobachtete sie sorgfältig.
Sie stützte sich mit einer Hand an dem Gebetspult ab und sah blasser aus als sonst. »Verschwunden? Wie? Was geht hier vor?« Ihre große Blässe sagte ihm, daß sie etwas verbarg. Dann

fügte sie hinzu: »Donata?« Aber Raoul spürte, daß sie keine wirkliche Angst um ihr Kind hatte.
»Das Kind ist sicher bei ihrer Kinderschwester«, sagte die Mutter Oberin. »Aus irgendwelchen Gründen hat Eure Cousine einen Weg aus St. Hilda heraus gefunden und ist bisher noch nicht wiedergesehen worden. London ist eine gefährliche Stadt.«
Jehannes Augen wanderten zu Raoul, auf der Suche nach der Wahrheit. Er gab sie ihr nicht freiwillig. »Ich fragte mich, ob sie vielleicht Freunde oder Verwandte in der Stadt hat.«
»Nein. Niemand, von dem ich wüßte.« Ihre Hand auf dem Gebetspult krallte sich fest, so daß ihre Knöchel weiß schienen. »O Gott, hilf ihr ...«
Er konnte sie nicht so quälen. Er nickte ihr leicht zu.
Fast hätte sie sich gehen lassen, aber sie vertuschte ihren Seufzer der Erleichterung, indem sie ihn in einem Schluchzen erstickte und ihr Gesicht bedeckte. »Oh, bei der heiligen Jungfrau, welches Unglück kann es noch geben? Und es ist alles meine Schuld, meine Schuld!« Sie ließ ihre Hände sinken und starrte ihn an. »Finde sie. Raoul. Hilf uns!«
Die letzte Bitte, das wußte er, galt nicht Aline.
Er war noch immer besorgt, insbesondere, da er Geheimnisse vor Galeran hatte, aber er nickte. »Ich werde mein Bestes tun. Der König läßt auch nach ihr suchen. Hast du eine Ahnung, warum sie davongelaufen sein könnte?«
Sie schüttelte ihren Kopf.
»Weißt du, daß der König euren Fall morgen anhört?«
»Ja. Ich wünschte, ich könnte dort sein.«
Das war direkt. »Ich bezweifle, daß du dazugerufen wirst. Und ich bezweifle, daß Galeran es will.«
»Galeran scheint vorgeben zu wollen, daß ich nichts dafür konnte.«
»Es gibt in jedem Fall keinen Grund für dich, dabeizusein. Du hast nichts anzubieten oder zu beweisen.«

»Vielleicht nicht.« Aber ihre Augen sagten etwas anderes.
Raoul sah, wie die Mutter Oberin ungeduldig wurde. »Wenn du eine Nachricht für Galeran hast, könnte ich sie ihm überbringen.«
»Du kannst ihm sagen, daß ich während der Anhörung an seiner Seite sein will, aber ich bezweifle, daß ihn das umstimmen wird.«
Raoul nickte. »Und in der Zwischenzeit wird es dir hier gut ergehen? Ich habe befürchtet, daß eine falsche Behandlung Aline dazu gebracht hat, von hier fortzulaufen ...«
»Ich bin zufrieden.«
Dann mußte er gehen. Es wurde dunkel – die Glocken des Komplets erklangen, als er ging –, er mußte zu Aline zurück. Er hielt an der Corser Street und fand Galeran ausgezehrt herumwandernd.
»Aline ist in Sicherheit«, sagte Raoul.
»Gott sei Dank!« Galeran ergriff seinen Arm. »Unverletzt? Wo ist sie?«
»An einem sicheren Ort. Es wäre nicht gut, sie hierher zurückzubringen.«
Galeran fuhr mit seinen Händen durch sein Haar. »Nein. Ich wäre nicht überrascht, wenn das Haus überwacht würde. Ich wünschte, ich könnte verstehen, was hinter all dem steckt.«
»Ich denke, ich sollte zu ihr gehen. Sie ist ziemlich verängstigt.«
»Aber warum flieht sie dann aus dem Kloster?« Galeran war irritiert, aber – dem Himmel sei Dank – zu verwirrt, um seiner eigenen Frage nachzugehen. Statt dessen sah er Raoul scharf an. »Hast du vor, die Nacht mit ihr zu verbringen?«
»Wir werden miteinander reden ...«
Galeran zog sein silbernes Kreuz heraus, das Wasser vom Jordan enthielt. »Schwöre darauf, daß du sie nicht entehren wirst.«
Raoul sah auf die Reliquie. »Du könntest mir ruhig vertrauen, mein Freund.«

»Das tue ich. Ich vertraue dir, daß du deinen Schwur nicht brichst, egal, wie groß die Versuchung ist.«
Raoul legte seine Hand auf das Kreuz und leistete den Schwur. Er fühlte sich durch diese Bekräftigung seiner guten Absichten erleichtert. Aber wieder fragte er sich, ob es klug war, Geheimnisse vor Galeran zu verbergen.
Nun gut. Er hatte eine Nacht, das alles zu überdenken, da er ja keine anderen interessanten Dinge tun durfte.
»Ich war auch beim Kloster«, sagte er, »und habe mit Jehanne gesprochen. Sie scheint in Ordnung, obwohl sie eher angespannt wirkt. Aber das ist kaum verwunderlich. Du siehst auch gespannt aus wie ein Bogen. Im Moment sind alle in Sicherheit. Schlaf ein wenig.«
Galeran lachte und machte eine Verbeugung. »Ja, Schwester.«
»Es könnte sein, daß du morgen kämpfen mußt. Du brauchst deinen scharfen Verstand und einen ausgeruhten Körper.«

Im Kloster kehrte die Mutter Oberin zu der Zelle zurück, bewaffnet mit ihrer Rute. »Was wird Eure dumme Cousine tun, Lady Jehanne?«
»Ich weiß es nicht.«
»Ich denke, Ihr wißt es. Ihr seid eine niederträchtige, hinterhältige Frau, und Ihr solltet für sie genauso bezahlen wie für Eure Sünden.«
Jehanne drehte sich um und kniete nieder, das Urteil der Mutter Oberin akzeptierend. Sie hatte nicht bedacht, wie Aline Raouls Hilfe holen sollte, und daher hatte sie sie in Gefahr gebracht. Sie würde es dennoch wieder tun, um Galeran zu schützen.
»Möge der Herr seinen verdammten Sündern vergeben.«
»Amen.«
Jehanne betete ehrlich um Vergebung, als die Schläge begannen, dieses Mal waren sie härter. Beim fünften Schlag verlor sie ihre Kontrolle und schrie auf.

Im Zickzack kehrte Raoul zum Helswith-Haus zurück; er wollte sichergehen, daß ihm niemand folgte. Während er lief, überlegte er, welche Möglichkeiten es gab. Er hatte das Kloster genau betrachtet. Es würde ein Kinderspiel sein, Jehanne dort herauszuholen. Aber die Hoheit der Kirche zu verletzen, war ein Risiko, das man nicht auf die leichte Schulter nehmen sollte.
Unter oder vielmehr über all diesen Besorgnissen lag der Gedanke, daß er dabei war, die Nacht mit Aline zu verbringen, die seine Kontrolle bis zum Bersten beanspruchen würde.
Sie hatte ihre Mission beendet und ihn getroffen, also könnte sie eigentlich zum Kloster zurückkehren. Eine Befürchtung war, daß sie möglicherweise bestraft werden könnte. Andererseits müßte sie nach einem seiner Pläne am frühen nächsten Morgen dorthin zurück.
Und natürlich gab es da auch noch die Tatsache, daß er diese Nacht *wollte*, so quälend sie auch zu werden versprach.
Nur eine Nacht zum Reden.
Eine Nacht, um sie zu halten.
Eine Nacht, um sie ein bißchen mehr über ihren wundervollen Körper zu lehren ...
Er fluchte leise. Er war bereits hart.
Er dankte dafür, daß er Galeran den Eid geschworen hatte, der eine Schwäche unmöglich machte.
In Cheapside kaufte er einen Weinschlauch, ein geröstetes Kaninchen und einen Laib Brot.
Fräulein Helswith ließ ihn in das Haus hinein, was jetzt von verbotenen Aktivitäten wie ein Bienenstock summte. Lachen, Atmen, Stöhnen, Stöße ...
Während er zu Aline eilte, schalt er sich, daß er keine bessere Unterkunft gefunden hatte. Aber was für eine? Er war sich sicher, daß die Männer des Königs die Gasthöfe überprüft hatten, und selbst wenn er andere private Haushalte gut genug gekannt hätte, um um Unterkunft zu fragen, hätte man keinen Flüchtling im Haus gewollt.

Nein, das war das Beste, aber es verletzte ihn sehr, daß seine zukünftige Frau einen solchen Ort betreten mußte.

Er klopfte sanft an die Tür, sagte: »Ich bin es, Raoul«, bevor er eintrat. Er hatte nicht den Wunsch, erstochen zu werden.

Trotz der Ankündigung stand Aline bereit, das Messer geschickt umfaßt und nahe am Körper gehalten, bereit für einen tödlichen Stoß.

Er grinste vor Erleichterung. »Ach, Aline, du bist eine wunderbare Frau.«

»Findest du? Ich dachte, ich wäre eher eine ängstliche.« In ihren Augen stand noch die Angst.

»Was die Menschen tun, wenn sie Angst haben, zählt.« Er legte seine Einkäufe auf den Tisch. Er war robuster als der wackelige Tisch bei Paul. Er könnte auf diesem hier sitzen … »Möchtest du das Messer behalten?«

Sie sah es an, dann schauderte sie und warf es auf den Tisch. »Nein, danke. Wenn jemand angreift, kannst du besser damit umgehen.«

Solange ich es nicht bin.

Er benutzte es, um das Brot zu schneiden, dann riß er das Kaninchen in Stücke. »Iß. Trink.«

Sie nahm eine Keule. »Was ist im Kloster geschehen?«

»Es war mir möglich, Jehanne zu versichern, daß du in Sicherheit bist. Sie schaffte es außerdem, mir indirekt zu bedeuten, daß sie bei der Anhörung dabeisein will.« Er trank einen Schluck Wein. »Du hast recht. Sie scheint es ernst zu meinen.«

Er reichte ihr den Weinschlauch, aber Aline drückte ihn nur an sich. »Du hast sie wahrscheinlich nicht in ihren besten Zeiten gesehen. Sie ist so stark. So mutig …«

»Ich bin nicht sicher, ob Frauen stark und mutig sein sollten.« Teils neckte er sie, aber er wußte, daß eine Frau wie Jehanne keine Frau für ihn war.

»Du bevorzugst sie schwach und ängstlich?« fragte Aline, ob dieser Beleidigung erstarrt.

»Vielleicht nur eine, die weniger oft in Ärger hineingerät.«
Sie setzte den Schlauch an und ließ sich einen tiefen Zug Wein in den Mund strömen. »Ich verstehe«, bemerkte sie und wischte sich den Mund ab. »Aber natürlich darf es uns Frauen nicht stören, wenn Männer – getrieben von ihrer Stärke und ihrem Mut, nicht zu erwähnen ihren Stolz und ihre Starrköpfigkeit – sich in Ärger stürzen, um dann humpelnd nach Hause zu kommen, um von den Frauen getröstet und gepflegt zu werden.«
»Ich würde gerne humpelnd nach Hause kommen, um von dir getröstet und gepflegt zu werden, Aline.«
Sie starrte ihn an und ihre Gesichtszüge wurden vor Verwirrung sanft. Sie hielt den deckellosen Weinschlauch fest umschlungen und mußte ihn zu sehr gedrückt haben. Ein Weinstrahl schoß heraus und spritzte an die Mauer.
Er lachte und nahm ihr den Schlauch ab. »Laß uns nicht streiten oder über Dinge reden, die warten können. Iß, und dann werden wir versuchen, ein wenig Schlaf inmitten all dem Lärm hier zu bekommen.«
Sie wurde ein wenig rot, als sie ein Stück Fleisch vom Kaninchen abriß. »Ich habe noch nie Menschen gehört, die so laut sind bei ...«
»Vielleicht fühlen sie sich hier weniger gehemmt als in der Schloßhalle.«
Sie stopfte sich ein Stück Fleisch in den Mund und kaute. »Aber ich habe Stöhnen und Schreie gehört ...«
Und wie zur Betonung, erscholl ein erstickter Klageschrei durch das Haus, dann wurde er schwächer und verstummte schließlich.
Raoul fühlte, wie die Hitze sein Gesicht erreichte. »Es ist ein Zeichen von Vergnügen, nicht von Qual, Aline.«
»Vergnügen?«
»Oh, bei der Dornenkrone Christi, wir können nicht hierbleiben.« Raoul war nicht oft in Häusern wie diesem gewesen,

daher hatte er nicht gewußt, wie aufdringlich die anderen Bewohner sein konnten. Es war zu erregend.
Er packte das Essen und den Wein ein. »Komm.«
»Wohin?« Aline beeilte sich und stellte sich zwischen ihn und die Tür. »Wohin? Ich weiß genauso gut wie du, daß man Gasthöfe und Hotels benachrichtigt hat. Wenn du mich woanders hinbringst, werde ich zurück ins Kloster gehen müssen.«
»Vielleicht wäre das ebenso gut.«
»Ich will nicht dorthin zurück. Ich kenne Frauen vom Schlag der Mutter Oberin. Sie hält zweifellos ihre Rute bereit.«
»Das würde sie nicht wagen ...«
»Sie würde wahrscheinlich darauf bestehen, da ich fast eine Nonne bin und daher unter ihrer Rechtsprechung stehe. Wir bleiben hier.«
»Ich bezweifle, daß wir uns ausruhen werden.«
»Ich kann fast überall schlafen, unter fast allen Umständen.«
Zu gehen wäre dumm. So gab er nach. »Sehr gut. Wir bleiben.«
Er legte die Speisen wieder auf den Tisch und setzte sich auf das Bett, um zu essen. Wie er angenommen hatte, hatte sie einen herzhaften Appetit. Nach einer Weile war es möglich, die Geräusche zu ignorieren, bis auf die gelegentlichen Schreie.
»Bist du sicher ...?« fragte sie nach einem weiteren durchdringenden Schrei.
»Ja.« Er war sich nicht ganz sicher, aber er war nicht dazu aufgelegt, Aline die verschiedenen Arten sexueller Spiele, an denen manche Leute Spaß hatten, zu erklären.
Sie schüttelte ihren Kopf und zerkaute den Rest des Brotes.
Als alles aufgegessen war, zog er die dünnen Bettdecken zurück. »Los. Hinein mit dir.«
Sie schlüpfte unter die Decke und rückte hinüber zur Wand. Die Sprungfedern der Matratze quietschten bei jeder Bewegung.
»Es ist in Ordnung. Du kannst das ganze Bett haben.«

»Du kannst nicht ernsthaft auf dem Boden schlafen.«
»Es wird schon gehen.«
»Raoul de Jouray, hör auf, dich wie ein Kind zu benehmen. Du brauchst auch deine Ruhe. Komm ins Bett. Ich verspreche dir, daß ich schreien und kämpfen werde, wenn du versuchen solltest, mich zu vergewaltigen.«
Er mußte lachen. »Wirklich?« neckte er sie.
»Wirklich. Ich habe nicht die Absicht, meine Jungfräulichkeit an einem Ort wie diesem zu verlieren.«
Sie war vollkommen ernst, und da sie Aline war, würde sie wie eine Wölfin kämpfen. Er legte sich ins Bett und hielt sich so nah wie möglich am Bettrand wie er konnte. »Vielleicht mag ich doch Frauen, die stark und mutig sind.«
»Natürlich tust du das. Die andere Sorte ist nutzlos.« Damit rollte sie sich zur Wand und machte den Anschein eines Menschen, der schlafen wollte.
Raoul drehte sich vorsichtig um und blickte auf ihren Rücken. Er wußte nicht genau, was er erwartet hatte. Aber er hätte sie so gern in seinen Armen gehalten, wenn sie schon eine schlaflose Nacht in diesem lauten Haus verbrachten.
Ein leichtes, gleichmäßiges Schnarchen zeigte ihm, daß sie wirklich sofort eingeschlafen war.
Er grinste zur Decke. Aline von Burstock war in jeder Hinsicht eine bemerkenswerte Frau.
Zu seiner Überraschung brachte ihn ihr regelmäßiges Atmen schneller zum Einschlafen, als er erwartet hatte. Und als er am nächsten Morgen an ihrer Seite aufwachte, beruhigten ihre Wärme und ihr dezentes Parfum seine Sinne, wenigstens war in der Nacht nichts geschehen, das seinen Schwur gebrochen hätte.

Achtzehntes Kapitel

Nun war das Haus still, aber entfernte Geräusche und Licht von der Straße, das durch einen Spalt in der hölzernen Wand drang, sagten ihm, daß es früh am Morgen war. Es war Zeit, einen entscheidenden Tag in Angriff zu nehmen.

Er schüttelte Aline sanft, widerstand dabei heldenhaft der Versuchung, ihre Seite entlangzufahren, Hüften und Schenkel. Er hatte erwartet, daß er nachdrücklicher sein müßte, aber sie war sofort wach und setzte sich blinzelnd auf.

»Ist es Morgen? Schon?« Sie schob sich einige Haarsträhnen aus der Stirn und schüttelte sich wie ein Welpe, der gerade aus dem Wasser kam.

Dann sah sie ihn an, und von einer Seite zur anderen wurde sie rot bis in die Haarspitzen.

»Guten Morgen«, sagte er.

Sie sah sich suchend um, als erwartete sie, etwas Neues und anderes in der schlichten Zelle zu finden. Dann ruhten ihre Augen wieder auf Raoul. »Ich bin gleich eingeschlafen.«

Er unterdrückte ein Lachen. »Das hattest du ja auch angekündigt.«

»Was hast du getan?«

»Schließlich bin ich auch eingeschlafen.«

Ihre Augen tanzten wieder nervös. »Also hast du nicht ...?«

Er setzte sich auf und umschloß mit seinen Händen ihr Gesicht, drehte es zu sich, so daß sie ihn ansehen mußte. »Aline, wenn ich mit dir schlafe, wirst du alles darüber wissen. Und dich daran erinnern. Das verspreche ich dir.«

Sie starrte ihn mit so großen Pupillen an, daß ihre blauen Augen fast schwarz waren. »Wirklich?«

»Wirklich.«

Sie entzog sich seinem Griff und atmete tief durch. »Dann ist es in Ordnung. Es tut mir leid. Ich dachte plötzlich, daß es für einen Mann vielleicht unmöglich ist, einer Frau so lange so nahe zu sein, ohne daß ihn seine Grundinstinkte überwältigen. Natürlich«, fügte sie mit einem Seitenblick hinzu, »nehme ich an, daß es davon abhängt, wie sehr er will ... Könntest du mich bitte loslassen?«

Mit einem Seufzer, der fast so laut war wie ihrer, ergriff Raoul ihre Schultern, drückte sie nach unten und legte sich auf sie.

»Was ...«

»Hör auf zu schnattern. Wenn du deine Aufmerksamkeit auf den unteren Teil deines Körpers wenden würdest, solltest du in der Lage sein zu fühlen, wie sehr ich mit dir schlafen will. Wenn ich also auf so schmerzhafte Weise ehrenhaft bin, dann möchte ich wenigstens, daß man mir glaubt.«

Ihre Augen waren noch immer verführerisch dunkel, und jetzt teilten sich ihre vollen Lippen sanft, verführerisch. »Oh.«

Das hier war, dachte Raoul, das Herausforderndste, Schwierigste, was er in seinem Leben je getan hatte. Trotz seines hämmernden Herzens hielt er seine Stimme ruhig. »Ich begehre dich, Aline. Sehr. Sobald die anderen Dinge geregelt sind, werden wir über die Zukunft reden und prüfen, ob es einen Weg gibt, den wir gemeinsam gehen können. Die Qualen der Verdammten werden mich jedenfalls nicht dazu treiben, dich zu entehren, insbesondere nicht ohne deine Zustimmung und ohne dich aufzuwecken. Was, wenn ich es recht überlege, so gut wie unmöglich wäre.«

»Oh«, sagte sie wieder. »Es tut mir leid. Aber ich konnte nicht sicher sein ... Was heißt entehren?«

»Aline!«
»Ich dachte nur, daß du mich doch vielleicht küssen könntest ...«
»Wie stark denkst du, daß ich bin?«
»Unendlich.« Und sie meinte es so.
Er stemmte sich von ihr weg und rollte vom Bett. »Im Moment fühle ich mich so stark wie Donata. Komm jetzt. Steh auf und laß uns von hier fortgehen. Wir haben etwas zu tun.«
Sie kletterte aus dem Bett, ordnete ihre Kleidung und sah lächerlich beleidigt aus. Er war sehr versucht, sie zu schlagen, da er nicht glaubte, daß sie annähernd so ahnungslos war, wie sie vorgab.
»Was werden wir jetzt tun?« fragte sie, während sie den blauen Stoff wieder um ihren Kopf drapierte.
»Ich werde Jehanne nicht aus dem Konvent befreien.«
Sie hielt inne. »Was? Warum nicht?«
Das Ende des Stoffes lockerte sich, so daß er es nahm und feststeckte, glücklich über jeden Vorwand, sie berühren zu können.
»Da ich nicht sofort eingeschlafen bin, hatte ich Zeit zum Nachdenken. Es kann nicht richtig sein, den König zu brüskieren. Auf der anderen Seite glaube ich, daß Jehanne etwas Wichtiges zu der Anhörung beisteuern kann. Ich werde in das Kloster gehen, um mit ihr unter vier Augen zu reden, dann werde ich ihre Nachricht übermitteln, ihre Argumente vorbringen oder was immer erforderlich ist.«
Sie sah ihn ängstlich an. »Die Strafen für das Eindringen in ein religiöses Haus sind ziemlich schwer. Bist du sicher ...?«
»Ich bin überhaupt nicht sicher. Und wie genau erwartetest du, sollte ich sie herausschmuggeln, ohne religiöses Recht zu verletzen? Nun«, sagte er und schob sie dabei aus dem Raum, »ich habe den Innenhof gesehen. Erzähl mir vom Rest des Klosters, soviel wie du kannst.«
Während sie das Haus in Richtung Cheapside verließen, erzählte sie ihm alles, was sie wußte.

»Ich kann über die Mauer hineinkommen«, sagte er, während sie die Straße entlangeilten. »Aber Lärm könnte ein Problem werden.«

»Ich glaube sowieso, du solltest während der Messe hineingehen, dann werden nur wenige Menschen draußen sein.« Sie schaute zum Himmel und schätzte den Sonnenstand. »Du hast die erste Messe verpaßt. Zur Terz könntest du es schaffen, und das ist die Zeit der Anhörung.«

»Bei Christi Dornenkrone, das ist zu spät.« Als sie die Straße hinter dem Kloster erreicht hatten, hatten sie noch keine Lösung für ihr Problem gefunden.

Raoul schätzte die Holzwand ab. »Hinüberzukommen wird einfach sein. Ich muß nur hoffen, daß es niemand hört.«

»Kaum eine Hoffnung. Aber ich könnte Verwirrung stiften.«

»Was für eine Verwirrung?« fragte er. Aber, bei Christi Dornenkrone, er liebte die Art, wie sie mit ihm zusammenarbeitete.

»Wenn ich zerzaust und verwirrt dort auftauche, wird das jedermanns Aufmerksamkeit erregen.«

»Und du wirst geprügelt.«

»Und was wirst du bekommen, wenn du dabei erwischt wirst, wie du in ein Nonnenkloster einbrichst? Egal, wahrscheinlich werden sie mich nicht bestrafen, ehe ich wieder bei Sinnen bin. Bis dahin, hoffe ich, werden wir alle frei sein.«

»Was wirst du ihnen erzählen?«

»Nichts. Ich werde total verrückt sein.« Sie biß sich auf ihre Lippe und rollte mit den Augen. »Wenigstens bis nach Terz.«

Er mußte lachen, als er ihre Grimasse sah. »Was wirst du ihnen *dann* erzählen?«

»Daß ich vor Angst in dieser großen Stadt meinen Verstand verloren habe? Ich hoffe, bis dahin wird alles vorüber sein.«

Raoul schüttelte den Kopf und wünschte sich, daß sie nicht so verdammt jung wirkte. Aber andererseits brauchte er die Verwirrung, die sie stiften könnte. »Sehr gut. Du bist geflohen, wolltest Galeran treffen und ihm von deiner Zwangslage berichten, aber du hast dich verlaufen und mußtest dich vor Bettlern und Banditen die ganze Nacht verstecken. Nun bist du verzweifelt darauf bedacht, in die Sicherheit des Klosters zurückzukehren.«

Sie sah sich um und trat in einen Schatten zwischen zwei Häusern, wickelte bereits ihr Kopftuch ab. Sie zerrte an den Bändern ihres bereits zerzausten Zopfes und zog sie heraus. Raoul folgte ihrem Beispiel und riß an ihrem Kittel, so daß der Stoff zerriß und herunterhing. Er nahm ein wenig Schmutz vom Boden und rubbelte es in den Stoff und auf ihre Haut.

Stolz, daß er keines seiner ungehörigen Gefühle zeigte, sah er an ihr herab und nickte. »Fertig?«

Sie lächelte. »Fertig.«

»Mutiges Mädchen.« Er küßte sie leicht auf eine Braue, dann schob er sie auf die Straße hinunter zum Eingang des Klosters. Kurz darauf hörte er die Türglocke durchdringend läuten. Er zählte bis drei, sah sich um, um sicherzugehen, daß niemand in der Nähe war, trat zurück, rannte auf die Mauer zu und sprang hinauf.

Sobald seine Finger Halt hatten, bemerkte er, daß er ein Problem hatte. Die Mauer war nicht sehr stabil. Einen Moment lang fühlte es sich so an, wie wenn sein Gewicht die Mauer eher hinunterzog, als daß er höher kam. Aber sie hielt, und er schwang sein Bein über den Rand. Die Nonnen liefen im Klostergarten herum. Im Kräutergarten war niemand.

Er schwang sich hinüber, ließ sich fallen und duckte sich sofort in eine Ecke hinter einem Busch.

Weinend zeigte Aline auf die andere Seite des Klosters, und ein Schwall von Erklärungen und Geschnatter erhob sich in der Versammlung. Raoul hoffte, daß die Angelegenheit bald in das Innere des Gebäudes verlegt würde. Es würde ein wenig schwierig sein, sich an Jehannes Zelle anzuschleichen, wenn das ganze Kloster im Garten versammelt wäre.

Dann wurde ihm klar, daß sie Aline wahrscheinlich in das Krankenhaus bringen würden. Zeit, hier wegzukommen. Er folgte dem ersten Teil ihres Plans, schlüpfte in den Arbeitsraum der Krankenstation, dann durch das glücklicherweise unbelegte Krankenzimmer und gelangte so in die Klosterkapelle.

Es gab keinen Weg, herauszufinden, was hinter der dicken Tür war, aber er wäre überrascht gewesen, wenn der Altar vollkommen unbeaufsichtigt gewesen wäre. Die Tür würde sich wahrscheinlich seitlich des Altars befinden, damit die Kranken der Messe beiwohnen konnten. Er konnte nur hoffen, daß es weit genug fort war von jemandem, der Wache hielt.

Er atmete tief ein, zog den Riegel zur Seite und zog die Tür eine Fingerlänge auf.

Zwei Nonnen knieten im Gebet vor dem Altar, aber ihre Köpfe waren gesenkt, und die Tür befand sich etwas hinter ihnen im Schatten. Raoul nahm nicht an, daß sie ihn bemerken würden, es sei denn, er würde Lärm machen. Er dankte Gott, daß die Tür sich lautlos öffnen ließ, er schlüpfte hindurch, schloß sie wieder, dann lief er, dicht an die Kirchenmauer gedrückt, zur Haupttür am Ende.

Das war jedoch weiter, als Alines Wissen ihn hatte leiten können, und er hatte die Kappellentür von außen nicht sehen können. Es könnte passieren, daß er sie öffnete und dann plötzlich inmitten der Gemeinschaft stand. Er glaubte es zwar nicht, aber es gab keine Garantie.

Raoul zuckte mit den Schultern. Es war immer seine Art gewesen, den bestmöglichen Plan zu schmieden und ihn dann ohne Zögern durchzuführen. Er öffnete die Tür vorsichtig einen Spaltbreit, um hinauszuspähen.

Aha. Gott sei gelobt! Der Kapelleneingang war durch eine große Veranda mit Steinpfeilern geschützt. Der Raum zwischen den Pfeilern stellte ein wunderbares Versteck für ihn dar. Raoul ging durch die Tür, schloß sie vorsichtig hinter sich und

lief zu den Pfeilern, um über seinen nächsten Schritt nachzudenken.
Das war zweifellos der schwierigste Teil.
Wenn er sich hinauslehnte, konnte er einen Haufen von Schwarz und Weiß durch die blühenden Büsche sehen. Das mußten die Nonnen um Aline sein.
Warum, beim heiligen Geist, nahmen sie sie nicht mit hinein?
Er wartete, zählte langsam, aber nichts veränderte sich. Nun gut, ihre Aufmerksamkeit schien auf Aline gewandt, er mußte es riskieren.
Die Veranda führte auf den Kreuzgang, der alle vier Seiten des Gartens umgab. Der Gang selbst war breit, überdacht und von pfeilergestützten Bogen flankiert, so daß er bei Sonnenschein tief im Schatten lag. Mit etwas Glück würden die Nonnen, selbst wenn sie ihn sahen, auch nur einen Schatten wahrnehmen und annehmen, daß er ein Mitglied der Gemeinschaft wäre.
Raoul ging daher, als er die Veranda verließ, in normalem Tempo, wandte sich nach rechts und strebte Jehannes Raum entgegen. Er hatte nicht wirklich vor, an ihre Tür zu kommen, da sie zu nahe bei den Nonnen lag und verschlossen sein würde. Er hatte ein Auge auf die Rückseite der Räume geworfen. Er könnte vielleicht durch das kleine Fenster mit Jehanne reden.
Unglücklicherweise fand er keinen Durchgang dorthin.
Es schien nicht richtig, in einem religiösen Haus zu fluchen, aber er tat es trotzdem leise. Er konnte nicht weitergehen, sonst würde er sich zu nahe bei den aufgescheucht schnatternden Nonnen befinden.
Es müßte irgendwo einen Durchgang zu den anderen Teilen des Klosters geben, aber er war hinter einer der vielen Türen verborgen.
Hinter welcher Tür?
Er versuchte sich zu entscheiden, als Jehanne sich plötzlich

einschaltete. Sie rief: »Hallo! Was ist da los? Ist das Aline? Was ist passiert?«

Dann schlug sie gegen ihre Tür. Hastig lief er zurück in den Schatten. Raoul schätzte ihren Alarm als echt ein und auch als begründet, denn alles, was sie hören konnte, waren die Schreie ihrer Cousine.

Wie Raoul beobachtete, löste sich eine Figur aus dem Haufen der Nonnen. Die Mutter Oberin stolzierte hinüber zu Jehannes Tür, zog einen Schlüssel aus einem Beutel an ihrem Gürtel. Die Tür öffnend, fuhr sie sie an: »Reißt Euch zusammen, Lady Jehanne. Eure törichte Cousine ist zurückgekommen. Sie scheint unverletzt zu sein, obwohl sie sehr verwirrt ist.« Dann warf sie die Tür zu und stolzierte zu ihrer Gemeinschaft zurück. »Bringt das Mädchen in das Stiftshaus. Eine fürchterliche Störung ...«

Aber als ihre Stimme schwächer wurde und die Gruppe in einem Gebäude verschwand, eine zerzauste, hinkende Aline in ihrer Mitte, bemerkte Raoul, daß die Oberin selbst verwirrt war. Sie hatte den Schlüssel im Schloß gelassen! In kurzer Zeit war das Kloster verlassen, und Raoul konnte hinüberschlüpfen, den Schlüssel drehen und in Jehannes Zelle treten.

Sie wanderte gerade hin und her und erstarrte, als er eintrat, starrte ihn an, als könne sie ihren Augen nicht trauen.

Dann schnappte sie nach Luft. »O süße Maria sei gepriesen! Das alles war eine List? Dem Himmel sei Dank.« Sie ging bereits zur Tür, aber er ergriff sie an den Schultern, um sie aufzuhalten.

Sie schrie auf.

Sofort ließ er sie los, beobachtete, wie sie schnaufte, dann kontrollierte sie ihren Atem.

Sie mußte es ihm nicht sagen. »Du bist geschlagen worden?«

Sie machte sich gerade, als wenn nichts geschehen wäre, und er dachte schon, sie würde ihm eine Antwort verweigern. Aber dann zog sie eine Grimasse.

»Alle drei Stunden.«

»Heiliger Vater! Nach wessen Anweisung?«

»Bischof Flambards.«

Es dauerte einen Moment, bis er seine eigenen Gefühle unter Kontrolle hatte. »Warum hast du nichts gesagt? Galeran oder ich hätten dem Einhalt gebieten können.«

Sie war jetzt noch kontrollierter und gelassener. Wieder einmal die Jehanne, die er bewundern, aber vielleicht auch fürchten gelernt hatte.

»Ich wollte nicht, daß es aufhört.«

»Du hast Gefallen an Schmerzen?«

»Meinst du, ich bin verrückt?«

»Warum dann?« Aber er konnte es erraten.

»Du weißt genausogut wie ich, daß ich es verdiene, geschlagen zu werden. Daß die Welt niemals zufrieden sein wird, bis ich bestraft worden bin ...«

»Und auf diese Weise muß Galeran es nicht tun«, vervollständigte er. Sie hatte recht, und obwohl seine Instinkte dagegen protestierten, daß sie sich gegen den Willen ihres Mannes verhielt, bewunderte er sie für ihren Mut.

Er konnte sich nicht helfen, aber er wünschte sich immer noch, sie wäre eine weniger militante Frau. Außerdem wollte er nicht in der Nähe sein, wenn Galeran davon hörte.

»Es gibt noch einen weiteren Vorteil«, sagte sie, und dabei lächelte sie befriedigt. »Ich glaube nicht, daß der König glücklich darüber sein wird, daß der Bischof die Sache in die Hand genommen hat, bevor der König die Chance gehabt hat, die Angelegenheit zu beurteilen.«

Raoul bemerkte, daß er gaffte und schloß den Mund. Seine Mutter und Schwestern waren keine schwachen oder dummen Frauen, aber er glaubte nicht, daß auch nur eine von ihnen bereit wäre, sich alle paar Stunden wegen einer so logischen, politischen Überlegung schlagen zu lassen.

Und doch hatte sie recht. Sie hatte eine Waffe kreiert, die sie gegen Flambard benutzen konnten.

»Was hattest du vor?« fragte er. »In die Anhörung hineinplatzen und dem König deinen Rücken entblößen?«
Sie begann zu reden, aber dann hielt sie inne. »Was meintest du mit ›hattest vor‹?«
»Ich werde dir nicht dabei helfen, von hier zu fliehen, Jehanne. Es würde nicht funktionieren, den König auf deine Seite zu ziehen, glaub mir. Dennoch werde ich ihm deine Worte übermitteln.«

Obwohl sie unbewaffnet war, flackerte in ihren Augen drohende Gefahr, aber im nächsten Moment sah er, daß sie über seine Worte nachdachte, und sie akzeptierte, wenn auch widerwillig. Sie drehte sich abrupt um, um das Kruzifix an der Wand anzustarren.
Beim heiligen Kreuz, sie war eine Frau, die man unter Millionen suchen mußte!
Gott sei Dank. Mehr von ihrer Sorte, und die Welt würde vielleicht aus allen Fugen brechen.
»Hast du eine Ahnung, wie schwer mir das fällt?« fragte sie.
Raoul erinnerte sich daran, daß er mit ihr mitgefühlt hatte, als sie da stand und beobachtete. Er würde es auch hassen, seines Schicksals harren zu müssen, und daß über die, die er liebte, von anderen bestimmt wurde. Er wußte jedoch nicht, ob er so geduldig akzeptiert hätte, daß er um ihretwillen geschlagen würde.
Er war ein Kämpfer und kein Märtyrer. Genauso war sie auch.
»Ich denke, ich verstehe dich«, sagte er sanft. »Aber wenn du Galeran helfen willst, mußt du hier bleiben, egal wie schwer es fällt.« Dann hielt er jedoch in seiner lehrerhaften Rede inne. »Höllenschlacke! Das bedeutet noch mehr Schläge.«
Sie wandte sich zu ihm um. »Das macht nichts.« Erstaunlich, er konnte sehen, daß sie es genauso meinte. »Was etwas macht, ist, ob der König Donata uns gibt und nicht Raymond. Und daß Galeran und Raymond nicht kämpfen. Ich werde alles tun, um diese Ziele zu erreichen.«

Raoul hob seine Brauen. »Du glaubst nicht, daß Galeran gewinnen kann? Auch wenn du annimmst, er sei der schlechtere Krieger, glaubst du nicht, daß Gott entscheiden sollte, was Recht und was Unrecht ist?«

»Gott hat wahrscheinlich Besseres zu tun«, sagte sie gereizt. »Aber ich bin sicher, daß Galeran eine faire Chance hat, zu gewinnen. Ich habe gesehen, wie er mit dir gekämpft hat.«

»Aber?«

»Raymond verdient es auch nicht zu sterben.«

Es war, als würde Raoul der Boden unter den Füßen entzogen. »Du willst mir erzählen, daß du dir um *ihn* Sorgen machst?«

»Ja.« Sie begegnete seinem Ärger, ohne vor ihm zurückzuschrecken. Im Gegenteil, eher mit Verzweiflung. »Ich liebe Galeran mehr als mein Leben, Raoul! Aber ich kann doch nicht einen unschuldigen Mann leiden lassen, damit es *mir* besser geht.«

»Unschuldig?«

»Was hat er getan, dieser finstere Verbrecher? Er hat mich geliebt. Armer Dummkopf, er tut es noch. Seine Gefühle für mich sind die gleichen, die er für Heywood empfindet, aber alles ist Liebe. Er hoffte, daß Galeran tot wäre. Das ist vielleicht lieblos, aber es ist kaum ein Affront, der den Tod wert wäre ...«

»Er hat mit dir Ehebruch begangen!«

Ihre Farbe wich aus ihrem Gesicht, aber sie sprach ruhig: »Hast du niemals Sex gehabt mit einer willigen, aber verheirateten Frau?« Bevor er sich eine Lüge ausdenken konnte, fuhr sie fort: »Verdienst du es, dafür zu sterben?«

»Wenn der Ehemann mich dabei erwischt hat, vielleicht!«

Sie hob ihren Kopf ein wenig, sah fast ein wenig amüsiert aus. »Also, Raoul, glaubst du, du kannst meine Worte dem König übermitteln und meine Argumente überzeugend vorbringen?«

Er murmelte Worte, die an einem solchen Ort nicht ausgesprochen werden sollten, stellte sich vor, wie er vor dem König von England und seinen Beratern stand, mit Galeran an seiner Seite,

und wie er versuchte, ihren Fall glaubwürdig vorzutragen. Beim Kreuz, er wünschte, er wäre sicher zu Hause in Guyenne!
Aber er konnte verstehen, was diese gerissene Frau vorhatte.
»Du wirst hier nicht fortgehen, Jehanne!«
»Du kannst keine Sache vortragen, an die du nicht glaubst!«
Der entschlossene Ausdruck auf ihrem Gesicht zeigte, daß sie hoffte, ihm vor dieser Aufgabe angst zu machen. Er bewunderte sie, aber er hatte gleichzeitig große Lust, sie zu erwürgen.
»Ich werde mein Bestes tun. Nun laß mich deinen Rücken sehen. Ich muß in der Lage sein, es zu beschwören.«
Sie starrte ihn an und stieß einen Seufzer der Niederlage aus. Dann zog sie wimmernd ihre bestickte Tunika aus und wandte sich um. »Ich habe den Stoff am Rücken des Unterkleides herausgeschnitten, damit man es leicht sehen kann.«
Er hatte viele Männer gesehen, die ausgepeitscht worden waren, und das hier war nicht so schlimm, aber angesichts dieser Vielzahl von geschwollenen Striemen biß er seine Zähne zusammen. Sie mußte sehr empfindlich auf Berührungen reagieren, und doch war sie bereit hierzubleiben, um weitere Schläge auszuhalten.
Plötzlich hatte er wieder das irrationale Bedürfnis, sie zu erdrosseln.
»Wie viele Schläge jedes Mal?« fragte er und hörte den barschen Tonfall in seiner Stimme.
»Zehn.« Sie drehte sich wieder um, und ihr Gesicht erblaßte, als sie versuchte, die Tunika wieder über ihren Kopf zu ziehen. Er half ihr dabei. »Du kannst nicht noch zehn weitere aushalten.«
Die Worte waren dumm, und ihr Blick sagte ihm, daß sie das ebenfalls dachte. Menschen konnten den Schmerz aushalten, den sie aushalten müssen. Der einzige Ausweg war der Tod.
Er fuhr sich mit der Hand übers Gesicht. »Wenn Galeran herausfindet, daß ich dich hiergelassen habe ...« Er schüttelte den Kopf bei dem bloßen Gedanken daran. »Los. Ich werde dich

hier herausholen. Obwohl ich nicht weiß, wie du die Mauer erklimmen willst ...«

»Nein.« Sie zog sich vor seiner hilfreichen Hand zurück. »Du hast recht mit dem König. Unterwerfung wird mehr Aussicht auf Erfolg haben als Widerstand. Und bedenke, wie meine Leiden meine Zeit im Fegefeuer verkürzen!« Sie hatte es als Witz gedacht, aber ihre ruhige Stärke brach für einen Moment und brachte ihre Lippen zum Zittern, bevor sie draufbiß. »Aber wenn du so nett bist, mein Freund, dann erlöse mich bitte vor Sext.«

Er legte eine Hand auf ihren Kopf, wiegte ihn hin und her und zog sie an seine Brust. Sie erwiderte weder seine Umarmung noch widerstand sie ihr, aber die Art, wie sie sich für einen Moment an ihn lehnte, sagte ihm viel.

»Es wird bald vorbei sein«, sagte er. »Und ich schwöre bei meiner unsterblichen Seele, ich werde dafür sorgen, daß deine Leiden nicht vergeblich waren. Du hast deinen Kampf geführt, und du verdienst den Sieg. Du wirst deine Tochter behalten, und auch Galeran wird sicher sein. Und Raymond von Lowick wird nicht sterben.«

Bei diesen Worten entzog sie sich seinen Armen und war wieder die alte.

»Ich nehme an, daß Aline nichts Schlimmes zugestoßen ist?«

Die Frage war nicht so unbedeutend wie sie klang, und beide wußten das.

»Sie hat ein wenig Verwirrung gestiftet. Wir können nur hoffen, daß eure strenge Mutter Oberin nicht beschließt, auch sie zu bestrafen. Ich muß gehen.«

»Danke, Raoul. Ich werde für dich beten.«

Er küßte ihre Hand. »Und ich werde für dich beten. Gottes Stärke sei mit dir.«

Damit spähte Raoul durch die Öffnung in der Tür. Das Kloster schien noch immer verlassen, also schlüpfte er hinaus.

Tatsächlich war dort aber eine Schwester, die am anderen Ende, in der Nähe der Kapelle umherging, aber sie sah ihn nicht, und er war schnell außer Sicht. Er verschloß die Tür wieder. Als das Schloß zuschnappte, hörte er das Weinen eines kleinen Kindes auf der anderen Seite des Klosters.

Er ging schnell fort, folgte seiner Route und hatte den Verdacht, daß bald jemand Donata zu ihrer Mutter bringen würde. Er versuchte, sich den Weg vorzustellen, den Jehanne mit kühlem Kopf für sich gewählt hatte – ihr Baby alle paar Stunden zu füttern, zweifellos ein wenig mit Donata zu spielen, um das Baby zum Lachen zu bringen, dann in der Zwischenzeit geschlagen zu werden, damit Galeran sie nicht bestrafen mußte.

Bei allem auch noch berücksichtigend, daß der Mann, den sie benutzt hatte, für ihre Taten nicht leiden mußte.

Eine außergewöhnliche Frau. Aber er war froh, daß er nicht mit ihr verheiratet war.

Da die Luft rein zu sein schien, ging Raoul direkt in den Kräutergarten der Krankenstation, gegen die Versuchung ankämpfend, zurückzugehen und Aline zu retten. Was, wenn sie jetzt gerade für ihre Flucht gezüchtigt würde?

Er sprang auf das Dach der Krankenstation und sagte sich selbst, daß einige wenige Schläge mit der Rute ihr keinen bleibenden Schaden zufügen würden. Sie hatte zweifellos viele derartige Strafen in ihrem Leben erfahren.

Er lief leichtfüßig über den First und wunderte sich über sich selbst. Er war nie jemand gewesen, der zartbesaitet war, was Wunden und Strafen anging. Das Leben enthielt nun einmal Schmerz.

Er würde Aline gern für immer vor Schmerzen bewahren.

Verrückt.

Aber er schien in diesen Tagen einfach verrückt zu sein.

Er legte sich flach auf die Dachkante, bis ein Trio von schwatzenden Frauen die Straße durchquert hatte, dann ließ er sich auf den Boden fallen. Er bürstete sich ab und eilte in Richtung

Corser Street. Raoul fragte sich, ob er Galeran überhaupt von all dem hier berichten sollte.
Er wußte, daß sein Freund sich übergangen fühlen würde, wenn er so etwas vor ihm verheimlichte. Auf der anderen Seite könnte das Wissen um Jehannes Leiden Galerans Gedanken bei der Anhörung ablenken. Er könnte sogar die Anhörung verpassen, weil er versuchen würde, seine Frau zu retten.
Die Logik sagte ihm, er sollte Galeran in Unwissenheit lassen, aber Raoul zog in Betracht, wie er sich fühlen würde, wenn diese Frau Aline wäre. Als er die Corser Street erreichte, hatte Raoul sich entschlossen, Galeran alles zu berichten und ihn entscheiden zu lassen, wie er damit umginge. Galeran war jedoch bereits nach Westminster aufgebrochen und hatte eine Nachricht für Raoul hinterlassen, daß dieser ihm folgen sollte. Raoul zog eine frischere und vornehmere Tunika an. Jetzt quälte ihn der Gedanke an Jehannes kommende Schläge. Es konnte nicht weit bis Terz sein. Er murmelte Flüche vor sich hin, als er bemerkte, daß es absolut nichts gab, was er tun konnte, um es zu verhindern. Wenn er es Galeran in Westminster erzählte, wäre jede Aktion, die dann gestartet würde, zu spät.
Er mußte es dennoch versuchen.
Er war in einer Stimmung, einen Streit mit irgend jemandem anzuzetteln. Raoul setzte seinen Weg nach Westminster zu Fuß fort, da er schnell sein mußte.
Er eilte an dem Mann vorbei, ohne ihn zu erkennen, dann stutzte er. »Lord FitzRoger!«
Der Mann des Königs wandte sich um und trat aus der Dreiergruppe bewaffneter Männer, die ihn in irgendeinem Auftrag begleitete, heraus. Es war klar, daß er Raoul erkannte, aber sich nicht an seinen Namen erinnern konnte, was kaum verwunderlich war.
»Raoul de Jouray, Begleiter von Galeran von Heywood«, stellte Raoul sich vor.

»Ach ja. Die Angelegenheit des Lord von Heywood wird in Kürze erledigt. Habt Ihr Euch verlaufen, Sir?«
»Nein. Ich bin auf dem Weg nach Westminster. Ich habe jedoch eine Sorge, bei der Ihr mir möglicherweise helfen könntet, wenn Ihr so freundlich wäret.«
»Ich habe nichts Dringendes vor.«
Raoul war einem Impuls gefolgt, aber jetzt zermarterte er sich das Hirn auf der Suche nach möglichen Gefahren. Er sah keine, aber das bedeutete nicht, daß es keine gab. Er mußte auf jeden Fall etwas tun, denn sonst könnte er Galeran nie wieder gegenübertreten.
»Lady Jehanne von Heywood, Lord Galerans Frau, wird im Kloster St. Hilda festgehalten.«
»So habe ich das auch verstanden.«
»Sie wird dort bestraft, und soweit ich weiß, geschieht das nicht auf Befehl des Königs.«
FitzRoger war aus Höflichkeit aufmerksam gewesen, aber jetzt war er interessiert. »Auf wessen Anordnung dann? Ihres Mannes?«
»Auf Anweisung des Bischofs von Durham.«
Da er selbst ein Krieger war, erkannte Raoul die Stille, die über FitzRoger kam. »Wirklich? Und welcher Art ist diese Bestrafung?«
»Zehn Schläge mit der Rute zu jeder Gebetsstunde. Ich denke, dem sollte vor Terz Einhalt geboten werden.«
Statt gleich fortzueilen, steckte FitzRoger einen Daumen in seinen Gürtel. »Man könnte sagen, daß die Lady es verdient, für ihre Sünden zu büßen.«
»Ist das nicht aber eher die Sache des Ehemanns oder des Königs? Es scheint mir, daß der Bischof seine Macht überzieht.«
FitzRoger musterte ihn einen Moment lang, er überlegte offensichtlich, was dahinter steckte. Raoul hoffte, daß er nicht fragen würde, woher er das alles wußte.

»Ich werde auf jeden Fall die Züchtigung abstellen lassen. Vielen Dank dafür, daß Ihr mich auf dem laufenden gehalten habt, Sir Raoul.« Damit wandte er sich um und eilte in die Richtung des Klosters. Raoul lief in Richtung Westminster und hoffte, daß FitzRoger rechtzeitig vor Terz das Kloster erreichte. Als er den Bereich in der Nähe der Westminster Hall erreichte, hörte er, wie die Stadtglocken Terz schlugen, und versuchte einzuschätzen, ob die Zeit gereicht hatte oder nicht.

Dann legte er diese Gedanken beiseite. Das Wichtigste war jetzt, zu entscheiden, wie er das Versprechen, das er Jehanne gegeben hatte, erfüllen könnte. Wie er ihre Leiden wertvoll machen konnte.

Während sie auf Terz wartete, wunderte sich Jehanne über sich selbst. Vielleicht hätte Raoul einen Weg finden können, sie hier herauszubringen, fort von der Qual. Fort von der Verschlimmerung der Schmerzen. Das war es, was sie am meisten haßte – daß ihr geschundener Körper zittern und zurückzucken, daß sie weinen und aufschreien könnte, obwohl sie gelassen sein wollte.

Aber ein Versuch, sie mit sich zu nehmen, hätte seine eigene Flucht gefährdet, und dann wäre er nicht mehr in der Lage gewesen, ihre Worte bei der Anhörung vorzutragen. Das war es, worauf es ankam. Die Anhörung, die Donatas Zukunft besiegeln würde, und vielleicht auch die von Galeran und Raymond.

Und sie verdiente Bestrafung.

Sie fuhr fort, sich das zu sagen.

Sie hatte nur nicht erwartet, daß es so sehr schmerzen würde.

Schwester Martha, in deren Augen ehrliche Anteilnahme sichtbar war, brachte Donata zum Füttern, und Jehanne hatte ein wenig Zeit, sich friedlich auf ihr Baby zu konzentrieren. Ganz sicher würde der König die Anordnung des Bischofs nicht für gut heißen und ihr das Baby aus den Armen reißen, nachdem

dieser seine Grenzen überschritten und Schläge für sie angeordnet hatte.
Aber was ist mit dem Rest, fragte sie sich, während sie versuchte, das Baby anzulächeln, auch wenn Sorgen durch ihren Kopf wirbelten und Schmerz jede Bewegung begleitete. Was, wenn die Schwerter gekreuzt würden? Wenn Galeran stürbe, das könnte sie nicht ertragen. Wenn Raymond starb, würde sie ihre Schuld niemals loswerden.
Er hatte ziemlich deutlich protestiert, als sie zu ihm gekommen war und sich ihre Kleider vom Leib gerissen hatte. War es für eine Frau möglich, einen Mann zu vergewaltigen, denn was sie getan hatte, fühlte sich so an, auch wenn er es am Ende genossen hatte.
Sie war verrückt vor Trauer gewesen, sicher, aber entschuldigte das eine solche Sünde?
Fast hätte sie es begrüßt, als – nachdem Schwester Martha Donata fortgebrachte hatte – die Mutter Oberin mit ihrer Rute kam.
Fast, denn ihr protestierender Körper begann sofort zu zittern.

Neunzehntes Kapitel

Zwei andere Nonnen begleiteten die Mutter Oberin, da sie beim letzten Mal erlebt hatten, daß Jehannes Körper unter den Schmerzen nicht länger stillhielt. Die Schwestern ergriffen ihre Arme und drehten sie um, drückten sie auf ihre Knie nieder.

»Möge der HERR seinen armen Sündern vergeben.«

Jehanne schaffte es, ihre Stimme ruhig zu halten, als sie »Amen« sagte.

Aber beim ersten Schlag schrie sie und kämpfte verzweifelt, um der Qual zu entkommen.

Vor dem dritten Schlag hörte sie Stimmen. Ihr einziger Gedanke war, daß diese Unterbrechung irgendwie den Schmerz gestoppt hatte.

Eine kommandierende, männliche Stimme. Galeran? Nein.

Die Mutter Oberin protestierte. Ein Streit.

Dann ließen die bewachenden Hände der beiden Nonnen von ihren Armen ab.

Was geschah da?

Sie zitterte am ganzen Leib, glaubte, den Namen des Königs gehört zu haben. Wurde sie doch noch bei der Anhörung verlangt?

Als sie wieder Kraft gesammelt hatte, erhob sie sich mühsam und wandte sich um, während sie sich am Betpult festhielt, um das Gleichgewicht zu halten.

Die Mutter Oberin stand an der Tür. Sie war offensichtlich

wütend und kniff ihre Lippen zusammen. »Der König hat verfügt, Eure Strafe bis nach der Anhörung zurückzustellen, Lady Jehanne. Ich frage mich, wie er das herausgefunden hat. Ich werde jedenfalls wiederkommen, wenn es soweit ist.«
Sie stapfte hinaus, aber die beiden anderen Nonnen blieben. Jehanne fragte sich, warum, als ein großer Fremder eintrat. Dunkelhaarig, etwa in ihrem Alter, aber mit einer Aura von Macht, gewichtig wie der König selbst.
»Ich bin FitzRoger, Diener von König Henry.«
Mehr als das, dachte Jehanne und versuchte verzweifelt, einen klaren Gedanken zu fassen. Sie mußte bereit sein, was auch immer das Schicksal für sie bereithielt.
Seine klugen Augen betrachteten sie von Kopf bis Fuß, er bemerkte, daß sie sich fürchtete. »Vielleicht solltet Ihr Euch setzen, Lady Jehanne.«
Sie hätte sich gern gerade gemacht und sich dem Angebot entzogen, aber sie stolperte zurück auf die schlichte Bank und wünschte sich, daß es nicht so offensichtlich wäre, daß ihre Beine zitterten.
»Ich bin ein- oder zweimal ausgepeitscht worden«, bemerkte er. »Der Körper protestiert, auch wenn wir es lieber hätten, daß er es nicht täte. Das war kein Teil des königlichen Planes, meine Dame.«
Sein Auftreten beruhigte sie. »Ich weiß das. Mir wurde gesagt, daß das ein Urteil des Bischofs von Durham wäre.«
»Der in diesen Dingen keine Urteilsgewalt hat. Doch wenn jemand denkt, Euer Ehemann hätte die Pflicht, Euch zu bestrafen, sieht es jetzt so aus, als wäre das bereits erledigt.«
Jehanne war erschrocken darüber, daß er die Situation so klug einschätzte. Sie war nicht daran gewöhnt, mit Leuten umzugehen, deren Verstand so arbeitete wie der ihre.
»Ich habe die Absicht, dem König von dieser Angelegenheit zu berichten«, sagte er. »Um meinen Bericht zu vervollständigen, möchte ich noch Eure Wunden sehen.«

»Ich habe keine Einwände. Schwestern?«

Die zwei Nonnen tuschelten miteinander, dann sagte eine: »Wenn er nur schaut ...«

Erschüttert stellte Jehanne fest, daß sie nicht in der Lage war zu stehen, und mußte die Nonne bitten, ihre Tunika auszuziehen. Die Arme zu heben, war fast unmöglich mit den frischen Striemen, und sie fürchtete, daß ihr währenddessen übel wurde oder sie in Ohnmacht fiel. Endlich war das Kleidungsstück ausgezogen, und er ging herum, um sie zu betrachten.

Er blieb länger dort, als es nötig gewesen wäre. Als er wieder herumkam und vor ihr stand, sagte er: »Ich glaube, Ihr solltet nach Westminster mitkommen.«

»Gegen die Anweisung des Königs?« Das war es zwar, was sie wollte, aber sie war verzweifelt, daß sie sich zu schwach und zu müde fühlte, um direkt für ihre Sache zu kämpfen.

»Ich habe genug Autorität, um Euch in ein anderes Gefängnis in der Nähe des Königs verlegen zu lassen. Es könnte sein, daß er Euch selbst in Augenschein nehmen möchte.«

»Ich werde mich bald wie ein Ungeheuer fühlen, das auf dem Jahrmarkt zur Schau gestellt wird.«

FitzRoger hatte sich umgewandt, um mit den Nonnen den Transport zu besprechen. Bald kam er zurück. »Könnt Ihr reiten? Sie haben einen Wagen, aber der Pferderücken könnte erträglicher für Euch sein.«

»Ich vertraue auf Gott, mir die Stärke zu geben, alles tun zu können, wenn ich es muß.«

»Genau meine Philosophie, meine Dame.« Und er machte eine Geste zur offenen Tür hin.

Es war erstaunlich schön, im Sonnenschein zu gehen und die Blumen zu riechen. So schön, daß Jehanne fast in Tränen ausgebrochen wäre. Aber dann überdachte sie ihre Situation und wandte sich an FitzRoger. »Wir müssen mein Baby, die Kinderschwester und meine Cousine Aline mitnehmen.«

Es stellte sich heraus, daß er tatsächlich genug Autorität besaß, denn schnell war die Gruppe versammelt, und die Mutter Oberin schien nur streiten zu wollen, als sie hörte, daß sie ihr Pferd mitnahmen. FitzRoger trat beiseite, um mit ihr zu reden. Die Frau erblaßte und ging fort.

»Sie meinte es gut«, sagte Jehanne, als er an ihre Seite zurückkehrte. »Sie denkt, ich habe die Strafe verdient. Und sie folgte den Anweisungen eines Bischofs.«

»Das ist eine einzigartig böse Ausrede.« Er schüttelte den Kopf. »Es scheint, daß Ihr so versöhnlich seid wie Euer Ehemann.«

»O nein, überhaupt nicht.«

Jehanne ritt, die restliche Gruppe ging zu Fuß. Da die Straßen überfüllt waren, ging es nur langsam voran. Es schmerzte zu reiten, aber andererseits schmerzte alles, außer still auf ihrem Bauch zu liegen, und wenn sich ihre Brüste mit Milch füllten, war das auch nicht besonders angenehm.

Tatsächlich hatte sie das Gefühl, als hätte sie langsam genug gelitten, und als sie sich ihren Weg durch die Menschenmengen in Richtung der Königshalle machten, fiel die erdrückende Last der Schuld, die sie über ein Jahr lang getragen hatte, langsam von ihr ab.

Sie begann zu beten, um vielleicht ein wenig von dem Gefühl für Gott zu bekommen, das Galeran hatte. Christus war auch gepeitscht worden, und da er sein Schicksal kannte und es annahm, hatte auch er den Schmerz für ein höheres Ziel in Kauf nehmen können.

Sie zog eine Grimasse. Sie konnte sich vorstellen, was Galeran dazu sagen würde. Sie verglich sich mit dem Sohn Gottes!

So wandte sie statt dessen ihr Gebet sanft und ehrfürchtig an Maria, die Mutter Gottes. Aber auch da konnte sie nicht umhin, sich zu fragen, ob Maria nicht manchmal den Wunsch verspürt hatte, einzuschreiten, um ihren geliebten Sohn vor seinem schmerzensreichen Weg zu bewahren.

Sie war wirklich nicht geübt darin, demütig zu sein.

Dennoch halfen die Gebete und Gedanken Jehanne, die Reise

zu überstehen, aber als sie Westminster Hall erreichten, war sie fast ohnmächtig, und man mußte ihr in das Gebäude hineinhelfen. Bald war sie in einem gemütlichen kleinen Raum, in dem ein gepolstertes Sofa stand. Sie legte sich mit Erleichterung darauf. Sie war genauso wenig in der Lage, ihren Drang zu weinen zu verstecken, wie ihre Schmerzen zu lindern.

Sie schaute nicht, aber sie fühlte, daß FitzRoger gegangen war. Würde er direkt zum König gehen? Würde er Galeran davon berichten? Sie sehnte sich nach Galeran, aber sie konnte sich seinen Ärger darüber vorstellen, daß sie das alles stillschweigend hingenommen hatte.

Sie könnte damit argumentieren, daß sie keine Wahl hatte, aber als sie Aline schickte, um Hilfe zu finden, hätte sie sie zu Galeran schicken können, um allem Einhalt zu gebieten.

Sie hatte es nicht getan.

Und er würde wissen, warum.

Diese Trennung von Galeran damals hatte einen Schmerz erzeugt, der mehr geistiger als körperlicher Natur war. Es war ein viel tieferer Schmerz als ihr wunder Rücken.

Sie hatte nicht gewußt, als sie ihn auf den Kreuzzug schickte, wie sehr sie ihn vermissen würde. Mit der für sie typischen Nachlässigkeit hatte sie nicht bedacht, wie sehr er mit ihr verwoben war, wie er Teil jedes Gedankens und jeder Handlung war; wie sehr sie davon abhängig war, daß er bei ihr war, bereit zu diskutieren, zu streiten, Rat zu geben, Einwände zu machen, sie zu trösten.

Sie hatte sich die ganze Zeit, in der er fort war, nur halb gefühlt, trotz Gallot und der Gegenwart Alines. Vielleicht, dachte sie zum ersten Mal, könnte ihr Mißbrauch von Raymond nicht nur aus Trauer und Wut entstanden sein, sondern aus einer Einsamkeit heraus, die durch den Verlust ihres Kindes unermeßlich wurde.

Dieser Verlust trieb ihr die Tränen in die Augen. Oder vielleicht kamen sie von der Einsamkeit, die noch immer da war, da ihre Sünde noch zwischen ihr und Galeran stand. Und jetzt könnten ihre Unternehmungen alles noch schlimmer machen ...

Jemand kam herein.

Jehanne wandte den Kopf so schnell, daß es weh tat, aber es war nicht Galeran. Es war niemand, den sie kannte. Ein Mönch.

Er nickte. »Ich bin Bruder Christopher, Mylady. Ich habe Linderung für Eure Verletzungen, wenn Ihr erlaubt ...«

Jehanne nickte, und Aline kam herüber, um ihren Rücken freizulegen.

Jehanne hörte, wie Aline nach Luft schnappte, und fragte sich, wie schlimm es wohl aussah. »Ist Haut aufgerissen?« fragte sie.

»Nein, Lady«, sagte der Mönch und schob den Stoff ein wenig höher. »Eure Kleidung hat Euch davor bewahrt. Der Schaden besteht hauptsächlich aus Schwellungen. Sehr schmerzhaft, da bin ich sicher, aber es dürften keine Narben bleiben, und das Risiko einer Infektion ist gering.«

Er begann, etwas Kühles auf ihrem Rücken zu verteilen. Die erste Berührung war schmerzhaft, aber bald schon begann der Schmerz abzuklingen. Jehanne seufzte und entspannte sich. Vage erinnerte sie sich daran, daß Aline die ganze Nacht fort gewesen war, vielleicht mit Raoul, und daß sie das beunruhigen sollte. Daß die Anhörung ganz in der Nähe stattfand und sie besser darüber nachdenken sollte, ob sie sich überhaupt da einmischen sollte.

Aber ihr gequälter Kopf hatte sich entspannt und weigerte sich, sich weitere Gedanken zu machen.

Sie schlief ein.

Galeran war früh nach Westminster aufgebrochen, obwohl Raoul mit keiner neuen Nachricht über Aline aufgetaucht war und obwohl der Bote, den er nach Waltham geschickt hatte, um

seinen Vater auf dem laufenden zu halten, nicht zurückgekehrt war.
Er wurde getrieben. Getrieben durch seine Sorge um Jehanne und Donata. Getrieben von seinem Wunsch, wieder nach Hause zu kommen und alle diese Dinge geregelt zu haben.
Dazu getrieben, töricht früh aufzubrechen, obwohl er wußte, daß die Dinge damit auch nicht früher erledigt wären.
Er hatte jedoch auch einen konkreten Grund. Er hoffte, Gelegenheit dazu zu haben, ein Wort mit FitzRoger zu wechseln. Galeran hatte auf seiner Reise gelernt, daß große Männer launisch waren und ihre Eigenheiten oft mit dem Gesetz in Konflikt kamen. Henry hatte viele Liebschaften und hatte eine ganze Reihe von Bastarden gezeugt. Wie konnte das seinen Blick auf Galerans Angelegenheit beeinflussen? Ein Gespräch mit FitzRoger könnte ihm nützlich sein.
FitzRoger war jedoch nicht in Westminster, also wurde Galeran in einen kleinen Raum gelassen, und es blieb ihm nichts anderes übrig, als hin- und herwandernd auf die Stunde der Anhörung zu warten.
Mit Sicherheit wäre nach Henrys persönlicher Meinung Ehebruch eine geringe Verfehlung. Das könnte die Gefahr für Jehanne mildern. Galeran war entschlossen, daß sie aus all dem herauskommen sollte, ohne auf irgendeine Weise bestraft zu werden.
Auf der anderen Seite, wie Aline angemerkt hatte, hatte Henry versprochen, Recht und Ordnung in England wiederherzustellen. Ehebruch und Bastarde waren eine Beleidigung für alle Männer.
Aber sicherlich, dachte Galeran, während er den Raum umrundete, war es so, daß wie auch immer die Einstellung des Königs zum Gesetz war, er nicht die Verrücktheit unterstützen und ein Baby von der Mutterbrust fortreißen könnte, um es in die Hände eines unverheirateten Mannes zu übergeben.
Nein, sicher konnte er das nicht tun.

Es sei denn, er hatte Angst, sich mit der Kirche anzulegen. Flambard war ein Bischof und ein wichtiger Repräsentant der Kirche, egal, wie wenig er diese Ehre verdient hatte.
Galeran wußte mit bitterer Sicherheit, daß Henry Beauclerk nichts tun würde, das seinen langersehnten Preis, die Krone von England, gefährden könnte.
Er wandte sich um und ging andersherum im Zimmer umher. Waren Lowick und Flambard bereits dort? Waren sie zusammen, schmiedeten Pläne? Was für Pläne? Galeran sah nicht, mit welcher neuen List sie aufwarten konnten, aber er sollte niemals die Gerissenheit eines Mannes wie Ranulph Flambard unterschätzen. Und Flambards Ziele könnten die Ziele der gesamten Familie Galerans beeinflussen.
Er hielt inne, plötzlich fühlte er sich überraschend allein.
Er war als ein Teil einer eng zusammenhaltenden Familie aufgewachsen, und als er geheiratet hatte, war dort Jehanne, die bald – wie es die Bibel beschrieb – zu seiner Rippe geworden war, zu seiner Gefährtin, zu einem Teil seiner selbst. Er konnte sich kaum an eine Zeit erinnern, als sie nicht an seiner Seite gewesen war, bereit zu diskutieren, zu streiten, ihm Rat zu geben, zu widersprechen, ihn zu trösten ...
Auf dem Kreuzzug hatte er sich gefühlt, als würde er einen Teil seiner selbst zurücklassen, aber er hatte Raoul und eine unerwartet tiefe Freundschaft gefunden.
Nun jedoch war er allein, der größte Teil seiner Familie war im Norden, sein Vater hatte sich in Waltham abgesetzt, und Raoul war wer weiß wo.
Vage Gedanken an Christus im Garten Gethsemane durchzuckten seinen Kopf, aber er lachte und schüttelte sie ab. Er war nicht verlassen und verraten. Er war nur einfach zu früh hierhergekommen.
Er hörte die Glocken Terz schlagen und bekreuzigte sich zu einem Gebet. Er begann jedoch, sich Sorgen um Raouls Abwesenheit zu machen, und schickte ein weiteres Gebet zum

Himmel, daß Aline nichts passiert sein möge. Sie war so unschuldig an all dem wie Donata und sollte nicht leiden müssen.
Einen Moment später eilte Raoul in den Raum, überraschend zerzaust. Es war jedoch keine Zeit mehr, miteinander zu reden, da er fast gleichzeitig mit dem Pagen eintrat, der sie in das Zimmer des Königs führen sollte. Raoul war von wenig praktischer Hilfe hier, da er keinen offiziellen Status hatte und die englischen Gepflogenheiten nicht kannte. Aber Galeran war unendlich erleichtert, nicht länger allein zu sein.
Der König erwartete sie in demselben reich verzierten Zimmer, in dem sie ihm am Tag zuvor gegenübergestanden hatten. Bei diesem Anlaß heute saß Henry jedoch auf seinem Thron, die Krone auf seinem Kopf. Es waren keine Höflinge oder Besucher da, dennoch war eine ganze Reihe von Personen anwesend. Galeran versuchte, sie alle einzuschätzen, ohne seine Aufmerksamkeit vom König abzuwenden, der ihn grüßte.
Ein Mönch an einem Stehpult war bereit, den Verlauf zu protokollieren.
Zwei Lords und ein Bischof. Einige Pagen, die bereitstanden, um Besorgungen zu erledigen. Zwei bewaffnete Wachen.
Der König hatte im Sprechen innegehalten, so daß Galeran sich erneut verbeugte. »Ich danke Euch nochmals, mein König, für Eure Aufmerksamkeit in diesem kleinen Fall.«
»Kein Fall ist zu klein für meine Aufmerksamkeit, Lord Galeran«, sagte Henry und lächelte wie ein Wolf. »Habt Ihr Neuigkeiten von Eurem Vater?«
Galeran hoffte, daß sein Gesicht so ausdruckslos war, wie er es hoffte. »Nein, Sire. Ich bin sicher, ich hätte etwas gehört, wenn sein Zustand sich verschlechtert hätte, aber ich bin besorgt. Sobald die Sache mit dem Baby geklärt ist, habe ich vor, zur Abtei von Waltham zu reiten.«
Bevor der König antworten konnte, öffnete sich die Tür, um Flambard in der vollen Pracht seiner goldverbrämten Bischofs-

tracht hereinzulassen. Er hielt den Bischofsstab in der Hand. Nach ihm traten Raymond, Bruder Forthred und ein Diener ein. Bruder Forthred sah Galeran an und lächelte leicht, als freute er sich auf Rache.

Galeran ignorierte das und inspizierte Raymond von Lowick. Es war das erste Mal, daß er diesen Mann sah, seit er ins Heilige Land aufgebrochen war, seit dieser Mann das Bett mit Jehanne geteilt hatte. Lowick war noch immer äußerst gutaussehend. Aber Galeran wußte, daß er die aufsteigende Wut, die in seinen Eingeweiden rumorte, nicht wert war. Eine Wut, die versuchte, ihn dazu zu bringen, die Zähne zu fletschen und zu knurren.

Er wandte den Blick ab und kämpfte darum, seine Atmung ruhiger fließen zu lassen. Das war ein Ort des Gesetzes und der Vernunft, nicht der Vergeltung.

Galeran hoffte plötzlich, daß es zu einem Duell käme. Er wollte es. Er brauchte es, um einen tiefen Schmerz zu vertreiben, der von Vernunft, Verstehen und Vergeben nicht berührbar zu sein schien.

Flambard und Lowick verbeugten sich vor dem König.

Henry nickte den beiden Männern zu, dann rief er nach zusätzlichen Bänken, die vor ihn hingestellt werden sollten. »Das hier ist keine formale Rechtssache, meine Freunde. Setzt Euch bequem hin, während Wir versuchen werden, diese Angelegenheit zu aller Zufriedenheit zu lösen.«

Galeran und Raoul setzten sich auf eine Bank, Lowick und Flambard auf die andere, die Mönche standen still dahinter. Galeran fand es verlockend, seine Feinde anzustarren, aber er konzentrierte sich doch lieber auf den König.

»Zunächst«, sagte Henry, »machen Wir Euch mit unseren Ratgebern bekannt. Seine Lordschaft, der Bischof von London.«

Der ältere, sehnige Mann nickte.

»Henry Beaumont, Graf von Warwick.«

Warwick war noch immer ein junger Mann, aber Autorität und Stärke hatte jede Linie seines Gesichts und Körpers gezeichnet.
»Und Ralph Basset, mein Rechtsberater.«
Basset sah überraschend freundlich aus, mit einem glatten Gesicht. Aber Galeran hatte von ihm gehört. Er war ein enger Vertrauter des Königs und ein messerscharfer Vertreter des Rechts.
»Hat jemand Einwände dagegen, daß diese Männer unserer Besprechung beiwohnen«, fragte Henry, »und mich darin beraten?«
Niemand hatte Einwände, obwohl Galeran wünschte, er wüßte mehr über diese Leute. Über den Bischof von London sagte man, er wäre ein edler Mann. Der Graf von Warwick war jedoch bei Henry an dem Tag, an dem sein Bruder starb und könnte eine Hand bei dem Mord im Spiel gehabt haben.
Galeran wischte diese Bedenken beiseite, während der König begann, die Situation darzulegen. »So wie Wir den Fall verstehen, meine Herren, hat Eure Frau, Lord Galeran, während Ihr im Namen Gottes aus England fort wart, Raymond von Lowick ein Kind geboren. Bestreitet das jemand?«
Stille antwortete ihm.
»Man hat falsche Nachricht von Eurem Tod in Jerusalem nach England gebracht, was möglicherweise Lady Jehanne und Sir Raymond zu der Annahme führte, daß sie frei seien, um intim zu werden ...«
Fast hätte Galeran widersprochen, aber er sah, wie Raymond sich bewegte und vom Bischof zurückgehalten wurde. Sehr gut. Auch er würde warten und sehen, was für einen Plan sie hatten.
»Durch Eure Rückkehr jedoch«, fuhr Henry fort, »war ihre Sünde allen offensichtlich. Raymond von Lowick hat sich dem Bischof von Durham anvertraut, und Wir nehmen an, daß Lady Jehanne sich ihrem Priester und Euch, ihrem irdischen Herren, anvertraut hat.«

Das, wie klarwurde, war eine Frage, die nach einer Antwort verlangte.
»Ja, Sire«, sagte Galeran. Er hatte gehofft, diese Anhörung daran zu hindern, Jehannes Sünde zu besprechen. Nun konnte er nur hoffen, daß sie nicht geradewegs zu der Frage nach einer angemessenen Strafe für Ehebruch führen würde.
Aber das tat sie.
»Sir Raymond«, sagte der König, »hat eine Buße vom Bischof erhalten – eine Buße, die hier angefochten wird. Welche Strafe hat Lady Jehanne erhalten?«
Galeran versuchte, einem alten Rat zu folgen. »Sire, sobald ich von des Bischofs weisem Urteil hörte, habe ich verfügt, daß meine Frau die gleichen Bußen tun sollte, im Gebet, darin, Gott ihre Arbeit anzubieten und in der Pflege des Kindes.«
Henry nickte. »So kommen wir zu unserem Dilemma. Unglücklicherweise, wie schon König Salomon herausfand, kann ein Kind nicht zwischen zwei streitenden Parteien geteilt werden.« Galeran dachte, sie wären über den verräterischen Punkt hinaus, aber dann fügte Henry hinzu: »Denkt Ihr nicht, Lord Galeran, daß es Eure Pflicht ist, Euer Weib mit zusätzlicher Strafe zu belegen?«
»Nein, Sire.« Warum fühlte er sich, als hätte er eine Sünde gestanden? Wahrscheinlich wegen der Mißbilligung, die all diese Männer ausstrahlten.
»Und doch habt Ihr sie, wie man mir berichtet hat, bei Eurem Wiedersehen zu Boden gestreckt.«
»Das habe ich, Sire. Eine Tat, die ich bereue. Die Qual meiner Frau und die ehrliche Reue sind Strafe genug.«
Flambard warf an diesem Punkt mit einem abfälligen Lachen ein: »Ihr seid zu liebend, Lord Galeran. Zu liebend. Es ist leicht für eine Frau, zu weinen und zu klagen, um einer Bestrafung zu entgehen.«
Galeran mußte sich sehr beherrschen, um nicht angesichts der Falle zu grinsen, die er aufstellen würde. »Ihr glaubt, ich hätte

sie schlagen sollen, mein Bischof? Aber da meine Frau dieselbe Strafe auf sich nahm, die Sir Raymond als Buße erhalten sollte, müßte er dann nicht ebenfalls geschlagen werden? Tatsächlich könnte man sagen, daß ich *ihm* einen Schlag schulde ...«

Lowick sprang auf seine Füße, die Hand am Schwert.

Es war Flambard, der ihn anfuhr: »Setzt Euch hin!« während er Galeran anstarrte. Es stand jedoch mehr als nur frustrierter Ärger in seinen Augen. Warum hatte diese Wendung den Bischof so besorgt gemacht? Wollte er nicht, daß die Sache mit Gewalt geklärt würde?

Henry hatte sein Kinn in die Hand gestützt und beobachtete die Reaktionen genau. »Wir werden die Angelegenheit der Lady auf einen späteren Zeitpunkt verschieben. Zur Debatte stehen hier die Angelegenheit des Kindes und die Rechte des Bischofs, zu entscheiden, wohin es kommen soll. Ich bin überrascht, Lord Galeran, daß Ihr so entschlossen seid, einen Kukkuck in Eurem Nest zu behalten.«

Es gab eine Reihe von leidenschaftlichen Dingen, die Galeran hätte sagen können, aber er hielt es praktisch. »Das Baby hängt an der Brust, Sire, und soweit ich weiß, ist es wahrscheinlich, daß das Kind Schaden nimmt, wenn man ihm die Muttermilch vorenthält. Ich sehe keinen Grund, ein unschuldiges Wesen zu verletzen. Da ich wünsche, meine Frau an meiner Seite zu haben, muß das Baby bei uns bleiben. Und Donata wird, da sie ein Mädchen ist, nicht die Interessen unserer zukünftigen Kinder unterminieren.«

»Also seid Ihr bereit, das Kind mit der Pflege und Zuneigung aufzuziehen, die Ihr einem eigenen Sproß angedeihen lassen würdet, und Ihr werdet dafür sorgen, daß Ihre Zukunft wohlbehalten sein wird?«

»Das werde ich, Sire.«

Henry wandte sich an die andere Bank. »Sir Raymond, ich bezweifle, daß Ihr dasselbe für Eure Tochter tun könnt.«

»Und doch ist sie meine Tochter, Sire«, sagte Raymond bestimmt.

»Aber Ihr habt keine Möglichkeit, ein Kind zu ernähren. Und wenn Wir Euch das Kind gäben, wenn sie entwöhnt ist, wie würdet Ihr dann für sie sorgen? Ihr habt keine Frau. Ihr habt kein Heim.«

»Ich werde eine Frau finden, Sire. Ich werde ein Heim haben.«

Der König hob seine Brauen. »Das ist nicht so leicht, wie ich selbst erfahren habe. Ich gestehe, daß ich Töchter habe, die unehelich geboren wurden, aber ich bin zufrieden, sie bei ihren Müttern gelassen zu haben. Sagt, Sir Raymond, warum wollt Ihr Euch mit einem Kind belasten?«

Unter der direkten Frage preßte Raymond die Lippen zusammen. Nach einer Kunstpause sagte er: »Weil sie mein ist. Ich habe das Recht.«

Das war ein lachhaft schwaches Argument. Was Lowick wirklich wollte, war Jehanne und daß Galeran stürbe, damit er einen Anspruch auf Heywood anmelden konnte, aber natürlich konnte er das nicht sagen. Galeran bemerkte jedoch, daß Flambard durch den Fortgang der Anhörung nicht besorgt schien. Das machte ihm Sorgen.

Der König lehnte sich in seinem Stuhl zurück und wandte sich an seine Ratgeber: »Meine Herren? Wünscht Ihr es, beide Parteien weiter zu befragen, oder habt Ihr bereits eine Empfehlung für mich?«

Galeran versuchte, seine Erleichterung nicht zu zeigen, daß diese Angelegenheit so schnell zu einem Ende kam.

Aber dann sprach der Bischof: »Sire, wir müssen die Rechte der Kirche berücksichtigen.«

»Ah, ja«, sagte der König. »Gut, daß Ihr mich daran erinnert, Lord Bischof.«

Es war Galeran klar, daß Henry lieber nicht daran erinnert worden wäre, aber das war etwas, was der König nicht übergehen konnte. Die Kirche hatte das Recht, in bestimmten Dingen zu urteilen und würde es nicht zulassen, dieses Rechtes beschnitten zu werden.

Galeran fühlte, wie sein Herz schneller schlug. Das war es, was er immer am meisten gefürchtet hatte – die Einmischung der Kirche als Institution. Flambard war nur ein Mensch, und zwar ein korrupter und unbeliebter. Die Kirche selbst dagegen konnte nicht übergangen werden.

»Sire«, sagte der Bischof von London, »das ist ein interessanter Fall. Der Bischof von Durham hatte sein Recht wahrgenommen, eine Buße aufzuerlegen, und Lord Galeran hat wiederum ein Recht, die Strafe für seine Frau festzulegen. Wenn die beiden sich überwerfen, was wird dann zu tun sein?«

»Wenn Ihr das nicht wißt, mein Lord Bischof«, sagte Henry, »dann weiß ich es sicherlich auch nicht.«

Der Bischof ließ sich nicht aus der Ruhe bringen. »Wenn es keine andere Lösung gibt, Sire, dann schlage ich einen Vergleich vor. Wenn Lord Galeran eine zusätzliche Spende an eine geistliche Einrichtung entrichtet, würde das den Teil ausgleichen, den das Baby ausmacht, indem es Sir Raymond vorenthalten wird.«

»Das Aufteilen der Buße, meint Ihr«, brachte es der König auf den Punkt. »Ich denke, Sir Raymond sollte eher zahlen, um davon erlöst zu werden, trotz des noblen Wunsches, sein Kind aufzuziehen.«

»Ihr seid weise, Sire«, sagte der Bischof mit einem trockenen Lächeln. »Sir Raymond sollte daher eine andere Buße tun. Da man von ihm sagt, er sei ein guter Krieger, könnte er vielleicht, wie Lord Galeran es getan hat, die Ungläubigen im Heiligen Land bekämpfen.«

Henry lächelte ebenfalls, als er sich Raymond zuwandte. »Was sagt Ihr dazu, Sir? Ihr müßt wissen, daß, sollte dieser Fall an ein offizielles Gericht gehen, sowohl Ihr als auch die Lady schwere Strafen davonträgt, den Verlust Eures Lebens eingeschlossen.«

Das war so geschickt, um Lowick sogar außer Landes zu bekommen, daß Galeran sich fragte, ob das alles vielleicht vorher arrangiert worden war.

Lowick sah nicht sehr bestürzt aus. »Es wäre mir eine Ehre, für Christus zu kämpfen, Sire, aber ich fühle, daß es meine erste Pflicht ist, mein Kind und seine Mutter zu schützen ...«

Flambard legte beruhigend eine Hand auf Lowicks Arm und benutzte seinen juwelenbesetzten und vergoldeten Stock, um aufzustehen. In seiner Bischofswürde und seiner Kleidung sah er fast wie eine biblische Figur aus. »Verzeiht, Sire, aber da ist noch ein Gesichtspunkt, der bisher noch nicht beachtet worden ist.«

Galeran tauschte einen schnellen Blick mit Raoul aus. Er wußte nicht, was kommen würde, aber das war der Überraschungsangriff, auf den er die ganze Zeit gewartet hatte.

»Ja, mein Lord Bischof?« fragte der König, der plötzlich ebenfalls wachsam geworden war.

Flambard lächelte – ein wohltätiges Lächeln, das eines Heiligen würdig gewesen wäre. »Eure sehr vernünftige Annahme, Sire – und die meines Bruders des Bischofs – ist, daß der Verkehr zwischen Raymond von Lowick und Jehanne von Heywood ungesetzlich gewesen ist. Das habe auch ich geglaubt, als ich die Buße verhängte. Jedenfalls habe ich in weiteren Gesprächen mit Sir Raymond herausgefunden, daß er selbst dachte, er hätte jedes Recht auf seiner Seite, nicht nur, weil er glaubte, daß Lord Galeran tot wäre, sondern auch, weil er glaubte, der rechtmäßige Ehemann der Lady Jehanne zu sein.«

»Auf welcher Grundlage?« fragte Galeran fordernd, aber er hatte dabei ein übles Gefühl im Magen. Könnte Jehanne bereits eine Hochzeitszeremonie mit Lowick vollzogen haben?

Flambard warf ihm ein triumphierendes Lächeln zu. »Das Vorangegangene war Betrug, mein Herr.«

»Ihr lügt!« Galeran war schon auf seinen Füßen und hätte fast schon seine Hände um Flambards Hals gelegt, bevor die Wachen und Raoul ihn fortzogen.

»Setzt Euch, Lord Galeran«, sagte der König bemerkenswert ruhig. »Wir werden die Wahrheit heute herausfinden, das

versichere ich Euch.« Als Raoul Galeran zurück auf die Bank zog, wandte sich Henry an den Bischof. »Ihr habt Beweise dafür?«
Flambard schnippte mit den Fingern, und Bruder Forthred trat hervor, um ein Dokument in Lowicks Hände zu legen. Dann kniete Lowick vor dem König und überreichte es ihm.
Galeran starrte auf das Pergament, als wäre es eine Schlange in der Wüste. Ein vorausgehender Betrug konnte seine Heirat annullieren. Konnte so etwas wahr sein?
Sein vorherrschendes Gefühl war jedoch blanke Wut. Würden sie, der Bischof und sein Handlanger, versuchen, das zu zerstören, was er und Jehanne gemeinsam geschaffen hatten? Er würde diese beiden zuerst töten.
Er zwang sich, ruhig zu bleiben. Er brauchte hier seinen scharfen Verstand, kein scharfes Schwert. Aber die Zeit dafür würde kommen.
Er sah Flambard an, der eine frömmelnde Zufriedenheit ausstrahlte.
Er betrachtete Raymond von Lowicks Rücken, als könne der ihm die Wahrheit sagen. Doch die stolze Haltung des Mannes sagte Galeran nichts.
Der König entrollte das Pergament, überflog es schnell und gab es dann weiter an Ralph Basset.
Der Graf von Warwick, der eher gelangweilt aussah, lehnte sich vor. »Mit Eurer Erlaubnis, Sire ...?«
Henry nickte, und der Graf wandte sich an Raymond, der noch immer kniete.
»Sir Raymond, wenn Ihr mit der Lady Jehanne verlobt wart, warum habt Ihr ihrer ungesetzlichen Liaison mit Lord Galeran nicht widersprochen?«
Lowick antwortete fest. »Ich sah darin keinen Sinn, mein Herr. Jehannes Vater hatte sich umentschieden. Ich wußte, daß er, wenn er es gewünscht hätte, einen Weg gefunden hätte, das Verlöbnis zu lösen.«

»Aber das tat er nicht?« fragte der Graf.

»Nein, mein Herr.«

Galeran beobachtete Lowicks Stimme. Er dachte, der Tonfall könnte ihm vielleicht etwas über dessen Ehrlichkeit sagen, aber es war schwer festzustellen, und was er sagte, klang plausibel. Galeran war zu der Zeit seiner Verlobung und der Heirat sehr jung gewesen. Sollten Täuschungen stattgefunden haben, wäre es möglich, daß man ihn nicht informiert hatte.

Er konnte es trotzdem nicht glauben, daß niemand von einer vorherigen Verlobung gewußt hatte. Sein Vater, zum Beispiel, hätte sicherlich davon gewußt. Verdammt sei Lord William dafür, daß er sich in Waltham versteckt hielt, wenn er doch hier sein sollte!

»Als die Verlobung geschlossen wurde«, sagte Lowick, »war Jehanne zu jung für eine Hochzeit, und außerdem gab es noch zwei lebende Brüder. Als ihre Brüder gestorben waren und sie als Erbin hinterließen, wollte sie ihr Vater anderweitig verheiraten.«

»Warum?« fragte der Herzog. »Hat er nicht bedacht, daß Ihr in der Lage sein könntet, ihren Besitz zu halten?«

Galeran sah, wie Lowicks Nacken rot wurde. Der Mann hätte ihm fast leid getan, wüßte er nicht, daß er log. Er log mit Sicherheit, und sein Zögern bei dieser Frage strafte ihn letztlich Lügen.

Während er Flambard ansah, dachte er, daß der Bischof sehr unzufrieden mit seinem Werkzeug war.

Lowick hatte die Frage des Grafen noch immer nicht beantwortet, und der König forderte ihn streng dazu auf, es unverzüglich zu tun.

»Er wollte, daß sie mit einer mächtigen Familie verbandelt ist«, sagte Lowick endlich. »Ich habe keine solche Familie.«

»Aber warum«, fragte der Herzog, »hatte er Euch zuvor für einen angemessenen Ehemann gehalten?«

»Ich war wie ein Sohn für ihn, mein Herr.« Lowicks Stimme

war wieder fester geworden. »Die Verlobung war ein Weg, um mich in die Familie einzubringen.«
»Aber einer, den er nicht mehr wollte, als er nur noch die Tochter hatte?«
Der Graf lehnte sich zurück und nickte.
Das war so plausibel, daß Galeran sich selbst fragte, ob die Geschichte nicht doch wahr sein könnte. Der alte Fulk hatte eine Neigung für Lowick gehabt und hätte sehr wohl verfügen können, daß er durch Heirat ein Teil der Familie wurde. Vielleicht hatte er vorgehabt, dem Paar ein kleines Stück Land zu geben.
Dennoch, es war unglaubwürdig, daß eine Verlobung geheimgehalten werden konnte. Es gab immer Zeugen. Das war der *Zweck* von Zeugen.
Ralph Basset und der Bischof von London hatten die Verlobungsurkunde untersucht, und nun sprach Basset: »Das scheint ein gültiges Dokument zu sein, Sire, aber wie immer bei diesen Angelegenheiten, sind es die Zeugen, auf die es ankommt. Sie müssen vortreten, um die Wahrheit zu beeiden.«
»Leider, Sire«, sagte Flambard, »habe ich Nachforschungen anstellen lassen, und keiner der Zeugen ist noch am Leben.«
Alle Augenbrauen hoben sich bei diesen Worten.
Galeran hätte fast vor Erleichterung geseufzt. Dieses Dokument war eine Fälschung mit falschen Zeugen, die einfach aus dem Grund ausgesucht worden waren, weil sie tot waren.
Ralph Basset las die Namen vor. Die ersten waren natürlich der alte Fulk und seine Söhne, alle mit Sicherheit tot. Der nächste war Gregory, der Haushofmeister, kürzlich verstorben.
»Ich kannte den Mann«, sagte Galeran. »Er war Zeuge meiner eigenen Trauung. Er hätte seinen Namen nicht unter ein illegales Dokument gesetzt.«
Flambard erhob Einspruch: »Auch nicht, wenn er Gefahr lief, ansonsten seinen Posten zu verlieren, mein Herr?«

Es war eine sinnlose Diskussion, also hörte Galeran sich die anderen Namen an. Es waren nur acht.
»Sire«, sagte er und erlaubte sich, sein Erstaunen zu zeigen, »auf meinem eigenem Verlobungsdokument stehen mehr als dreißig Namen. Lord Fulk war ein wichtiger Mann im Norden und hätte sicher so viele oder mehr Zeugen versammelt, um diese Urkunde zu bezeugen.«
»Ein guter Einwand«, sagte Warwick.
Flambards Augen verengten sich, aber sein Lächeln blieb. »Vielleicht war es, da Sir Raymond keine Familie oder Verbindungen vorweisen konnte, und deshalb hat Lord Fulk gedacht, es wäre besser, ihn nicht zu überwältigen. Es war immerhin seinerzeit eine bedeutsame Angelegenheit für ihn, da es sich um seine einzige Tochter handelte.«
»Egal«, sagte Galeran, »es gibt bemerkenswerte Unterlassungen. Warum waren zum Beispiel weder mein Vater noch Hubert von Burstock bei einer solchen Zeremonie anwesend?«
Der König nickte. »Wieder ein guter Einwand. Wie schade«, fügte er bedeutsam hinzu, »daß Lord William von Brome heute nicht hier ist, um in dieser Angelegenheit vorzusprechen.«
Galeran fragte sich, ob die Zukunft seiner Familie ausschließlich von der Loyalität seines Vater abhing.
Das einzige, was er tun konnte, war, den Schritt zu wagen, nach dem ihn dürstete und den er gleichwohl verabscheute. Er erhob sich. »Ich bin bereit, diese Angelegenheit mit dem Schwert zu bereinigen, Sire. Ich fordere Raymond von Lowick heraus, das Recht seines Anspruchs durch seinen Körper zu beweisen.«
Lowick erhob sich sofort. »Ich nehme an!«

Zwanzigstes Kapitel

Der König runzelte seine Stirn. »Das könnte zum Tode führen, Mylords, mit Gott als Eurem Richter.« Wenn es ein geplantes Ziel dieses Treffens gegeben hatte, dann war es klar, daß sie jetzt weit davon entfernt waren und daß Henry nicht gerade begeistert war. Er konnte aber ein Duell nicht verhindern. Es war das Recht eines jeden Mannes.

In diesem Moment kam ein Page herein, verbeugte sich und flüsterte dem Grafen etwas zu. Dieser lehnte sich wiederum vor, um mit dem König zu sprechen.

Henrys Runzeln schwächte sich ab. »Setzt Euch einen Moment, Mylords. Es erfreut mich nicht, gute Kämpfer ohne Not zu verlieren, und wir könnten in der Lage sein, auf eine andere Art Licht in das Dunkel des Problems zu bringen. William von Brome ist angekommen.«

Als Galeran sich umwandte, um seinen Vater zu begrüßen, sah er, wie Flambards Miene sich verhärtete und Lowick die Gesichtszüge vor Schreck entgleisten. Offenbar hatte keiner von beiden das erwartet.

Was hatten sie erwartet?

Wahrscheinlich, daß Galerans Tod vollendet sein würde, bevor dessen Vater irgend etwas hiervon erfahren hätte.

Die Tür öffnete sich, und Lord William betrat den Raum. Er hatte prachtvolle Kleider an und trug Juwelen, die wie dafür geschaffen waren, Flambards klerikalem Prunk zu begegnen. Galeran war so sehr an die verschlissene Kleidung aus Stoff

und Leder gewöhnt, die sein Vater normalerweise trug, daß er wegen dessen prunkvollen Auftretens fast in Lachen ausgebrochen wäre.
Aber die Kleidung erfüllte ihren Zweck. Sie machte die Stellung seines Vaters offensichtlich.
Lord William ging direkt, aber ohne Eile zum König und kniete vor ihm nieder, die Hände verschränkt ausgestreckt. Mit einem zufriedenem Glitzern in den Augen bedeckte Henry die Hände mit seinen eigenen, als er ihn begrüßte. Dies war eine vereinfachte Version des Lehenseides, die ein bedeutsames Gewicht hatte ...
»Lord William«, sagte Henry, »Wir sind erfreut, Euch bei so guter Gesundheit zu sehen.«
»Nun ja«, sagte Galerans Vater, als er aufstand. »Ich hätte vielleicht noch ein oder zwei Tage Ruhe vertragen können, Sire, aber ich habe Gerüchte gehört, daß Raymond von Lowick in Waltham gewesen ist und sich über mich umgehört hat. Da habe ich entschieden, daß ich besser herausfinden sollte, was er vorhatte.« Er blickte Lowick und den Bischof mit einem schalkhaften Glitzern in den Augen an. »Wahrscheinlich hat er den Eindruck gewonnen, daß ich kränker sei, als ich es tatsächlich war. Ich denke, daß ihm sogar jemand gesagt hat, ich läge im Sterben.«
»Tatsächlich? Wir sollten nicht Eure Gesundheit und Euer Wohlergehen riskieren, mein Herr. Bitte setzt Euch.« Henry befahl, daß man einen Stuhl nach vorne bringen sollte. Diese Geste hätte einfach nur Besorgnis um einen kranken Mann sein können, aber sie bedeutete viel mehr. Die Botschaft war deutlich:
Unterstützt mich, William von Brome, und ich werde Euch als einen der mächtigsten Barone im Norden anerkennen. Und ich werde Eure Familie beschützen, jetzt und in Zukunft.
Sobald Lord William sich gesetzt hatte, sagte der König: »Ihr kamt gerade recht, Mylord, denn Ihr solltet in der Lage sein,

uns in einer verworrenen Angelegenheit zu helfen. Sir Raymond von Lowick behauptet, daß er legal mit Lady Jehanne verlobt war, bevor sie Eurem Sohn, Galeran, versprochen wurde und ihn geheiratet hat.«

Lord William sah aus, als hätte man ihm gesagt, die Sonne wäre aus Käse gemacht. »Das ist Quatsch, Sire.«

»Er hat ein Dokument, das in jeder Hinsicht verläßlich scheint. Unglücklicherweise sind die Zeugen alle verschieden.«

»Wenn Ihr so gnädig seid, Sire, laßt mich die Namen dieser Zeugen hören.«

Am Ende der kurzen Liste prustete Lord William. »Jemand muß Northumbria nach Männern durchkämmt haben, die in den letzten zehn Jahren verstorben sind, Sire. Aber wir sind ein gesundes Völkchen dort oben im Norden, und dieser Haufen hat sich niemals im Leben an einem Ort gemeinsam aufgehalten, soweit ich weiß. Ganz sicher nicht auf Heywood, davon hätte ich Kenntnis erlangt. Außerdem gibt es wichtige Namen, die auf jedem Dokument dieser Art stehen sollten, damit es Sinn macht. Meiner zum Beispiel.«

»Vielleicht wollte Lord Fulk die Sache geheimhalten«, warf Flambard verzweifelt ein. »Dieses Dokument, das ich in gutem Glauben angenommen habe, wirft Zweifel auf das Recht, das Lord Galeran an dem Kind, der Frau und dem Schloß hat, daher ist es nicht überraschend, daß Ihr versucht, es anzuzweifeln, Lord William. Die einzige Art, es zu beweisen, ist durch das Schwert.«

Henry betrachtete die Gegenspieler. »Mein Lord Bischof, ich verstehe nicht, warum Ihr in dieser Angelegenheit so glühend seid.«

Galeran bemerkte deutlich, wie Flambard sich kontrollieren mußte. »Ich wünsche nur, daß das Recht siegt, Sire, wie es meine Pflicht ist.«

»Dann sollten wir doch wohl eher Raymond von Lowick die Rechtmäßigkeit seines Anspruchs durch den Test mit glühendem Eisen beweisen lassen, anstatt Lord Galeran dort hineinzuziehen, der nichts Böses getan hat und in der Tat durch seine Dienste im Heiligen Land gesegnet ist.«

Lowick war kein Feigling, aber er erbleichte bei dem Gedanken daran, seine Lüge dadurch unter Beweis zu stellen, daß er rotes, heißes Eisen in seiner Hand halten müßte, damit man anschließend sehen könnte, wie stark er verbrannt war. »Ich bestehe auf meinem Recht, die Wahrheit durch das Schwert zu beweisen«, erklärte er.

»Eure Majestät«, sagte der Bischof, »die bedauerlichste Sünderin dieser Angelegenheit, sowohl durch das Verheimlichen ihres vorangegangenen Betrugs als auch durch das Eingehen einer illegalen Verbindung mit Lord Galeran und durch späteres Brechen ihrer Schwüre, ganz zu schweigen von dem Mord an ihrem ungewollten Kind ...«

»Bei Gott ...!« Aber Galeran wurde wieder von Raoul zurückgehalten, bevor er dem Bischof etwas antun konnte.

»Setzt Euch, Lord Galeran«, fuhr der König ihn an. »Ich habe bisher noch niemanden einen Mord erwähnen hören.«

»Weil es keinen Mord gegeben hat«, knurrte Galeran, den Bischof fest im Blick haltend.

»Wie aber konnte das Kind dann sterben?« wandte sich Flambard an den König. »Ein gesundes Kind, Sire, von acht Monaten, das eines Nachts ins Bett gebracht wird und nie mehr erwacht. Und just in der Nacht des Begräbnisses ihres einzigen Kindes steigt Jehanne von Heywood in das Bett von Sir Raymond. Freiwillig. Es scheint mir, daß Lady Jehanne sich dem Gottesurteil mit dem glühenden Eisen unterwerfen sollte.«

Galeran konnte fühlen, wie die Stimmung im Raum umschlug. Bis jetzt hatte er Jehanne erfolgreich im Hintergrund halten können, aber nun wurde über sie verhandelt, das war gefährlich. Sie war die verräterische Kreatur, die Ehebrecherin. Aber das hier war viel schlimmer. Für eine Ehebrecherin hätte es Gnade geben können, und ihr Ehemann hatte dabei im allge-

meinen das letzte Wort. Aber für eine Frau, die ihr eigenes Kind getötet hatte, konnte es keine Gnade geben.
»Das Kind, das starb, war mein Sohn«, sagte er so ruhig wie es ihm möglich war. »Wenn sein Tod verdächtig war, glaubt Ihr nicht, ich hätte gehandelt?«
»Ihr wißt, wie das Kind gestorben ist, mein Herr?« fragte Flambard mit gespielter Überraschung.
»Ich weiß, daß sie Gallot nicht getötet hat.« Galeran wandte sich an den König. »Meine Frau liebt Kinder, Sire, und wünschte sich verzweifelt ein eigenes. Deshalb habe ich mich dem Kreuzzug angeschlossen. Und Gott belohnte uns mit einem Kind, das um so wertvoller für uns war, als wir so lange darauf gewartet hatten. Ich kann eine Reihe von Zeugen bringen, die beschwören können, daß meine Frau eine hingebungsvolle Mutter war und den Verlust ihres Kindes sehr betrauert hat.«
»Ich kann das beschwören«, sagte Lord William. »Sie hat zwar nicht gejammert und geweint wie es die meisten Frauen tun, aber jemand, der sie kennt, wußte, daß sie furchtbar getroffen war.«
Der Bischof von London erhob seine Stimme. »Die Frage ist nicht, ob sie getrauert hat, sondern ob sie am Tag der Beerdigung ihres Kindes mit diesem Mann gehurt hat.«
Stille antwortete ihm, bis der König zu Lowick sagte: »Nun, mein Herr? Ihr seid derjenige, der diese Frage beantworten kann.«
Und Lowick sagte: »Ja, das hat sie, Sire.«
Er sprach jedoch zögernd, und Galeran dachte, er hätte vielleicht ebenfalls die Gefahr von Jehanne fernhalten wollen. Das war ein kleiner Pluspunkt für Lowick.
»Sie hatte ihre Gründe, Sire«, sagte Galeran, obwohl er wußte, daß er sich auf gefährlichem Boden bewegte. »Meine Frau hat mir alles gestanden, sie hat mir alles erzählt, was in dieser Zeit geschehen ist. Um es einfach zu sagen, sie war verrückt. Sie

dachte, ich wäre tot, und als ihr Sohn durch die Hand Gottes von ihr genommen wurde, hat sie vor Trauer ihren Verstand verloren. Sie hat mit Lowick gesündigt, aber das war, bevor sie wieder zu Sinnen gekommen war, und ich warne ihn, etwas anderes zu schwören.«

»Sir Raymond?« fragte der König.

Lowick sah kurz zu Flambard, aber dann sagte er: »Es war nur das eine Mal Sire, und ja, ich glaube, daß sie zu der Zeit nicht bei Sinnen war. Ich habe versucht, ihr zu widerstehen, aber ich war zu schwach.«

Ein Raunen ging durch den Raum, fast amüsiert durch dieses Bild, und Galeran fühlte, wie die Spannung ein wenig von ihm abfiel. Er konnte jetzt fast Wohlwollen für Lowick empfinden. Er hatte die Gefahr gesehen, die auf Jehanne zukam, und hatte sich erhoben, um sie zu bannen.

Er hätte ihn sogar in brüderlicher Liebe an seine Brust ziehen mögen, wenn es da nicht das Verlobungsdokument gegeben hätte. Aber das war zweifellos das Werk von Bischof Flambard. Der Jehanne das Gottesurteil auferlegen wollte.

Es war jedoch der Bischof von London, der jetzt sprach, deutlich besorgt um den Mord. »Was ist jetzt mit dem Kindstod? Vielleicht ist die Lady durch die Nachricht vom Tod ihres Mannes verrückt geworden und hat dann das Kind getötet. Ein trauriger Fall, aber keiner, der unbestraft gelassen werden sollte.«

Es war Lord William, der diese Äußerung aufnahm. »Sire«, sagte er, »es war ein ungewöhnlicher Tod, aber keiner, der vollkommen unbekannt ist. Im allgemeinen sagen die Leute, daß die Mutter sich im Schlaf auf das Baby gelegt hat. Das Landvolk spricht von Geistern, die das Kind in der Nacht stehlen. Mein Sohn war fort, daher habe ich einige Untersuchungen angestellt. Es gab keine Anzeichen von physischen Verletzungen, wie es sie hätte geben müssen, wenn das Kind erdrückt worden wäre. Auch gab es keine Anzeichen von Gift.

Es ist schwer zu töten, ohne eine Spur zu hinterlassen. Und«, fügte er bedeutungsvoll hinzu, »es ist leicht für die Leute, mit dem Finger auf andere zu zeigen, selbst wenn es nur einen winzigen Verdacht gibt.«
Galeran hielt den Atem an. Sein Vater sprach den Tod von William Rufus an. Das war, als würde er sagen, daß wenn Jehanne für Gallots Tod angeklagt würde, Brome möglicherweise diejenigen unterstützen würde, die Henry beschuldigten, seinen Bruder getötet zu haben.
Er drohte damit, Robert von Normandie zu unterstützen.
Die Augen des Königs verengten sich in der gefährlichen Stille.
»Mehr noch«, fuhr Lord William verbindlich fort, »ich sprach mit dem Krankenhaus in der Abtei von Waltham genau über dieses Thema, da es mich interessierte ...«
Galeran erinnerte sich daran, wieder atmen zu müssen. Als er sich von diesem Schock erholt hatte, bemerkte er, daß Fitz-Roger eingetreten war und genau hinter dem Thron des Königs stand, als ob er darauf wartete, sprechen zu dürfen.
»... Bruder Garth war ebenfalls der Meinung, daß solche Tode vorkommen, ohne daß ein Grund offensichtlich wäre. Im allgemeinen sind diese Kinder zwar jünger als Gallot, aber alle Anzeichen von Gallots Tod stimmen mit den Fällen überein, die er kennt. Ich glaube wirklich, daß es als ein Akt Gottes angesehen werden muß, daß er in seiner Weisheit beschlossen hat, das süße Kind zu sich zu holen.«
»So wird es sein«, sagte der König kurz angebunden. »Es scheint keinen Grund zu geben, noch länger bei einem solch unlösbaren Mysterium zu verweilen, und es ist mit Sicherheit falsch, Steine zu werfen, wenn es keine Sicherheit für Schuld gibt. Wenn jemand gesündigt hat, wird Gott in seiner Weisheit handeln.«
Henry sah William an, während er sprach, und es war fast so, als würde er über die Verdächtigungen sprechen, die über ihn und den Tod seines Bruders im Umlauf waren.
Der König fuhr fort: »Es scheint mir, daß es schwerwiegenden

Zweifel an diesem Verlobungsdokument gibt. Schwerwiegend genug, daß ich es abweise, es sei denn, es können Beweise beigebracht werden, die es verifizieren. Da alle ehemaligen Zeugen tot sind, wird das schwierig werden.« Er lächelte, aber das Lächeln erreichte seine Augen nicht. »Ich bin sicher, daß Ihr, mein lieber Lord Bischof von Durham, an die Echtheit des Dokumentes geglaubt habt. Aber Raymond von Lowick muß gewußt haben, daß er dabei war, eine bewußte Täuschung zu begehen.«

Bei dieser leichten Änderung der Sichtweise wurde Lowick blaß. Er stand auf. »Mit allem gehörigen Respekt, Sire, halte ich den Anspruch auf Echtheit des Dokumentes aufrecht und möchte das im Kampf beweisen.«

Henry sah aufgebracht aus, und Galeran vermutete, daß es wahr war, daß er Duelle als eine Verschwendung guter Kämpfer ansah. Galeran empfand das gleiche, und jedes Verlangen, das er gehabt hatte, Lowick zu töten, war verschwunden. Der Mann war von Jehanne benutzt und durch Flambard übertölpelt worden.

Und er hatte sich gerade gemacht, um Jehanne vor Schaden zu bewahren.

FitzRoger trat in diesem Moment vor, lehnte sich nahe zu Henry hinüber und sprach ihm etwas ins Ohr. Der Gesichtsausdruck des Königs änderte sich erneut.

Was jetzt? fragte sich Galeran und hatte einen Kloß in seinem Hals.

Er wollte aufspringen. Etwas tun. Etwas tun, egal wie verrückt es war. Jehanne war wahrscheinlich vor der bittersten Strafe bewahrt, und der Bischof von London hatte den Kompromiß vorgeschlagen, der Donata bei Galeran und Jehanne lassen würde.

Wenn ihre Ehe bestehen blieb.

Diese Ehe hing jedoch in der Luft, wenn der König ein Gottesurteil durch das Schwert erlaubte. Wenn Galeran durch Lowicks Klinge stürbe, dann würde Gott als Ersatz für all die toten Zeugen eintreten, und Jehanne würde Lowicks Frau werden.

Galeran beobachtete den König und seinen Vertrauten, fragte sich, ob sie die Details eines Duells besprachen. Dann richtete FitzRoger sich auf, und Henrys kluge Augen betrachteten die Menschen, die vor ihm saßen.

»Lord Galeran«, sagte er, »würdet Ihr nicht zustimmen, daß ein ehebrecherisches Weib bestraft werden muß?«

Überrascht durch diese Wendung, mußte Galeran seine Gedanken sammeln, bevor er antworten konnte. »Sire, eine lüsterne vielleicht. Aber keine, die kurz durch Kummer verwirrt war.«

»Aber wie der Bischof von Durham sagt, können Reue wie auch Verrücktheit vorgetäuscht werden, und es ist oft nötig, ein öffentliches Exempel mit Sündern zu statuieren. Was, wenn ich verfügen müßte, daß Eure Frau ausgepeitscht werden muß, um der Welt zu zeigen, daß eine solche Untreue nicht geduldet werden kann?«

Galeran starrte den König an, der so viele Geliebte gehabt hatte. Viele verheiratet. Viele, die ihm einen Bastard geboren hatten. Soweit er wußte, war keine für ihre Sünde bestraft worden. »Wenn es Euer Urteil wäre, Sire«, sagte er langsam, »dann müßte ich Euch gehorchen.«

Er hoffte, daß Henry verstanden hatte, daß er durch ein solches Urteil einen loyalen Untertanen verlieren würde. Er hoffte, FitzRoger hatte ihm seine verschleierte Warnung vom anderen Tag überbracht.

Henry zeigte keine Reaktion und wandte sich an Lowick. »Sir Raymond, was schätzt Ihr? Wenn Ihr darauf bestehen könntet, Lady Jehanne für ihren Betrug an Euch zu bestrafen, würdet Ihr auf diesem Recht bestehen?«

Lowick wurde rot. »Nein, Sire! Ich habe keinen Wunsch, Jehanne auf irgendeine Weise verletzt zu sehen. Als ich Heywood verließ, bat ich sie, mich zu einem sicheren Hafen zu begleiten. Ich wollte, daß sie vor genau so einer Strafe sicher wäre. Ich habe immer nur sie und mein Kind schützen wollen.«

Und das, dachte Galeran überrascht, war wahrscheinlich die Wahrheit.

Schließlich wandte sich Henry an Flambard. »Mein Lord Bischof, wie ist Eure Betrachtung der Dinge?«

Die Augen des Bischofs flackerten einen Moment unsicher. »Ich habe mein Urteil gefällt, und Lady Jehanne hat sich eigenmächtig entzogen.«

»Also meint Ihr, daß sie es verdient, für diese Vernachlässigung ihrer Pflicht gepeitscht zu werden?«

Wieder suchten Flambards Augen den Raum ab, als suchten sie eine versteckte Information. Galeran sah FitzRoger an und fragte sich, welche Neuigkeiten er überbracht hatte, die diese Reihe von Fragen ausgelöst hatten.

»Nun, mein Lord Bischof?« forderte der König auf.

»Ja, Sire. Abgesehen von ihrer Sünde des Ehebruchs, hat die Lady bewiesen, daß sie unbeugsam ist und vor Stolz strotzt. Sie braucht körperliche Züchtigung, damit sie ihren Irrtum einsehen kann und schließlich Erlösung findet. Wenn sie dazu gebracht werden könnte, sich dem zu unterziehen.«

Henry lächelte. »Aber sie hat sich bereits einer Strafe unterworfen, und zwar freiwillig. Nicht wahr?«

»Freiwillig?« Flambards alarmierte Frage wurde durch Galerans »Welche Bestrafung?« erstickt.

Sein Vater hielt einen Arm vor ihn, um ihn zu bremsen, und Raoul legte eine Hand auf seine Schulter, so daß er mit einiger Schwierigkeit auf seinem Sitz gehalten werden konnte.

»Lord FitzRoger hat etwas zu berichten«, sagte Henry.

Der Vertraute des Königs trat vor. »Auf Anweisung seiner Majestät wurden Lady Jehanne, ihre Cousine, ihr Baby und die Kinderschwester nach St. Hilda gebracht. Da die Lady und ihr

Kind die Ursache dieses heute zu verhandelnden Streites waren, hatte Ihre Majestät das Gefühl, daß sie dort in Gewahrsam sicherer wären. Für den Fall, daß die Lady unredliche Absichten gehabt hätte, wie zum Beispiel mit ihrem Liebhaber vor einem Urteilsspruch zu fliehen, wurde angewiesen, daß sie alle in verschlossenen Räumen bleiben sollten, bis diese Anhörung vorüber ist.«

Lowick sah erstaunt aus.

Flambard schwitzte.

»Die Mutter Oberin von St. Hilda ist sehr streng«, fuhr FitzRoger fort, »und glaubt fest an körperliche Kasteiung, um Sünden auszutreiben. Als sie die ganze Geschichte von Lady Jehannes Übeltaten gehört hatte und man ihr erzählte, daß die Lady sich geweigert hatte, die Buße, die ihr durch einen Bischof auferlegt worden war, anzunehmen, brauchte sie nur sehr wenig Ermunterung dazu, die Rute zu schwingen.«

»Mein Gott ...« flüsterte Galeran und wurde wieder von seinem Vater und Raoul auf der Bank gehalten.

»Ruhig, Junge«, murmelte sein Vater. »Ruhig.«

»Die Lady ist geschlagen worden?« fragte der König.

»Die Lady erhielt zu jeder der fünf kanonischen Stunden zehn Schläge, seit sie in dem Kloster angekommen war. Ich schritt ein, bevor diese Maßnahme wieder um Terz ergriffen werden konnte.«

Galeran konnte dieses Mal nicht zurückgehalten werden. Er sprang auf die Füße. »Wer hat das angeordnet?«

»Warum? Bischof Flambard natürlich.«

Galeran ergriff die Vorderseite der Bischofsrobe, bevor ihn jemand stoppen konnte. »Dann denke ich, der Bischof sollte mein Schwert fühlen.«

»Haltet ein, Lord Galeran!« Henrys Hand legte sich über Galerans Faust, die noch immer Flambards Seidenrobe umklammert hielt.

»Ich glaube, daß ich eher einen Anspruch habe«, sagte Henry

sanft und drückte Galerans Hand mit bemerkenswerter Kraft. Das war ein Befehl. Aber es war die kalte Drohung in der Stimme des Königs, die Galeran dazu brachte, seinen Griff zu lockern.

Diese Drohung galt nicht ihm, sondern dem Bischof.

»Mein ist die Macht«, sagte Henry sanft. »Mein ist das Urteil. Mit welchem Recht, mein Bischof, übergeht ihr meine Anweisungen?«

Von Flambards erblaßtem Gesicht rann der Schweiß in Strömen. Das war nicht überraschend. Er stand vor dem Mann, der mit bloßen Händen einen Mann von den Zinnen Rouens gestoßen hatte, weil er ihm widersprochen hatte.

»Ich habe Eure Anweisungen nicht übergangen, Sire. Aber ich habe das Recht als ein Kirchenfürst, Buße für Sünden aufzuerlegen.«

»Welche Buße würdet Ihr dann für die Fälschung eines Verlobungsdokumentes bestimmen?«

Flambard trat zurück, bis er auf die Bank fiel. »Wenn es eine Fälschung ist, Sire, hatte ich nichts damit zu tun!«

»Ach nein? Ich denke, sorgfältige Nachforschungen im Norden werden die Wahrheit enthüllen.« Der König wandte sich plötzlich an Lowick. »Nun, Sir Raymond? Sprecht die Wahrheit! Gab es ein vorheriges Verlöbnis?«

Raymond, gleichfalls weiß im Gesicht, fiel unter dem Druck der Wut des Königs auf die Knie. »Nein, Sire! Man hat davon gesprochen. Aber Jehannes Brüder starben, bevor es dazu gekommen ist.«

»Aber Ihr liebtet die Lady und dachtet, sie wäre Euer per Gesetz?« Henry sprach etwas ruhiger. »Ihr dachtet vielleicht, daß Ihr im Geiste verlobt wäret ...?« Es war offensichtlich, daß der König Lowick eine Brücke baute, wenn dieser den Grips hätte, sie zu betreten.

Er hatte.

Er beugte seinen Kopf. »Ja, Sire. Und als Lady Jehanne mir ein

Kind gebar, dachte ich nur daran, für ihre Sicherheit zu sorgen. Ich bitte untertänigst um Eure Gnade.«

Henry ging so weit, daß er Lowick mit seinen eigenen Händen aufhob, lächelnd, obwohl sein Gesicht noch immer gerötet war. »Und es war Bischof Flambard, der den Plan entworfen hat, vorzugeben, daß eine Verlobung tatsächlich stattgefunden hatte?«

»Ja, Sire.«

»Und er war es, der dieses Dokument erstellen ließ?«

»Ja, Sire.«

Da er die Aussage erhalten hatte, die er benötigte, wandte sich Henry von Lowick zu Flambard. »Was war des Bischofs Absicht, frage ich mich? Können wir glauben, daß er so verwirrt war durch Euren liebeskranken Zustand, durch die Gefahr, die Euch und Eurem Kind drohte, daß er sich verpflichtet fühlte, seine Position zu riskieren, sein eigenes Leben sogar, um Euch zu helfen?«

Wieder legte sich Stille über den Raum, da sie zum Kern der ganzen Sache gekommen waren, und Flambards panische Angst stand ihm im Gesicht geschrieben.

»Nun, Sir Raymond?« fragte der König mit fast süßer Stimme und ließ Flambard nicht aus den Augen. »Erzählt uns, welche Begründung der Bischof dafür hatte, Euch zu helfen, wieder die Kontrolle über Schloß Heywood zu erhalten.«

Lowick starrte umher, und er tat Galeran ehrlich leid. Er taumelte am Abgrund, und er wußte es.

»Sire, der Bischof ärgerte sich über die Macht William von Bromes und seiner Familie. Er dachte, wenn er eine Unterstützung auf Heywood hätte, könnte er die größere Macht im Norden erlangen.«

»Mit einem kirchlichen Fürstentum, das sich von Küste zu Küste erstreckt, kümmerte er sich besorgt um ein kleines Schloß?«

»Sir William stellte sich ihm entgegen, Sire.«

»Aber hatte der Bischof von Anfang an ein so großes Interesse an Euren Angelegenheiten? Als Ihr zuerst zu ihm gingt, damals, nachdem Lord Galeran heimgekehrt war, wie hat er sich da verhalten?«

Lowick runzelte die Stirn. »Er hörte sich mein Ersuchen um Hilfe an, Sire, aber ...«

»Aber hat nichts getan. Wann hat sich das geändert?«

Jetzt schwitzte Lowick wie der Bischof, aber er antwortete deutlich: »Als die Nachricht vom Todes Eures Bruders eintraf, Sire.«

»Aha«, sagte der König und bewegte sich ein paar Schritte fort. »Nachdem seine größte Stütze fort war und er mir als Nachfolger gegenüberstand. Die totale Kontrolle von Northumbria wäre eine nützliche Waffe gewesen, nicht wahr? Aber um sie in wessen Interesse zu nutzen?«

Flambard hatte seine Kontrolle wiedererlangt und war bereit, um sein Leben zu kämpfen. »Ich habe nur versucht, Ordnung im Norden herzustellen, Sire. Deshalb hatte mich Euer Bruder dort ernannt.«

»War es das? Aber warum wuchs Euer Interesse an Sir Raymonds Fall nach dem tragischen Tod meines Bruders?«

»Ich habe mir nur Zeit genommen, diesen Fall zu überdenken, Sire. Wie Ihr hier heute gesehen habt, ist es kein einfacher.«

»Und ich vermute, das gefälschte Dokument war nur ein Versuch, den Fall zu vereinfachen. So wie«, fügte der König hinzu, »es der Anschlag auf Lord Galerans Leben war.«

Flambard leckte seine Lippen. »Anschlag ...?«

»Lord FitzRoger hat heute morgen einen Eurer Männer in Gewahrsam genommen, mein Lord Bischof. Er war bereits geständig. Die Armbrust ist eine teuflische Waffe, auch wenn der Papst zustimmt, daß sie gegen die Heiden verwandt werden soll.«

Mitten im tödlichen Schweigen wandte sich Henry um und bestieg wieder seinen Thron. Er sah bedrohlich zufrieden aus.

Lowick wandte sich an den Bischof. »*Ihr?* Ihr habt hinter dem Anschlag gesteckt?«
»Ranulph Flambard«, sagte Henry, »ich sehe Euch unter Verdacht des versuchten Mordes stehend, unter Betrug und unter Verdacht des Überschreitens Eurer klerikalen Autorität.«
»Bei allem Respekt, Sire«, sagte Flambard, und sein Blick wanderte zwischen Henry und dem Bischof von London hin und her. »Ihr habt keine Rechtsprechung über einen Kirchenfürsten.«
»Ach, wirklich?« entgegnete Henry leichthin. »Mein Lord Bischof von London, vielleicht wünscht Ihr, daß dieser zweifelhafte Kirchenmann in sichere Verwahrung genommen wird, während eine ordentliche Untersuchung in dieser Angelegenheit vorbereitet wird.«
Flambard war im ganzen Land allgemein verhaßt, und der Bischof lächelte fast. »Die Kirche wäre dankbar für Eure Unterstützung, Sire.«
»Dann verbannt ihn solange in den Tower, bis die Wahrheit herausgefunden worden ist.« Bevor Flambard sich verteidigen konnte, fuhr der König fort: »Und es scheint mir, daß der Bischof von Durham stur ist und vor Stolz strotzt. Vielleicht benötigt er Buße, die ihm hilft, den Irrtum seiner Handlungsweisen einzusehen, damit er Erlösung findet.«
»Eine strenge Diät bei Wasser und Brot könnte hilfreich sein, Sire«, sagte der Bischof von London.
»Genau«, murmelte Henry. »Und doch hat der Bischof selbst kürzlich körperliche Strafe, um die Sünde des Stolzes zu brechen, befürwortet ...«
»Ah.« Ein fast fröhlicher Ausdruck erschien auf dem Gesicht des älteren Bischofs. »Zehn Schläge zu jeder kanonischen Stunde, Sire?«
»Wie weise. Wie klug.« Henry sah FitzRoger an. »Sorgt dafür, mein Freund.«
»Mit Vergnügen, Sire.« Und FitzRoger überwachte die Entfernung des protestierenden Geistlichen.

»Das werdet Ihr noch bereuen!« kreischte Flambard, als die Wachen ihn in Richtung Tür drängten. »Ihr werdet noch sehen, daß Ihr mich braucht, so wie mich Euer Bruder gebraucht hat!«
Henry lächelte lediglich. »Geht in Frieden, Flambard, oder ich werde die Schläge verdoppeln lassen.«
Während der Bischof und seine Diener aus dem Raum entfernt wurden, überdachte Galeran die Möglichkeit, daß all das hier – außer ein paar Überraschungen, die zusätzlich in den Topf geworfen worden waren – geplant gewesen sein könnte. Henry wußte vielleicht, daß Flambard ihm nützlich sein könnte, aber nur als ein reumütiger, gebrochener Diener, nicht als ein Mann, der genug Macht besaß, um die Krone herauszufordern. Vielleicht hatte Henry sogar einen Vorwand gesucht, um ihn zu brechen.
Henry Beauclerk war ein interessanter Mann, aber Galeran hoffte, sein Leben weit entfernt von seinem scharfen Blick leben zu können.
Nachdem die Tür sich hinter dem Bischof geschlossen hatte, wandte der König seine Aufmerksamkeit den Zurückgebliebenen zu – Galeran, Raoul, Lord William und der Bischof von London waren jetzt nur noch Beobachter.
»Sire«, sagte Galeran. »Ich muß zu meiner Frau ...«
»Einen Moment noch, mein Lord. Ich versichere Euch, daß sie in Sicherheit und unter der besten Pflege ist.« Er wandte sich an Lowick. »Nun, Sir Raymond ...«
Zu Galerans Überraschung trat Raoul, nicht Lowick vor und sank vor dem König auf die Knie. »Wenn Ihr mir erlaubt, zu sprechen, mein König.«
»Sir? Ich glaubte nicht, daß Ihr in dieser Angelegenheit Anteil hattet.«
Typisch für ihn, Raoul grinste den König an. »Ich wünschte, ich hätte es nicht, aber Lady Jehanne bat mich, an ihrer Stelle hier zu sprechen.«
»Lady Jehanne, wenn Ihr das bitte bemerken wollt« – seine

Worte hatten eine warnende Schärfe –, »ist nicht mehr in Gefahr. Der größte Teil ihrer Schuld hat sich in Luft aufgelöst, und wenn sie irgendeine Strafe verdient hätte, dann hat sie sie bereits bekommen.«

»Aber sie ist um Raymond von Lowick besorgt, Sire.«

Seine Worte erzeugten eine überwältigende Stille des Erstaunens, nur Galeran sog laut die Luft ein. Jetzt, wo sich alles zum Besten für ihn gewendet hatte – sollte er jetzt verraten werden?

»Die Lady hegt keine tiefen Gefühle für Sir Raymond«, sagte Raoul, als wäre er sich der Bestürzung, die er erzeugt hatte, bewußt. »Aber sie hält sich für seine Probleme verantwortlich, Sire, da es ihr Verhalten während der kurzen Zeit der Verrücktheit war, die ihn auf den falschen Weg führte. Sie bittet um seinetwillen um Gnade und bittet, daß ihr Ehemann nicht mit seinem Tod belastet wird.«

»Aha. Sie sorgt sich also um ihren Ehemann?« fragte Henry bissig.

»Das ist ihre größte Sorge, Sire«, sagte Raoul ruhig. »Wenn man bedenkt, daß sie Sir Raymond für schuldlos hält, stellt Euch vor, welche Sorge sie um ihren Ehemann haben muß, dem Unrecht geschehen ist. Ihr einziger Wunsch ist es, *ihm* alles recht zu machen und nicht auf *ihn* die Bürde zu legen, andere verletzen zu müssen, da sie weiß, wie sehr er das haßt.«

»Eingeschlossen, sie zu peitschen«, sagte Henry. »Eine sehr faszinierende Frau, obwohl – *mirabile dictu* – ich habe selbst ein wenig Mitleid mit Flambard. Es steht einer Frau nicht zu, in dieser Weise zu handeln, um die Angelegenheiten der Männer zu beeinträchtigen.«

Als er endlich begriff, was hier vor sich ging, ging Galeran die Dinge durch, die er Jehanne sagen wollte. Aber zuerst hatte er das hier zu erledigen. Er kniete an Raouls Seite nieder. »Sire, ich bitte für meine Frau um Verzeihung, wenn sie Euch durch ihre Taten beleidigt hat. Ich denke, es ist die Tiefe ihrer Reue, die sie dazu treibt, sich derart zu verhalten.«

»Sie ist normalerweise eine sanftmütige, guterzogene Frau, nicht wahr?«

Dem Ton nach zu urteilen, bezweifelte Henry das stark, und Galeran entschied, daß es das Klügste war, das mit einem Achselzucken von Mann zu Mann abzutun.

Henry lachte. »Frauen könnten ein Dorn im Körper eines Mannes sein, besonders die klugen. Aber sie sind jeden Stich wert. Steht auf, meine Freunde, Ihr habt Euren Teil erfüllt. Also«, fragte Henry an Galeran gewandt, »unterstützt Ihr die Petition Eurer Frau um Nachsichtigkeit?«

Galeran sah Lowick an, nur wenig bedauernd, daß der Kampf nicht stattfinden würde.

»Ich habe meiner Frau vergeben, Sire, und ich denke nicht, daß Sir Raymond mehr für den Ehebruch anzuklagen ist als sie. Was seine anderen Sünden jedoch angeht, würde ich vorschlagen, daß Ihr sie der Führung des Bischofs von London überlaßt und ihn für Christus kämpfen laßt. Er hat große kriegerische Talente, die dem Dienst Gottes unterstellt werden sollten.«

Und wenn Gott gnädig ist, dachte Galeran, muß ich ihn nie wiedersehen.

Der König wandte sich zu Lowick um. »Was denkt Ihr, Sir Raymond?«

Lowick sah jedoch eher besorgt als erleichtert aus. »Ich würde ein solch gnädiges Urteil mit Dankbarkeit annehmen, Sire, sobald ich das Wort von Lord Galeran habe, daß er Lady Jehanne nicht bestrafen wird oder auf irgendeine Weise das Kind verletzt.«

Eine Verhärtung rund um Henrys Mund sagte Galeran, daß er dabei war, seine Geduld zu verlieren, also schritt er ein. »Raymond, warum sollte ich ein unschuldiges Kind verletzen, oder Jehanne, die ich liebe?«

Lowick runzelte die Stirn, als ob er nach der Wahrheit suchte, und Galeran sah, daß der Mann ehrlich war. Er fürchtete wirklich um die Sicherheit von Jehanne und Donata. »Es ist nicht leicht für einen Mann, ein untreues Weib zu akzeptieren, oder ein Kind, das nicht sein eigenes ist. Ihr habt sie geschlagen, hat man erzählt.«

Galeran hatte sich oft gefragt, welches Unheil dieser Schlag bringen würde, egal wie berechtigt er war. Jetzt wußte er es. Er hatte vielleicht all die Probleme erzeugt, indem er Lowicks Ängste bestätigte.

»Es war das erste Mal, daß ich meine Hand gegen sie erhoben habe, Raymond, seit wir Kinder waren, und ich werde es niemals wiedertun. Ich schwöre das hier, bei meiner Hoffnung auf ewiges Leben.«

Lowicks gutaussehendes Gesicht war zerfurcht von wilden Gedanken. »Und Donata?«

»Ist bereits wie eine Tochter für mich.«

Nach weiterem Nachdenken nickte Lowick. »Dann bitte ich ehrlich um Verzeihung für den Schaden, den ich versuchte, Euch zuzufügen, Galeran.« Er wandte sich um, kniete erneut vor dem König nieder. »Ich sehe jetzt, Sire, daß ich mich durch meine unrechte Liebe zu Unrecht verführen ließ. Und«, fügte er bestimmt hinzu, »durch meine ehrgeizige Gier nach Land. Wenn Eure Gnade noch besteht, Sire, werde ich mich glücklich schätzen, für Christus zu kämpfen.«

»So sei es«, sagte Henry ungeduldig und winkte ihn aus dem Raum.

Der König setzte sich sodann auf seinen Thron, nahm die Krone ab und legte sie auf einen Tisch an seiner Seite. »Dieser Mann ist genau der Typ des dummen Edelmannes, der ohne böse Absicht Chaos anrichtet. Seid Ihr nun zufrieden, Lord Galeran?«

»Vollkommen, Sire, ich weiß meine Frau und ihr Kind in Sicherheit und kann nach Hause reisen.«

Henry hob eine Braue. »Ich höre da etwas in Eurer Stimme, mein Lord. Vielleicht seid Ihr versucht, nach all den Wirren Eure Frau zu schlagen. Sie hatte keine Wahl, sie mußte sich auspeitschen lassen.«

Der König hatte recht. Die große Verwirrung machte Erleichterung Platz. »Der Grund, weshalb Raoul de Jouray in diese Sache verwickelt worden ist, ist, daß die Cousine meiner Frau aus dem Kloster ausgebrochen ist, um seine Hilfe zu erbitten. Aber meine Frau hat keine Nachricht über ihre Strafe geschickt, da sie wußte, ich würde dem Einhalt gebieten. Wenn *ich* meine Frau nicht schlagen will, will ich auch nicht, daß sie geschlagen wird.«

Henry schnippte mit den Fingern, und ein Page kam mit einem Kelch voll Wein herein. »Ich hörte von FitzRoger davon. Wie Ihr zweifellos erraten habt, hat Eure Frau ihre Strafe akzeptiert, um Euch davor zu bewahren, es selbst tun zu müssen – was ich höchstwahrscheinlich angeordnet hätte, trotz Eures bösen Blickes. Gesetz muß eingehalten werden. So wie es aussieht, können wir verlauten lassen, daß sie angemessen gezüchtigt worden ist. Es ist nicht nötig, die Umstände zu erklären.«

Galeran fand keine passenden Worte, die er hätte sagen können.

»Offensichtlich«, fuhr Henry fort, »hat sie außerdem die Strafe deshalb akzeptiert, weil sie wußte, daß Flambard, indem er sie anordnete, seine Befugnisse überschritt. Eine schlaue und resolute Dame.«

»Ja, Sire.«

»Deren Hals Ihr dringend würgen wollt. Das liegt nun bei Euch.« Der König wandte sich abrupt an Lord William. »Ich habe Eurer Familie heute gedient, Mylord. Ich hoffe, Ihr werdet der meinen dienen.«

Lord William vermutete, daß der König sich hauptsächlich selbst geholfen hatte, indem er endlich einen Weg gefunden hatte, Flambard mit Hilfe der Kirche in die Schranken zu weisen und ihn, William von Brome, an seine Sache zu binden. Aber er verbeugte sich. »Ihr habt meinen Eid, mein Lehnsherr.«

Henry konnte zweifellos die Vorbehalte dahinter hören. »Dann werdet Ihr und die Euren immer meine Gunst haben. Und Ihr müßt nie wieder Flambard noch einen anderen Bischof fürchten. Ich habe vor, die Macht der Bischöfe ein für alle Mal zu brechen.«
Henry nippte an seinem Wein und sah Galeran an. Plötzlich lachte er und entblößte seine starken, weißen Zähne. »Ob nun um sie zu küssen oder sie zu würgen, Euch verlangt nach Eurer Frau, nicht wahr? Geht, mein Lord. Dieser Junge wird Euch zu ihr bringen. Aber ermordet sie bitte nicht hier. Und dient mir gut im Norden.«

Einundzwanzigstes Kapitel

Er mußte dem Pagen durch drei Räume folgen und in einen vierten, dann war er bei Jehanne.
Aber sie schlief.
Sie drehte sich ein wenig ungeschickt auf die Seite, ihren Rücken ihm zugewandt. Ihre Kleidung war zerrissen und beiseite gelegt, wahrscheinlich, damit eine grünliche Salbe aufgetragen werden konnte. Er hoffte, daß die Salbe ihr Linderung brachte, aber sie war nicht geeignet, um die Schwellung des mißhandelten Fleisches zu verdecken, die rot und schwarz vom Schorf war.
Der Ärger schwand. Nur Wut auf diejenigen, die ihr das angetan hatten, blieb. Er wünschte, er selbst könnte Flambard auspeitschen.
Aber dann kam die Wut auf Jehanne zurück, sie galt ihrem wilden Stolz und ihrem Mut. Das erste Auspeitschen war wahrscheinlich nicht so schlimm gewesen, auch das zweite nicht. Aber sie hatte weitere Schläge ertragen, obwohl sie wußte, besonders da sie Aline geschickt hatte, daß er es durch ein Wort hätte beenden können.
Das alles hatte sie für ihn getan.
Der kleine Raum war schlicht – vielleicht ein Raum für einen alten Diener des Königs, um ein wenig Schlaf zu bekommen, ohne Westminster verlassen zu müssen. Neben dem schmalen Bett mit den Vorhängen war die einzige Möblierung ein Tisch mit einer Schüssel und einem Wasserkrug.

Galeran lehnte sich gegen die Mauer, als er über seine Gefühle nachdachte.
Sie hätte ihm zutrauen müssen, daß er sie alle sicher nach Hause bringen würde.
Dennoch, sie war Jehanne. So wie sie immer gewesen war. Wenn er ein sanftmütiges Weib gewollt hätte, das niemals versuchen würde, aktiv Einfluß auf ihre Angelegenheiten zu nehmen, sich nie einzumischen, dann wäre er arm dran.
Aber er war vom Glück bedacht worden.
Er konnte sich keine andere Frau vorstellen. Welche andere Frau war so schön, so intelligent, so mutig, so resolut, so großzügig...
Er wurde hart vor Verlangen, aber es sah so aus, als hätten sie eine lange Zeit der Enthaltsamkeit vor sich, während ihre Wunden heilten. Es täte ihm gut, wenn er Disziplin übte.
Still, damit er sie nicht weckte, öffnete er eine weitere Tür und fand Aline, Winifred und das Baby. Er legte einen Finger auf die Lippen, bevor Aline vor Überraschung aufschreien konnte.
Als er die Tür schloß, fragte sie: »Ist alles in Ordnung?«
»Ja. Jehanne ist in Sicherheit, das Baby bleibt bei uns, und Flambard ist im Tower.«
»Gott sei gepriesen! Aber was ist mit Lowick?«
»Um Himmels willen!« brach es aus ihm heraus. »Warum ist jedermann so besorgt um das Schicksal dieses Mannes? Weil er so gut aussieht?«
»Gut aussieht?« spottete Aline. »Er ist so gutaussehend wie der beste Bulle meines Vaters. Es ist nur, daß er im Herzen ein ehrenhafter Dummkopf ist. Er braucht Schutz.«
Galeran brach in Gelächter aus. Es war so lange her, daß er auf diese Weise gelacht hatte, daß es sich anfühlte, als würde sein Gesicht zerplatzen. Er brach auf einer Bank zusammen. »Armer Raymond. Ein Bulle!« Aber dann riß er sich zusammen.
»Was ist mit Raoul? Wirst du ihn auch beschützen?«
Farbe überzog ihr Gesicht. »Er ist kein Dummkopf. Er kann sich selbst schützen. Wie du.«

»Aber Jehanne dachte, sie hätte mich davor bewahren müssen, mit Raymond zu kämpfen.«
Aline stemmte die Hände in die Hüften. »Wirst *du* jetzt darüber dumm werden? Sie liebt dich, also will sie dich schützen. Welche Wahl hat sie? Welche Wahl hat man, was diese Dinge angeht? Wir wollen diejenigen schützen, die wir lieben. Das ist so natürlich wie das Atmen.«
Er lächelte wegen ihrer Wildheit. »Ach so? Niemand scheint es den Männern gesagt zu haben, daß das für beide Seiten gilt.«
»Vielleicht liegt das daran, daß Männer nie zuhören.«
»Vielleicht stimmt das. Also, Aline, du willst Raoul schützen?«
Sie starrte ihn erschrocken an. »Ich weiß nicht.«
»Vielleicht«, sagte er, »hörst du dir selbst nicht zu.« Galeran ging zu der Decke hinüber, die in der Ecke lag und auf der das Baby schlief. Ihr winziger Körper hob und senkte sich mit jedem Atemzug. Würde sie später so werden wie ihre Mutter und ihre Tante, wild wie eine Wolfsmutter, die ihre Jungen beschützt?
Oder ihren Gefährten.
»Wie lange ist es her, daß sie gegessen hat?« fragte er.
»Bevor wir das Kloster verlassen haben. Sie wird bald aufwachen.«
Er nahm Donata auf den Arm und drückte sie an seine Brust. Seine Nase sagte ihm, daß die Tücher wieder naß waren, aber das störte ihn nicht. Er legte sie in seine Armbeuge und fühlte die Weichheit ihrer Haut mit einem Finger, zuckte zusammen, als seine Rauheit gegen blütenzarte Weichheit kam. »Du bist wie mein eigen, Kleines«, sagte er zärtlich. »Ich habe es geschworen.«
Mit einem zahnlosen Gähnen erwachte das Kind und öffnete seine großen, blauen Augen, um ihn zu betrachten. Aber ihr Mund begann sofort zu arbeiten.
»Essen, Essen, nichts als Essen, was?« sagte er lachend. »Ein feiner Sinn für Prioritäten. Sehr gut. Laß dich von deiner Tante

Aline umziehen, und ich werde dich zu deiner Mutter bringen.«

Dann habe ich eine Entschuldigung, sie zu wecken.

Ich brauche sie wach.

Ich brauche sie.

Das Kind beschwerte sich nicht, als es ausgewickelt, gesäubert und umgezogen wurde, aber es fuhr fort, Galeran anzustarren, als wüßte es, was für eine zentrale Rolle er in ihrer Welt spielte. Würde sie jemals erfahren, welches Chaos ihre Existenz erzeugt hatte?

Er würde sein Bestes geben, damit sie es niemals erfuhr.

Als Donata wieder frisch war, trug er sie zu Jehanne hinein. Mit dem Baby in einem Arm setzte er sich vorsichtig an das Bettende und schüttelte einen von Jehannes bestrumpften Füßen. »Wach auf, Schlafmütze.«

Sie bewegte sich langsam, fast widerwillig. Dann trafen sie der Schmerz und die Wirklichkeit und sie stöhnte. Fest in einer unbeholfenen Position starrte sie ihn blinzelnd an. »Galeran? Wo …? Was …? O Donata.«

»Ja, sie hat Hunger.« Er legte das Baby ab, dann half er Jehanne, sich auf die Bettkante zu setzen. Sicherlich mußte jede Bewegung schmerzen, aber sie zeigte keinen Schmerz, bis auf das scharfe Ausatmen, als er vorüber war.

Donata fühlte sich offensichtlich vernachlässigt und quakte.

»Geduld, Kleines.« Galeran gab ihr einen Finger zum Halten, während er fragte: »Wird es gehen?«

»Ich bin in Ordnung. Gib sie mir einfach.«

Aber als er das Baby hochhob und vorsichtig in Jehannes Schoß legte, sah Jehanne ihn ängstlich, fast furchtsam an. Er wußte, daß sie viele Fragen hatte, aber das Baby würde nicht warten und war kurz davor, in ehrlicher Verzweiflung zu weinen.

Jehanne murmelte ihr etwas zu, während sie ihre Tunika hob. In kurzer Zeit war das einzige Geräusch das zufriedene Nuk-

keln des Babys. Jehanne sah ihn direkt an, wie es ihre Art war. »Ist alles in Ordnung?«
»Warum nimmst du das an?«
»Du sieht ... entspannt aus. Glücklich?«
Es war nicht fair, sie zu necken. Er lächelte. »Alles ist in Ordnung. Und ja, ich fühle mich entspannt und ganz nahe am Glücklichsein.«
Sie schloß kurz ihre Augen. »Gott sei Dank!« Aber dann fragte sie: »Raymond?«
Galeran brach in Lachen aus. »Der ehrenhafte Bulle? Er ist kräftig und jung und fort, die Ungläubigen aufzuspießen.«
»Der Bulle?« fragte sie, aber dann lächelte sie. »Das ist gut. Das würde er mögen.«
»Er scheint zufrieden, nun, da er sicher ist, daß ich dich nicht verprügeln werde, wenn ich schlechte Laune habe, oder Donata in der Küche aufwachsen lasse.«
Dabei sah sie hinunter zu Donata, und er nahm an, daß es war, um Zeit zum Nachdenken zu gewinnen.
Man sollte niemals zurückblicken. Man konnte nur das Heute gut machen, dachte Galeran.
Aber da war ein Problem, von dem er sprechen wollte. »Glaubst du von mir, daß ich ein ehrenhafter Dummkopf bin? Einer, der beschützt werden muß?«
Sie verstand sofort. »O Galeran, in diesen Dingen sind Männer und Frauen nicht viel anders. Könntest du dabeistehen und mich seelenruhig in den Sumpf gehen lassen, ohne zu versuchen, das zu verhindern?«
»Nein. Aber ich habe dich immer deine eigenen Wege gehen lassen, habe dir vertraut, daß du aufpaßt, wo du hintrittst. Du hättest mich auch so behandeln müssen.«
»Und wenn ich fehlgetreten und in den Sumpf gefallen wäre? Was noch schlimmer ist: Ich habe sowohl dich als auch Raymond mit hineingezogen. Es war an mir, uns wieder herauszuziehen.«

»Nicht auf diese Art!«
Bei seinem scharfen Tonfall erschrak Donata und ließ von der Brust ab. Jehannes Milch floß weiter, und es gab einen Moment lang ein kleines Chaos, als sie den Strom mit ihrem Hemd auffing, während sie das Baby wieder ansetzte.
Leiser sagte er: »Ich hatte alles unter Kontrolle. Ich hätte das Schlagen beenden können, wenn du mir ein Wort geschickt hättest.«
»Aber ich habe gesündigt, Galeran. Indem ich Ehebruch begangen habe, aber mehr noch, indem ich Gott herausgefordert habe.« Sie sah auf. »Ich brauchte eine Strafe.«
»So sei es«, sagte er bitter. »Wir werden dich für weitere Schläge zurückschicken.«
»Nein, danke.« Sie reagierte nicht auf seinen Ärger. Sie lächelte sogar, und während er in ihre Augen sah, bemerkte er etwas Umwerfendes:
»Du bist in Frieden mit dir.«
»Ja. Bischof Flambard wollte mir nichts Gutes tun, aber er tat es. Die Zeit getrennt von dir, Zeit und Ruhe zum Beten, das hat mich gereinigt, auch wenn immer noch meine Trauer um Gallot und die Bitterkeit über seinen Tod da sind. Ich habe viel über mich selbst gelernt, und die Strafe half mir dabei. Ich habe herausgefunden, daß ich die Reaktion meines Körpers auf Schmerzen nicht kontrollieren kann, aber ich kann meine Gedanken kontrollieren. Das hat mich stärker gemacht. Sauberer. Ich bin in Frieden mit mir selbst und Gott, und bereit, neu anzufangen – ohne Wunden und Schatten. Können wir das?«
»Ich wäre von Gott gesegnet, wenn wir das könnten.« Er kam näher und lehnte sich gegen sie. Das war eine neue Jehanne. Nicht das ärgerliche Mädchen oder die aufregende junge Frau. Nicht die verzweifelte Möchte-gern-Mutter oder die verwundete Sünderin.
Aus dem Schmelztiegel war das Beste von allem entstanden, eine Frau, die er sogar noch mehr liebte als zuvor.

Er konnte sie nicht halten, aber, während sie das Baby an die andere, volle Brust legte, erzählte er von seinen eigenen Versuchen, sich selbst zu finden. Über Jerusalem. Über das Massaker und das Blut, das durch die Straßen floß. Und von seinem Bemühen, die Kinder zu retten, obwohl er wußte, daß das selbstmörderisch war.

»Raoul hielt mich auf, aber ich bekämpfte ihn, obwohl ich wußte, daß ich dich und Gallot hätte aufgeben müssen. Es war eine falsche Entscheidung, aber auch jetzt noch würde ich es wiedertun. Er mußte mich bewußtlos schlagen, um mich zu retten, und tagelang irrte mein Geist suchend umher. Ich denke, während dieser Zeit lernte ich mehr über mich selbst als je zuvor. Ich hatte die Gelegenheit, mit meinem Platz in Gottes Welt ins Reine zu kommen.«

Er lächelte sie an. »Ich weiß seit einer Weile, daß Raoul Angst hatte, daß ich wirklich verrückt geworden bin, aber ich hatte mich an das gewöhnen müssen, was ich über mich neues erfahren hatte.«

»Ich habe mich gewundert. Du warst immer ein guter Mann, ein starker Mann, aber es geht jetzt tiefer. Es hat mir Angst gemacht, weil ich nicht glauben konnte, daß eine solche Güte mich noch lieben könnte. Ich habe gefürchtet, daß die Stärke sich gegen mich wenden würde. Ich verstehe es jetzt besser. Je stärker wir sind, desto besser können wir lieben.«

Sie reichte ihm ihre Hand, und er verschränkte seine dunklen, mit Schwielen bedeckten Finger mit ihren weichen, blasseren Händen. Sie gehörten zusammen.

»Gott sei gedankt«, sagte er.

Aline beobachtete, wie Galeran Donata zu Jehanne brachte und wußte, daß es vorüber war. Das Abenteuer war bestanden.

Das bedeutete, daß andere Dinge ebenfalls vorüber waren.

Wie die Angriffe auf ihr Schloß.

Sie suchte in den verschachtelten Räumen, bis sie Raoul fand.

Er unterhielt sich mit FitzRoger und einigen anderen Männern. Sie sahen sie befremdet an – eine Frau, die in Männergespräche platzt – aber Raoul beendete das Gespräch mit FitzRoger und ging dann mit ihr.
»Was ist passiert?« fragte sie ihn.
Er sah umher und lenkte sie hinter eine Gardine. Sie vermutete einen Raum dahinter, aber es war eher ein Erker mit einem kleinen Fenster, aus dem man auf die Menge von Hausierern, Gauklern und Artisten blickte. Der König hatte offenbar einen weiteren Tag eingeläutet, an dem er seine Leute empfing.
»Ich nehme an, ich hätte dich nicht unterbrechen sollen«, sagte sie.
»Warum nicht?« entgegnete er. »Ich denke, du hast sehr danach gefiebert, mich zu sehen, so wie ich danach gefiebert habe, dich zu sehen.« Er legte eine Hand um ihren Nacken. »Und dich zu berühren.« Er beugte sich vor, den anderen Arm gegen die Mauer gelehnt. »Gefiebert auch nach einem Kuß.«
Sie gab es nicht zu, aber sie konnte auch nicht widerstehen.
Sein Kuß war so süß wie ihre Träume davon, aber es war nicht nur eine Frage von Lippen auf Lippen. Obwohl er sich nicht gegen sie preßte wie er es damals in Waltham getan hatte, war es, als wäre es sein Geist, oder die Essenz davon, die sie umgab, sie verschlang, sie in ein Bedürfnis hineinschmolz, das so stark war, daß sie ihre Arme um ihn schlang und ihn leidenschaftlich zurückküßte.
Langsam, mit kleinen zurückweichenden Küssen, entzog er sich ihrer Umarmung.
»Bis vor einer Weile«, beschwerte sich Aline, »habe ich noch keinen Mann geküßt – jetzt scheine ich ohne Küsse nicht leben zu können!«
Er streichelte sanft ihre Brauen. »Sei nicht traurig. Ich verspreche, daß du mit Küssen gut versorgt sein wirst.«
»Nur, wenn ich bei dir bin.«
»Ich denke, daß das die Voraussetzung wäre, ja.«

»Aber du willst nicht in Northumbria leben ...« Sie wünschte, sie müßte über diese Dinge jetzt nicht sprechen, aber das war ein echtes Problem, und es würde nicht unter Küssen dahinschmelzen, nicht einmal unter denen von Raoul de Jouray.

Er hörte auf, sie zu necken, und wurde ernst. »Aline, der Ort, wo eine Frau leben soll, ist das Haus des Ehemannes.«

»Aber das deine ist so weit fort!«

Er betrachtete sie nüchtern, aber dann lächelte er. »Das ist alles sehr plötzlich auf dich eingestürzt«, sagte er. »Es ist weniger als einen Monat her, daß wir uns getroffen haben. Vielleicht bist du nicht sicher, ob du nicht doch ein religiöses Leben führen willst.«

Darin steckte eine Frage, und sie beantwortete sie. »Nein, ich bin nicht ganz sicher.«

Aber das war eine Lüge. Sie wußte jetzt, daß sie niemals ein abstinentes, ruhiges, religiöses Leben leben könnte.

»Dann geh mit Galeran zurück nach Hause und überdenke diese Dinge. Ich werde nächsten Sommer wiederkommen, um deine Entscheidung zu erfahren.«

»Nächstes Jahr! Du machst mich süchtig nach Küssen, du Satan, und dann sagst du mir, ich muß ein Jahr warten?«

Er hob erstaunt die Brauen. »Was sonst?« Aber ein Schalk in seinen Augen sagte ihr, daß er sie nur zu gut verstand. Wie er es immer getan hatte. Vielleicht war es das, was sie am meisten an ihm irritiert hatte.

Aline stieß sich von der Mauer ab und fort von ihm. »Ich denke, du willst nur eine Entschuldigung dafür, fortzusegeln und mich zu vergessen. Du liebst das Reisen, nicht das Zuhausebleiben. Du fällst mit jeder willigen Frau ins Bett, die deinen Weg kreuzt. Du kennst jedes Bordell in der Stadt. Du hast zweifellos Frauen, die in der ganzen Welt verstreut leben ...«

Mit kriegerischer Schnelligkeit ergriff er sie und bedeckte ihren Mund mit seiner Hand. »Du mußt mich nicht mit törichten Worten forttreiben, Aline. Sag mir einfach, daß ich gehen soll.«

Als er ihren Mund losließ, klagte sie: »Ich weiß es nicht!« Sie brach in Tränen aus und warf sich an seine Brust.

Es gab keine Stühle in dem einfachen Raum, also setzte er sich einfach mit ihr auf dem Schoß auf den Boden, bis sie ihren Kummer ausgeweint hatte.

»Ich weiß nicht, was mit mir los ist«, schluchzte sie verschämt, aber gleichzeitig genoß sie es, in seinen starken Armen zu liegen.

Er hielt sie noch fester in einer tröstenden Umarmung. »Ich muß verrückt sein, dich zu einer solchen Zeit zu einer Antwort zu drängen, Liebes. Verstehe es als ungeduldige Glut meines Herzens.«

Sie wagte einen Blick nach oben. »Bist du das? Glühend?«

Er bewegte seine Hüften, und sie fühlte seine Glut sehr deutlich.

»Pure Lust«, murmelte sie mit heißen Wangen. »Willst du mich wirklich heiraten, Raoul?«

»Ja.«

»Warum?« Und dabei sah sie ihm voll ins Gesicht. Sie wollte eine richtige Antwort.

»Weil«, sagte er nur, »ich niemals eine Frau getroffen habe, die so eine Wirkung auf mich hat wie du. Ich mochte viele, das gebe ich zu, und hatte mich sogar ein- oder zweimal in Liebe gewähnt. Aber ich habe die Liebe niemals auf diese Art gefühlt. Es ist, als wäre ein Teil von mir verloren, wenn ich dich zurückließe.«

Aline starrte ihn an, suchte einen Weg, um ihn anzuzweifeln. Es war eine schwere Last, so wichtig für einen anderen Menschen zu sein. Natürlich war er genauso wichtig für sie. Wenn er davonsegelte, fürchtete auch sie, daß sie für den Rest ihres Lebens nur noch halb wäre.

Er strich mit seinen Fingern über ihre Wangen. »Ich kann warten, Kleines, bis du weißt, wie du fühlst.«

»Ich weiß, wie ich fühle«, grummelte sie. »Ich fühle mich miserabel! Und begierig«, gab sie zu. Einer seiner wunderbar muskulösen Arme legte sich um sie, und sie strich mit ihrer Hand darüber, die Kraft und die Hitze fühlend. »Ich bin wirklich begierig.« Sie schmiegte sich noch fester an seinen Körper.

Er ergriff ihre Hüften, um sie stillzuhalten, aber er grinste. »Das ist ein vielversprechender Anfang.«

»Ha!« Sie hörte auf, mit seinem Arm zu spielen und sah ihm in die Augen. »Die Hälfte aller Frauen, die du triffst, hat Lust auf dich, Raoul de Jouray, und doch lieben sie dich nicht.«

»Nur die Hälfte?«

Sie versetzte ihm einen Schlag gegen die Brust und stand auf. Er folgte ihr und staubte seine Kleidung ab.

Das gab ihr einen Moment Zeit, um ihn zu betrachten, was nicht dazu beitrug, ihr Verlangen abzukühlen. Vielleicht müßte sie ihn fortschicken, um ihn nie wiederzusehen. Um niemals ...

»Wenn wir miteinander schliefen«, schlug sie mit erhitzten Wangen vor, »dann würde ich wissen, ob es nur Lust ist oder nicht.«

Er hob eine Braue. »Wenn wir miteinander schlafen, meine köstliche Frucht, dann wirst du für dein ganzes Leben süchtig danach sein.«

»O du ... du ... eingebildeter Gockel!« In sein Lachen hinein forderte sie: »Ist das denn genug, für den Rest unseres Lebens? Willst du mit mir schlafen?«

Er dachte angestrengt darüber nach. »Wenn es Liebe ist, ja. Wenn es nur Lust ist, nein.«

»Wie können wir den Unterschied herausfinden, wenn wir es nicht ausprobieren? Möglicherweise gefällt es mir überhaupt nicht – Lust oder Liebe. Einige Frauen mögen es nicht. Dann würde ich wissen, daß ich ins Kloster gehen sollte ...«

Sie versuchte, logische Argumente zu finden, aber die Wahrheit war, daß sie panische Angst davor hatte, nie mit ihm Haut an Haut zu liegen ...

Sie wußte, daß ihr Gesicht kirschrot sein mußte.

»Du wirst es mögen«, sagte er mit stillem Vertrauen. »Meine Jahre der Übung müssen ja etwas wert sein. Aber bettle wie du willst, Aline, ich habe nicht die Absicht, mit dir zu schlafen, ehe wir nicht von Gott gesegnet sind.«

Bei dem Wort betteln, schlug sie um sich. »Also wirst du im Zölibat warten, bis ich mich entscheide?«

Und so kam sie impulsiv zum Kern ihrer Probleme: Sie würde ihn lieber für alle Zeit verloren geben, als ihn mit anderen Frauen zu teilen.

Und dieser Teufel versprach nicht sofort, ihr treu zu bleiben.

Er dachte darüber nach.

Aline wandte sich um und verließ den Raum.

Als Galeran aus Jehannes Raum trat, um die Rückkehr seiner Gruppe in Hugos Haus vorzubereiten, sah er, daß Raoul die Sache bereits in die Hand genommen hatte. »Der Stall des Königs hat zusätzliche Pferde bereitgestellt. Dein Vater hat sein eigenes.«

Galeran sah seinen Freund an, fand etwas wie verrückte Freude in seinen Augen, aber nun war kaum die Zeit, danach zu fragen. Er wollte, daß Jehanne sicher in Hugos Haus war, bevor er sich über andere Dinge Gedanken machte. Am liebsten hätte er sie sicher zurück auf Heywood, aber da die Menschen nicht fliegen und sie noch nicht reisen konnte, stand das außer Frage.

Jehanne trug Alines Tunika über ihren zerrissenen Kleidern. Als sie hinausging und das Pferd der Mutter Oberin mit Hilfe eines Aufsteigeblockes bestieg, hätte niemand gedacht, daß sie große Schmerzen hatte. Aber Galeran konnte die Anstrengung spüren, die sie benötigte, um ihren Schmerz nicht zu zeigen.

Er lächelte mit unbändiger Freude über ihre Tapferkeit. Er war stolz auf sie.

Da sie eine große Reitergruppe bildeten, bahnten sie sich leicht einen Weg durch die Menge und hinaus auf die Straßen.
Hugo und Mary waren begeistert, den mächtigen William von Brome zu beherbergen, aber ihr Haus war nun noch mehr überfüllt als zuvor. Da ihre Gastgeber einen Bericht von all ihren Abenteuern haben wollten – sowie Details darüber, wie der König aussah, seine Kleidung, seine Räumlichkeiten, nicht zu vergessen die Weine, die er trank! – war es Abend, ehe Galeran eine Möglichkeit hatte, mit Raoul unter vier Augen zu sprechen.
In der Zwischenzeit jedoch war ihm nicht entgangen, daß auch Aline angespannt aussah. Galeran fürchtete, daß seine intensive Beschäftigung mit Jehannes Angelegenheiten diesen beiden erlaubt hatte, Dummheiten zu machen. Am Ende bat er seinen Freund auf die Straße hinaus, wo sie zwar nicht allein waren, aber doch vor anonymen Passanten in Ruhe miteinander sprechen konnten.
»Ist etwas los?« fragte Galeran.
»Warum fragst du?«
»Raoul, spiel nicht mit mir. Was ist zwischen dir und Aline vorgefallen?«
Raoul lachte ein scharfes, freudloses Lachen. »Absolut nichts. Was wahrscheinlich das Problem ist.«
Galeran lehnte sich gegen ein großes Faß, das darauf wartete, in das Warenhaus gerollt zu werden. »Du kannst von Aline kaum erwartet haben, daß sie eine Kandidatin für deine Liebesspiele ist.«
Ein plötzlicher Ärger zuckte in Raouls Augen. »Hältst du so wenig von mir?«
Galeran hob eine Hand. »Friede, Freund. Aber was willst du wirklich, und was ist das Problem?«
Es schien, als hätte Raoul Schwierigkeiten damit, es in Worte zu fassen, aber dann sagte er: »Ich möchte Aline zur Frau. Der Ärger ist, daß sie wieder nein gesagt hat.«

»Wirklich?« Galeran mochte vielleicht in den letzten Wochen besessen von seinen eigenen Angelegenheiten gewesen sein, aber er dachte nicht, daß er sich in den hellen Funken, die er zwischen Raoul und Aline hatte sprühen sehen, geirrt hätte. »Du hast ihr wirklich klargemacht, was du ihr anbietest?«

»Ha! Ganz klar. Es war die schöne Lady höchstselbst, die eine ungesegnete Tollheit vorschlug. Sie wollte das Schwert testen, bevor sie es kauft.«

Galeran hatte Schwierigkeiten, nicht zu lachen. »Du mußt sie also mächtig verwirrt haben. Noch vor einigen Wochen hätte sie niemals so etwas vorgeschlagen.«

»Ich habe sie bewußt verwirrt, und ich dachte, sie würde wie eine reife Frucht in meine Arme fallen. Aber nein. Frauen aus der Familie deiner Frau tun nichts, wie es normal wäre.«

»Man gewöhnt sich daran. Und es gibt Entschädigung dafür.«

Raoul schritt ruhelos vor dem Haus des Weinhändlers hin und her. Die Passanten wichen mit Bedacht dem großen, finsteren Krieger aus. »Ich wäre begeistert, mich daran zu gewöhnen, aber wie? Ich habe ihr eine Heirat angeboten, und sie wollte, daß ich in Northumbria lebe. Du weißt, daß das unmöglich ist.«

»Du würdest dich zu Tode frieren.«

Raoul warf ihm einen schneidenden Blick zu. »Mehr noch, ich habe Besitz und Verantwortung anderswo. Ich habe ihr angeboten, ein Jahr darüber nachzudenken – und das strapaziert meine Tugendhaftigkeit und Disziplin bis zum Äußersten –, sie schlug dagegen einen Test der Ware vor!«

»Vielleicht ist das die beste Idee.«

»Die Waren zu testen?«

»Ihr Zeit zu geben.«

»Ich wage es nicht.« Raoul sah nachdenklich die Straße hinunter. »Ich wage es nicht, das Risiko einzugehen, zurückzukommen, um herauszufinden, daß sie ihre Nonnenschwüre abgelegt hat. Oder mit jemand anderem verheiratet ist, da ich ihren Appetit angeregt habe.«

»Sie würde das nicht tun.«
»Frauen sind niederträchtig und unberechenbar. Ich habe ihre Mauern eingerissen. Ich kann sie nicht jetzt verlassen, da sie verletzbar ist.«
Bevor Galeran nach einer Erklärung des Gesagten fragen konnte, sah ihm Raoul in die Augen und sagte: »Ich werde sie nicht verlieren, Galeran. Ich werde sie entführen, wenn es nötig ist.«
»Ich müßte dich davon abhalten.«
»Ich würde sicherstellen, daß du keine Gelegenheit dazu hast.«
Aber, stand zwischen den Zeilen, wenn es blutig sein müßte, dann sollte es so sein.
War diese verwickelte Affäre auf dem direkten Weg, per Schwert beendet zu werden? Nicht, wenn Galeran es verhindern konnte. Er war nicht aus dem Krieg zurückgekommen, um alles wegen einer Lappalie wieder zu verlieren. »Warum hat sie dich abgelehnt?«
»Irgendein Unsinn über meine Treue und über Reisen ins Ausland.«
»Kaum Unsinn. Treue war bisher nicht deine Stärke. Und würdest du lieber eine Frau haben, die bei dem ersten Anflug von Begierde ihren gesunden Menschenverstand in den Wind schlägt?«
Raoul grinste. »Manchmal ja.«
Galeran lächelte ebenfalls. »So ist es. Aber es ist keine leichte Sache, das Zuhause zu verlassen, um in einem fremden Land zu leben. Ein Mädchen wie Aline, auch wenn sie es geplant hätte zu heiraten, hätte niemals derlei geplant. Sie hätte den Mann eines nachbarlichen Anwesens geheiratet.«
»Es gibt aber keine andere Wahl. Ich habe das Reisen genossen, aber ich hatte immer vor, mich auf meinem Land in der Guyenne niederzulassen.«
»Wenn Menschen nur die schönsten Ecken von Gottes Erde liebten, dann wären wir arm dran. Mein Freund, ich denke, du hast Alines Herz umworben und gewonnen, aber du wirst sie

nicht aus ihrem Menschenverstand herauswerben können. Du wirst ihren Kopf davon überzeugen müssen, daß sie sicher und glücklich auf diesem fremden Stück Land sein wird, weit fort von ihrer Familie und ihren Freunden, allein in Zeiten der Wirrungen.«

»Sie wird nicht allein sein …«

»Du mußt sie davon überzeugen.«

Raoul rief aus: »Du lieber Gott, wenn ich doch ein besserer Lügner wäre!«

»Was?«

Plötzlich reuevoll, sagte Raoul: »Sie hat mich gefragt, ob ich ihr treu sein würde, während sie meinen Antrag überdenkt.«

»Du hast nein gesagt?« Galeran konnte es kaum glauben.

»Ich habe gar nichts gesagt. Ich habe versucht, ehrlich zu sein, Galeran! Ich habe sorgfältig darüber nachgedacht. Seit ich das erste Mal eine Frau hatte, bin ich noch nie ein Jahr keusch gewesen, und ich hatte nicht die Absicht, ein Versprechen zu machen, daß ich nicht halten könnte. Sie wartete gar nicht erst ab, das zu hören.«

»Könntest du jetzt diesen Eid leisten?«

Fast wie im Schmerz sagte Raoul: »Wenn das ihr Preis ist, ja.«

Galeran schüttelte den Kopf und stieß sich vom Faß ab. »Es ist nicht so einfach. Sie muß dir vollkommen vertrauen. Ich schlage vor, daß du dir überlegst, wie du sie überzeugen kannst, denn ich versichere dir, daß sie England nicht verlassen wird, außer es wäre freiwillig.«

Jehanne war auf Kissen gebettet, so daß sie auf dem Bauch liegen konnte, ohne ihre empfindlichen Brüste zu drücken. Sie hörte Aline zu, die von Abenteuern während ihrer Flucht berichtete.

»Ihr habt die Nacht miteinander in *einem* Bett verbracht?« fragte sie Aline. Es war eine Schlußfolgerung, da Aline das nicht ausdrücklich gesagt hatte.

»Ich habe geschlafen!« fuhr sie Jehanne an.
»Ich bin sicher, das hast du.«
»Er hat gar nichts getan ... Na, jedenfalls fast nichts ... Er ist überraschend zurückhaltend.«
Jehanne hatte Mühe, ein unbeteiligtes Gesicht zu machen. »Du klingst fast enttäuscht.«
»Das bin ich natürlich nicht.« Aline lief mit rauschenden Röcken auf und ab. »Es ist nett zu wissen, daß er manchmal seine Waffe in der Scheide stecken lassen kann.«
»Es scheint, er hat sich vorbildlich verhalten, um dich sicher zu verwahren und um dann selbst ins Kloster zu gehen. Ich hörte, daß er in meinem Namen vor dem König gesprochen hat.«
Aline hielt inne. »Ich habe nie gesagt, daß er nicht vorbildlich ist.«
»Gut. Also, was hält dich von ihm fern?«
»Hält mich fern?« fragte Aline mit gespielter Überraschung.
»Wenn ich es überhaupt beurteilen kann, liebt der Mann dich und will dich heiraten. Und doch seht ihr nicht so aus wie ein glückliches Pärchen.«
»Würdest du dich eine halbe Welt weit entfernt verheiraten?« forderte Aline sie heraus.
»Ich würde Galeran bis ans Ende der Welt folgen, in den Himmel oder auch in die Hölle.«
»Ja, nun ... Hättest du das auch getan, als du ihn kaum einen Monat kanntest?«
Jehanne lachte. »Nein, da hast du mich erwischt. Aber wir waren sehr jung.« Doch auch Aline war jung, dachte Jehanne. Es war leicht, zu vergessen, daß sie erst achtzehn war und bis vor kurzem ein behütetes Leben geführt hatte. »Vielleicht ist es klüger, zu warten.«
»Warten! Aber was macht Warten für einen Sinn? Wenn er in einem Jahr zurückkommt, werde ich ihn dann auch nur einen Deut besser kennen?«
»Du wirst dein Herz besser kennen. Aber manchmal verblaßt

das wildeste Verlangen nach einer Weile und bei einem gewissem Abstand. Einst, wie du weißt«, fügte sie mit einer Grimasse hinzu, »habe ich gedacht, Raymond von Lowick stünde nur eine Stufe unter Gott.«
Aline lachte. »Aber es gibt keinen Vergleich zwischen Raymond und Raoul.« Sie nahm den Salbentopf und sah ihn an, als hätte sie ihn nie zuvor gesehen. »Du hast wahrscheinlich trotzdem recht damit, daß Raouls Interesse an mir mit ein wenig Zeit und Abstand verblassen wird. Ich nehme an, ich werde ihm einen Gefallen tun, wenn ich ihn fortschicke.«
»Aline, ich sprach von dir! Raoul ist älter und wesentlich erfahrener. Ich bezweifle, daß er seine Meinung so leicht ändern wird.«
»Wenn er mich überhaupt liebt ...«
»Würde ein Mann wie dieser heiraten wollen, wenn er nicht liebte? Ich nehme an, er hat bei dir um deine Hand angehalten.«
»O ja.« Aline gab auf. Sie stellte den Topf wieder hin und berichtete von ihrer Unterhaltung mit Raoul.
Jehanne stöhnte am Ende. »Aber du weißt, Cousine, wenn ein Mann wie dieser so ein Getue darum macht, dann hat das etwas zu bedeuten.«

Am nächsten Tag konnte Jehanne sich aufsetzen und sogar ein wenig umhergehen, ohne allzu große Schmerzen zu haben. Als sie durch den engen Korridor von der Halle zum anderen Ende des Gebäudes ging, empfand sie eine gehässige Befriedigung bei dem Gedanken daran, daß Bischof Flambard jetzt ausgepeitscht wurde. Vielleicht hätte Galeran den Anstand besessen, diesem Mann verzeihen zu können, aber sie konnte es nicht. Es waren nicht die Schläge, die sie ihm vorhielt, sondern der Schmerz, den er ihrer Familie zuzufügen versucht hatte.
Als sie Galeran in der Halle traf, sagte sie ihm das.
»Du überschätzt meinen Anstand«, sagte er, als er ihr auf eine

Bank in der Nähe eines offenen Fensters half. »Ich hoffe, daß er Qualen leidet und die Zukunft noch Schlimmeres für ihn bereithält.«

Sie lächelten sich verständnisinnig an.

»Was Raoul betrifft ...« sagte sie.

»... und Aline«, vervollständigte er mit einer humorvollen Grimasse.

»Was sollen wir tun?«

»Ehestifter werden?«

»Warum nicht? Die Ehe ist etwas Wunderbares.«

»Ich nehme an, Raoul hat sich nicht sehr geschickt angestellt«, sagte Galeran.

»Das ist eine Untertreibung! Aber Aline ist vernünftig, daß sie Vorbehalte hat, egal, welchen Honig er ihr um den Bart schmiert.«

»Sein Wort ist ehrlich«, sagte Galeran bestimmt. »Das war das Problem. Er wollte keinen Eid leisten, den er nicht halten kann.«

Sie sparte sich dazu einen Kommentar. »Gibt es denn irgendeine Hoffnung für sie?«

»Das werden wir sehen. Aber ich hatte eine Idee, zu der ich gern dein Urteil hätte.«

»Ja?«

»Ich glaube nicht, daß Hubert von Burstock besonders begeistert wäre, wenn seine einzige Tochter ohne seine Erlaubnis geheiratet wird. Wir werden sie beide nach Hause mitnehmen müssen, wenn sie heiraten wollen.«

»Oh, der arme Raoul! Zurück in den grausigen Norden.«

»Und wir nähern uns bereits dem Herbst. Wir sollten ihn besser mit Fellen versorgen.«

Und sie lachten gemeinsam.

Zweiundzwanzigstes Kapitel

Als das erste Geschenk ankam, saß Aline in dem Raum, den sie mit Jehanne, Winifred und dem Baby teilte. Eigentlich versteckte sie sich. Sie wollte Raoul nicht sehen. Sie mochte den amüsierten Ausdruck in jedermanns Augen nicht. Diese Situation war nicht im geringsten lustig.

Ein Diener trat herein und trug ein wunderschön geschnitztes, hölzernes Kästchen. Es hatte genau die Größe ihrer Handfläche. Als sie den gewölbten Deckel öffnete, fand sie einen exquisiten Blütenzweig. Einen Moment lang dachte sie, er wäre echt, aber als sie ein Blatt berührte, bemerkte sie, daß es grüngefärbtes Metall war, und die Blüten waren aus Elfenbein geschnitzt. Daneben lag eine Nachricht, so schön geschrieben, daß er einen Schreiber gebeten haben mußte: *So schön wie die Mandelblüte.*

Das einzig Ähnliche, das sie jemals gesehen hatte, war die Rose, die Jehanne besaß. Dieses hier war jedoch ein noch feineres Stück. Hatte er es gerade gefunden, oder hatte er einem Handwerker den ganzen Tag und die ganze Nacht dabei zugesehen, wie er es nach seinen Wünschen herstellte?

Es war ein Wunder, aber leider änderte es nichts. Sie wußte nun, daß er ihr ergeben war, aber sie hatte auch schon sich ergebene Pärchen sich wieder trennen sehen. Manchmal stirbt die Liebe vollständig, und in solchen Zeiten waren Freunde und Familie der einzige Trost und Schutz. Sie wußte auch, daß eine Braut, die weit entfernt ist von allem, was sie kennt, in einer gefährlichen Situation war.

Sie konnte nicht anders, sie mußte das schöne Stück Jehanne zeigen. Sie fand ihre Cousine in der Halle mit Galeran. Sie lachten, wie sie es in den alten Zeiten getan hatten. Einen Moment lang fühlte sie einen bitteren Stich von Eifersucht, denn wenn sie Raoul nicht haben könnte, gäbe es niemand anderen, mit dem sie so lachen könnte.

»Wie wunderschön.« Jehanne berührte die Blüte vorsichtig mit einem Finger, dann lächelte sie Galeran an.

»Wirklich«, sagte Galeran. »Paß gut darauf auf, Aline. Solche Schätze können zerbrechen.« Obwohl er mit Aline sprach, ließen seine Augen nicht von seiner Frau ab.

»Und repariert werden«, murmelte Jehanne.

Aline überging ihre Unterhaltung. »Ich werde mich nicht durch Geschenke beeinflussen lassen.«

»Natürlich nicht«, sagte Jehanne, sich zu ihr wendend. »Aber du könntest in Betracht ziehen, was sie über den Mann aussagen.«

»Daß er kein Pfennigfuchser ist?«

»Das ist keine schlechte Sache für einen Ehemann, sicher.«

Plötzlich nachdenklich, legte Aline ihr Geschenk an einen sicheren Ort und begab sich auf die Suche nach Lord William. Wenigstens könnte sie versuchen, die praktische Seite zu beleuchten. Sie fand ihn im Lagerraum, wo er das Lagern des Weines mit Hugo besprach, und endlich schaffte sie es, ihn fortzuziehen und ihn in eine tiefe und detaillierte Unterhaltung über Besitz zu verwickeln. Als sie das erledigt hatte, sprach sie mit ihm über die Möglichkeiten, die es gäbe, eine Frau in einem fremden Land zu beschützen.

Er rubbelte sein stoppeliges Kinn, seine Augen funkelten. »Ich habe über dieselben Dinge nachgedacht, mein Liebes. Tatsächlich erinnerte mich Raoul gerade daran, daß Hugo sein Verwandter ist. Daß es hier viele Verbindungen zwischen Guyenne und England gibt. Briefe verkehren regelmäßig zwischen Bordeaux und London. Und wir besprechen gerade die Einführung einer Handelslinie nach Stockton.«

»Er erinnerte Euch kürzlich?«
»Gerade heute morgen.«
Aline kehrte in ihr Versteck im Schlafzimmer zurück, um die elfenbeinerne Mandelblüte herauszunehmen und nachzudenken. Hatte Raoul das Thema von Verbindungen und Briefen absichtlich angeschnitten? Wenn es Briefe gab, dann würde sie sich von zu Hause nicht so abgeschnitten fühlen, und wenn es einen regelmäßigen Handel mit einem Hafen in ihrer Nähe gab, wäre das noch besser.
Wichtiger war noch, wie Jehanne angemerkt hatte, daß sie überdenken mußte, was das über den Mann aussagte. Vielleicht versuchte er nicht einfach, ihr den Kopf mit schönen Dingen zu verdrehen, sondern auch, ihre begründeten Befürchtungen zu zerstreuen.
Hoffnung keimte auf, und Aline ging hinaus, um Mary in ihrer Küche zu helfen, wo sie die Zubereitung von Kaninchen für das Mittagessen beaufsichtigte. Aline schaffte es, das Gespräch auf Frankreich und Guyenne zu lenken. Bald fand sie heraus, daß Hugo selbst einmal im Jahr nach Bordeaux reiste und daß er an drei Schiffen Beteiligungen hatte, die regelmäßig diesen Hafen anliefen.
Guyenne war plötzlich gar nicht mehr so weit fort oder so fremd.
Als alle zum Mittagessen zusammenkamen, konnte sie es nicht über sich bringen, Raoul anzuschauen, vom Anlächeln gar nicht zu sprechen. Sie vermutete, daß sie bereits besiegt war, aber sie hatte noch immer einige wenige Zweifel, und es wäre weder richtig noch fair, einen anderen Eindruck zu erwecken.
Und überhaupt, sagte sie zu sich selbst, wollte sie abwarten, was er als nächstes tat.
Was er tat, war abzureisen.
Am nächsten Tag war Raoul de Jouray fort, ohne ein Wort zu hinterlassen, wohin er gegangen war.
Aline fühlte einen rasenden Drang, auf die Straßen zu laufen

und nach ihm zu suchen, aber das hätte keinen Sinn gehabt. Er hatte seine Pferde mitgenommen und seine beiden Männer. Vielleicht hatte er beschlossen, daß er keine Frau heiraten konnte, die ihm nicht bedingungslos vertraute, und war nach Frankreich zurückgesegelt.

Aber er hatte den größten Teil seiner Kleidung zurückgelassen. Sicher würde er zurückkommen.

Mit zitternden Lippen sagte Aline sich, daß sie, wenn er sie verlassen hätte, recht behalten hatte. Er wollte sie nicht wirklich und war unfähig, standhaft zu sein. Dieser Gedanke beruhigte sie ganz und gar nicht.

Wenn er zurückkam, würde er sie jedenfalls nicht vor Gram verzehrt vorfinden.

Jehanne beobachtete, wie Aline wild präzise Stiche in den Saum eines Kleides stickte und raunte Galeran zu: »Wo ist er hin?«

Galeran hatte Donata auf seinem Schoß, die sich an zwei Fingern festhielt. »Ich weiß es nicht.«

»Kommt er zurück?«

»Er hat es nicht gesagt.«

»Wenn er nicht kommt, sollte ihn jemand suchen und töten.«

Galeran grinste nur. »Dann wirst du das sein müssen, Liebes. Ich bin für Zuhause und Frieden.«

Zwei Tage später überquerte Aline den Innenhof, sie wollte zum Rauchhaus, um geräucherten Fisch für Mary auszusuchen, als sie ergriffen und in die dämmerige Kornkammer gezogen wurde.

Mit eisernem Griff wurde sie an einen steinharten Körper gepreßt; sie wußte instinktiv, wer es war, bevor die Logik es ihr verriet, und instinktiv erhitzte sich ihr Körper.

Aber wenn der verflixte Mann dachte, er könnte sie dadurch umstimmen, indem er ihr angst machte ...

Seltsame, runde Dinge erschienen plötzlich vor ihren Augen. Eine Sekunde später hatte sie erkannt, daß es Trauben waren, die er in seiner Hand hielt. Sie hatte niemals Trauben gesehen, aber Hugo hatte ihr einmal Trauben gezeigt, die in einen Türsturz geschnitzt waren.

»Leider nicht aus Guyenne«, flüsterte er in ihr Ohr. »Aber es gibt Weinberge in einigen Teilen dieses düsteren Landes.«

»Sie sehen wie Stachelbeeren aus.«

Er lachte leise. »Und sie schmecken auch so, fürchte ich. Sie brauchen noch einige Wochen, ehe sie ganz reif sind, und auch dann werden sie nicht so schmecken, wie die Trauben von Guyenne.«

Irgendwie wand er sich um sie herum, um ihren Mundwinkel zu küssen. »Denn die Trauben von Guyenne sind prall, süß und saftig, genau wie du.«

Obwohl sie wußte, daß sie es nicht tun sollte, wandte sie ihren Kopf ein wenig, so daß ihre Lippen für ihn besser zu erreichen waren. Sie kämpfte gegen das Weinen der Erleichterung an.

Er war nicht fortgegangen.

Er hatte die Belagerung nicht aufgegeben, ehe sie nicht eine Chance gehabt hatte, aufzugeben. Sie hatte seit Tagen gewußt, daß sie aufgeben wollte, aber wenn er vorhatte, noch ein wenig zu werben, würde sie das mit Sicherheit nicht ablehnen.

»Danke für die Blume«, murmelte sie, ihr Mund traf den seinen.

Dann wandte sie sich noch ein wenig weiter ihm zu, so daß ihre Lippen fast vollständig für ihn zugänglich waren.

Er wandte sich ihr ebenfalls näher zu und küßte sie schnell, diesmal mit offenem Mund. »Und was siehst du, meine Jimena?«

Als er diesen Namen benutzte, schlug ihr Herz schneller. »Einen Mann, der mich wirklich sehr zu begehren scheint. Ich weiß nicht genau, warum.«

Seine Brauen hoben sich. »Du zweifelst daran, daß du es wert bist, geliebt zu werden?«

»Nein.«
»Aber warum stellst du es dann in Frage?«
Weil ich mir Sorgen mache, daß alles, was dich zu mir hinzieht, dahinschwinden könnte, und wo wäre ich dann?
Allein, in den Weinbergen von Guyenne.
Endlich hatte sie den Mut, ihm von ihren Befürchtungen zu erzählen.
Er lehnte sich ein wenig zurück, um sie zu betrachten. »Aline, Aline! Warum denkst du so etwas? Wie kann deine Natur, dein Selbst, dein Geist jemals dahinschwinden? Diese Dinge sind es vor allem, die ich an dir liebe.«
Sie wußte nicht, was sie sagen sollte, weil sie ihm nicht völlig glaubte. Oh, sie glaubte, daß er die Wahrheit sprach, daß er nicht log, aber war das auch die Wahrheit seines Herzens?
Er ließ sie frei, legte das Bündel Trauben in ihre Hände und öffnete den Beutel an seinem Gürtel, um ein Fläschchen hervorzuholen. »Wasser«, sagte er. »Es gibt keine Sierra in England, die den Schnee des Winters halten kann, aber ich habe einen Ort gefunden, an dem das Wasser rein und kalt aus den kalkigen Tiefen kommt. Koste es, Aline. Es ist so rein wie meine Liebe zu dir.«
Sie ließ ihn den Beutel an ihre Lippen setzen und ihn so halten, daß ein wenig klares Wasser auf ihre Zunge rann. »Es ist gut«, sagte sie und leckte sich den Rest von den Lippen. Sie überlegte, daß er ganz Südengland für diese Dinge für sie abgesucht haben mußte. Wie El Cid, der sich auf die Suche machte, um Jimena zu erobern.
»Und«, sagte er und sah ihr dabei tief in die Augen, »wenn du ein Jahr lang über eine Ehe mit mir nachdenken willst, werde ich dir in diesem Jahr treu sein. Auch wenn es mich wahrscheinlich umbringen wird.«
Sie biß sich auf die Lippen und kämpfte gegen ein Kichern an.
»Also«, fragte er, und etwas in seinen Augen sagte ihr, daß er es ernst meinte. »Was willst du noch, meine schöne Dame?

Den Pelz eines weißen Bären? Zuckerkristalle aus dem Osten? Rubine aus Asien ...?«
Aline sah zu Boden und pflückte eine grüne Frucht vom Zweig, hob sie an ihre Lippen und probierte sie. Dann spuckte sie sie aus. »Es ist schlimmer als Stachelbeeren!«
»Aline ...«
»Aber nur unreif, sagtest du. Mit der Zeit werden sie süß. Ich war unreif, Raoul. Vor ein paar Tagen war ich noch grün und sauer. Ich denke, ich werde mit jedem Tag reifer und süßer ...«
»Aline«, sagte er in einem vollkommen anderen Tonfall und griff nach ihr.
Aber sie hob eine Hand. »Du hast mich gefragt, was ich will.«
»Ja?« Plötzlich war er argwöhnisch. Und besorgt. Über diese Besorgnis hätte sie vor Freude weinen mögen, denn Raoul de Jouray war sonst niemals besorgt.
»Ich will, daß ein Teil des Einkommens aus meinem Besitz hier in England – nur zu meinem Nutzen – bei einem gewissen Ingelram angelegt wird, einem englischen Weinhändler in Bordeaux.«
Seine Brauen hoben sich, aber er nickte. »Ich stimme zu. Noch etwas?«
»Zwei Mägde von Brome oder Heywood unter meinen Frauen, wenn sie mitkommen wollen.«
»Natürlich. Du mußt dir deine Frauen nach deinem Geschmack aussuchen. Noch etwas?«
»Nun«, sagte sie, »wenn du darauf bestehst, mir Zuckerkristalle aus dem Osten zu bringen ...«
Er zog sie in seine Arme, und er hatte eine unbändige Freude in seinen Augen. »Du bist bereits süß genug.« In die verliebte Stille sagte er fast zögernd: »Das war ein JA?«
Tränen traten in ihre Augen, als sie nickte.
Er schob sie etwas von sich, um sie zu betrachten, und die Freude in seinem Gesicht brachte sie noch mehr zum Weinen. »Eine hervorragend verhandelte Aufgabe, kleines Schloß.« Er

wischte die Tränen von ihren Wangen. »Um Himmels willen, du wirst genau in meine Familie passen. Habe ich dir jemals erzählt, daß du mich sehr an meine Mutter erinnerst?«

Dieses Mal war sein Kuß innig, und unter der berauschenden Gewißheit, daß sie bald heiraten würden, daß sie bald Haut an Haut mit diesem Mann liegen würde – und mehr, durchströmte Aline die Leidenschaft wie ein tosender Wasserfall.

Aber als der Kuß endete, hatte sie zu berichten, daß Galeran darauf bestand, daß sie nach Hause reisen mußten, um Huberts Zustimmung zu erhalten.

»Doch noch mehr Zeit im Norden?« stöhnte er, aber er lächelte so, als würde er niemals damit aufhören wollen und hielt sie fest gegen seinen Körper gepreßt, als würde er sie niemals wieder fortlassen wollen. »Ich werde umkommen.«

»Vielleicht sollte ich für dich das Fell eines weißen Bären finden.« Sie fuhr mit ihrer Hand über seine Brust, wünschte, sie könnte seine Haut berühren.

»Oder nachts zu mir kriechen ... nein«, fügte er hinzu. »Das wäre fatal.«

»Fatal?« Sie fuhr mit ihren Fingen seinen Nacken hinauf, wo sie wenigstens seine Haut spüren konnte. »Menschen sterben nicht an ein wenig Selbstbeherrschung.«

Er umfaßte ihre Hand und küßte ihre Fingerspitzen. »Hexe. Manche wissen eben, was sie vermissen.«

»Manche haben eben mehr Erfahrung in Selbstbeherrschung, meinst du«, gab sie zurück und befreite grinsend ihre Hand. Bevor er der Sache auf den Grund gehen konnte, zog sie ihn aus der Kornkammer heraus, begierig, Galeran und Jehanne zu finden, um sie an den Neuigkeiten teilhaben zu lassen.

Er kam freiwillig mit, aber er murmelte: »Du suchst wieder die Herausforderung, nicht wahr, mein grünschnäbeliger Kadett?«

Gewarnt durch diese Worte, war Aline nicht vollständig überrascht, als Raoul in dieser Nacht in ihrem Zimmer auftauchte.

Sie teilte ein Bett mit Jehanne, während Winifred auf einer Matte auf dem Boden neben der Kinderkrippe schlief. Raoul hatte sie mit sanfter Hand und leiser Stimme geweckt, und jetzt bedeutete er ihr, ihm zu folgen. Getrieben von Neugier und einer gelassenen Aufregung, legte sie ihre Hand in seine, um sich von ihm auf die Füße ziehen zu lassen.
Aber als sie dort stand, flüsterte sie: »Weißt du, was du da tust?«
»Ich nehme deine Herausforderung an.« Er zeigte zur Tür.
Aline wußte, daß sie nicht gehen sollte, aber wie immer konnte sie seinen Versuchungen nicht widerstehen. Sie warf einen Blick zurück auf Jehanne, die einen leichten Schlaf hatte, und meinte, sie sähe ein Lächeln.
Das also sind meine Anstandsdamen und Wächter!
Eine Aufregung wallte in ihr auf, die ihr fast den Atem raubte. Wie würde er in diesem überfüllten Haus eine abgeschiedene Ecke finden?
Auf diesem höhergelegenen Stockwerk befanden sich die Halle und drei Räume, die von ihr abgingen. Das Zimmer der Frauen, das sie mit Jehanne teilte, lag von der Halle am weitesten entfernt. Die Tür führte in den Raum der Männer, der von Lord Williams Schnarchen erfüllt war und in dem Raoul und Galeran Matten auf dem Boden hatten. Dahinter schloß sich das Schlafzimmer an, in dem Hugo, Mary und zwei Töchter in einem großen, mit Vorhängen umgebenen Bett und das Personal, auf dem Boden ausgebreitet, schliefen.
Als sie ihren Weg durch das Zimmer ertasteten, hörte Aline Regen rauschen. Er würde sie doch nicht nach draußen bringen?
Die Halle würde mit Dienern bevölkert sein.
Eine ziemliche Herausforderung, sogar für einen erfahrenen Krieger.
Er führte sie zu einer Ecke zwischen der Halle und dem Schlafzimmer, wo sich eine Treppe in ein unteres Stockwerk wand. Aber das untere Stockwerk wurde, wie sie wußte, von den Angestellten des Weinhandels und den Wachen benutzt.

Die Stufen waren aus Holz, und eine gerade Flucht mündete auf dem Boden. Er hielt dort unter einem kleinen Fenster und setzte sich, sie mit sich ziehend, auf den Boden. Er hielt sie sanft an seiner Seite.

»Sehr schlau«, flüsterte sie und wußte, daß sie im Begriff war, sich von einem Meister besiegen zu lassen. Sie konnte es kaum erwarten.

»Erste Lektion für Späher.« Er küßte sie zärtlich auf die Wange, fast so, wie ihr Vater es hätte tun können, oder wie sie mit Donata schmuste.

Und doch fühlte es sich anders an, und die Aufregung in ihr wurde zu einem Schaudern.

Er streichelte ihre Arme sanft, als ob sie vor Kälte zitterte und sprach mit einer so sanften Stimme, daß sie das Gefühl hatte, sie würde seine Worte eher über den Atem auf ihrer Haut aufnehmen, als über ihre Ohren.

Er sprach über seine Ankunft auf Heywood und den Moment, da er sie zum ersten Mal gesehen hatte, von der Bewunderung bis zur Besessenheit, von der Besessenheit bis zur Liebe. Es war ein Vernichtungsschlag, der jeden möglichen Widerstand in Sanftheit für ihn, für ihren Liebsten, umwandelte.

Und die ganze Zeit über liebkosten sie seine Hände, ohne daß er etwas tat, was man als unehrenhaft hätte betrachten können. Hatte er sie aus ihrem Bett entführt, um zu reden und zu schmusen?

Und wie konnte Schmusen so verwirrend sein?

Sie rutschte näher an ihn heran, so daß ihre linke Hand seine Brust berühren konnte, ihn streicheln konnte, wie er sie streichelte, ihn in der Dämmerung kennenlernen. So eine mächtige Brust, nur durch eine leichte Leinentunika bedeckt. So breite Schultern, die so aufregend mit Muskeln bedeckt waren. So ein harter Bauch. Sie vermutete, daß sie seinen Bauch schlagen konnte und er es kaum bemerken würde.

Er bewegte sich ebenfalls, legte sein Bein über ihres. Also

erkundete sie durch den Stoff die gestählten Muskeln seiner Schenkel. Am Saum jedoch traf sie auf nackte, behaarte Haut. In Gedanken konnte sie goldenes Haar auf goldener Haut sehen. Sie zögerte nur einen Moment, bevor sie ihre Hand unter den Stoff schob, ihr Mund war plötzlich trocken, sie konnte ganz deutlich ihren Herzschlag hören, jeden einzelnen, obwohl sie nicht wagte, sich noch höherzutasten.

»Ich habe mir so sehr gewünscht, deine Hand so auf mir zu fühlen, Aline«, murmelte er, bewegte sich ein wenig, damit seine Hand den Rand des Saumes fand – und ihren nackten Schenkel. Sie fühlte die Schwielen, als seine Hand sich heraufwand und sich um ihr Gesäß legte.

Aline atmete tief ein und schluckte. »Ich dachte, sogar die Qualen der Verdammten würden dich nicht dazu bringen, mich zu entehren.«

Seine quälende Hand hielt inne. »Wir werden heiraten, dann liegt darin keine Entehrung. Aber trotzdem: Ich werde heute nacht nicht mit dir schlafen.«

»Oh.« Sie hoffte, daß sie nicht zu enttäuscht klang. »Was werden wir dann tun?« Seine Hand war zu ihrem Rücken hochgewandert und streichelte sie dort. Sie hätte schnurren mögen.

»Nur deine Verteidigung testen, mein grünschnäbeliger Kadett, und dir ein wenig von dem zeigen, was dir bisher entgangen ist.« Mit warmem Atem flüsterte er gegen ihren Nakken: »Deine Verteidigung ist vollkommen ungenügend, weißt du. Sieh dir die Armee an, sie hat dich umzingelt, Wimpel wehen, Klingen blinken in der Sonne. Hör die Trommeln deiner Niederlage.«

Er mußte ihr klopfendes Herz damit meinen. »Ich bin nicht so sicher«, sagte sie.

»Fürchtest du, dich deinem rechtmäßigen Herren zu unterwerfen?«

»Ich fürchte mich davor, hier mit dir entdeckt zu werden.«

Er kicherte. »Niemand wird uns finden, es sei denn du schreist.«
»Warum sollte ich das tun?«
»Erinnerst du dich an das Haus der Dame Helswith?«
Sie starrte auf sein beschattetes Gesicht. »Wirst du mir also weh tun ...?«
»Ich werde mein Bestes geben, dir niemals weh zu tun, Aline. Aber es ist möglich, daß du vor Vergnügen schreist.«
Bevor sie ihre Bedenken äußern konnte, verschloß er ihren Mund mit einem fordernden, erobernden Kuß, der sie sehr an Waltham erinnerte. Nur aus Neugier fühlte sie nach seiner Messerscheide und fand sie leer.
Er kicherte, aber er hörte nicht auf, sie um ihren Verstand zu küssen.
Ein Teil von Aline – die guterzogene, gut ausgebildete Beinahe-Nonne – verlangte, daß sie kämpfen und schreien sollte, nur um zu beweisen, daß sie eine gute Frau war. Der vernünftige Teil in ihr sagte, sie könnte immer noch kämpfen und schreien, wenn sie zu einem Punkt kamen, an dem sie es wirklich wollte.
Sie glaubte nicht, daß sie jemals dazu gebracht werden konnte, vor Vergnügen zu schreien, wenn es irgendwelche Zuhörer gäbe.
Sie begnügte sich damit, das Geschäft des Küssens zu lernen, die Münder geöffnet, mit den Zungen spielend. Als seine Hand ihre Brust fand, verstärkte das noch das Vergnügen seines heißen Mundes und sie küßte ihn noch leidenschaftlicher, fuhr mit ihren Fingern durch sein Haar, um ihn noch näher an sich zu ziehen.
Er löste sich von ihr und bewegte sie ein wenig. Da bemerkte sie, daß sie auf ihm saß wie ein Kind, das einen Baum erklomm. Wenn sie wie eine gegen ihren Willen Unterworfene aussehen wollte, dann hatte sie fürchterlich versagt.
Er umschloß ihre Brust mit seinen Händen, hob sie zu seinem Mund und spielte mit der Zunge durch den feinen leinenen

Stoff. Ihre Finger, die eben noch sein Haar gestreichelt hatten, griffen nun fester zu. »Was tust du?«
Er hob seinen Kopf, um zu fragen: »Gefällt es dir nicht?« Da seine Hand fortfuhr, ihre andere Brust zu liebkosen, konnte Aline nur einen unverständlichen Laut von sich geben.
Er schien ihn richtig zu deuten und machte weiter.
Die Empfindungen waren überwältigend. Fast wie ein hohes Fieber, das aber äußerst angenehm war. Dennoch, dachte Aline überlegen, war sie nicht versucht zu schreien.
Dann schob er ihr das Hemd von den Schultern, so daß sein Mund ihr nacktes Fleisch fand, genau wie seine Hand den Ort zwischen ihren Schenkeln fand, der noch empfindlicher war als ihre Brust. Aline hätte fast einen Schrei der Verwunderung ausgestoßen, aber sie schaffte es, ihn zu unterdrücken.
Es war nicht so, daß es sie überraschte, dort empfindlich zu sein. Sie hatte von den Vergnügungen gehört, die manche empfanden, wenn sie sich zwischen ihren Beinen rieben. Sie hatte es auch versucht, aber es schien nicht aufregend genug zu sein, um dafür zu sündigen. Sie mußte damals etwas falsch gemacht haben.
Für einen Angriff auf ein Schloß war seine streichelnde Hand bemerkenswert langsam und sanft ... Nur in ihr drinnen war etwas, das heiß glühte.
»Du unterminierst meine Mauern ...«
Er lachte sanft. »Ich habe dich wochenlang unterminiert, kleines Schloß. Unter deinen Mauern hindurchgegraben. Ich habe dort Zunder gelegt. Heute nacht zünde ich ihn an, damit die Hitze deine Bastion bricht und du hilflos vor mir liegst.«
»Ich denke, das tue ich bereits ...«
»Soll ich aufhören?« Sie hörte an seinem Lachen, daß er die Antwort bereits kannte.
»Nein, aber ...«
»Schh«, sagte er, und seine Lippen legten sich auf ihre. »Denk

nur daran, sehr leise zu sein. Du willst doch nicht, daß dein Oberherr dir zu diesem Zeitpunkt zu Hilfe eilt, oder?«
Dann, als er wieder ihre Brüste liebkoste, benutzte er seinen Schenkel, um ihre Beine weiter zu spreizen und streichelte sie begieriger, so daß sie sich an ihn pressen mußte, da sie Angst hatte zu fallen. Was lächerlich war, denn sie befanden sich ja auf sicherem Untergrund.
Dann saugte er stark an ihrer Brust, und ein Finger glitt in sie hinein, so daß ein Ruck genau zwischen den beiden Punkten durch sie schoß.
»Ah!« Sie schaffte es, den Schrei zu unterdrücken, was aber schlecht gelang.
»Beiß mich, wenn du willst«, flüsterte er.
Also stopfte Aline ihren Mund voll Stoff und Muskeln von seiner Schulter, und fragte sich, ob sie nun vielleicht doch nach ihrem Oberherren schreien sollte.
Raouls große Hand schürte das Feuer, daß sie zerstören würde, und er würde sie nicht entkommen lassen. Sie fühlte sich fast, als ob sie um ihr Leben kämpfte, als sie sich versteifte, ihre Hände in ihn verkrallt, die Zähne in sein Fleisch verbissen.
Aber sie kämpfte nicht, um zu fliehen, obwohl er sie zerstörte. Die undeutlichen Laute, die sie gegen seine Schulter ausstieß, waren keine Hilfeschreie.
Dann fing der Zunder gänzlich Feuer, das Holz brannte lichterloh, und ihre Mauern wurden erschüttert, zerbrochen und eingerissen.
Durch diese Mauern sah sie plötzlich Licht.
Nein. Licht war ein zu schwacher Ausdruck dafür.
Durch die zerbrochenen Mauern sah sie Himmel. Einen kurzen Schimmer des unendlichen Himmelswunders.
Seine Hand. Seine sanfte und zärtliche Hand hielt sie fest, bis sie dachte, sie würde ohnmächtig, aber dann, teils bedauernd, teils erleichtert, fühlte sie, wie das Beben schwächer wurde,

fühlte, wie sie selbst wieder auf den Boden zurücksank wie ein Büschel Distelwolle an einem stillen Tag.
Er hielt sie in seinen Armen, zog ihr Hemd wieder hinauf, dann fuhr er fort, sie zärtlich zu streicheln, auf eine Weise, daß sie niemals mehr von ihm fort wollte.
»Ich glaube nicht, daß ich geschrien habe«, sagte sie endlich.
»Bist du sicher?«
»Niemand hat Alarm geschlagen.«
»Das stimmt. Ich bin aber nicht sicher, ob ich Narben fürs Leben behalten werde.« Sie konnte ein Lächeln darin hören.
Sie berührte die feuchte Stelle an seiner Tunika, wo ihr Mund gewesen war. Darunter fühlte sie die Abdrücke, die ihre Zähne hinterlassen hatten. »O je.«
»Ein Krieger muß mit Schmerzen rechnen, wenn er ein Schloß erobert. Bist du nun mein Vasall?«
Sie antwortete nicht, statt dessen sagte sie: »Vielleicht werde ich in einiger Zeit lernen, *deine* Mauern zu unterminieren.«
Er lachte sanft und legte seinen Kopf an ihren. »Ich bin bereits in Schutt und Asche, Liebes, aber ich freue mich auf deine Versuche, mich noch weiter zu erobern.«
Sie streichelte ihn, und es war süß, ihn so liebkosen zu können, wie er sie liebkost hatte. »Ich kann jetzt verstehen, warum du gezögert hast zu versprechen, für ein Jahr ohne dieses Vergnügen zu leben.« In diesen Worten lag eine Frage, und sie wurde rot, als sie das merkte. Sie bettelte um mehr.
Er sah zu ihr auf. »Ich werde dich nicht entehren. Erst, wenn wir verheiratet sind.«
»Erst ...!« Sie hatte fast mit normaler Lautstärke gesprochen und fiel nun ins Flüstern zurück. »Du meinst, du wirst nicht ...? Bis wir verheiratet sind?«
»Selbstbeherrschung, erinnerst du dich?« neckte er sie.
»O du! Aber es *ist* gut für die Seele.«
»Unsere Seelen werden also einmal sehr gesund werden.« Er zog sie in seine Arme, und sie kuschelte sich hinein, dankte

dafür, diesen einen Mann in der großen, weiten Welt gefunden zu haben. Es war fürchterlich, daran zu denken, daß sie sich vielleicht niemals getroffen hätten, und furchtbar, ihn zu verlassen, auch wenn es nur für die restlichen Stunden dieser Nacht war.

Vielleicht fühlte er dasselbe, denn am Ende war sie es, die sich ihm entzog, aufstand und sie beide zurück zu ihren Schlafzimmern führte.

»Gute Nacht«, flüsterte sie. Sie wollte so viel mehr sagen, aber sie fand nicht die richtigen Worte.

Er war – wie immer – unbefangener. »Schlaf gut, Geliebte. Und wenn du träumst, träume von mir.«

In den nächsten Tagen erfuhr Aline, daß ein starker, resoluter Mann einem Kopfschmerzen bereiten konnte. Oder Schmerzen anderswo. Sie konnte ihn herausfordern wie sie wollte, Raoul gab ihr niemals mehr als einen brüderlichen Kuß, und im allgemeinen mied er sie sogar. Aline ging durch Tage hitziger Frustration, obwohl das auch der Tatsache zugeschrieben werden konnte, daß Südengland unter einer Hitzewelle brütete.

Um sich abzulenken, stürzte sie sich in die Arbeit. Wenn sie nicht gerade die Heimreise vorbereitete, dann belästigte sie Hugo und seine Freunde, indem sie alles über Guyenne erfahren wollte, über die Leute dort und den Handel.

Da sie vor dem Abenteuer jetzt keine Angst mehr hatte, konnte sie es nicht abwarten zu heiraten und mit ihrem Ehemann in das neue Land zu reisen. Die Hochzeit war jedoch der wichtigste Teil. Warum mußten sie nach Norden reisen, um zu heiraten?

Als ihr Vater in Hugos Hof einritt, warf sie sich mit ekstatischer Freude in seine Arme.

»Hey, hey!« sagte Lord Hubert und sah sie prüfend an. »Was ist los, Mädchen?«

Aline hatte plötzlich einen Kloß im Hals, und es war Galeran, der sagte: »Sie will unbedingt Raoul de Jouray heiraten.«
Aline wies ihn zurecht: »Galeran!«
Aber Galeran grinste nur. »Es ist die Wahrheit. Ihr beide seid wahrscheinlich für diese Hitzewelle verantwortlich. Es wäre eine Erleichterung für den Süden Englands, wenn ihr euch ein wenig abkühlen würdet.«
Lord Hubert kratzte sich am Kopf, als er in das Haus geführt wurde. »Ich dachte, du wolltest die Kirche, Kindchen.«
»Ich habe meine Meinung geändert, Vater. Er hat Land«, sagte sie schnell, um zum wichtigsten Punkt zu kommen.
»Ach, ja? Nun, das ist doch etwas.«
Es stellte sich bald heraus, daß Lord Hubert beschlossen hatte, hierherzukommen, um König Henry ebenfalls seine Ehre zu erweisen. Er lauschte den Erzählungen von den Abenteuern seiner Tochter – eine abgeschwächte Version – dann nahm er Raoul beiseite, um mit ihm ein langes Gespräch zu führen.
Aline hatte plötzlich Angst. Sie hatte niemals in Betracht gezogen, daß ihr Vater diese Liaison ablehnen konnte, aber jetzt war sie sich nicht mehr sicher. Er fühlte mit Sicherheit die Bedenken, die sie auch zunächst gehabt hatte, und er ließ sich nicht durch charmantes Lächeln und breite Schultern beeinflussen.
Raoul trat aus dem Raum und hob nur seine Brauen. »Er will mit dir sprechen, Aline.«
»Was sagt er?«
»Geh hinein und rede mit ihm.«
Raoul war aufreizend wortkarg, auch sein Gesichtsausdruck sagte ihr nichts. Aline ging hinein und wischte sich die feuchten Handflächen in ihren Röcken ab. »Ja, Vater?«
Lord Hubert sah sie nur an. »Willst du ihn?«
»O ja.«
»Traust du ihm?«
»Ja.«

Er zuckte mit den Schultern. »Das tue ich auch, obwohl er vielleicht auch nur ein guter Blender ist. Aber du hattest immer deinen Kopf an der richtigen Stelle. Also, wenn du dir sicher bist, dann werde ich dir nicht im Weg stehen.«
Aline warf sich in die Arme ihres Vaters. »Danke! Er ist ehrenhaft, und ich liebe ihn.«
Ihr Vater tätschelte ihr die Schulter. »Und du bist wie deine Mutter, Gott habe sie selig. Vernünftig und gleichzeitig warmherzig. Er will dich hier und jetzt heiraten, Mädchen, aber ich werde ihn warten lassen, wenn du es willst.«
Aline wurde rot. »O nein.«
Er kicherte »In Ordnung. Er schätze, er wird dir jedenfalls im Bett gute Dienste leisten. Wir können heute noch den Vertrag aufsetzen lassen, da ich mir schon gedacht habe, daß du das meiste dafür zusammen hast, und ihr könnt morgen heiraten, wenn ihr wollt.«
»Morgen?«
»Sag mir nicht, daß du jetzt deine Meinung änderst!«
Aline sprang auf ihre Füße. »Nein! O nein. Aber was soll ich anziehen?« Sie rannte hinaus, um Jehanne zu suchen.

Sie trug ihre schönste rote Tunika und einen Gürtel, der mit Rubinen besetzt war. Raoul hatte ihn ihr am Morgen geschenkt – gleichzeitig mit einem letzten Angebot, noch zu fliehen.
»Es ist noch nicht lange her, daß wir uns kennengelernt haben, Liebes, und noch vor kurzem hattest du Zweifel. Ich werde warten, wenn du willst.«
Sie betrachtete das wundervolle Geschenk. »Ich will es nicht. Ich weiß, was ich will. Wenn *du* Zweifel hast ...«
Er hob ihr Kinn an. »Ganz und gar nicht.« Und sie sah in seinen Augen dieselbe Hingabe und dasselbe heiße Verlangen, das in ihr brannte.
»Dann laß uns keinen Unsinn mehr reden, bitte.«

Sie gingen in die nahegelegene St.-Stephen's-Kirche, begleitet von so vielen Freunden und Bekannten wie möglich, zukünftige Zeugen ihrer Worte. Sie waren dennoch sehr erschrocken, als ein Trompeter den Weg freiblies für den König, der die Krone auf dem Kopf trug und von Edelleuten und Wachen umgeben war.

Inmitten der riesigen Menge, die ihn umgab, erklärte Henry: »Ich hörte ein Gerücht von diesem Ereignis und dachte, ich werde es am besten selbst bezeugen. Wir wollen keine unsicheren Hochzeiten mehr in der Familie, oder, Lord William?«

Hugo und Mary sahen aus, als würden sie vor Aufregung in Ohnmacht fallen, und die Menge war wie ein Bienenschwarm, aber Aline konnte nur daran denken, daß die Anwesenheit des Königs die Sache bremsen könnte.

Die Zeremonie verlief jedoch reibungslos, und bald kehrten sie in die Corser Street zurück, begleitet von einer noch eindrucksvolleren Prozession.

»Kommt der König mit?« flüsterte sie Raoul zu.

»Es sieht so aus.« Er lächelte ihr reuevoll zu. »Viele Stunden, bevor wir allein sein können, Liebes. Erinnere dich daran, Selbstbeherrschung ist gut für die Seele.«

»Meine Seele ist so gesund, daß sie glüht!«

»Ah, ist das das Licht in deinen Augen?«

Und sie lachte in seine glänzenden Augen, beschloß, daß es nichts machte, ob der König dort war. Sie war mit Raoul verheiratet. Sie konnte warten.

Henry zeigte Einfühlsamkeit und blieb nicht länger in Hugos Haus, als er dafür brauchte, einen Toast auf das Paar auszubringen, mit den wichtigsten Leuten zu sprechen und eine große Bestellung für Wein aufzugeben. Dann ritt er fort, ließ Familie und Freunde zurück, damit sie sich entspannen und feiern konnten.

Doch sie konnten noch nicht unauffällig verschwinden, um allein zu sein. Aline versuchte, zusammenhängend zu erzählen, während sie am Wein nippte und am Kuchen knabberte, aber was sie wirklich wollte, war, an ihrem Ehemann zu knabbern. Er schien jedoch überhaupt nicht ungeduldig. Er fand sogar ein Instrument und spielte auf. Er sang das Lied von den Mandelblüten und lächelte sie an.

Die meisten der Frauen betupften ihre Augen, als er fertig war. Als die Vesperglocken den Abend einläuteten, konnte Aline wenigstens in den Eckraum huschen, der in dieser Nacht ihnen allein gehören würde. Lachende Frauen folgten ihr, um ihr bei den Vorbereitungen zu helfen. Ihre Witze waren so zweideutig wie die der Männer, und Alines Gesicht war rot, als sie bereit war, nur bekleidet mit ihrem Haar.

Dann kam Raoul herein, nur in einen Mantel gehüllt, den er nun auszog.

Sein kurzes Haar bot keinen Schutz, aber wer wollte schon so einen umwerfenden Körper verstecken.

Er lächelte sie an, war sich dessen nicht bewußt, daß er bereits erregt war, und sowohl die Männer als auch die Frauen um sie herum machten anzügliche Witze und anerkennende Kommentare. Zum zweiten Mal in ihrem Leben sah sie seine intimsten Körperteile, wußte, daß sie rot und röter wurde, aber das kümmerte sie nicht einen Deut.

»Geht fort«, sagte er an ihre Begleiter gerichtet und zog Aline in seine schützenden Arme.

Sie hörte nur dumpfes Gelächter und eine schließende Tür, dann war Stille um sie.

Stille und Raoul und ihre eigene, wachsende Lust.

»Nervös?« fragte er.

Sie sah in seine dunklen Augen. »Überhaupt nicht. Ich habe dich davor gewarnt, daß ich unnatürlich stimuliert werde von nackten Männerkörpern.«

Er lachte. »Ich sehe darin nichts Unnatürliches, Liebes. Es ist vielleicht empfehlenswert, daß du dich deiner Oberhoheit unterwirfst, die in der Lage ist, deine Bedürfnisse zu befriedigen.«

»Ich hoffe, du hältst dein Versprechen.« Ihre Hände wanderten bereits hungrig über seinen Körper.
»Und ich habe plötzlich Angst ...« Und vielleicht war es wahr. Sie bemerkte mit Freude, daß seine Hände zitterten, als sie sich um ihren Nacken legten, um ihr Haar anzuheben, dann ließen sie es wieder um sie herum fallen. »Du erinnerst mich an eine saftige Traube.«
»Eine pralle?«
»Ich bete Molligkeit an. Und Süße. Und Saftigkeit. Berühre mich weiter, Liebes. Ich verzehre mich nach deiner Berührung.«
Sie preßte sich näher an ihn, heiße Haut an heißer Haut, sanfte Rundungen an harten Muskeln, sie erkundete seine Brust, seine Flanken, seinen Rücken mit ihren gierigen Händen und Lippen.
Als seine Hände und Lippen sie im Gegenzug erkundeten, sanft und tastend, wurde sie fast wahnsinnig.
Seine Erektion preßte sich hart gegen sie, und er war sicherlich verzweifelt, also zog sie sich ein Stück zurück, um sie zu berühren. »Ist es nicht Zeit für den erobernden Krieger, in die besiegte Zitadelle einzudringen?«
Trotz des Verlangens, das sie in ihm spüren konnte, schob er sanft ihre Hand fort. »Du kannst es nicht erwarten, nicht wahr? Ts, ts. Es gibt eine festgelegte Prozedur für diese Dinge, weißt du.« Er zog sie in seine Arme. »Zum Beispiel muß ich vorsichtig sein. Wie kann ich sicher sein, daß du wirklich aufgegeben hast? Daß du keine Falle geplant hast?«
»Falle? Ich bin völlig unbewaffnet!«
Er lachte darauf und drehte sie herum. »Deine Bewaffnung ist erstaunlich, Liebes. Dein Haar, deine Augen, deine Wangen, deine Lippen, deine Brüste ... Ah«, sagte er und besah sich liebevoll ihre Brüste, »in der Tat, die hier können einen starken Mann in die Knie zwingen.« Und er senkte seinen Kopf, um abwechselnd an jeder Knospe zu saugen, so daß sie sich an ihn klammern mußte.

»Es scheint mir«, schnappte sie nach Luft, »daß diese mein schwächster Punkt sind. Sie unterwerfen mich sofort!«

»Punkt. Ja.« Und mit einem niederträchtigen Grinsen wandte er sich ihnen wieder zu, zog jeden Nippel hoch und zog Aline damit in eine wirbelnde, fieberheiße Grube.

Dann legte er sie auf das Bett. Als sie benommen ihre Augen öffnete, war er neben ihr. »Aber nicht dein allerschwächster Punkt«, sagte er und schob seine Hand zwischen ihre Schenkel.

»Oh.«

»O ja. Ich denke, du solltest dich daran erinnern, Liebes.«

Sie erinnerte sich, o ja, das tat sie, und das tat ihr Körper auch. Er begann fast sofort damit, darauf zu reagieren, und sie spreizte ihre Schenkel. »Komm in mich. Jetzt. Ich will dich in mir.«

»Bald, Liebes, bald. Wenn die Zeit dafür kommt. Ich muß erst sichergehen, daß dein Widerstand vollständig waffenlos ist...« Er küßte ihre Lippen, ihren Nacken, ihre Schultern, saugte an ihren Ohrläppchen und an beiden Brüsten, bis sie kaum noch wußte, woher das Vergnügen, das ihren Körper entwaffnete, herkam.

Inmitten des bevorstehenden Chaos hatte Aline einen klaren Gedanken – daß sie sehr bald mehr von diesen Dingen wissen würde und sie ihn in dieselbe Verwirrung stürzen konnte, wie er es so leicht mit ihr tat. Ja, sie *plante* einen Hinterhalt, aber sie dachte nicht, daß ihn das sehr stören würde.

Für den Moment war es schön, sich ohne Angst der Berührung eines Meisters zu unterwerfen. Seine Hand beruhigte sie, als der Moment gekommen war, dann legten seine Lippen sich auf die ihren, um ihre Schreie zu ersticken. Noch immer im Kuß vereint, legte er sich auf sie.

»Jetzt«, sagte er gegen ihre Lippen, »jetzt bist du bereit, kleines Schloß.«

Er drang langsam in sie ein.

Das erste Gefühl war eine phantastische Erleichterung für ihr verlangendes Fleisch, aber dann kam ein Schmerz, und sie versteifte sich dagegen.
»Krall deine Nägel in mich, Liebes. Mach, daß ich es auch fühle.«
Dann siegelte er erneut ihre Lippen und durchstieß ihre Jungfräulichkeit. Aline schrie in seinen Mund, und sie versenkte ihre Nägel so hart wie sie konnte. Es war eine natürliche Reaktion, aber sie erinnerte sich auch an seine Worte. Es schien nur fair, daß Männer den Schmerz teilten.
Nach einem Moment ließ er ihre Lippen los und grinste. »So schlimm, was?« Er bewegte sich sanft in ihr. »Tut das weh?«
Sie staunte über seine Kontrolle, denn sie konnte dasselbe gespannte Verlangen in ihm sehen, gleichzeitig zurückhaltend und in ihr versammelt. »Es ist nichts. Mach weiter. Bitte! Mach weiter.«
»Du bist eine Perle unter den Frauen«, flüsterte er und begann, seine Kontrolle zu lockern, bewegte sich stärker, dann fast brutal hinein und heraus.
Es tat weh, aber es war auch wundervoll. Sowohl in ihrem brennenden Körper und in dem, was sie von ihm sah. Sie klammerte sich an seine Schultern und hob ihre Beine, um sie in einem Akt unverblümter Besitzergreifung um ihn zu schlingen.
Sein Gesicht verzog sich, als er sich erleichterte und dabei ihren Namen ausstieß. Sie zitterte, liebte jeden Moment seiner Unterwerfung unter ihre Kräfte.
Nachdem er sich erschöpft zur Seite rollte, nahm er sie in seine Arme, schnupperte an ihrem Nacken, als sie mit ihrer Hand seine verschwitzte Brust streichelte.
»Ich glaube, ich bin endlich erobert worden«, murmelte sie. »Ist es nicht wundervoll?«
»Nur, weil du mich doch noch in eine Falle gelockt hast. Ich bin für alle Zeit deine Gefangene.«

»Natürlich.« Sie fuhr mit einer Hand gedankenverloren über seinen wundervollen Körper. »Sollte es nicht auch so sein?«
Er rollte sich auf den Rücken, zog sie auf sich, so daß ihre Brüste an seinem Mund lagen. »Ich hoffe das. Ich bin ein sehr zufriedener Sklave. Nun, gib mir deine Befehle. Was möchtest du, daß ich tun soll, o du meine Frau?«

Dreiundzwanzigstes Kapitel

Galeran näherte sich Heywood dieses Mal langsamer, obwohl all seine Sinne erfüllt waren von dem Wunsch, mit Jehanne zu schlafen. Heute nacht, in ihrem neuen Bett, konnten er und Jehanne miteinander schlafen, wie sie es seit seiner Rückkehr nicht getan hatten, aber mit Jehanne an seiner Seite gab es keinen Grund, sich zu beeilen.

Sie hatten in London getrödelt, um Aline und Raoul in die Richtung ihres neuen Zuhauses fortsegeln zu sehen. Es gab mit Sicherheit nichts, was das Glück des Pärchens überschatten konnte, und er hoffte, daß es das ganze Leben so bleiben würde. Als Jehannes Wunden schließlich verheilt waren, waren sie ihre langsame Reise nach Norden angetreten, sie hielten an verschiedenen Orten, um Verwandte zu besuchen und freundliche Beziehungen zu erneuern.

Es gab zwar Schlafquartiere, in denen sie miteinander hätten schlafen können, aber er und Jehanne waren übereingekommen zu warten. Es war wie das Warten auf die Hochzeitsnacht, wie ein neuer Anfang. Sie würden auf Heywood neu beginnen. Und jetzt lag Heywood vor ihnen, es erhob sich vor ihm wie es in seinen Träumen im Heiligen Land gewesen war. Sein Heim. Das Heim auch von allem, was auf dieser Welt für ihn Bedeutung hatte.

Lord William und seine Männer hatten sich auf Brome von ihnen getrennt, und Huberts Truppe hatte sie in Hey Hamlet verlassen. Galeran ritt mit Jehanne an seiner Seite hinauf nach

Heywood, und diesmal stand keine Armee vor seinen Mauern. Dieses Mal wurden die großen Tore geöffnet, als er sich näherte, um den Lord zu Hause willkommen zu heißen, und seine Leute jubelten.

Jehanne ritt an seiner Seite, und er trug absichtlich Donata. Es gab keinen Grund, zu erklären, was in London geschehen war, denn die Geschichte würde sich von selbst verbreiten. Jeder würde wissen, daß Jehanne für ihre Sünde gebüßt hatte und daß ihr vergeben worden war.

Alles war wiederhergestellt.

Oder?

Etwas in seinem Herzen verneinte das.

Er saß ab und betrat seinen Besitz mit Jehanne an seiner Seite, dort nahm ihm Jehanne Donata ab und übergab sie den Frauen. Die Hunde rannten auf sie zu, er begrüßte sie, dann nahm er einen Schluck Ale, um den Staub der Reise hinunterzuspülen. Es konnte aber den bitteren Geschmack nicht wegwaschen.

Jehanne kam an seine Seite zurück, endlich wieder die vertraute Herrin über ihr Heim, die Frau, nach der er sich im Heiligen Land gesehnt hatte. Galeran sah sich in der Halle um und dachte, daß sie das alles vielleicht mehr schätzen könnten, nachdem sie bei diesem Abenteuer auch alles hätten verlieren können.

Und doch ...

Während sie mit einem Diener über einige unwichtige Probleme sprach, ging er in das Schlafzimmer, um das neue, große Bett zu betrachten. Das war es, wofür er gekämpft hatte, oder nicht? Sein friedliches Zuhause, seine geliebte Frau, sein Ehebett. Er nahm eine Figur hoch, die Elfenbeinrose.

Die Blüte fiel herunter.

Dann traf es ihn wie ein Schlag mit einer Axt.

Sein Sohn.

Sein Sohn war tot.

Ein schneidender Schmerz ließ ihn auf seine Hand sehen. Noch

mehr weiße Blütenblätter waren zerbrochen, jetzt in rot getaucht. Sein Blut. Jerusalem.
Aber die Leere, die ihn plötzlich umgab, war nicht Jerusalem. Es war sein verlorenes Kind. Er hatte keine Erinnerungen – kein Bild von einem Lächeln im Kopf, keine Laute von einer brabbelnden Stimme. Kein Geruch. Kein Gefühl ...
Für ihn existierte Gallot nicht.
Kein Wunder, daß er alle unterbrach, die versuchten, über seinen Sohn zu sprechen. Kein Wunder, daß er Lowick hatte töten wollen. Es war nicht so sehr wegen des Ehebruchs. Es war dafür. Dafür, daß jener seinen Sohn kannte und er selbst nicht.
Er hörte, wie Jehanne nach ihm rief, aber er stahl sich hinaus, hinunter zum Friedhof, um bei dem kleinen Grabstein niederzuknien.
Aber da war nichts außer einem Namen, nichts in seinem Herzen, nur eine Leere, die jeden Moment größer wurde, die drohte, all das beschwerlich zurückgewonnene Glück zu verschlingen.
Ein Rascheln von Kleidern und ein zarter Parfümduft warnten ihn, daß Jehanne hier war, aber er wollte sie jetzt nicht sehen. Sie besaß etwas, das er nicht hatte.
Sie hatte ein Kind in ihrem Kopf, an das sie sich erinnern konnte.
Als sie neben ihm auf ihre Knie sank, hielt sie ihm eine Pergamentrolle hin. Die Höflichkeit gebot es ihm, sie zu nehmen, obwohl er keine Ahnung hatte, was es sein konnte und noch weniger Interesse daran. Um die Rolle zu nehmen, mußte er die zerbrochene Rose aus der Hand legen. Er hörte, wie sie beim Anblick der zerbrochenen, blutigen Blütenblätter die Luft einsog, aber in diesem Moment kümmerte er sich nicht um ihre Traurigkeit.
Er legte die Scherben auf das Grab neben den Busch, der echte Rosen trug. Jehanne hatte echte Rosen. Sie hatte Erinnerungen. Er hatte nur zerbrochenes Elfenbein.

Er versteckte seine Bitterkeit, löste das Band und entfaltete die Blätter. Eine Anzahl von Blättern, die mit einem langen Band in der Mitte zusammengehalten wurden.
Er mußte daran denken, daß sie sehr verschwenderisch mit dem Pergament umgegangen war, aber dann las er die ersten Worte.

> Am Sankt Stephanstag, in dem gesegneten Jahr des Herrn 1099, wurde auf Schloß Heywood in Northumbria, Gallot, Sohn von Galeran und Jehanne, seiner Frau, geboren, Lord und Lady dieses Anwesens ...

Er sah sie an, sah Tränen in ihren ängstlichen Augen schimmern. »Ich habe es einen Schreiber aufzeichnen lassen. Ich wußte, daß du so viel verpassen würdest, und ich wollte es für dich, auch wenn ich niemals gedacht hatte ...«
Mit klopfendem Herzen las er weiter.

> Seine Größe an dem Tag seiner Geburt reichte bis zum ersten Knoten in diesem Band. Alle Frauen sagen, daß er groß ist und ein großer Mann werden wird. Er atmete schnell und gut und bewegte seine Gedärme am ersten Tag, und obwohl die Substanz unerfreulich war, sagten die weisen Frauen, daß sie gut wäre.

Galeran sah sie fragend an.
»Bruder Cyril fand es nicht schicklich, daß ich solche Dinge aufzeichnen ließ.«
Galeran zählte die Blätter. Es waren fünf. »Steht alles dort?«
»Alles, was mir eingefallen ist. Das Schlechte und das Gute. Wie diese drei Nächte, in denen er uns alle auf Trab hielt, als er zahnte. Wie die Art, wie er auf eine Trommel schlug ...« Ihre Augen suchten ängstlich die seinen. »Ich habe es dir nicht eher gegeben, weil ich nicht sicher war ...«
»Nein. Du hattest recht. Ich war nicht bereit. Aber jetzt ...« Er

fand keine Wort für das, was er in seinem Herzen fühlte. »Jetzt ... Ich danke dir ...« Plötzlich konnte er nicht mehr sprechen. Er zog sie in seine Arme. »Danke. O Gott, danke.«
Sie hielt ihn fest, streichelte ihn. »Eigentlich«, flüsterte sie, »habe ich ihn auch nie richtig betrauert. Es geriet alles so schnell außer Kontrolle ... Wenn du willst, können wir es vielleicht gemeinsam lesen. Und gemeinsam weinen.«
Er nickte mit seinem Kopf gegen ihre Schulter, das Pergament fest in der Hand, und betete, daß sein Sohn – nun sicherlich ein Engel im Himmel – Fürsprache für sie hielt. Sicherlich hatten sie Glück verdient und das Geschenk, Gutes für die Welt tun zu können. Und vielleicht, wenn Gott wirklich gnädig war, eines Tages ein weiteres Kind, das sie in Frieden und Harmonie gemeinsam erleben dürften.
Später in der Nacht, nach Tränen und Lachen, mit einem Bild von seinem Sohn im Herzen, liebte Galeran seine Frau. Nicht so, wie er auf dem Rückweg von Jerusalem geträumt hatte, in einem heilenden Schlag von erleichtertem Verlangen. Nicht, wie sie es seitdem getan hatten, in dem Versuch, die Fetzen ihrer Liebe zusammenzuflicken, so gut sie konnten. Sondern in dem Erstaunen, daß etwas, das immer schon gut war, durch all die erlebten Wirrungen ein noch wertvollerer Schatz werden konnte.

Epilog

JOURAY, GUYENNE, SEPTEMBER 1103

Aline trat aus dem Haus heraus, das ihr Heim war, auf der Suche nach Raoul, der irgendwo auf den Feldern war, um die Traubenernte zu überwachen. Sie trug den kleinen Hubert auf ihrer Hüfte, der, obwohl gerade ein Jahr alt, zappelte, um auf den Boden zu kommen.

»Eine kleine Weile noch, Liebling. Ich möchte deinen Vater finden und ihm die Neuigkeiten berichten.«

Sie eilte einen Weg hinunter, der von blühenden Büschen gesäumt war. Die Zahl und Vielfalt der Früchte und Blumen hier erstaunten sie noch immer. Es gab Zeiten, in denen sie sich nach ihrer kahleren Heimat sehnte, aber das war nicht oft. Und selbst wenn sie Heimweh hatte, sie würde niemals anderswo sein wollen als in Raouls Nähe. Sie hoffte, daß der Frieden anhielt, damit er nie wieder von ihr fort müßte.

Ein dummer Gedanke für die Frau eines Kriegers, und einer, mit dem sie ihn nicht belästigte, außer, um zu schimpfen, wenn er sich beim Üben verletzt hatte.

Wie er es gerade gestern getan hatte.

Sie hatte seinen Arm absichtlich so fest verbunden, daß er ihn kaum bewegen konnte. Er hatte darüber gemurrt, aber nahm es als Ausrede in der vergangenen Nacht, passiv unter ihr zu liegen, während sie mit ihm machte, was sie wollte.

Als sie daran dachte, kicherte sie, und Hubert kicherte auch.

»Papa!« rief Hubert und zeigte auf ihn.

Das Kind hatte die scharfen Augen seines Vaters geerbt, denn tatsächlich saß dort Raoul auf seinem Pferd und beaufsichtigte die Arbeiter, die dicke, saftige Trauben in Körbe packten. Einige Spinnereien der letzten Nacht hatten mit dicken, saftigen Früchten zu tun. Sie genoß die Erntezeit ...

Aline wischte diese Gedanken aus ihrem Kopf, sonst wäre es möglich, daß sie sich gleich hier, inmitten der Weinberge, auf Raoul stürzte, um mit ihm zu schlafen. Wieder. Sie hatte das mehr als einmal getan, und sie hätte es heute wieder getan, wenn das Kind nicht wäre.

Raoul hörte seinen Sohn und winkte. Schnell ritt er zu ihnen hinüber. »Ärger?«

»Im Gegenteil!« Aline winkte mit dem Brief. »Jehanne hat vor drei Wochen einen gesunden Sohn geboren.«

Er schwang sich vom Pferd und nahm seinen Sohn in die Arme. »Das sind wirklich gute Neuigkeiten. Lies mir vor.«

Liebste Cousine,

ich sende dir die besten und glücklichsten Nachrichten, daß wir am St.-Giles's-Tag mit einem gesunden Sohn gesegnet wurden. Die Geburt war leicht, und er wurde im Morgengrauen geboren. Wir haben ihn Henry genannt, da der König etwas mit unserem Glück zu tun hat und seine Gunst eines Tages nützlich sein könnte. Er ist überhaupt nicht wie Gallot, er hat dunkle Haare und Augen, soweit wir das beurteilen können.

Donata liebt ihren kleinen Bruder und nennt ihn Henry. Natürlich will sie ihn die ganze Zeit über auf dem Arm haben, aber sie ist selbst noch zu klein, das ohne Aufsicht zu tun. Sie ist schlau und durchtrieben, und jeder sagt, sie sei genau wie ich in dem Alter. Ich werde sie lehren müssen, zuerst zu denken und dann zu handeln.

Alles ist hier friedlich, Gott sei Dank, da der Versuch von Herzog Robert fehlgeschlagen ist, hier einzufallen. König Henry hat wieder Recht und Ordnung im ganzen Land

hergestellt. Dieses Frühjahr hat seine Königin auch ihr erstes Kind geboren. Daher kann England neuem Frieden und Wohlstand entgegensehen.
Ich hoffe, daß du bald mit einem von Raouls Schiffen nach Stockton kommen wirst, um uns hier im kahlen Norden zu besuchen, da ich dich gerne wiedersehen möchte und auch dein Kind kennenlernen möchte.

Deine ergebene Cousine,
Jehanne von Heywood.

Hubert war zappelig, also setzte Raoul ihn auf den Boden, damit er seine Umgebung erkunden konnte. »Gott scheint wirklich auf diese beiden zu lächeln. Es gab Zeiten, du weißt, als ich daran zweifelte, daß Galeran und Jehanne wieder zusammenfinden würden.«
»Aber sie hatten Vertrauen.« Aline legte einen Arm um die Taille ihres Mannes. »Mit Vertrauen ist alles möglich. Habe ich dir schon mal gesagt, daß ich dir vertraue?«
Er küßte sie. »Jeden Tag, auf jede Weise. So wie ich dir vertraue.« Ein schelmisches Funkeln trat in seine Augen, das sie warnte und gleichzeitig erregte. »Tatsächlich könnte ich dir soweit trauen, daß ich zulassen würde, von dir gefesselt zu werden.«
»Dich fesseln!« Sie starrte ihn an, und bei dem Gedanken wurde ihr heiß. »Ähm … ist das eine Anspielung?«
»Vielleicht. Oder vielleicht ist es auch eine Warnung, da du mir vertraust. Warum gehst du nicht zurück zum Haus und planst eine Strategie, während ich hier sitze und mich an süßen, dicken, saftigen Trauben erfreue?«
Aline sah ihn fortreiten und war noch mehr in Versuchung, ihn in den Feldern zu entzücken, doch dann nahm sie ihren Sohn und eilte nach Hause. Sie schmiedete Pläne und wartete sehnsüchtig auf die kommende Nacht.